"金手指网络文学"丛书

中央天帝

三

月斜影清 著

肖惊鸿 主编

文化发展出版社
Cultural Development Press

目 录

第一章 魔鬼都在人间 / 1

第二章 入门弟子 / 16

第三章 拳打女神 1 / 24

第四章 拳打女神 2 / 41

第五章 拳打女神 3 / 58

第六章 宇宙大帝 1 / 75

第七章 宇宙大帝 2 / 95

第八章 神族往事 / 106

第九章 他乡即故乡 / 111

第十章 透骨镜 / 122

第十一章 神迹 1 / 145

第十二章 神迹 2 / 149

第十三章 神迹 3 / 165

第十四章 天后叛乱 / 174

第十五章 黄雀在后 / 184

第十六章 金色焰火令 / 196

第十七章 宇宙病毒 / 207

目 录

第十八章　金沙浩劫 / 212

第十九章　以身殉爱 / 231

第二十章　王的职责 / 241

第二十一章　真假爱人 / 247

第二十二章　女帝梦碎 / 252

第二十三章　女禄反对 / 263

第二十四章　母女并肩 / 279

第二十五章　我爱灰飞烟灭 / 296

第二十六章　唯大不破 / 306

第二十七章　血战大联盟 / 313

第二十八章　大战结局 / 323

第二十九章　九黎之殇 / 330

第三十章　新中央天帝 / 345

第三十一章　东林苑 / 351

第三十二章　尾声 / 355

第一章　魔鬼都在人间

　　一道绿色亮光冲破了厮杀的人群。
　　那是天穆之野传人的扳指特有的光芒，是几十亿年的极品翡翠散发出来的独特色彩。扳指上，一个红色的桃形图案，正好和头顶铺天盖地的桃树花枝形成了绝妙的配合。
　　整个桃花星，忽然呈现出一片桃红色，美轮美奂，却布满了杀伐之气。
　　与此同时，劈天斧裹着风雷之气呼呼而来。因为半神人们的突然退却，如启一个人的冲杀就显得特别突兀、特别清晰。
　　凫风初蕾眼睁睁地看着他冲过来。金杖，刚好迎着劈天斧。凫风初蕾却将他扳指上的桃形图案看得清清楚楚——天穆之野传人的标志。劈天斧，力道空前。她很意外，九黎一别之后，短短的时间，如启的功力竟然已经有了质的飞跃。她立即明白，一定是因为这扳指的缘故。劈天斧，只用了三分的力气。
　　他也死死瞪着她无名指上的蓝色扳指——那是婚戒，白衣天尊送她的婚戒！
　　初蕾的目光也落在他那枚翠绿色的扳指上面，半晌，轻叹一声。
　　如启的声音冷厉无比："凫风初蕾，你为何要嫁给害你的人？"
　　这是他心底的一个隐痛，这是《九韶》的华丽乐章也无法抹灭的愤怒和绝望。以前，无论她怎么拒绝他，一次又一次，可只要她尚未成婚，他心底便总还藏着一线希望。直到现在，直到此刻，他终于彻底绝望了，"白衣天尊根本不是百里行寡，也正是他早前害了你！你却嫁给他，这是为什么？"
　　她迎着他血红的目光，又不经意地看了看他身后一大群满脸看好戏的半神人，淡淡地说："害我的人是青元夫人！企图将我毁容，将整个有熊山林的人全部变成青草蛇的，都是青元夫人……"
　　如启冷笑一声："夫人仁慈心善，天下皆知，从来只救人不杀人，她岂会来害你？你有什么值得被她所害的？"
　　初蕾知道自己什么都不必说了。她只是不经意地看了看白衣天尊的方向，他已经被一大群半神人彻底包围了。他们围着他，使出了所有的仙家法宝。但是，初蕾并不为此担心，相反，她却想找到青元夫人的影子——所有人都不足为惧，除了青元夫人。
　　她的沉思却正好击中了他的愤怒，他忽然觉得她云淡风轻的样子很碍眼，好像根本就没把自己这个对手放在眼里似的。尤其，当他发现她一直看向白衣天尊的方向时，就更是怒不可遏："白衣天尊以为自己是谁？居然敢跑来天穆之野捣乱……"

身后一个小神却大叫起来:"启王子,你跟她啰唆干什么?先抓住这小丫头才是正事……"

"青元夫人如此信任你,你不会连一个小丫头都赶不走吧?"

众人的鼓噪彻底点燃了蟠桃精的所有热量,这一次,劈天斧用了七成的力气。

金杖,划开一道耀目的光圈,姒启顿觉自己被一股强大的旋涡猛地推了出去。

他忽然起了好胜之心,难道自己和她的差距还是这么大?一念至此,劈天斧用了足足十成的功力再次向初蕾挥去。

金杖也不敢正面应对这么强的元气,初蕾急剧后退。

周围,忽然被一股凌厉的真气彻底控制,一些本领低微的年轻半神人也站不稳了,有人惊呼:"启王子好强的元气……"

姒启精神一振,劈天斧再次挥出,而初蕾已经退无可退,金杖迫不得已便和劈天斧生生地硬碰在了一起,那是元气的正面较量。初蕾忽然撤了金杖,后退一步。劈天斧的力道一弱,姒启却连着后退了好几步。一瞬间,已经分出了高下。

其他企图趁此机会捡便宜的小神也纷纷后退,很显然,他们压根儿没想到这不是什么便宜——从这个美极了的女孩身上,根本捡不到任何便宜。

一时间,竟然再也无人敢动手了,就连鼓噪声也暂时平息了下去,姒启死死瞪着鬼风初蕾。

初蕾没有看他,再次扭头看向白衣天尊的方向。青元夫人,还是无影无踪,她忽然觉得有些不妙。她撇下众人,转身就走。

姒启提着劈天斧,本要追上去,可不知怎的,又没有挪动脚步,只是眼睁睁地看着她的背影。

诸神见启王子不动手,自然也都看着,唯有B大神忽然冷笑一声:"我们这么多半神人居然连一个人类的小丫头都拿不下,传出去,今后还有什么面目在大联盟混?"

眼看初蕾就要走远了,一根柔软的花枝从头顶飘下来,绿色的枝条上满是桃叶,叶子中间点缀着粉色桃花,风一吹,花瓣便纷纷扬扬。天空中,无数同样的枝条飘起来。桃色的花瓣,就像一阵粉红色的雨。

诸神都看得呆了,浑然不察那漫天的柔软花枝就像一只只温柔的触手,一起向同一个地方席卷。温柔的风,已经变成了凌厉的妖风。眨眼之间,鬼风初蕾已经被漫天的花枝彻底包围。每一条花枝就是一只章鱼般的手,它们七手八脚,铺天盖地,就像一张桃花结成的网。

初蕾发现时,已经迟了一步,她被整个困在中间。明明是旖旎艳红,却偏偏似一只巨大的章鱼,顷刻间便将周围的空气彻底剥夺。

初蕾忽然呼吸困难。她想起有熊山林漫山遍野的青草,每一根青草都是一条蛇。现在,她觉得每一条柔软的花枝也变成了一条蛇,绿色蛇身,红色的眼睛,铺天盖地地在天空中嚣张大笑,狂妄无比地吐出细长的绿色蛇芯,空气都变得腥臊起来。

初蕾很是惊惶，正所谓"一朝被蛇咬，十年怕井绳"。就是这一惊惶，已经有十七八根枝条无声无息地缠住了她的手腕和双足。爬行动物特有的滑腻令人浑身起了鸡皮疙瘩。初蕾就像中邪似的，一动不动，眼看手里的金杖也被一根枝条缠住，马上就要脱手而去了。耳畔，有笑声。隐隐地，不阴不阳，不男不女。

"小贱人，你以为有了靠山就万无一失了？咯咯，我今天偏偏要当着白衣天尊的面彻底将你毁容，好让你看看，得罪了我是什么样的下场！但凡我要杀的人，别说区区白衣天尊，纵然是当今中央天帝亲自出手也保不了你……"

电光火石般，初蕾跳起来。金杖的光圈里，无数条花枝被拦腰斩断。

初蕾一招得手，再不容情，金杖劈头盖脸就击打出去。残枝败叶就像一阵红绿相间的雨，纷纷扬扬地在空中飘舞，那些长蛇似的花枝识得厉害，纷纷后退，一时间，周围竟然空出一大片，只剩下凫风初蕾孤独的身影。

金杖，红衣少女。

如启呆呆地看着虚空凌立的少女，忽然觉得这身影好生熟悉。一如西北大漠生死之际，有红色身影从天而降；一如钧台之战千钧一发时，有红色身影从天而降；甚至九黎河之战时，所有人都绝望了，还是那红色身影从天而降。他仿佛醒悟了似的：是她，是她。我怎能杀她？我怎能和她为敌？这明明不对劲啊。他觉得自己喝醉了，思绪错乱了，又看看手里的劈天斧——不对！我怎么向她挥舞了劈天斧？我就算向天下人挥舞，也不能向她挥舞啊？他的脚步，本能后退，嗫嚅："初蕾？凫风初蕾？"

但是，这声音尚在喉头就被生生截断了。有人在他耳边吹了一声细细的口哨："杀了她！如启，马上杀了她！这是高阳帝的女儿，马上杀了她……"

眼前，就像展开了一副画面。

那是终年积雪的羽山。

他清楚地看到被处死的大鲧，就那么躺在雪地上，大睁着眼睛，如死不瞑目。慢慢地，大鲧的怨气越来越深，肚子也越来越大，追兵的脚步也越来越近。

"……中央天帝得知大鲧尸体三十万年不腐烂，特意派我们前来戮尸……天啦，大鲧这哪里是死了？分明是要复活了啊……"

"哈，白衣天尊果然做了手脚，若是他好好掩埋大鲧，大鲧就不至于暴尸荒野，也不至于被天帝发现他的尸体不曾腐烂了……看来，白衣天尊分明是怕大鲧复活啊……"

"罢了罢了，大鲧，害你的不是我们，我们也只是奉命行事，你要怪就怪白衣天尊吧，他表面上是你的朋友，可背地里却将你暴尸荒野，才断绝了你复活的机会，是他害了你啊……"

"对啊，害你的还有高阳帝，我们只是奉命行事的喽啰，你死后千万别找我们算账啊……"

两名天将的天刀砍下去，天将的身影变成了白衣天尊的狞笑："哈哈哈，大鲧终于死了……高阳帝的左膀右臂终于被我消灭了……哈哈哈……"

羽山的幻觉里，对面的红色身影忽然变成了雪白的人影。那是敌人的影子，妣启举着劈天斧冲过去，妣启的力道，成倍增长。

金杖再次遇上劈天斧时，初蕾竟然虎口一震，双臂发麻，而妣启稳稳地站着，一步也不曾后退，下一刻，劈天斧再次挥舞而来。

力道，更沉更猛了。妣启的双眼已经变成了红色宝石一般，散发出一种诡异的桃花般的光芒。

初蕾情知有异，顾不得多想，金杖再次仓促迎着劈天斧。这一次，她连退了好几步，妣启还是安然无恙。她忽然注意到，妣启腰上缠了一条桃色花枝，而妣启竟完全无知无觉，只是不知疲倦地挥舞着劈天斧又一次冲上来。妣启每冲一次，力道就大几分。

初蕾忽然醒悟：这花枝绝对是青元夫人在暗中相助。自己对阵的根本不是妣启，而是青元夫人。也难怪她忽然失踪了。看来，青元夫人今天是志在必杀了。

初蕾再无顾虑，运足元气，金杖在空中划出了一道金色的弧线。

花枝，再一次从四面八方席卷而来。这一次，不再是妖风阵阵，每一根枝条都无声无息，就像三月春风中肆意摇摆的弱柳，没有丝毫的杀伤力。

可是，金杖的光圈已经无法阻挡它们的脚步。每一根枝条就像携带了巨大的能量，它们组成一个巨大的囚牢，在看似不经意之中，已经以迅雷不及掩耳之势再次包围了鬼风初蕾。

头上、双肩、腰部、四肢……每一根枝条都是一双魔掌，它们的意图也很明显，就是要将这个活人生生撕成碎片。

初蕾也立即意识到，若是再次被这些花枝网住，自己就真的要成碎片了。她急于躲避花枝，却无法躲避虎虎生威的劈天斧。她暗暗叫苦，刚躲开劈天斧，七八条细软花枝已经如绿色的长蛇悄无声息地拉住了她的头发，更有十七八条花枝一齐往她的脸上缠绕而来。花枝就像有意识一般，分别定位她的双眼、鼻子、嘴巴、耳朵……目的也很明确，就是要将她的五官彻底毁灭。想象一下画面吧：一个绝美的少女，忽然失去了自己的眼耳口鼻，那该是什么怪模样？和有熊山林之战的情景一模一样，只不过当时的青草蛇变成了现在的花枝蛇。

敌人，对于毁容的戏码真是乐此不疲。

初蕾驻足不动，死死盯着面前的几根花枝。千真万确，青绿的桃枝全部是细长而柔软的毒蛇。红色的花瓣，便是毒蛇那两只可怖的眼睛。

此时，它们纷纷瞪着蛇眼，一起看着鬼风初蕾，仿佛在考虑究竟从何处下嘴才能将这人类彻底吞噬。

初蕾心里一震，但觉头皮和脸皮都在发麻，仿佛下一刻，自己的头立即就会变成被蛇咬光的窟窿。她不假思索就向面孔上的花枝打去，却不料，背部已经被七八枝条花枝彻底包围，一股蛇一般冷血的气息马上就要将背部掏出一个大窟窿，而劈天斧又再次从前胸砍来，眼看自己就要生生被前后夹击断裂为两截。

弑启忽然觉得自己力大无穷，他觉得自己也能飞起来了。整个人的眼光忽然放宽了，世界也变大了，足下的一切都显得很渺小。劈天斧，再次劈出去。那是将白云苍狗也拦腰斩断的力道。斧气，彻底震碎了红色的身影。胸口，有红色的血液如注倾泻，有人的五脏六腑被剖开了，巨大的窟窿又从后背裂开，补刀成功。

一瞬间，凫风初蕾整个人都被劈成了碎片，合着纷纷扬扬的残花败枝在天空中徐徐飘零。红色的大雨，模糊了诸神的视线。诸神都惊呆了，好一会儿才有人惊呼一声："可惜了……"

可弑启却立即抬起头看着半空。

半空，一抹雪白的纤细人影。

碎裂的红色已经离她远去，她站在半空中，显得很寂寞。飘零成碎片的，是她的红色蜀锦。

红色蜀锦下面，是洁白的丝袍。丝袍的袖口，左右各一朵红芙蓉，和白衣天尊身上的衣服一模一样。

她就如一只脱壳的金蝉，白云一般漂浮半空。

"该死的小贱人，你的元气居然又精进了不少，可是，你以为你今天就能逃脱？别做梦了……"那声音很清晰，可只有凫风初蕾一个人能听到。

想想看，现场诸位可都是半神人，就算许多是年轻的半神人，资历浅，本领低，可是，至少远远超出人类了。

青元夫人能在这些半神人面前隐身隐声，已经不仅仅是怕暴露身份，而是肆无忌惮的炫耀武力。

初蕾就更加清楚，青元夫人今天是要和自己死磕了。她也不管声音的来源，更不辨别任何方向，只是紧紧地握着手里的金杖："青元夫人，你有种就跳出来和我一较高下，躲在暗处藏头露尾算什么？抓住弑启当枪使又算什么？"

"对付你这区区人类小丫头，何劳我家夫人亲自动手？没得脏了她的手……"说话的，是一名玉女。

该玉女也是一身青色长袍，看起来不过二十五六年龄，相貌非常端庄美丽。她手里拿着一把青光闪烁的青霜剑，柳眉不怒自威："天穆之野，容不得你这小丫头撒野……"

初蕾笑起来："你又是何人？"

"我乃夫人的侍女青瑶！"

"青瑶！青元夫人的侍女青瑶！好，我记住了！你闪开吧，你不是我的对手，还是叫你家夫人出来好了。"

青瑶大怒："小丫头胆敢如此无礼……"

初蕾截口，笑嘻嘻的："青瑶，我先问你一件事儿……"

青瑶正要杀将过去，听得这话，又生生停下脚步。

"你知道你家夫人的真面目吗？"

"……"

"她根本不是什么慈悲圣母，简直比女妖更狠毒十倍百倍啊……"

"……"

初蕾压根儿就不理她，提高了声音大喊："青元夫人，你就这么怕暴露自己假仁假义的伪善面孔吗？你当初在有熊山林投放基因生物病毒，将有熊氏全部变成青草蛇的威风去了哪里？你将我困在有熊山林，企图把我变成蛇妖、毁我容貌，可是，你失败了……你私自隐瞒西王母的密令，证据确凿也矢口否认。你这蛇蝎心肠的女人，你还企图一直把自己伪装成圣母？得了吧，你的伪装已经被揭破了。现在给我滚出来吧，别躲在背后装神弄鬼了，没用的，你的真面目迟早大白于天下……"

青瑶举着宝剑就刺了过去。

初蕾身子一闪，立即避开。

青瑶名为青元夫人的侍女，实则是天穆之野的前几名高手之一，比起一般的低等半神人不知厉害多少倍，她这一剑，威力远在劈天斧之上，初蕾根本不敢硬拼，转身就跑。

她一边跑一边笑嘻嘻地高声道："青元夫人，你的真面目迟早会被彻底揭穿，你为了天穆之野的利益，不知残害了多少无辜之人，到处投放生物病毒，没准你这新型的变种蟠桃就是基因病毒，但凡吃了你的蟠桃的半神人都会中毒，沦为你的奴隶却不自知……"

"妖女，你胡说八道什么？"

"我可不是胡说八道，我被青元夫人在有熊山林毁容，天下皆知，但凡参加过九黎万神大会的大神都见过我当时的样子！之后，我好不容易才恢复了容貌，我也是受害者，无非是好心提醒一下别的半神人而已……"

青瑶又是一剑刺过去。在她身后，漫天的桃枝一起追赶着凫风初蕾。

只见白色身影如云彩一般漂移，而红红绿绿的花枝追逐着她，加上青瑶的清霜宝剑，竟然形成了一道奇异而诡丽的景致，许多半神人都看得呆住了。

姒启也呆呆地站在原地，一直追逐着那道白色的身影。"青元夫人在有熊山林残害我，毁我容貌，企图将我变成青草蛇，我和她的仇不共戴天……"耳畔，全是这句话。他提着劈天斧，满脸茫然：原来，在有熊山林谋害凫风初蕾的，真的是青元夫人？为何会这样？为何是青元夫人？

"好你个不知死活的妖女，竟敢血口喷人！若非我家夫人出手相救，你早已命丧九黎。现在，你不思感恩，反而诬陷夫人，真是罪该万死……"清霜宝剑在空中划出一道霹雳。

大神们所用的刀枪剑戟，只是造型看着像刀枪剑戟，却是非常厉害的各种尖端武器。清霜宝剑里喷射出的全是强致命病毒,而且锁定初蕾一人,但凡粘上,立即会全身溃烂,也是不折不扣的毁容利器。

初蕾识得厉害,一味闪躲。

动作一慢,漫天的花枝就追了上来,再次如一道威力无比的囚牢,三面将她困住,她急于终结凫风初蕾的性命,初蕾也很清楚这一点。青瑶,无非是怕自己继续揭露青元夫人的真面目罢了。尽管这里全是青元夫人请来的客人,几乎全是她的粉丝和追随者,可是,青元夫人还是不能暴露自己的真实面目,纵然是听到揭露之辞也不能容忍,那是对她美誉度的极大破坏。

早前她之所以在白衣天尊面前诡言辩论还可以面不改色,那是因为她很清楚:白衣天尊自恃身份,不可能和自己在这种场合论辩。高贵的身份注定了高贵的沉默,就算吃了一个哑巴亏也就算了。

反正他也不怎么在乎,可是,凫风初蕾就不同了。初蕾不在乎名誉,也不在乎面子。在诸神面前,她也只是一个卑贱的人类,压根儿谈不上有什么身份地位。初蕾决定把青元夫人的嘴脸大声喝出来,无论她承不承认,无论大家相不相信,可是,能肯定的是:这么大规模的半神人知道了这些事情,多少会有人私下里质疑的。这天下,其实从来没有不透风的墙。纵然是至高无上的天穆之野掌门人,也不见得就真的能只手遮天了。

正因此,她才不忙着和青瑶和诸神拼命,她只是逃窜。逃窜比搏命要轻松一些了,尤其是服用了西帝赠送的灵药之后,更如一只轻盈的飞鸟,就算漫天席卷的桃色花枝也无法将她真正困住。

终于,清霜宝剑擦着凫风初蕾的面庞而过。清霜宝剑迎着的根本不是金杖,而是一道黑色的圆圈。

轰隆一声,清霜宝剑顿时化成了一堆碎片,空气中顿时弥散出一阵强烈的刺鼻味道。这黑色的圆环,正是西帝所赠送的礼物之一。初蕾没想到有这么大的威力,也暗暗称奇。

青瑶面色大变,接连后退。

初蕾哈哈大笑:"啧啧啧,原来你们天穆之野的人全部使用的都是病毒武器?这一下,无可抵赖了吧?"

青瑶本要说什么,可面色铁青,无话可说。

"啧啧啧,你们这些玉女,平素看起来一个个飘飘仙姿,温柔可人,高贵大方,我还以为你们使用的武器也都是桃花一般香艳缠绵,可惜,你们暗中使用的居然全部是病毒。莫非天穆之野才是世界上最大的病毒库?在我看来,死神禹京在你们面前也是弱爆了啊,压根儿就不如你们啊,也罢,以后"天下第一病毒"的名头应该让位给你们天穆之野,你家青元夫人就该是天下第一毒魔啊……"

她忽然提高了声音,中气十足:"第一毒魔!哈哈,掌管不死药的第一神族首领，居然变成了第一炼毒高手！青元夫人，你会不会在不死药里也下了病毒？以后，谁还敢放心服用不死药？"

这一席话，众神都听得清清楚楚。尤其是那些年轻的半神人，一个个面面相觑，渐渐地，脸上都露出了困惑甚至惶恐的神情。有些人甚至情不自禁地看着满地被打落的桃子，心中均是同样的想法：会不会这些速成的桃子真的是病毒？

"哈哈，别以为你们是半神人，青元夫人就不会对你们下手。事实上，你们这些低等半神人，在她眼里，简直和卑贱的人类差不多，想杀就杀，想毒就毒……她有什么不敢做的？保不准她为了控制诸神，在各种灵药里下一点毒，等你们毒发的时候，不得不求助于她，如此，诸神变成了她的奴仆，她变成了绝对的主人……"

诸神惶然。

"你们之前也都亲眼所见了，就连西王母的密令她都敢私自截留，她还有什么不敢做的？"

呆愣愣的如启忽然听得耳畔一声号令："杀！快杀了她……"他冲上去，桃枝也席卷过去，清霜宝剑同时划出。

那是三面夹攻，凫风初蕾唯有逃窜。劈天斧落空了，桃枝也滞后了一步，迎着清霜宝剑倒下去的，全是一批遭殃的桃枝。连续几番摧残下来，但见满地的桃花、蟠桃，已经被砍得七零八落、狼藉一片，再也没有丝毫的风雅之情。

呆若木鸡的半神人们终于开始窃窃私语。

"刚刚那黑色光圈你们看到了吗？那不是当今中央天帝的雷霆圆环吗？"

"是啊，既然是陛下之物，怎么到了这丫头手里？"

"莫非是这丫头偷了陛下的东西？可她哪有那个本领？"

"该不会是陛下送给她的吧？"

"这怎么可能？陛下怎会送她？"

话虽如此，可诸神还是惴惴不安。

一个普通人类忽然变得如此厉害已经足以耸人听闻了，那简直就是一个制作玩具的工匠，忽然有朝一日发现，那玩具复活了，不但复活了，还具有了强烈的杀伤力。如此，岂不是骇人听闻？可这玩具，偏偏还拿着现任中央天帝的信物，到处为非作歹，他们的震惊可想而知。

初蕾听得这议论纷纷，才明白原来这玩意儿叫作"霹雳之环"，她暗忖，天帝果然没有敷衍自己，这礼物的确有救命的功效。一念至此，她又笑起来。

大家都抬起头，看着她的笑容。那是宇宙中最美的一张面孔，最美的笑容，满世界的桃花彻底为之黯淡了。

她凌空而起，高声道："青元夫人，你以为只派出一个婢女就能对付本王了？哈哈哈，别做梦了……"

"本王？你有什么资格称本王？"

"我乃黄帝之孙，高阳帝之女，地球上的万王之王，怎么就不能自称本王了？"

"我呸！开口闭口便是黄帝后裔、高阳帝之女，你可真是厚颜无耻。英雄不提当年勇，你口口声声自称自己的显赫家世，就以为会显得自己很高贵？这反而让你显得可笑至极，也是肤浅之极……"

初蕾哈哈大笑："没错！本王口口声声高阳帝之女，当然是为了替自己脸上贴金。可是，你们这些大神难道不也一样吗？你们若是剥离了什么天穆之野玉女的身份，若是没有西王母后裔这面金字招牌，你以为谁会搭理你们呢？啧啧啧，看看你们的天穆之野，看看你们的桃花星，再看看这满林的桃花、桃树、蟠桃……这些难道不统统都是伟大的王母娘娘留给你们的吗？还有掌管不死药这一世袭的肥差，若不是因为王母娘娘，你以为凭借你们这些姿色平平的玉女就可以轻易得到这一切吗？"

青瑶的脸色更难看了。可初蕾哪里在乎她的愤怒？

"青瑶！你叫青瑶是吧？你应该算是天穆之野最漂亮的玉女之一了吧？"

青瑶怒道："这又如何？"

"啧啧啧，天穆之野最漂亮的玉女也不过如此了，可见其他的玉女简直就没法看了，一个个丑得惊天动地是吧？你以为那些半神人们真的是看中了你们平平的姿色而不是你们手中所掌握的不死药？哈哈，我敢打赌，若是你们没有了不死药和这些蟠桃，可能那些男半神人们再过一亿年也不会跟你们多说半句话，哈哈哈，你们平常都不照照镜子的吗？你们难道不知道单单凭借自己的模样，是根本吸引不了任何男半神人的吗……"

"就说说你们的掌门人青元夫人吧，她也不过尔尔，可是，她有自知之明，明知道男神们看不上自己平平的姿色，所以便扔出了大把大把的蟠桃、续命药之类的，目的便是拿出这些东西讨好大神、拉拢半神人，否则，谁会理她呢？谁会跟她说半句话呢？可是，你们听过人类有句俗话叫作'酒肉朋友'吗？你们无非凭借好处结交了一批酒肉朋友，其实，有什么用处呢？看起来人多势众，关键时刻还不是各自有难各自飞……"

金杖遥遥指着青瑶："尤其是你，青瑶，是吧？哈哈，你平素应该压根儿没自信照镜子对吧？你看看你，小眼睛，塌鼻梁，皮肤泛黄，双目失神。我敢打赌，你就算倒贴三百颗不死药，也没有任何男神愿意娶你……哈哈哈……"

青瑶，暴怒，比初蕾揭发青元夫人的罪行和真面目更令她暴怒。这死丫头，竟敢讥讽自己相貌平平。竟敢说如果不是拿这些不死药和蟠桃倒贴，所有男半神人压根儿不会登陆天穆之野半步。哪个女人能忍受这样的奇耻大辱？尤其，是一个自以为自己很美丽的女人。她觉得这人类的小丫头简直是持靓行凶。

青瑶暴怒。初蕾等的便是她的暴怒。

无论是人还是大神，一旦开启暴怒模式，就会失去判断力。失去判断力，再大的本领也会大打折扣。此时，清霜宝剑在暴怒之下刺出，尽管威力无穷，可是，一股刺鼻的腥味也再次混合着桃花的香味满世界弥漫开去。

只见一阵白沫腾起，但凡沾染上的花枝瞬间变成了一根根黑色的碳条。纵然脚下的土地也咕嘟咕嘟泛起白泡，简直就像是一座忽然喷发出白色熔浆的活火山。

就连动作稍微慢一点的半神人也遭了殃，被白沫飞溅到身上的一些人甚至当即哇哇惨叫："天啦，天啦，我的眼睛……我的眼睛瞎了……"

"天啦，我的手，我的手……"

有些半神人拼命地捂着眼睛，有些半神人却伸出了忽然变成了白骨似的双手，张大嘴巴，欲哭无泪……也有人失声道："好厉害的病毒……"

"居然连半神人的体质都能渗透……"

凫风初蕾急速逃窜，分毫也不敢沾染这剧毒。

青瑶哪容她逃窜？清霜宝剑再次挥舞过去，只恨不得一下就把这该死的丫头砸得粉身碎骨。

初蕾并不还手，也无法还手，甚至来不及继续讥笑嘲讽青瑶，只是继续逃窜，一直逃窜。她白色的身影，就像一只鸟，急速地飞行在桃花满枝的上空，成为一方独特的风景。

姒启抬起头，呆呆地看着这一场厮杀，又看看地上尚在泛起白沫的土地。那是一种可怕的剧毒，就像硫酸、砒霜、鹤顶红同时被大量投放在了土地上一样。可是，他知道，这病毒比砒霜什么的厉害多了。世界上最毒的砒霜加起来也远远不如这病毒的威力。什么病毒能引发熔浆爆发般的恐怖景象呢？他呆呆地，天穆之野明明是制造救命药的，怎么在病毒上忽然也如此厉害了？

不只是姒启，不少半神人也被这可怕的熔浆病毒惊呆了。许多原本想冲过去帮着拦截凫风初蕾的人，也停下了脚步。

因为，这时候，初蕾头顶金箔的光芒又闪烁起来——神鸟金箔。

凫风初蕾整个人已经被笼罩在神鸟金箔的光辉里，清霜宝剑的毒气一时间竟然无法渗透过去了，桃花星的上空都显得金灿灿的。

神鸟流动，展翅欲飞，那是来自太阳星的标志。

"你这区区小侍女，就别逞能了，你还是叫青元夫人出场吧，否则，还让外人耻笑本王欺负你一个侍女，岂不是有失身份？"

青瑶的脸上红一阵又白一阵，堂堂玉女上仙，就算是侍女，也是青元夫人的侍女，身份其实非常尊贵，结果，竟然被这人类的小丫头指着鼻子大骂，还说自己没资格和她较量，青瑶想一剑刺死那小丫头。

可是，那小丫头万分狡猾，一味躲闪，绝不硬拼，打不赢马上就跑，等你稍不注意，一个回马枪又杀回来，真是防不胜防，令人头疼不已。尤其，现在她又亮出了神鸟金箔。

来自太阳星的神鸟金箔已经在天空散发出太阳一般的金色光芒，光圈里，八只首尾相连的飞鸟已经飞翔起来，连成了一股强大的气场。

初蕾也是第一次见此奇景：八只飞鸟完全复活了似的，竟然首尾相连一直飞翔旋转，将自己和外界的毒气隔绝成了一道天然的屏障。

她感到很意外。

但是，随即便明白过来。既然是来自太阳星的东西，那么，就会在距离太阳更近的地方才能发挥更多原本被赋予的功能。

地球距离太阳太远，神鸟金箔就失去了原本的功效，渐渐地沦为了一件装饰品，其象征意义远远大于本体意义，就算有人得到，也至多认为这是一件精美的祭祀品而已。

可是，到了桃花星就不同了。桃花星距离太阳相比地球近了很多。神鸟金箔，自然而然就开始发挥它原本具有的威力。那八只原本一动不动的飞鸟，现在全部活起来了一般。

初蕾得此屏障，自然是欣喜不已，高声道："小侍女，你识趣的话赶紧退下，叫青元夫人出来吧。别以为我不知道她躲起来的目的。她分明是不愿意在诸神面前出手以暴露她蛇蝎心肠的真面目吧？可是，现在大家都看得清清楚楚，你们天穆之野的武器里好多都是生化病毒，这真的符合你们掌握救命药神族的习惯吗？我真的担心你们在不死药里也掺杂了病毒，日后但凡服用不死药的大神就会被你们掌握，从此沦为你们的傀儡……"

清霜宝剑已经连续挥出了七八次，可是，无论如何也无法突破神鸟金箔的屏障。青瑶，面色赤红，一口气上不来，几乎喷出一口血来。她拼命地厮杀，可是，哪里奈何得了神鸟金箔分毫？

初蕾情知暂时安全，就更是有恃无恐。她忽然很痛快，她忽然很急切。实在是压抑得太久太久了——一直畏惧青元夫人而不敢说出的真相。就算被人害了，可是，你连她的名字都不敢提，也不敢告诉任何人，否则，一提这个名字，你就会先死无葬身之地了。但现在，她肆无忌惮，她什么都不怕了。她必须趁此机会将这件事情说出来。现在，已经没有任何值得隐瞒的了。就算是青元夫人亲自出手，自己也不怕她了。

对人类诉说青元夫人的罪行压根儿毫无意义。可现在，当着众多的半神人，那就不同了，他们才是真正的听众。

青元夫人，分明就是害怕自己的揭露，所以，才让青瑶格杀勿论。只可惜，现在已经不是青元夫人一手遮天的时候了。

青瑶狼狈不堪地砍杀金箔光圈，当她看到初蕾脸上那种满满的讽刺和豁出去的笑意时，就更是焦虑了，嘶声道："小丫头，你再胡说八道，我马上就杀死你……我一定要杀了你这个血口喷人的贱丫头……"

"你区区一个侍女，竟敢称本王为贱丫头？本王的血统怎么着也比你一个婢女高贵千万倍……"

青瑶嘶声道："你自认血统比我天穆之野还高贵了？"

"难道不是吗？我乃两任中央天帝之后裔，你算什么东西？要说下贱，你才是卑贱无比好吗？"

青瑶怒道："贱丫头，你别忘了，纵然是你祖上黄帝登基，也必须经过王母娘娘的帮助！黄帝尚且如此，你算什么东西？"

"我不算东西，你才是东西呢！你和青元夫人都是好东西，行了吧……"

青瑶："……"

半神人们哪里见识过这等泼悍的场面？无不面面相觑，又都哭笑不得。若是一般的凡夫俗子，面目可憎，大家一拥而上将其打死也就罢了。问题是，这个打不死的小丫头，不但声音清脆悦耳，一颦一笑更是远胜桃花的娇艳，好像她的喜怒哀乐、谈笑风生，统统都是一道风景，令人赏心悦目，纵然要出手，也不忍心。

人，最怕对比。

相形之下，原本也算清秀漂亮的青瑶，真的就显得相貌平平了。尤其是她气急败坏时脸色铁青的样子，更令她渗出几分狰狞，就更是不怎么好看了。

大家忽然都觉得，玉女们也不过尔尔。

青瑶，如何不明白诸神的眼光？

尤其是那些本领不大，又年轻气盛的半神人。他们的血气方刚在桃花酒的刺激之下，忽然见到这么美貌的人类少女，一个个早已热血沸腾、心潮澎湃，只想，这样的美人儿要是死了那该多可惜啊？这样的绝世美人儿，多看几眼都是好的。谁还愿伸手帮着去斩杀她呢？当然，他们也不可能出手去帮助她。

来者是客，没人愿意得罪青元夫人。他们都在看热闹。

青瑶，并无别的更强大的援手了。就连夫人新收的弟子启王子也只是握着劈天斧，时而灵，时而不灵，整个人就像木偶似的。

青瑶很着急，她忽然觉得夫人应该马上下令，派出大批玉女彻底杀了这贱丫头。反正这时候也顾不上什么名声了。可是，除了她之外，青元夫人一直没有再派出别的玉女。

青瑶已经意识到，单凭自己一人，根本无法诛杀这妖女。这可如何是好？她狠狠地瞪着鬼风初蕾，清霜宝剑一时间也发挥不出更大的威力了。

初蕾却不理睬她了，只是高声道："青元夫人，你滚出来吧，你别以为躲起来就没事了！你怎么掩饰真面目都没用啊。你该记得，在有熊山林混战时，你催动青草蛇攻击我，我利用神鸟金箔在你手腕上烙印了一个痕迹，这才将你吓退，我也因此侥幸逃过一劫……嘿，你做梦也想不到我是怎么认出你的真实身份的吧？今天我就告诉你吧，当初在万神大会上，服用了灵药的大熊猫嗅出了你的气息，认出了你是屠杀有熊氏的真凶！对了，好叫你知道，这只大熊猫是我在有熊河旁边的大峡谷里收服的，之前，它已经在有熊山林生活了好几年，亲眼见证了你残害有熊氏的全部景象，也正因此，大熊猫都差点被吓疯了。在万神大会上，大熊猫一见你，就立即认出你来，撕裂了你的袖子，我清楚地看到了神鸟金箔烙印在你手腕上的痕迹，就是那一刻起，我已经知道屠杀整个有熊氏一族，将有熊氏一族全部变成青草蛇的便是你这蛇蝎心肠的女人了……可笑那时候，你一心讨好白衣天尊，你一心想要嫁给白衣天尊，为了遮掩自己的面目，又假惺惺地送我什么续命药，结果，你却在续命药里掺杂了黑蜘蛛病毒，企图将我变成人脸大蜘蛛……从青草蛇到人脸大蜘蛛，青元夫人，你真是太毒了，你身为天穆之野的掌门人，难道你不知道这是滔天大罪吗？滥用基因病毒，扰乱大联盟的法律，你就算再牛，也必须付出代价……"

"造谣……你这是造谣……血口喷人的贱丫头……我家夫人真是好心被蛇咬……我家夫人当初真不该给你续命药，没想到现在被你这贱丫头如此污蔑……"

"这不是污蔑！我有确凿的证据……"

"滚……"

"若要人不知，除非己莫为。青元夫人，你敢不敢出来当面掀开你的左手手腕让诸神看看？你敢不敢让他们看到你手腕上的神鸟金箔烙印？"

青瑶气得嘴唇发抖："该死的贱丫头，你竟然能编造这样的谎言侮辱我家夫人，你真是该死……"

初蕾站在神鸟金箔的光圈里，满脸笑容，一副"我就是不死，你咬我啊"的样子。

青瑶毕竟是出自天穆之野，平素周围都是玉女，来往的又全部是半神人，他们总是巴结她，赞扬她，她生活的环境简直就是琼楼玉宇、人间仙境，天天吟诗作对、赏花饮酒罢了。真轮到斗嘴，怎么会是凫风初蕾的对手？

她甚至根本从未遇到过这样的场景，反反复复地只知道骂一句"贱丫头"。她气得嘴唇发黑，却一句话都说不出来。

"哈哈，青瑶，你看看你这样子，嘴唇乌黑，面颊鼓突，活脱脱便是一具中毒的女尸模样，看了真是令人作呕啊。你该不是把自己也毒死了吧？哈哈哈，你反正已经是死尸了，你就滚回去吧……"

清霜宝剑发疯似的朝着金箔光圈砍杀，但是，无济于事。再强的毒气也无法超越太阳星上的特殊物质。

光圈里，八只飞鸟一直匀速飞翔，好像天崩地裂也不可能扰乱它们的速度和秩序。

初蕾再次看了一眼那飞鸟阵容。

想那太阳上，温度高达几万摄氏度，一般地球上的生物自然是无法生存的，可是，你无法用地球人的体质和认知去衡量其他生物的属性——地球人无法耐受几万摄氏度高温，不代表其他半神人就不行，他们的身体密度可以是地球人的几倍、几十倍甚至几百倍以上。

地球上的人类离开了氧气就会死，可其他星球上的半神人，有些离开了氮气也会死。

初蕾之所以这么迅速就适应了星际行走，她想，很大可能是跟自己的血统有关系，那是因为她出自太阳星的关系。

神鸟金箔，在适当的时候，足以胜过一支军队。初蕾的安全感，因此而来。

今天，非要彻底撕下青元夫人的伪装不可。她甚至不在乎半神人们信不信。只要自己说出来，就彻底赢了。

"叫青元夫人滚出来，她躲着干什么呢？是不是已经怕了我？现在在密室里想悄悄地把手腕上的神鸟金箔烙印除掉吧？可是，就算她能侥幸除掉神鸟金箔的痕迹也没用啊，我还有别的证据呢……"她顿了顿，冲着天空大喊道，"青元夫人，你听好了，你在有熊山林投放青草蛇病毒，残害有熊氏全族的罪行，已经全部被记录在了青铜神树上面。你该知道青铜神树是什么东西吧？那是黄帝的长子青阳公子、我的叔祖砍杀了世界上最后一条黑龙，加上了自己的鲜血铸造的宇宙记录仪，当初我濒死之际，利用黄帝的嫡系血脉身份开启了青铜神树，无意之间记录了你残害有熊氏的全部过程。你狡辩不了了，你这天下第一慈善女神，实则是天下第一狠毒女魔头……"

劈天斧，冲着神鸟金箔的光圈发出了致命一击。巨大的冲击波里，光圈忽然消失了，凫风初蕾整个人已经暴露在空中。

她吃惊地看着如启，她不敢相信劈天斧的威力忽然到了这等惊人的地步。

只见如启一招之下，站在原地，死死握着劈天斧，满脸茫然，显然不知道下一步该干什么，完全是受人摆布的模样。

她失声道："天啦，涂山侯人，你该不会是被青元夫人附体了吧？"若非青元夫人亲自出手，劈天斧岂有这么巨大的威力？要知道，如启是刚刚才具有半神人体质的，论到真本领，甚至远不如青瑶。

青瑶都无可奈何，他怎能一击即中？

初蕾忽然想起涯草。也许，很久以前涯草就被附体了。不然，涯草再怙恶不悛，又怎么敢做出屠杀整个防风国全体女巨人的举动？而且，涯草真有那么大的本事？

"涂山侯人，你可不能被那妖妇掌控啊，真要沦为那妖妇的傀儡，你就完蛋了，你想想涯草……你想想涯草啊……"

如启还是举着劈天斧，满脸茫然。

青瑶却厉声道："启王子，快杀了这妖女……"

凫风初蕾遥遥一指如启："你们究竟对他做了什么？是不是又给他下了毒？害我不成，又要去害如启？"

"别听这妖女废话，杀了她！"

如启再次冲了上去。所有半神人都看得清清楚楚，号令如启的是青瑶，而绝不是青元夫人。事实上，青元夫人一直就不曾露面。无论是半神人们包围白衣天尊的厮杀，还是凫风初蕾和小神们的厮杀，都不能引起她丝毫的兴趣，她悄然隐退了。

初蕾暗道不妙。

青元夫人真不是个善类。她只要一直不露面，无论自己怎么辱骂，她都可以扮弱小获得同情，以无辜者的形象演绎一副被人诬陷的冤枉状。今天，无论如何也要逼出青元夫人。只有令她当众出手，才能真正揭穿她的真面目。

转念之间，劈天斧再次袭来。这一次，威力比之前更大，甚至远远超过了清霜宝剑的杀气。

神鸟金箔"嗖"的一声收拢，在她掌心上成了薄薄的纸片一般。

诸神惊呼："好厉害的劈天斧……"

"不愧是大鲧之孙，阳气竟然如此惊人……"

"你们注意到了吗？启王子的气息里全是大鲧生前的气息，真是太了不起了……"

姒启，不是被青元夫人附体了，这一刻，他仿佛被大鲧附体了。治水的大鲧，枉死的大鲧，因为偷了息壤被高阳帝处死的大鲧，姒启全部的生气化成了大鲧的怨气。

对面白色的人影也彻底变成了高阳帝的影子，那是高阳帝生前的一切信物：金杖、神鸟金箔以及四面神一族的化身。

劈天斧每一次挥出，都是冲着向高阳帝复仇而去。每一次砍劈，都裹着风雷的气势，甚至一些弱小的半神人都站不稳了，身躯摇摇欲坠。姒启，爆发出了千百倍的功力。

枭风初蕾已经顾不得再去嘲讽青元夫人了，她必须先自保。在强大的斧气之下，她基本上连开口的余地都没有了，她拼命躲闪。

可姒启却越战越勇，劈天斧也变得越来越大，越来越沉，每一次砸下来，就如泰山压顶一般。

渐渐地，初蕾但觉眼前银光闪闪，整个世界都变成了茫茫的一片雪白，而四周凌厉的杀气全部化成了细长的飞针，如雨点般兜头洒落，叫人简直避无可避。她暗暗叫苦，莫非今天还要死在姒启手里不成？

诸神见她忽然失去了话语的能力，只一味躲闪，而且躲闪的脚步也变得越来越沉重，好几次差点被劈天斧拦腰砍为两截，每个人都暗暗捏了一把冷汗：虽然这小丫头伶牙俐齿，可是，真要这么死了也太可惜了。

这样绝美之人，一旦死了，可能很长时间，宇宙里都不会有这样的顶尖佼佼者了。

青瑶却冷笑一声，擦了擦额头上的冷汗，清霜宝剑随手插在了青色的腰带上，冷冷地说："天穆之野绝不是可以撒野的地方！无论是谁都不行！启王子，身为夫人的唯一传人，清除师门之辱的重任就全在你身上了！"

杀了枭风初蕾，便是姒启交给青元夫人的投名状。

当年在有熊山林小狼王没有完成的事情，涂山侯人今天很可能会完成了。

第二章　入门弟子

　　青元夫人把自己隐匿在一层高高的桃色云彩里。她居高临下，将桃花星上的所有厮杀看得清清楚楚。无论是半神人们围剿的失利还是青瑶的惨败，甚至鬼风初蕾的叫骂和种种挑衅以及指证，她都无动于衷。她当然希望鬼风初蕾死，可是，她更清楚，若要鬼风初蕾死，白衣天尊就得死，否则，那可恶的小丫头根本死不了。白衣天尊，又怎么才能死呢？一个在不周山之战中都死不了的人，现在，怎么才能让他死？如果说以前青元夫人只是对他的悔婚抱着怨恨之情，那么现在，她唯一的念头就是：希望他死！死得越快越好。

　　自从他开口让她交出当年西王母的信物之时，她就知道自己别无退路了：白衣天尊不死，自己只怕连天穆之野掌门人的位置也坐不稳了。这是青元夫人上任以来遇到的第一次真正的危机——信任危机、人品危机，甚至是继位资格的危机。稍有不慎，便会成为阶下囚。掌管不死药之女神，居然会失去重生的机会，想一想，真令人不寒而栗。

　　青元夫人绝对不许这种情况的发生，白衣天尊，非死不可。为此，她甚至无暇顾及鬼风初蕾的叫骂。她也不在乎。反正只要白衣天尊一死，这丫头就非死不可。白衣天尊，是她唯一的靠山。可是，要如何才能让一个从弱水飞渡之后出来的资深半神人死掉呢？

　　越是危急的时候，青元夫人就越是冷静。她根本不听任何的挑衅之辞，只是冷静地想各种杀敌绝招：火器？毒药？基因病毒？各种顶级武器？她觉得每一种都不怎么靠谱。毕竟，这些玩意儿之前已经有人使用过了，无一例外都遭到了惨败，甚至西帝亲自出动的银河战舰都奈何不了他。

　　她想不出任何可以一招制敌的方法，她甚至考虑过自己的元气和他生死决战，但是，她立即否决了这一点。

　　在九黎广场时，她已经和鬼风初蕾较量过了，当时，鬼风初蕾只凭借自身和白衣天尊共用的元气，已经无法具有压倒性优势，何况是直接面对白衣天尊。

　　她很清楚，自己和白衣天尊的元气实在是相差太远了，这一招不行。

　　青元夫人一时想不到什么好主意，所以只是眼睁睁地看着他和半神人们厮杀。

　　围攻白衣天尊的，全是当今最顶尖级的年轻半神人，他们年轻、阳刚、血气十足、十分冲动，每一个都要强好胜，所以，每一个一上手便用上了全力，企图一招干掉白衣天尊，然后好让整个大联盟的人都知道：瞧，是我杀掉了白衣天尊！

　　能杀掉白衣天尊，自然会成为整个银河系最了不起的英雄少年，每个人都争先恐后地想要成为这样的英雄。

可是，青元夫人见他们一个个冲得越快就倒得越快。

这些半神人少年们根本无法靠近那白色的身影，就一个个地飞了出去。他们甚至没有受到什么内伤，只是一个个鼻青脸肿倒地不起，嘴里呻吟声不绝于耳。

很快，地上就倒了一大片。

再要冲上去的少年们便生生停下脚步，面上已经有了畏惧之情，仿佛在考虑：是不是该扭头就走？

白衣天尊还是站在原地一动不动。

他遥遥地看了一眼那被诸神包围的红色身影，又转向看着七八名犹豫不决的半神人少年，长叹一声："看来，大联盟的环境实在是太舒服了，已经不再适合英雄们的成长了。瞧这一群少年，竟然没有任何一个人有像样的一招一式，全是没用的花拳绣腿。莫非是整日的饮酒作乐、游山玩水，已经彻底摧毁了你们修炼的根基和理想？"

少年们面面相觑，不敢回答。他们看看地上呻吟不已的同伴，又看看那点尘不染的白衣人影，手里的武器就更是显得软弱可笑了。他们，全是在战争结束之后生长起来的一代。

长达七十万年的时间里，整个大联盟根本没有爆发过什么像样的大战，战争的阴影也变得很淡很淡，慢慢地，古老的英雄们甚至成了风一般的传说，玄幻、缥缈、不切实际。因为没有战争，少年们自然就没有实战经验。各大神族讲究的是风度的俊美、姿态的高大，以及在各种场合的气质、休养，甚至是种种琴棋书画。诸神，已经从尚武转向了娱乐。

可是，精髓犹在，每一个神族所掌握的尖端武器仍在。此时，这些拿着各种法宝的少年一拥而上时，忽然发现，种种法宝都失去了效力，他们面对的仿佛是一座牢不可摧的大山，凡俗神等根本无法撼动其分毫。他们忽然意识到，这个全联盟的通缉犯，之所以能逃过银河舰队的追杀，大摇大摆地出现在这里，很可能不是因为侥幸，而是银河舰队真的对付不了他。银河舰队，已经是大联盟的第一流的军队。如果银河舰队尚且奈何不了他，自己这群半神人，又还能如何呢？

白衣天尊无视少年们的目光，还是淡淡地说："你们都走吧，以后别一味想着投机取巧，以为凭借什么仙丹妙药就可以直接提升元气了。其实，你们的父辈应该告诉你们，仙丹妙药只是在初级阶段有效，当每一个半神人达到一定的阶段，体质彻底稳定之后，神药基本上就不起什么作用了，而元气的扩展是无穷尽的，这就需要自身的修炼了。可是，你们本末倒置，整天研究的都是没用的技巧，费尽心思追求捷径，可知，再多的蟠桃吃下去，再多的灵气砸下去，本质上都没太大的用处，无非是满足一时的口腹之欲而已，甚至吃得越多，副作用越大……"

少年们的脸上，纷纷露出半信半疑之色。但是，已经没有人继续往前冲了。他们手里掌握的武器也已经有点力不从心了。

有一对兄弟互相使了个眼色,忽然转身就走,其他几人见状也转身就走。可是,他们刚走出几步,就听得一个苍老之际的声音:"技不如人并不丢人,可是,被敌人三两句便吓得不战而退,这就很丢人了……"

几个少年生生停下了脚步,在他们的对面站着三名老神,那是今天前来参加蟠桃会的最大年龄者。

三人都已经须发皆白,眉梢眼角间是深深的皱纹,但是,眼睛却炯炯有神。

尤其是为首之人,他一头白发,中等身材,分明貌不惊人,可就地一站,便是一股巨大的元气墙壁。

老神,有一双红色的眼睛,就连眼珠子都是红色宝石一般,任何人看一眼都会过目不忘。就连白衣天尊也好生意外,这蟠桃会上,居然有这么强大元气之人!他淡淡地看着那三人,并未急于开口。

一名少年却嗫嚅道:"我们……他……他可是白衣天尊……"

另一名少年也鼓足勇气:"是啊……他是白衣天尊……"

红色眼珠的老神还是淡淡地说:"白衣天尊又如何?莫非你们认为败在白衣天尊手下便是天经地义的?也因此就不觉得丢人了?"

少年们交换了一下眼色,每个人的表情都一样:难道不是吗?

红眼珠老神的声音有些沙哑:"我们虽然很久不问外事了,但也没想到大联盟的少年们已经堕落成这样了,真是一代不如一代啊……"

白衣天尊看着他的红色眼珠子,竟然想不起此人究竟是谁,而且记忆中也没有任何的印象。

他淡淡地问:"敢问阁下高姓大名?"

红眼珠漫不经意:"不敢!我等既无高姓也谈不上什么大名,只是天穆之野的园丁而已,一直奉西王母之命看守园子……"竟然是天穆之野的园丁。

从西王母的时代开始,他们就一直在这里看守园子、种植桃子了。尽管是无名无姓的人,可是,白衣天尊却知道麻烦来了,如果是当年西王母钦点的守园人,那么,他们不会输给任何外表显赫的神族。可是,他还是淡淡地说:"既然你等奉了西王母的命令,就该知道西王母的原则!而不是为虎作伥。"

"西王母对我们唯一的命令便是要保护蟠桃园的安全,并守护历代掌门人。天穆之野,不容任何人撒野……"

"我并非来撒野,我是来索取当年西王母赠予的信物!"

"我们不管什么信物,只负责驱逐撒野之人。"

"这么说来,你等原是一群不分是非的老糊涂了?"

"小子,逗口舌之利没有任何意义……"

他竟然称白衣天尊为"小子",就连旁边的一名少年也忍不住了:"老人家,他可不是什么小子啊,他只是外表年轻而已,实际上,他可能比你们还老得多,他可是不周山之战赫赫有名的共工啊……"

红眼珠老头也笑起来："我们终年待在园子里，既不知道什么不周山之战，也从未听过什么共工，我只知道，蟠桃园存在的第一天，我们就在这里了……"

少年们张大嘴巴。

白衣天尊也很意外。

想那蟠桃园，是西王母起家的地方，一开始就有了。而西王母，是仅次于娲皇的大神之一，存在的时间远超炎帝、黄帝这些半神人。而这三个老头居然在蟠桃园刚开张就在这里了，那算起来岂不是有上十亿年的寿命了？白衣天尊立即明白了，今天真正的对手，其实是这三个老头。

所有半神人少年甚至青元夫人加起来，可能都不如这三个老头。

他不敢大意，只微微颔首："既是如此，那小子真的有眼不识泰山了。"

在这三位老神面前，他的确成了小子。

三位老神，每个人手里只有一把剪刀，分明就是园丁常用的那种最寻常不过的剪刀而已。此外，再也没有任何武器。

可是，白衣天尊却立即感觉出一股极大的杀气。但是，他没有退却。

他镇定自若地看着红眼珠老头举着剪刀从正面走来，而另外两位老神则一左一右，三人刚好成三角形将白衣天尊包围。巨大的杀气，顿时洒满了桃花星的上空。倒地的少年们和站着的少年们统统远远飞了出去。一群中年半神人原本鸡贼地想见机行事，结果根本来不及出手便被这股旋风也一起扔了出去。这边的战场，已经被彻底清场。

唯有白衣如雪之人凌厉中间。

三个老头见他在这股旋风之下纹丝不动也略略有些意外。

白衣天尊却更是震惊，这三个上十亿岁的老园丁，恐怕是大联盟再也找不出的绝世高手。

如果是不周山之战前，只怕他们一挥手，自己就得和这些半神人一样飞出去。纵然是弱水飞渡之后，他也觉出一股冷彻骨髓的寒意。

曾经把整个银河战舰藐视在脚底的人，也觉得有四面八方无形的牢笼在向自己靠拢。

红眼珠老头忽然摇摇头："几亿年了，天穆之野再也没有见过这样的高手了。小伙子，你真的是炎帝之子？"

"正是。"

"我们虽然几亿年不曾离开天穆之野，却也听过炎帝之子把天都捅破了的传闻。那段时间，天穆之野几乎也寸草不生，蟠桃树都死绝了，天空中飘荡的全部是红色的酸雨……"

另一老头道："是啊，有整整七千万年的时间，天穆之野的桃树怎么都生长不起来，再后来，蟠桃好不容易长起来了，却不结果，又过了近亿年，蟠桃树才终于培养成功，然后三千年一开花，三千年一结果，三千年一成熟……"

"何止呢。在不周山之战前，一些极好的品种几乎要三万年一开花，三万年一结果，三万年才能成熟了。事后我们发现，都是因为气候变迁引起的……"

"没错，我们治理天穆之野的气候又花了整整一千万年……"

这三个老头，时间都是以千万年、亿年计算。之前那批闹哄哄的半神人们，全部加起来也比不上他们的寿数。

红眼珠老头指着他："原来都是你这个小子干的？炎帝没教育你要好好爱惜宇宙环境吗？"

白衣天尊要笑，可哪里笑得出来？

"炎帝一生负责治理整个银河系的生物环境，尤其是在植物学方面，全宇宙无人能及，无论多么稀罕的花，无论多么生僻的药，他统统都能培育种植，为此，他感染了上百万种病毒，没想到，有朝一日，他的儿子一瞬间就毁灭了他全部的心血结晶……"

"炎帝可真是个大好人，他在植物学上的造诣，我们这些园丁简直望尘莫及。他曾经种活了全宇宙号称最难存活的十种仙花，可一夜之间就被你彻底摧毁，直到现在无论如何也无法复制了……"

"炎帝所累积的十亿年善德，被你这臭小子彻底败光败净，你真的好意思吗？"

"你这小子，可真是不肖子！"

白衣天尊无从反驳，只是恭恭敬敬地听着。

"不周山之乱也就罢了，现在，你居然还敢跑到天穆之野撒野，那我们就容不得你了！"

白衣天尊没有解释，他没有给自己找任何借口和理由，他只是全神贯注凝视着那股生平从未感受过的强大元气包围圈慢慢地形成。

红眼珠老头忽然"咦"了一声："你这小子还真有两下子啊，竟然还能站得稳……"

他还是客客气气："过奖了，小子很惭愧。"他已经具有上亿年寿命，在大联盟里本来是最资深的半神人之一，人人都得敬他一声"前辈"，再不济，也是不周山之战的古老传说，可现在，在这三个老头面前，他只能客客气气自称一声"小子"。

"小子，你再试一试……"

能量，瞬间加大。他的白色长袍忽然鼓了起来，就像膨胀的一个大球。纵然面对银河舰队，也从未有这样排山倒海一般的压力。他的元气，已经全部集中到了一个点上。他发现，自己正在遭遇生平未见的恶战。相比之下，早前的张灏、银河战舰等的进攻，完全就是隔靴搔痒一般轻松了。

远处的气瘴里，一个人比他更加紧张。

她恨不得冲上去再加一把力，立即将这厮撕成粉碎。可是，她不敢冲出去，不但不敢，也立即发现了自己和他们的差距——她压根儿就不敢靠近那瘴气。别说冲过去了，光是靠近就得被撕成尘埃——连碎片都不是，会直接被分解成最微小的尘埃。白衣天尊，可怕的白衣天尊。

她从来不敢小觑他，却也没想到他已经到了这样的境界。

若非三名老园丁出手，今日，他就算把整个天穆之野掀个底朝天只怕也没有任何人能够奈何他了，她忽然很庆幸。

她紧张地看着战场，今天，非让这厮死无葬身之地不可。

三个老头，再次发出了攻击。第一招已经很吃力了，第二招，简直已经无法招架了。

白衣天尊接连后退。他的白色袍子鼓得更高更圆了，天地之间，仿佛已经只剩下了这一片洁白。忽然，"噗"的一声，白色袍子裂开了一个口子。千里之堤毁于蚁穴，一道细小的口子之后，整个白色袍子一瞬间就变成了笤帚般，破破烂烂，白衣天尊急速后退。

红眼珠老头忽然笑起来："好小子，你居然还能生生接下这第二招。那好，你再试试我们的第三招……"

三个老头，是三兄弟，而且是三胞胎兄弟。他们自然就一起出手、一起行动，三人之间心随意动，完全是一个整体，不会有任何的不协调。三个人，就是一个人。三个老头包围着白衣天尊，整个世界已经成了一个巨大的气场旋涡，而白衣天尊，就成了旋涡里唯一的活口。旋涡越来越大、越来越深，纵然是白衣天尊，也第一次觉出一股刺骨的寒冷，仿佛有什么东西深入骨髓，将人的神经都彻底冻结了一般。他试图冲出这个旋涡。

可是，三角形是一种最稳定的关系，三个老头的气场竟然差不多，完全分辨不出哪一方才是弱点。

那三个老头是一个完整的整体，他很快打消了各个击破的打算，他发现自己无法突破任何一处旋涡。

旋涡开始蔓延、旋转，就像飓风裹着万物，又像是飞流直下的时间长河，渐渐地，旋涡变成了桃红色，隐隐地，无数的桃花仿佛形成了一条倒挂的飞流瀑布，美则美矣，却已经让人快要窒息了。

他情知不妙，急欲冲出来。

可是，他刚刚冒出头颅，红眼珠老头便哈哈大笑："臭小子，你可真是不见棺材不掉泪啊……"三股巨大的元气同时注入，整个旋涡彻底加了一股龙卷风，白衣天尊冒出的头颅很快便被镇压下去。

白色的身影，终于被彻底卷入了旋涡之中。

……

青元夫人居高临下，将这一幕看得清清楚楚。彼时，她听得凫风初蕾一声惊呼，那是劈天斧破空而出的风声，仿佛将整个半空都拦腰砍断了一般。

白色的身影，对这惊呼声充耳不闻。因为，他已经无法挣脱旋涡的束缚，而且，很快就要没顶消失了。

也许，他压根儿没想到在这里会碰上三个这样的园丁，甚至比一支银河舰队更厉害十倍百倍。西王母一族，任何时候都不容轻视。西王母一族，一直是大联盟的第一神族，这绝非浪得虚名。在她们的花拳绣腿和莺歌燕舞桃红酒绿之下，一直有最强大的后盾作为保护。而外界却一直误以为她们只有生死药和超高的医学技术，浑然不知，纵然是一个老园丁，也足以比肩任何第一流的半神人，这才是整个天穆之野一直屹立不倒的根本原因。

渐渐地，白色的身影已经在旋涡里只剩下一点点了。那一点点，也只是他竭力伸出的双手。看样子，他企图抓住什么。可是，旋涡是空荡荡的，强大的气场是抓不住的。

很快，便是没顶之灾。只要这旋涡将他彻底吞噬，他纵然不死，也再也无法挣脱出这股刀锋般的大山了，它会将他牢牢地镇压在里面，让他一直忍受尖刀锋利般穿刺的痛苦，那会比死亡更加痛苦。

青元夫人笑起来。

因为，她想起了百里行暮。

那个复制人百里行暮，只继承了共工不周山之战后重伤之下的仅存的一点元气，但已经足以傲视人类群雄了。他自以为躲在古蜀国，就能高枕无忧地做永远的蜀王了，殊不知，却被颛顼窥破了身份，将他设计关押在满是熔浆的金棺里面，经过整整一万年的焚烧，几乎将他的心脏彻底焚毁。

百里行暮之死，便源于此。他一复活，便注定了死亡。

此时，白衣天尊也重蹈覆辙，陷入同样的旋涡之中。

旋涡里，并非几万度的岩浆高温，而是比岩浆更厉害的刀锋溶液，纵然宇宙中最坚韧的合金也会被彻底溶解。纵然是不周山之战中死不了的共工，也不能例外。

渐渐地，那旋涡里的人影彻底消失了。

整个白色，浑然不见了。三个老头的额上，也都有一层淡淡的毛汗。

青元夫人一挥手，四周的桃色云彩慢慢消失了。

她并未掉以轻心，她很仔细地再次观察那个旋涡，直到确信那三名老神一直将旋涡彻底冻结冰封、收口，就像是一个妖怪被装进了收妖的葫芦里。

青元夫人暗暗松了一口气，这才转向厮杀的另一端——尽管那边厮杀激烈，又笑又骂，声势惊人，热闹非凡，可是，在她看来，简直是儿戏一般。相反，这里无声无息的较量才是终极决战一般。她走了几步，却不敢置信。也许是对白衣天尊忌惮太深了，她一直不敢相信这么顺利就把他捉住了。她终于没忍住，倒回头去。

红眼珠老头见掌门人忽然现身，神情很是恭敬："见过掌门人。"

青元夫人也客客气气："他真的已经被困在里面了？"

红眼珠老头点点头:"回掌门人,任何人都不许在天穆之野撒野。"
"他再也爬不出来了吗?"
"至少,再也没有捣乱的力气了。"
"他会死在里面吗?"
"我们不杀人!但是,他的气场太强大了,被反弹回的气流所冲击,互相夹击之下,他很可能已经被分解成了碎片。"换言之,如果他不抵抗,他只会被困住关起来,可他要是拼命抵抗,那就不啻自杀。

抵抗所换来的,是元气加倍地反弹——发出去的元气有多大,受到的攻击就会成千倍地被扩大。

这不是血流成河粉身碎骨的问题,这是直接被分解的问题。

也正因此,青元夫人之前一直都不敢靠近。

此时,她看了看那个坟墓一样的瘴气土包,这才彻底松了一口气,非常客气地一领首:"有劳三位老人家了。"

"掌门人客气了,这原本是我们分内之事。"

她长叹一声,悠悠地说:"想我西王母一族一直辉煌无比,没想到在我手上,居然被人指着鼻子叫骂上门,阿环真是惭愧无比啊,也不知该如何向娘娘交代……"

"掌门人不必忧虑,今后没有人敢再来捣乱了。"

"多谢三位了。"

"掌门人客气了,这原本是我们分内之事。"

第三章　拳打女神 1

劈天斧已经不再是一把斧头，而是宇宙上最顶级的神器之一——那是大鲧当年曾经使用过的神器。使用劈天斧的第一要诀便是要阳气足，阳气一足，便可以激发劈天斧里最先进的攻击系统。

大夏王得到这把神器之后，一直不曾使用，因为他是大鲧的怨气凝结，自幼先天不足，后来又在治水中浸泡过度，一条腿也瘸了，从此，就更加无法使用劈天斧了。

直到姒启出生。大夏王对这唯一的儿子一直给予厚望，宠爱有加。姒启一出生，大夏王便将这把劈天斧赏赐给了儿子。

姒启天生神力，少年时代便凭借一把劈天斧傲视群雄了，纵然是在万国大会上没有得到任何指点，也能凭借一把劈天斧逼退许多成名的人类豪杰。

可是，他的阳气再猛也只能把劈天斧当一把利器使用而已。他无法激发劈天斧里真正的攻击系统。可现在，情况已经不同了。蟠桃精、桃花酒以及诸神们赠送的灵药，已经彻底启动了姒启神族后裔的全部血统。劈天斧在他手里，也彻底变样了。深藏不露的攻击系统，彻底启动。大鲧曾经威震天下的劈天斧，终于呈现出了它原本该有的强大威力。

那是不输给任何半神人的超级武器。这劈天斧，甚至一下就切割开了无坚不摧的金箔神光。相比之下，清霜宝剑简直就是小孩子的玩意儿了。

诸神都被这股凌厉之气惊呆了。他们仿佛看到的不是姒启，而是大鲧。大鲧复活了，大鲧拿着劈天斧纵横在群山之巅，沟壑之上，飞掠海洋的表面，他所过之处，汪洋都会自动退避三舍，水流都会自动截断。诸神，已经很久没有见识过这样的场面了，可现在，又出现了。

劈天斧一路闪着寒光，所过处，金箔光圈瞬间隐匿。

就像黑夜忽然到来，黑夜忽然过去。

于是，黑夜和白天就这么瞬间交替，形成一种奇特的景观。

姒启，整个人都变了。他追逐那白色的影子，双目喷火，仿佛那是白衣天尊，又仿佛是高阳帝，他只是一招一招地杀将过去：杀父之仇，杀祖之仇，非报不可！

凫风初蕾一直在逃命。最初，她以为姒启是被青元夫人附体了，可是，她很快便发现，不是这样！姒启并未像涯草这些人一般彻底失去神智，相反，他绝非是一味地盲目砍杀，他的一招一式都充满了思辨和变化，这是必须理智清楚之人才会有的行为。

被附体的傀儡，一般会彻底失去思辨，也正因此，只要附体一消失，就会变成真正的行尸走肉，没可能自行提高，可如启不同。如启，完全是凭借自己的意志自行提高。他的超级大爆发，是因为他体内的神血被激活，他手里的劈天斧也彻底被激活了。

如启，是真的对自己动了杀机。

她明白了这一点，立即判断出：今天自己不出杀招，已经无法轻易脱身了，或者说，就算和如启同归于尽也不见得能脱身了。

就在这时，劈天斧又到了面前。

面门，几乎可以看到火花飞溅，双眼几乎当场就瞎掉了。

初蕾忽然闭了眼睛，手里的金杖几乎脱手飞出。

有半神人惊呼一声："天啦……她这是瞎了吗……"

"好悬……看来这小姑娘今天是性命不保了……"

"喂，小姑娘，你别跑了，没用的，你干脆马上投降吧……马上投降还能留下一条性命啊……"

投降？向如启投降？自己这一辈子，从未向任何人投降。纵然独战群神都从未投降，如今，怎么可能？这简直是笑话啊。

当劈天斧再次袭来时，初蕾终于震怒了。

早前，她以为如启被附体控制，情非得已，一直手下留情，可现在，她觉得不但不能手下留情，而是应该彻底反击了。

金杖，挥出。

这一次，用了足足十成的元气。

劈天斧忽然坠落，如启接连后退了好几步才停下来。

她也面色潮红，心口一阵潮涌，仿佛一口鲜血快要喷出来了。不过因为她原本人面桃花，外表也看不出多大异样。

可观战诸神却不知实情，反而啧啧称奇："老天，这小姑娘元气真是太厉害了……"

"高阳帝之女竟然还是要稍稍胜过大鲧的孙子？"

"可不是吗？她的金杖真是太厉害了……"

"这金杖我见过，那不是高阳帝以前的权杖吗？高阳帝的权杖，自然非同小可……"

"难怪这么厉害。又是金杖，又是金箔，看来，高阳帝把太阳星上的宝物几乎全部传给她了啊……"

"不对啊，你们看，她的脸色红得不太正常……"

"没错，她的脸色真的太不正常了，这可是受了内伤的表现啊，你们再看如启，如启虽然退了几步，可是，如启安然无恙啊……"

果然，如启虽然手中的劈天斧差点坠落，可是，他退了几步之后，安然无恙，整个人毫发无损。相比之下，这一招，很可能是如启占了上风。

青瑶见初蕾之前不可一世，现在忽然落了下风，顿时大喜过望，高声道："启王子，就看你的了。再有一招，定叫这嚣张的小丫头死无葬身之地，快，别给她喘息的机会……"

姒启再一次举起了劈天斧。但是，他并未马上冲上去，而是死死盯着对面的白色人影。

她站在虚无的云层里，脸上的潮红慢慢消失了，仿佛压根儿就没有受到任何伤害似的。

那是一抹白色的人影，绝非他昔日熟悉的红衣蜀锦。可是，那不是白衣天尊。那是她！那是凫风初蕾！

他握着劈天斧的手忽然有些颤抖，仿佛直到现在才稍稍清醒过来，他迟疑不动了。

青瑶急了，连声催促。

他还是一动不动。

"启王子，你身为我天穆之野的第一外来入门弟子，这一战，可攸关师门荣辱！否则，传出去外人只当我天穆之野无人，以后，岂不是阿猫阿狗都可以欺上门来？"青瑶的声音是一种警告，更是一种催促。

"启王子，快杀了这妖女，绝不能让她活着走出天穆之野！"

姒启双足生根一般。

旁边一名小神忽然冷笑一声："启王子是不是担心自己失败，然后不敢上去了？"

"对啊，大鲧的孙子再要败给高阳帝的女儿，可能大鲧在九泉之下也不会瞑目了……"

"可能启王子是丢不起这个脸吧？他那样子分明是已经胆怯了吧？"

"其实，这也没什么，看样子，他真不是鱼凫王的对手，胆怯也是正常的，毕竟，我们都不是对手，何况他……"

姒启原本已经垂下去的劈天斧忽然抬了起来，绝非因为诸神的奚落。

心底，忽然浮现许多过去的情景：在钧台的时候，在褒斜道的时候，在金沙王城的时候……自己如何一次次的求婚，又一次次被她所拒绝。

一片痴心，付之东流。直到现在，直到重逢。可是，她已经嫁与他人。这个女人，终究成了我的路人。无论我做过什么，她都成了我的路人。

他的头顶，也一股隐隐的白气，好像喝下去的桃花酒已经在周身游走成了一股炽热的血脉，急于要厮杀一番，非要嗅到血的腥味才能缓解。那是蟠桃精的威力，再加上他天生的阳气，既能令他元气倍增，自然也能令他心性大乱。

他不知缘故，只觉得莫名地一阵暴躁，内心深处有个声音在疯狂地呐喊：快杀死她！快杀了她。马上杀了她就好了。反正她也不嫁给你，还留着她干什么？反正她已经是别人的妻子了，杀了最是关键，眼不见心不烦，快，快出手杀了她啊……快……你只要杀了她，你就解脱了，你就再也不会郁郁不平了……反正我得不到的东西谁也别想得到……

初蕾没有看他，她也不再跟他讲任何交情。

太多的挫折早已教会了她，这世界上只有永恒的利益，而没有永恒的朋友。

现在，已经不值得再回忆任何和姒启的交情，没必要。

初蕾只是盯着青瑶，她发现青瑶一直盯着姒启，手指卷曲起来。她忽然冲着青瑶就扑了过去。

青瑶惊呼一声，好不容易逃出了金杖发出的冲击波，可头发已经被烧焦了一大半，衣服也七零八落，十分狼狈。

"妖女，你竟敢偷袭我……快，启王子，快杀了她，快……"话虽如此，她却远远避开，生怕鬼风初蕾追过来。

初蕾微微一笑，倒也并不追赶，金杖遥遥指着她："本王乃高阳帝之女，你这无知小婢女竟敢口口声声称我妖女！"

青瑶气急败坏："启王子，你必须马上杀了她……"

姒启如梦初醒，可劈天斧挥出去的时候，元气不由得减弱了一大半。

金杖，正好迎着劈天斧。

劈天斧差点坠落，姒启不由得后退一步，第二招，便没有及时跟上。

青瑶嘶声道："启王子，你可不能妇人之仁……今天你要是再输给这妖女，以后你一辈子就抬不起头了，你想想看，你难道甘愿一辈子都落在她的身后，处处都不如她吗？你愿意处处不如你的杀父仇人、杀祖仇人的女儿吗？启王子，你今天要是败了，我们都瞧不起你，你简直不配做天穆之野的传人……"

这话，正好击中了姒启的软肋。他不假思索，举起的斧头用了十成的元气砍了过去。

初蕾情知已经没有任何回旋余地，也涌起了好胜之心，索性举起金杖全力以赴，倒要看看姒启吃了蟠桃精究竟有什么了不起。

金杖和劈天斧对了个正着，真正是势均力敌、棋逢对手。

二人各自后退一步。

初蕾笑起来："姒启，你比以前厉害多了！短短的时间就有了质的飞跃，真是了不起。也罢，我们从来没有真刀真枪的较量过，今天就好好比画比画吧……"

他死死盯着她："以前，你一直叫我涂山侯人！"

"那是以前！"

"为什么？"

她想，这问题不该问你自己吗？她只是笑了笑。

一个称呼的改变，便是一段情谊的变更。

恍惚中，他忽然想起汶山之巅，淳朴的少年追着那个骑双头蛇的少女，颠颠地：

"喂，我叫涂山侯人，你呢？你叫什么名字？"

可是，她已经不再回忆过去。过去再美再好，统统都只是过去。她更喜欢看向未来，无论是事业还是情感。

他还是死死盯着她："我们连朋友也不是了吗？"

"这，也得看你！"

是你先做出了选择！但是，她还是什么都没说。

她沉默，他也沉默。

其实，从九黎不辞而别的那一天起，她便很清楚，自己和他已经做不成朋友了！就算她愿意，他也不可能再冲破元华夫人姐妹的阻力了。她们姐妹，已经牢牢将他控制了。

有些事情，看破却不说破。可是，弑启你为何还故意装傻呢？

也许是她那种云淡风轻的态度，他忽然很愤怒、很委屈，所有压抑的痛苦忽然就爆发了："我一直那么喜欢你，为何你却从未考虑过选择我？凫风初蕾，你真的一直看不起我？我到底是怎么输给白衣天尊的？就因为他本领比我强大？"

这话，既是他的声音，更是出自他的想法。

那声音里满是愤怒、怨恨："白衣天尊，他明明就不是百里行暮！为什么你宁愿选择他也从来没有考虑过我？"

"他就是百里行暮！"

"他根本不是！你明知道他不是！可是，你宁愿将错就错！"

她没有辩解，也不想徒劳无功地去辩解。这根本不值一辩。

"白衣天尊绝非百里行暮！青元夫人也力证这一点！我就不信凫风初蕾你一直看不出来！"

"青元夫人的话，未必可信！"

"那是你对她有成见。"

她笑起来，是啊，我不但对她有成见，我甚至恨不得杀了她！

"你分明是看出他能给你种种好处，让你成为万王之王。而这些，我却做不到，是吗？"

她很诧异。

原来，他居然是这样的想法。如此，她反而释然了。道不同不相为谋，走不到一起也是正常的。

可是，她还是没有辩解。被人误会的时候，顶顶重要的不是辩解，而是不值一辩。

可她越是沉默，他越是愤怒。

蟠桃精和桃花酒已经彻底将他心中最隐蔽、最愤怒的一面调动起来。他想，你沉默，难道不正是因为我说中了你心中所想吗？

她想，随你怎么想，我又何必为不值得解释的问题反复自我辩解？

他忽然怒了，她竟然连辩解都不屑。

"凫风初蕾，你从未真正将我当作朋友！很可能，你早就认为我远远不如你，根本就看不起我！"

"我不是看不起你！我一度当你是最好的朋友。"

他冷笑道："朋友？我根本不需要什么朋友！你明明知道我从来不是拿你当朋友！为了你，我什么都可以做，可为什么我只能是朋友？"

她沉默了。他却更是愤怒。

自己于新婚之日，毅然决然舍弃了云英，背着让族人和下属寒心的危险，不顾一切前去有熊广场寻找她，难道，她还是认为自己只是拿她当朋友？

"凫风初蕾，为了你，我一度可以舍弃一切！"

"你根本不会为我舍弃一切！"

他死死盯着她，眼中似要冒出火来。

她也盯着他，非常平静。

这世界上，根本不可能有任何人会为另一个人舍弃一切，也犯不着——别说至亲至疏夫妻，纵然是父母子女骨肉之间，也没有这个可能。

姒启，也从未真的舍弃过任何东西。该作战就作战，该成亲就成亲。他该得到的都得到了，不是吗？

还是他先质问："你是不是一直怪我没有在有熊山林认出你来？"

"当初在九黎广场，你也没能认出我来！我在你面前看着你吃完了整碗牛肉面，你也没有认出我来！"

他呆了一下，他竟然不知道这事情。他一直都不知道。也不敢相信当初那个骨瘦如柴的女孩竟然真的是她。

她微微一笑，非常清晰地回忆起自己坐在他面前，一直看他，可是，他并不看自己，他只顾埋头吃面。然后，云英来了。彼时，他俩新婚宴尔，云英叽叽喳喳，二人就像一对小夫妻该有的样子，纵谈不上甜蜜，也很亲切。然后，他就更加看不到她的存在了——就算偶尔瞟一眼，也只是瞧路人的目光。

姒启，你真的没有自己想象中那么喜欢我。因为，我知道真正喜欢一个人是什么样子——比如杜宇。无论什么情况下，杜宇都能认出我来。无论是有熊山林中那僵尸似的骷髅，还是九黎广场上骨瘦如柴的少女，或者湔山小鱼洞里沮丧无比的失败者……

甚至杜宇，是主动寻找。而他，是自己刻意走到他的面前，坐在他的对面，他还是认不出。

他心目中，定格的永远是她美貌惊艳的样子，而无法想象她毁容成了丑八怪的样子。她想，也可能是自己要求太高了。

这未免不合情理，但是，喜欢一个人，难道要求不该高一点吗？

"姒启，你真没有你想象的那么喜欢我！所以，我们只能是朋友！"

彼时，她刚刚发现加害自己的是青元夫人，而白衣天尊又刚好和青元夫人定亲——正是她最软弱的时候，对一切都失去了信任。天知道，彼时她是多么渴望涂山侯人能认出自己，所以，走了好远的路，过了好多条街道，目的便是希望他能认出自己来。毕竟，他曾经是她最信任之人，最要好的朋友。也曾以为可以肝胆相照，生死与共。

可是，到最后，奇迹一直不曾出现。

在他眼中，她一直是那个美艳无比的少女，他可能根本无法想象她变成丑八怪的样子。可是，再美的女人，又怎能一直在至亲面前保持完美无缺的形象？就算没有毁容，也会有疲惫、衣冠不整，以及年老色衰的时候。

而姒启，和别的男人一样，希望心中女神永远完美无缺。

可是，凡夫俗子，谁能真正做到永远的完美无缺？纵然是青元夫人，偶尔也会流露出狰狞凶狠的一面。

如果说，她之前还对姒启有过一两分超出朋友的期待的话，此时，也彻底断得一干二净。从那以后，他在她心目中的地位甚至不如小狼王，更不如杜宇以及丽丽丝这些朋友了。

他怔了很久，握着劈天斧的手也在微微战栗。

原来如此！原来，竟是这样。

过了很久。

"如果我当时在有熊山林或者九黎广场认出了你，是不是一切就不一样了？"

她想，这个假设毫无意义。因为，这事情早已过去，根本不会再重来了。

他固执着问道："如果我当初认出你来，是不是一切就不同了？"

"就算时光倒流，你也不会认出我来！"

他死死盯着她，握着劈天斧的手颤抖得更厉害了。

那是一段外人听不到的对话，那是一对曾经的好友的开诚布公，那也是她的心里话："其实，从湔山小鱼洞之战开始，就注定了我们会是敌人，而非朋友！"

只是，这敌对的时刻来得迟了一点而已。

无论是大夏王还是云华夫人，他们的态度已经决定了他俩的未来。

"敌人！你居然说我们迟早会是敌人？"

"难道，现在不正印证了我的话吗？"

他呆了一下。

她还是只是笑了笑，看了看他的劈天斧，若无其事："其实，我一直很想领教一下你的劈天斧！只是一直没有机会。"

他也点点头："我也一样。从西北大漠之战开始，我就一直在想，我俩的差距已经到了什么地步？这问题，今天也许可以得到答案了……"

有个半神人冷笑一声："那还犹豫什么？启王子一试不就知道了？难道大鲧的孙子还怕了一个女流之辈不成？"他话音未落，眼前忽然一花，金光闪烁中，他整个人就飞了出去。金杖遥遥指着他的鼻子："大鲧的孙子当然不怕一个女流之辈，可是，你总是要怕的！"

诸神呆了一下，一时间，竟然再也没有人敢嘴欠了。

外人只看到姒启的手一直在轻微战栗，就像他怕了鬼风初蕾一般。可是，基于上一个嘴欠的半神人的教训，一般的轻率少年再也不敢轻易多嘴了，而资深点的半神人，更不愿意自取其辱。

交手这么久，大家都很清楚了，也许这少女还不算什么绝顶的高手，可若是一对一单挑，现场的这些普通半神人少年，基本上不会是她的对手。

青瑶终于忍不住了，大叫："启王子，你该不会是真的怕了这妖女吧？"

初蕾笑起来，金杖率先挥出："姒启，接招……"

这一招，完全没有客气，姒启根本没有任何选择的余地，不得不全力以赴才能接下来。他心中一凛，立即明白，今天除了力战一场，已经别无选择了。

劈天斧，再次迎着了金杖，他也用了全力。

二人都觉五脏六腑仿佛瞬间移位了似的，竟然完全分不出高下来。

终究是初蕾得了西帝的灵药，更胜一筹。她的金杖率先撤离，劈天斧在空中划出大半个圆圈，诸神震慑，接连后退，好一会儿才爆发出一阵喝彩声："启王子真是好本事……"

"那小姑娘也不错啊，不愧是高阳帝之女……"

"我还是觉得这小姑娘稍稍更胜一筹啊……""没错，这小姑娘之前已经混战了很久，损耗了部分元气，而姒启只对战她一人。车轮战，当然是姒启占便宜，如果是单独对决，姒启可能还要输一筹……"

"真是稀罕啊，我从未见过女子中有这么厉害的人物……"

"比她厉害的女子可能有，但是，比她美貌的却绝无仅有。这么厉害又这么美貌的，绝对是全宇宙第一了……"

"再美又能如何？看样子，今天她是死定了……"

"我们不和她磨叽，干脆一拥而上直接打死她算了……"

"得了吧，一拥而上？你以为你不要脸，我们也不要脸？要上你上，可别拉着我们……"

大家忽然都觉得，这小姑娘这么美，这么有本事，若是就这么死了岂不可惜？

而且，一大群男半神人围攻一个少女，怎么看怎么都有点胜之不武。诸神之所以观战不前，也是因为这个原因。

有人小声嘀咕："如果这姑娘车轮战了大半天，启王子不见得可以赢下一招半式……"

似启,把这话听得分明。他的脸色更加难看了。

他后退一步。当然不是因为半神人们的议论,而是他忽然注意到,凫风初蕾的脸色略有些发白。

唯有青瑶还在鼓噪:"启王子,赶快出手,这小丫头已经受了内伤,坚持不了多久了,你只需再有两招便可以结果了她……"

似启略一迟疑,提着斧头又上前一步。

初蕾却微微一笑,再次举起了金杖。

有个少年忽然道:"启王子,你这不对劲啊,你若是杀了高阳帝之女,别人岂不说你公报私仇?"

"没错,就算你赢了,也有损名声啊。"

似启迟疑,忽然后退一步。

青瑶却破口大骂:"闭嘴!你这吃主人饭却掀主人碗底的家伙!臭不要脸的东西,上门是客,你却这样对待主人……"

少年闭嘴,其他人再也不敢开口了。毕竟,上门是客,他们都是青元夫人的客人,享用了人家的桃花酒,这么说,的确不太好。

诸神,纷纷识趣地退开了。

似启却沉声道:"凫风初蕾,你走吧。"

青瑶一愣,可是她断然不敢对似启破口大骂,只是紧紧皱着眉头,心想,你这是什么意思?

诸神也都觉得有点意外。

"凫风初蕾,你走!以后再也不许到天穆之野了!"

初蕾却笑起来:"这天下任何地方,我凫风初蕾想来就来想走就走!但是,现在我还不想走!"

青瑶大骂:"不知死活的丫头,启王子,你不必对她客气了,她这个自大狂,分明不会领你的情……"

"我呸!你们都不是我的对手,我凭什么要领情?好了,少废话,还是手下见真章吧……"金杖,再次挥舞出去。

劈天斧也再次冲了上去。

青瑶松了一口气,好了,现在是那死丫头先动手,启王子就断然没有后退的道理了。

厮杀,十分激烈。

似启的功力,远远胜过一般的半神人。初蕾当然早就看出来了,青元夫人已经开始着手改变似启的体质,无论是收为门徒还是赏赐各种提升元气的法宝,实则都大有深意。她急需帮手,似启便是极好的人选。

现在，姒启才刚刚入门就已经这么厉害了，假以时日，很可能真的会冠绝天下。毕竟，天穆之野的实力绝对不可小觑。

可是，她凛然无惧。

激战中，她忽然看到青瑶紧张的样子，不由得哈哈大笑："你这小奴婢，你那么着急要不要再来吃我一招？"

作势，金杖往青瑶打去。

青瑶吓得迅速后退。

枭风初蕾哈哈大笑："跑什么跑？我又不会真的打你。"

众人见她力战姒启，居然还能如此谈笑风生，一个个也面面相觑，暗忖这鱼凫国的女王、地球上现任的万王之王，也真的不是吹的。

初蕾表面嚣张，内心实则十分焦虑，因为，劈天斧的压力越来越大了。如果说姒启最初还有些漂的话，渐渐地，一招一式都开始沉淀下来了。他本来就不是一个浮躁之人，本性非常深沉稳重。

一个浮躁之人，也根本无法使用劈天斧这种神器了。

渐渐地，她发现自己居然落了下风。

青元夫人果然厉害无比，光一个蟠桃精就令姒启如此厉害了，而且时间如此短暂！

要知道，她自己之所以从普通人变成半神人体质，那是因为早前就得了百里行暮七十万年的元气，又加上白衣天尊的灵药以及白衣天尊赠予的元气，甚至还加了西帝赏赐的灵药，如此，竟然也不能在姒启面前占据绝对的上风。

而姒启服用灵药，不过是今日之事。天穆之野灵药的威力，可见一斑。如果青元夫人随意武装一支军队，以姒启为首领，岂不是天下无敌？天穆之野，原来有的并不仅仅是医学或者病毒，就连武力值也这么强大。

也难怪她们可以操纵历代中央天帝的人选。

白衣天尊呢？她一直得不到白衣天尊的消息。

他和那群老大神的厮杀场地很远，她自顾无暇，就更加无法分心去看他了。

他现在怎样了？为何毫无声音了？按理说，他对阵那群半神人应该不费吹灰之力才对，可为何现在忽然没了踪影？

初蕾因为惦记着白衣天尊，就难免分心。好几次，劈天斧几乎砍中了她，金杖也连连歪斜，渐渐地，竟然明显落了下风。相反，姒启却越战越勇，好像他体内的元气不但没有衰竭，反而在源源不绝地增长。

诸神都看得清清楚楚，鱼凫金杖，果然还是抵不过劈天斧啊。再这么下去，可能要不了多久，这不可一世的万王之王就会彻底落败了。

劈天斧再次砍来，初蕾却心不在焉，虎口一震，金杖差点脱手而出。

诸神惊呼一声。

"快看，凫风初蕾快落败了……"

"果然还是大鲧的孙子技高一筹啊……"

"我就说嘛，大鲧当时就是数一数二的战神，他的孙子怎么会是脓包呢……"

"唉，我还以为凫风初蕾真的很厉害，可如今看来，也不过是女流之辈，花拳绣腿是有的，可真的遇上高手就完蛋了……"

初蕾，听得清清楚楚。

忽然，传来一声奇怪的巨响。诸神立即转向声音的来源，初蕾一愣，也转向声音的来源。

只见半空中，仿佛刮起了龙卷风，一片天空都黑了下来。

有人惊呼："是白衣天尊被困住了吗？"

"没错，是白衣天尊被困住了……"

"哈，终于将他困住了，这可真是好极了……"

"是啊，如果这次不能彻底将他困住，传出去，不光是我们没了面子，天穆之野也大失面子啊……"

初蕾凝神一看，忽然心神大乱。她当然看出来，白衣天尊是真的遇到麻烦了。就算不清楚现场的情况，可是真的不容乐观。

偏偏青瑶却在一边幸灾乐祸："妖女，你是怕白衣天尊被杀了吗？嘿嘿，好叫你知道，白衣天尊今天也许会比你先死……咯咯，就让你们这对不知好歹的狗男女黄泉之下继续做一对同命鸳鸯吧……厚颜无耻的东西，居然敢惹我们天穆之野，真是活腻了……"

这一走神，劈天斧好几次差点砸中了金杖，她好不容易避开，可已经无心迎战，只想赶紧跑过去看看。

可是，姒启非泛泛之辈，她又岂能轻易脱阵而出？好几次要冲出去，可是，每每到了中途，又被迫退回。如此反复几次，她恼了，金杖用了十成之力，对准姒启的胸口就刺去。

那是十足的杀招。

姒启不敢掉以轻心，仓促后退。

金杖落空，初蕾也不再追击，转身就跑。可才跑出几步，她便停下了。

那是一股强大的风，忽然铺天盖地而来。

无影无形的风，使得周围的蟠桃、花草、人影，甚至地下的土地都在战栗。

初蕾忽然有摇摇欲坠之感，但觉脚下的土地都在下沉一般，而其他半神人更是踉跄不已，有些人甚至当场就伏倒在地，惊呼连连："天啦……好强的元气……"

姒启也措手不及，劈天斧几乎飞了出去。

青瑶手里的清霜宝剑也飞了出去，满面骇然，随即便高声道："各位少安勿躁……少安勿躁……"可话音未落，她已经支持不住，只觉胸口似要炸裂一般，一口气都下不去了。

诸神也是同样的感觉，没有人敢开口，只听到无声的风带着死亡之气一阵阵地从耳边呼啸而过。每个人都有窒息之感。

虡风初蕾也觉喉头仿佛被一只无形的大手卡住了，她再也顾不得厮杀，只拼命捏紧手里的金杖，稍有不慎，金杖就要被那股飓风席卷而去。

诸神东倒西歪，以为末日已到。好一会儿，半空中忽然一声巨响，一瞬间，众人眼前一黑，下一刻，呼啸的飓风已经彻底远去。

四周，一片死寂。

诸神面上都有惧色，许多年少力弱者已经彻底瘫软在地，元气大伤。

就连青瑶也双腿颤抖，根本站不稳了。

唯有奴启还是提着劈天斧稳稳地站着，他急忙看向虡风初蕾，但见她也稳稳地站着，只是面色忽然变得雪一般惨白，早前面若桃花时的情状忽然不见了。

飓风过处，爆发出一阵惊天动地的欢呼声。

初蕾立即意识到大事不妙了。

果然，旋即便是铺天盖地的呐喊声：

"白衣天尊被杀了……"

"白衣天尊被旋涡吞噬了……终于被吞噬了……"

"天啦，白衣天尊被捉住了，大联盟的通缉犯，终于被抓住了……"

"还是天穆之野厉害啊，竟然不费吹灰之力便拿下了白衣天尊，这可是当年高阳帝都无法拿下的战犯啊，没想到竟然葬身在桃花星上了……"

"也真是便宜他了，居然死在这么漂亮这么浪漫的地方，从今往后，万万年的岁月里，都有漫天的桃花陪伴他，享受花开花谢、落红遍地，他也真是不冤枉……"

"天穆之野果然不是撒野的地方啊，连追捕司和法律司以及死神都抓不住的逃犯，她们轻而易举就给抓住了，真是太了不起了……"

"白衣天尊也真是不自量力，哪里不好去，怎么就偏偏跑到天穆之野挑衅呢？这岂不是找死？他就算去中央天庭挑衅，也比跑到这里强啊……"

"他可能是自大惯了，又在弱水待了那么长时间，就真的有了错觉，自以为天下无敌了吧？"

"何止呢？他之前连续击溃了许肿琳、禹京、银河舰队，又挟着不周山之战的余威，自以为从此天下无敌了。这不？终于栽倒在了天穆之野，也真是罪有应得了……"

"谁叫他当时对夫人如此无礼呢？也不看看天穆之野是什么地方？那可是炎帝、黄帝都不敢撒野的地方，他以为自己是谁？"

"是啊，当年的西王母一出，谁与争锋？现在的青元夫人，也无人能敌……"

"哪里需要青元夫人出手啊？这不是杀鸡用牛刀吗？人家天穆之野随便几个园丁

出手，白衣天尊就倒下去了……"

"咦，只是几个园丁吗？"

"可不是吗？就两三个老园丁，一下就把白衣天尊给拿下了，厉害吧？"

"太牛了！真是完全想不到啊。我们这么多人一拥而上都无法搞定，结果人家三招两式就摆平了，真不得不承认我们和天穆之野的差距啊……"

"阿环果然了不起！这才是大联盟的中流砥柱啊。说真的，别人我不服气，可阿环，我真是心服口服，人美心善，手下猛将如云，每到关键时刻总能力挽乾坤。很多连中央天帝搞不定的事情，她也能轻易搞定……"

"可不是吗？天穆之野历来就是这么牛，关键时刻哪一次没有她们的身影？"

"青元夫人真不愧是一流神族的掌门人，这才是真正牛的势力啊……"

"没错，下一任的中央天帝真应该请青元夫人出任……"

"对对对，只有青元夫人才有资格出任下一任天帝，其他人我第一个不服气……"

"好了，杀了白衣天尊，大联盟现在终于清静了，我们也都可以安心地睡觉了……"

……

欢呼声如魔音一般冲入耳膜，每一个字，初蕾都听得清清楚楚。

这边的少年诸神们尽管委顿在地，可也都听得清清楚楚。

唯有陆西星悄悄坐起来，他原本受了很重的伤，可是，青瑶刚出来时悄然给他服用了一颗药丸，如今，他反而第一个先坐起来，他将远处的鼓噪声听得清清楚楚。脑子里有狂喜掠过：死了！白衣天尊终于死了！人魔星的大敌，自己最畏惧的敌人，就这么死了。他的目光落在鳬风初蕾身上，他窃喜不已，这该死的小丫头。现在，终于轮到你了，他悄然站起来，他发现鳬风初蕾完全走神了。

初蕾站在原地，就像傻了似的，金杖垂落，面色很是悲哀，眼中也有绝望和恐惧之情。

他和诸神一样，真正怕的只是白衣天尊而不是鳬风初蕾。只要白衣天尊一死，鳬风初蕾根本不值一提。就算她比单个的半神人厉害，可现在，是几百上千的半神人。一人一拳也能将她砸成肉泥。

陆西星冲了过去。

初蕾背对着他，根本不知道有人冲过来。

其他诸神也只顾着看白衣天尊的方向，压根儿就没注意到陆西星的举动。

陆西星偷袭得手，一拳砸在她的背心。

有人飞了出去，就像是一只被放飞的纸鸢。

众人一惊，纷纷转向。只见陆西星匍匐在地，这一次，不是受了重伤，整个人已经没有了气息。他歪在地上，耷拉着脑袋，是真的死了。

半神人如果当场死亡，就不可能再有重获载体的希望。

这一次，初蕾没有留情，直接是绝杀。

青瑶尖叫："死丫头，你还敢逞凶？你居然敢杀半神人？"

和半神人斗殴和杀了一个半神人，这是两回事。

其他半神人忽见同伴死亡，也无不震惊、愕然，毕竟，兔死狐悲，就算大家都看不起陆西星，可他毕竟还是半神人，物伤其类。

大家看着鬼风初蕾的目光就开始变了，隐隐地有了愤怒之情。这小丫头，在这样的情境下，居然还敢杀人。

"你怎么敢杀半神人？你凭什么？"

"他都敢杀我，凭什么我不敢杀他？"

"你一个卑贱的地球人，也敢杀半神人？你疯了？你会遭到天谴的……"

"天谴？你就是天吗？或者你们天穆之野自认为是天了？"

青瑶气得粉脸铁青："死丫头，你居然还敢犟嘴？你死定了……地球人杀半神人，是死罪！鬼风初蕾，此刻起，你也是大联盟的通缉犯了……你这该死的妖女，快，大家绝不能让她跑了……启王子，快抓住她……白衣天尊都死了，你们还怕她干什么？上啊，一起杀了这妖女……"

青瑶捡起地上的清霜宝剑就向初蕾刺去。如启跃起身，劈天斧拦在了初蕾前面。

偏偏这时候，初蕾无名指上的蓝色指环忽然黯淡，竟然就像遭遇了突然地死亡一般。

自从戴上指环，蓝色光芒便从未消失，因为那是白衣天尊的元气之魂。他开启了共享的设置，保证让她在任何危险的情况下都能得到来自于他的帮助，这也是他送她的新婚大礼。当然更重要的是保证她无论在什么情况下病毒爆发，都能及时得到帮助，不至于陷入绝境。可现在，这蓝色光环忽然消失了，就好像他体内的元气，已经彻底消失了。像他这样级别的半神人，元气的消失，便意味着死亡的到来。

她惊呆了，她只是死死盯着戒指，完全不觉铺天盖地的敌人正在喊打喊杀。

就是这错愕之间，劈天斧已经砍到了她的腰间，眼看就要将她拦腰斩成两截了。她却浑然不知，还是死死盯着无名指上的蓝色扳指，内心一阵战栗：天啦，白衣天尊真的死了吗？他若没死，这指环怎会光芒消失？

他真的死了？他怎么会死？是怎样的高手才能杀了他？她的脑子里嗡嗡地乱作一团，完全无视随之而来的杀身之祸。

劈天斧的光芒彻底覆盖了清霜宝剑的光芒，杀气几乎快要撕裂她的全身了。

有半神人眼睁睁地看着，忍不住低声道："天啦，她快被劈成两半了……"

"这小丫头是怎么了？为何忽然不还手了？她傻了吗？"

"怪了，刚才这么嚣张，怎么一下子就怂了？吓傻了吗？"

"难道是一听到白衣天尊死了，就傻了？"

"可惜了，这么绝美的人儿……死了其实真的很可惜……"

"可惜也没用啊，她杀了半神人，怎么也是死罪……与其被抓到大联盟受审，不如就这么死了为好……"

明明刚才大家还有些恨她杀了陆西星，可一看她不知反抗，戮身就死，也纷纷起了惋惜之心。毕竟，她这么美。毕竟，她杀陆西星也是因为陆西星偷袭在先，自取灭亡。

就像看着一朵花，生生裂成碎片。每个人都深表惋惜，却无人出手相救，也不敢。

她只有自救，绝境之中，她以不可思议的速度闪过了劈天斧的死亡之光。

可紧接着，劈天斧再次杀来。这一次，更是险象环生。

诸神静默，竟然想不出她怎么才能避开。

更无人敢于伸出援手，甚至连窃窃私语都终止了。

因为，他们看到青元夫人的身影已经从天而降。

青元夫人站在人群的后面，大家要扭过头才能看到她。

她青色长袍，红色发冠，就像是满树灼灼的桃花。她镇定自若，就连发丝都没有紊乱，好像刚刚白衣天尊的死，于她来说，无非是死了一只苍蝇而已。

一代掌门，果然气势非凡。第一神族，绝非浪得虚名。

她甚至没有什么欣喜骄纵之色，也不急于向大联盟报喜，只是淡淡地看着这一切。

大家注意到，她的目光落在了凫风初蕾的脸上。然后，落在了带着死亡杀气的劈天斧上面。

她的眼神中露出了淡淡的悲哀之情，好像无声无息在叹息：我本不想杀你这小丫头，但是，我也阻止不了悲剧的发生了……

大家被这气场感染，忽然都觉得阿环真的好善良！

明明这小丫头之前才如此辱骂她，她居然无动于衷、既往不咎、大人大量，这气度真是古今第一人了。

青元夫人的眼神，具有强大的感染力。全场，都随着她的眼神心潮起伏。

大家忽然觉得这小丫头真是该死了，这小丫头到天穆之野撒野，欺负青元夫人这么善良的人，真是死有余辜啊。似启杀了她，真是再恰当不过了。

劈天斧的杀气全部变成了死气，屠戮的利刃，已经架在初蕾的脖子上。

可初蕾还是死死盯着自己的戒指。

整个天空，只剩下她孤零零的影子。

"当"的一声，空中巨响炸裂。众人眼前一花，以为她已经碎裂成了两截，可下一刻，劈天斧已经掉落地上，一瞬间竟将一张桌子和满桌的蟠桃全部砸入了地里。

众人大吃一惊，并非因为劈天斧这可怕的力道，而是从半空中俯冲下来的少女。她完好无损，只是面色惨白。

似启冷冷地看她一眼，漠然地退后一步。他的声音也是淡淡地："小子技不如人，辜负了夫人的期待，实在是罪该万死！"

每个半神人都看出来，他这是故意相让。到最后关头，他还是下不去手。

青元夫人没有作声，她一直很平静，就像这一切简直不值一提。

她只是点点头，淡淡地说："启王子身为地球人，能做到这一切，已经远远超越我的预估了。姒启，你很好！"那是长者对晚辈的语气，丝毫没有责备之情，全是宽容。

姒启行礼，退后。

凫风初蕾，已经陷入了众神的包围圈。

在她对面，正是青元夫人。

青元夫人仪态万方，满脸慈悲，眼睛里写满了母仪天下的端庄和气质，一如她的前任西王母。雍容高雅是她们唯一的写照。

她仿佛对这一场大厮杀毫不在意，只是看了看凌乱的桃花，满地被践踏的蟠桃以及被烧得黑乎乎的桃色花枝。

桃花星，遭遇了史无前例的大破坏。而破坏者，便是这对大联盟的通缉犯。

青元夫人轻叹一声，叹息声里满是惆怅、失落："真可惜了这些桃花，几万年的时间才长成，一朝凋零，又得再等几千年……可惜了……"

桃花如此，人呢？人又如何？

"想当年，我也一直仰慕白衣天尊……"她没有再说下去。

众人却注意到她的用词"仰慕"。

青元夫人，一直是个坦率之人，她并未隐瞒自己的情绪。尽管她并不作声，但每个人都仿佛将她的内心看得清清楚楚：明明是故人一场，怎么就到了今天的地步？

大家忽然觉得白衣天尊很可恶。是啊，哪里来的信物？西王母怎会给他信物？分明就是他信口雌黄啊，分明就是他仗着本领特意跑来桃花星逞能扬威吧？而且，大家忽然都想起来了：白衣天尊早前和青元夫人可是有婚约的，后来他悔婚另娶，现在还跑来天穆之野生事，也实在是太过分了，真是死有余辜。

"白衣天尊已经死了！本来，我曾经以为他永远也不会死！"青元夫人宣布了他的死讯，声音里有沉痛，是对故旧逝去的悲痛和遗憾。人一死，自然恩怨两消。

青元夫人的语气里只有遗憾。

于是，所有的目光都落在了另一个罪魁祸首身上——那是凫风初蕾，白衣天尊的同谋！

白衣天尊的妻子，白衣天尊曾经发出了蓝色烟火令通告全宇宙的新婚妻子。彼时，全宇宙最有名气的美女。

可现在！

那曾经不可一世的小姑娘，现在满脸煞白。她的靠山倒了，她的靠山终于彻底完蛋了。

明明之前她还一直谈笑风生、口齿伶俐，出手也是凌厉无比，迫得诸神都无法接近。

现在，她终于失去了嚣张的情态。她终于闭口不言，就像被谁当头一闷棍打晕了似的。

可是，她还是美，美极。

她的美，和青元夫人形成了鲜明的对比。

如果青元夫人浑身上下写满了端庄高雅，就像一座琼楼玉宇、黄金宫殿，壮阔凌云；而她，就是一座鲜花盛开的大花园，她的脸，就像全世界的花一起盛放，全世界的鲜花加起来，也不如这苍白的明媚。

宇宙的生灵，审美都是一致的。她那么美，让人讨厌不起来，也恨不起来。

大家忽然都觉得，这一切的错，其实都是白衣天尊的错，而不是她的错！她只是胁从，她根本没错。

青元夫人，将诸神的反应看得清清楚楚。

果然，美就是正义。因为过人之美，诸神们一直不肯痛下杀手；因为过人之美，诸神都开始在她面前讲风度，讲仁慈，不肯失了身份。可她敢保证，若是这丫头是个丑八怪，诸神早已一哄而上乱刀将她砍死了。现在，她还是好端端的。只要她一直这么美貌，纵然是白衣天尊已经死了，她依旧可以在男神的世界里横行无忌。甚至，她不经意地看了一眼深深坠入地底的劈天斧，姒启虽然已经将劈天斧取回，可是，他的面色很奇怪。他一直垂着头，他和诸神不同，他一直没有看凫风初蕾。他握着劈天斧的手甚至也十分苍白，微微战栗，显然是内心极其紧张。

他在紧张什么？这是他技不如人还是他刻意失败？他紧张的是她性命不保还是别的什么？

青元夫人的目光，意味深长。

姒启，却不经意地再次后退一步。

凫风初蕾完全没有注意众人的表情，她一直死死盯着自己的蓝色扳指。

蓝色扳指，命中之爱。那是他对她的终生承诺，那是他对她的最高诚意。后来很久她才明白，这蓝色扳指并不仅仅是一枚婚戒，也并不仅仅是开启和他的元气共享，那是他的生命之源，只要交到了她的手上，就注定了此生此世，亿亿万年，他的世界里只能有她，也唯一有她。那是专一、忠贞的唯一象征，无论什么变故都无法取代，世界上任何女子都渴慕追求的终极白首。

可现在，这扳指居然消失了它的光芒。她看扳指，诸神也盯着扳指。他们都在奇怪：她一直看着一枚扳指干什么？真的吓傻了？还是这扳指有什么神奇的奥秘？或者这精灵古怪的丫头又在故弄玄虚？可她煞白的脸色分明表明：她已经快绝望了。

第四章 拳打女神 2

青瑶,终于忍无可忍。她怒视凫风初蕾,高声道:"都怪你这贱丫头!明明好好的一场蟠桃会,就这么被你们破坏了。你真该死……"

初蕾终于抬起头来。她煞白的脸色,忽然多了一丝红晕。她紧紧捏着金杖,环顾四周,依旧看不到那一缕熟悉的白色。

青瑶冷笑:"别看了,白衣天尊已经死了。你的靠山没了,小丫头,我看你现在还能怎么嚣张?你以为你今天还活着走出天穆之野?"

她并未搭理青瑶,再次低下头盯着自己无名指上的蓝色扳指。

青元夫人也看着她的蓝色扳指。凫风初蕾一亮相,她当然立即注意到了她手上的扳指。事实上,九黎之战后,她已经将这特殊的扳指彻底记住了,但见昔日璀璨无比的蓝色忽然黯淡无光,就像死了一般,她内心深处最后的一丝疑虑也烟消云散了。

扳指死了,白衣天尊自然也就是死了。扳指和白衣天尊的元气相连接,现在,吸收不到白衣天尊的元气了,自然也就是死了。

内心,一阵暴怒。

该死的白衣天尊,他竟如此对待那女人——他甘愿和她共享自己的能量之源。若非如此,那卑贱的人类小丫头岂能有游走星际的能力?更遑论在桃花星上撒野了。

与此同时,内心又一阵爆笑。

蓝色扳指死了,白衣天尊肯定也死定了。现在,这个该死的丫头可真如同那砧板上的鱼肉,自己现在想怎么砍就怎么砍了。

青衣夫人对凫风初蕾恨之入骨,不是一心要她快死,而是要让她如何死得最惨最难看。尤其是她那张脸,她那张令人恨之入骨的脸。明明在有熊山林已经成了骷髅一般,可是,她居然还能绝处逢生,这张脸忽然又彻底复原,甚至更胜以往。就连此刻的惊吓之下,她还是那么美,那么楚楚可怜,简直就如一只走失了伙伴的小鹿一般。和她之前的嚣张相比,现在的她,简直令每个男神内心蠢蠢欲动,恨不得马上跳起来,大声道:别怕,别怕,我保护你!

男神们看着她,一个个简直连眼珠子都无法转动了。这样子,真是太该死了!

青元夫人恨不得一招就将她明亮湿润的眼珠子给挖出来,甚至立即引爆蜘蛛病毒,将她变成一只满地乱爬的丑陋人脸蜘蛛。可是,她暗吸一口气,强行忍住了这恶毒的冲动。

她当然不能这么做,至少,绝对不能在桃花星这么做,更不能当着诸神之面这么做。

青元夫人，没蠢到公然授人以柄。相反，她面上的怜悯之色更深更浓了，轻轻叹息，"凫风初蕾，以前我念你年幼无知，受人指使，可现在，你怎能出手杀人？"

诸神悚然心惊。

杀人。是啊，杀人。

这时候，他们才看到地上的尸体——那是陆西星的尸体。

陆西星第一次偷袭初蕾受了重伤，第二次偷袭直接死了。虽然他形象猥琐无人同情，可是，毕竟，他也是一个半神人。

"我本不想和你一个地球人计较，也可以原谅你的幼稚无知。可是，你杀了一个半神人！我本要放你一马，可是，现在你叫我怎么放你？"青元夫人满脸为难。

凫风初蕾，终于抬起眼，直视她。尽管只是一瞬间，她也看清楚青元夫人眼中一闪而过的得意之情：现在，机会终于到了。看我怎么整死你。在九黎我未能将你变成人脸蜘蛛，可你现在试一试？你信不信你马上就要变成一只人脸大蜘蛛，让你永远被囚禁在九黎广场上面？

试着想一想吧，曾经不可一世的万王之王，雄心勃勃要在九黎做出一番大事情的女王，却被变成一只人脸大蜘蛛，永远趴在九黎广场上空张开网罗，人人看见她都要吓得尖叫一声"妖怪"，整个地球上的英雄豪杰都会争相赶去杀她。最后，总有人会砍下她的头颅当球踢，并因此威名远扬。这多么好玩？

小丫头，你以为你能马上死在这里？别做梦了。你就算死，也是变成人脸蜘蛛再死。

她一言不发，凫风初蕾却将她的眼神解读得清清楚楚。因为，那不阴不阳的声音一直在她耳边轻轻地说着，就像当初在有熊山林时一模一样。"凫风初蕾，我必将你变成世界上最丑陋、最狰狞的怪物……"

凫风初蕾再次低下头去。

青元夫人看到她再次死死盯着手上的戒指，握着金杖的另一只手也在微微发抖。这不可一世的小丫头，终于露出了惧色。现在，终于再也没有人救你了吧？现在，你再也等不到任何奇迹了吧？

四周，非常安静。

风停了，元气停了。唯有徐徐飘落的桃花一片一片地落在陆西星猥琐的尸体上，然后又一片一片地散开。

"唉，来者是客。我原本想着蟠桃新品种出来了，正好请朋友们分享，让大家一起品品桃花酒，一起赏赏花，没想到，这一来，却让朋友白白地送了性命，这让我以后怎么还有脸再次宴请？这让我怎么对朋友们交代？"

青瑶愤愤地说："到天穆之野赏花，居然被人杀了，这传出去，我们天穆之野今后真的就颜面扫地了，以后，谁还敢来我们天穆之野？说起来，人家岂不耻笑我们连客人的性命都保不住？还谈何赏花弄月？我们天穆之野有史以来，从未经历过这样的奇耻大辱……"

到此，事情的性质已经彻底变了。捣乱不是错，嚣张也不是死罪，可是，杀人，就是死罪了。

青元夫人短短几句，就使凫风初蕾彻底置身于绝境，而且是道义和法理上的彻底的绝境。就算是再年轻气盛冲动无脑的半神人也不敢替她讲话了。

杀人偿命，杀半神人更必须偿命。青元夫人就算马上杀了她，也只是替天行道，绝对没有任何人能说她半句不是。

凫风初蕾终于抬起头，当她再次看向青元夫人时，眼神彻底变了。

早前的死灰一般的绝望，已经彻底消失了。

青瑶厉声道："妖女，你还不俯身就犯？"

她忽然笑起来。她压根儿就不搭理青瑶，她只是看了一眼陆西星的尸体："陆西星偷袭我，但是，我也并未将他杀死。是你青瑶趁人不备，暗地里下了黑手将他弄死，然后嫁祸于我……"

"好你个血口喷人的妖女！证据确凿，你居然还敢颠倒黑白？大家都看得清清楚楚，明明是你杀了陆西星，你居然还能诬陷我？你疯了吗？"

"我当然没疯！疯的是你！青瑶，是你趁乱杀了陆西星。"

"好你个妖女，你以为自己巧舌如簧就能脱身了？别做梦了。"

青元夫人不动声色，青瑶却上前一步，清霜宝剑横在面前，彻底拦住了凫风初蕾的去路。

在初蕾身后是漫天席卷的桃色花枝，左右则密密麻麻挤满了半神人。

四面八方，皆无退路。

凫风初蕾，也并未有脱逃之举。她甚至站在原地一动不动。

青瑶冷冷地说："我天穆之野虽然素来好客大方、宽容仁慈，可是，也绝非是无礼之徒随时可以撒野的地方，更何况，你身为大联盟的通缉犯，这次，若是让你走出桃花星，那就是我天穆之野的不是了……"

半神人们都好奇地看着凫风初蕾。每个人都在想：这美极了的人类少女会有什么样的下场？被抓起来？被当场斩杀？或者是别的大家想不到的惩罚？

凫风初蕾的目光扫过众人。

诸神，均是看热闹的表情。他们当然不会出手阻拦，但是，他们也不会出手援助。

她在天穆之野没有任何朋友，她孤身一人陷入了青元夫人的包围圈。

当目光落在妫启面上时，她迅速移开，压根儿就没看他的表情，然后，定定地落在了青元夫人的脸上。青元夫人一身青色袍子，腰间一条黄金上镶嵌了红宝石的腰带，头上的九云夜光环已经变成了桃花夜光环。

青元夫人云淡风轻，就像是桃花树上的一片花瓣。她的神情也在表明，她简直就是赏花一般闲散平淡。

后来，凫风初蕾发现一个有趣的现象：外表越是恬淡平静、无欲无求之人，内心越是狂野、贪婪、不择手段。相反，那些咄咄逼人急于表现之人，反而因为目的暴露得太早太快，而被人防备，往往很难达成目标。所谓的笑面虎便是前者。

青元夫人，便是笑面虎中的顶尖高手，闲云野鹤中的极品野心家，她可以将最恶毒的目的用最善良的微笑表现出来。

"凫风初蕾，你别徒劳无功挣扎了！"青瑶的声音很尖很急，已经忍无可忍要亲自出手了。

青元夫人并不像青瑶那样冷笑，她甚至并没有笑，相反，脸上有些微的怜悯之色，不经意地轻叹一声，"唉……我真没料到，有朝一日会变成这样……"

这是她的拿手好戏。只要在诸神面前，她总是这样充满了仁慈之心，纵然是面对她的敌人。

这副假惺惺的样子真令人作呕。

满座都是敌人。

当年在九黎大战半神人时，内心深处还有白衣天尊作为屏障，因为笃定他任何时候都不可能看着别人当面伤害自己。

现在，凫风初蕾已经没有任何依靠。

一个年轻的半神人忽然没忍住，说道："凫风初蕾，你就别逞强了，白衣天尊都死了，你还能怎么嚣张？你还不赶紧跪下向青元夫人求饶？"

初蕾很是认真："求饶？"

"对！你赶紧跪下求饶。夫人一向仁慈善良，总会给你一线生机……"

初蕾忽然笑起来："你们以为我跪下求饶，青元夫人就会饶了我？"

青瑶冷哼一声："贱丫头，你满口谎言，无耻污蔑夫人，你还想夫人原谅你？别做梦了，再说，你杀了陆西星，你已经罪无可赦，我家夫人若是饶恕你，简直就没脸在大联盟待下去了……"

"你们都听到了吧？我就算是跪地求饶，青元夫人也不会饶恕我。不但不会饶恕我，反而会想出最厉害的毒辣招数惩罚我……"她摸了摸自己的脸，"你们信不信？青元夫人其实并不想杀了我！"

青瑶道："你也知道夫人根本不想杀你？是你自己找死！"

"青元夫人不想杀我的原因，是因为怕我死得太快，准确地说，是怕我还没被毁容就死了！我敢打赌，青元夫人现在至少想了一万种方法想要毁掉我的脸了。就算要杀我，她也要先从毁掉我的容开始……"

青瑶大怒："好一个贱丫头，死到临头还逞口舌之力，既然如此，我就成全你……"清霜宝剑轰然击出，却被一股强大的光芒反弹回来。

金箔神鸟再次张开。凫风初蕾已经站在了光圈里。事实上，她刚刚听到半神人们的议论纷纷时，就已经悄无声息再次启动了神鸟金箔，否则，哪里还有站在这里说话的余地？

众人盯着光圈，忽然发现这光圈和上一次有些不同了。光圈里，有一棵青绿色的小树。不过一尺来长，可枝繁叶茂，隐隐地，竟然有一只金鸟在顶端飞翔。

大家都狐疑地看着这奇异的小树，心想，这是什么玩意儿？为何这小丫头竟然有层出不穷的法宝？

青元夫人一见到这棵绿树，脸色瞬间就变了，可下一刻，她已经镇定自若。

初蕾丝毫也没忽略她眼神的改变。"哈，青元夫人，你假惺惺地说了那么多客气话，可是，事实上，你不就纠结了一大群半神人来对付我这个凡俗人类吗？群殴一个地球人？你们好意思吗？真是不要脸。再说，我怎么是大联盟的通缉犯了？谁规定的？天帝的通缉令上有我吗？"

"以前通缉令上没有你，可是，自从你杀死陆西星起，你就是通缉犯了！"

"明明是你下黑手杀死陆西星嫁祸于我，这也就罢了！就算真是我杀了陆西星，可是，要被定为通缉犯，难道不需要经过法律司的审判吗？你天穆之野一个小小的婢女就私自给我定罪了？怎么？天穆之野已经自大到了这样的地步了？一个婢女便自以为可以取代法律司了？这以后法律司是不是该解散了？反正你天穆之野一句话便可以定罪……"

青瑶气得满脸发青："你这死丫头真是胡说八道……"

"我胡说八道？这不是事实吗？通缉令要法律司签署、天帝审核。现在什么程序都没有，你区区一个婢女就敢自行定罪了？我看你不但要取代法律司，你连中央天帝都不放在眼里了。"

青瑶气得浑身发抖，一剑刺出。可剑气刚一碰触金箔光圈，"砰"的一声就反弹了回来。青瑶一个趔趄差点摔倒在地，十分狼狈。

初蕾淡淡地说："我孤身一人陷入诸神的包围圈也就罢了，可是，我要声明，我可不是大联盟的通缉犯！就算陆西星死在这里，法律司调查审判之后自然会得出真相！再说，陆西星是偷袭我，我无非也是为了自保，大联盟的法律可没有规定人没有自保的权利！现在，你们这些半神人是要为了陆西星联合起来一起对付我吗？"

青瑶破口大骂："死丫头，你真是找死，对付你还需要其他大神吗？"

"我呸！你一个小婢女，无非是我的手下败将，现在仗着人多势众吹大牛了？啧啧啧，我就奇怪了，天穆之野号称十万玉女，怎么就只派出你一个小婢女迎战？其他玉女呢？"

青瑶生生停下脚步，其他大神也都好奇地看着她。每个人的心底都有同样的疑问。

是啊，天穆之野十万玉女，怎么就只派出了青瑶一个人呢？按理说，天穆之野任何一个玉女都有不错的战斗力吧？莫非是因为觉得打打杀杀不怎么雅观？

"哈，没人回答是吧？不就是因为玉女们不想在人前暴露了弑杀而毒辣的真面孔吗？一个个要维持冰清玉洁、善良温柔的形象，可事实上，一个个背地里都是杀人狂魔，整个天穆之野便是一个巨大的毒库，你们这样装模作样不觉得很累吗？太虚伪无耻了吧……"

青瑶大怒：“好一个满口污蔑的臭丫头，今天不给你一点颜色，你还真以为我天穆之野无人了……"

"你们怎么又是人了？之前不一直说自己是好东西吗？"

清霜宝剑在金箔光圈上再次砍下了一道巨大的痕迹，可那光圈如有弹性一般，一瞬间又恢复了正常大小。

诸神看得分明，那光圈便是一件极大的武器。光圈里，那棵绿油油的小树已经更清晰了，树梢上的金鸟，完全是活着一般徐徐飞翔。

青元夫人的面色更加难看了。

初蕾的目光落在她的面上，一丝也没放过她的细微表情，见她如此，立即道："青元夫人，怎么，对这青铜神树还熟悉吧？哈哈，现在这台宇宙记录仪已经启动了，也罢，就让全联盟的大神们都观看一场天穆之野如何杀人灭口的现场直播吧……不对！是看你青元夫人如何率领诸神折磨我这个地球人！看你青元夫人如何越俎代庖把自己当成了法律司司长和中央天帝……嘻嘻，你是不是想中央天帝的宝座已经快发疯了？"

诸神面面相觑。

青瑶气得说不出话来。

青元夫人终于开口了："真没想到，你这小丫头竟然如此舌灿莲花，这黑白颠倒的能力，也真真是举世无双了！"

"嘻嘻，过奖！过奖！相比青元夫人你，我才是自愧不如啊！你文能在世界各地传播违禁基因病毒，武能控制天下诸神，我在你眼里简直连一只小蚂蚁都不如啊！唉，我也真是丢了高阳帝的脸了！瞧瞧，这便是落败之人的真实写照，我更是其中的典型……"

宇宙记录仪已经启动，发生的一切都会自动传导到大联盟的数据库里，也就是说，凫风初蕾已经孤注一掷，纵然一死，今天也会让青元夫人不好受。

一时间，竟然没有人作声，谁也不知道接下来该怎么办。众目睽睽之下，冲去杀一个地球人？而且，如她所言，她不是大联盟的通缉犯，她的名字并不在通缉令上。就算她杀了陆西星，也得法律司定罪了才算数。大联盟的法律，向来如此。

更有人，立即想起之前她使用的那件黑色霹雳环——那是当今天帝所赏赐她的礼物？可天帝为何要赏赐她礼物？不是赏赐，莫非是偷窃？可凭借她的本领怎能偷窃天帝的礼物？

而且大家早就发现了，这少女虽然厉害，可也只是对阵本领低微的半神人少年才占了上风，可真要遇上稍微厉害点的，甚至是姒启这种，她便没有十足的把握了。

诸神的目光都落在青元夫人面上，他们都很好奇，青元夫人到底要怎么办？

杀了她？放了她？这岂不是骑虎难下？

青元夫人还是面不改色。她看着凫风初蕾，道："凫风姑娘，你可真不是一般人啊！我早前真的是低估你了！"

大家当然早就明白了，这少女肯定不是一般人，一般人也到不了桃花星。更何况，她早就亮出了身份：高阳帝之女。高阳帝之女，怎么会是一般人呢？现在，她拿出太阳星的招牌式武器，肆无忌惮，满脸笑容，迎战诸神。

"你是不是以为凭借这几件法宝，大家就奈何不了你了？"

初蕾也平心静气："我现在已经是砧板上的肉，所做这一切无非是螳臂当车，垂死挣扎而已！好吧，你们谁愿意先上来结果了我这个高阳帝之女呢？"

诸神当然不愿意率先冲上去，没有人愿意去惹这个麻烦——更何况还有已经启动的宇宙记录仪，无论自己是一举拿下了这人类少女还是输给这少女，都不是什么光彩的事情。没人肯去做这费力不讨好的事情，诸神一动不动。

青瑶的目光，转向了姒启。所有人的目光忽然都看着姒启。姒启的大拇指上，绿色的扳指那么醒目。

天穆之野的传人，青元夫人的唯一弟子。师尊有劳，弟子出头，天经地义。

大家可都没有忘记之前劈天斧的威力——正是劈天斧彻底砸破了神鸟金箔的光圈。更重要的是，姒启也是普通人，和她一样的身份，无论输赢都不失面子。更妙的是，她是高阳帝之女，他是大鲧之孙，他俩厮杀，正可谓旗鼓相当、名正言顺。而且，大家都笃定，在白衣天尊已死的情况之下，她失去了依靠，气势已经弱了一大截，姒启出手一定可以稳赢。

可姒启却一直低着头，仿佛对面前发生的一切毫无知觉。

青瑶没忍住，干咳一声，叫道："启王子……"

姒启如梦初醒，抬起头。当他发现青元夫人的目光也看过来时，就更是不安了。他手上的扳指忽然成了烫手山芋一般。可是，他却无法将扳指取下来，只是硬着头皮，木讷地站在原地。

"启王子，你可是天穆之野的入门弟子，总不能眼睁睁地看着掌门人受辱吧？"

比鲁星大神B也从人群里开口了："师门有难，弟子出头！启王子，现在是你为师门效劳的时候了……"

姒启还是一言不发。

诸神忽然有些尴尬：如果他之前知道会面临现在的窘境，他会那么爽快地答应成为青元夫人的入门弟子吗？可一转念，考验无非就是这一次。只要杀了凫风初蕾，他便前程似锦。

"启王子和我们不同，虽然不是半神人，却是大鲧的孙子！今天要是拿下凫风初蕾，也算是替大鲧报仇雪恨了……"

姒启，终于抬起头，看着凫风初蕾。

神鸟金箔的光圈，就像是一面巨大的椭圆形镜子。她站在镜中，一袭白衣，袖口上的红色芙蓉灿若云锦。她整个人，也像是一片灿烂的云锦。就如万国大会上，她于众人中以真面目现身时的惊艳一刻。那一刻，已经定格于心，永不磨灭。

他忽然有些疑惑：为何自己每每和她重逢，总要在这样敌我难分的场合之下？这是为什么？

可凫风初蕾压根儿就没看他，依旧死死盯着青元夫人。纵然是在光圈里，她也一直盯着青元夫人一人。她很清楚，其他人都不是问题，问题是青元夫人。这女人才是终极裁决者，她越是冷静，自己就越是死得难看。

有了有熊山林的教训，初蕾再也不敢掉以轻心了。可是，她怎么盘算也找不出任何可以逃生的法门。

当务之急，唯有拖延，能拖多久就是多久。

可青元夫人还是面不改色，老神们犹在，仿佛一点儿也不介意凫风初蕾是否启动了宇宙记录仪，甚至不在乎她任何的诡辩和言辞。她的神情已经表明：凫风初蕾，无论你要出什么花招，你都死定了！

青元夫人很淡定，仿佛初蕾死不死都不是什么大事。

青瑶吃亏多次狼狈不堪，已经忍无可忍，开始不耐烦地催促了："启王子，你不能再跟这妖女客气了！她这样的人渣多活片刻就是对诸神的侮辱！"

姒启，死死盯着凫风初蕾。

凫风初蕾却一直不看他。

自从二人真正交手之后，她便再也没有看过他一眼。昔日的友情，已经一刀两断，她甚至完全不屑再提到"友情"二字。

姒启，我不占你这个便宜。你要杀要砍，你放手一搏，我随时奉陪！

大家看看姒启，又看看凫风初蕾，然后，又看着姒启，没人知道他此刻的心情。大家只是好奇，为何青瑶连声催促他却迟迟不动？他不忍心？他不愿意？他也怕失去了身份？可问题是除了他之外，再也没有更合适的人选了。青瑶不是对手，总不能指望青元夫人亲自出手吧？

青瑶见他不动，也急了，冲着台上就喊："白衣天尊已经死了，凫风初蕾，你已经别无选择了！以前你跪地求饶我们还可以饶你一命，小惩大诫也就罢了，可你是怙恶不悛，仗着黄帝家族后裔的身份到处败坏祖宗名誉，到处招摇撞骗！现在，你还污蔑我家掌门人，如此，就饶你不得了。也罢，我们诸神出手，你还怪我们以大欺小，现在，我们谁都不动手，免得你不服气，只让姒启和你一较高下好了……"青瑶直接替姒启做了决定。很显然，她已经等不及了。

"姒启也是地地道道的地球人，跟你一模一样，凫风初蕾，你还有什么话可说？"

凫风初蕾的目光终于从青元夫人的面上收回，看了如启一眼。
　　诸神也议论纷纷："是啊，启王子和她都是地球人，这的确公平合理……"
　　"再也没有比如启更合适的人选了！地球人对地球人，她就算输了也只能心服口服了……"
　　B大神冷笑一声："说真的，能和她磨叽到现在，阿环也真是太有耐心了，要是我，早就一刀结果了她。和这种妖女讲道理是没有任何意义的，你们也都看到了，她压根儿就不讲道理吗！"
　　"没错，对付讲道理的人我们当然要讲道理，可对付这种泼辣的小丫头，其实根本不必讲道理，乱刀砍死就好了……"
　　"估计是看在她一介女流的份上，阿环才一忍再忍，谁叫阿环这么善良呢？唉，这世道，善良的人总是吃亏啊……"
　　"当然了，天穆之野一向慈悲仁慈，否则，凭借她之前的种种诬陷之辞也必死无疑啊……"
　　"青元夫人果然菩萨心肠，如此雅量，真是太难得了……"
　　"能忍人之不能忍，这才是真正的雅士、高人、女神……"
　　"所以人家才是第一神族、第一女神嘛……"
　　每一次的危机，都会让青元夫人的形象更上一层楼。神和人一样，一般都倾向于认可所谓的"云淡风轻"者——青元夫人，便是"云淡风轻"的第一高手。
　　众人的议论纷纷里，青瑶提高了声音："凫风初蕾，你听好了，我们不占你的便宜，可是，你要是败在了如启手上，那你就永远别想再踏出天穆之野半步了，最好，你能自裁，免得大家都不好看……"
　　"可要是我赢了呢？"
　　"赢了？"
　　青瑶没想到她有此一问，立即道："你根本赢不了！"
　　"我万一要是赢了呢？莫非你们又再换一个人，然后车轮战？如此无休无止地和我杀下去？"
　　青瑶看了一眼青元夫人，立即道："你要是赢了，你可以自行离开桃花星！"
　　"一言为定？"
　　"一言为定！可你要是输了，你必须立即自裁！"
　　初蕾心平气和道："好！只要我输了，我立即挥刀自裁！就让这颗人头永远暴尸在桃花星上！谁叫我技不如人呢！"
　　金杖再次举起。
　　她一言不发，姿态却很明显：来吧，就让这场厮杀来得更猛烈些吧。
　　所有目光都转向了如启，如启缓缓摇头。
　　青瑶急了："启王子，你这是什么意思？"

青元夫人也意味深长地看着他。

他却没有看任何人，淡淡地说："小子根本不是鱼鬼王的对手！之前已经输了一招，所以，不好意思厚颜无耻地再去丢脸！"

此言一出，众人都愣了一下。之前劈天斧掉落，是因为他输了？可是，就算他输了，但现在有青元夫人掠阵，他又有何惧？这不是趁机露脸捡便宜的时候吗？

但是，众人听他竟然坦诚自己输了，也觉得少年光明磊落，很有豪爽之风。毕竟，一般人出于面子是不会这么自曝短处的。

青瑶固然满脸不悦，青元夫人却是面无表情，好像对姒启的这番话一点儿也不感到意外。

劈天斧已经悬在腰上，姒启赤手空拳，他已经笃定不会再出手了。

"之前我出手，是因为迫不得已，急于将白衣天尊赶走。而且，我技不如人，不好意思再次丢丑！毕竟，我姒启再不济，怎么着也是大鲧的孙子，不能厚颜无耻到这等地步……"

大鲧的孙子拿着劈天斧和一个少女动手，那可是大大失去了身份。纵然是地球人对地球人，也不行！

姒启这番话无懈可击，青瑶纵然内心恚怒，却无言可对。

青瑶转向诸神，诸神却一个个低下头了。

姒启话已至此，他们也不好站出来捡这个便宜了，就算赢了这个地球人也没什么好吹牛的，反而会被人当成笑柄。

他们都想，为何指望我们出手？天穆之野不有的是玉女吗？玉女们为何不出手？诸神转向青元夫人，但见她还是面无表情。局势忽然变得很尴尬，敌人明明就在对面，居然找不到人和她厮杀，总不能青元夫人自己动手吧？

以青元夫人的身份，大家都想，她不可能自己动手，因为这实在是太失身份了。

一时间，竟然无人上前迎战，这可真是咄咄怪事。

一般的大神自恃身份，不愿意失去了面子，所以不想出手；姒启本是最好的人选，可他又坚决不肯动手。青瑶倒是急于动手，可是，她的本领根本无法单挑凫风初蕾，至少，无法突破神鸟金箔的光圈。

一时间，场面非常的冷清，大家都觉得今天这场戏没法唱下去了。

凫风初蕾站在光圈里，一动不动，好像压根儿就没注意到诸神的表情。

青元夫人慢慢地上前一步。桃花，清风，青色长袍……她就像是一树会自行游走的花。所过之处，花香隐隐，无比迷人。

青瑶一怔，想要开口，却不知道该说什么。

诸神也都很意外，无不屏息凝神。

"凫风姑娘，你该知道，白衣天尊这次是真的死了！"

凫风初蕾却笑起来："莫非青元夫人你终于忍不住要亲自动手了？"

青元夫人也微微一笑，温柔镇定："既然大家都不愿意出手，那就只好我不自量力来领教一下高阳帝之女的高招了。"

众神愕然，青元夫人竟然自己动手？这也太掉价了吧？大家隐隐觉得不对劲，可是，又说不出到底哪里不对劲。

"哈哈，你终于撕下了伪装迫不及待了？想要杀我就明说，何必假惺惺地找这么多借口呢？难道这借口就能掩饰你以大欺小的事实？"

"以大欺小？"青元夫人摇头，她环顾四周，面色自若，"凫风姑娘身为高阳帝之女，地球上的万王之王，现在又是白衣天尊的妻子，大家说，她是籍籍无名的小辈吗？"

诸神一起摇头，大家忽然觉得这话好有道理。是啊，这丫头不一直都在口口声声号称是高阳帝之女吗？而且又是白衣天尊之妻，怎能算是无名之辈呢？

凫风初蕾毫不客气："你天穆之野有的是玉女，你却不顾身份自行出场，分明是怕她们杀不了我，只有你自行出手才能确保杀死我，又何必找什么借口呢？"

大家暗忖，是啊，凫风初蕾的本领大家都看到了，换一批玉女的确无法解决问题。

莫非青元夫人真是为了绝杀，自己动手？

青元夫人却不慌不忙，微微一笑，再次转向凫风初蕾："高阳帝也就罢了，德高望重，前辈中的前辈，身为中央天帝，阿环自知差得太远，比都不敢比。就算是白衣天尊，那也是不周山之战的第一高手，全宇宙的第一战神。他的妻子，岂能是泛泛之辈？凫风姑娘，你这样的显赫身份，我阿环都自愧不如啊！纵然我想要以大欺小也不好意思这么托大吧？"

诸神纷纷点头。是啊，眼前的这个地球少女明明身份那么显赫，若是追溯她的身世，甚至远远超越在座的绝大部分半神人，岂是什么泛泛之辈？这明明是顶尖级身份啊，怎么之前大家就觉得和她动手是有失身份呢？

"你这样的对手，一般的玉女们根本不配和你动手！也怪我天穆之野的确没什么像样的人才。于是，只好我亲自出手了，我也实在是惭愧！唉……"叹息声，充满了惆怅，但也坦然。

大家忽然都很同情她。瞧，阿环堂堂一代掌门人，竟然被逼到了这样的地步。

"久闻凫风姑娘乃地球上罕有的高手，身为万王之王，短短的时间便将地球治理得井井有条，更是凭借神鸟金箔和青铜神树等太阳星法宝纵横天下。其本领见识远远超越一般的半神人，纵称一声大高手也不为过，对吧？"

诸神再次点头。是啊，是啊，刚才凫风初蕾的表现，大家都看到了。就算不是大高手，可也很是厉害了。

她根本不是什么地球人，分明也是半神人啊。不但是半神人，而且是本领相当不错的半神人。半神人对决半神人，这有什么不好意思的呢？

兔风初蕾暗忖,这女人果真是厉害角色,三言两语便能化解一切的尴尬局面。明明是以大欺小,她几句话就论证成了旗鼓相当的对决。

"据说,白衣天尊因为倾慕兔风姑娘的美貌,只一面之下便神魂颠倒,立即放下了和高阳帝的万万年恩仇,对兔风姑娘真是殷勤备至。不但赠送大批灵药,还和你共享自身的能量元气,如此,兔风姑娘的元气才能在短短时间内突飞猛进,甚至能在星际之间行走自如,远远超越了一般的半神人……按理说,在座的各位都是阿环的朋友。如果阿环开口,朋友们怎么也会给阿环几分薄面,也轮不到阿环自己出手。可是……"青元夫人顿了顿,看着诸神,"各位,并非阿环看不起你们,也不是阿环对你们不敬。可是,你们扪心自问,你们身为半神人,能在星际之间自由行走吗?"

有人惊呼:"星系之间自由行走?她居然能在星系之间自由行走?"

"天啦,我一辈子都没出过银河系,她居然可以在星系之间自由行走?"

"可不是吗?一般的半神人,终其一生也无法走出银河系半步,就算使用了最先进的宇宙飞行仪也不可能,可是,这位兔风姑娘不但早已走出了银河系,甚至完全可以在星系之间自由行走,你们说,你们比得过人家吗?"

"比不过!真是自愧不如啊!"

"是白衣天尊带她行走的吧?我们可真是丢脸了……"

"原来真正的高手就在眼前,可我们却走眼了,真是有眼不识泰山啊……"

兔风初蕾其实从未走出过银河系,但是,她无法辩解,也不想辩解,总不能对着半神人们呐喊:"我根本没走出过银河系好吗?"这也太可笑了。她也不辩解,只是静静听着。

可是,诸神再看她的目光,已经彻底变了。那已经不是看着一个地球少女,而是看着一个真正的同类——不,是同类中的异类——能在星系之间自由行走,能走出银河系的一代高手。

"不但如此,兔风姑娘还将我天穆之野的手下打得抱头鼠窜,毫无还手之力,以至于我不得不自行出手……"她顿了顿,"不过,能和白衣天尊之妻动手,实在是我的荣幸啊!就算阿环技不如人,也不至于丢脸了!如果输了,只能说我不配做这个天穆之野掌门人吧!"

这是结论,也是她亲自动手的理由。

一场以大欺小,已经被她论证成了寡不敌众。顷刻之间,兔风初蕾成了全宇宙第一女魔头一般。天穆之野,只是在上演一场自卫保护战争。青元夫人,是被她仗势相逼的可怜虫。

青元夫人面上的微笑彻底消失了,声音很惆怅:"真没想到,我天穆之野显赫一时,现在却落得这样的地步,纵不说日薄西山,至少也是大大折损了我天穆之野的威名,我青元日后真怕没面目于另一个世界见王母娘娘了……"

每一句,都合情合理。每一句,都满是苦衷。

青元夫人要动手惩罚一个地球少女，实在是被逼到了迫不得已的地步。每个人，一下就理解了她的苦衷。每个人，忽然都觉得她真是情非得已。

可怜的阿环！可怜的青元夫人！堂堂一代掌门，竟然被逼到了这样的地步。

大家甚至浑然忘记了刚刚才出手杀掉了白衣天尊的三名园丁。园丁尚且如此，何况掌门人。可是，谁又在乎这一点呢？大家只发现，阿环真的好可怜，阿环也真的太不容易了。

就连初蕾都忍不住长叹一声："青元夫人，真是一个天生的戏子啊！"

"凫风姑娘，你远来是客。再者，我昔日和高阳帝多少也有一点故旧之情，所以，我今天先让你三招！三招之后，你我各尽全力，直到分出胜负为止。如果我输了，那么，我恭送凫风姑娘你离开桃花星，从此再不追究！"

"夫人……"

青元夫人凌厉地阻止了青瑶的话："你们都听好了，若是我败在凫风姑娘手下，只怪我技不如人！你们再不许生事，以后无论什么情况下见到凫风姑娘都要以礼相待！"

青瑶气得几乎哭起来，可是，她满脸充血也不敢再发出任何质疑之声。青元夫人的话，便是终极决定，谁也无法反驳。

诸神心想，这条件可真是太过优厚了。也真难为青元夫人了，居然如此情形之下还是这么以礼相待，处处忍让，这样的度量，别说女神了，纵然是绝大多数男神也根本做不到。

只有清醒的凫风初蕾淡淡地说："如果我输了呢？"

青元夫人看了她一眼，那神情分明是：你能在星系之间行走，你怎么会输？

可她还是认认真真地回答："万一凫风姑娘输了，那就对不起了，我会将你捆绑起来，交给大联盟的法律司，至于按照大联盟的法律你该受到什么样的惩罚，那就是法律才能决定的了……"

气度雍容，以礼待人。合情合理，无懈可击。

宇宙记录仪的数据都失去了意义。

纵然是大联盟中最挑剔、最不喜欢青元夫人的人，也说不出她任何的不是来。

青元夫人，根本就完美无瑕吗。看看，人家在这种场合都还能有如此风度。

凫风初蕾长叹一声："青元夫人，轮到做戏，你可真是天下第一人！纵然全世界的艺人加起来，也不及你一个呀。你内心深处已经恨不得将我的脸一寸寸碎裂，可你居然还能这样口口声声做戏，我也真是服你了……"

青瑶厉声道："死丫头，夫人一片苦心，你却一直出言不逊，我看你的良心真是被狗吃掉了……"

诸神也道："小丫头，你就少说几句吧，一直逞口舌之利，也真是太不识好歹了……"

"真是不识好人心啊，青元夫人分明是处处手下留情，你怎么就没有丝毫的感恩之情呢……"

"阿环需要在你区区一个小丫头面前做戏吗？她杀你就像杀一只小鸡似的，还做戏？想多了吧？"

"阿环已经退让到这等地步了，你真要死，也是找死，是自己作死，真怪不得阿环啊……"

"没错！这丫头看着挺机灵的，怎么就这么不知好歹呢？你们听听，你们听听！她真的一句好话也没有，怎么会有这样的丫头呢？她怎么着也是高阳帝的后裔，按理说，总不至于如此糊涂吧……"

"阿环，别跟她客气了，直接杀了她好了！我们都是见证人！你就算杀了她，大联盟也没有任何人能说你半句不是，分明就是她自己找死嘛！如果不杀了她，以后岂不是被人误以为大联盟无人，以为随便一个通缉犯之妻就可以为所欲为？"

"……"

青元夫人杀凫风初蕾，在道义上已经彻底站稳了脚跟。青元夫人，从来不会让自己陷入任何尴尬无法自辩的境地。青元夫人，本领比凫风初蕾高出很多很多。

青元夫人静静地、云淡风轻地说："凫风姑娘，你出招吧。"

话音未落，凫风初蕾已经出手了，她的速度很快。

事实上，青元夫人才刚喊出"凫风姑娘"四个字，她已经出手了，先下手为强。金杖，就像一道爆裂般的霹雳，几乎将青元夫人的面门炸裂了。

青色的影子飞起来，半空中，传来一阵焦煳的味道。那是一名躲闪不及的半神人，他的头发顷刻间就没了。

其他人骇然后退，好生狼狈。

这才一个个惊骇：这丫头果然有两下子啊。

不过，她迎战的可是青元夫人啊。尽管青元夫人口口声声示弱，可大家都很清楚，真论本事，十个凫风初蕾也不是其对手啊。

可现在第一招，他们忽然觉得自己判断错误，凫风初蕾的厉害远超想象。

就连青元夫人也吃了一惊，没想到短短时间，这丫头的元气再次突飞猛进。她不敢小觑，但是也立即判断出，这丫头原本是想来一个出其不意，第一招就用足了全力。

果然，凫风初蕾的第二招力道就弱了一截。这一下，青元夫人非常轻易地就闪开了。

第三招，力道就更弱了。诸神都发现了：原来是一鼓作气、再而衰、三而竭啊，这丫头根本就没有想象的厉害。

只见她的第三招简直就不堪一击了，几乎连青元夫人的袍子都没沾上，就被化解于无形之中了。

三招已经结束。

青元夫人不再礼让，她沉声道："凫风姑娘，三招已过！我对高阳帝的故人之情也已经交代完毕，现在，希望你拿出全部的本领，活着走出桃花星！"

初蕾面色潮红，一言不发。

众神忽然发现，她不是不开口，是开不了口了。因为，青元夫人已经出手了，那是诸神第一次见到青元夫人出手。

自从成为天穆之野掌门人之后，她从未和任何人动手。一半是因为她天性文雅善良，一半更是因为压根儿就无人敢惹天穆之野的掌门人。

青色长袍，流云水袖，那是和风一般轻柔的舞姿，那是桃花流水一样的飞升，那是时间长河一样一去不复返的隐隐暗香，那是一首诗、一幅画、一卷山水图一般无法描述的意境……

众人看得呆住了，他们不敢相信这世界上居然有这么美妙的厮杀——那简直就是一场绝妙的舞姿啊。如果再有一点音乐，那简直就是盛大的《九韶》版本了。

白色身影却急速后退。金色光圈，忽然断裂，就像是一圈汪洋忽然泄洪了。

诸神顿感有倾盆大雨淋下来之感。可是，他们随即发现，只是一种错觉。没有大雨，没有汪洋。只有金色的光圈消失得无影无踪，青绿色的神树也已经无影无踪。

青元夫人第一招就击溃了金箔光圈，而且不是似启那种拼尽了全力几乎两败俱伤的打法，而是衣袖一挥，就像一只蚊子瞬间倒下去了一样。

二者之间的实力，已经不是"悬殊"二字可以形容了。那根本就是一个人对战一只老鼠嘛。问题是这只老鼠很是狡猾，不肯束手就擒，而且善于逃窜。

诸神判断出凫风初蕾立即就会逃窜，凫风初蕾也真的在逃窜。可是，她无处可逃。四周漫卷的花枝早已散开，空空荡荡，仿佛随处都是逃路。可是，无数的花瓣却开始旋旋落下，就像是半空中忽然铺开了一面粉色的帘子，美丽得令人无法呼吸。

凫风初蕾，被这片桃花帘子所阻隔，这帘子比面对一堵墙更加难以穿越。相比之下，早前如影随形的花枝简直就是烧火棍一般不堪一击。桃花帘子，阻隔了她逃生的通道。

众人见她左冲右突、狼狈不堪，忽然有些失望：真没想到，才第一招她就如此狼狈，接下来还有什么好看的？这丫头，也不过是色厉内荏吗。真遇到高手，一下就露馅了。

初蕾不管众人的眼神，一味逃窜。

青元夫人的第二招又来了。

这一次，大家都仰起头来。漫天的花雨仿佛也在跳舞，整个天空都变成了粉色的世界，全世界只剩下了一抹璀璨的金红，那是青元夫人头上的桃花花环发散出的绚丽光芒。

众人忽然觉得耳畔有乐声，那么婉约，那么悦耳，就像清晨的第一声鸟叫，就像是花瓣无声无息飘零在地上。

真是太美了，动手就像是在舞蹈。如果这世界上真的有花拳绣腿，那便是最美的花拳绣腿。可是，这世界上没有这么厉害的花拳绣腿。这是任何人，纵然是最厉害的大神也无法轻视的花拳绣腿。这力道的把控，是资深大神也自愧不如的。一代高手，莫过于此。

大家仿佛第一次发现，青元夫人原来是真正的一代高手。

凫风初蕾更加狼狈了，她发现自己被漫天的花帘困住，就像是自行钻进了一座厚重的监狱里，左冲右突，无路可逃。仅仅是两招，她已经被陷入了绝境。

青元夫人还是不徐不疾，就像看着笼中的老鼠。她的微笑只有凫风初蕾一人能看到，她的声音也只有凫风初蕾一人才能听到。"小贱人，你以为变成人脸蜘蛛才是最可怕的？你错了！我改变主意了，我要给你一种最美丽的死法，我要让你全身上下碎裂成桃花一样，一片一片，从此，成为桃花星上最美丽的肥料，为这片沃土贡献一份养分，呵呵，你意下如何啊……"让一个人彻底分解，浑身上下成为一片一片红色的花瓣。这对于青元夫人这样的高手来说，当然不是什么难事。

一片桃花，贴在了初蕾的脸上。忽然一阵剧疼，她但觉不妙，元气立即冲上了头顶，花瓣竟然"嗖"的一声掉在了地上，可手臂上的一片花瓣就没那么幸运了，随风飘零时，生生带起了一片血肉，正和桃花花瓣一模一样。手背上没有血迹，却生生去掉了一片肉。接着，又是一片片花瓣飞落初蕾的头上、脸上尤其是手背上。这些花瓣就像量体裁衣似的，所过之处，便会裂开一片片的碎肉，如果照此下去，凫风初蕾很快就会被削成一片一片的花瓣，然后整体被肢解。

"小贱人，怎么样？这是不是世界上最浪漫、最具有美感的死法？想想看，你全身上下的皮肤、血肉，全部变成一片一片的桃花，该有多美？错了，桃花其实远远不及这肌肤之美，因为桃花的香味其实很淡很淡，根本比不上新鲜血肉的浓香……"

地狱空空荡荡，魔鬼其实都跑到了人间。

初蕾的手臂上，已经连续几片血肉随着花瓣掉落。她已经无暇和青元夫人斗嘴，只一味逃命。青元夫人这个疯子，十足的女魔头。她要杀你，却不肯痛痛快快。

"小贱人，你想马上就死？哪有那么容易？你仗着白衣天尊来这里捣乱，你就该想到现在的后果。咯咯，等着瞧吧，我先肢解你的手背、手腕，然后再是你桃花一般的脸，但是别担心，你不会死的，直到你的双手双腿全部断裂，你还是不会死，你会成为世界上最美的一个残疾人……"

凫风初蕾身上的白色袍子开始碎裂。仿佛在印证青元夫人的话似的，那些白色的袍子碎裂得很小很小，每片几乎都和桃花的花瓣一般大小，以至于诸神竟然毫无察觉，直到凫风初蕾的两只袖子彻底空荡，露出两截白生生的手臂。

刀锋般的利刃在切割凫风初蕾的双臂，能感到疼痛，可看不到武器。

青元夫人没有武器，也不会使用武器。元气，已经化成了无形的钢刀，上下挥舞，麻利切割，非要将她生平最厌恶的两只美丽胳膊彻底卸下来。胳膊之后，再是大腿。想想吧，一个失去了双腿和双手，只剩下一个脑袋和身躯的"美人儿"——青元夫人笑起来:"我瞧你如何成为宇宙第一美人儿……我叫你这不要脸的小贱人到处去迷惑众生,颠倒众生……"

第五章　拳打女神 3

初蕾手里的金杖已经无力挥舞，金箔也已经无力启动。她不再有任何的护身符，只能凭借自身的元气去对抗。可是，这点元气，如何能和资深级大神青元夫人抗衡？更何况她已经和诸神以及姒启恶战一场，浑身的元气早已消耗了一大半。

青元夫人表面上让她三招，其实三招之后早已试探出她元气衰竭了一大半，自然就肆无忌惮，开始表演她最拿手的"桃花神功"了。就算杀人，也要杀得美轮美奂。青元夫人平生每一件事情都做得很漂亮，这一件，自然也不能例外。看似不经意，却是有心在诸神面前卖弄，让诸神见识见识天穆之野真正的本领，而且不能一招绝杀，总要在诸神面前做做样子，所以，明明可以一招致命，她还是若无其事，想先将这丫头的心脉震碎，让她成为一个废人。

凫风初蕾不想成为废人，她再也不想成为有熊山林上那个呼天天不应、叫地地不灵的可怕僵尸了，就算手里的金杖已经失去了威力，她还是拼死一搏。可是，她的抵抗实在是太微不足道了。

"小丫头，你知道自己马上会变成什么样子吗？你浑身上下的筋脉会寸寸断裂，然后，你的双手、双腿都会寸寸断裂。咯咯，你会变成一个只有头颅和身子的怪物。咯咯，你放心，你不会毁容的，今后，你的身子会一直顶着你的头颅，你会保持那张完美无瑕的面孔成为大联盟的第一个女囚……"

一个断绝了双手和双足的美人，多可怕。想想看吧，只剩下一个身子和一个头颅，可偏偏又不死。真是比成为人脸蜘蛛更加可怕，凫风初蕾忽然不寒而栗。

这一胆怯，金杖的力道就更弱了。一股元气就像是飓风一般穿透了初蕾的手臂，她忽然觉得自己的左臂一瞬间就从自己的身上被齐整整地切割下来了。她咬紧牙关，浑身的元气竟然全部集中到了左臂上，竟然将那死亡之气一下迫开了。左臂逃脱了，可是，右臂马上又遭殃了。无形的钢刀，又架在了右边的臂膀，齐根斩断一般冷疼不已。初蕾徒手挥出，死亡般的疼痛忽然转移。侥幸逃过一劫的右臂却仿佛已经麻木了一般，就好像真的被切断骨骼，只剩下一张皮包裹着一般。她骇然后退，所幸两只手臂都还能活动。

"咯咯，小丫头，你还真的有两下子啊，居然能逃过我的两次攻击！你吸收了那战犯不少能量了？现在，你是不是很恨那战犯啊？他本是想带着你这个娇美小妻到处招摇炫耀，可没想到会自身难保不说，还将你这小美人留在这里，你马上就要成为一个废人了吧？我早就告诉过你，男人是靠不住的。女人，永远只能依靠自己，实力才是硬道理，指望被男人保护？你别做梦了，男人就算不飞、不走、不变心，可是，男人会死啊！咯咯，是不是现在才发现，依靠男人的保护是最不靠谱的？"

这世界上，指望任何人庇护终身都是不现实的。青元夫人至少有一句话说对了，男人就算不飞、不走、不出轨，可是，男人会死！保不准哪天就比你先死了，然后，你怎么办？指望男人保护的女人，若不是在委曲求全和伏低做小中窝窝囊囊地过一辈子，就是在猝不及防的灾祸中身陷绝境……

"你若是不和那战犯到处招摇，好好地待在地球上，我就算找你麻烦，总也需要花点时间，再说，没准有什么事情耽误，我没来得及找你算账，你很可能就已经老死了。可是，你偏要攀附着他到处显摆，小贱人，你死得真是一点也不冤枉啊……"

"咯咯，没准那战犯也对你恨之入骨呢，要不是他愚蠢到和你共享元气，他自身的元气就不会消耗那么快，也不会在对阵几招就被天穆之野的园丁收拾了……说什么宇宙第一的战神，我呸！其实不过尔尔，我天穆之野三名园丁出手，他就死无葬身之地了……都怪你这个不要脸的小贱人，都怪你那狐媚的样子，你缠着谁谁就死，你可真是个祸胎……"

天穆之野只需要出动三名园丁已经足以将白衣天尊消灭，而天穆之野真正的实力已经强大到了什么地步？

初蕾已经不顾得惊悚，甚至顾不得替白衣天尊的消失或者死亡而感到难过——她根本没有难过的情绪，因为死亡和恐惧之情已经彻底将她的脑海和所有的官能神经都霸占了。

她唯一的念头只剩下：必须活下去。我必须逃过这个劫难。活着的人才有悲哀的资格，至于死人，谁管他们还会想些什么呢。

初蕾奔逃，可是，前后无路。

满世界都是粉红色的影子，青元夫人的元气将四面八方都变成了纷纷扬扬的桃花雨一般。她青色长袖点缀其间，简直就像是一个仙子缥缈的身影在桃花雨之中舞蹈、旋转。

诸神如痴如醉，仿佛在欣赏一幕绝妙的演出。

"阿环！了不起的阿环！"

"阿环竟然把桃花神功练到了这样的地步……"

"阿环的舞姿真是太妙了，堪称世界第一啊。我记得三万年前曾经在天穆之野偶然一瞥，从此念念不忘，没想到现在又有机会欣赏到阿环绝妙的舞姿，真是三生有幸了……"

诸神眼里，阿环不是在杀人，而是在跳舞。或者说，阿环把杀人的艺术也演绎得如舞蹈一般精妙绝伦。

只是，他们根本想不到，这舞蹈这流云水袖，全部会聚成了强大的气场，全变成了钢刀般的杀气，鬼风初蕾无论往哪个方向冲撞都是在尖刀上跳舞。她的手背、手臂上已经有许多桃花似的痕迹——每一片痕迹都是被削下的一片肌肤。可是，她已经不感觉到疼痛，因为早已麻木了。

"小贱人，若是你一早就跪地求饶，我还可以给你一个痛快，现在，你就别想了。我要让你碎裂成一片一片，融化在这桃花星上，让你和你最心爱的那个男人永远不离不弃，哈哈，你看我对你们多好，到死了都在成全你们……"谈笑风生，嬉笑怒骂里，每一招都是杀招。

初蕾觉得自己的五脏六腑移位了。

好不容易护住了左臂，一瞬间，右臂仿佛又要脱落了。

"咯咯，小丫头，你居然还能抵抗这么久？罢了罢了，我就先切割你的双腿吧，咯咯，你等着瞧，马上你就要成为瘸子，接着成为瘫子，然后才失去左膀右臂……咯咯，这是不是挺好玩的？"

杀气，彻底集中在了凫风初蕾的右腿。那是右腿的大腿根，七片桃花排列成一行，往她的大腿根处而去。只要桃花沾上，右腿就废了。

初蕾忽然弯腰，她头发上的束环猛击在右腿上，七片桃花顿时成了粉末。

"小贱人，你居然还能反抗？好吧，再来……"又是七片桃花，不偏不倚地飞向她的左腿。

"先切割你的左腿也是一样的，咯咯，小贱人，马上你就要成为一个瘫子了……"那是肥猫在肆无忌惮地戏耍无力挣扎的老鼠。明明可以一口吃下去，偏偏又吐出来。

初蕾的元气已经快衰竭，武器也彻底消失，她只能眼睁睁地看着那七片花瓣往自己的左腿粘贴——分毫不差的定位切割。她明知不妥，却也无能为力，因为头顶、背后、双手、右腿，统统有花瓣飞来。

青元夫人已经不想浪费时间了，她打算趁她没有反抗力的时候，一举将她的双臂和双腿彻底切割下来。

下一刻，大家就可以看到一个完好无损却四肢断裂的"残疾美人儿"了。从此，她再也没法站起来走动，更无法摇曳她亭亭玉立的袅娜身姿，当然，更无法展露她那该死的绝美姿态和令白衣天尊痴迷的绝伦美貌了。脸再美，但变成一个瘫子之后，慢慢地也会成为一个废人。美貌，会因为残疾而迅速毁灭。

青元夫人非常清楚人体构造，下手自然就绝不会有什么虚招。

凫风初蕾，唯有躲闪。连逃命都没可能，只是闪躲。

可是，一层桃红牢牢将她包围，光圈里，她就像是一只左冲右突的兔子，怎么都无法翻越已经笼罩下来的囚牢。

众人只看到她身上忽然多了一层桃红花瓣，可是，她却浑身冰凉，完全意识到那杀气已经不管不顾地在切割自己的大腿了。

青元夫人要的可不是膝盖之下的部分，她分明是要将她整条大腿彻底切割下来，只留下一个光秃秃的身躯。

兔风初蕾忽然就地一滚，整个人已经匍匐在地了。可是，杀气如影随形，定点在了她的背心。整个人，仿佛立即就会被拦腰斩为两截。如是，已经不是瘫不瘫痪的问题，而是彻彻底底的死人了。

诸神都捏了一把冷汗，空气忽然变得很压抑。

唯有青元夫人，内心深处笑了一声。该死的丫头，你也有今天。拦腰斩为两截，看你做什么绝世美人。

杀气，正要切割。一道光芒忽然划破了杀气，只听得咣当一声，那是劈天斧坠地的声音。

兔风初蕾猛地跳了起来。

诸神惊呆了，青元夫人也愣了一下。

唯有青瑶嘶吼一声："启王子，你这是什么意思？"

姒启默然。他面上一片茫然，但是，大家都看到他手里的劈天斧已经不翼而飞。

"启王子，你乃我天穆之野的入门弟子，你不思为师门分忧解难，你反而背叛师门，你的良心是被狗吃掉了吗？"

姒启垂首，听着青瑶的叱骂，一声不吭。

青元夫人却一挥手，阻止了青瑶的叱骂。她还是淡淡地说："诸位可能有所不知，早前，启王子和兔风姑娘乃是至交好友，启王子见朋友危及，一时间情难自禁，也是可以理解的……"她顿了顿："而且启王子今日才加入我天穆之野，向着朋友也是人之常情。毕竟，大丈夫有所为有所不为，启王子，我不怪你！"

姒启低下头去。

诸神却纷纷称赞道："阿环果然是大仁大义，这度量真的是天下罕有……"

"启王子有情有义也是天下罕有啊……"

"如非如此，他也不会有幸被阿环收为关门弟子了。毕竟，阿环收徒首先看的是人品……"

大家当然都已经看出，阿环已经占据了绝对的优势。阿环把控了一切，所以，对于启王子的举动根本就不在乎。

此刻，大家都看得清清楚楚，兔风初蕾纵然暂时逃过一劫，可是，她一直在粉红光圈的范围内挣扎，无论她如何左冲右突，根本就无法逃离半步。粉红光圈，已经成了她的囚牢，也可能是她的葬身之地。之前不可一世的女王很狼狈，她已经头发凌乱，满脸汗水，就像疲于奔命的逃犯。

青元夫人，再次转向她："兔风姑娘，你有启王子这样的朋友，你真该感到荣幸！这是你一生最大的财富……"

可兔风初蕾听到的却是另一个大家都听不到的声音："小贱人，你当初要是选择了姒启，不就什么麻烦都没有了？有姒启这样的好男人，你却偏偏还朝三暮四去招惹白衣天尊，你不是该死吗？"

兔风初蕾顾不得和她对骂，因为，她已经缓不过气来了。

杀气，再次袭来。

诸神看不见，还以为青元夫人一动不动，殊不知，她的元气已经穿透粉红光圈，四面八方将兔风初蕾切割。元气，全部化成了刀光。切割的，正是初蕾的双腿。不是左腿或者右腿，而是双腿。我不杀你，但是，我要让你生不如死。

初蕾隐隐地听得那不阴不阳的声音："你以为躲避了黑蜘蛛病毒，就会有更好点的结果？小贱人，你可知道还有比黑蜘蛛病毒更加可怕的东西？"

没错。变成一只可怕的人脸大蜘蛛，却还是完好无损也有战斗力。可要是被拦腰斩断，就成了彻彻底底的废物。怪物和废物相比，究竟哪种更加可怕？光圈，终于停留在了初蕾的双腿。

她再也无力挣扎，整个人倒了下去。

这一次，再也没有任何人能伸出援手了。

赤手空拳的姒启也无能为力了。

"初蕾……"声音哽在喉头，他却叫不出来。他只是惨然后退一步，闭着眼睛，再也不敢多看一眼。他忽然觉得，自己的心也死了。

诸神，也一片死寂。大家都看出来，那不可一世的女王彻底覆灭了。

初蕾躺在地上，一动不动。金杖坠落在地，金箔也坠落在地。须臾不离的法宝坠地，那就意味着死亡的来临。武器都没有了，自然代表这场战斗已经结束。她四肢匍匐，那是死亡的姿态。

任何人都看出来，她的双腿已经彻底失去了力气，软体动物一般。好一会儿，她一直一动不动。红色花瓣，几乎彻底将她覆盖。

诸神屏住呼吸，都以为她已经死了。

姒启的掌心冷汗涔涔，他的额头也是冷汗涔涔。他的脚步忽然蠢蠢欲动。可是，刚迈出第一步，脚步就被定住了。一股极大的力量将他拉住，一步也无法移动。隐隐地，那是云华夫人的声音，非常严厉，充满了失望之情，"启王子，你可真令我失望。"他内心茫然，不知道是恐惧还是悲哀。

兔风初蕾一直俯在地上，仿佛整个人已经埋入了泥土之中，无声无息的死亡之气已经散开。

一代女王，仿佛就此香消玉殒。诸神竟然长吁一口气。死了？这么快就死了？这也太不经打了吧？或者，这也太可惜了吧？前一刻还活色生香的宇宙第一美人儿，一眨眼就变成了一摊烂泥？

青元夫人已经停下了脚步，她的流云水袖就像是一树慢慢收敛的花枝。

她忽然觉得有些不对劲：杀气明明已经切割了她的双腿，为何那小丫头倒下去的姿态却不大对劲?

　　预料中,她的双腿被切割却不会彻底脱落,因为她不想让诸神看到自己的残酷手段,所以用了恰到好处的力道,目的是让那被切割的双腿连着皮筋,暂时不至于彻底断裂。而且还有衣物的掩盖,诸神是看不出异常的。可是,大腿被切割,那丫头纵然疼晕过去了,但是,总不至于这么悄无声息吧?难道直接就晕死了?而且,从她匍匐的姿态来看,双腿分明不像已经断裂。

　　可是,若没死,她的金杖、金箔怎会坠落地上?没了这法宝,她可是一无所有了啊。

　　青元夫人上前一步,她很谨慎。她非常仔细地看了看金箔、金杖甚至那棵已经被缩小到不足半尺的青铜神树。这是她第一次近距离观察青铜神树,正是这棵该死的神树,在有熊山林阻碍了自己的计划,导致了随后的一系列失败和被动。

　　否则,哪里有这小贱人站在这里的机会?

　　她决心毁掉这棵青铜神树,可是,众目睽睽之下,她又不能马上出手。她只是伸手将神树捡起来,淡淡地说:"久闻太阳星上有超一流的宇宙记录仪,我倒要看看到底是什么了不起的东西……"她拿着青铜神树,忽然一怔。神树压根儿就没启动,是关闭的。她再要去捡金杖和金箔,可是,她忽然觉得没必要,随即就后退了半步。

　　青瑶察言观色,正要去替掌门人捡起金杖,可是,她刚要走出去,青元夫人使了个眼色,她又停下来。

　　青元夫人盯着凫风初蕾。

　　大家都盯着凫风初蕾,凫风初蕾还是俯在泥土里,她倒下去的力道很大,以至于地面上有了一个人形的坑,仿佛将她一半的身子埋葬了一般。只见她整个脸完全陷入了泥土中,就算不昏死也被闷死了。

　　有人低声道:"莫非这丫头真的已经死了?"

　　"可不是吗?她分明没了气息,毕竟是地球人,生命十分脆弱。"

　　"唉,这小丫头也真是太嚣张了,真的是自寻死路啊,也怪不得别人……"

　　"什么怪别人?你没看到阿环一再对她手下留情吗?就算是现在,也是她自己从半空中跌下去摔死的,又不是阿环杀她……"

　　"是啊,阿环对她一忍再忍,我们都看不下去了,所以,她有今天也是咎由自取……"

　　"对啊,你们没看到吗?启王子出手帮她,阿环都没责怪,你们扪心自问,这天下谁还能比阿环更加大度宽容?"

　　"阿环杀她,是她罪有应得!"

　　"别说不是阿环杀的她,就算是也不算什么,你们看看陆西星的尸体,她能杀半神人,难道我们就不能杀她了?"

　　"对对对,我失言了,的确不是阿环杀她,是她自己摔死的……"

"没错，是她自己跌下去摔死的……阿环从不杀人……"

没有宇宙记录仪，诸神都是活生生的证人，凫风初蕾死有余辜。

四周，再次安静下来。

微风吹来桃花的花瓣，徐徐飘落在她身上。她和花瓣一样，仿佛已经融入了泥土之中。

时间，很长。

如果一个人这么长时间的头脸匍匐在泥土里，那只能是死人。凫风初蕾，真的已经死了。

姒启上前一步，又停下来。他忽然觉得心里空荡荡的。耳畔，有个十分严厉的声音："启王子，你究竟还要执迷不悟到什么时候？你可记得她早已嫁为人妻了？更何况，她死有余辜，你还要令亲者痛仇者快吗？你想想你的祖父和父亲吧……"

她已经死了！她竟然真的死了！他对她，其实一直抱着幻想，就算他已经和云英成亲，就算他失去了她的消息，就算他一次次和她错过——可是，真的绝望是看到白衣天尊散发了蓝色焰火令，知道她已经嫁与他人！那一刻，他才彻底绝望了。

"她已经是别人的妻子，无论死活都与你无关！启王子，你就不要再去丢丑了。"警告，犹在耳畔。

他的双腿无法迈出去，神秘的力量将他彻底定住。云华夫人的功力远远超越了众人的想象——为了不彻底暴露身份和实力，就算在万国大会上，她也从未尽全力，反而让当时的百里行暮误以为她不过是女流之辈而已。

可谁也不知道，她才是天穆之野第一元气高手，相比青元夫人太过讲究美感的花招，她的招数就简单实用也有威力多了。

姒启，无法挣脱她的掌控。就像在九黎的时候，她一挥手，他便身不由己随她离去。他想，其实，自己不过是想替她收尸而已。总不能让她暴尸荒野。可是，云华夫人连收尸的机会也没有给他，他根本一动不能动。

也许是觉这两个敌人死得实在是太容易了，青元夫人反而有些不安。毕竟，牵扯了这么久，忽然就死了，总觉得不那么真实。而且，那小贱人的死法也不如自己的预期所想，她根本没有四肢断绝，也没有变成一个"人彘"。就这么死了，岂不是太便宜她了？她身上的肌肤大半部分都还是完好的，只有手背上有零星地几颗"桃花"痕迹，也就是说，她的肌肤只被割裂了七八片而已。这小贱人，死得也太痛快了吧？哪有这么便宜的事情？

可是，众目睽睽之下，又不能把她抓起来重新再杀一次。

青元夫人终于俯身下去看看，可刚一低头，立即就面色大变，仓促后退。已经太迟了。

匍匐在泥坑里的"死人"伸出了腿。那攻击根本不是从她手上发出，而是从她已经被"切割"的双腿上发出的。

众人见她以来，每一招她都是从金杖开始的，几乎以为没了金杖她就不会动手了。可是，现在金杖、金箔、神树都在地上，她看都不看一眼，仿佛那些玩意儿都是不堪一击的摆设。

那是一击无与伦比的背后"回旋踢"，是人类冷兵器时代的人肉搏斗招数之一。因为动作实在是太快，青元夫人竟然猝不及防，几乎被踢中了眼眶，仓促狼狈后退。鬼风初蕾跳起来。她赤手空拳，脚下的金杖、金箔，她视若无睹，更别说去捡了。她挥舞拳头，径直砸向青元夫人的胸口。

动作很快，青元夫人竟然无法避开。因为，她的面前忽然多了几道影子——四面幻神！四面都是鬼风初蕾的影子。几个人同时挥舞拳头，她无法躲闪。正中的心口忽然裂开了一般，女神也察觉出了疼痛，可这才是第一拳。

第二拳几乎没有任何间隙，又来了。依旧是四面幻影，四只拳头拳击一般挥向同一个人。没有原则，没有理论，没有美感，甚至没有既定目标——砸到哪里算哪里。那根本是毫无章法地乱打，只要击中就行了，其他的都不重要。甚至根本不管会砸向她的什么地方，头上、肩上、胸口或者背部……都没关系。只要能战胜敌人，其他统统都不重要。

可是，青元夫人竟然无法躲闪，竟然生生又被砸了一拳。这一拳，正好砸在她的左边胸脯。那鼓鼓的饱满胸脯就像被压下去了一大块，真是前所未有的狼狈。

疼痛，很轻微的疼痛。可是，那是耻辱。那是一个女神所能遭遇的最大的奇耻大辱——竟然被一个小丫头砸中了胸脯。她胡乱躲避，如此，反而让她更加狼狈。

诸神被这一变故惊呆了，哪里还说得出半句话来？只见忽然有四条人影围住了青元夫人，好像忽然就变成了四个鬼风初蕾一起作战。

俗话说得好，双拳难敌四手。一个鬼风初蕾已经不好对付了，更何况现在变成了四个，饶是青元夫人也蒙了一下。

高手过招，一下，已经足以致命了。青元夫人连续遭了两拳，但立即就反应过来，反手就攻了回去，长袖飞舞。

一拳，砸在了长袖上面。那袖子，竟然生生断了，诸神惊呆了。

一拳能砸碎一个人的脑袋不稀奇，可要把柔软的袖子砸成碎片，那就真的骇人听闻了。传说中，这人类的少女能一拳砸碎巨人的脑袋，之前，他们都以为只是传说而已，不成想，居然是真的！

诸神震惊，青元夫人也彻底怒了。她面上的云淡风轻彻底消失了，她看都不看一眼自己断裂的长袖，径直反攻。没有流云水袖，没有桃花飞舞，她也本能地徒手反攻，她出手极快。她当然不是泛泛之辈，她一眼便看出来，四面幻影只是幻影，鬼风初蕾并非真的变成了四个人。本质上，这只是一种障眼法而已。因为速度极快，敌人来不及分辨真伪，所以往往因此失败。

青元夫人的一双利眼，看破了这一切。她出手如风，击中了凫风初蕾的真身！这一掌，击中了凫风初蕾的心口。

可是，没有了武器的凫风初蕾忽然力大如牛，她生生接了青元夫人一招。

两个人，竟然胶着不动了。摒弃了花拳绣腿，那是元气的大比拼，是内力和实力的真正较量。

一拳下去，青元夫人更是吃惊，就像砸在一堵墙壁上似的。这丫头，哪来如此强大的元气？可接下来，她发现更是不妙了。但觉一股源源不绝的元气忽然从对方身上传来，竟然丝毫也不逊色于自己，甚至隐隐地还在自己之上！这怎么可能？可是，压力更大了。压力，排山倒海一般的压力。青元夫人竟然无法翻转局面，更别说占据上风了。

诸神看不分明，甚至忘了惊叹，只目瞪口呆地看着这两个女子徒手互搏。那是地球上莽汉们的打法，毫无章法，毫无美感。可是，没人觉得奇怪——因为，他们大气也不敢出，他们忽然想：若是自己在这种情况下该怎么办？是不是也只能如此？

甚至姒启也一片茫然，他愣在原地，完全不知道现在这一幕到底算是什么。

胶着状态，无法自拔。

青元夫人更加着急了，她发现自己撤不了那股元气，连放弃都不可能。青元夫人本能地看向凫风初蕾右手的无名指，但见她手上的蓝色扳指还是黯淡无光，一副死亡之色，就更加不安了。明明这扳指的主人已经死了，可这丫头怎么好像再次开启了白衣天尊的能量共享之源？如是白衣天尊没有死，这丫头又岂能自身具有这么强大的元气？一定是白衣天尊！

天啦，一定是他没死。他暗地里已经再次开启了能量共享！一定是这样！一想到白衣天尊竟然没有死，她忽然很是不安。饶是她再自负，也情知绝对拼不过白衣天尊的元气。这一想，先就怯了。

就是这一分神，凫风初蕾已经抽出手，又是一拳砸过来。这一拳，砸向青元夫人的面门。若是被砸中，青元夫人只怕会立即鼻青脸肿。

青元夫人猛地后退，又是一拳砸向了她的左边肩头，她竟然未能避过，又生生挨了一拳。下一刻，她整个人已经凌空在了头顶。可是，头上的红色夜光冠已经坠落地上，"当"的一声跌成了两截。她身上的青色长袍带子竟然也散开了一缕，十分狼狈。

"哈哈，九黎的时候，我能砸碎你的九云夜光环，现在，当然能砸碎你的红色夜光冠……"

诸神惊呆了。难怪阿环须臾不离的九云夜光环忽然换成了红色夜光冠，竟然是在九黎被这丫头给砸烂了？可是，阿环什么时候去的九黎？为何大家都不知道？

青元夫人凌空而立。只觉得前面有一股无形的墙壁，排山倒海一般，她竟然无法穿越。

凫风初蕾又是一拳挥出。

　　青元夫人再次闪躲。

　　凫风初蕾一击落空却毫不在意，只稳稳地站在原地，稳稳地扬起一只拳头，哈哈大笑："青元夫人，你躲开干吗？难道还真的怕我一拳砸烂了你那张假惺惺的脸？你放心，我可没兴趣毁你的容，因为，你长得其实根本不咋地，不值得毁容！哈哈，我只是太厌恶你那表里不一的虚伪之言了，你可是我见过的天下最会做戏、最虚伪的女人，而绝对没有之一……"

　　诸神不敢置信。

　　这小丫头竟然连续三拳，几乎拳拳到肉，以至于一代天穆之野掌门人也只能避其锋芒。

　　诸神忽然觉得自己花了眼睛，或者在做梦。这怎么可能？那小丫头明明不是已经死了吗？难道之前她是在装死？可是，比起她的拳拳到肉，她的这番谈笑风生更令人惊讶。

　　众人茫然，她俩之间到底曾经发生了什么？为什么一副老仇人的样子？难道不是今天才结怨的吗？

　　就连冷汗涔涔的姒启也一脸茫然，完全不明白事情发生了什么样的大反转。

　　青元夫人暴怒。这小贱人，居然敢说自己长得不咋地。贬低一个女神的容貌，简直比打她一拳更让她愤怒。

　　初蕾当然明白她的弱点。所以，她专门攻其弱点。

　　"啧啧啧，青元夫人，你曾经自以为是天下第一美人，可是，一见到我之后，你便自惭形秽，正因此，你在我遇见百里行暮的时候便开始跟踪我、警告我，到后来，干脆暗害我，想将我彻底毁容。你以为你在有熊山林时，就可以彻底将我变成蛇妖？你以为杀绝了有熊氏一族，你就会肆无忌惮地将我变成人脸黑蜘蛛？哈哈，别做梦了，现在我不是还好好的吗？多行不义必自毙，青元夫人，你这个表面温柔善良，实则蛇蝎心肠的女人，你以为自己可以伪装一辈子？别做梦了……"

　　青元夫人怒不可遏，可是，她无法阻止她。她根本无法穿越那股强大的元气屏障，那是山岳一般的屏障。

　　她只能眼睁睁地听得那熟悉的笑声，爽朗、明快、银铃一般："青元夫人，你想要将我的双腿和双手切割掉，将我变成人彘，没想到，我又好好地站起来了吧？哈哈，在有熊山林时你没能将我变成青草蛇，现在，你也同样无法将我变成人彘！怎么样？再来一拳吧……"她闲闲地，也不追击，只是冲着半空扬起拳头，"你信不信再有一拳我便能砸死你？"她甚至对着诸神也高高扬起了拳头，"你们都说我杀了卑鄙无耻偷袭我的陆西星！好吧，我承认是我杀了他，但是，就算我只是一个普通的地球人，可我连自保的资格都没有吗？我就该这样白白被你们打死吗？好吧，如果你们坚持这样认为的话，那么，我就做给你们看吧，我就当你们的面，将这个曾经想把我砍为人龌的蛇蝎女人活活打死吧……"

她提高了声音："你们都是见证人！你们都是高高在上的诸神，你们去告我吧，在全联盟通缉我吧，我不在乎，我今天就是要杀了这个虚伪狠毒的女人……"又是一拳砸过去。

青元夫人彻底暴怒了，她的双眼都红了，眼珠子都快突出来了。一个地球人，不但杀上天穆之野，而且在天穆之野将自己逼得如此狼狈，就算是白衣天尊本人露面也顾不得了。

她俯冲下来。配合她俯冲下去的，是漫天的桃花剑。没人知道这些桃花剑是哪里发出来的。它们就像是一片巨大的罗网，铺天盖地笼罩了凫风初蕾。

饶是初蕾胆大包天，也不敢硬拼，立即后退。

青元夫人也是一拳砸出，拳头穿越了桃花剑阵。

凫风初蕾被一拳砸中，众人只听得一声巨响，纷纷四散后退，稍微动作慢一点的简直是被拳风击飞了出去，远远趴在地上，几乎失去了半条性命。

地下，一个大坑。可凫风初蕾却失去了影子。眼尖的半神人却看得分明：她掉入了坑里。

坑里，全是红色的桃花剑。万箭穿心。

初蕾，贴着剑尖。准确地说，是她的单薄的袍子贴着箭尖。她很清楚，只消得再多半分力气，自己就会被万刃穿心。

头顶，又是一片红云。那是无数的桃花剑从天而降。很显然，青元夫人是不失时机一举绝杀，再也不肯给她任何逃离的机会。前胸后背全是刀剑。眼看初蕾就要两面被穿胸而过。

诸神死死盯着大坑，竟然连呼吸声都屏住了。已经沉寂了七十万年的大联盟，过惯了安稳日子的少年们，几曾见过如此剧烈的厮杀？

而且，是两个女人之间的搏杀。没有任何花拳绣腿，招招到肉。

直到现在，直到凫风初蕾再次掉入深坑，落了下风。

众人死死地盯着大坑。铺天盖地的箭雨也在不停地射向大坑。大家暗忖：这一次，凫风初蕾该逃不掉了吧？

青元夫人却不敢掉以轻心，她转身就走，可暗地里却调动了元气，将全部的箭雨疯狂地往坑下压。凫风初蕾，很可能被射成了刺猬。

就在这时，一股如有似无的气瘴冲天而起。

青元夫人猛地回头，本能地一拳砸向深坑。箭镞雨点般全部坠落深坑。元气，也再次封锁深坑。

可是，已经迟了一步。一个白色的影子冲天而起，于桃红箭雨中，仿佛一朵白色的云彩。笑声和拳头一起砸来："啧啧啧，你砸坑有什么用？砸我才行，哈哈，再吃我一拳试试……"

第一拳是虚的，青元夫人避开了。

可随即，又是一拳。这一拳，竟然有风雷的气势，那根本不是一个人，仿佛是一座大山当头罩下来。

青元夫人情知事情有异，却来不及思索这强大的元气究竟来自何方了，她只是本能闪避，不敢从正面迎击这锋锐。青元夫人闪躲却慢了一步，那一拳正好砸在了她的另一端完好的袖口上面。

四周，青色碎片忽然飘舞，而红色桃花已经无影无踪。这一次，可没有上一次那么幸运了。

青元夫人的袖子是从肩膀处断裂的，露出了白生生的半截手臂。

那是众人第一次看到女神的手臂。在这之前，女神总是宽袍大袖，从不外露。女神的手臂很美、很白，嫩藕一般。可是，诸神欣赏的不是她的手臂，而是呆呆地看着她断裂的袖子。诸神的震惊，更是不可思议。

人是实的，袖子是虚的。砸虚的东西，其难度远远胜过砸实打实的东西。

就像一把利刃，稍微用点力气就可以劈开一截木桩，但是，你不见得能劈开一张纸。要砸断软的衣服比要砸断人的手臂更加难得多，可以想象，若是青元夫人没有避开这一拳会有怎样的后果？女神的手臂岂不被一个凡人活活砸断？

第一次，大家还以为那疯狂的少女是碰巧了。第二次，大家就知道不一般了。这可是实打实的元气，实打实的功力。其中没有任何的投机取巧。就算是在座各位，也自认做不到这一点。可一个地球人怎么偏偏就做到了？如果说他们之前看到的是一个活色生香的美人，无非是嚣张狂妄了一点，可现在，大家都如看着一个强大的妖——每个人面上都有了隐隐的恐惧之色。

诸神不可思议，如果地球人已经变得这么厉害了，那半神人们该怎么办？

他们看看女神，又看看那个地球人。

女神两只袖子都断了，其中一只更是从臂膀处断落，狼狈不堪，整个人面色铁青。

地球少女就更是狼狈了。她雪白的衣服上满是泥泞，就连拳头上也都是泥土，甚至她的脸上也沾染了泥土，垂下来的凌乱发丝也满是尘土，但是，她不在乎。她赤手空拳，她满面笑容，笑容从尘埃遍布的脸上发出光来。那光，忽然将漫天的桃花彻底遮掩，让整个桃色的世界彻底黯淡。有一种极致的美，无论什么东西都已经无法遮掩。

屼启呆若木鸡，只是死死盯着她。他迈不动双腿，心里却一阵阵地翻滚。他忽然想起万国大会，想起西北大漠，想起九黎河之战……每一次，她都是这样。明明到了绝境，总能化险为夷。

有人帮助时，她是这样；没人帮助时，她也是这样。纵然有熊山林的孤立无援，她也不曾被那可怕的冰天雪地彻底吞没；就算有无数的人马杀上前，也对付不了彼时身为"僵尸"快要死掉的她。

他很茫然：这是为什么？

何止是她？几乎人人都在想：这是为什么？

鬼风初蕾却满不在乎。纵然全天下都是敌人又能如何？我的心口刻了一个"勇"字。但凡还有最后一丝气息，也力战不止。

生命不息，战斗不止。就算是诸位半神人们，又有何惧？因为我知道，恐惧和胆怯只能让敌人变本加厉，所以，我何不孤注一掷？每一次，我都在孤注一掷。我来过，我杀过，我不在乎结局。

青元夫人也在想：这是为什么？

她已经意识到自己犯了一个天大的错误。

可能是在自己的地盘上，也可能是对自己的本领太过信任，所以，竟然忽略了一个可怕的事实：白衣天尊如果真的那么容易死掉，他还是白衣天尊吗？她认为，这一切都是白衣天尊暗中作祟。是那该死的战犯，背地里支持这小贱人一再羞辱自己。对，是他！一定是他。如非他出手，小贱人怎会忽然变了一个人似的？可恨，自己竟然真的以为他死了。像他这种人，又岂会轻易死去？可是，她后悔已经来不及了。

偏偏那白色的身影又灵活地冲过去："再来再来，再吃我一拳，哈哈，你青元夫人口口声声说女人要靠实力，那我就让你看看什么是真正的实力，不过，我还有一句话要告诉你，女人不但要靠实力，而且最好不要卖弄什么花拳绣腿，尤其是在搏命的时候，就更没必要在男神们面前装模作样摆花架子了！打架最重要的是拳拳到肉，哪怕是拉头发揪头颅，只要赢了就作数，何必玩虚的呢？你就算是跳舞一般的打架，可打架就是打架，总也不是舞蹈，对吧？"话音里，已经挥出了十五六拳了，招招凌厉，气势如虹，以至于青元夫人只能左冲右突，竟然不敢实打实地正面应对。

"你看，打架就该这样打……赢了就好看，输了就难看！"这是结论。

青元夫人虽然厉害，可是她这些年从未有过什么实战经验，身为天穆之野掌门人，所过之处，所有人都是毕恭毕敬。因为没有危险也没有任何压力，所以对于元气的修炼也就不怎么上心。再者，总以为女子总要以柔美为佳，女神最重要的是姿态好看，任何时候都要保持风度。修炼拳打脚踢，当然有伤大雅。再说，诸神之间的过招很久以前就不是肉搏，而是彻彻底底采用尖端武器了，什么银河战舰，什么粒子武器，什么曲率黑洞……至于贴身肉搏，几乎快被扔进战斗博物馆了。

青元夫人，失利就在这里。加之长年累月的酗酒，往往一醉几千年都是常事，就更加疏于对内力的修炼，甚至慢慢地被酒精腐蚀了一部分内力，对付一般高手也就罢了，可忽然遇到对方源源不绝的元气，一下就露怯了。而且，她很少有实战经验。就算要惩罚凡夫俗子，也是挥手之间的事情，何曾被逼到如此狼狈的地步？

可凫风初蕾就不同了，她已经身经百战。无论是一对一单挑还是群殴，无论是小规模偷袭还是两军对垒，无论是对阵绝顶的高手还是一般蟊贼……甚至在九黎河大决战时，只身对付白衣天尊这样的顶尖级高手，她都已经经历过了。

成功也好，失败也罢，每一次都是经验。

所以，她每一拳看似杂乱无章，其实拳拳到肉。那是一个两败俱伤的打法，只要能打死你，别的，甚至我的性命，我都不在乎。

每一拳出去都是空门大开，只要青元夫人一招反击得手，她立即就会土崩瓦解，可是，青元夫人没有反击。她已经无暇反击，因为她从未遇到过这样的对手，也从未经历这样泼悍的打法。所有的经验和招数以及艺术都用不上了。她手忙脚乱，进入了误区，只一味思索到底要换什么样的新招数才能压制这丫头。可是，她无法压制。她眼前四面八方都是那四面幻变的敌人，就像全世界都是凫风初蕾的影子。

青元夫人只能思考新招。如果是两个元气悬殊的人，新招数当然奏效。可是，如果是两个元气相近，甚至在敌人更加生猛的情况下，那么什么招数都不奏效了。渐渐地，青元夫人就更加狼狈了，她左支右绌。

不只是青元夫人，诸神更是不明就里，完全无法想象那小丫头一拳又一拳竟然生猛无比，力量源源不绝，好像她身上有一股能量之源随时在补充，无穷无尽，根本不会枯竭一般。以至于青元夫人也被这普普通通的两只拳头逼得一直凌空飞起，根本不敢坠入地面，更不敢和她的拳头正面迎对。

这也太不可思议了吧？

明明之前对阵妣启的时候，她就露出一丝败象了。而且地球人压根儿不可能有这种元气，就算服用了仙丹妙药都不成。

最初的她才是正常的，现在的她，完全是换了一个人。和青元夫人一交手，她甚至连赖以为生的金杖和神鸟金箔都掉落了，根本就是死了，怎么忽然跳起来就变得这么厉害了？

她源源不绝的元气是从哪里来的？而且，环顾四周，又没看到她的任何同党。白衣天尊不早就死了吗？别说一个地球人，就算一个资深半神人也不见得能在这么短的时间内就元气暴增吧？

诸神本能地觉得应该冲上去，集体将这丫头解决。可太过震惊之下，反而没有任何人冲上去。每个人心里都是同样的想法：别人一定会上去的，不需要我多事了。正因为每个人都这样想，反而一个人都不上去。

青瑶急得团团转，她甚至无法再去调动玉女。因为，暗中埋伏的玉女战阵已经使用过一次桃花箭雨了。她们和青元夫人一样，平素缺少实战经验，而且所过之处全是阿谀逢迎，谁也不敢和她们动手，就算偶尔有些不知好歹的小蟊贼，也根本不是她们的对手。久而久之，她们误以为自己已经天下无敌了。可真要遇上对手，一下就完蛋了。青瑶无数次看向诸神，希望他们马上一拥而上，可是没用。

她几次想要亲自冲上去，但是，她和两位高手的实力相差太大，根本靠不进那个圈子。

青元夫人只能一力苦撑。毕竟，早前话已经说满了，诸神若是贸然出手，也是拂逆她的面子。青元夫人没有得到援助。此刻，她已经顾不上疑惑，也顾不上震惊，她心中只有一个念头：必须尽快扭转局面，绝不能被这丫头一直这么疯狂乱打，否则，不但天穆之野的名声毁了，自己的名声也会被彻底毁了，她急于反败为胜。

可是，她根本腾不出任何出手的机会。那股内力实在是太生猛了，明明一浪刚刚过去，可接着一浪又席卷而来，其间竟然毫无间隙，根本没有给人喘息的机会。更可怕的是，那疯丫头完全没有任何章法，就那么乱七八糟地扭打，仿佛乡野之间的莽汉一样，不讲究任何美观也不讲究任何技巧，只一拳一拳地打出去。

正所谓乱拳打死老师傅，凫风初蕾乱打乱撞，却正好是青云夫人这种事事讲究风度和姿势的高手的克星。她根本不管自己的仪态好不好看，无数次的实战经验告诉她，仪态风度气质甚至面子这些统统都是浮云，顶用才是实在的。顶用——才能胜利！历史，由胜利者书写，只要你赢了，你就是胜利者，而不会有人在乎你使用了什么狗爬的姿势。

她瞧准了青元夫人的弱点，再也不客气，只挥舞了拳头虎虎生风地砸过去。很快，地上已经有了无数青色的碎片，那是青元夫人断裂的袍袖。渐渐地，青元夫人竟然只有招架之力，再也没有还手的机会。

观战的青瑶忽然大喝一声："姐妹们终于赶来了，快上，赶紧杀死这个丫头……"一群玉女不知从哪里涌出来，她们每个人手上都拿了利器，从四面八方冲向了战阵。正是赶来的援军，整个天穆之野的玉女终于倾巢出动。她们四面八方围住了凫风初蕾，那是强大的玉女剑阵。

可是，她们来不及成阵，就被一拳击飞了两个人。战阵，一个老大的缺口。

仓促之下，玉女们顾不得成阵，举着长剑就包围过去。她们已经顾不得姿势的好看与否，每个人均是同样的念头：今天绝不能让这小丫头活着离开天穆之野，否则天穆之野的名声就完蛋了。

青元夫人得此喘息机会，立即飞出了战团。

玉女们迎着初蕾蜂拥而上。

可是，许多人群殴一个人，往往效果并不会那么好。因为，对方只有一人，无论你方人数有多少，能真正对抗的也只有几个人而已，更何况，这群年轻美貌的玉女们比青元夫人更没有实战经验。她们每个人都提着青玉宝剑，每个人都彩衣飘飘光彩照人，她们的剑法也是配合起伏、节奏明快，就像一曲舞蹈。

可是，在诸神的眼花缭乱里，只听得砰砰砰的拳头声，随即便是玉女们的惊呼声。成阵的玉女自然厉害无比，可初蕾判断准确，第一招就阻止了她们的阵容，如此，人再多也是一盘散沙。单个的玉女，当然不是初蕾的对手。

初蕾，几乎是一拳一个。每一拳出去，都飞出去一个人。顷刻之间，但见漫天都是纸鸢一般红红绿绿飞出去的人影，煞是好看。

玉女们摔倒在地，立即又爬起来。她们比青元夫人更加狼狈。她们的伤处都在脸庞。肯定不是毁容，但是鼻青脸肿是少不了的。这对于平素养尊处优的玉女们来说，简直是一场天大的灾难。她们忙不迭地扔下宝剑，一个个长袖挥舞掩住了自己的面孔。

初蕾哈哈大笑："换一批吧，你们这些娇滴滴的大小姐，太养尊处优，太不经打了，哈哈哈，换一批，换一批……"

又是一批玉女冲上去。

"哈哈，你们真的毫无战斗经验啊，这样胡打胡撞，你们根本碰不上我啊……"

玉女们互相冲撞，压根儿就近不了鬼风初蕾的身子，如此，整体的力量彻底削弱，变成了一对一单挑，她们的那点元气岂会是初蕾的对手？只见初蕾一拳一个，很快地上又倒下去一大片。

初蕾哈哈大笑："你们真的别来丢丑了！你们经验不足啊！小姐们，我都不好意思对你们下手了……"

又是几名玉女飞出去。

"想我鬼风初蕾，十五岁起游历江湖，曾经杀得阴险无耻的大费抱头鼠窜，也曾让装神弄鬼的东井星妖孽甘拜下风，更在防风国对巨人们大开杀戒，甚至在九黎河之战横扫东夷联军，真可谓身经百战，百战百胜！你们以为我这万王之王是凭借裙带关系白白得来的？你们以为是白衣天尊滥用私权？你们以为这样就可以小瞧我？可是，今天我要告诉你们，就算是实打实较量，当今地球上也不会有任何人是我的对手！这万王之王本该是我，也只能是让我上位的鬼风初蕾，而不可能是任何人！"

声音，响彻云霄。那不是一个少女的声音，那是一个王的声音。

"我，鬼风初蕾，从未丢四面神一族的面子，更不敢污了高阳帝的名声！你们，半神人们，你们没有任何资格藐视我！"

诸神，哪里作得声来？他们只看到那白色身影快如闪电，拳头如风雷一般一拳拳挥舞。

玉女们几乎完全无法近得了她的身子。若非她手下留情，这些玉女们就不是鼻青脸肿，而是像当年西北沙漠的巨人们一样，脑浆迸裂了。

当年，她初得了百里行暮七十万年的元气，还不懂得如何控制，只是凭借蛮力，招招杀人。可现在，她已经能得心应手、挥发自如了。她根本不屑于杀这些娇滴滴的小姐们。就如巨大的强者，根本不屑去杀一群蚂蚁。

"青元夫人，你别做缩头乌龟了，这些小丫头真的不经打，我都怕伤着了她们的细皮嫩肉，你还是自己上吧，毕竟，你经打得多……"

一直旁观的青瑶终于转向诸神，惊惶惶地说："诸位，赶快杀了这妖女吧，她已经彻底发疯了，她今天要是逃走了，你们也面上无光啊……"

诸神面面相觑。

B大神一跃而出，怒声道："大家也都别看热闹了，阿环平素是怎么对你们的，你们都很清楚，再不去杀了那丫头，今后，你们就没脸再来天穆之野了……"

"是啊，等这疯丫头杀了天穆之野的人，难道不会对你们动手吗？你们还要看热闹吗？"

"对！这嚣张的丫头根本不会放过我们。不如我们先下手为强……"

B大神率先冲了上去。诸神如梦初醒，好些人立即跳出来，都随着B大神一起冲了上去。

优雅的单挑，变成了混乱的独斗。

唯有姒启呆呆地站在原地，根本不明白究竟发生了什么事情。他本能地看向战阵，偏偏只见人影晃动、凌乱不堪，压根儿就分不清楚敌我情况，甚至连凫风初蕾的影子都看不到了，只见一群人乱哄哄地围绕着，自相践踏、自相阻挠，反而连凫风初蕾的身影都无法靠近了……

他们和玉女们一样，也犯了一拥而上的毛病——当一群人毫无阵法挤成一团时，就不是许多人的力量，而是一个人的力量了。不过，他们当然比玉女们的战斗力强多了。

尤其是几名中年半神人，因为早就存了心思，私下使了个眼色，立即改变了方法，彻底包围了凫风初蕾。

……

第六章　宇宙大帝 1

"住手！"

一个威严的喝声响彻半空，众人但觉耳膜嗡嗡作响，不由得立即住手，纷纷后退。

有几个自恃本领高强者，后退得稍微慢了一点儿，可顷刻之间，他们已经飞了出去。

初蕾，一个人站在中间。她满脸尘埃，还是笑嘻嘻的。她的双眼，就像要发出光似的，她率先看向那白衣如雪之人。

众人随着她的目光一起看向半空，一个雪白的身影从天而降。那是云一般的洁白，雾气一般的平淡，唯有他袖口上的两朵红芙蓉熠熠生辉。那是王的降临，无冕之王，中央天帝也不曾有过的强大气场。

诸神，再次后退。

她忽然笑起来，布满了尘土的脸，如开出一朵花。

他稳稳地站在她的身边，先看了她一眼，然后脱下了自己的外袍，轻轻披在了她的身上。

他的外袍下面，还是白色的衫子。就像是一幅可以自行剥离的画卷。

初蕾顾不上青元夫人，甚至没有再看诸神一眼。她只是凝视那白衣人，惊奇地发现他身上一尘不染，好像尘土压根儿就无法近他的身。相比之下，自己简直就是个泥娃娃了。

她忽然扬了扬拳头，然后又松开，看了看满手的泥泞，笑起来："百里大人，你看我，你看我，都成泥人了。"

他也笑起来。

一挥手，她的面上忽然如被温热的锦帕擦过，只一瞬间，从头到脚已经洁净如新。

她看着自己雪白的手背，惊叹："我竟然变得如此干净？"手背上，花瓣伤痕已经无影无踪，被削去的肌肤奇迹般地平整如新。一双手，就像从来不曾受到伤害。一个人，也像从来不曾受到伤害。

诸神也看着她洁白如玉的面庞，她整个人仿佛要发出光似的，她成了这桃花遍地的世界里最美最独特的风景。

白衣天尊再一抬手，金箔、金杖、青铜神树也统统到了她的手里。她反手握住金杖，将金箔和神树藏在怀里，他这才转向众人。

诸神仿佛这才惊觉：白衣天尊。竟然是白衣天尊，被巨大旋涡吞噬的白衣天尊。明明早前亲眼看到他被三个园丁制服了，为何他忽然又出来了？可是，他们不敢发问。他们惴惴地，只是一步步后退。

这可怕的战神！

如果说，之前他们还想一拥而上击败凫风初蕾，现在，想也没人这么想了，也不敢想。再迟钝的人也发现了，这人，根本就不可战胜！

他环顾四周，淡淡地说："这场闹剧不要再继续下去了。"

闹剧，果然是一场闹剧。整个天穆之野和诸神一起围攻一个地球少女。这算什么？传出去岂不是贻笑天下？更可笑的是，群殴也就罢了，问题是还没赢。

一群半神人居然没打赢一个地球少女。

凫风初蕾已经如此，白衣天尊该当如何？诸神再退一步，一个个口干舌燥，又惊惶不安。白衣天尊，竟然已经达到了这样的地步？

仿佛此时，他们才明白，这个人真的不是大联盟的通缉犯——通缉犯，绝对没有这么大的气派。

他们也才明白，为何银河舰队启动自毁程序也无可奈何了——银河舰队只能自我毁灭，而他还是好端端的。

漫天的风定住了花瓣，整个桃花星空了似的。唯有地上，一层血一般的花瓣。全世界的桃花都集中到了这里，零落成泥。经此一役，桃花星上至少十万年看不到桃花盛开了。

一缕青色身影，从西北方降落。

她和白衣天尊遥遥相对，她已经换了一件袍子，飘逸依旧，神态自如，头上的桃花花冠依旧熠熠生辉。在她身后，正是那三名神秘莫测的老园丁。可是，她的脸色已经无法维持之前的优雅、恬淡，她的眼神充满了愤怒、懊悔。但一瞬间，她已经恢复了平静。

她的前后左右，有玉女开道。

她以天穆之野掌门人的身份盛大出场，也因着那三名老园丁，她的气势一点儿也没有弱下去。

可是，白衣天尊没有看她。他一眼也不曾看她。

她神情冷漠："白衣天尊，你今天是刻意要来踏平我天穆之野的？"

他淡淡地道："一场闹剧而已。"

"你眼中是闹剧，于我天穆之野却是不可估量的伤害……"她对他说话，目光却看着凫风初蕾。

"你们夫妻联手大闹天穆之野，你现在说是闹剧一场？"

他还是心平气和："我只是来拿信物而已。但是，你说没有，那就没有吧！"

"你借口信物，实则大大侮辱我天穆之野，我真是瞎了眼，以前才一直把你当成朋友！"

"我从来就没有朋友！"

青元夫人涨红了脸，一时竟然无话可说。她的身后，三名园丁上前一步。

三个老头依旧是三角形的站位，正好将白衣天尊和凫风初蕾彻底包围。他们明明什么都没做，也没任何招数，甚至没有任何示威的表现，但初蕾却觉出一股深深的寒意，仿佛这三个老头自带杀气。这绝非青元夫人那种花拳绣腿一般的桃花神功，这更非半神人们技巧超过实战的演武行为。

初蕾很震惊，因为她立刻判断出，在座的半神人们加起来，也不及那红眼珠老头的一半，就更别说还有另外两个完全不输给红眼珠老头的园丁了。也难怪之前这三个老头一出手，白衣天尊也差点抵挡不住，几乎她自己都以为他身遭不测了。

所有人，都看着包围圈里的那对男女。

三个老头也盯着他俩，红眼珠老头却并不怎么发怒，反而满脸好奇，指着白衣天尊问："喂，臭小子，你怎么没有死？我们明明已经将你困入了飓风旋涡！但凡进入飓风旋涡者，无不被彻底分解粉碎，纵然是一些了不起的资深大神也很难逃脱，可你怎么出来了？这不对劲啊，自古以来，从未有人能逃脱飓风天罡阵……"

原来那阵法叫作"飓风天罡阵"，三个老头是飓风天罡阵的唯一传人。

所有目光都落在白衣天尊面上。

青元夫人却注意到，凫风初蕾无名指上的那只蓝色扳指又恢复了光焰，璀璨无比。她心中的恨意，简直如滔滔不绝的洪水，可是，她只是深呼吸，依旧一言不发。她很清楚，现在能否拦截白衣天尊，只能凭借这三个园丁了。

红眼珠老头大声道："快说，小子，你是怎么逃出来的？这不合常情啊……"

白衣天尊反问："飓风天罡阵是你们自创的？"

"什么我们自创？这是我家主上传下来的，只用于镇守蟠桃园而已。蟠桃园初兴的时候，许多小蟊贼跑来光顾，尤其是蟠桃成熟的时候，有一段时间，蟊贼简直成群结队地来，有些资深的半神人甚至也跑来顺手牵羊，我们三兄弟最初对付不了那么多人，后来，主上就传授了我们这个飓风天罡阵，使用了三次之后，蟠桃园的大小蟊贼就彻底绝迹了……"

众皆骇然，这么厉害的飓风天罡阵，竟然仅仅只是用来对付偷桃子的小蟊贼的？那西王母的本领岂不是到了无法想象的地步？

白衣天尊也叹道："西王母大人果然非同凡响，这阵法真是好生厉害，根本没有任何破解的招数嘛……"

红眼珠老头大叫："既然无法破解，那你是怎么跑出来的？你明明被关在里面，早该被彻底分解了，难道你小子有什么妖术？"

白衣天尊尚未回答，众皆骇然，因为大家都听到了"分解"二字。

分解是宇宙中最厉害的消解法，那是因为一旦化为尘埃，便绝无复活的可能，也永无更换载体的机会。

唯有鬼风初蕾不解其意，只是好奇地看着那三个老头。

白衣天尊笑一笑，摇摇头。

"臭小子，你这是什么表情？"

他淡淡地说："不好意思。"

红眼珠老头气得直跺脚，一转眼，看到鬼风初蕾，好像现在才注意到她的存在。可他显然不把鬼风初蕾放在眼底，又转向白衣天尊。

鬼风初蕾却没忍住，好奇道："难道大神们也会有小偷小摸的行为？九重天上也会有小蟊贼？"

"九重天上怎么就没有小蟊贼了？星际之间游走的土匪、强盗、蟊贼不胜枚举，尤其是几亿年之前，秩序大乱，诸神混战，别的地方不说，蟠桃园的蟊贼那是层出不穷，以至于我们晚上都不敢睡觉，不过，现在清静多了，这几百万年以来，蟊贼几乎绝迹了……"

红眼珠老头忽然瞪眼："喂，你这小女娃又是谁？你怎么也敢在天穆之野撒野？难道也是来偷桃子的？"

鬼风初蕾拱手行礼："我乃高阳帝颛顼之女。"

"颛顼之女？你说你是颛顼之女？"

"正是。"

"颛顼哪来的女儿？他不是只有几个白痴儿子吗？"

红眼珠老头满脸狐疑，从头到脚地打量鬼风初蕾，就像看着一个冒牌货："你这小娃可不像颛顼啊！一点儿都不像啊！莫非是胆敢欺瞒我老人家？"

她很诚恳地说："我真的不敢欺瞒，老人家你看看，我的确是高阳帝之女……"

她举起手里的金杖："我还能四面幻变，当然是高阳帝之女！"

"你居然能四面幻变？"

"如假包换！刚刚，在场的各位都见过了……"

老头狐疑地看着众人，众人的表情明白无误地告诉他：的确是这样。

"你这小女娃，居然真的是颛顼之女？这就怪了！颛顼的儿子，我个个都认识，当年他为了救自己的白痴儿子，曾经亲自带了那几个小孩到蟠桃园找我家主上求救，当时我家主上让他到蟠桃园随便摘，看上哪个摘哪个，想吃多少吃多少，我记得，他有个叫梼杌的儿子，是个大胃王，一口气吃了一百多个桃子，当时，我真担心他会把当年的桃子全部吃完……"老头顿了顿，"当时负责接待他们的就是我们三兄弟，所以我的印象特别深刻……"

初蕾好奇极了："竟然还有这事？那为何他们吃了蟠桃没有好起来？"

"他们是白痴，好不了的。"

"蟠桃不是包治百病吗？怎会治不好？"

老头不以为然："蟠桃只能延年益寿、增强元气或者消除病毒，但又不能开发智商！那几个小娃的元气和寿命本来就很长更未中毒，可智商却无法解决，就算他们把蟠桃园的桃子全部吃完了也无济于事。当时，我也是这么给高阳帝说的，高阳帝很是不高兴，还一直板着脸。我劝他尝一尝蟠桃，他压根儿就不理我……说真的，高阳帝也是一个怪人……"

初蕾默想了一下当时的情景，忽然有些伤感。父王英雄一世，结果为几个白痴儿子所负累，也不是没有为儿子的病情所尽过力，他甚至都亲自带着白痴儿子求助西王母了，却依旧无济于事，只能说天意如此，无法违抗。

还有可怜的女禄娘娘，父王尚且如此，那女禄娘娘当时岂不是碎裂了一颗心？她本想问问女禄娘娘，可是，她想了想，没有提起女禄。

红眼珠老头却死死盯着她："你这个小女娃，你竟然真的是高阳帝的女儿？我记得高阳帝可真的不怎么好看啊，你却……"

他好像不知该怎么形容，停了一下才说："你这小娃长得就像一个桃子，你怎会是高阳帝的女儿？"

很显然，在老头儿眼里，桃子便是天下至美了。若非此景之下，初蕾几乎笑出来。可此时，她哪里笑得出来，她是哭笑不得。

老头更是狐疑了："可是，如果你真的是高阳帝的女儿，怎会和这个臭小子在一起？你难道不知道这小子的真实身份？"

凫风初蕾："……"这问题，真叫人不好回答啊。

可老头显然不识趣，他转向白衣天尊："莫非你隐瞒了身份？那小女娃知道你是共工吗？"

白衣天尊却笑起来，说："老人家，如果你没有什么别的问题，那就恕我们不奉陪了……"

他拉了初蕾就要走。

"且慢！臭小子，你先别忙着走，你还没告诉我，你为何能从飓风天罡阵里跑出来？"

白衣天尊若无其事地说："我只是忘了告诉你们，自从我从弱水出来之后，就不死不灭了……"

"天啦！你是从弱水出来的？"

"难道你们不知道？"

三个老头面面相觑，他们是真不知道。他们只是园丁，他们的唯一职责就是护理这些桃林，至于天穆之野的任何内事外交，他们都从不参与、从不发言。

西王母的时代，他们还是年轻人，有年轻人的好奇，所以，偶尔也会结伴出游，到处看看稀奇，对同时代的事情也略有了解。再者，彼时西王母特别信任他们，待他们也很亲厚，许多事情都会主动告诉他们，还会问询他们的意见。可不周山之战后，西王母彻底离去，掌门人换成了年轻的青元夫人，他们便再也不外出了。他们已经老了，老得对外面的世界已经失去了探索的欲望。他们没有朋友没有聚会，因为他们三个同胞兄弟本身已经是最好的朋友，在漫长的岁月里也不会感到寂寞。再者，他们的故人早已在长达十亿年的岁月里一个个彻底死亡了。

青元夫人对他们虽然敬重，但并不亲厚，因着年龄的差距，纯粹成了主仆关系。他们往往许多年都见不到青元夫人一面，除非有什么特别的事情得到她的召唤。这一次，他们也是收到了召唤的讯息，才匆匆赶来拦截了白衣天尊。

至于那些玉女们，自然也不会和老园丁们来往，更不要说密切交谈了。

在这之前，三个老头根本不知道白衣天尊从弱水出来的消息，包括他如何从弱水飞渡，如何在地球上大闹，甚至成了大联盟的通缉犯，都一无所知。

好半晌，红眼珠老头才好奇道："你真的是从弱水飞渡？"

"如假包换。"

"那你在弱水看到我家主上了吗？"他家主上，当然就是西王母。

诸神也都非常好奇。

传说中，诸神飞渡的第一站都是弱水。以前的老大神们，难道都在弱水吗？娲皇、西王母、伏羲、黄帝、炎帝……

"很抱歉，我在弱水一个人都没看到。不过，很可能是因为我本领低微，无法达到你家主上那种级别，所以，根本看不到她们那些顶级大神……毕竟，弱水只是他们飞渡的第一站，却不是唯一一站，而我的级别，只能达到这第一站，再也无法前进了！"这不是托词，也不是谦虚，这是实话。

"娲皇这些，也一个都见不到吗？"他摇头。

"娲皇的级别还远在西王母之上，我更不可能见到。"这是实话，老头也无话可说。

"其实，刚进弱水时，很想见一面我的父亲，但是，我找了很久很久，根本就找不到……"他的父亲，自然就是炎帝了。

"这么说来，弱水很大很大，你根本没走出多远了？"他点头。

弱水很大，而他，只能踽踽独行。

"其实，弱水也不是大……准确地说，是不仅仅很大……"

"不仅仅很大？这是什么意思？"

"这么说吧，弱水的维度和银河系不同。那仿佛是另一个宇宙……"

"另一个宇宙？你说弱水是另一个宇宙？难道不是银河系之外的另一个星系？"

白衣天尊摇头："最初，我也以为弱水无非是另一个星系而已，是一个比银河系更适合大神们修炼的星系，但是，后来我发现事实并非如此！弱水绝不只是一个单独的星系，我在弱水里行走了七十万年，可是，充其量只经历了弱水的一方角落，连远行都谈不上……"

能在星际之间穿梭行走的大神已经很了不起了，而白衣天尊已经可以独自在星系之间行走，也就是说，他的速度已经远远超越了光速。可是，以这么快的速度，在弱水长达七十万年，居然就像一只蜗牛在地球上爬出了一两尺的距离而已，这该是多么浩瀚无边？

他随手一指："就像一只蜗牛，一直不停地爬啊爬啊，以为已经经历了漫长岁月，山高水长，可是，直到死，也不过是在一棵树的半中而已，就更别说要周游整个地球了……我就是这样的一只蜗牛，很可能我只爬出了一尺之地，可是，对于整个地球来说，这一尺的距离算什么呢？"

"天！你说你走过的地方，仅仅相当于地球上的一尺而已？"

"也可能一尺都不到，是我高估了自己！很可能只是一寸或者一寸也不到……"

"你是以什么速度行走的？"

"星际穿梭，曲率扭转，空间位移的速度！"

空间位移！那是目前宇宙中最顶尖级的速度。相比之下，无比厉害的光速简直就是蜗牛了。

简单举例：光速行走，别说整个宇宙了，连银河系都很难走遍。可空间位移就不同了，一瞬间，便可以从银河系抵达外星系。

初蕾这段时间跟随白衣天尊行走，完全不知道这其中的区别，虽然偶尔也奇怪为何从一个个星球经过速度会那么快，却没料到，原来白衣天尊采用的是"空间位移"。就算是现在的诸神，能达到"空间位移"的，也是少数几人而已，可白衣天尊以空间位移的速度，竟然还号称自己不过在弱水之中行走了一尺或者一寸而已。那弱水得有多大？

诸神骇然。

就连红眼珠老头的眼神也微微不安了："弱水居然如此浩瀚无边？"

白衣天尊摇头："这种比喻其实也不恰当……"

"哦？怎么不恰当了？"

"我觉得把自己比喻成一只蜗牛也是高估我自己了……"

诸神不敢置信。

"在弱水里，我根本不算一只蜗牛，很可能只是一种最微小的细菌，寄生在一只庞大的鲸鱼体内。鲸鱼之于细菌已经是终生无法想象的巨大空间，而这鲸鱼于茫茫宇宙中，比细菌的地位也差不了多少……弱水，比我们生活的这个宇宙、更大、更广更无边无际……以我的能力，根本无法探测，管中窥豹都不能，于是，我只好出来！"

红眼珠老头的面色变得非常奇怪，沉吟了好一会儿才道："因为弱水太大，所以我家主上和其他大神就分散开了？"

白衣天尊顿了顿，非常认真地说："我想，弱水只是一处废弃的宇宙。"

红眼珠老头失声道："废弃的宇宙？"

"娲皇也好，你家主上也罢，甚至远古时代的诸神和半神人们，他们中的极大本领者，很可能已经各自开辟了新的宇宙！"

"你的意思是，他们一人创造了一个宇宙？"

"很有可能是这样。娲皇创造了一个宇宙，西王母创造了一个宇宙，其他大神就不好说了。当然，这也只是我的猜测，也可能是错误的……"

诸神如听天书，不敢相信。新的宇宙？娲皇、西王母她们去了新的宇宙？或者说，她们开创了自己新的宇宙？

好半晌，老头才惊叹："这么说来，我家主上是再也不会回来了？"

白衣天尊沉默了一下，还是点头："离去的人，从来没有再回来过！娲皇也好，西王母也罢，统统都不会再回这个宇宙了！对于我们来说，另一个宇宙的人，就是永远也不会相逢的故去者！"

"永不相逢的故去者？莫非她们的新宇宙和我们的是平行宇宙永不相交？"

"也许，只是因为她们对这个宇宙再无兴趣，压根儿就不想回来了。"若非如此，岂能轮到这些半神人主宰九重天？

红眼珠老头忽然哈哈大笑："我明白了，我明白了……我终于明白了……"

诸神都想，他明白什么了？

他还是哈哈大笑，指着白衣天尊的鼻子："臭小子，你之所以离开弱水，根本不是你有什么了不起，而是你根本没有独立创造一个宇宙的能力，所以被踢出来了……哈哈，你是被踢出来的，你根本没本事也没能力创造一个新宇宙，所以你只能滚蛋……"

白衣天尊苦笑一声："真相，也许正是如此！正因为我没有本事，所以才被踢出来了……"

他明明当众承认了自己"没有本事"，可诸神怎么笑得出来？一个被弱水踢出来的废物已经如此厉害，而那些能永久掌控弱水甚至单独另外造就一个宇宙的大神，又该如何厉害？娲皇、西王母这些，岂非真正的大神？相比之下，在场诸位完全就是凡夫俗子了。

红眼珠老头死死瞪着他，半响，长吁一口气，"这么说来，我家主上真的一直不会回来了？"这是他多次提到这个问题了。

白衣天尊缓缓地说："你们一直在等她回来？"

"唉，原来主上真的不会回来了……她临别的时候就说过，只是我们一直不肯相信！我们总以为会出现奇迹，可最后，根本没有奇迹发生！"红眼珠老头忽然很沮丧。失望之情溢于言表。他苍老的额头上，一条条皱纹就像一圈一圈的年轮，而这年轮，很可能是以千万年为单位，"我们在这里整整十亿年了……"

诸神骇然。十亿年？这三个老头竟然有十亿年的寿命了？岂不是真的和天地同寿了？要知道，在场的基本都是年轻人，好多人才三四万岁，十万岁以上的已经是中年人了，个别老神才有几十万年的级别。

就算是青元夫人，也不过几千万岁或者上亿岁。可这个红眼珠老头说自己已经在天穆之野待了十亿年了，是十亿啊，白衣天尊和西帝也远远没有这样的寿数啊。

"我一直以为主上还会回来……我们也一直在等她回来，可是，原来她真的已经不会再回来了！当时……当时她就说她再也不会回来了，可是，我们一直不相信，我们总觉得她还会回来，所以，我们一直等着……她就算是独创了一个新的宇宙，可是，回到这里不是来去自如吗？为什么就不再回来看看呢？……莫非，莫非是……"

"莫非什么？"

"莫非是创造现在这个宇宙的造物主已经不欢迎她们了？"

众人面面相觑，白衣天尊也不能回答这个问题。大家都知道，现在的宇宙创造者，才是第一主宰。宇宙创造者，号称上帝，上天之帝。所谓的中央天帝，仅仅只是在银河系称霸，也是神的代言人而已，其级别远远在上帝之下。西王母等人，级别自然也在之下。

是啊，也许创造现在这个宇宙的主神已经不欢迎她们了呢？她们究竟是主动出走创造新的宇宙，还是被动去了别的平行宇宙？但可以肯定的是，她们很难再回到这个宇宙了。

追随西王母十亿年的老园丁，分明失望到了极点。他们，很可能对她极度地忠诚、极度地景仰，总以为她有一天还会回来，可是，没想到，她一去不复返。

红眼珠老头忽然狠狠指着白衣天尊的鼻子："你这臭小子为何要告诉我们这个坏消息？"

"……"白衣天尊苦笑。若不告诉他们，他们可能一直生活在幻想里，总还抱着希望。可一得到确凿的消息，便彻底绝望了？这么一看，的确是自己错了。

他毕恭毕敬道："是小子错了，请前辈们见谅。"

红眼珠老头狠狠地瞪着他，慢慢抬起手，看样子恨不得一掌劈了他。

初蕾忽然有点紧张，却不敢开口。

诸神也很紧张，更不敢开口。

唯有青元夫人，面上露出了淡淡的喜悦之情，几乎暗暗催促：快，快把这战犯杀掉，快杀死他。可是，她不敢公然下令。

西王母临去时早就交代过，不到关键时刻，不许召唤这三个老头！更不许将他们视为仆役，必须对他们充满尊重。天穆之野这些年一直安然无恙，青元夫人之前自然也用不着召唤他们，直到这一次。她眼睁睁地看着红眼珠老头，几乎忍不住要以掌门人的身份发号施令了。

白衣天尊还是面不改色。

可红眼珠老头却慢慢地放下了手："罢了罢了，看在炎帝当年为了拯救人类经受了几百万种病毒煎熬的份上，就算你小子罪大恶极，我们也饶你一次……"

初蕾如释重负。

她低声道："炎帝真的中过几百万种病毒？"

"可不是吗？有记载的都是几百万种，还有许多叫不出名字的就不用说了。我们兄弟一生很少服气过什么人，可是，真要论到无可挑剔的好人，炎帝算一个！不是之一，而是唯一！炎帝，是人类有史以来，唯一一个只做善事而从不做坏事的好人……他的一生，没有任何污点！唯有他！唯有他啊……"红眼珠老头连连强调。

诸神也盯着白衣天尊，仿佛这时候才如梦初醒：是啊，这人不但是白衣天尊，他还是炎帝的儿子啊，老好人炎帝的儿子。

红眼珠老头指着白衣天尊的鼻子："唉，你这小子真的是命好，受祖上余荫太深了，实在是因为炎帝的功劳太大太大了，以至于无论你犯了什么错，大家都不好意思对你赶尽杀绝……当初别人不了解娲皇的做法，但是，我们是了解的。真的，无论你做了什么坏事，炎帝的功劳也足以为你赎一条命下来……臭小子，你这臭小子……你可真是对不起炎帝！"

白衣天尊黯然。他想，自己的确对不起父亲。可是，事到如今，又还有什么话可说呢？

红眼珠老头忽然问："对了，小子，你到底犯了什么错？为何成了大联盟的通缉犯？按理说，你小子不至于作奸犯科啊！就算不周山之战，也可以归咎为一时意气，在这之前，你小子也算是从无恶绩，而且还因为治疗被核污染的地球大大有功，不然，后来娲皇也不可能单单看炎帝的面子就放你一马……"

他的一命，更多的是因为治理被核污染的地球换来的。当然，他身为炎帝的儿子也因此占了天大的便宜。

"臭小子，你快说，你到底犯了什么错？"

白衣天尊淡淡地说："因为我娶了一个地球少女为妻……"

他说话的时候，紧紧握住凫风初蕾的手。

"就是这小女娃？"

"对！"

"因为她是高阳帝的女儿？可就算她是高阳帝的女儿，你也不至于被通缉吧？"

白衣天尊苦笑道："因为大联盟的法律规定不许和地球人通婚！"

"就这个原因被通缉？"

"对！"

"没有别的原因了？"

"没有！"

红眼珠老头立即看向凫风初蕾："这算什么错？半神人们不一直都热衷于和地球人联姻吗？再说，这丫头自称是高阳帝之女，她也不纯粹是地球人吧？这也值得被大联盟通缉？"

白衣天尊苦笑。

"咦，不对啊，我记得从来没有什么法律规定不许和地球人通婚啊……"

B大神忍无可忍，出声提醒红眼珠老头："老前辈，你有所不知，大联盟十万年之前已经下令不许和地球人联姻了……"

"你这小家伙是谁？我老人家说话有你插嘴的余地吗？"

B大神满脸怒容却不敢吭声。

红眼珠老头不以为然："这法律是哪个混账小子制定的？也太荒诞了吧？现在大联盟那些后生小子一大半都具有地球人的血统，怎么忽然现在自命不凡不许与地球人联姻了？"

这是西帝制定的法律，可是，这红眼珠老头嘴里说出"哪个混账小子"这话，谁又敢反驳？

红眼珠老头忽然看向凫风初蕾，更加狐疑了："这就怪了……"

初蕾毕恭毕敬道："老人家，怎么怪了？"

"真要不许和地球人联姻，那也是你的错啊，怎么白衣天尊成通缉犯了？这不反了吗？"

"这……"

B大神又没忍住，多嘴了："联盟的法律是针对半神人的，而不是地球人！所以，每个和地球人联姻的半神人，无论男女都遭到了惩罚！"

红眼珠老头一瞪眼："所以我才说这个法律混账嘛！"

"这……"

他指着白衣天尊："正因如此，法律要惩罚的更是这个小女娃，而不是这个臭小子啊……"

初蕾都懵了。

红眼珠老头转向她："哈哈，小女娃，你不服气是吧？你的祖上黄帝来自太阳星，你是太阳的后裔；而这个娶你的臭小子是炎帝之子，炎帝自出生以来就住在地球，是地球上的第一代原住民，是地地道道的地球人！而这小子是炎帝的儿子，你说他算什么人？"

"……"

"大家都知道，娲皇一早就将地球指派给了炎帝，也就是说，这臭小子才是不折不扣的地球人，而你，根本不是啊！小女娃，你是地地道道的半神人啊！只不过因为你的祖先黄帝取代了炎帝统一了地球，你们才在地球上定居了而已，怎么现在反过来了？"

老头哈哈大笑："现在，你成地球人，这臭小子成半神人了？哈哈哈，难道现在制定法律的混账小子们都是傻瓜吗？历史都忘记得干干净净了？"

诸神面面相觑。

"你们这什么狗屁法律，基础都错了，哪有存在的余地？快快废黜了吧？皮之不存毛将焉附，真是太离谱了！"

B大神战战兢兢地说："大联盟的法律哪有想废就废的？"

"大联盟很了不起吗？那这种狗屁法律，你们怎么想制定就制定了？制定之前也不考证一下吗？"

"这……"

"不对的就该废弃，谁管你大联盟还是小联盟？而且，以前根本没这法律！"

"可是，现在的地球人根本不配和大神们联姻了……"

"不配？"

"当然不配了！现在的地球人已经是蝼蚁一般卑贱了，他们做我们的奴婢都没资格了，怎么可能还和她们联姻？"

红眼珠老头终于看向B大神，他只是看一眼而已，B大神和身后十七八名半神人忽然都飞了起来。但随即他们便跌落地上，一个个满嘴是泥，此外，别无任何伤痕。

众人都吓呆了。

"你小子是什么星球之人？胆敢如此出言不逊？"

B大神挣扎着站起来："我……我乃比鲁星人！"

"什么比鲁星？就是那个破破烂烂的偏僻小星球？我呸！比鲁星也配和宇宙大帝相比？"

B大神："……"

枭风初蕾奇道："宇宙大帝？"

"可不是吗？地球以前叫作'宇宙大帝'！是整个宇宙最发达、最牛的星球，曾经有长达十几亿年的时间，大联盟的京都一直设立在地球上而不是别的地方！而九重星作为大联盟的京都才多长时间？不过区区几亿年而已，连地球的零头都及不上。可以说，整个银河系甚至全宇宙，以前没有任何一个星球比得上地球，要不然，造物主们为何最先选择地球而不是别的地方？你们有什么资格嘲笑地球人呢？"

诸神不敢回答，比鲁星大神也不敢回答。

红眼珠老头指着天空，高声道："我告诉你们！这世界上，是先有了地球，然后才有太阳和月亮，然后才是诸星辰。它们存在的意义，最初都是为地球服务的！所以，地球才被称为'宇宙大帝'！宇宙大帝，你们懂吗？你九重星大联盟算什么呢？以前根本就是化外之地好吗？"

好震惊！初蕾不敢相信。不仅她，其他诸神也都半信半疑，毕竟，他们都太年轻了，一出生，就习惯了高高在上远远超越地球人的地区。

"地球人，更不是你们所认为的卑贱，而是全宇宙最高贵的生灵！因为，地球人是在日月星辰、气候环境、飞鸟走兽、森林草原等全部达到了最好的状态的时候出现的！也就是说，宇宙大帝上面的主宰，一生下来就自然超越于其他动物、植物以及其他星球！全宇宙之中，也许有很多星球的历史远远超越地球，但是，它们都是死星！但凡有生命的星球，全部都落后于地球！否则，你们以为宇宙大帝是白叫的？"

众人彻底蒙了。

"在这之前，宇宙大帝上生活的人类，一般寿命都在几亿年以上，再不济也是几千万年，而且，他们根本不需要像你们这些小神一样修炼元气，每到了一个级别就要考核，考核不过关，就被淘汰。不不不，他们从不需要这么辛苦！他们天生就有几亿年的寿命，压根儿什么都不做，就吃饱喝足，嬉戏玩耍……"

B大神不服气了："既然宇宙大帝那么牛，为何地球人却没落成了这样？他们不但寿命短暂如蜉蝣，也十分卑微，蝇营狗苟，把我们半神人全部当成神来崇拜，我们动一个手指头，他们就得死一大片……"

红眼珠老头一指白衣天尊："你得问这小子。"

白衣天尊苦笑一声，神情非常复杂。半晌，他才叹道："我是罪人！我是真正的大罪人！我所犯之罪，整个大联盟通缉我十次百次都不够！！"

他之罪行，并不在于娶了什么样的妻子，而是过去。过去，已经成了他的原罪。不周山之战，已经成了他的原罪！

红眼珠老头也叹道："不过，这也不能完全怪你，颛顼这小子起码也要负七成以上的责任！上位者，必然是第一责任人！可是他已经死了，也没什么好说的了。"

初蕾忽然想起自己在不周山四周看到的那冰封至少上亿的尸体，一股寒意上涌，这时候，才分外清楚地理解了百里行暮当时绝望的心情。

他一直在认罪，他一直想要弥补。正因此，他才明知必死，也尽了最后一份力气赶走了东井星上的妖孽。甚至现在的白衣天尊，他一出弱水，立即返回地球，目的当然不是为了霸占地球，而是要尽快结束地球上的战乱，一统天下，尽快让地球重返黄金时代。也正因此，他才觉得布布大将军的路走偏了，完全违背了他一统地球的初衷，所以，毫不犹豫地废黜了布布。

四周忽然很安静。所有人都在沉默。

还是初蕾打破了僵局，她毕恭毕敬道："老人家，我有一个问题，不知可不可以问你？"

"什么问题？"

"老人家，你说大联盟的京都曾经在地球上长达十几亿年？那当时大联盟的京都是在地球上的什么地方？"

红眼珠老头有点意外，他看了白衣天尊一眼："你不是说她是高阳帝的女儿吗？她怎么连京都在什么地方都不知道？"

白衣天尊长叹一声。

"喂，小女娃，你既然连大联盟的京都在什么地方都不知道，你还自称是颛顼之女？你莫不是冒牌货？"

"她不是冒牌货！"白衣天尊叹道，"你们几位老前辈是很久不曾离开天穆之野，所以不知道地球现在到底变成什么样子了。她不知道京都的地址也不奇怪，因为，她在之前根本不知道自己是高阳帝之女……"

"为什么？"

"此事说来话长。等有时间，小子一定详细禀告。"

红眼珠老头一瞪眼，看着初蕾，满眼狐疑："真的，你这小女娃和颛顼一点儿相似之处也没有，而且你的兄长们全是丑怪不堪，怎么看你也和他们不可能是兄妹啊……"

"……"

"好吧，就算这小女娃真是颛顼之女好了。可是，小女娃，你明明是太阳星后裔，怎么冒充地球人？"

白衣天尊正要说话，红眼珠老头立即打断了他："小子，我在问她，没问你，你别多嘴！"

白衣天尊："……"

初蕾只好硬着头皮说："这……也许是因为我的母亲是地球人吧。"

红眼珠老头立即来了兴趣："你母亲是谁？"

她苦笑着摇摇头："这我就真不知道了！据说，我刚一出生，我的母亲就因为难产去世了……"

红眼珠老头再一次大叫："不是吧？地球上还会发生难产这种事情？难道真的已经落后成如此地步了？"

众人面面相觑，心道，难产在地球上不是最正常不过的事情了吗？

初蕾叹道："老人家，你有所不知，现在的地球真的已经非常落后了。就拿难产这种事情来说吧，因为医术极其落后，所以女性生育就成了风险很大的事情，据我这些年在世界各地走动得到的数据来看，起码有四分之一以上的女性在生育时会遭遇难产并危及生命，而且，新出生的婴儿死亡率也很高，也就是说，生育是一件死亡率极高的事情……"

老头惊叹道："产妇的死亡率竟然已经高达四分之一以上了？"

"这还是正常的年份。若遇到灾荒年，产妇和婴儿的死亡率甚至会高达三分之一以上……"

每三个产妇，就会有一个面临死亡和难产的风险！多么可怕！所以，地球上才有一句俗话：人生人，吓死人！

初蕾沉默了一下，继续道："不只是产妇和初生婴儿的死亡率很高，其实，地球人总体的生活环境都非常糟糕。因为食物短缺、医疗技术严重落后，纵然是和平年代，人们的平均寿命也不过才四十来岁，所以，民间有话，人生七十古来稀！也就是说，能活到七十岁的都是凤毛麟角，属于罕有的高寿者。至于灾荒之年就更加糟糕了，比如前些年连续几年的大旱，人们的平均寿命竟然不过二十四岁……"

老头惊呆了，愕然反问："平均寿命才二十四岁？"

"是啊，也就是说，他们才刚刚从少年时代长成，还来不及有什么事业和发展，就已经去世了……"

人类和别的动物是不同的，别的动物生下来就会跑会跳，几天或者几个月之后便能健步如飞，一年半载就能独立生活。可人类在三岁之前几乎都没有任何行动的能力，要到六岁才能彻彻底底独立奔跑，要到十五六岁才有独立成长的力气，要到二十岁左右骨骼才能彻底发育完全，所以，一个人要到二十岁才算正常的成年。可刚刚才成年，不过二十四岁就面临死亡，多么可悲！一时间，众人都沉默了。

他们一向瞧不起地球人，觉得地球人如蝼蚁一般卑微，可现在听得这番话，又觉得自己好像有一点明白地球人的处境了。

"我知道，各位半神人们一直看不起地球人，实在是也因为地球人各方面的表现很差劲，有些品格低下者，的确不敢恭维。可是，各位也应该知道，地球人变成这样卑下不是无缘无故的！实在是因为地球这些年来，连续的灾祸不断，洪涝和旱灾轮番来袭，土地大量沙化，海洋面积扩大，此外还有各种各样的瘟疫、疾病、蝗灾、鼠害什么的简直就是层出不穷了……"

"当生存的空间一再被压缩，当物质越来越贫乏，为了抢夺有限的资源，便开启了无限的战争，这几百年来，地球上的战争已经成了家常便饭，许多小国、小部族轮番被灭绝简直司空见惯。于是，贪婪的基因已经牢牢地烙印在了每一个地球人的身上，一出生便注定了要争抢掠夺，否则就活不下去了……"

"掌握了军队和权力的顶尖地球人霸占了几乎绝大部分的资源，剩下的百姓生活就更加艰辛、更加可悲了。有人铤而走险，有人沦为盗贼，有人为了一个馒头不惜杀害他人！可是，更多的民众完全无路可走。他们不曾接受教育，也没有任何物质保障，于是只好卑微地祈求诸神……"

她顿了顿："也就是各位口中，蝼蚁般的民众，仆从般渺小的地球人！他们走投无路，也看不到任何的希望，不得不匍匐在各位的脚下，恳求得到庇护、保佑，祈祷不要生病，甚至只需要一顿饱饭……"

明知道一切都是虚无缥缈的，可是，也已经别无选择。大多数地球人，穷得最后只剩下祈祷。可是，若是信仰的支撑都彻底消失了，那岂不是更加可怕？

四周，一片死寂。

诸神都默然，也不知在想些什么。那可能是他们第一次这样面对面地听一个地球代言人的演讲！就连初蕾都不知道该如何说下去了。

三位老头也默然了很久。

半响，红眼珠老头才叹道："地球竟然已经堕落如斯！可是，为何是你这个冒牌的地球人告诉我们这一切？"

"我可是地球上土生土长的……老人家，我这不算冒充吧？我千真万确是地球人！而且，我之前一直是地球人的体质、地球人的性格和习惯！这以后，我也必将是地球人，而不是什么太阳星人！"

红眼珠老头很意外："按照大家的说法，地球人都变得这么卑贱了，你还坚持做地球人？"

初蕾笑起来："我曾经也一度认为地球人很卑贱。可是，随着我对整个大联盟的了解深入以后，我发现，在阴谋算计和尔虞吾诈这些方面，地球人比起外星人还真是自愧不如，至少，比不上许多道貌岸然的大神。再者，地球人也实在是因为太过残酷的生存环境才变得这样尔虞我诈，本质上，只是为了争夺生命权而已！人类还有一句俗话叫'仓廪实而知礼节'！也就是说，当物质极大丰富了，人类的品德就会提升许多！身为地球人，真的不可耻！可反倒是各位半神人们，明明早就没有任何物质和文化上的考虑了，为何偏偏还这么奸诈？"

诸神纷纷瞪着她，竟然无言可答。

B大神愤愤地："你这小丫头也别把自己说得那么高尚似的……"

白衣天尊淡淡地说："她的确谈不上多么高尚！可是，她把自己的全部私人财富，都用于了对普通民众生活的改善上！"

B大神冷笑道："说她改善金沙王城的百姓生活我信，可是，九黎呢？全天下呢？"

"她捐献七十万两黄金不就是用于改善九黎和全天下百姓的生活吗？如果这也不算的话，那么，九黎的商业经济空前繁荣，她依旧分文不取，全部用于改善民生，这算不算？"

B大神无言可答。

红眼珠老头好生意外："你这小女娃真的献出了全部的私人财富？"

她坦然道："现在，我已经没有任何私人的财富了。可是，个人的力量实在是太小了。以前，我认为七十万两黄金已经是天文数据了。可真要用于整个地球上百姓生活的改善，那分明是杯水车薪。所以，归根结底，还是应该创造平等有活力的生活环境，让地球人全部行动起来，为自己创造财富！自己为自己创造财富，才是解决问题的根本。"

B大神冷笑："现在的地球人要是有这个觉悟，他们就不会那么差劲了……"

枭风初蕾还是心平气和："他们以前没有这个觉悟，是因为以前也没有人这么提倡。而且，以前他们辛辛苦苦创造的财富，绝大部分都被不劳而获者强行掠夺了。久而久之，他们就认为没有辛苦的必要了，反正自己最后也得不到。可现在不同了，他们所创造的财富，基本上都归属于自己，所以，积极性就大得多了……而且，随着教育程度的普及，民众的品德也能有更大的提高，就算这几年这十年或者几十年不行，但是，只要我们坚持不懈，总会看到成功的一天，对不对？"

"你也知道几十年几百年都不行？嘿嘿，我承认你凫风初蕾是个理想主义者，可是，人类中有几个理想主义者？其他的我不敢说，可是，按照我对地球人的了解，自私自利早已深深烙印在了他们的遗传基因里！你在的时候当然足以慑服他们！可是，等你死后呢？难道你长生不死一直领导他们？你死后其他人会一直坚持你的观点吗？也许，等你一死，你今天的这一切全是白费……"

初蕾坦然道："就算白费了，也不能不去做！我还是那句老话，做了，总有成功的希望！可要是现在就放弃了，那不就永远没有成功的希望了吗？再说，我实话告诉你们，人类的理想主义者，真的不只我一个人！他们如果以前没有理想，那是因为他们根本不知道什么是理想，可现在，他们已经慢慢知道了！"

"哈，地球上还有这样的人吗？"

"怎么没有？杜宇、小狼王、丽丽丝他们不都是吗？"

"哈哈，你说那个贪婪愚蠢、见风使舵的小狼王？他追随你，不就是因为贪恋你的美色吗？等你变成了丑八怪试一试？他还会追随你吗？我呸！他也算理想主义者？"

"你错了！小狼王早前真的可能如你所说，可是后来他已经彻底改变了！我早前说我有七十万黄金的私人财富，但是，其中只有二十万两是我的，其余五十万两都是小狼王捐助的！他本人拥有几个金矿，富可敌国，早前他的确自私自利，可后来，他成为储君之后，分明意识到了自己的问题，真正重新站在一个高度看这个世界，看自己所要承担的义务，他便有了本质上的改变！于是，他一改昔日的做派，把自己的金矿所得几乎全部用于了民生的改善！这难道不足以说明他已经慢慢地变成了一个伟大的理想主义者了吗？"

B大神再要说什么，可是，终究无言可对。

红眼珠老头忽然指指B大神，又指了指凫风初蕾："看到没？这就是差距！这就是理想主义者和鸡贼者的差距！"

B大神愤愤地，却又不敢反驳。

"这个小女娃长得美，又有礼貌。可你们这群半神人，却一点礼貌也没有，还如此傲慢自大！所以说嘛，越是丑的人越是不懂规矩。"

诸神："……"

有人低声道："她可是地球上的万王之王，她这么做也不稀奇！"

"是啊，她身为万王之王，当然有义务改善地球！"

"没错！不然她这个万王之王的宝座怎么坐得稳？"

"所以咯，她所做的一切其实也是她的义务。"

初蕾还是心平气和："没错！我所做的一切其实都是我的义务！所以，真的不值一提。"

……

"咦,你这小女娃做万王之王了?那可真是不错,以前地球上还从未有女子做过万王之王。"

初蕾忽然笑起来:"老人家,你可真不错。"

"我哪里不错了?"

"一般的半神人只要听到我是万王之王,都不屑一顾,好多人都认为女子不配做万王之王!只有你老人家没这么说。你可真不愧是世外高人啊……太了不起了……"

红眼珠老头哑然失笑:"谁说女子不配做万王之王的?当年我家主上只是因为德高望重而看不上万王之王或者中央天帝的宝座而已,否则,哪里轮得到别人?"

"那是当然。你家主上是何许人也?大名鼎鼎的西王母。据说我家祖上黄帝和我父王之所以能成为中央天帝,可都是多亏了王母娘娘的保荐和帮助,否则还真的不一定能坐稳中央天帝宝座……"

"可不是吗?黄帝和颛顼一度都是我天穆之野的常客,但凡遇到重大事情,他们都必然会来请示我家主上,天穆之野和太阳星的关系一直非常融洽……只可惜,颛顼一死,这关系就彻底中断了……"

有好几次,青元夫人都想打断老头儿的话,尤其是在鬼风初蕾发表这一番演讲的时候。可是,她一直沉默。直到听得这话,嘴巴不由得张了张,但还是沉默。事实上,她一直担心初蕾会当众说出有熊山林的青草蛇病毒一事,不料,初蕾竟然决口没提。

此时,初蕾也不经意地看了她一眼。但见青元夫人面上还是一贯的淡然、安宁,就好像她从来都是这样超凡脱俗,就好像她之前要把自己彻底砍为人彘的凶悍都是假象一般。

这女人!这可怕的女人!可是,不知怎的,一想到过去,初蕾很是怅然。黄帝、颛顼真的都是受到了西王母的极大提携和帮助,所以才能夺取天下,就算初蕾早前不知自己真实身份时,便对天穆之野抱着极大的向往和崇敬之情。按理说,和天穆之野这样的世代友好该彻底延续下去才对。可是,为何青元夫人忽然想到要灭绝有熊氏一族呢?这其中,恐怕真的不只是妒忌自己和百里行暮的关系那么简单吧?也正因如此,她才没有再次当众提起青草蛇一事。她只是看了青元夫人一眼,然后移开了目光。

青元夫人也移开了目光,并不和她对视。

红眼珠老头一直兴致盎然地打量初蕾,好像那番演讲之后,他便对鬼风初蕾的兴趣比白衣天尊大多了:"不对啊,小女娃,颛顼七十万年前就死了,可你这样子无非二十出头的小小女子,你怎会是颛顼之女?"

"这……"

"再说,颛顼的几个儿子都是白痴,你却完好无损,这也不合常理啊。当时我们可是替颛顼诊治过,他好像与生俱来便有一种病毒无法根除,导致所有的儿子都是白痴，你这小女娃若真是他的女儿，就太不符合遗传原理了……"

"这……"

还是白衣天尊替她回答："颛顼重伤不治，又无法更换载体，只好绝境求生，依托最低等的鱼凫化身为人，然后在金沙王城潜伏，做了一万年鱼凫王……"

"鱼凫？天啦，颛顼居然到了这等落伍的地步？"老头满脸的不可思议。堂堂高阳帝，居然凭借低等的鱼凫做重生的载体？

"难怪，难怪！福兮祸兮，也许正因此，他体内的病毒被消除了？这女娃才得以健康出生？"

白衣天尊苦笑。

"如此看来，娲皇对他的惩罚可比你重多了！"

B大神忍无可忍，愤愤嘀咕："谁不知道娲皇一直偏爱他们家族呢……"

老头一瞪眼，B大神再也不敢吭声了。

老头道："不过，这也公平，我之前就说了，你俩的罪过三七开，你三颛顼七！他遭受如此惩罚也不为过！"没人敢质疑这话。"可是，颛顼为何又跑回金沙王城了呢？"

白衣天尊还是只能苦笑，这谁知道呢！

"难怪如此！难怪如此！哈哈，敢情太阳星的后裔最后还真的变成了实打实的地球人，也难怪这个小女娃以地球人自居！好！好得很！"

初蕾小心翼翼地说："既然我和白衣天尊都是地球人，我们根本就不算违背了什么大联盟的法律吧？"

"就算你不是地球人，你也不违背任何法律。婚丧嫁娶，是全宇宙通用的自由准则，没什么特殊限制！所有的干涉都是违背宇宙法则的！"

红眼珠老头忽然转向B大神等一干人："你们快去告诉西帝那混账小子，就说是我老人家说的，他这法律简直狗屁不通，要笑掉人大牙的，简直是严重的倒退和歧视，他身为中央天帝，不可能连这一点都不知道吧？……"

"……"

"对了，现任西帝是朱庇特这小子对吧？他自己也有一点地球人血统，他该不会是在大联盟待久了，连自己的本源都忘记了吧？哈哈哈，还不许和地球人通婚？他算老几？他也不看看自己这些年在地球上蝇营狗苟都干了些什么事情，难道还以为天衣无缝没有任何人知道？……"

第一次有人当众指责当今天帝厚颜无耻。可是，谁敢替他辩护几句？

红眼珠老头指了指自己的鼻子："我们三兄弟都是地球人！怎么？现在大联盟已经如此看不起地球人了？你们告诉朱庇特这小子赶紧修改法律，否则，有他好看的！"

原来如此！这三个老头居然也都是地球人，也难怪他会如此激动。

诸神哪里说得出话来？就连白衣天尊也只能苦笑。

唯有青元夫人面上红一阵又白一阵，就连她昔日赖以自傲的自制和风度也统统消失了。可是，她一言不发。她虽然是掌门人，也不敢对那三个老头指手画脚。幸好所有目光都落在了红眼珠老头的身上，倒也没人注意到她复杂到了极点的表情。

第七章　宇宙大帝 2

红眼珠老头却一直盯着凫风初蕾，忽然又道："小女娃，你真的立志于改善地球人的生活？"

她坦然道："我不但立志于改善地球人的生活，而且我决心在有生之年彻底改善地球上的环境。"

老头很意外："改善百姓的生活能理解，可是，改善环境，你区区一个地球人怎么能做到？"

"尽管我个人的力量很渺小，可是，有些事情，你总得去做、去尝试，要是连试都不试一下，怎么能成功呢？"

老头喃喃道："是啊，有些事情总得试一试！要是连试都不试一下，的确是不可能成功的！想当初，天穆之野一直无法种植桃树，可我们兄弟就是不信邪，无论如何也要种植成功，尽管经历了无数次失败，可最后还是成了！很好很好！小女娃，你很好！但愿你永远如此，莫忘初心！"

初蕾肃然道："无论何时，无论何地，初蕾绝对不敢忘了初心！"

老头忽然抬起头，看了看下界。那分明是地球的方向。他仔细凝视，好一会儿。没有人敢打扰他。其余两个老头也和他一样的举止，他们都盯着地球的方向，众人不解其意。

青元夫人的脸色却更是难看了。

不一会儿，红眼珠老头抬起头，看了看初蕾。他的眼神有意外，也有惊奇，显得相当复杂。

初蕾小心翼翼，但还是毕恭毕敬。

老头想了想，忽然伸出手。众人看得分明，他手里居然多了一颗红色的蟠桃。可是，这蟠桃并不如大家寻常所见的那么漂亮晶莹，甚至不如桃花星上的新鲜绚丽，相反，这蟠桃只有鸡蛋般大小，而且色泽有一些枯萎的样子。

可青元夫人一看这颗桃子，脸色彻底变了。她满脸怒容，可终究还是一言不发。

红眼珠老头笑道："小女娃，我把这颗蟠桃送给你。"

初蕾好奇极了："多谢老人家！可是，这蟠桃是？"

"这是我们三兄弟在天穆之野种植蟠桃第一次成功时留下的收藏品，距今已经有了整整五亿年的历史……"

一颗五亿年的蟠桃，众人又羡又妒。

"天下只知蟠桃稀罕，举世无双，可是，大家并不知道，蟠桃真的培育成果实，不过是这五亿年之前的事情，而真的丰收，是这两三亿年的事情……"

他把桃子递过去："小女娃，这蟠桃就送给你了。"

初蕾肃然道："无功不受禄！如此珍贵的东西，初蕾真的不敢领受啊！"

老头不以为然："其实，蟠桃也算不上什么奇珍异宝。当年，你的几个白痴兄弟吃了那么多还不是无济于事。"

初蕾："……"

"我们并不是无缘无故赠你蟠桃！而是基于你对地球做出的贡献！我们刚刚已经查看过了，这两年地球的确有了极大的变化，准确地说，是你成为万王之王之后！你的确有资格做这个万王之王！"

初蕾肃然道："这本是初蕾分内之事！"

"拿着吧，小女娃！这蟠桃虽然不算什么奇珍异宝，可是延年益寿也是没问题的！不过，你要牢记你今天这番话，永远不忘初心！"

红眼珠老头也不等初蕾回答，径直道："其实，在这十亿年的漫长岁月里，我们见过许多慷慨激昂之人！他们最初也是雄心勃勃充满了理想和情感，他们也曾在青春时代付出了无数的心血和汗水，可是，到头来，他们根本无法坚持到最后，有人承受不了压力悄然隐退独善其身！有人欲望膨胀唯我独尊，总而言之，他们无一不选择了自己的私利，根本没有人能够把初心坚持到最后！"

"宇宙大帝！宇宙大帝！现在谁还记得我们地球曾经是独一无二的宇宙大帝呢？谁还记得我们曾经是造物主最宠爱的对象呢？就连那些小小的低等半神人居然都敢于嘲讽我们，把地球人视为贱民了……可悲！可悲啊！"

B大神等一群半神人，脸上红一阵又白一阵，却不敢吭声。

老头长叹一声："宇宙大帝的历史上，炎帝之后，就再也没有真正永远坚持理想和初心的伟大人物了！小女娃，但愿你能打破这个魔咒，永远砥砺前行！"

初蕾接过蟠桃，沉声道："初蕾一定不忘初心！"

所有人都肃然了，包括白衣天尊，他看了看红眼珠老头，又看了初蕾。

红眼珠老头再次指着他："哈哈，你这个废物小子，真是个废物小子，说真的，论万王之王的资格，你远远比不上这个小女娃啊！"

白衣天尊肃然道："小子愧疚！小子的确曾经失去了初心！"

老头毫不客气："一个王者，最重要的并不是本领和元气，而是不忘初心，奋斗终生！可无论是你或者颛顼，你们最后都沦为了争权夺利的工具，根本不是真正为了宇宙大帝的未来着想，你们都不配为王！"

白衣天尊沉默。沉默，代表默认。他无法反驳，因为这是事实。

"就算是朱庇特这小子。看看这些年他干了什么事吧！整个大联盟已经彻底沦为了他们家族的私有产业！他的贡献又在哪里呢？他真正又为整个大联盟做出了什么了不起的贡献？"

诸神静默，不敢应答。

老头却压根儿不看他们的反应，还是盯着白衣天尊："看来弱水一定很好玩，如有机会，我们也真该去见识见识，哈哈哈……对了，你臭小子可要记住了，你今后再不许来天穆之野捣乱了……"

白衣天尊肃然道："这次的确是小子冒失了！小子保证，毕生将不再踏足天穆之野半步！"

红眼珠老头这才转向青元夫人："掌门人放心了吧？他们再也不会来捣乱了。"

青元夫人的面色很难看，可是，她还是无话可说，这不是她想要的结果。可是，她也无力再提出任何的要求。

红眼珠老头又指着凫风初蕾："掌门人你也听到了，这个小女娃是高阳帝之女，她的家族可世世代代都是天穆之野的朋友。无论是黄帝还是颛顼，他们都是王母娘娘的座上宾！他们毕生对王母娘娘保持着友好和敬重！同样，王母娘娘也一直器重他们！到你们这一代，当然也不能变了！以后，你们不要再互相敌对了，还是做好朋友吧……"

青元夫人的脸色更是难看。

红眼珠老头一直指着凫风初蕾："小女娃，你一定要尊重我们的掌门人，就像你的祖父和父亲一样！无论曾经发生过什么事情都不能改变！你记住了吗？"

初蕾压根儿就说不出话来，她看了一眼青元夫人，青元夫人却避开了她的目光。

"你俩切记，再不许互相攻击了！"

二人都默然。

"哈哈哈，臭小子，我们没空陪你玩了，你也赶紧滚蛋吧……"笑声中，红眼珠老头转身就走，他的两个焦不离孟的兄弟也立即跟了上去。

诸神，松了一口气。

唯有青元夫人站在原地，脸色铁青。在她身后，是一大群蓄势待发的玉女，可是，没有得到命令她们也不敢轻举妄动，只一个个面上遍布怒容。她们都死死盯着凫风初蕾手上的那颗桃子，那可是一颗有五亿年历史的桃子——天穆之野第一批成功的蟠桃收藏品。

每个人都在猜测：这蟠桃价值如何？难道真如那老头轻描淡写，只有延年益寿的效果？可是，谁信呢。难道这不是万寿无疆的保障吗？凫风初蕾，她何德何能，居然能得到这么厚重的赏赐？偏偏这奖赏还出自天穆之野的园丁——活了整整十亿年的铁杆侍卫。可是，他们已经无法质疑红眼珠老头的作为了，也不敢！

三个老头，早就风一般消失了。他们一走，大家都很清楚，谁也不再是白衣天尊的对手了！

青元夫人没有看凫风初蕾。她甚至不再关注那颗有着五亿年历史的桃子。

青元夫人的目光终于落在了白衣天尊身上。

诸神、玉女，整个天穆之野的目光都落在了白衣天尊面上。

他一尘不染，白衣如雪，在这桃红满地的世界，就像是一朵洁白的云。无论多么挑剔的目光，都无法找出他容貌上一丁点的缺陷。

那是世界上最美貌的一个男子，得了娲皇的偏爱。此后，人类便再也不曾有过这么美貌的男子。

也直到现在，大家才意识到：他才是地道的地球人！炎帝之子，地球之子。如果没有后来的种种意外，他本是宇宙大帝唯一的继承人。可现在，他反而成了外星人。嫁给他的太阳后裔，却成了地球人，多么奇妙。

只见他就像一棵树一般静默，也许是沉浸在往事中，面上有寂寥的沧桑闪过，就像是一抹散尽余晖的晚霞。

尽管已经对他恨之入骨，青元夫人依旧听得自己心跳如雷，就像第一次相见。就像不周山之战前夕的私会，就像他刚从弱水出来时无尽的欣喜……那是她穷尽手段也无法得到的唯一渴望。

她这一生，就只在这一件事情上失败。一次失败，便一败涂地。甚至于，她之前一直提心吊胆，是因为她惧怕他当着那三个老头之面揭露自己私藏西王母密令之事——自己可以在诸神面前巧舌如簧，可是，在那三个老头面前是万万辩解不了，也不敢辩解。这也是她一直听着凫风初蕾演讲而没有打断她的原因。否则，初蕾根本没有那么多说话的机会。

可是，他没有！

他再也没有提到这事，就好像这事情从未发生过一般。这男人，当然自有他的高贵和高傲。他用沉默湮没了过去的一切，无论是友情还是憎恨。

她忽然默默地说："原来，你一直不曾喜欢我，就因为对密令一事耿耿于怀？"

他不答。

她更加愤怒，又非常尴尬。多可笑——这么多年来，自己一直以为是个秘密，结果，早就不是。而自己，居然还一直在他面前百般婉约。也许，他当时就在心底默默地嘲笑自己吧？

也难怪他从弱水出来之后，对自己一直不冷不热。就算没有凫风初蕾，他也根本不可能和自己成亲吧？这，才是关键！"如果不周山之战前夕，我就把密令交到了你的手上，后果会怎么样？你会喜欢我吗？"

他还是不答。

她却固执，非要求得到一个答案："百里行暮，你说，如果当时我就把密令交给你了，你后来会喜欢我吗？"

他淡淡地说："可是，你一直没交给我，所以，我无法假设！"

她愤愤地："你可知道？当时我不交给你，并非要害你。实在是因为我太想得到你了，我希望你跌倒、失败之后，再来帮助你，你知道，以天穆之野的力量是完全可以做到的，我完全可以鼎力扶持你登上中央天帝的宝座。我想，那时候，你会更加感激我……"

雪中送炭好过锦上添花。当他一败涂地时，她这个救英雄的美女可能更会令他感激涕零。她甚至多次幻想：他成了中央天帝，自己便是理所当然的天后！他们，很可能成为历史上颜值最高、最匹配、最恩爱的一对天帝和天后。只是，她压根儿没想到，他做出的是毁天灭地的举动，已经不容再有任何的弥补。她没有等到任何可以美人救英雄的场面，他也没给她这个机会。

"百里行暮！我所做的一切全是因为我喜欢你！"她强调，"我只是为了要得到你！我以为只有这样，你才会真正感激我，认为我是你最重要的人！"

"可这喜欢，于我而言，太可怕了！"

有人口口声声说"我爱你"，但是，为了能"更好"地爱你，所以希望看到你孤立无援，看到你陷入绝境，看到你走投无路，看到你迫不得已——然后，必须向她求助或者接受她的帮助和怜悯。如果没有她，你就会死——于是，她变成了你的天，成了你的地，成了你的救命恩人，此后一辈子，你必须用生命来感谢她。

这是怎样的一种爱？这是多么可怕的一种爱？或者，这真的是一种爱吗？爱，难道不是希望对方变得越来越好吗？难道她理想中的爱人，是要变得像一条狗一般卑微地趴在她的脚下，等待她的施舍和帮助？这哪是爱啊？这分明是可怕的控制。

二人是用脑电波在交流，不只是旁边的半神人，就连皂风初蕾也完全不知道。以她的级别，纵然有一股一般半神人没有的锐勇，可真要谈到自身的元气和修为，比起白衣天尊和青元夫人这样的高手来说，还是相差太远了。尤其是修为，能达到脑电波之间的无形交流，而且还不被任何旁人察觉，那必须是顶级的资深半神人了！

大家都不知道那二人在干什么，所有人只感到一片死寂，各怀心事。

可是，就算是大家都无法知道的脑电波交流，白衣天尊也没有说出这最后的一句话：可这喜欢，于我而言，太可怕了！我也根本不需要！这话，只在他心底。任何时候都一样，他从不分辩，也不想追究。

他的眼睛，看着未来。

可青元夫人却连连追问："就因为密令的事情使你不喜欢我？可是，你不觉得你太小气了吗？你居然连我的心情都无法理解，我也真是太失望了……"她冷笑道，"你号称古往今来第一战神，你真的需要这密令吗？有没有很重要吗？你却因此怪罪到我的头上，这不是有失身份吗？我其实也曾经想过，没有密令，你就不能喜欢我这个人本身吗？难道凭借我的才貌和身份还配不上你吗？"

他竟然哭笑不得。

"没有密令，你也赢了，不是吗？这对于你也没有任何的损失！你凭什么耿耿于怀？"

我没有赢，颛顼也没有赢。这是一场两败俱伤、毁天灭地的战争。最后，谁也没有成为大赢家。其实，我们大家都输了。

可是，他还是没有回答她。因为，他早就明白了：自己和她不是一路人。三观不同者，不相为谋！

他眼前只是隐隐浮现不周山四周那被冰封的七十万年化石一般的尸体——彼时，星母月亮被引爆，撞击不周山战舰，无数的人和动物植物，一瞬间就被零下几十度的低温彻底冻结，永远没有重见天日的那一天。他们已经成了化石，他们已经成了过去，他们已经成了历史。

就如自己对那三个老头所说，自己的罪行，再死十次都无法赎罪。而她，竟还能如此轻描淡写，她竟然还认为是自己赢了。

理想和认知差距到了这样的地步，怎能成为终身的伴侣？怎能？

"你就因为密令的事情一直怨恨我？"她连连逼问，他却不再回应。

她急了："如果我现在把密令拿出来呢？我马上把密令交给你呢？"

他诧异地看她了一眼。

她忽然多了一线希望："密令没有过期！你知道吗？这密令根本没有过期呀！"她急不可耐，"我可以把密令交给你！事实上，这密令是永不过期的。纵然你现在拿到手也绝对不是废品，相反，这密令足以保举你成为下一任的中央天帝……你该知道，现任中央天帝的任期早就到了，只是因为没有合适的人选，也没有人主动站出来挑战这个位置，所以他才一直尸位素餐而已……"

她甚至热切而双目灼灼："百里行暮，我真的可以帮你！只要你拿到这密令，你马上就是下一任的中央天帝！这世界上，只有我才能助你登上中央天帝的宝座！"

他很震惊："你以为我现在还想做中央天帝？"

她说："不是吗？不然你一出弱水又何必立即重返地球，闹出这么大的举动？西帝之所以派出银河舰队追杀你，不也是因为怕被你篡权吗？"

她肆无忌惮："我知道你一直的理想就是为了做中央天帝，所以我愿意帮你！百里行暮，你该很清楚！只要我帮你，你没有实现不了的愿望！"

想想看，中央天帝。整个大联盟这么多年的历史上，有几个中央天帝呢？你不想做中央天帝？你骗鬼啊！你不想做中央天帝，那么，不周山大战是为了什么？现在，唯有我才能帮助你登上巅峰，唯有我可以让你一举登上中央天帝的宝座。而且，你的任期还会很长很长，足以超越历代的中央天帝。有天穆之野的鼎力相助，这是绝对没有问题的。

她甚至很轻蔑地说："至于那个女人！她算什么呢？她能帮你什么呢？她无非是凭借几分姿色攀附在你身上，享受你的好处而已！她根本帮不了你一分一毫！她反而一直拖累你、连累你！你们走不远的！因为这根本就不是一种对等的关系！你只能一辈子为她付出，而不能从她身上获取任何的好处。可是，我就不同了，我可以为你提供源源不断的好处……"

"唯有能力匹配者，才能真正成为朋友，这是宇宙通行的法则。所以，上层的朋友都是上层人，下层的朋友都是下层人。

"凫风初蕾和你白衣天尊，那就是不对等的关系。她无非就是一个卑贱的地球人而已，你还真以为现在的地球还是那个宇宙大帝？别自欺欺人了，行吗？"

"地球，已经沦落。地球人，当然也彻底沦落。天穆之野才是上流，天穆之野能够给予的好处，当然很多很多，也包括中央天帝。"

"百里行暮，你快快投靠我吧！你还有最后一次机会！你可得想好了，只要你一念之间，中央天帝的宝座已经在向你招手了……百里行暮，你好好考虑一下吧。你要密令，还是要她。"

"只要你放弃她，我马上给你密令！二选一，并不太难，不是吗？"

他最初还震惊地看着她，后来，他移开了目光。他这时候才明白什么叫真正的"话不投机半句多"了。青元夫人，真的早就变成了一个不折不扣的女政治家了。她甚至压根儿就不知道爱情是什么东西了，或者，她从来就没有真的知道过。

可是，她显然不知道他的真实心态，她只是再也感觉不到他的脑电波的存在，只接收到一片茫茫的虚无和空白。

他都懒得搭理她了。

她急了："百里行暮，你到底是什么意思？这密令你到底要不要？"

他忽然道："你到底制造了多少个百里行暮的复制人？"

她一怔。她云淡风轻的脸，终于变了。她的眼神也终于变了。

她仿佛终于从一段热切的幻想中清醒了过来。

"你到底制造了多少个百里行暮的复制人？又为什么要这样？"

她不答。

"那个在这七十万年中替代我出去活动，曾经做过柏灌王的百里行暮今安在？是真的死在了周山之巅还是已经被你藏起来了？"

她冷冷地说："这和你无关。"

他笑起来。

她居然说，这和自己无关。

要知道，自己从弱水出来，对于昔日散逸的脑电波尚忽然不觉，也无法追溯，甚至根本不知道有这一段过去的存在，所以和凫风初蕾初相识时压根儿就不认识她。可是，随着时间的流逝，自己慢慢地开始收集这段脑电波，然后追踪到了百里行暮的下落，然后感觉到了一股强大的阻力——有一股无形的力量一直在阻止自己得到这七十万年人类活动的脑电波，甚至不惜因此彻底毁掉了百里行暮在地球上活动的数据库。

早前，他不知道原因。现在，他已经彻底明白了。是她作祟，是她极力阻挠。她曾经想要把这段时间的脑电波消灭或者隐藏，只是她没有成功而已——否则，自己不会那么长的时间也一直无法把百里行暮的脑电波和自己合并。

她只是没想到，她根本阻止不了，她甚至无法消灭那段脑电波。她阻止不了一个从弱水出来的人对脑电波的收集，那于他而言，虽然有点困难，但并不是什么不可能的事情，只要定准了点，很快就全部聚齐了。于是，她眼睁睁地看着他继承了百里行暮这七十万年的一切思想——包括他对鬼风初蕾的爱。她的切肤痛恨，便源于此。她觉得自己被利用了，她觉得是自己成全了鬼风初蕾，她非杀了鬼风初蕾不可。……

此时，她看着白衣天尊的眼神，忽然笑起来。云淡风轻的微笑，桃花流水一般。你就算知道了你的复制人，可是，你能怎样呢？你找不到复制人的下落。你也无法自己替自己做证——如果受害者自己可以替自己做证，那么，这世界上就不需要其他的证人了！凡事讲究证据不是吗？

白衣天尊一看她的笑容就知道了，这女人根本肆无忌惮，她甚至不屑于去反驳。就是我干的，你能如何呢？和藏起西王母的密令一样，我复制了无数百里行暮，你又能如何呢？

他暗叹一声。

跟D病毒一样，就算知道是青元夫人背后所为，可是，你没有证据。这女人的高明之处，就在这里。

就算所有人都知道是我干的——可是，证据呢？证据在哪里？你们只能猜测，你们只能推理，你们永远拿不到实锤。

无论是数据库还是现实中，都没有我复制百里行暮的任何证据——你们没有证据！只要找不到复制人，你们就永无证据，你们甚至连尸骨都看不到，你们能如何呢？

青元夫人的脸色很微妙，似愤怒，却又似得意，她有得意的理由。

就算你知道我多次对鬼风初蕾下毒，你知道我要把她变成青草蛇和人脸蜘蛛，可是，你能如何呢？你还是没有证据！你怎么都找不到证据。

如果没有实锤，要对一个天穆之野掌门人级别的大神定罪，谈何容易？就算中央天帝亲自出马都不成。

"无论你曾经复制了多少个假的百里行暮，可是，希望你再也不要放他们出来了！"

她笑起来。她微笑。她不置可否。她高深莫测："白衣天尊，你真的以为自己就是百里行暮？"

他一怔。

"你真的以为自己彻底取代了百里行暮？"

他居然无言以对。

"这七十万年中，百里行暮是鱼凫国的柏灌王，而你白衣天尊在弱水修炼。现在，你真的以为你和他是同一个人？你真的以为你和他合二为一了？"

肉体和意识，到底谁才是一个人的本质？这是一个悖论，白衣天尊竟也陷入了沉思，他竟然有点迷惑。

"得了吧，你和百里行暮根本不是同一个人。我不相信以你的身份会意识不到这一点。你不过是因为垂涎那女人的美色，你不过是因为被美色冲昏了头，所以，宁愿将错就错，把百里行暮和他的女人一并接受了而已……"那是毫不掩饰地嘲讽和奚落。

"真没想到，你白衣天尊竟然也不过尔尔！为了一段艳福，假冒他人，真的配得上你共工的身份和显赫的过去吗？更何况，这女人还是你死对头的女儿！"

她的笑声很尖锐："哈哈，共工成了颛顼的女婿！你知道天下人是怎么想的吗？你怎么还好意思发散什么蓝色焰火令呢？你难道不知道自己已经彻底沦为了整个大联盟的笑柄？你怎么色迷心窍到了这等地步却还不自知？"

他心平气和道："我就是百里行暮！"

她尖叫："你胡说！你根本不是！"

"身体于意识，只是一种载体。意识永存，载体便可以无限制更换，我不相信你身为天穆之野的掌门人会不懂得这一点！"

"……"

"诸神在漫长的岁月里，无不曾经多次更换载体。如果一旦更换载体，他们便变成了另一个人，那么，请问，这还算永生还是死亡？甚至包括你青元夫人，据我所知，你很快就将面临更换载体了，那么，请你告诉我，当你更换载体之后，你还是青元夫人，或者变成了另外一个人？"

青元夫人竟然答不上来了。她双眼冒火，她无法回答。自己当然也会更换载体。可自己更换的是一模一样的复制品，只是没有意识的复制品。然后，把自己的全部意识转移到这个复制品的身上——如此，当然不会有半分的改变。可你白衣天尊呢？你的那个复制人曾经明明白白有过独立的意识啊。

他和颜悦色："可是，那复制人的独立意识已经全部进入了我的意识！和我的意识合二为一了！如此，顶多算我过早地用掉了一个复制品而已，可本质上却是一样的，不是吗？"

她答不上来。沉默。很难堪的沉默。

于诸神看来，那是两大德高望重的资深半神人的无声过招——就算他们不懂得他们究竟是怎样过招的，可是，纵然是再迟钝的半神人也明白了，那是修为之间的过招。

半神人之间，并不总是用元气和外界武力或者武器来过招。顶尖级的高手，用的是修为。和人人具有元气不同，这种修为，很少有半神人可以具有，更别说过招了。

如鬼风初蕾这样的凡人，在修为上面甚至一窍不通，就更别说具有了。

初蕾没有任何修为，所以压根儿看不懂。她只能凭借猜测，她微微担心。

她真怕青元夫人又出什么花招，毕竟这是她的地盘，强龙不压地头蛇。可是，她不敢开口，不敢多话，生怕弄巧成拙。多年的经历早已教会了她，万万不可不懂装懂、贸然行事。她只是静静地看着，内心紧张却并不表现出来。

很久之后的沉默。

修为之间的比拼已经分出了高下。白衣天尊终于开口了，他淡淡地说："阿环，到此为止吧！"

她静默，随即是疯狂一般的怒吼："哈，到此为止？怎么到此为止？你倒说得轻巧！你带着你的新欢满世界招摇，又如此侮辱我，你以为可以到此为止吗？"她强调："那小贱人打了我三拳！你认为这世界上可以有人打了天穆之野掌门人三拳还能全身而退吗？"

"不然呢？"

"要到此为止也很简单！你马上处死那小贱人！只要你杀了她，我立即到此为止！甚至D病毒！"那是她第一次在他面前公然承认D病毒的存在！

他想，她真是个疯子。

"你舍不得杀那小贱人也可以。只要你抛弃她！只要你以后再也不和她往来！你彻彻底底抛弃她，那么，这一切也可以到此为止！我甚至可以不再追究她的任何过失，我可以解除她身上的黑蜘蛛病毒，也不再找她任何麻烦！只要你现在起就彻底抛弃她……"

疯子！这女人就是个疯子。疯子的话，不必理睬。白衣天尊，没有再回答她的任何问题。

青元夫人几乎要绝望了："你不愿意抛弃她？你连这点小小的要求也不答应？为什么？她难道不是你最大仇人的女儿吗？你玩弄一下子不就行了吗？再说，西帝他们不都这样吗？喜新厌旧难道不是整个宇宙雄性生物的本能吗？你看看西帝，每次看上新鲜的地球少女时，都是殷勤备至苦苦追求，可到手之后，几天就厌倦了。你为何不向西帝学习？那小贱人虽然漂亮，可是，你玩弄了她这么久也该够了，也早该腻烦了吧？现在抛弃了有什么可惜的？地球上有的是漂亮年轻的少女，你要多少有多少，你换一个不行吗？就算你不喜欢地球少女了，我天穆之野也有的是玉女，你要多少有多少，为何非她不可？"

白衣天尊压根儿没有再看她，只是拉住了凫风初蕾的手，淡淡地说："我们走吧。"

这一句"我们"正如一记闷棍狠狠地砸在了青元夫人的头上，她怒火中烧："你会后悔的！百里行暮，你会后悔的！你总有一天要追悔莫及！我一定要让你为今天的行为付出代价……"

二人，飘然离去。诸神眼睁睁地看着那对男女飘然而去。

青元夫人也眼睁睁地看着，既没有阻止，也没有发声，甚至没有任何的行动。

三个老园丁一走，她就知道自己无法阻止这二人的离去了。

她是个明智者，在技不如人的时候，不会再去强行招惹一番羞辱。她只是默然地站在原地，任凭他们远走。

诸神当然很清楚，阿环加上自己等人，今天是真的一败涂地了。

诸神也一个个呆在原地，走也不是，留也不是。

走出去不远，初蕾忽然听得一个冷冷的声音："凫风初蕾，你真以为你面前这人是百里行暮吗？"

她一怔。

"他根本不是百里行暮！你早该知道，百里行暮只是我制造的复制人！当他和你浓情蜜意时，这个白衣天尊还在弱水不曾出来。"

"……"

"这样巨大的差异，你也能将错就错，认为他们是同一个人？凫风初蕾，你还有良心吗？你真不是为了攀龙附凤吗？"

"……"

那冷冷的声音充满了嘲讽："百里行暮为了你早已死在周山之巅，而你，为了攀附更厉害之人，故意将错就错，百般手段嫁给了眼前之人。可是，你内心深处问问自己，这个人真的是百里行暮吗？就算他长得和百里行暮一模一样，可是，他真的是百里行暮吗？就算他盗取了百里行暮过去所有的意识和记忆，可是，他真的是百里行暮吗？"

"……"

"你所认识的那个百里行暮早就死了！你所爱的那个人早就不存在了！凫风初蕾，你扪心自问，现在的白衣天尊真的和百里行暮是同一个人吗？"

"……"

"你无非仗着他的本领，想从他身上得到好处！所以，你不惜忘记了爱人，背叛了爱情！凫风初蕾，你也配谈爱和理想吗？你不过是见利忘义的鸡贼而已！凫风初蕾，你就是一个鸡贼！你这个背叛百里行暮的鸡贼！"

"……"

她张开嘴巴，忽然觉得喉头十分干涩。随即，那声音彻底消失了。她依旧站在原地，手心却一阵冰凉。

"初蕾……"

"初蕾？"

直到他叫了好几声，她才回过神来，强笑着，低低道："百里大人，我们还是回地球吧……"

他凝视她。

她忽然低下头去。

他什么都没说，只轻轻拉住她的手，大步而走。

第八章　神族往事

直到那对男女的身影彻彻底底消失，诸神还是盯着半空，有恍然如梦之感。

回头，地上已经零落成泥、残红满地，不忍淬睹，大大小小没来得及吃完的蟠桃更是掉了一地。

青元夫人的脸色很难看，诸神第一次见到她这样的脸色。

因为愤怒，所以无法掩饰。

可诸神以为她的愤怒只因为凫风初蕾，因为就连他们也做梦都想不到青元夫人居然挨了一个小丫头三拳。本质上，不是凫风初蕾打了她三拳——而是白衣天尊。若非他关闭了蓝色指环，误导众人，让大家以为他已经死了，凫风初蕾根本不会偷袭得手。那小丫头，是用白衣天尊的元气生生打了青元夫人三拳。可是，怎么看来，大家都只以为那小丫头忽然变得很厉害了，足以超过堂堂的天穆之野掌门人了。这不，她可把天穆之野掌门人逼得团团转。这么一个小丫头都能打上天穆之野，这叫天穆之野颜面何存？青元夫人又颜面何存？如此奇耻大辱，怎么吞得下去？大家都很难堪。他们都替青元夫人难堪。

青元夫人却无暇顾及诸神的表情，她的愤怒倒不完全是因为难堪，而是一种比难堪更厚重得多的绝望。她的胸口要炸裂一般，可是，唯有沉默。

B大神垂头丧气：「阿环，我们告辞了，多谢你今日盛情。」

"唉，也怪我们无能，真是愧对阿环。"诸大神也算是识趣，纷纷道谢走人。

很快，热热闹闹的桃花星就变得空荡荡的。唯有如启提着劈天斧一直站在原地，他手上还佩戴着那枚入门弟子标识的扳指。他茫然地看看天空，又看看地面，好像完全不清楚发生过什么事情。

很长时间，青元夫人没有看他，好像没有发现他的存在，他也不敢吱声。

青元夫人一直看着乱七八糟的桃林，半晌，弯腰捡起一片已经七零八落的花枝，长叹一声。

如启从未听过如此幽怨而伤感的叹息，那是无尽的委屈、无尽的忍让、无尽的悲哀和无尽的压抑。

他忽然愤愤不平，忽然觉得一股气血上涌。欺人太甚的白衣天尊，竟敢如此践踏天穆之野的白衣天尊。

他更恨自己，从未如此深刻地觉得自己毫无用处。一个声音在内心深处剧烈呐喊：没用的如启！你这个没用的东西。技不如人，你什么都做不到。你在白衣天尊面前，一辈子都不会有任何用武之地，甚至连师门受辱也只能眼睁睁地看着。

更可恨的是，他眼睁睁看着凫风初蕾离去。她就那么走了，她甚至没有再看自己一眼，就像自己一直不曾存在似的。

半晌，青元夫人才抬头四顾。这时候，她才发现了他的存在一般。他急忙行礼，但是，也只是行礼，至于话，那是一句也说不出来的，而且也无话可说。安慰？劝解？这些都是对青元夫人的侮辱。他只能沉默，就更是手忙脚乱。

青元夫人淡淡地说："如启，你也走吧。"

他站着不动。

她自己转身就走。

如启忽然追上去："夫人……"

她还是淡淡地说："你走吧。"

"多谢夫人看重小子，可是，这枚扳指……"他取下手上的扳指。

青元夫人冷冷地说："怎么？启王子看不上我这天穆之野的弟子之位？"

如启急了，跪了下去："小子岂敢？小子只是惭愧没有足够的能力为师门效劳。经过了这几场战役之后，小子分明已经发现人外有人、天外有天，更加觉得自己的渺小和无用。小子只恐继续拿着这枚扳指却无力承担保护师门的重任，所以不想厚颜无耻地据有这珍贵的扳指……"

青元夫人一抬手，如启但觉一股恰到好处的元气将自己生生抬起来。

他站直了身子，定定道："夫人，小子真的太没用了，是小子辜负了夫人的厚爱，小子一直心感不安……"

"你如果是担心自己本事不济，那就不必了。"

如启不解其意。

"须知你眼中那些了不起的大神们，要么是具有足够的寿数和元气，要么是走了捷径。你身为大鲧之孙，体内原本就具有半神的血统，只是以前没人为你打通这个血统，无法发挥出应有的神力而已，现在起，你已经正式进入了半神人的行列，假以时日，你一定可以和你的祖父大鲧媲美……"她顿了顿，"大鲧，绝代高手之一！当时的战斗力是和蚩尤等人并列的！"

大鲧和蚩尤的时代，共工根本还只是一个籍籍无名的小配角而已，不值一提。

如启当然明白了她的用意，喜出望外："果真如此？小子果真有一天能和祖父看齐？"

"当然！"

青元夫人和颜悦色，一挥手，如启但觉一股真气袭来，不由自主地张开了嘴巴。

骨碌一声，一颗绿色的药丸便吞了下去。一股热气顿时缓缓地在四周游走，如启但觉整个人忽然置身于春天的花海、秋日的暖阳，通体舒畅，心旷神怡。更奇异的是，内心的暖流忽然变成了一种很伤感的记忆，他忽然想起自己的母亲，想起在母亲怀里嬉笑吵闹的岁月，尽管他已经记不清楚了，可是，这感觉却那么真实，恍如昨日。

母亲，生母一般的情怀。那是云华夫人的深恩厚意，那是云华夫人无数次的救护相助，一如面前的青元夫人。他惊觉，青元夫人竟然和云华夫人那么酷似，无非是青元夫人更年轻更美貌而已。他对青元夫人的好感，一种母亲似的好感，正是从此刻开始的，她俩的声音也那么相似。

"这是我天穆之野最珍贵的桃花元气丹，一颗便具有百万年以上的元气，不仅如此，这元气丹里还加入了你祖父大鲧死亡之前积蓄的全部元气……"

青元夫人缓缓地说："天穆之野和你大鲧家族的关系，你想必也略知一二。云华夫人向来把你当作亲生儿子！在我心目中，你也一直是子侄一般！这颗融合了桃花元气丹和大鲧元气的丹药，便是我送你的入门礼物！你服用之后，很快便能彻底打通体内原本的半神人血质，从此，绝大部分半神人都不再是你的对手！"

如启又惊又喜，一时间，竟然说不出话来。

"如启，你记住，你不仅是我天穆之野的入门弟子，更是大鲧的孙子！我和云华夫人之所以提携你、扶持你，压根儿不是为了让你振兴天穆之野！天穆之野也轮不到你来振兴！我们只是希望你能记住家族渊源，重振大鲧家族，如此，大鲧和大夏王方可以含笑九泉！也不枉我和云华夫人的一番苦心！"

如启再次跪在地上，纳头就拜。

如果说第一次拜师是事出突然，不敢违逆了青元夫人和云华夫人的面子，这一次，便是真正的心甘情愿了。

感激涕零，难以言表。

元气丹在体内翻滚，所有家族往事几乎一一重现。

大鲧、大夏王……祖父、父亲，种种荣耀往事，他忽然心潮澎湃、热血沸腾，但觉整个人都焕发出了一种不一样的活力和元气。

"如启，你从现在起，才是真正脱胎换骨了！"

青元夫人缓缓道："从现在起，你必须彻底断绝对凫风初蕾的一切念想！刚才的情形你也看到了，她实在是半分也无意于你。就算你为了她多次挺身而出甚至是舍命相助，她还是无意于你，甚至连走的时候，看都没有看你一眼！启王子，也不是我责怪你！其实，如果不是你早前舍命相助，她已经在第三招的时候就彻底丧身在我的掌下了……"

明明已经形同陌路，可关键时刻，他还是不忍看她命丧黄泉。所以，他不顾师门禁令，不顾诸神眼光，出手了。可是，可是，可是，这有什么意义呢？这压根儿就换不来她的任何感激。如启心中，如针扎一般。

凫风初蕾，你怎能这样？你怎能临去之时看也不看我一眼？

"唉！我也知你用情至深！这么些年，一直对她不离不弃。可缘分这种事情，无法强求！而且，那丫头看似云淡风轻，实则精明无比，她既然看准了白衣天尊强大的本领可以帮助她，又怎么会喜欢上别的无用的男子？那丫头是个典型的野心家，为的是万王之王的宝座！别说是白衣天尊，任何人只要能助她登上万王之王的宝座，她便会嫁给那人……"

她不喜欢我，仅仅是因为我本领不如白衣天尊。她不喜欢我，仅仅是因为我不能让她登上万王之王的宝座。如启心中，如有热血翻滚，合着滔滔的愤怒之情，一瞬间，几乎要将他整个人彻底淹没了。可他强行压抑了所有的愤怒，静静地说："天穆之野对小子的家族恩深情厚！今后，无论师门有何差遣，小子必当赴汤蹈火在所不辞！"

"如此甚好！你下去吧。"

如启再次叩头行大礼，这才告辞而去。

如启远去，云华夫人才慢慢现身，她走到青元夫人面前。

青元夫人忽然失去了一切的伪装，泪如雨下。

云华夫人伸手，轻轻地抱住了妹妹，长叹："阿环，你真是受委屈了……"

身为天穆之野的掌门人，青元夫人自出生以来便享受万千宠爱，可以说，一辈子也没有受过一丁点的委屈，哪里如今天这样？不但被人当众质问，还被一个小丫头当众打了好几拳。这种屈辱，没齿难忘。

云华夫人对唯一的妹妹，当然充满了同情。

好一会儿，青元夫人才慢慢抬起头，擦干了眼泪："姐姐，我不会就这么认输的！白衣天尊和那小贱人这么羞辱我，我一定要让他们付出代价！"

云华夫人叹道："这也怪我！这些年来，我们几乎忘记了提升天穆之野的战斗力，而且让一帮玉女们误以为世界和平，除了莺歌燕舞，其他事情都不需要操心了……阿环，我们失去了危机感，才造成了今天自取其辱的局面……可是，这都怪我，是我忘了提醒你！"

"姐姐，这该怪我！我才是掌门人！都怪我！"

云华夫人拍了拍妹妹的肩头："你长期在天穆之野，看到的都是诸神的阿谀奉迎，所以不知道外面的实情。而我，一直在外行走，早已见惯了人类的丛林法则。可是，我忘了提醒你！更没有让天穆之野及时培养出自己的战斗力。现在好了，如启可以成为我们的好帮手了……"

青元夫人有点狐疑："如启真的足以担负重任吗？在我看来，这小子虽然根基和天赋都不错，可是，他却是个糊涂虫。你也看到了，我原本要绝杀那小贱人时，他却贸然出手，要不是劈天斧的那一阻拦，我早就得手了！我很怀疑他的忠诚度……"

青元夫人对如启一直不信任，在吃了蟠桃精的情况之下，他居然还是会在那凫风初蕾危殆的关键时刻挥出劈天斧阻拦。

按照青元夫人的本意，几乎立即就要将他逐出天穆之野，只因为云华夫人一再暗中授意才隐忍不发罢了。

她直言不讳道："我认为姒启根本不堪大任！也不值得信任！"

"妹妹，你是有所不知，姒启一直暗恋那小丫头，正因为求之不得，所以才耿耿于怀。可这次之后，我想，他应该早就对那小丫头彻底死心了。此外，他的忠诚不容怀疑，而且我们已经找不到比他更好的人选了。"

"可是……"

"你也看到了，那小丫头的本领已经今非昔比，无论我们选择哪一位地球人，都没可能真正和她抗衡，唯有姒启！"

其他的地球人，不具有半神人的资质，无论吞噬多少灵丹妙药都无法登上高峰。唯有姒启，除了他之外，也是真的找不到合适人选了。

"他身为大鲧的孙子，体内一直潜伏着大鲧早前的怨恨之气，只是这怨恨一直没有被激活，才导致他无法有本质的改变。可是，一个月之后，桃花元气丹必将彻底激发他所有的怨恨……"

"他真的会彻底死心？"

"他不死心也没关系！我们天穆之野自然有办法让他死心。"

这的确不是问题，桃花元气丹吃下去，他自然就已经彻底死心了。

"姒启天资过人，而且具有大鲧和大禹的两代嫡系血统，一旦彻底开启，必将威力无穷！尤其是大鲧死后三年所凝聚的全部怨恨之气，居然活生生繁衍出一个大夏王来，这怨气该何等惊人？这怨气可全部是针对高阳帝的！一旦姒启彻底继承了这股怨气，他不只会爆发出数倍于大鲧的战斗力，而且也会完全继承大鲧对于高阳帝的怨气，如此，你以为他还会顾念那个小丫头吗？"

"姐姐，你真有把握让姒启继承大鲧全部的怨气和战斗力？"

云华夫人一声长叹："不然，我这些年留在地球上辛苦又是为了什么呢？阿环，你放心吧，我们跌倒了一次，就不能再重蹈覆辙。倒是你，今后再也不要对那战犯抱以任何幻想了！"

第九章 他乡即故乡

天穆之野，就在桃花星的隔壁。和桃花星一样，天穆之野也漫山遍野都是桃树。但是，天穆之野的桃花尚未盛开，也没有挂果，树上全是青绿色的叶子，好像上一次蟠桃采摘之后，还没到新的花果周期。和桃花星上生机蓬勃的新品树种不同的是，这里的蟠桃全是盘根错节的老树，初一看，只觉漫山遍野不知多少棵，可仔细一看，却发现古树的数量并不多，而是每一棵树的占地面积都很广。

周山上的十万年大树云阳是鬼风初蕾见过最大的一棵树，但是这些蟠桃竟然每一棵都不输给云阳，有些甚至比云阳还大得多。

二人没有落地，只停留在半空。

白衣天尊答应了红眼珠老头，再不踏足天穆之野半步，所以，他真的没有下去。

空中，只能看到那几棵桃树。走了很久，一直在同一棵树的范围之内，初蕾很是好奇，便加快了速度，想看看这棵树究竟有多大。

白衣天尊笑道："整个天穆之野其实只有七棵桃树。"

初蕾吓一跳，反问："才七棵？"

"没错，一共只有七棵桃树。但因为看上去密密麻麻，外人又不清楚，一直以为有很多桃树，其实，就七棵而已。不过，这七棵桃树可是非同凡响，最大的一棵已经有几亿年的历史，最小的一株也有上亿年的历史了，相比之下，十万年的云阳树精简直就是个小婴儿了……"

初蕾惊叹。原以为桃都之山那棵传说中三千万年的古老桃树已经很了不起了，没想到这里的桃树直接以亿年为单位。以前人人都说蟠桃珍贵无比，现在才明白，天穆之野就这么七棵桃树，而且开花结果周期很长，所以自然珍贵了。

"据说，蟠桃树很难培育，效果最好的蟠桃出自一棵七亿年历史的桃树。也就是之前红眼珠老头送你的那颗五亿年历史的蟠桃……"

一棵有七亿年历史的桃树，一颗有五亿年历史的桃子。这一切，真是太奇妙了。

鬼风初蕾拿出那颗桃子，看了看，只见那桃子表皮皱皱的，可是，细看之下，表皮下绝对不是萎缩干瘪的桃肉，相反，表皮就像一层保护膜，而皮下的桃肉晶莹剔透，鲜活无比。

她叹道："一想到这桃子已经有了五亿年的历史，我就不敢吃。感觉吃了，就是暴殄天物了。"

白衣天尊笑道："这桃子可不是白吃的。你也听那老头说了，你一旦吃了这桃子，就得不忘初心，永远为了宇宙大帝的未来而奋斗！"

宇宙大帝！地球，曾经是宇宙大帝的主导，全宇宙的中心。宇宙中但凡有生命的其他星球，历史都短于地球，但凡历史长于地球的，又全都是死星，多么奇妙。可堂堂宇宙大帝，有朝一日却成了落魄者——连落魄贵族都算不上，而是如乞丐一般卑微了。

初蕾好生感慨："想要把地球重新提升到宇宙中心的地位，真不知道要到何年何月了……"

这个问题，就连白衣天尊都无法回答了。

差距一旦拉开，便是几何级的递增。

现在的地球要想重得宇宙大帝的身份，谈何容易？

二人飞跃天穆之野上空，对于那七棵蟠桃的感受更深刻了，那真是天地之间的绝妙的造化。

初蕾想起D病毒，这时候，正是探索D病毒的绝妙时机。

可是，她想了想，没有开口。她想到红眼珠老头临去之时的警告："小女娃，你要和你的祖先一样，永远和天穆之野保持友好，无论过去发生了什么，你都要尊重我们的掌门人，永远不许再违背这一点……"

她的祖上，的确得到了天穆之野莫大的帮助。按理说，应该永远和天穆之野保持友好往来。可为何到了青元夫人这一代就变了？她不但不愿意再继续这种友好往来，甚至对有熊氏一族发出了绝杀。这难道真的是因为自己的缘故？可是，她早就意识到，青元夫人对于有熊氏的绝杀的打算，远远在认识自己之前！

这又是为了什么？

也正因这疑问，她不想在这时候继续和青元夫人较劲，当然也是不愿意打草惊蛇。

白衣天尊完全了解她的心思，也没有继续探究。

其实，他比她更急迫，除了D病毒之外，他更想知道那个复制人百里行暮的情况。这个复制人是彻底死亡了，还是只是脑电波散逸了？或者说，这样的复制人是有且只有一个还是有无数个？要是有无数个，那该怎么办？

种种疑问浮现在他的脑海中，他也很是忧虑，潜意识里，他觉得这是比D病毒更可怕的事情。

可是，他不知道该如何向枭风初蕾解释这个问题，甚至不敢提及这个问题。如果青元夫人真的准备了一大堆自己的复制人，那可就真的要命了，他的速度慢下来。

初蕾有些意外地看着他。

彼时，他正停留在第七棵蟠桃的边缘。他忽然面色凝重，一言不发。

初蕾不解其意，但是，也不敢打扰他。

好一会儿，他忽然拉住她的手，沉声道："初蕾，快走。"

初蕾不问原因，立即就走。

很快，二人便离开了天穆之野上空。这时候，白衣天尊的脚步才慢了下来。

初蕾好奇道："这是怎么了？"

他微微一笑："我在天穆之野上空布了一层结界……"

初蕾吃了一惊："难道青元夫人不会发现吗？"

"她当然会发现，但是，她也无可奈何。我布置的结界跟天穆之野本质上毫无关系，也对她们没有任何危害，仅仅是为了阻止复制人复出……"准确地说，是阻止百里行暮的复制人的复出。

他解释道："我一直怀疑之前青元夫人复制的那个假的百里行暮的尸体还没有毁掉，只要青元夫人再给他填充上脑电波，他就能行动如初。可是，我在天穆之野往返几次，却无论如何也探测不出青元夫人的秘密所在，更无法探测到医学部的核心位置。而且，我既然答应了红眼珠老头，就不能食言……"

因为无法踏足天穆之野，光凭借半空中的浮光掠影，根本无法获取天穆之野的任何秘密，更别说探索复制人的下落了。

白衣天尊的本事该如何了得？可是，就连他也无法窥探天穆之野一丝一毫的内幕，可见天穆之野的防备该是如何的强大，第一神族绝非浪得虚名。

初蕾的震惊可想而知，却也无可奈何。

"不过，我布置了这层结界之后，无论是什么复制人，都绝对不能盗取我的脑电波……我以前存放在大联盟数据库里的脑电波也不能使用分毫了……"

只要无法获取任何脑电波，假的百里行暮自然就没用。就算她还有一万个百里行暮作为储备，那也无济于事了。

初蕾大喜："我以前一直担心这一点，现在可好了。"

"你根本不用担心，毕竟假的复制人只要没有了脑电波，一眼便可以被识破的，我想，青元夫人不会蠢到这个地步。"

远远地，共工星体在望。

凫风初蕾看到这熟悉的景色，忽然很感动。仿佛一个远行者，终于回到了自己的故乡。

那是自己的第二故乡，某种意义上，那是自己新的生命的起点。双足一落在共工星体号上，首先感觉到的便是绵软的白沙，轻薄舒适如羽绒丝绸。

凫风初蕾倒在沙地上，浑身如散架了一般。一场恶战的后果，刚刚才展现出来。余勇都已散尽，潜力也被挖完。其实，只要再有片刻她便坚持不下去，很可能真的会浑身筋骨断裂，元气耗尽，灰飞烟灭。

就连青元夫人也不知道，彼时，她已经是强弩之末。

而青元夫人本人，则只是受到了一点点惊吓，况且是顾虑白衣天尊随时会杀出来，措手不及所以才慌了神。只要再有一点点时间，青元夫人回过神，一切就不同了。很简单，自己怎么打都不无法打死青元夫人，可是青元夫人分分钟可以对自己斩尽杀绝。

二人的差距，本质上还很远很远。只因为青元夫人太过养尊处优，而且几乎没什么实战经验，这才被自己捡了个便宜而已。真要说战胜青元夫人，连她自己都不敢相信。而且再过很长一段时间，自己也不可能是青元夫人的对手。

可是，一想到自己居然有朝一日可以连揍青元夫人三拳，且将她逼得如此狼狈不堪，终于让她在诸神面前再也维持不下去女神的面子，她就哈哈大笑，非常得意：

"呵呵……我真是太高兴了……我今天真高兴……"

一口气上不来，她忽然说不下去了。一只大手轻轻将她扶起，她只觉一股暖流瞬间从头到脚，那股顺不下去的气息立即就通畅无比了，她趁势靠在他的肩头。

头顶，是淡蓝色的天空。

共工星体距离地球并不远，二者之间的气候环境也都差不多，以前她不明白原因，现在她终于明白了：身为地球人，他早已习惯了地球的方式。所以，无论银河系或者外星系还有多少美轮美奂的星球，他都坚持居住在共工星体上，只因为这个星体的气候和地球最相似。

"百里大人，谢谢你带我在星际之间游走，若不是你，我真的不敢想象这辈子竟然会有这样的奇闻……"

他低下头，轻轻覆盖了她的嘴唇。

她所有的微笑和话语全部被封住了，她整个人已经随他倒在了洁白柔软的沙地上。几乎没有任何多余的过度，他径直跟她合二为一。那一刻，她忽然觉得很安全、很放松、很释然——仿佛，人生真谛本该如此。她轻轻搂着他，默默承受，却绝非被动。就像过去无数次一样，她从中体会到极大的欢乐，那是一种明确地知道自己被人所爱惜的欢乐，还有安全。

安全感，是宇宙生命追求的终极感觉，纵然是神也概莫能外。

良久，所有的激情慢慢退去，二人一起躺在柔软的沙地上。

她轻轻枕在他的臂弯上，清晰地感受到他的心跳和呼吸。他的大手也轻轻抚摸她柔软而湿漉漉的黑发，听得她的心跳和自己的呼吸频率完全一致。他也非常放松，极其愉悦之后的彻底放松。不只是身体上的放松，还有心态。在弱水七十万年也不曾平息的种种激愤，却在她的温柔乡里纷纷被抚平了。从认识她起，他才真正慢慢变成了一个平和之人。

他喜欢她，并不仅仅因为她那样的美。美貌，他自己具有，并不稀罕。

他喜欢她，便是因为这样的余勇、鲜活，时而柔情似水，时而鲜衣怒马。她是他所见过最勇敢的女性，甚至不逊色于任何男人。

越战越勇，越挫越勇，永不服输。她是他少年时代的翻版，只不过，他的少年时代余勇有余而冷静不足。而她，完全避开了这个缺点，懂得在何时收敛自己。

人，本质上只会喜欢自己的同类，美貌只是敲门砖，但很快就会厌倦，志趣相投方能相伴一生。

他很庆幸自己终于找到了这么一个人，这个人，从出生，到成长，仿佛就是为了等自己从弱水出来。

无论是之前的百里行暮还是现在的自己——有一种缘分，连天意都无法将自己与初蕾阻隔。

试想想，若非自己七十万年之前的意识被青元夫人利用，让百里行暮提前和她相遇，如何能有重逢的机会？

青元夫人为了阻止其脑电波的散逸和被自己吸收，甚至控制了自己很长时间的脑电波，直到后来无法控制，自己才集齐了所有的脑电波。也就是那个时候，他其实已经隐隐知道此事和青元夫人有关了。也就是从那时候起，他已经知道，这是青元夫人第二次在自己面前耍花招。虽然他不知道她的目的何在，可是，这世界上，没有任何人愿意自己的脑电波被人偷窃，随时可以被人利用。

初蕾很长时间一直在沉默，默默地体会被人拥抱的熟悉的感觉，千真万确，那是百里行暮的拥抱。

他的呼吸、他的气息、他的力道、甚至他不经意的各种小举动，统统和百里行暮一模一样——后来很久她才明白：百里行暮，其实并不是百里行暮——他是七十万年之前的白衣天尊！百里行暮是一个人的某个时间段而已。

而眼前的这个人，才是从始至终完整的。

他只是截取了某个片段，无意中和自己相逢。一经相逢，便注定了永远的重逢。

她慢慢地，释然了。她凝视自己的蓝色扳指，扳指早已恢复了璀璨无比的蓝色光芒。

"百里大人……"她顿了顿，才继续道，"当戒指熄灭的那一刻，我真的很害怕，我以为你遭遇了不测……"只要想到那个场景，就不寒而栗。

他的声音温柔得出奇，"小家伙，我不是说了我已经不死不灭了吗？"

"可是，蓝色火焰忽然熄灭，我就怕了……"

"我被那三个老头关在飓风天罡阵里，也着实吃了一番苦头，更重要的是，他们的元气太过深厚，居然连焰火都无法穿透……"

是三个老头的元气彻底屏蔽了焰火，其实焰火从未熄灭。不过，这也很是耸人听闻了，不但是外界都认为白衣天尊死了，就连枭风初蕾一感觉到蓝色焰火的消失，也以为他一定遭遇了不测。

蓝色焰火，本质上是他的生命之火。如果一个人的生命之火熄灭了，那么他的本体怎么能够存在？

幸好，只是虚惊一场。

她咯咯笑起来："若不是你迷惑了他们，我根本不会那么容易得手。尤其是青元夫人，哈哈，她估计做梦也想不到，我会忽然借助你的元气大爆发，她以为我不行了，就算没死也绝对没有反抗之力了，正因如此，我才能一举偷袭得手……"

那三拳，根本不是她的拳头，而是借助了他的元气。这才有她后来的忽然爆发，威震所有半神人甚至天穆之野。想想看，被所有半神人和玉女们围攻却克敌制胜的场景。

她忽然悠然神往："呵，要是我真的有这般厉害就好了。只可惜，还是狐假虎威啊，离开了你的元气，我其实什么都不算……论真功夫，我在青元夫人手下过不了第三招……"

青元夫人之前已经让了她三招，而青元夫人还手时，第三招就差点削断了她的双腿。若非青元夫人刻意卖弄，或者他的元气稍微再迟一点点，她就必死无疑了。

就连白衣天尊也不得不承认，青元夫人的确是太刻意卖弄她优美的姿势了，就算搏斗也要流云水袖、桃花缤纷。可问题是，高手过招，根本来不得半点的虚假，更何况她遇到的是凫风初蕾这样身经百战之人。相比大联盟近七十万年的彻底和平，诸神的战斗经验都远远不如凫风初蕾，更何况养尊处优的青元夫人。青元夫人的失利，皆因如此。

"百里大人，谢谢你，谢谢你一直和我共享元气。否则，我真的不知要被青元夫人折磨成什么样子……"

他轻轻握住她的手："初蕾，你以为自己爆发时的元气全部来自于我？"

"不是吗？现在我才知道，就算是三个老头屏蔽了蓝色焰火，但也只是造成了指示灯的熄灭，而自始至终都没有能够关闭你和我的元气共享的开关，否则，我岂能死里逃生？"

"你错了！"

"哦？"

"指示灯的确是被屏蔽了，而元气共享一直没有关闭。也就是说，无论那灯光是否亮着，你都可以使用。可是，当我深陷飓风天罡阵的时候，有一段时间，元气被彻底困住，别说能共享给你了，我本人都无法行动、无法使用元气，差一点就被天罡阵真的吞噬了……"

飓风天罡阵足以封锁半神人的全部元气，而半神人一旦失去了元气，身体的密度立即就会发生改变，轻则当即死亡，重则灰飞烟灭，也就是被化解为尘埃。

西王母的阵法，自然不会浪得虚名。

她呆了一下，缓缓道："这元气不能使用是什么时候？"

"正是你反击青元夫人的时候！"

他微微一笑："初蕾，你可知道你反击青元夫人，用的完全是你自己的元气？虽然你只是出其不意，占了一个先机，再继续下去，你可能会坚持不住从而露馅，可是，你千真万确是利用自己的元气喝退青元夫人……"

"你说我后来打她的三拳都是我的真实本领？"

"如假包换。当然，因为你当时诈死，她可能没料到你改变了打法，所以一时防备不及。不过，你连续三拳，拳拳到肉，别说青元夫人，连我都很意外。这三拳，真不是乱打，而是绝对的实用，一般人是没有这种反应的……"

她不敢相信。这怎么可能？自己怎能独自对阵青元夫人并且反击？难道不一直是有他的元气在支撑吗？再者，自己后来越战越勇时，分明感觉到开启了他的能量之源，否则，哪里来的源源不绝的元气做支撑？

"你绝地反击青元夫人时，的确完全是凭借自己的力道。只不过后来混战时，我的元气才开启了，直到这时候，你才真正借助了我的一些元气……"

她喃喃道："我还以为是你的元气恢复了，我才能从地上爬起来……"

"那个关键时刻，你使用的是自己的元气！你在绝境之中激活了自己体内潜伏的所有元气储存！"

当年百里行暮给她的七十万年元气，她短时间内是无法融会贯通的，再加上后来他又给了她好几次元气，以及各种灵药的滋补，一时间要全部贯通是不可能的。

可是，每一次激活，便会有本质的飞跃。

"简直无法想象啊！"她脸上写满了"我原本以为这一辈子也无法和青元夫人单打独斗，结果居然还能和她对抗一番，这真的是事实吗"的表情。

"初蕾！你不必妄自菲薄，你早已和昔日不同了。你自身的元气已经有了质的飞跃，单论元气，你也许还比不上青元夫人，可是，差距没有你想象的那么大了，再加上实战经验，你就远远胜过她了。你之所以觉得她那么厉害，一来是因为你心理上对她一直有畏惧之情，总觉得她是半神人是不可战胜的，尤其是身在天穆之野，在她的地盘上，这种心理劣势就更加强化；二来是因为你先和姒启等半神人大战了很久，极大地消耗了自身的元气，否则，真要一对一单挑，纵不能战胜青元夫人，可是，她要轻易杀你，也是不太可能的。这么说吧，青元夫人自身的战斗力在大联盟其实排不上号，因为她并非凭借战斗力掌权，她手下有许多高手，她无须具有那么强大的战斗力。再者，她的特长在医学和病毒学，真正修炼元气的时间并不多，可能也觉得没有什么修炼的必要吧……"

青元夫人不只是医学方面的高手，准确地说，她是病毒方面的绝顶高手。

可是，青元夫人并非武力值上的绝顶高手。在整个大联盟中，她的战斗力连前一百都排不上。换而言之，青元夫人厉害的不是她本人，而是她背后的天穆之野，以及她举世无双的病毒本领。否则，她还真算不得什么。

初蕾呆呆地看着自己的手，又看看白衣天尊，还是茫然不解。就算青元夫人的战斗力在大联盟排不上号，可是，自己只是个普通的地球人而已！当年有熊山林一战，自己九死一生，几乎彻底成了一个废人。要知道，就算在万神大会之后，自己也不是任何半神人的对手。就算上次在九黎再战，要不是白衣天尊出场，自己也会遭遇不测。可以说，在青元夫人面前，她每次都会吃大亏，所以，早就怯了。就算次次和她搏杀到底，无非是凭借一股余勇、锐气和不甘而已。根本不敢想象有朝一日可以和她实打实地较量，甚至彻底将她击溃！没想到，这一次，居然真的可以和她一较高下了？

可是，她还是茫然不解。"那些灵药真有那么大的功效吗？我没觉得西帝赠送的灵药有那么强大呀……"

"并非因为灵药。灵药只是速成，对元气的提升怎么都是有限的，而且效果只有一次，后期并不会自动增加了……比如，你刚刚服用灵药之后，对阵那些半神人是不是觉得爆发力很强？可是，这些爆发力一旦消失，便无从补充，也就是所谓的衰竭了……"

果真如此。最初她觉得自己本领骤然增长，但随着元气的损耗，就根本无法弥补了。再者，百里行暮当年的七十万年元气，其实是不周山之战后他最衰弱的一段时间，加上被关在金棺里烧毁了心脏，那元气也不算多么强大，充其量和B大神之流差不多而已，比起青元夫人还是大大不如。

"莫非是你后来几次替我疗伤疗毒，赠予我太多元气？"

他还是摇头："这些元气在疗伤和疗毒的过程中已经损耗殆尽，根本进不了你的体内，最多是小小的增加，不可能大规模爆发。可是，初蕾，你的元气的确是超级爆发了……"

他悠悠然地说："你现在的元气，纵然赶不上青元夫人，可过不了多久，就足以和她并肩了，加上你的实战经验，你绝对不会输给她了……"

她有些糊涂了："既然不是西帝的灵药，又不是你的元气输入，那这是为什么？总不能我自己的元气短时间内就自行暴涨了吧？"

"就是你的元气自行暴涨了！"

她傻了，好一会儿才问："为什么？"

他将她抱住，悠悠地说："那是因为……爱！"

"爱？"

"是的。因为爱。你是高阳帝后裔，本质上也是半神人。如果是两个干干净净的半神人相结合，那么，彼此的元气都会爆发式的增长。每一次欢爱，元气就会增长一分，如此，循环往复……"

他的目光更加温柔了："初蕾，你可能不太清楚！在以前漫长的岁月里，我从未婚配也从未有任何伴侣，直到遇见你……"

当然，她也从未有任何实质上的伴侣，直到遇到他。除了他之外，她连任何男子的手都没有牵过。就算爱上以前的复制人百里行暮，可彼时百里行暮心脏已经衰竭，早已没有能力行男女之事。直到死，百里行暮和她都没有夫妻之实。百里行暮之外，她当然更不会爱上任何别的男人，连暧昧都没有。他当然也很清楚这一点，所以才无限唏嘘。正是这彼此玉洁冰清的结合，才有了彼此元气的爆发式增长。

以她这绝世的容颜和绝世的才貌，身边追求者毫不夸张地说多如过江之鲫，无论走到哪里都有无数惊艳的目光追随，甚至她毁容之后，还有杜宇这样的忠诚少年不离不弃。可是，她依旧等着他，一直等着他。伤心的时候等着，愤怒的时候等着，绝望的时候等着。就算他已经不认识她了，她还是一直等着；就算她身受重伤绝境无路了，还是一直等着；就算他已经辜负了她快要迎娶别的女人了，她还是一直等着。

直到等不了了，和杜宇成亲，不过，那都是有名无实——她那时压根儿没有成亲的能力，只能迎接死亡的到来了。

他想，自己可真是对不起她。

可是，初蕾不知道他的心思。

初蕾有点蒙了。在她的意识里，从未有过什么刻意追求贞洁的想法——无论是她自己还是整个鱼凫国，都没有这样的想法。相反，她认为提倡妇女守贞简直是一种惨无人道的压迫。就算她一直等待百里行暮，也不是为了守贞，只是因为自他之后，再也遇不到那样的人、那样的爱罢了。

就算如启多次说爱，她也相信如启是真心诚意。可是，这爱，比起百里行暮，实在是太单薄了。比起自己在百里行暮的世界里体会过的肆无忌惮、娇嗔放纵，那真的是太不值一提了。我不但可以把一条命给你，我还可以把整个世界都献给娇弱的你——除了百里行暮，这天下再也没有任何人能做到!

可是，原来忠贞不贰，竟然会有这样的好处!

她傻傻地看着他，那是一张和百里行暮一模一样的面孔——那是某一段时间的百里行暮。直到现在她才明白，自己为何会爱他。除了他本身收回了百里行暮的全部脑电波——更在于他这个人。

自己一遇上他，纵然他根本不认识自己，可一直容忍：容忍自己各种的娇嗔、放纵，无论是有理还是无理；无论自己给他惹了麻烦还是闯下祸端，他统统毫不介意……

从九黎广场的冥想室到金沙王城的三十里芙蓉花道；从万神大会到忘川之地……她有意无意，一直在肆无忌惮享受他带来的任何好处，却从未有任何的心理压力。

她可以肆无忌惮地指使他烤羊烤鱼，指使他变幻色彩，站在他的掌心里欢笑哭泣。自第一面起，自他还未收到百里行暮的脑电波起，他便开始包容她，甚至是纵容她。这是因为，他本身就是百里行暮!

自他出现在她眼前的第一刻起，他的做法便和百里行暮一模一样。就连拥抱的姿势和力度，就连他呼吸之间的气息，都一模一样。

爱，就是这么延续下去的。

他轻轻地抓住了发呆的她。

她立即和他十指交扣。

这，也是周山之巅第一面便养成的习惯。

他微微一笑："半神人之间的结合其实也不少，但是，绝大多数的半神人在婚配之前已经跑到地球上偷尝禁果，所以，就算婚配之后也不可能有任何元气上的增长。相反，他们的伴侣越多，元气就越是杂乱，本领反而会大大倒退。不过，因为他们养尊处优的日子过得太久了，也遇不上什么大的敌手或者战乱，所以，他们根本不在意元气的倒退或者别的，只一味沉浸于男女之乐……

甚至在婚配最初彼此忠贞的二人，若是婚后一方变心出轨，背地里另有伴侣，那么，这种元气爆发式的增长也会停滞，新的伴侣越多，停滞就会变成元气反向增长……"

并不是说你成婚时干干净净，婚后就可以肆意出轨了，只要出轨，元气赐予你的好处立即就会停滞甚至被回收。许多德高望重的半神人，也正因此被打回原形，从而从第一流的高手沦为二流甚至三流。西帝，便是最典型的例子。

西帝的少年时代，骁勇无比，战胜了无数的一流高手，其武力值几乎一度可以排到全宇宙前十名。否则，他也登不上中央天帝的宝座了。

外人只以为他做了这么多年中央天帝，又有了如此漫长的寿数，便以为他的元气一定更胜以往，强到了不可思议的地步。可是，事实上，他因为太过于贪欢，伴侣太多太杂，他的元气比起刚刚登基之时已经大大不如了。只因他身为至尊，平素又不用动手，所以大家都不会发现而已。

白衣天尊当初在九重星和他第一个照面便明白了，西帝自己当然也心知肚明，不然，岂容得他带着鬼风初蕾在总部乱走乱逛还拿出美酒招待？宇宙法则都一样——对强者适当妥协，中央天帝也不能例外。彼时，西帝是迫不得已才妥协的，不然后面也不会恼羞成怒，派了银河舰队势必杀之了。

"其实，对于彼此忠贞的奖励，其本质并不在于强迫你守贞，而是在于保持一种平衡……"

宇宙生命大体一致，为了保持某种程度上的平衡，在资源的占有上，讲究一种节制。无论是财富名利还是两性关系，都不能无穷无尽地占有！

如果一个男人占据了太多的异性资源，那就会损害别的男人的资源；同样，一个女人要是占据了太多的男人，那别的女子也同样会沦入独身。满则损，就是这个意思。无论是人还是动物都不能有太多的伴侣，否则，便会感染病毒或者使元气退化，大神们自然也不能例外。各种泛滥的性关系带来的传染性病毒，早就证明了这一点。守贞，其实是为了保持物种的纯洁性和健康性。

"我俩结合之后，你的元气便开始暴涨，只是你一直不曾察觉而已。而且，你最初的元气太弱，无法触发这种凝聚的元气，暂时不会有太大的用处。到后来，每欢爱一次，你就会更加强大一点，所以，早前才能在九黎逃过青元夫人的追杀，现在在天穆之野，也能和她互相抗衡了……"

这便是为何每每到了绝境之时，鬼风初蕾就能激发出超级爆发力的根本原因。如果光靠别人输入式的元气，那根本是无济于事的，最多只能对付一般地球人，对于半神人悬殊就太大了。

"假以时日，初蕾，你的本领将无可限量！"

她呆呆地看着他，又红了脸。

他轻轻抚了抚她桃花一般鲜艳的笑脸，笑起来："当然，我也如此！我也从你那里得到了好处。纵然我从弱水飞渡不死不灭，可是，如果没有这段时间的元气倍增，那么，我这次至少要被困在飓风天罡阵里半个月以上才能脱身，可现在，我只需要半个时辰便脱身了，甚至以后，他们压根儿就困不住我了……"

这好处，是双向的。相爱的两个人，总是互相弥补、互相进步，而不是互相拖累、互相拆台，他也从这段婚姻中得到了远远超出自己预期的好处。

"初蕾，你记住，并非是你一直在白白享受我的好处，你对我也大有裨益。我们彼此之间，都早已离不开对方了。"

她忽然醉了，心醉，一种自我价值提升的认同感和成就感油然而生。

就算最初是得了他的帮助，可后来，自己也能反过来帮助他了，多好！再者，也不是一直靠着一个男人，总还有一些自己成长的空间，多好！

他轻轻摸着她的面颊，声音温柔得出奇："所以，初蕾，我们一定要多多相爱……"

她心里潮湿，好几次想要说一声：谢谢你，百里大人。可是，她知道，不用。

因为我那么爱你，所以，这一切，都是应该的。也因为你那么爱我，所以，这一切，也是应该的。她和他，是同一人，所以，不用彼此道谢。

第十章　透骨镜

九黎的一天，是从早市开始的。

准确地说，是从整整三条长街的早点市场开始的。

街上人潮涌动，川流不息，几乎每一个摊点前面都坐满了吃早点的人们。小贩的吆喝更是此起彼伏。

"担担面、牛肉面、排骨面、炸酱面……"

"新鲜的馒头包子刚刚出炉，五文一个，只要五文一个……"

"蒸饺、锅贴、抄手、饺子……味道一流，吃一口保证上瘾……"

各种香味在空气中弥散开去，整条街都变得香气扑鼻。

早起的人那么多，每个人都生气勃勃。

走了几条街，没看到任何打架斗殴，也没看到任何游荡懒汉醉汉，所有人都精神抖擞。有小孩利落地打闹嬉戏，当然，也有恬淡的长者坐在椅子上，端一碗粗茶，享受着朝阳的沐浴。

九黎的天气一直很好，一直停留在晚秋的时刻，瓜果飘香，漫山红叶，而路旁的松柏都苍翠欲滴。那是一年中最好的季节，那是造物主最大的恩赐。

小狼王很满意地一路走一路微笑，他须臾不离身的狼牙棒已经不见了踪影。

他抬头挺胸，看看大好河山，但觉自己隐隐有了几分归属感，此后，自己竟然真的会成为这江山的主人。他很兴奋。

事实上，自从被宣布为储君的那一刻起，他一直都很兴奋。

从那以后，他爆发出了前所未有的精神劲儿，每天看各种奏章，处理各种事情，解决各种纠纷……简直永远也不知疲倦似的。他想，自己到现在才知道一个国王该是什么样子了。相比之下，当年身为白狼国的小王根本就是儿戏一般。小国寡民，居无定所，连王宫都是帐篷，随时可以拔营而去，每天所思所想压根儿不是什么发展壮大，也不是什么繁荣富强，而是吃饱喝足后如何继续去边境抢劫掠夺，如何获得下一次的大鱼大肉。他想，这种游牧民族的小国小部族首领，哪里是什么国王啊，简直就是一群人多势众的悍匪而已。他们也许战斗力超强，可是，对于治国之道，简直就是白痴和门外汉。

而现在，他分明觉得自己像一个真正的王了。必须关心官员们敬业与否，考察各地的民生情况，救济困境，赈灾洪涝或者旱灾，关心教育，关心整个炎黄帝国民众的精神状态……

他最初以为很容易，结果，发现问题很多，很多很多。刚解决一个，又来一个，简直目不暇接。然后，大臣们的问题也很多很多，他有时候通宵达旦也忙不过来。可是，他并不因此气恼，反而觉得自己这时候才真正有个样儿了——想想看，万王之王！多么了不起！

甚至因为这样，再也不需要考虑自己个人的利益了。天下都是你的，你难道还好意思贪污受贿不成？他甚至慢慢地发现了一个真理：无论你有多少黄金，你一顿只能吃一碗饭；无论你有多少豪宅，你一晚只能睡一张床，太过多余的财富，除了是账面上的数字，对于一个人并未有别的本质上的好处。更可悲的是，这些多余的财富，迟早有一天会变成别人的！会灰飞烟灭！

无数的历史，早已证明了这一点。这世界上，没有一个王朝，没有一个家族，是真的可以永垂不朽的。

小狼王在担任无冕之王时，彻底想通了这一点。这一点通了，一切就通了。他忽然觉得以前孜孜以求谋求黄金的岁月，真是太可笑了。自己就算拥有了全天下的黄金，那又能如何呢？一个人用得完吗？

此后，他几乎把自己半生的金矿积蓄全部拿出来了。让别人帮着你花掉你多余的财富，这本质上是一种快乐。小狼王看到这些巨额财富在各个场合发挥出合理的用途时，其欢乐的心情，难以言喻。

不过，他很快又发现了一个新的问题：曾经富可敌国的财富，在真正需要花销的时候，竟然杯水车薪、捉襟见肘。他很快意识到，个人的奉献绝对不能解决本质原因。

若要整个炎黄帝国达到理想中的状态，那必须是全体民众的努力才行。可是，要如何才能让全体民众一起努力呢？

他开始观察，他发现这世界上起码一大半的民众还是挺勤奋的，在消除了沉重的赋税之后，他们对土地爆发出了一股前所未有的热情，毕竟所做归所得。

那一年的秋收，十分惊人。仅仅一年时间，绝大多数的地方竟然彻底解决了温饱问题。只有少数地方需要救济，可那已经容易多了。

当他从各地汇总来的奏章上看到这一点时，他很震惊。他这时候才明白：要改变一群人的习惯非常难，可又非常简单——有时候，往往只需要一个政策和制度的改变即可。

小狼王走了好几条街之后，在一个牛肉面摊前停下。在他对面，是杜宇。杜宇也一样，空着双手，连佩剑都没带。

两个人着便衣走在九黎街头，没有引起任何人的注意，当然也没有人认出他们原本的身份。

身为整个炎黄帝国的商队首领以及鱼凫国的国王，杜宇相比小狼王就低调多了。他并不参与政事，也不插手小狼王的任何决策，只一心关注整个商队的发展。在他的带领下，利用炎黄帝国统一的便利，大大简化了各地的关口和税收，将商队分成五大种类，很快就遍布了世界各地。

最先见效的是九黎，因为税收的统一和优惠，也因为政局的稳定，九黎已经成了当今世界上最安全、最稳定、最富裕，也最令人向往的超级大城市。人人都以生活在九黎为荣，人人都渴望定居在九黎。彼时，民间有一句话：条条大路通九黎。短短时间内，几乎周边的一切商品都汇聚到了九黎，移民更是暴增。

为此，在杜宇的建议之下，小狼王下令修建了许多房子，但是并不出售，都用于租给有资格的商旅及其家属，以及新移民。

九黎，迎来了空前的繁荣和发展。

小狼王都不得不承认，杜宇这厮除了会打仗，对于经商一道，完全是个天才，一个无与伦比的天才。也因此，他和杜宇竟然前所未有的默契，纵然谈不上成为朋友，至少已经是一对相得益彰的合作伙伴。他甚至暗暗想，假如自己以后正式登基做了万王之王，也一定会继续重用杜宇。这样的人才，不用没道理啊。

两大碗牛肉面很快端上来，小狼王一口气吃得干干净净，这才低声道："以前，我真不敢相信这世界上竟然有这么丰盛的菜品，单单说这面食吧，九黎起码有上百种吃法，可在我们白狼国，一直就只有一种，那就是大面饼……"

大面饼配烤羊肉或者烤牛肉，那是白狼国的标配。此外，无非就是各种水煮羊肉、水煮牛肉，此外，就很少有其他的吃法了。而到了九黎，方知道原来饮食竟然有如此复杂的工序、如此多的品种、如此多的花样翻新。一种大米，竟然可以做出百种花样：米粥、米糕、米饼……

小狼王长叹："到九黎之后，真的为我打开了一道新世界的大门。我常常在深夜默默地问自己：如果我从未离开白狼国，那我现在会是什么模样？我想，我还是原始人的状态吧……我可能一直不知道原来天外有天，反而沾沾自喜，坐井观天，以为白狼国便是天下的标准了……"

到阳城时，以为阳城已经天下第一流；到九黎才知道九黎方是世界乐土。而九黎之外，还有无数的星球，有天外天，有大联盟，有各种远远超越地球的琼楼玉宇……

就在这时，杜宇忽然抬起头来。他碗里的面条还剩下一小半，他和小狼王不同，他的吃相非常文雅，哪怕只是一碗简单的面条，他也一丝不苟，就像在吃什么大餐。

小狼王不以为然："你怎么像个娘儿们似的？慢条斯理。就不能吃快一点吗？难道吃多了一点会胖死你吗？"

话音未落，杜宇已经站了起来。

"喂，你怎么了？不会是因为我说了两句你就气得吃不下去吧？"

杜宇转身就走。

小狼王急了，三两步追上去："怎么了？"

"少主回来了。"

"咦，少主？你说凫风初蕾……哦，是万王之王回来了？你怎么知道？在哪里？她可是一走就是大半年，难道不怕我们篡位吗……"

杜宇没有搭理他。

远远地，二人就听得委蛇的哈哈大笑："……少主，你可真是了不起，居然能够在星际之间自由行走了，我也好想去看看，只可惜，我还不具备这样的能力啊……"

初蕾和委蛇须臾不离，也正因为它不具备星际行走的能力，所以这一次才没有和初蕾同行。

"以后，我慢慢教你，你一定能学会的。"

委蛇又惊又喜："真的吗？那可真是太好了，我一定要跟随少主到处走走看看。地球我可以说已经走遍了，但其他星球还真的从未踏足，真是太渴望了……"

"其实，星际之间自由行走，并不完全依靠能力……"

"那是什么？"

"需要学会空间位移……"

"什么是空间位移？"

"就是你设定要到的地方，然后启动某个程序，很短时间内，你便可以直接到达那个地方……"

"天啦，这是什么意思？"

"委蛇你知道光速吧？光速是很了不起的，可是，宇宙实在是太大太大了，光靠光速根本无法畅行无阻，所以，这时候就需要空间位移。只有具有空间位移的能力，才能顷刻之间往返自如。比如，我这段时间在星际之间行走，如果凭借光速，那肯定不知多少年才能重返地球，可能等我回来，你们都已经不存在了……但是，正因为用到了空间位移，我往返不过一天半日，就容易多了……"

委蛇简直四目放光："天啦！这可真是太好太好了！少主，我也好想学会空间位移啊……"就连大熊猫也双目发光，仿佛对委蛇的话很是认可。

"别急，别急，我会慢慢教你们的。"

"等我们学会了，大家都可以在星际自由行走吗？"

"没错。"

……

"天啦，不是吧？你们居然全部要到外星球去？那九黎怎么办？"众人都看向蹿进来的小狼王，只见他满脸气急败坏，也顾不得行礼就嚷嚷起来了，"大王，你终于回来了，你一走就是大半年啊，难道不怕被我篡位吗？"

初蕾笑起来。

小狼王双目灼灼："你该不会真的像委蛇说的那样，又来个什么空间位移，又走了吧？"

"暂时不走。"

"暂时是多久？"

"看情况吧。"

小狼王嚷嚷："你不在九黎，我们可是群龙无首啊。大王，你这段时间是去外星球了吗？外星球有什么好玩的？真是的，还是留在这里做万王之王好了……"

"哪里是群龙无首？你不是做得挺好的吗？"

小狼王摸摸头，居然有点羞涩："我现在才发现，大国之君真的非同小可，要做好，可真是太不容易了。我现在还是门外汉，才刚刚开始摸索……"

"摸索出门道了吗？"

"一点点而已。"

"这不就好了吗？万事开头难，只要有了门道，剩下的便容易了。"

"多谢大王这么安慰和鼓励我啊！"

初蕾笑起来，然后看向一直沉默不言的杜宇。

杜宇行大礼："见过少主……"

"切勿多礼！"她微微一笑，一挥手，杜宇已经站了起来。

"这段时间我不在九黎，你俩都辛苦了。"

小狼王忽然醒悟过来，大叫："凫风初蕾，你的病毒没事吧？"

她摇摇头。

小狼王大喜过望："已经痊愈了？"

"差不多吧。"

杜宇也搓着手，满脸喜色。

初蕾听取了二人的简单禀报，非常满意。她叹道："我刚离开的时候，还有点担心你俩忙不过来，没想到，居然把九黎治理得如此井井有条，远远超过我的预期，纵然我也不过如此了……"

"多谢大王夸奖。"

小狼王笑嘻嘻地说："不过，我们是报喜不报忧，有很多困难我们还没提出来，到时候，大王你也许要头疼不已了……"

她微微一笑，站起来，随手拿起旁边厚厚的一摞奏折："你说的是这些吗？"

小狼王吓一跳："大王你早就回来了吗？居然已经看完了这些奏折？"

她点点头："我看完了才找你们的。对了，你们都辛苦了，我先把送你们的礼物拿出来再说……"她摊开手，手里已经多了四个小小的瓶子，每个瓶子里都有一颗晶莹剔透的小圆球，红红绿绿的，煞是可爱。她一挥手，每个人的手里都多了一个圆球。

大熊猫最是急不可耐，揭开盖子，抓住小圆球在鼻端一嗅，立即就把圆球放到嘴里，三两下就吞了下去。

小狼王奇道："这是什么仙丹妙药吗？"

她微笑道:"你试试不就知道了?"

小狼王学着大熊猫的样子,三下五除二拿出药丸,吃进去。刚一入喉,便觉一股奇异的芬芳甘甜,再到吞下之后,最初也不觉得有什么,可随即一股暖流便在周身游走,他本能地随手一挥,竟然跃起来一丈多高。他吓了一跳,又跳了一下,这一次,居然跳起来两三丈高。

幸亏冥想室的屋顶很高,他跳了两三丈也不碍事。

可是,他落地之后,却大惊失色道:"天啦,这是什么玩意儿?为何我忽然觉得自己身轻如燕?不对,简直是有飞檐走壁的本领了……简直就像可以飞起来似的……"

初蕾微微一笑:"飞起来还不行,但能增加元气,也能跳跃高达三五丈,至少在面对地球人的时候,你们已经很少会有敌手,而且足以延年益寿……"

小狼王大喜过望:"是不是吃了这个,我们就可以长生不老了?"

"长生不老倒不至于,可是活个一百五六十岁是没有任何问题的。当然,它更大的用途并不在于延年益寿,而是能解百毒,至少可以解决地球上能侵蚀你们的绝大部分病毒……也就是说,在你们的有生之年,可以不用承受病痛的困扰。当然,我能为你们做的也只有这一点点了。"

"天啦!天啦!这可不就是仙丹妙药吗?真是好极了!谢谢大王,哈哈,谢谢大王……对了,这么好的东西,大王你是从哪里找来的?"

"我在T54小行星带边境买的。"

"T54?那是什么玩意儿?"

"一个专门供星际逃窜犯落脚的地方。"

小狼王:"……"

委蛇也笑眯眯地服下了灵药,它虽然不用延年益寿,但是能大大增强元气也是很不错的。

唯有杜宇,默然拿着小瓶子,连盖子都不曾揭开。

小狼王奇道:"杜宇,你为何不吃?"

他一笑:"我以后再吃吧。"

"切,现在吃不好吗?早吃早增加元气,而且今后也不怕遭遇病毒什么的了,以后再吃有什么用?"

杜宇还是默默将小瓶子揣在怀里。

"切,你这家伙真是个怪人,你留着干什么?"

委蛇不以为然:"人家想什么时候吃就什么时候吃,为何非要现在吃不可?难道回去再吃不行吗?或者明天再吃不行吗?"

小狼王摸了摸头:"这倒是,随你什么时候吃,反正我是早就吃了,哈哈,早吃早获利吗。"

鬼风初蕾也看着杜宇，只见他很快揣好了小瓶子，若无其事地抬起头，完全没有任何的异常。

她和颜悦色道："杜宇，你在短短的时间内把整个帝国的商业系统彻底完善，真是居功至伟……"

杜宇垂首："少主过奖了。"

君臣三人就近期的各种杂事交换了一下意见，末了，小狼王道："大王，我还有一事禀报……"他的神色很慎重，自从见到万王之王起，他一直笑嘻嘻的，现在，却苦着脸说，"这可是一件难事……"

"你且说来听听。"

他清了清嗓子："是这样的，我在各种赈灾救济中发现一个问题，那就是我炎黄帝国人口众多，穷人的数量比我们想象中要多得多，更主要的是，一些不那么贫穷之人也会因为种种原因，比如疾病、灾荒等陷入贫困。而且，也有一些人浑水摸鱼，所以，救济起来难度很大。另外，国库也支撑不了这么庞大的费用。当然，经济上的原因是一方面，人手也很短缺，比如扶危救困，没有专门的队伍，全靠朝政救济。现在倒还好，因为没有战事，军队的作用不那么大，所以往往调派军队。可是，一来军队数量有限，二来需要救济的地方遍布各大诸侯国，距离如此遥远，若是指派军队，那不要说救济了，军队自己的口粮费用都是一笔庞大的数字。如果先供给了军队，等军队到达，粮草都快耗尽了，基本上就失去救济的意义了……"

小狼王说得很多也很仔细，很显然，他已经反复考虑过这个问题了。

按理说，现在地球一统，无须维持庞大的军队，单单是军队节省下来的庞大开支，已经足以解决地球上绝大多数人的温饱了。

可是，有一个很现实的问题：那就是相对于地球人来说，地球实在是太大了。从九黎到世界各地，单靠人力、牛马等驮运工具，简直是沉重繁杂而不可想象的。举个简单的例子，南方受灾，九黎的救济可能三五天就到了；可要是极南之地受灾，那从九黎到达目的地，别说三五天，三五个月甚至三五年也到不了。在缺少先进交通工具的情况下，如果不能实现就近援助，那么救灾往往会沦为一句空话，根本无法达到资源的合理配置。

"今年秋收，收获的麦子、谷子堆积如山，九黎真是吃不完用不尽。如果能把这些粮食调运到其他歉收的地方，那就再好不过了。可是，目前我们只能靠着商队的力量。但是，商队的本质在于盈利，他们带这么一批粮食走那么远的地方，压根儿就不能获利，甚至是赔本。再者，粮食稍微储存不好，或者遭遇暴雨之类的天气，不到目的地就坏了烂了，毫无价值，光靠商队是完全行不通的……"

鬼风初蕾听得也很仔细，直到小狼王讲完，她才站起来，走了几步。救济光靠九黎，当然是不行的。

"我倒是认为，可以让那些常年饱受旱灾、水灾，环境恶劣，穷山恶水的百姓移民……"

"移民？"

她点点头："地球很大，虽然宜居的地方不太多，可是，目前全世界的地球人加起来也不足一亿人！要满足这些人的生活，光选择环境好、物资丰富的区域，是绰绰有余的。"

"可是，故土难离，许多人都不愿意移民！而且移民可是一笔庞大的开支。"

"哪里的生活好，哪里就是故土！再说，之前之所以没有大规模的移民，是因为没有人大规模地组织。我们其实可以设法将救济倾向于对于移民的引导，我想，没有人会永远拒绝从恶劣之地搬迁到四季如春的地方吧？"

委蛇笑道："当年大夏连年干旱，民不聊生，大夏边境无数人跑到鱼凫国来，别说主动去动员他们移民了，连阻止都阻止不了……真要逼到绝境了，移民是求之不得的选择，尤其是从贫困地区转移到富裕的地区……"

初蕾点头："没错。百姓之所以不愿意移民，一来是因为惰性，只要有一口饭就坚决不走，这就是所谓的故土难离；二来是他们对长途迁徙很担忧恐惧，不知道未来是什么，也没有任何的保障，自然不敢擅自出走。可是，如果政府下令，给予保障，比如物资方面的支持，比如移民所到之处，安置房屋，而且，所去地方的条件远远超越家乡，那么，我想他们是愿意的……"

委蛇又笑道："九黎不就是这样吗？当年我来九黎，才不过几十万人而已，可这几年下来，你们都看到了，现在恐怕整个九黎已经几千万人口了吧？大不了我们再延伸九黎的范围，将九黎再往外扩展几千公里！几千公里不够，那么几万公里行不行？几万公里不行，那么几十万公里行不行？再者，除了九黎之外，这世界上还有许多富庶的地方，那些地方气候宜人、物产丰富，百姓的生活水平本来就相当不错，他们当然不愿意移民！也就是说，九黎只敞开接收少部分生活和居住环境太恶劣的百姓移民，如此，问题不就解决了吗？我就不信，他们听到九黎免费提供住房或者足以维持生计的活儿，他们也不愿意来？"

小狼王连连点头："别说，还真有些道理。我看这事儿很是可行。"

初蕾道："说起来容易，但做起来难。真要执行，小狼王，你还得组织团队好好研究部署，有非常合理的前期准备和计划才行。"

"大王放心，我一定深思熟虑，绝不敢盲目而为。"

初蕾又道："此外，我还有一个想法，目前还不太成熟，也不知可不可行……"

"大王已有应对之策了？"

她点点头："我在T54游逛时，便偶尔想到了这个问题。"

小狼王大感兴趣："大王可否说来听听？"

她点点头。

"如你所言，现在的炎黄帝国十分庞大、人口众多，九黎固然鲜花若锦、烈火烹油,可九黎之外,许多地方依旧贫困偏僻,百姓饥寒交迫。纵然这两年风调雨顺,粮草丰收,而且极大减少了税收,可是,还是有不少困顿无依者,朝廷的救济当然很重要,但也不妨让民众集体自救或者就近援助……"

"自救?如何个自救法?"

"在全国建立一个时间钱庄。"

"时间钱庄?什么是时间钱庄?"

"也就是让百姓们在有精力和能力的时候付出劳动,以时间折算成金钱或者对等物,在全国通用。举例来说,张三年轻的时候,劳作之余有大把闲散的时间,于是,他便可以主动去照顾年迈的李四、生病的王五、伤残的王二麻子或者但凡需要帮助之人,比如张三每天照顾别人两个时辰,那么,他在时间钱庄就储存了两个时间币,如此累积,他可能就积累了许多时间币。某一天张三老了,或者生病了,或者出了什么意外,需要照顾了,他便可以用他在时间钱庄的时间币换取等值的照顾,钱庄会指派相应人手照顾他……"

"又比如,张三很有学问,李四的孩子正好需要教育或者其他帮助,那么,张三可以教育他的孩子,也可以换算成时间币存在时间钱庄,以后张三的孩子需要教育了,钱庄就会指派别的人免费教育他的孩子……"

"因这时间币全国通用,那么,甲地缺少某种物资,可以用时间币去就近的乙地购买,反之亦然,不设置任何门槛……"

小狼王接道:"如此一来,许多事情都可以免费互助了?"

"对!以此类推,许多事情,民众之间都可以免费互助。不但如此,还要对民众的付出有所保证。比如,张三一生积累了一千时间币,但是,他本人根本没有花费这些时间币就去世了,或者生前只花费了很少一部分,那么,他的后人便可以全部继承这些时间币,或者把时间币折算成金银等物质奖赏给他的后人,保证让所有民众都不是白白付出……"

众人听得真是稀奇极了,一个个都七嘴八舌地议论。

"这时间钱庄,我看可行啊……"

"没错,民众之间现在之所以不愿意互相帮助,很大程度上是怕好人没好报或者怕吃亏。比如,你家的老人病了瘫了,我凭什么帮你照顾呢?我又不是你的子女,关我什么事啊!可是,如果帮助别人能够换算成时间币,等以后自己有所需要了,就能保证自己也能获得别人的免费帮助,那么,我想一定会有很多人愿意的……"

"对,就算暂时不能让所有人都愿意,可是,人们都是善于跟风的,如果大家看到别人从中得到了好处,那么,久而久之,大家一定会行动起来,都会乐意的……"

"没错,没错,这样一来,大部分事情民众都能自己救济,互相帮助,就算剩下一些民众实在是无力解决的难题,那也少多了,如此,朝廷的压力也小多了……"

小狼王兴致勃勃:"大王,可真有你的,居然能想到这么好的办法。我怎么以前就想不到呢?"

她摇摇头,想起自己在T54的所见所闻:流窜犯们一无所有,穷得只剩下时间,所以,在那里,无论是吃饭喝酒或者娱乐赌博,全部是支付时间币。等到自己的时间用完了,人也就死了。当然还有他们那奇特的医疗方式:只需要一枚"透骨镜"上下扫描,一般的内伤、外伤便会立即痊愈。纵然是病入肺腑,透骨镜也能径直将病菌吸附出来,然后,不药而愈。直接吸附病菌,定点清除,完全不会让病人感觉到什么痛苦,这种医术曾经让凫风初蕾极度震撼。

T54不过是星际逃窜犯的聚居地而已,已经具有如此先进的医学,可地球人还在面临生老病死,只要一得了重病,基本上药石无灵,等死而已。地球人的地位卑贱到这等地步,也真是太可悲了。也正因此,她刚离开T54时,便在考虑这个问题了:身为九黎之王,我有义务改善整个炎黄帝国民众的生活,提高他们的生活品质,而不仅仅是提倡他们自行做精神上的提高!唯有充沛的物质才能保证充沛的道义。否则,饿着肚子哪有资格谈什么高尚情操?

轻徭薄赋,发展商业,与民分利,止息干戈,这些统统都能做到。尤其是止息干戈,如果没有战争的大量损耗,许多物质都可以直接运用到民众生活的改善上面。

除此之外,能让民众自救,就最好不过了。

时间钱庄,便是这最初的构想。用制度来保障人与人之间的相互救助。

凫风初蕾走了几步,又道:"委蛇,你把旁边的那个袋子打开吧……"

委蛇立即打开那个褐色的不起眼的袋子。里面,是一把镜子。

它奇道:"少主,这是一面镜子吗?"

"这镜子叫作透骨镜,也是我从T54买回来的。"

"透骨镜?少主好兴致,居然专门买了一面镜子回来。"

委蛇举起镜子,照了照。

"这镜子可不是用来整理衣冠和容貌的。"

"咦,那是干什么的?"

她神秘一笑:"委蛇,你明天起,就拿着这把镜子到九黎的各大药铺,找一些重病不治或者重伤不治的病人,你只需要拿着这面镜子,在他们的伤处或者他们的不适之处上下移动扫描,他们便会不药而愈……"

委蛇惊叫:"真的吗?这是什么魔镜吗?"

小狼王也惊问:"这镜子怎么这么厉害?"

"这不是魔镜,这是一种奇特的医疗器械。我亲眼所见,镜子所过之处,能自动辨识出生病的部位,医生只要对准病人的伤处或者生病之处,用镜子扫描,就会自动吸附出病人体内的病毒,病人可以不药而愈……"

"哇,怎么用?"

初蕾示范了一下："比如，病在内里或者五脏六腑，你就对准他们的背部或者前胸扫描，多扫描一会儿就成了……"

委蛇大喜过望："哈哈，这可真是好极了，有了这面透骨镜，我岂不成了神医？"

"你要小心使用这面透骨镜，而且要保护好，这镜子使用的是一种特殊的能量，如果用完了，就需要补充新的能量，否则就作废了。T54可以自行补充，但我们在地球上是补充不了的，地球上没有那种特殊的能量。"

"这镜子能使用多久？"

"据说，在T54上，这样的一面镜子可以使用一年，那么，按照两地时间差距换算，在地球上使用三十年左右应该是没什么问题的。"

委蛇哈哈大笑："三十年！这可真是太好太好了。这三十年，我便是大大的神医了，哈哈哈……"

杜宇和小狼王听得世界上竟然有如此神奇之物，简直大开眼界。

小狼王忽然道："三十年之后怎么办？"

"我现在虽然还无法独自空间位移，但是，去T54还是没什么问题的。下次若有机会，我就把这镜子带去补充值能量，或者再买几把新的回来……"

委蛇大喜过望："那可真是太好了。"

众人都很惊喜。

小狼王手舞足蹈："哈哈，这下好了，我可什么都不怕了，以后有什么病痛，叫委蛇给我扫描几下不就行了？"

初蕾也笑道："你们已经服用了那灵药，很可能几十年或者近百年的时间内都不会生病，也用不上这透骨镜了。"

"哈哈，用不上那就更好了。鬼风初蕾……不，大王，我忽然发现，自从我遇到你的那一刻起，就好运爆棚了……真的，我整个人生都变样了，现在，我忽然觉得自己好牛，简直不是一般人，而是神人一般了，哈哈哈……"

委蛇啐道："得了吧，臭小子，你的忘性真大。"

小狼王举起手："好好好，我不敢乱说了，委蛇，亲爱的老朋友，你千万千万别揭我的老底了……"

众人都笑了起来。

九黎广场最大的医馆叫作"杜仲医馆"。

名医杜仲远近闻名，真可谓九黎第一神医，但凡重症、绝症患者到了绝望之时，无不纷纷求助于杜仲医馆。如果杜仲判断没救了，那就是真的没救了，病人也就不用挣扎了。

一大早，杜仲医馆已经人山人海。

小学徒大声吆喝："大家排好队，排好队，喊到号数的就进来……大家不要喧哗，也不要插队，千万不要插队……"

他一边吆喝，一边走到中间，将一个壮健如牛的男人拉出来："不好意思，你不要插队！你插队也没用！你的号牌如果不对，你就算提前进去了，杜大夫也不会给你看的……"

男子很生气，看样子，他可能不只身高力壮，他还挺有钱。可是，他被小学徒拉住，还是敢怒不敢言。一般人在名医面前都不得不收敛一点脾气，更何况这是九黎！

九黎，随时有巡逻队出现，民众也可以举报。仗势欺人的地痞流氓，被抓住就是一顿鞭打。很多人都曾经不信邪，可事实证明，他们无一例外地受到了应有的惩罚。久而久之，大家都发现，在这里，仰仗武力解决一切是行不通的。

男子不敢冒着被鞭打的危险，你可以不怕杜医生，但是，你需要掂量一下被鞭打的风险。男子规规矩矩地退后，站在了原来的位置上。

小学徒继续吆喝："每个人都有机会的，每个人都有，大家少安勿躁……少安勿躁……"

大多数前来的病人当然都只是普通病情，伤风感冒、摔伤跌打之类的，当然，也有少数人真的病入膏肓，只有出的气没有入的气了。

一位少女搀扶着一个老妪瘫坐在椅子上，只见老妪面色青紫，整个人已经干枯了。老妪已经病了很久，四处求医问药都没有任何效果。就连旁人都已经看出，她基本上是活不成了，没有什么治疗的必要了。可是，同为病者，没有人好意思说破。

再者，那少女惶惶然的，虽然没哭，但满脸凄苦，好生可怜。她可能也知道自己的母亲不行了，双手一直在颤抖。

忽然，少女大声哭起来："大夫……大夫……快看看我姆妈，我姆妈不行了……不行了……"

"女儿……女儿……我真舍不得你……舍不得……"

众人一看，只见那老太太嘴唇剧烈颤抖，仿佛在做咽气之前的最后告别。

杜仲大夫闻声出来，伸手在老妪鼻端摸了摸，摇摇头，长叹一声："太迟了，没救了！"

少女扑通一声跪下去："大夫，你救救我姆妈吧，这是我唯一的亲人了，她要是死了，我就无依无靠了，求求你了，求你了，我愿意把家里老宅卖了凑足药费，求你了……我家里还有一座老宅，我可以卖掉的，我马上就回去卖掉……我把钱全部给你……我都给你，只要你能救活我姆妈……"

大夫长叹一声："不是我不尽力，而是你姆妈已经病入膏肓，药石无灵了。别说是我，就算大罗神仙来了也没用了……"

少女痛哭失声。

众人面上都露出同情的神色，纷纷叹息。就在这时候，大家忽然听得一个清脆的声音传来："让我来试一试吧……"

众人转眼，但见有着两张孩儿面的双头蛇快速而来，手里拿着一面长柄的镜子。

委蛇，已经是九黎家喻户晓的明星。

每个人只要看到它，就惊叹于它那可爱的孩儿面，而几乎完全忽略了它是一条巨大的蟒蛇。再者，为了便于在九黎行走，它已经将蟒蛇的部分彻底隐匿，显露出来的全是机械的部分，而且披上了紫色的轻纱，外表看起来，基本上就差不多和大蛇完全不同了。

它更像是一个有两个头的小童，只是这小童的身躯特别高大而已。紫色轻纱，令它看起来气派非凡，简直就像一位小小的王孙公子。

众人见它举着一把长柄镜子，纷纷感到好奇："委蛇，你好啊，这是什么呀？"

"委蛇，你拿着一面镜子干什么？"

"咦！这镜子有点奇怪，和我们平常所用的不太相同啊……"

它神秘一笑："这是治病的神器。"

"治病？"

"这镜子能治病？"

"没错！包治百病。"

"不是吧？一把镜子怎么能治病？"

"委蛇，你可别逗我们玩……"

就连杜大夫都有点奇怪，他当然也是认识委蛇的，心想，委蛇不该这么开玩笑吧？

可委蛇却一点开玩笑的样子都没有，神神秘秘地说："这宝镜真的可以治病。不信，你们谁先来试一试？"

少女闻言立即跪了下去："委蛇，求你了，快帮帮我吧……快救救我姆妈吧……"

一股力道将她扶起，少女已经退在了一边。

委蛇径直走向病人，但见躺在长凳子上的老妪已经奄奄一息，马上快要断气了。它举着镜子，在她的腹部照了照，然后移到了胸口，停下来，镜子上显示出一团漆黑的颜色。

"好家伙，这位老太太是病入肺部了……是不是已经咳嗽了很久？而且还不停地呕血？"

少女急忙道："正是如此！我姆妈前段时间一直呕血。可从昨天起，已经连吐血都不能够了，一直昏迷不醒。"

大夫杜仲也好奇地凑上去，顿时将里面的一团黑色看得清清楚楚，而且位置正好是在肺部。

"委蛇，真没想到你还是神医，能随口判断症状……"

委蛇笑道："我可不是什么神医，我也根本无法判断症状，事实上，我只是看到这位老太太的肺部有一团黑影，就随口说是肺病而已，真正病因是什么，我其实毫不知情……"

众人面面相觑，杜大夫也很是愕然。这双头蛇难道是在这里开玩笑的吗？

委蛇接着道："我虽然对于病情不精通，但是，这面镜子可以……"

一人立即道："真的可以吗？"

"千真万确！"

杜大夫立即道："这镜子能判断症状？"

委蛇笑道："不但能判断症状，而且还能治疗。你看我的……"

镜子停留在老妇的肺部，只一会儿，那老妇人忽然发出了很轻的一声呻吟，众人也看不出有什么变故，可是每个人都感觉到有什么东西从老妇人的身上被剥离了一般，嗖地一下就消失了。

有人失声道："咦，莫非她中邪了？"

"是有鬼附在她的身上了吧？"

"委蛇，你是不是在替她驱鬼？"

就连杜仲也忍不住道："委蛇，这镜子是用来驱鬼的？"

委蛇慢慢地收起了镜子，笑嘻嘻地也不回答，只看着老妇人。老妇慢慢睁开眼睛，虚弱地发出声音："我……我这是在哪里啊……我已经死了吗……"

"哈哈，老太太，你可没死，你的病已经好了，只需要回去休养几天就行了，这以后，你至少还可以平平安安活个二三十年。"

老妇人不敢置信，茫然地看着委蛇，恍如梦中。

少女却扑通一声跪了下去："谢谢委蛇，谢谢你，真是太谢谢你了……我马上就回去卖了老宅给你送来医药费……"

一股力道再次将她抬起，她怔怔地瞧着委蛇。

委蛇和颜悦色道："姑娘快别多礼了，我不是来赚什么医药费的！你家老宅就别卖了，以后好好孝顺你母亲就成了。"

少女感激涕零，委蛇也不等她回答，继续道："先去照顾你姆妈吧。对了，还得劳驾杜大夫送一碗米粥或者米汤……"

小学徒也不等杜仲吩咐，掉头就跑，很快就端来了一碗半温热的米汤，少女道谢，接过，立即喂母亲喝了下去。

老妇人这才能说出一句完整的话来："女儿啊，我真以为再也无法醒来见到你了……我病了那么长时间，有时候我不想死，有时候我又很想快点死掉免得拖累你……可是，我一想到自己死后就只剩下你一个人孤零零的无依无靠，我就一点也不想死啊……女儿……我可怜的女儿啊……"

"姆妈……姆妈……"少女抱着老妇人痛哭起来。

众人见此情形，无不眼眶湿润。

杜仲却一直看着委蛇手里那面神奇的镜子，面色很是惊异。

众人也纷纷转向那面镜子，都好奇不已。

委蛇这才转向众人，笑道："我奉万王之王之命，从今天起，利用这面宝镜在九黎义务诊疗，分文不取。"

众人又惊又喜："委蛇，你可真是太厉害了。太神了，这镜子到底是什么神物啊？"

就连杜仲也忍不住再次道："难道真的是驱鬼镜？"

"驱鬼？不是！"

"不是驱鬼镜，那是什么？"

委蛇笑道："其实，你们也可以理解为驱鬼镜，毕竟，侵入人体的各种细菌、病毒，都可以被称为调皮鬼、捣蛋鬼、恶毒鬼什么的，它们这些病毒的目的就是为了吞噬人类的生命……这么说吧，每个人生病，都是因为病毒入侵导致，如果病毒战胜了体内的抗体，那么，你就会被病魔战胜！反之，你就会战胜病魔……"

众人哪里听得懂这番奇谈怪论？可委蛇的话通俗易懂，大家就算觉得新奇，但意思是完全能理解的。

委蛇举起这面镜子，让每个人都看得清清楚楚。

"这面镜子的功效就在于判断出病情之后，会自动将病毒和细菌彻底清除，而且只定点清除病毒部分，却不伤及人体的其他部分，也就是说不会让病情恶化、感染或者扩散，这是现在任何医术或者灵药都无法做到的……"

"天啦，这么好的神物是哪里来的？""这可真是至宝啊。""人间居然还有这样的宝物？"

委蛇道："这面镜子是大王无意之中得到的。她担心百姓们的健康情况，尤其是一些得了重病绝症之人，目前的医学根本无法医治那些病症，但有了这面镜子就不同了，很多疑难杂症就可以迎刃而解……"

它面向众人，高声道："也正因此，大王令我拿着这面镜子，义务替百姓诊治，分文不取。"

众人高声欢呼："这可真是太好了！""我们都有救了！"

委蛇示意众人停下来，又道："因为镜子只有一面，而生病之人又太多，所以必须按照绝症、重症的顺序排队，先来先治，任何人不许插队也不许有什么小动作，更不要企图开后门拉关系什么的。无论官员、百姓，无论富贵、贫困，统统都一视同仁！"

委蛇说一视同仁，那就是真的一视同仁。众人你看我，我看你，纷纷点头。

"你们记住，治疗的标准只有一个：重症绝症优先，排队行事，先来先治！"

就这一个条件，就这一面镜子，总不能伤风、感冒、拉肚子之类的什么都跑来，那就根本治不过来了。

众人还没反应过来，委蛇已经转身，走向一个瘫坐在椅子上的男子。

那是一个双腿已经发黑腐烂的男子，老远就嗅到一股极其难闻的臭味。

男子见委蛇走向自己，一双原本已经快绝望的眼睛忽然亮了。他嗫嚅道："委蛇……委蛇……你好啊……"

委蛇拿着镜子在他双腿上扫描，一边扫一边问："你这腿是怎么了？"

"小人以采药为生，三个月之前，为了在悬崖上采一种稀罕药，不小心摔了下来，当即断了双腿，一直躺在家里，后来听得杜仲大夫医术高明，家人便设法将小人带到这里诊治，不过，小人今天刚刚来，还在排队……"

话未说完，他忽然闭嘴。他分明感觉到有什么东西在渐渐地离开自己的双腿，随即，双腿上的黑色腐烂之处竟然慢慢消失了，紧接着，便感觉到早已失去知觉的双腿变得又痛又痒，就像有一大群小虫子在里面活蹦乱跳似的。

他忍无可忍，本能地要跳起来，可是，根本无法动弹，随即，便听得骨骼生长发出咯吱咯吱的轻微的声音，然后，那疼痛发痒的感觉忽然彻底消失了。

围观众人见他原本一双发黑腐烂的腿慢慢变了颜色，腥臭的气味也彻底消失了，再后来，那双腿已经变成了黄色，只是略有些苍白，这倒是属于一个健康的采药汉子正常的颜色。

采药汉子死死盯着自己的双腿，不敢相信。他很清楚，这双腿是早就断了的，之前一直靠着一点皮和筋粘连，外表看起来无恙，实则早就废了，但也正因此感染更厉害。

委蛇收了镜子，笑道："你不妨站起来试一试。"

他迟疑，竟然不敢站起来。

"站起来试一试吧，别怕。"

围观众人也起哄："试一试呗，你看，你的双腿已经好了……""是啊，我们都觉得你的双腿已经好了……"

采药人终于慢慢起身，他发现自己真的站起来了。一双原本已经腐烂的腿，真的站起来了，尽管还有些发颤。只片刻，他又坐下了。他瘫坐在长椅子上，几乎呆了一般。"天啦，我是不是在做梦啊……我一定是在做梦……一定是梦中呀……我无数次梦见自己站起来了……可每一次醒来都是假的……"他竟然双手捂住眼睛，再也不敢睁开了。

旁边人笑道："这不是梦，这是真的……""没错，我们都可以证明，这是真的，你真的好了。""你不信的话，我来掐你一下，感觉到疼痛，就是真的嘛……"

男子忽然睁开眼睛，嘶声道："快掐我一下，求你了……"

一个少年真的走过去，在他的手臂上掐了一下，笑嘻嘻的："能感觉到疼痛吗？"

他龇牙，却道："再掐重一点。"

少年果然多用了一点力气掐他。

男子疼得惨叫一声。

少年哈哈大笑："现在知道不是做梦了吗？"

围观者也纷纷哄堂大笑，他自己也咧开了一丝笑意，可因为还是不敢相信，笑得简直就像是假人一样。

委蛇笑道:"你的双腿已经好了,但是为了骨骼更好的生长愈合,你最好再休养半个月。半个月之后,便和常人无异了。"

他双腿一软就要跪下去,委蛇吓了一跳,急忙托住他,笑道:"别跪了,别跪了……我好不容易才治好你,你这么一跪,没准骨骼又错位了……万万跪不得啊!你再一跪,我又得替你治疗一次,那就麻烦了……"

男子站在原地,不敢下跪了。他只是搓着手,满眼感激。

委蛇转向众人道:"对了,我在这里告诉大家,千万不要向我下跪。大王已经说了很多次了,移风易俗,大家都不要下跪,千万别跪!任何人都不要下跪!再说,大王之所以令我救治你们,原本是要让你们摆脱绝症的折磨,更有尊严地生活,可不是为了要让你们下跪的……"

偌大一个汉子已经泪流满面:"委蛇,真是谢谢你了,我本以为自己这辈子已经完蛋了,只能等死了……委蛇,是你救了我的命,你是我的救命恩人啊……"

众人也七嘴八舌:"委蛇真的是太了不起了……""大王也太了不起了……""对对对,大王真的太了不起了,居然把这么好的东西给我们这些普通人用……"

委蛇看了看镜子,亲自试验了才知道这镜子的无穷威力。有了这镜子,哪里还需要什么灵药、器械啊。自动扫描,自动诊断,自动救治……彻彻底底一镜搞定,宝镜绝非浪得虚名。可是,更令它暗暗惊叹的是,连星际逃犯们都能使用这么好的医疗器械,可见半神人们就更不用说了。就算最普通的半神人,医疗条件也比这好得多了——可能半神人们,压根儿就不会生病。相比之下,地球人,真的是太落伍了。几乎每个人都被生老病死所折磨,一遇到绝症,那就更不妙了,无论是凡夫俗子还是王侯将相,都一样苦不堪言。

众人亲眼看见两个绝症、重症病人被委蛇这么轻易地治好,简直如看到了活神仙一般,七嘴八舌,议论纷纷。

一群病人更是争先恐后:"委蛇,快给我瞧瞧,我的病痛已经折磨得我想死了……""委蛇,先帮我看看吧,我的头都要疼死了,一直找不到原因……""委蛇,快救救我吧,我都快不行了……"

委蛇笑眯眯的:"别急,别急,排队,排队,今天例外,人人有份。别急……"

绝大多数人都是普通毛病,伤风感冒、头疼脑热或者肚子疼之类的,透骨镜只一扫描,病人立即不药而愈。

唯有一个头疼病人,透骨镜一扫描,竟然发现他头部长满了密密麻麻的小瘤子。

委蛇吓了一跳,失声道:"你脑袋里长了好多小疙瘩……"

杜仲仔细看了一下:"这种小疙瘩叫作瘤子……"

众人围上去一看,镜子里清晰无比地显示这个病人的脑袋里竟然长满了一串一串的小瘤子,密密麻麻,几乎占据了头顶的一大半。

"这不是发疯的王五吗?原来他脑子里长的是瘤子?""老天,难怪他整天疼得要自杀，每天都要发疯，疯起来就去撞墙撞树，我们都以为他真的疯了……""这是什么病？透骨镜能治好吗？"

委蛇点点头。

委蛇举着透骨镜，聚精会神地扫描，过了好一会儿，但见那密密麻麻的小瘤子开始缩小，然后慢慢地消失，直到病人的头部平整无比，一个瘤子都不见了。

原本委顿在地的王五忽然跳起来，手舞足蹈："天啦，天啦，我的头好轻松……好轻松……太轻松了，就像卸下了千斤重担啊……"

他整个人简直要升天一般欢乐："你们可不知道，早前，我一直觉得有什么压着我的脑子，很重很重！渐渐地连脖子都无法伸直，每天都如在经受酷刑一般，好像有人不停地在按着我的脑袋往水里淹，我真恨不得马上死去……"

如非家人仔细照顾并制止，此人早就自杀了。

现在，他感觉整个人都轻松了，原本快要歪曲的脖子也伸直了，完全失控一般大吼大叫："谢谢你，委蛇……谢谢万王之王……我要感谢你们！我要用毕生来感谢你们，我的子孙后代都要感谢你们……太谢谢了……"

委蛇笑着看着镜子，也忍不住惊叹："当初大王把这镜子交给我，告诉我用途和功效，我其实也有点疑惑，没想到，大王一点也没夸张，这镜子可真是一件珍宝呀！"

委蛇接着诊治其他人。

不一会儿，前来求医的病人，无论病情轻重，基本上都已经痊愈了。

人人都兴高采烈，不亦乐乎。

"委蛇，你这个宝镜叫什么名字呀？"

"是呀，我们只说宝镜宝镜，还不知道真正的名字呢。"

"透骨镜。"

"透骨镜？可真是好名字。"

"这可真是仙家法宝，太了不起了。"

委蛇道："这透骨镜其实是一种医疗器械，可以自动扫描出病人的病情，然后启动里面的一种能量仪，然后根据病情的不同，定点清除病毒。人之所以生病，便是因为病毒的侵染，只要消除病毒，便不药而愈。"

"这透骨镜什么病毒都能清除吗？"

"这透骨镜能分辨出几千万种病菌，基本上地球上常见的疾病都能诊治，不过，病菌的种类多如牛毛，万一有什么特别离谱的病毒，超出了透骨镜的范围，那也可能是无法诊治的……"

饶是如此，众人已经惊叹不已，都以为是神迹了。毕竟，之前大家做梦都想不到会有这样的好玩意儿。这种稀罕宝贝，真是太了不起了。

一直聚精会神观察的杜仲这时候才沉声道："大王真乃大公无私，竟然连这么好的宝物都拿出来义务诊治百姓，我等真是自愧不如……"

一般帝王得了这样的珍宝，肯定马上藏起来，不仅如此，还得派重兵把守，只供自己和家人亲眷使用，纵然是一般的宠臣，帝王最多也只会以赏赐的方式，当作对他们的奖赏，哪里会无条件拿出来和百姓共享？

可万王之王就这么不遮不掩地拿出来，无论贵贱，都可享用。而且，分文不取。

杜仲道："我们真该感谢大王！"

百姓们听得这话，异口同声道："谢谢大王。"

委蛇笑道："杜大夫你这是客气了。你身为名医，不但医术高明，而且宅心仁厚，实不相瞒，我也是久仰大名，所以刚拿到这透骨镜第一个就想到在你这里试用……"

杜仲的大名，如雷贯耳。不仅因为他的医术，还因为他的医德。妙手仁心，就是特意为他量身定做的。环顾四周，但见杜仲家的大宅子里这条长长的走廊全部摆满了凳子，用来供远道而来的病人和陪同家属休息。不但如此，走廊的尽头还有几大桶用盖子盖着的米汤或者米粥，也是为了供远道而来的病人随意取用，也正因此，委蛇刚一问米汤，小学徒立即就随手端来。米粥之外，每天还提供一箪箕面饼，也是让病人免费取用。而且，杜仲收费也不高，不少病人拖欠了药费付不上，他也不去追讨，正因此，别的名医纵说家缠万贯大富大贵，但有几座大宅，有几房妻妾，佣仆满堂是少不了的。但杜仲除了这座祖传老宅，并无其他宅子，也没有多余的小妾，更别谈奴婢满堂了，他有的只是几个儿女和几个弟子学徒，大家一起跑腿而已。可以说，他是病人最多、医术最高，但并不怎么富裕的一个名医。

委蛇知道他的人品，所以才特意选择了这里作为试点。它笑道："杜大夫，你这里已经是九黎最大也是最著名的医馆，今后，这透骨镜就主要在这里使用，我不在的时候，你也可以代为使用，当然，还是那个原则，透骨镜只治疗绝症、重症病人，至于其他的大病，普通症状，还是只能劳驾你这个大夫和你的弟子们了……"

杜仲肃然道："多谢委蛇信任，老夫一定不负众望。"

众人七嘴八舌道："那可真是太好了！既然如此，我们就不用行远路了……"

"没错，大家以后都有福了……"

"何止是我们啊，可能以后整个九黎的百姓都有福了……"

围观人群中，有人忽然道："这么珍贵的宝物，若是被人抢夺怎么办？"

众人一怔，杜仲也愣了一下。刚才大家一直沉浸在激动之中，根本没有想到这个问题。

"是啊，这么珍贵的宝物，一些别有用心之人一定会抢夺的，要是被抢走了，我们岂不是就没希望了？"

"没错，一定要好好保护这面宝镜啊……"

"我觉得还是委蛇自行保管、自行诊疗最好，因为在委蛇手里，什么人都无法抢走，但是，在杜大夫手里就不好说了……杜大夫，不是我对你不敬，是真的担心被人抢走啊！怀璧其罪，你想想看，若是有歹徒前来，你自身安危也难以保证啊……"

"是啊，是啊，杜大夫是名医，却不是什么武林高手。而且杜大夫的家里也没有保镖、护院之类的，这就太不安全了……"

"没错！若是歹徒前来抢劫，那后果真不堪设想。"是宝物，自然就有人觊觎，更何况是透骨镜这样胜过一切黄金珠宝的无价之宝。

万王之王本来下令分文不取义诊，可若是被歹徒抢走，那么，他们便可以明码标价了。救一命多少钱。一万？两万？三万？定价权，就在他们手上了。如果你已经病入膏肓，有人告诉你，付出一万两黄金，保证你起死回生，你付不付这个钱？可以肯定，那些大富豪一定会满口答应。可是，也只有大富豪才能享用，穷人，想也别想了。

本来，穷人和富人唯一公平的地方便是死亡——无论你多么贫穷或者多么富有，终究难逃一死。可现在，若是透骨镜落入了坏人手里，那么富人和有权势之人，是不是就不用死了？那穷人还有什么指望？

在座的大多数都是普通百姓，因为大富豪、大权贵根本不会亲自上门求医，而是派人出重金把名医请到自己的家里去诊治。众所周知，九黎好几个有名望的名医，都会收重金上门诊治。唯有杜大夫拒绝上门，无论什么人都必须亲自来这里求诊。也因此，大富豪们都不太喜欢他，也不太登门求诊。

可现在，他要是有了透骨镜，那就不同了。别说一般的小蟊贼、悍匪，那些大富豪或者大权贵者会没有私心吗？会保证不派人来抢夺吗？若是被夺走了，那该怎么办？

民众们的担心，当然不是没有道理的。

杜仲也皱了皱眉，叹道："委蛇，我也觉得他们言之有理。这宝物非同小可，一定会有歹徒觊觎，若是被抢走了，岂不是太可惜了？我自己无力保护这面透骨镜，你只能自行保管，或者派军队保护这宝物？"

委蛇大笑："哪有这么麻烦？各位快别担心了，这个问题，我来之前就想好了。保证让这透骨镜万无一失……"

杜仲有点意外："委蛇你有何良方？莫非是派重兵把守？"

委蛇一笑，看了看天空。

它的两张孩儿面轻轻摇晃，眼神竟然毕恭毕敬。

众人但觉眼前一花，只见杜仲身后忽然多了一根高大的柱子。这柱子似铁非铁，又不像是石头，谁也看不出材质。

杜仲惊呆了，颤声道："这柱子是哪里来的？我家里从来没有这柱子……"

大家当然知道他家没有这柱子，大家都亲眼所见，这柱子是凭空出现的。

委蛇没有回答，却对着天空毕恭毕敬行礼："多谢天尊大人。"

"天尊？""白衣天尊？"众人立即全部跪下去，行大礼："拜见天尊大人……"

空荡荡的天空，哪有白衣天尊的影子？可是，任何人都深信不疑，若不是白衣天尊，任何人都没法凭空在这里变出这么一根高大的柱子来。分明就是神迹的显现。

行礼完毕，杜仲再问："真的是天尊大人显示神迹了？"

有人惊问："不是说白衣天尊早就走了吗？"

委蛇笑道："天尊可从未离开九黎！"

"天啦，这可真是太好了。"

"白衣天尊在这里的柱子上做了封印，目的便是收纳这枚透骨镜。只要放进去，别说一般的土匪蟊贼，就是拿刀砸、用火烧，甚至鬼枪都无法动其分毫。"

委蛇在柜子上摸了一下，那柜子忽然在中间裂开一道小门，委蛇把镜子放进去，不偏不倚，正好和镜子一般大小，随即，门便关上了。那门是全透明的，从外面可以把镜子看得清清楚楚。

委蛇笑道："杜大夫，你过来按照我刚才的方法试一试。"

杜仲立即走过去，学着委蛇的样子，轻轻一摸，那小门就开了，他稍稍迟疑一下，便将镜子取了出来。

委蛇笑道："从今往后，只有我和杜大夫才能开启这道门，其他任何人都没有办法。不信的话，杜大夫，你把镜子放进去，让他们试一试。"

杜仲立即又把镜子放进去，那门立即自动关上了。

委蛇对众人道："好了，你们现在可以去试一试了。"

众人都有些迟疑。

"不要担心，我让你们去试，你们就放心去试好了。你们可以使用任何办法，记住，是任何办法，只要你们认为可以开启这道门，就随意好了……"

众人这才一哄而上，他们最初是学着委蛇的样子，也将手伸去触摸，可动作明明一模一样，那门却纹丝不动。好几个人徒劳无功，急了，就去拼命拉扯，可他们随即发现，这柱子是光滑平整的，没有任何把手之类。而且，那门没有缝隙，只是外表看着像一道门，实则毫无门缝之类的，和柱子完全是一个整体。大家当然不肯罢休，有的人开始捶打，甚至抱着柱子摇动，有鲁莽的甚至用脚去踢、用牙齿咬，甚至有人捡了砖头去砸，还有人干脆拿了一把刀来砍……可是，无论他们怎么用力，那柱子都分毫不动，甚至连一丝一毫划伤的痕迹都没有。

有人高呼："要不，我们全部一起用力吧……"几个人一起抱着柱子拼命地摇晃，可是，哪里动得了柱子分毫？直到众人都筋疲力尽，瘫坐地上，委蛇才笑道："大家都看到了吧？别说你们，就算是一支军队来也无法动其分毫，这可是白衣天尊加了封印的……"

杜仲叹道："既是白衣天尊的封印，凡人当然无可对抗了，这下我可就放心了。"

"杜大夫，你放一万个心好了。"委蛇笑道，"还有一点我必须告诉你，虽然你能开启这柜子，可是，也只能是你，甚至你的儿女都不行！就算你教给他们方法都不行。再者，只能是你主动为之，而不能被动开启！假如有盗贼暴力胁迫你开启，只要你一靠近柜子，便会因为心情极度紧张而触发柜子的封印，那样，你就根本无法开启了，盗贼也会受到惩罚……"

杜仲大惊："我都没有想到这一点，委蛇，你可真是想得太周到了，谢谢你。"

"这不是我想得周到，这是天尊周到。只要你心情惧怕或者紧张，这柜子会自动识别你内分泌的变化，知道你受到了胁迫，所以，你就绝对无法再开启这柜子了，任何人想要以任何方式抢夺都无济于事。不但如此，柜子如果识别出你的恐惧心情，立即会发出攻击，胁迫你的人绝对难逃一死……"

杜仲大喜过望："真是太好了！多谢天尊，多谢天尊！也多谢委蛇你呀。"

不只是杜仲，所有人都连连惊叹："果然是天尊神力，天尊真是太了不起了。"

委蛇笑道："可不是吗？天尊将这宝镜送给万王之王，万王之王又转而让民众共享，所以民众的救命之物自然不容任何不轨之人抢夺！但凡敢于心怀鬼胎者，一定严惩不饶。你们也都看到了，天尊的神迹无处不在，他随时可以惩罚不轨之徒……"

众人再次俯身下跪："多谢天尊，多谢天尊。""多谢大王！多谢大王！"

委蛇又道："这透骨镜不会一直留在九黎的。等九黎的重病患者治疗得差不多了，我就会带着这面镜子去外地，让其他地方的百姓也享受一下这面镜子所带来的好处……"

众人齐声道："委蛇真是宅心仁厚。"

"哈哈，你们可别夸我了，我委蛇活了这么久，还从来没有听见过这么多夸赞。"

"委蛇你本来就很好嘛。"

"对对对，委蛇真是又可爱又善良……"

委蛇举着透骨镜哈哈大笑。它忽然觉得，能帮助别人，能令别人开心，那可真是一件再好不过的事情，简直比畅饮了醇美的巴乡清更令人飘然若仙。

透骨镜也好，几味灵药也罢，全是鬼风初蕾在T54所见所羡之物。尤其是透骨镜，简直令她大开眼界，而且，她当时就寻思若是地球上有这玩意儿就好了，而且很想买一把，可是因为T54只收取时间币而非金银珠宝，她自身又没有时间币可以支付，所以就作罢了。

T54的时间币是以千年为最小单位的，也就是说，她这个只有二十几岁的地球人，连最低支付的资格都没有！在T54，她便是不折不扣的穷光蛋，一文不名。

不料白衣天尊把她看过的东西都买了下来，尤其是透骨镜。她惊喜之余，却觉得自己浪费了他的时间币，但天尊告诉她，自己不死不灭，时间已经无穷无尽，支付了这一点完全是九牛一毛，叫她不必介怀，而且自己也想为九黎的百姓做点什么，初蕾这才坦然受之。

此时，这透骨镜已经稳稳装在了柜子里。这是鬼风初蕾送给炎黄帝国人民的一份礼物，这也是白衣天尊送给九黎人民的一份礼物。

连续三天，委蛇都在"杜仲医馆"义诊。杜仲医馆也从第一天的几十人，暴涨到了几千人，到第三天，整个杜仲医馆外面的几公里简直已经水泄不通，人山人海，仿佛变成了一个大集市。

当委蛇遥遥地看着那庞大的人山人海时，简直不敢相信自己的眼睛。原来，信息传播的速度竟然会快到这样的程度。不过三天，几乎整个九黎彻底轰动了。可以想象，假以时日，全天下不知多少人会背井离乡赶到九黎求医问药。可是，委蛇看着这么庞大的人群，却头疼不已：透骨镜只有一枚，怎么也治不过来呀。

看样子，全九黎的病人和病人家属都跑这里来了。不只是病人，几乎全九黎大大小小的大夫们也都跑这里来了。不过，这也不是什么大问题。

杜大夫很快想出了办法。他和他的子弟以及一些赶来看热闹的大夫们组织了一个筛选的队伍，很快将看热闹的围观群众排除，然后再将伤风感冒者排除，只让真正重症、绝症患者进入排队的行列，这就简单快捷多了。毕竟，和平年代，风调雨顺，物质丰富时，重症、绝症病人的数量也有个限度。真正能被家属带到这里的，又更是有限。所以，上万人的围观者中，真正的绝症、重症患者不过几百人。

委蛇从早到晚都在诊治。

众人亲眼看见这几百人如何从濒死的状态变得生龙活虎，众人的震惊，不言而喻。到后来，众人不但觉得透骨镜是神物，简直连委蛇都成了伟大无比的神人——大家看着它，简直就像看着救世主一般。

当然，万王之王的美名也不胫而走，整个九黎轰动一时。神并未抛弃我们，白衣天尊并未抛弃我们。当然，为白衣天尊所信任厚爱的万王之王也没有抛弃我们。

这面透骨镜，便是万王之王给我们最好的恩赐。

万王之王的名声，传扬四海。当然，万王之王的美誉度也嗖嗖地往上蹿。在百姓的心目中，她简直已经不只是王的代言人，而已经上升到了神的代言人的高度——毕竟，这透骨镜先是白衣天尊赏赐给她，因为她的善良仁厚，这才和全体百姓分享，分文不取地让百姓享用。

无论是什么样的政治家，最后都会明白一个道理：无论你多么口若悬河、滔滔不绝，可是，如果你最终不能让民众获得好处，那么，你必然失败，民众最终会将你彻底抛弃。

百姓不看你说了什么，要看你做了什么。能让百姓得到好处，你才能真正站稳脚跟，并收获拥护和爱戴。

万王之王，在百姓们中人气暴涨，皆因如此。

第十一章　神迹 1

当白志艺等人在人群中亲眼看见这神奇的宝镜时，不由得和一干下属交换了一下眼色。

直到远远离开杜仲医馆，到了僻静处，白志艺才停下脚步。

在他旁边，是一干武将。

他们几乎清一色是布布时代的宠臣，都是参加过南征北战的东夷联军的名将。他们都曾手握重兵，名噪一时。可现在，他们满脸茫然。

"白将军，你也看到了，我们曾经想替布布大将军报仇！我们想终究一日可以推翻那个女王，可现在看来，已经不太可能了……"

有人低声道："是啊，我们真的无法替大将军复仇了，我们根本不可能是女王的对手……"

"以前我们是低估了女王，以为女人治国，总是虎头蛇尾，可现在，这虎头实在是太大了，完全是尾大不掉，我们根本没辙了……"

"可难道我们就这么算了吗？我们就真的要一辈子屈居她之下吗？或者，布布大将军真的就这么白死了吗？"

"唉，不然又能如何呢？别说你，我们大家都没法啊。我们能如何？打，打不赢；钱，不如人家多……"

"以前，我们赌的是女王不可能获得民心，可现在，大家都看到了，百姓都拥戴她了，我们再要做什么，已经不成了……"

"你们可别被女王给忽悠了。她表面上什么也不做，也没什么清除异己的举动，可是，别人不明白，你们还不明白？那些被关闭的赌场，那些被连根拔起的妓馆，这都是谁的产业？不都是我们的吗？你们难道忘了早前赌场和妓馆白花花的源源不断的金子、银子了吗？现在，你们家里还有多少库存？你们的子孙后代还能坐在家里就有无穷无尽、源源不绝的财富吗？"

"没错，我们其实是最大的受害者！比起早前赌场和妓馆的收益，这点俸禄和赏赐根本不够干什么，我们现在都是坐吃山空的状态了，长此下去，如何得了？"

"商队虽然盈利多，可是，商队被杜宇彻底把控，制度严明，要捞取好处谈何容易？根本就无懈可击呀。这样下去，我们真的只能坐以待毙了……"

这世界上，物质的总量是固定的，也是平衡的，此消彼长。有人获利，自然就有人失利。而这堆人，便全是失利者。

"女王登基一年多,我家的收入只有以前的十分之一,这样下去如何得了?"

"你还能有十分之一已经很好了。我才惨呢,我的三家妓馆全被关闭,基本上没有任何额外的收益了,现在是真的坐吃山空,吃老本……"

"我们不都一样吗?我的赌场还没收回本钱就被关闭了,我更惨,我是纯粹亏损……"

白志艺在一边静静听着,一言不发。布布死后,他便是这群人的首脑,可现在,他说不出话来。他也是利益受损者,因为他曾经拥有遍布九黎各大赌场最多的股份。昔日,每天一睁眼,就看到银钱白花花流水一般涌到自己的府库。现在,那美好的场面是想也别想了。

按理说,他是最有理由反抗女王的。可是,他害怕。自从赌场上和那少年第一次过招之后,他便胆寒心裂。恐惧入了骨髓,便彻底压制了反抗的想法。他很清楚,自己和他人没有任何反抗的力道,也没有任何反抗的机会。所以,无论同僚如何口沫横飞,他还是一言不发。

众人都看着他,他却低着头,心事重重。

也有人愤愤地说:"这些百姓真的太势利了,以前,他们那么拥戴大将军,发誓效忠大将军,可这才多久呀?他们就彻彻底底忘记大将军,一直地对女王歌功颂德,巴不得跪在她的脚下感激她……"

他们以前提到她,背地里都轻蔑地称呼"那女人"——可现在,纵然是背地里,他们也说"女王"。纵然是对她最不满的人,也概莫能外。白志艺把这个细微而本质的区别看得清清楚楚。

"可是,说真的,女王也并非一无是处。你们难道没发现吗?身为万王之王,她可比布布大将军合格多了。至少,她带了头不贪钱!她的确拿出了全部的身家,甚至昔日那个贪婪无比的小狼王都献出了全部的金矿……"

"小狼王就别提了,他自己已经是储君,天下是他的,他当然乐得做样子了……"

"要是立你为储君,你会献出全部家当吗?"

"这……"

"是啊,布布大将军就是因为当初捞钱太狠了,导致民怨极大,天尊一怒之下才将他废黜,不然,天尊也找不到借口……"

"唉,说起来,天尊也真是够偏心的。你们没发现吗?自从女王登基这两年起,九黎连冬季和夏季都没有了,只剩下春秋两季,庄稼和蔬菜、瓜果源源不绝地生长,物质极大丰足,九黎已经富甲天下,这样下去,女王岂不一直受到爱戴?谁还能挑战她呢?"

"天尊也真是偏心得太过分了。如果他一开始也是这样扶持布布大将军,可能布布大将军的口碑会好很多……"

"是啊，民众可不管你贪不贪污，民众只看自己能不能吃饱穿暖，只看自己获得了多少……"

王者，只能改变局势，不能改变气候。

所有人一直认为：九黎气候的改变始于白衣天尊。也就是说，女王登基，那是受之天命，得到神的庇佑。不然，九黎怎会变成了永远只有春秋二季？人力，无法对抗神力。

有人苦笑："我不知道你们是什么想法，反正我是感激她的……我曾经立下誓言，无论是谁救了我的儿子，我必将一辈子奉她为恩人……"

他没说下去，可众人都知道，就在今天上午，委蛇用透骨镜治好了他半身不遂的儿子。他只有这么一个儿子，几年前一场大病就瘫在床上，遍请名医也无济于事，直到今天，他也和家人一起带着儿子来到杜仲医馆，希望奇迹出现，随后他真的眼睁睁地看着儿子慢慢地站了起来！

众人，无话可说。

灵巨却冷笑一声："老七，这么说来，你是打算彻底臣服于那个女人了？"

老七踌躇道："不然我还能怎么样？说真的，我已经找不到任何反对她的理由了！"

"没有反对的理由？你的赌场呢？你忘了你也曾经有一家生意红火的赌场？"

老七一时语塞。

"断人钱财，无异于谋财害命，你们能忍，我可不能忍！"

老七再也不敢吭声了。

有人愤愤道："难道就这么算了？我们以后只能一辈子臣服于她了？可是，我们这样对得起一直提携我们的布布大将军吗？再者，难道你们一辈子都不再考虑恢复你们的赌场、妓馆了？"

沉默。众皆沉默。

赌场、妓馆没有了，可人还能活着。要是人不能活着，那该怎么办？

大家都想到一个很现实的问题：我或者我的至亲迟早面临疾病和灾难，我们自己都有需要女王救治的那一天。再说，女王的种种举动表明：挑战她的权威或者公然叛乱，那分明是自掘坟墓的愚蠢行为。而且，我们根本不是女王的对手。

许久，白志艺才打破了沉默，一字一句地说："神已经选择了站在她那一边！百姓也已经选择了站在她那一边！所以，除了臣服，我们已经别无选择！"

之前冷笑的那人再次冷笑。

白志艺盯着他："灵巨，你笑什么？"

"我笑白将军你不知何时已经英雄气短了！"

"……"

"实不相瞒，你们怕了那女人，我却不怕！你们当她是女王，我只认为她根本就是一个凭借色相让白衣天尊独宠的女人而已。你们想想，若是没有了白衣天尊，她算什么？她又能做什么？"

　　白志艺缓缓道："可是，白衣天尊一直在！"

　　灵巨看了看天空，"你们别忘了，神可不只白衣天尊一个。那女人能蒙受天尊的宠幸，不代表我们就被诸神抛弃了。诸神，也可以选择眷顾我们……"

　　白志艺和众人面面相觑。

第十二章　神迹 2

委蛇一路上哼着小调,欣赏着九黎漫山遍野的红叶、青松。

九黎,一直只有春、秋两季。

九黎的秋天和春天一样温度,只是植物的颜色略有不同罢了。这种气温,最适合万物生长,也因此,刚刚收割庄稼之后,百姓们又开始了下一季的耕种。没有漫长的寒冬霜冻,万物迅猛生长。

无论何时,在九黎的田野山林中随处走一走,都能看到累累的果实、沉甸甸的麦穗和稻穗,好像这丰收是一年四季都不会停止的。

勤奋的百姓发现,只要努力,一年所得的收成,竟然可以超越昔日五年甚至十年。而且,这么多的收获,并不纳税。千百年来,真可谓绝无仅有。百姓可以把多余的粮食卖给政府,政府会给出一个合理的价格,保证不会让百姓贱卖,当然,百姓也没法哄抬物价。于是,许多原本困顿无措的百姓忽然发现,不到两年下来,居然慢慢地开始丰衣足食,零花钱也充裕起来了。

此时,委蛇觉得九黎真是美极了,虽然没有连绵几十里的芙蓉花道,可是,它的漫山红叶却显得更加浪漫、更加绚丽。

它停下脚步,前面白衣如雪。

它行大礼:"见过天尊大人!"

白衣人的声音和秋天的风一样暖暖的:"呵,从今年开始,九黎会持续十年秋季,然后,再持续十年春季……"

委蛇毕恭毕敬道:"那可真是太好了。不过,天尊大人,为何一直是春季和秋季呢?"

"夏季太热,冬季太冷,唯有春秋,万物生长,春华秋实,硕果累累。"

委蛇也喜欢春华秋实,尤其是秋天,百果飘香,腐烂的野果在林间散发出酒酿的味道,光嗅一嗅就令人醉了。

"七十万年之前,九黎原本一直都只有春秋二季,是不周山之战后才有了酷暑寒冬!"

"原来如此。可是,天尊大人,我一直想向您道谢……"

"道谢?"

"您不但找到我的芯片,重新修复了我的外表,还传给我巨大元气,现在又赐予九黎这样神奇的透骨镜,最主要的是,您彻底挽救了我家少主,让她免受人脸蜘蛛病毒的威胁……天尊大人，委蛇不知道该如何感谢您才好……"

白衣人笑起来，他的笑容也和这秋天的红叶一样恬淡高雅。他一挥手，漫山遍野的红叶仿佛变了个颜色，全部成了金色麦浪一般连绵起伏。远处的果树更是金红金黄，一个个硕大无比的挂在树梢，几乎将树枝全部压弯了。

"走了千里万里，还是九黎最美。委蛇，你可知道我才是地球上的第一代真正原住民？"

"委蛇知道。您乃炎帝之子嘛。"

"你知道我出生在哪里吗？"

委蛇摇头，这就不知道了。

"我出生在华阳，少年时代一直在华阳，直到青年时代才来了九黎。从此，我再也没有回过华阳……"

炎帝出自华阳。他的儿子自然也出自华阳。但是，他已经离开华阳上亿年的岁月了，原本以为记忆早已模糊，可现在，他看着漫山遍野的红叶，忽然感到很眼熟——那分明是旧时华阳，春华秋实。

就算因为枭风初蕾去过两次金沙王城，但他也没有去华阳。近乡情怯，明明是近在咫尺，却有天涯之隔。他干脆在路边坐下，被太阳晒得暖洋洋的青石板刚刚褪去了那份热度，恰到好处，十分舒适。红叶徐徐飘落，一条长长的石径就像是一幅秋日的画卷。

委蛇看到自己的紫色轻纱也变了颜色——金红色的朱纱，和夕阳的颜色一模一样。它哈哈大笑："百里大人，我真是太喜欢这颜色了！谢谢你。"

白衣天尊听得这声"百里大人"微微一笑。

委蛇不同于枭风初蕾，这老伙计的戒备心强很多，很长一段时间，它都尊称他为"天尊大人"，直到现在，它才脱口而出一声"百里大人"。

委蛇兴致勃勃："现在全九黎都因为透骨镜而轰动，以至于不得不出动巡逻队维持秩序了。以后几天，我想，围观者会越来越多，简直不知如何是好了……这样下去，我看杜仲家方圆几里地都要被彻底踏平了……"

天尊笑眯眯地说："这还不简单吗？过两天你直接带着透骨镜去九黎广场义诊，十万人围观都不足为惧……"

"哈哈，这可真是太好了！百里大人，我怎么就没想到呢？"

"大家都喜欢看热闹，可是，再稀奇的事物都有个时效性，时间一长，民众的好奇心自然消失，围观的人便会越来越少，慢慢地，透骨镜就会真正成为一个治病的仪器，而不是什么神奇的宝物……"

委蛇恭恭敬敬地听着。

"我怕的是这消息传开之后，全天下的人都赶到九黎，那九黎得多么拥挤？"

"你家少主不是主张移民吗？大家都来九黎，这不就是主动移民了吗？"

"哈，我怎么就没想到这一点呢？这可真是太好了。"委蛇摇晃双头，忽然又面露难色。

　　白衣天尊瞧着它的孩儿面上那种稚气的样子，忍不住笑了起来。这明明是几千年老蛇了，可是，他就从未见过它真正苍老的样子，它永远呈现出一副幼稚单纯的面孔，这足以显示，它的心态年轻得令人妒忌。他伸手轻轻拍拍它的双头，问道："老伙计，怎么了？"

　　委蛇很是为难："这么多人拥挤到九黎，可九黎的土地和粮食是有限的，就算这几年连续丰收，商队从外面运来的粮食和各种食品也非常丰盛，可要供给这么多的人口，只怕也有一定的难度，就算马上耕种也来不及，粮食短缺可是大问题啊……"

　　"哈，老伙计，这根本不是什么问题。"

　　"百里大人的意思是？"

　　他神秘一笑："老伙计，我教你一个办法，这一切便不是问题了。"

　　一大早，九黎广场便人山人海。远近闻风而来的人使九黎广场周围的十几条大街小巷都阻塞了。比起当年万国大会，瞻仰神迹更加让民众好奇和向往。毕竟，神迹只有少部分人才能有幸目睹，可是，"透骨镜"的威力却是实实在在的，因为，前些天已经有上千名患者被治愈，他们口耳相传，他们的家属，亲朋以及邻居极力佐证：透骨镜，包治百病，包括绝症。所有人闻风而动就不稀奇了。

　　那天，天气也很好。

　　九黎广场四周的树木全部从金黄色慢慢地变成了淡绿色。大家这才意识到，原来，秋天已经过去，春天又来了。可因为没有明显的季节区别，所以大家不太能感觉到而已。

　　今天，大家觉得春的气息非常浓郁。微风吹过，暖洋洋的，空气中满是花香和甜蜜。所有人都伸长脖子盯着台上，生怕错过了任何精彩的时刻。

　　尤其是最前排已经排好队的几百名重症、绝症患者，他们是从诸多的患者中被挑选出来的——在过滤了那些伤风感冒、拉肚子之类的小毛病患者之后，重症、绝症患者被控制在一个有限的范围之内，当然也不可能真的不胜枚举。

　　但是，所有人都认为，这几百名患者绝对是无药可治的，他们有的已经病入膏肓垂垂待毙，有的血漏崩塌无可救药，有的半身不遂永远不再有站起来的希望……不但他们的家人早就绝望了，就连他们自己也已经不再抱有任何生的希望或者康复的幻想。

　　现在，他们会聚在这里，想看看传说中的透骨镜是不是真的有那么神奇。

　　当朝阳刚刚掠过树梢的尖端，身披朱红轻纱的双头蛇便如约而至。

　　它的朱纱比朝阳更加绚丽，它的孩儿面双头简直就像两个玉雪可爱的童子。它如往常一样，高高举着透骨镜，那长柄的镜子没有任何遮拦，也不必故弄玄虚，就这么坦诚在大众面前。

　　众人惊呼："这就是传说中的透骨镜？"

台下七嘴八舌，台上却井井有条。

委蛇的旁边是以杜仲为首的一干名医，他们都是今天的助手。身为名医，从小饱读各种药学经典，遍尝百草，每个医生的理想可能都是包治百病，但后来，大家都发现，面对多如牛毛的疾病，就算是医生也往往束手无策。病毒千奇百怪，而且病毒随时会升级变种，真要是什么绝症或疑难杂症，就更是只能听天由命了，到最后，医生往往只能治疗一些非常普通的小病。

也正因此，透骨镜的出现，对各位名医的震撼可想而知。他们忽然发现了一个奇异的世界——自己做梦也没想到的强大治疗效果，忽然闪现在众人眼前。名医们见识、学习，争着抢着做委蛇的助手，因此，今天竟然来了整整一百人的名医队伍，至于台下，几乎会聚了整个九黎的大大小小的医生。

当然，还有大熊猫。大熊猫懒洋洋地站在旁边，却是一夫当关、万夫莫开。

它便是今天唯一的护卫队，但凡有任何人企图攀越，往往尚未抵达台上，就被它轻轻抓起，轻轻放回原位。因为动作实在是太快，竟然很少有人看到它出手。就像一阵风掠过，那些不守纪律的人自然就被吹了出去。几次下来，再也无人敢于挑战了。

委蛇一示意，台下立即就安静下来。它笑嘻嘻的，一开口，每个人都足以清清楚楚听见它的声音。

"各位，我手中的这面镜子，想必你们早就知道名字了。可是，今天我还是要重复一下，它叫作透骨镜！透骨镜，是天尊赐予万王之王，我王慈悲，不愿独享，所以令我带着它到九黎广场，公开替百姓义诊，以解除百姓们的病痛之苦……也好让大家知道，天外有天，人外有人，我们所居住的地球，并不是世界的唯一，也并非是世界的中心，在天之外，还有许多星球的科技医术远远超越地球，比如这面透骨镜……好了，百闻不如一见！接下来大家就亲眼见证一下透骨镜的威力吧！"

排在第一位的，是一个瘫痪了整整十年的病人。因为他的家人特别用心照顾，他才侥幸活到现在。可是，长久的卧床不起，他整个人已经变成了干巴巴的活死人，虽然年龄不大，却已经苍老得惨不忍睹。他横卧在担架上，要旁边两名住手搀扶才能坐起来。

大家眼睁睁地看着透骨镜从他的腰椎部分扫描，一直到了双腿。

最初，他一动不动。可慢慢地，两名助手开始松手了。这瘫子，竟然慢慢地坐起来。众人屏住呼吸，有人打破沉寂：“天啦，他坐起来了……”"他真的坐起来了……""真是太神奇了……""不过，看他能不能站起来吧。毕竟，光坐起来也没什么用处……""是啊，得站起来才行！光坐起来也不过是一个瘫子而已……"

就在这时候，那男子慢慢地站了起来。他最初很犹豫，颤巍巍的，就像是一个根本不会走路之人，需要搀扶。他双手摸索，但什么都摸不到，不由得十分惶然。

委蛇笑起来：“别怕，别怕，你就稳稳站着好了。就像许多年之前，你能走能站那样。”

男子一挺身，竟然真的完全站稳了。

台下，顿时掌声雷动。

"天啦，天啦，他真的站稳了……""他真的好了……""真是太不可思议了……"

接着，好几个绝症病人先后被治好了。

一干人等涕泪横飞："委蛇，你可真是我们的重生父母啊，我们永远感谢你呀……还有万王之王，我们要永远感谢万王之王……"

"我王万岁……"

"我王万岁……"

一时间，台下欢呼声此起彼伏，人人都深以为奇。

忽然，委蛇眼前一花，一片黑云已经当空照下。委蛇感觉不妙，本能地去揭开黑云，可是，下一刻，一道黑光已经将透骨镜彻底笼罩，只觉得一股极大的力道袭来，透骨镜一瞬间就脱离了它的掌控，飞了出去。它大叫一声："快保护透骨镜……"

黑光，席卷了透骨镜已经飞上半空。这速度实在是太快，而且从天而降，所有的人都只能眼睁睁地看着，根本没有任何阻挡的余地。透骨镜，越飞越高。

一干名医都瞪大眼睛，束手无策。

委蛇刚扯断那团覆盖自己的黑云，又是一团黑云袭来，黑云里，竟然密密麻麻地全是利箭，正好将它笼罩在里面，仿佛要将它射成一只刺猬。委蛇自保也来不及，就更顾不上透骨镜了。

大熊猫冲出去，它纵身一掠。

众人只觉眼前一黑，那肥胖笨重的大熊，竟然如飞起来一般，一只熊掌伸出，不偏不倚地就去捏住透骨镜。黑光裹着透骨镜，大熊猫就算抓住了镜柄，竟然一时也拉不下来。

但见两股力量就像在拔河似的，势均力敌，不分高下。

黑光也就罢了，可更令众人震惊的是，大熊猫就那么虚悬在半空中抓住镜柄拔河，竟然也摔不下来，像在杂耍一般。

若是寻常，众人一定会鼓掌叫好。可现在，每个人都瞪大了眼睛，大气也不敢出。

大熊猫一拳砸出，那黑光竟然被撕裂了一道口子一般，忽然一变形，倏忽就消失了。

大熊猫陡然坠落，透骨镜也脱手，眼看就要生生地砸在台上摔得粉碎。

大熊猫就地一滚，镜子端端正正地落在了它肥滚滚的肚皮上。它翻身站起，一只熊掌高高举起透骨镜，一只熊掌却羞答答地捂住眼睛，好像在说：真是不好意思啊，让各位受惊了。众人又惊又怕，哪里笑得出来？

再看委蛇，它周围的黑云已经彻底消失，它的红色轻纱略有些凌乱，但却安然无恙。

这时候，人群中才爆发出一阵雷鸣般的掌声。好一会儿，掌声才慢慢停止。

委蛇已经再次将透骨镜举过头顶，朗声笑道："大家都看到了吧？任何歹徒想要抢夺透骨镜都是不可能的！别说天尊大人的封印了，甚至过不了我委蛇和我的朋友大熊猫的这一关！"

台下，再一次欢呼雷动。

"委蛇真是太了不起了……"

"大熊猫也很了不起啊，简直就是一个绝顶高手的架势……"

"是谁竟敢如此大胆抢夺透骨镜？"

……

委蛇仰头看了看天空，高声道："我不管你是什么势力，也不管你是什么来头，我只是告诉你，今后别企图再来捣乱了！否则，今天我可以放你一马，但是，明天就没这么好的运气了！下次，我定让你死无葬身之地……"

隐匿人群中的白志艺等，你看我，我看你，每个人的额上都是涔涔的冷汗。每个人心中都是同样的想法：灵巨当时不是信誓旦旦吗？可是，为何连大熊猫都对付不了？连大熊猫都对付不了，他还想对付女王？

惨呼声，是从东边传来的，可是，众人尚来不及看到真相，惨呼声又从西边传来，紧接着，四面八方都是惨呼声，好像人群中不知多少人忽然遭受了袭击……

有人趁乱大喊："天啦，有刺客……""杀人了……杀人了……""别杀我……别杀我……""大家快逃命啊……"

羊群效应爆发了，原本水泄不通的人群，这么一闹，很快便是互相践踏，许多弱小者当即就被踩死踩伤……

那半空中早已消失的黑云竟然又卷土重来，笑声冷冷地："你们听好了，透骨镜只是一个下三烂的玩意儿，无非是那女人收买人心的工具而已！今后，谁也不许围观，谁也不许追捧，否则，便是今天的下场……"

众人四处奔逃，可无论怎么跑，都跑不掉。

半空中，竟然有霹雳炸响，好像一声声的警告。

委蛇大喝一声："大家稳住，稳住……"可是，谁还听它的呢？

就连台上的名医们也吓得无头苍蝇似的扭头就跑。病人来不及逃跑，有些干脆倒在地上，就地等死。

大熊猫冲下去，可怎么来得及？大熊猫也无力阻止这场巨大的骚乱。

委蛇急得双脸发白，可是，它只能紧紧握住透骨镜，因为头顶的黑云如影随形，随时都会劈手夺走。

洪流般的人群，崩溃得更加厉害。

就在这时，白志艺耳边传来一丝细细的声音："你怎么还不动手？"他满面惊恐。因为，他没看到灵巨，他也不知这声音从何而来。

"我早就告诉了你们,只要我一动手,你们只需要立即配合就是了……"

白志艺还是一动不动。

在他周围,是他的几名亲随。

几个人同时看向他,很显然,大家都接收到了动手的讯号。

每个人都在问:老大,到底动手不?

白志艺,双手在颤抖。

"白志艺,快!胜败在此一举!只要恐吓了那些愚蠢的民众,女王的根基就被动摇了……你还犹豫什么?你和你的属下马上动手,让人死得越多越好……"

白志艺看了看自己的拳头,身为鬼枪团队的队长,他今天并未带鬼枪,也不敢。

"白志艺,你还杵着干什么?再不马上动手,今后就没你的机会了……你这个怂包,再不动手,你就完蛋了……"

白志艺再次狐疑地看向天空,一颗心激烈得几乎要跃出胸腔了。动手,还是不动手?

羔羊般的百姓,已经彻彻底底溃不成军。就像一群狼,在羊群中肆意冲突、撕咬。妇孺的哭声,伤者的惨叫,此起彼伏,偌大的九黎广场变成了屠宰场一般。

委蛇和大熊猫根本顾头不顾尾。

一队负责巡逻值守的侍卫更是无计可施。恐怖分子隐匿在人群中驱散民众,根本无法分辨。到后来,侍卫队也被冲散了。而且,歹徒专门刺杀侍卫队,许多侍卫纷纷倒下。

"哈哈,什么皇家侍卫队?什么狗屁不如的战队?不过尔尔,不过尔尔啊……侍卫队尚且如此,其他人能如何呢?"

"哈哈哈,你们这些愚蠢的人类……你们这些愚民……你们以为那小贱人有一件透骨镜就了不起了?哈哈,好叫你们知道,她每救活一个人,我就能杀掉一千人!"

义诊,变成了灾难。今后,谁还敢围观?敌人所要的,也就是这个效果。半空中,是一个狰狞到了极点的声音。那声音,众人其实非常熟悉!

"这九黎,是布布大将军的九黎!是东夷联军的九黎!是东夷全体百姓的九黎!可现在,你们都看到了!九黎,居然变成了那个女人的九黎!"

逃亡的百姓们,无暇听这愤怒的宣泄。

"我呸!什么万王之王?她无非就是一个妖孽而已!你们记住,你们必须唾弃她,将她驱逐出九黎,将她从万王之王的位置上赶下来,你们才能得到真正的救赎……否则,只要她一天在王位上,你们就一天也不能安宁,你们会替她背负罪责……哈哈哈,你们就是她的替罪羊……"

笑声戛然而止,天空中的黑云猛地散开。奔逃的众人中,忽然有好些人飞了起来,齐刷刷地重重坠落高台上。

"站住!大家原地站住!"声音很威严,每个人都听得清清楚楚,大家不由得停下了脚步。

四周,就像被时间之手定住了,大家如梦初醒,愕然地停下了脚步,看着自己身下被践踏的弱者。有些人衣衫凌乱,有些人头发散乱,有些人满脸鲜血,有些人倒地不起。可绝大多数人只是受了惊吓,人却是完好无损的。毕竟,几十个人的杀伤力还是有限的,顶多是引起了巨大的骚乱。真正受伤的大多数,是因为自相践踏。伤者的呻吟,伤者的血,都让人胆战心惊。

"扶起你们身边的人,扶起那些摔倒的,受伤的吧……伸出你们的手,扶起他们吧……"一双双手伸出去,一个个人站起来。

所有的惨呼、喧闹,彻底停止。所有人都看向高台。

高台上,红衣如火。那是一身蜀锦王袍的女王。

她就像一团红色的火焰,将整个天空都映红了,她的声音充满了力量和沉稳。

"各位,请放心,危险已经过去,你们已经安全了。"

安全了,胆战心惊的众人恍如梦中。

"现在,把你们身边的重伤者,全部搀扶到台上吧。"

委蛇举起了透骨镜。

"大家放心,我保证让你们伤痕痊愈、死而复生!"

清醒过来的百姓立即开始行动。很快,多达几百人被送到了台上。

委蛇和一干名医二话不说便开始诊治。

女王独立台中。

她站在原地,就像一根定海神针。大家忽然都心安了,这才看到台上已经横七竖八躺了好几十人。

她一抬手,那几十人便强行挣扎着站了起来,一个个鼻青脸肿,痛苦呻吟。可是,她并未开口。

她看向半空,慢慢地伸出了手。她的动作很慢,台下百姓都看得清清楚楚。天空竟然多了一团黑云,和之前抢夺透骨镜以及引发骚乱的那团黑云一模一样。黑云慢慢地下坠。但是,黑云不是自行下坠,而是被生生拖下来的。黑云就像在挣扎,要隐匿回去,可是,却被一股巨大的力量所拉扯,只拉锯了一会儿,便不得不放弃,"砰"的一声就掉在了地上,一声巨大的惨呼。

黑云变成了一个黑影,那是一个身披黑色斗笠的巨人。尽管他蒙着黑色面巾,可是,他惨呼时那熟悉的声音还是被人听出来了。刚刚在半空中指挥骚乱,大言不惭地,也是他。每个人都在狐疑:灵巨怎么忽然有这么大的本领了?

大家都意识到:他再厉害,也被女王拉下来了。

此时,他就像一只受伤的巨大的黑色蝙蝠,瘫在地上。

女王随手一指,他身上的黑色伪装和头上的面巾皆成了碎片。

一张巨人的面孔跃然众人眼前,他已经无法再自行幻变身形了。

他只能以巨人的形态存在。

委蛇对这捣乱的家伙恨到了极点，却哈哈大笑，"灵巨，你这个不要脸的家伙，上一次我王饶你一命，你居然还敢来捣乱？"

灵巨牙关紧咬，一言不发！他挣扎着，要站起来，可委蛇一下将他按住，他便生生跪在了凫风初蕾的面前。

凫风初蕾淡淡地说："灵巨，你还有话可说？"

灵巨忽然抬起头，恨恨地瞪着她，冷笑道："你以为杀了我，你就高枕无忧了？别做梦了！诸神并不只是顾念你！你杀了我，还有的是别的反对者……"

"我能杀你！当然也能杀别的反对者！"

"你吹什么牛呢……"

灵巨的叫嚣声被彻底封住了，初蕾没有给他说话的机会。对付这样的歹徒，根本不能给他任何机会。

"灵巨，你反对本王，你可以真刀真枪向本王挑战！可是，你包藏祸心，暗地里勾结党羽，在义诊大会上行凶，造成了无数无辜民众的伤亡，如此罪大恶极，今日，饶你不得……"灵巨闷哼一声，当即气绝身亡。

一干党羽见此，早已心寒胆裂，腿一软便纷纷跪了下去："大王饶命……大王饶命啊……""大王饶了我们吧，全是灵巨胁迫我们的……""大王，求你开恩，开恩呀……"

初蕾看着这一干歹徒，很显然，这是精心策划的。他们奉命分布在人群中，趁着义诊最激烈的时候，大家都不设防，于是，开始挑选弱者下手，引发巨大的灾难和恐慌，让民众自相践踏，目的便是要让义诊变成一场惨案——你包治百病，我杀绝万人，看你治得快还是我杀得快。

她还是淡淡地说："本王自来主张严法但不主张酷刑！可是，你等明知义诊大会上全是寻常百姓，却公然对无辜民众下手，用无数百姓的死伤来达到令全体百姓震恐的目的！今日本王岂能饶恕你们？就算本王能饶恕你们，可是，那些无辜的死伤者们，那些可能变成孤儿、寡妇的可怜百姓们，你们问问，他们能饶恕你们吗？"

台下，有伤者或者死者家属怒吼："不能饶了他们！""绝对不能饶恕他们……""如果他们能被饶恕，我们的亲人就白死白伤了……"

激愤之情，溢于言表。

女王淡淡地说："你们要是活下去，无辜死者岂不是死不瞑目？本王对于真正的凶徒和暴徒，从来不会心慈手软！你们选择了逞凶，就必须接受逞凶的代价！"

一干凶徒根本来不及再次开口呼救，已经纷纷倒地，气绝身亡。凶徒的数量，整整一百零八人。

民众眼睁睁地看着侍卫队上前，很快将一百零八具尸体拉下去。好一会儿，人群中才爆发一阵欢呼声，歹徒们终于死了，当即就被击毙了。

更重要的是，这些歹徒们的尸体尚未冷却，旁边那些伤者的血已经止住。因为救助及时，几乎没有什么重大伤亡，许多伤者很快站起来，兴高采烈，庆幸自己死里逃生。透骨镜，当然名不虚传。

女王一直看着台下，她的目光从人群中扫过："本王知道，还有灵巨的党羽此时就隐匿在百姓之中！"

台下忽然鸦雀无声，大家你看我，我看你。每个人好像都在猜测，自己身边谁是疑凶？每个人面上都满是警惕之色，甚至生怕那些歹徒忽然发难。可是，女王接下来的话立即稳定了他们的心思。

"大家不用担心，此刻，你们是安全的！"

女王说是安全的，当然就真的是安全的，众人都松一口气。

女王还是扫视众人！她对着那些嫌疑犯说："你们应该清楚，你们之所以现在还能安然无恙地站在这里，并不是因为本王没有察觉你们的罪行，而是你们在关键时刻保持了最后一丝底线！你们一直没有动手！你们在关键时刻选择了克制！所以，你们保住了自己！但是，我希望你们就此悬崖勒马，否则，暴徒们今日的下场，便是你们明日的下场！"

女王一字一句道："但凡当众逞凶暴恐，屠杀无辜百姓者，一律处死！"

台下一片死寂。白志艺等人，身上的汗水湿了又干，干了又湿。他忽然庆幸得虚脱了一般：幸好，幸好。

他旁边的几名亲随，何尝不是如此？每个人都双腿战战兢兢，如在鬼门关走了一遭。幸好我没有下手！幸好没有！否则，我便是那些络绎不绝被推下去的死尸中的一员了。

无辜的被暴恐殃及者，还可以享受透骨镜的救治，还有重生的机会。可是，暴恐者，立即就会被焚烧、掩埋。他们的尸体会成为九黎广场旁边一个极大的坟墓堆，会永远铭刻上他们的尊姓大名，此后千年万年，都会让后人知道：他们曾经发动暴恐袭击，曾经对无辜民众举起了屠杀之刀，他们会遗臭万年。那是一座特殊的石碑。石碑上，从灵巨开始，一百零八人的名字一个也不会少。白志艺很庆幸自己躲过了一劫。他发誓，再也不会接受任何人的蛊惑了。

夕阳，晚风。

伤者的血已经干涸，痛苦的呻吟已经结束。

风，吹来远处累累硕果的香味。风，也吹来一阵奇异的香味。在场者，忽然都饥肠辘辘。

今天的义诊，基本结束了。那是一筐油光灿烂、两面金黄的美味烙饼。每次义诊之后，都会为远道而来者提供一顿免费的餐食。

此际，所有人都嗅到那诱人的香味，每个人都有一种奇怪的感觉：这金黄色的烙饼绝对美味绝伦。烙饼旁边是蜜糖一般甜蜜的汤汁。

委蛇笑起来："各位，今天我王要犒劳大家，在场的每一个人都能得到一份美味的烙饼和甜汤，保准让大家吃饱喝足！"

众人欢呼。可是，很快大家就发现这不对劲呀。面饼，只有一筐；虽然说这个雅致的竹筐很大，可是里面充其量就一百来份烙饼，而现场有好几万民众，怎能让大家都吃饱喝足？那甜汤，也不过一桶。委蛇却高声道："大家排好队，一个一个来。记住，不要插队，不要插队，不要插队！任何人都有份！今天在场者，人人有份！"

有人大喊："委蛇，你这烙饼就这么一筐，很快就分完了，怎能做到人人都有份？"

"是啊，看样子不过一百多份烙饼，我排队也没用啊，根本轮不到我啊……"

"我都不敢想烙饼这么奢侈的事情了，我能要一杯甜汤就好，我又累又渴啊，现在最想喝一杯甜汤，只可惜，看样子甜汤也没我的份儿啊……"

"唉，可惜我不能排在前一百名……"

"什么前面一百名？我连一万名都排不上啊……唉……"

"我是绝对没有份儿了，我干脆不用排了……"

委蛇的声音，再一次阻断了众人的窃窃私语。它笑眯眯地说："各位，安静，请安静！我说了但凡排队者皆有份儿，那就肯定都有份儿啊。你们就算不相信我委蛇，可是，你们连大王也不相信吗？我王保证，在场的每个人都有份儿……"

大家恍悟，女王一直站在台上呢。女王微笑道："各位少安勿躁，委蛇一定会让大家都享用到一份美味的烙饼和甜汤！"

一锤定音。这话之后，女王便飘然不见了。

这时候，排名最前面的人已经开始领取烙饼。

负责发放烙饼的一名老兵，满脸笑容，和蔼可亲，上来一人，他就准确无误地递出一份烙饼和甜汤。领取了烙饼的，便从另一个方向离开。如此鱼贯而行，井井有条，众人立即安静下来。

可所有人都伸长脖子，眼睁睁地看着那一筐烙饼。就这么一筐，后面又没有新来的补充，怎么也无法提供给这么多人吧？

有些人甚至开始报数："五十五、五十六……九十九……一百……完了，快轮不到我了，唉……"

可是，说也奇怪，他们数着数着，忽然发现一个问题。

明明已经发放了几百上千份烙饼了，那筐子没有任何添加，也没有任何更换，可是那筐子里的烙饼却总也不见少去，好像怎么发都发不完似的。

"天啦，你们发现没有？这筐里的烙饼怎么发都不少……"

"是啊，一直都那么多，怎么都发不完似的……"

"天啦，这是聚宝盆吗？"

"一定是聚宝盆，一定是的……"

这筐子，竟然是一个聚宝盆？可大家来不及震惊，已经听得对面已经开始吃烙饼的人啧啧的赞叹声：“好美味的烙饼！真是又香又甜，太美味了……"

"我这一辈子从未吃过这么香甜的烙饼啊，真是世上罕有的美味呀……"

"甜汤也很好好喝……"

……

先是一名老兵分发烙饼，到后来，好几个人帮着分发。直到整个广场上的民众全部领取了烙饼，那筐子里，居然还有烙饼。

然后，街道上的民众也闻讯涌来。所来之人，没有任何人空手而归。每个人都津津有味地吃烙饼、喝甜汤，每个人都吃得饱饱的。

别说普通民众，就连白志艺等人也惊呆了。这无穷无尽的烙饼是怎么来的？他们好奇地围着那筐子，就像看着一个巨大的聚宝盆。

有人忍不住了问道："委蛇，这真的是聚宝盆吗？"

白志艺也上前一步，好奇道："委蛇，这真是聚宝盆？"

委蛇哈哈大笑："这可是天尊大人对我们的恩典！天尊大人将这宝物赏赐给我家少主，我家少主又拿出来供民众集体享用……"

"天啦，难道天尊大人真的一直都在九黎？"

"当然啰，天尊一直都在九黎。"

"难怪灵巨这些家伙一下就被镇压了，想挑战天尊，这不是找死吗？"

"镇压灵巨也就罢了，可你们不觉得这个聚宝盆更神奇吗？这样取之不竭、用之不竭，真是太稀奇了……"

"是啊，会不会放一块金子在里面，也会源源不绝地变出金子来呢？"

"我看可以。要不，委蛇，你多放一些金银珠宝在里面，看看能不能变出无穷无尽的金银珠宝？那样岂不是大家都发财了？"

"没错没错，那样大家都发财了，委蛇你赶紧试一试吧……"

委蛇大笑："这可是不成的。"

"为什么？"

"天尊显示神迹，让大家吃饱喝足，并不代表要让大家金玉满山吧？毕竟，贪婪的心，带来的绝对不是善果，只会让欲壑难填……今日你们能金山银海，明天你们可能又要求稻谷满仓，大后天可能要求给你们变出无穷无尽的美女豪宅，那就算有聚宝盆也禁不住了……"

众人哄堂大笑。

"没错，是这样的。"

"委蛇说得很对，欲壑难填……"

"就是吗，天尊让我们吃饱喝足已经不错了，我们不能太贪婪……"

委蛇笑道："金银珠宝、美女豪宅是没有的，不过，天尊将连续三日在九黎广场发放美食，来者有份……"

"天啦，委蛇，你的意思是，明晚我们还能吃到这美味的烙饼？"

"不只是明晚，后天晚上也有。连续三天发放，风雨无阻，不见不散！"

"真是太好了！"

欢呼雷动。

……

那一晚，九黎广场狂欢到深夜。一场暴恐袭击带来的恐慌，早已在美味的烙饼和甜汤里被驱赶得烟消云散，直到深夜。

广场上的人群已经基本撤离，就算依依不舍者，也被侍卫劝离了。一想到还有连续两个夜晚可以享用美味、见识奇迹，大家倒也不再徘徊，到破晓之前，整个广场几乎彻彻底底安静下来。一阵风吹来，所有的垃圾无声无息地飘入草地，分解成泥。广场上，几乎一尘不染。

委蛇和一干名医、侍卫都疲乏至极，全部回去休息了。这时候，一道雪白身影才飘然降临。

初蕾看看天空，又看看那道白影，微微一笑。

他轻轻拉住她的手，二人无声无息地在高处坐下。

她的头，轻轻靠在他的肩头。

黎明前夕最黑暗的时光，风很轻，微冷，有淡淡花香，还有淡淡甜蜜烙饼的残余香味。

九黎之美，并不仅仅在于风景，更在于这静谧和温柔。九黎的天空，也淡雅温存、高洁深远。走了千里万里，还是梦回九黎。九黎，实际上是华阳的复制，是华阳在这里的重现。

"百里大人……"

他轻轻摸了摸她乌黑的头发，他听到心的跳动，那是两颗心，以同一的频率。他前半生，从来不敢想象。直到现在，依旧认为是命运的厚爱。

"百里大人，那筐子真是聚宝盆吗？"

他笑起来。

她好奇极了："难道不是？"

"几千万年之前，各大星球已经不再耕种，一般是自主合成碳氢化合物，也就是制造食物……"

"莫非这些烙饼便是碳氢化合物制成的？"

"对。"

对于他而言，要制造这些碳氢化合物提供源源不断的食物，那真是小菜一碟了。

她兴奋得双眼放光："真好！真是太好了！我一直担心移民大批到了九黎之后，怎么解决粮食短缺的问题，现在真的不用担心了……"

他微笑："早前委蛇已经告诉我这个担忧了。其实，这都不是问题。九黎很大，从九黎广场为中心，可以层层扩展，甚至直接扩展到以前大夏的阳城以及古蜀国的边境，而目前全地球的总人口不过七千万左右，全民选择迁徙到宜居地都是可行的……"

"才七千万人口吗？我还以为有九千多万。"

"我再次核实了，的确只有七千多万。现在九黎已经有了三千多万人口了，外地分散的也是三千多万，因此，要解决这些人的口粮问题，难度并不大……"

"那可真是太好了。"

包治百病的透骨镜，吃不完的烙饼……可以想象，这消息会风一般传播，对于移民的吸引力必将无穷无尽。

"我已经反复核查，得到了一个算是非常详尽的数据，所以，我的观点还是照旧……"他的观点便是，只要没有战争的损耗，无须以国家的名义供养庞大的军队。那样，全世界的粮草是足以供给全世界人民使用的。只要调度得当，饥荒的影子会越走越远。

纵然这七千万人全部都会聚到九黎以及九黎辐射带几万公里的宜居地，都不会愁吃愁穿。

其实，战争才是最大的损耗，军队才是最大的损耗，初蕾对这个观点深表赞同。许多小国往往无法长途奔袭，便是因为粮草不继，根本无力开战。和打仗相比起来，一切的奢侈享受简直都不值一提了。更何况，九黎现在可以有长达十年之期或者更长时间的春秋二季，庄稼一年到头都可以生长，温暖的土地可以提供更大更多的产出，碳氢化合物也能提供足够的替代品。这三天全民免费品尝烙饼，其实便是对碳氢化合物制造出的替代食品的推广。

当然，他认为这种替代食品，在寻常年份是用不上的，顶多在新移民快速涌来，食物供应不上的时候才有必要使用。

只消再有两三个丰收年，国库粮食大量储存，然后在市场上进行投放，一切就都不是问题了。

让九黎成为全世界的王国、地球的中心、全世界人民的集聚地，完全有可能。

初蕾情知他对这件事情早有准备，自然也不遗余力，真是好生感激。如果没有他，这些东西根本是自己和背后的文武大臣办不到的。

她喟叹："百里大人，一直都是你帮我。要不是你这么帮着我，我这个万王之王真的不可能这么快就站稳脚跟……"

他凝视她。

"百里大人，谢谢你。"

"初蕾，其实一直是你在帮我……"

她愕然："我帮你？"

"对，一直是你在帮我！"

"……"

"我是九黎的大罪人！甚至是整个地球的大罪人！我原本已经没有颜面重回地球，更别谈振兴地球了。我就算来看看，也顶多是乘兴而来败兴而归！可是，因为你，我才发现，原来，自己并不仅仅只是回来看看，我还有义务为地球做一些事情，做一些补偿……"

"……"

"可是，我已经失去了独立着手的勇气！也一度十分消沉！若不是你的出现，万神大会之后，我早就走了，甚至根本不想在地球上待那么久……"换而言之，若非她的出现，可能连万神大会都没有。

"从弱水出来之后，我一度非常迷茫，别说什么万神大会了，我对地球也彻底失去了兴趣。因为，随着东夷联军横扫天下，我发现，地球早就变样了，已经彻底腐化堕落，成了一个被诸神抛弃的贫寒之地。我越是了解越是失望，觉得现在的地球就是一个破落户，这些地球人简直就是一些蝼蚁般的存在。所以，我一度想要远走高飞，再也不回来了……"

从极度的兴盛繁荣里走来，看到的是一地鸡毛，有史以来最落后、最荒唐的地球文明，每天面对的是一群白痴般的行尸走肉，他们没有风度、没有仪表、没有见识，更谈不上有何高尚的情操、高贵的品格，甚至连昔日的文明科技都没听过。

人类，已经沦为刀耕火种时代的凡人。在他们眼里，刀枪剑戟或者一个国王，那已经是超级了不起的存在了。他们就像井底之蛙，根本不知道天外有天，更别说大联盟了。他们以为国王就是这世界上最高级的存在。

白衣天尊对于地球的绝望，可想而知。他甚至于对九黎也彻底失去了兴趣。他甚至多次问自己：这真的是九黎？这真的是不周山之战前夕那花团锦簇、四季如春的九黎吗？那么多的瘴气、戾气，那么多的毒虫猛兽，那么长的酷暑寒冬，那么多的沙化裸露……这都是哪里来的？九黎，已经成了一条斑蝥残废的老狗；九黎，已经成了一个奄奄一息的病人。他甚至怀疑自己走错了地方，甚至失去了在这里待下去的勇气。他觉得自己陷入了一场洪荒般漫长的噩梦。直到他在大联盟里行走，直到他决心再次一统地球——唯有结束那无休止的战乱和分崩离析，才可能迎来真正的崛起和振兴。

各自为阵，永远无法重新整合。以战止战，成了他唯一的选择。于是，才有了他一手扶持的东夷联军，所向披靡，短短两三年时间，便一统天下了。可是，就算一统天下了，也不是如他所设想的那样，走上了正轨。

的确有一大批人因此增加了见识，走向了富贵，得到了好处，比如布布大将军以及他的亲信下属们。可是，此外的大多数人，依旧贫寒无依。

他要的，难道就是让这一撮人借着他的名号大富大贵吗？不，绝对不是。他要的是九黎重现荣光。不但是春暖花开、四季如春，而且要全民富足、人人安康，彻底消灭贫穷和疾病，消灭犯罪和压迫。很显然，布布无法理解这一点，也做不到。

万神大会之后，他几乎再次陷入了迷茫之中——扶持布布这样的家伙干什么呢？他所做的一切就是为了让布布和其子孙们千秋万载地富贵荣华高人一等？如果是这样，他做这一切还有什么价值？他重回地球，又不是为了做布布一个人的神。

直到她的出现，直到这个小人儿的出现，直到他亲自去金沙王城走了一遭，直到他亲眼见识她的过人的能力、勇气。尤其是勇气，他真的从未在别的任何人身上见识过这样强烈的锐勇——有金石之声，百折不挠的勇气。纵然命悬一线，纵然走投无路，纵然强敌环伺……她从未有任何时候的退缩。她从未在任何时候令他失望过，无论是初相识，还是到现在。

亦如此刻，她静静地靠在自己肩头，唇边有她的乌发散发出的袅袅余香，有沉醉的感觉。他索性横了双手，躺在石板上面。干净的石板经受了一天春阳的照射，尚有微微余温，加上她温热的呼吸，就好像是一杯醇美的酒在空气中挥发。

她也学着他的样子，四肢舒展。呵，这九黎的夜空，真是太令人迷醉了。

"初蕾……"

她聆听。

"初蕾，我一度觉得九黎已经破败不堪，再也不值得拯救！可现在，我忽然再也不想离去。"

"呵，百里大人，你就不要离去吧。"

他兴致勃勃道："要不，初蕾，我们一起在九黎待一段时间，待理想完成，九黎变成我们所期待的样子，然后再一起离开，可好？"

她惊喜道："那可真是太好了。百里大人，就这么说定了。"

他紧紧握住她的手。

她倚在他的怀里，但觉整个人都变成了这晨露妖娆的黎明之光。

他柔声道："初蕾，歇一会儿吧，你这些天也累了。"

她果真闭上眼睛，很快就发出了细微的沉睡声。

他的目光透过极度的黑暗，凝视她洁白如玉的面庞，也无声无息地笑起来。

第十三章 神迹 3

九黎河是整个九黎的分界线。

河内的几百平方公里范围之内，已经成了世界上顶级的繁华商圈，尽管也有一二三圈层之分，可是，毫无疑问，无论是第一圈层还是第三圈层，都成了世界各地人民向往的目标。

九黎河之外，有大片大片的山林、空地。尤其是西南地区的大片空地，因为长时间的废弃，直到现在仍然偏僻荒芜。可是，今天，这里却像过节一般，会聚了无数看热闹的百姓。其中，还包括许多九黎的文武大臣、小狼王和杜宇、白志艺等人纷纷在场，就连委蛇和大熊猫也拥挤在人群里好奇地东张西望。他们所有的目光，全部落在女王身上。

女王站在最上端的空地处，微微一笑，朗声道："各位，我在登基之初就说了，要让九黎变成全世界人民的九黎！要让所有百姓不分性别、不分种族，全部享受到整个九黎飞速发展的成果。"

大家想，这是什么意思呢？

"要让百姓安居乐业，首要问题就是衣食住行！粮食问题很容易解决，但房屋问题就稍稍难一点……"

台下的人也七嘴八舌。

"是啊，粮食倒是解决了，可房屋怎么解决呢？如果真的允许大批新移民来到这里，他们住哪里？"

"没错，九黎的房价一飞冲天！幸好我们是当地人，早就有房子了，若是没有房子，怎么买得起？"

"别说一般人买不起，现在好多小商队首领都买不起房子了，至少在第一圈层是买不起的！而且整个九黎已经人满为患，再要大量修房子也是不可能的。九黎河外面倒是还有大片的广袤土地，可是，偏远就不说了，怎么修？那些新移民有钱修吗？"

女王一挥手，众人的窃窃私语慢慢停下来。

她微微一笑："其实，修建房屋并没有大家想象的那么艰难。今天，本王要大家前来，就是要让大家一起见识另外一个奇迹……"

女王，后退了几步。

众人纷纷顺着她的目光望去，很快，大家便屏住了呼吸。只见整个西南方向的大片空地上，忽然一阵无形的风刮过，紧接着便是一片片树林的位移、土地的平整，很大的一片空地竟然望不到尽头似的。

就在大家尚未反应过来之时，奇迹出现了。

一栋高楼，赫然出现在众人面前。紧接着，一栋接一栋的高楼，就像雨后春笋般涌出来。那并不是什么奢华的建筑，也不是什么琼楼玉宇，但是红砖碧瓦，宽敞洁净，就那么一排排、整整齐齐地出现在了众人的眼前。

不知过了多久，才有人惊呼出声："天啦，这些房子是哪里来的？"

凫风初蕾也看着那连绵起伏的高楼大厦，每一栋高楼都是整整齐齐，纵然比不上九黎那些大富豪金碧辉煌的装饰，可是绝对比绝大多数中产之家的房屋舒适美观多了。而且每一栋高楼大厦之间都有花草树木、亭台楼阁，而那些花草树木分明不是凭空出现，只是就地取材、重新布局而已。

就连她也内心震撼，以前，只以为大神们的武力值强大无比，或者星际之间空间转移的能力强大无比，殊不知，他们在各方面的能力都已经到了顶尖级的，甚至到了无法想象的地步。比如，自主合成粮食，解决饥荒；比如，环境治理和房屋建设。

小狼王也张大嘴巴，惊得完全说不出话来。

所有人的目光，慢慢地落在了女王的面上。

她一抬手，指着那鳞次栉比的高楼大厦："这里整整有一百万套房子，也就是说，足以解决几百万新移民的住宿。而且，这只是西南方向而已，至于以后新移民的增多，我们还可以在东北、西北等广袤的土地上再修建一百万套或者几百万套，如此，房屋的问题有何难？"

白志艺忍不住问道："天啦，这房子到底是怎么来的？莫不是神创造了奇迹？"

"你们也可以理解为神迹。"

初蕾耐心解释："这在我们看来，是不可思议的，只能是神的奇迹。可是，事实上，这种建筑方法叫作'大神打印'……"

"大神打印？"

"没错！也就是说，大神们可以像打印机一样，随手把房屋、衣服以及各种各样的东西打印出来。他们完全无须召集工人，也不需要多长时间的工期，只要准备好材料、选好地段，直接采用打印的方法，一排排的高楼大厦就这么拔地而起了！当然，一般的大神也做不到这么迅捷打印这么多的房屋，但是……"她顿了顿，"白衣天尊就不同了！你们该听过他的传说，他向来是治理环境方面的绝顶高手、建筑方面的一流人才。他一直很想为九黎人民做一点事情，所以，除透骨镜和吃不完的烙饼之外，这批房屋，也是他赏赐给天下百姓的……"

"当然，如果后面有需要，他还会提供更多的房子。所以，大家今后再也不必担心新移民的房屋问题了……"

小狼王大叫："天啦，真是太好了！白衣天尊真是太了不起了！"

委蛇也连连惊呼："白衣天尊简直让九黎整个变样了。"

"可不是吗？别的大神最多显示一点神迹就走了，可是，天尊却整整赏赐了我们百万套以上的房屋啊……"

"真是太不可思议了，我简直就像在做梦一样……"

白志艺却狐疑地问道："敢问大王，那些新移民来这里容易，现在安顿他们的房子也有了，可是他们就一直住在这里，怎么生活呢？"

初蕾胸有成竹，她还是随手一指那一排排的高楼大厦："但凡人群聚居的地方，便有许多工作和商业的机会。假以时日，这里起码有几十万几百万的人聚居在这里，何愁没有商机？何愁天下的商队和各种商品不涌到这里？而且，在九黎之外的原来大夏的境内，有足足上千万平方公里，也就是说，容纳现在地球上不到七千万人口是绰绰有余的，无论是耕地还是商业，都可以满足。当然，我提倡新移民来九黎，并不是强迫天下人非来不可，也不是要大家非要永远定居在这里。事实上，九黎的责任是为天下所有人提供一个最繁华、最安全的场所，因为集中的管理远远比分散的管理成本更低，也更高效，大家能享受到的福利也更多、更快捷。比如，同样是绝症病人，你在九黎，可能你只需半个月之内就能排队享受到透骨镜的治疗，可你要是在极西之地，你光是赶到九黎就要一年半载，也许路上就死了，还谈何治疗？"

"再者，九黎这几年大力推广免费的教育，最近也在逐步推行免费医疗，以后还会有更多各种各样免费的项目。可是，因为空间和成本的原因，到目前为止，基本上还是只限于整个九黎的大范围，而在那些超级遥远的地方，比如距离九黎几万里的地方，根本无法推广……"

众人纷纷点头。

"是啊，是啊，距离九黎越远就越是吃亏……"

"九黎的繁华富庶，也的确是其他地方比不上的……"

"就像我们之前吃的烙饼吧，外地人就绝对吃不成……"

身为九黎土著，当然好处无数。

"而且，定居九黎之人，当然也不是永远！事实上，大家都看到了，九黎的百姓也是自由流动的，大批人随着商队到处游历，许多人到处去旅行，只不过，他们走出去了，见识了，然后觉得还是九黎更好，于是又回来了。当然，也有人觉得外地更好、更合适，就留在外地了。无论来去，我们都不强迫，我们只需要做到一点：给愿意来的人提供一个机会！至于不愿意来的，当然也不勉强，他们的生活不会有任何的改变……"

百姓们你看我，我看你。很显然，现在他们都认为：这天下就没有不愿意来九黎的人！但凡不愿意来的，那简直就是傻子啊。九黎有免费的漂亮房子，有吃不完的美味馅饼。九黎，隐隐地变成了一个梦幻般的天堂。

小狼王忽然问了一个问题："敢问陛下，这新建的房子，是只提供给新的移民还是如何？这么说吧？大家都看到了，这房子又多又漂亮，远远胜过九黎普通百姓的居所，那么，本地百姓有资格得到这样的房屋吗？"这问题，击中了所有人的内心。

大家齐刷刷地问："我们也想住这里，可以吗？"

初蕾笑起来。她一挥手，众人立即停下来了，她当然早就想到这个问题了。"这里，有一百万套房子，可是，新移民还没来，而且也不会那么快速到来，对吧？本王已经拿到了确切的数据报告，到目前为止，只有三十万新移民需要被安置，那么，这三十万新移民和他们的家属只需要十万套左右房子就足够了，剩下的大部分还空着。所以，九黎最贫困、房子最破烂的百姓可以优先排队申请五十万套，剩下的留给陆续赶来的新移民，不够的再打印就是了……"

五十万套！大家默默地震惊，又异口同声地说："真是太好了！"

"不过，我得提醒大家，你们原来的房屋位于大九黎的核心部分，价值是远远高于这个地段的。虽然相当一部分环境一般，可是，白衣天尊考察之后，很可能会集中改造，重新打印。而且，重新打印的时间也就是这两年之内。所以，要不要搬迁，随你们自己考虑！但是，一旦搬迁了，就必须退出原来的房屋，毕竟一家人只能占据一套，而不是无数套……"

"就算我们不搬走，也会重新打印，重新住上新的房子，对吧？"

"我可等不及了，我的房子太破烂了，我要退出我的那套房子，马上搬到新房子里住……"

"我们都搬来吧，大家一起也热闹一点……"

富豪或者中产家庭也就罢了，那些底层的贫民纷纷振奋不已，恨不得马上就举家搬迁到这美轮美奂的地方，这也是见证了神迹的地方。

整个九黎河都沸腾起来了。

无论是搬迁到这里也好，还是等待重新打印也罢，反正大家都可以免费换新房子了，这岂不是天大的好事？直到傍晚，九黎河边还是熙熙攘攘，围观的百姓久久不肯散去。

就连小狼王都流连忘返，感叹声声："真是太了不起了！了不起的女王，了不起的天尊！我等凡俗之人，相比之下，就像是蚂蚁一般……"

杜宇也长呼一口气："真没想到，我们有生之年竟然能见识到这样的奇迹……我简直就像在做梦一样……"

小狼王哈哈大笑，重重在他肩上拍了一下："我就说嘛，自从遇上你家少主，我的运气就爆棚了！哈哈，我可是一再目睹了许多神迹之人啊！"

委蛇笑道："可不是吗？你不但目睹了神迹，以后，你还是九黎之王呢。"

"哈哈，九黎之王！没错，九黎之王！委蛇，你等着瞧吧，以后，我一定要好好做九黎之王！绝对不会让你们失望的。"

众人都笑起来，就连远远离去的鬼风初蕾也笑起来。

春花，暮风，那是九黎最浪漫的夜晚。夕阳尚未全部消失，月亮已经早早地爬上来，红霞与星辉交织成一抹瑰丽的色彩。

初蕾看着山巅之上的那抹雪白影子，再看看身旁一颗挂满了红灿灿苹果的树木，忽然跳起来，摘下一个苹果："百里大人，给你……"

他接过苹果，笑起来。

"百里大人，你又替我解决了一个大难题。"

不只是围观百姓，就连她目睹高楼大厦拔地而起时的奇景，心口现在都还在怦怦乱跳，简直是不可思议的神迹！就算之前他早已给她详细解释过，可亲眼看见时的震撼之情还是难以言表。这简直比战争、比星际穿梭、比银河战舰更令人震惊——毕竟，那些东西都是一瞬间的、带着破坏性的。

可是，这却是货真价实的建设，建设总是比破坏更加困难的。

"这个神的打印，简直是太神奇了，是不是以后无论什么东西都能打印出来？"

他很耐心地解释："这种技术在七十万年是稀疏平常的！现在的地球，已经是有史以来最落后的时段，所需的相关材料也很不好找，所以，我纵然能打印，也需要耗费一点时间……"

他并不是一伸手就打印出来了这么多东西，他是重返地球之后，目睹破败的九黎，就在规划这件事了。甚至二人婚后，他一直留在九黎，当然并不是完全为了享受风花雪月或者新婚宴尔。他一直在尽一份力气，他一直在考察各地的环境。不周山之战前，他连全球的核污染都能治理，更何况这些区区打印之事，无非是多花一点时间而已。

他喜欢看到普通人因为惊喜而展现的笑脸；他喜欢看到春暖花开，水草丰茂；他喜欢看到九黎回到原初的样子，最美丽时代的样子；他希望有朝一日得偿所愿。

他其实从来不是因着王位，他只是因着一股愤怒才犯了错……曾经灭绝了一代人的战犯，总要做出补偿。他所做的一切，都是为了补偿。他这个地球上的第一代原住民，对于地球的感情，那是无人可比的。就算曾经绝望透顶，曾经走投无路，可现在，只剩下赎罪的心情。是的，就是赎罪。赎罪，自然就要重建。重建九黎，重塑地球。

今天打印成功，无非是让民众多一份信心而已。当然，也是让民众对他们的女王更多一份信心。从透骨镜到吃不完的烙饼，再到这拔地而起的高楼，几乎天下人都已经对女王死心塌地地信服崇拜了——几乎再也没有人怀疑她这个万王之王了。某种意义上，她在他们的心目中，已经是接近于神的伟大人物了。

初蕾感叹："每次都是百里大人出力，而我享受成果。其实，这些事情都是你做的，我根本办不到。"

他轻轻拉住她的手："你我之间，不分彼此！"

她也笑起来，是啊，你我之间，何分彼此？

新房，新屋。好像一直在新婚宴尔，总也缠绵不够。

那一晚，她躺在他的怀里，安静得就像是一朵花一般，她听他讲述过去。

他的过去，当然不只有不周山之战。事实上，他两亿年的岁月里，有无穷无尽的稀奇事，她听得津津有味。

终于，他讲累了，她也有点疲乏了。

她闭上眼睛，却含糊不清道："百里大人，你知道吗？我每天最快乐的时候，便是晚上躺在你怀里听你讲故事……"

她简直就是一个小孩嘛！他哑然失笑，逗她："等有一天，我的故事讲完了，怎么办？"

"怎么可能讲完？不是无穷无尽的吗？"

"什么故事都不可能无穷无尽啊！"

"反正你至少可以给我讲几十年几百年，现在我才不担心呢。"

她嘟囔着躺在他的臂弯里，顷刻间呼呼大睡。

他摸摸她的发梢，笑起来，心里却无限唏嘘。这小家伙，她可是自己第一个，也是唯一一个忠实的听众呢。自从炎帝退位之后，鲜衣怒马的太子成了废太子，昔日的朋友纷纷远去，各种的热闹和繁华也烟消云散。自少年时代起，他已经学会了隐藏心事，从不诉与他人，以免遭到幸灾乐祸的嘲笑。直到现在，直到遇上她，他才开始了无休止地倾诉——她乐意听，他也乐意讲。把深埋的过去告诉他人，其实是一种解脱和释放。否则，人生该是多么压抑呀。

他想，幸好遇上了她。要不然，哪来这么好的倾听者？他忽然将她拉起来。

她嘟嘟囔囔道："该睡觉啦，这么晚了……"

他神神秘秘："我忘了拿一件好东西给你。"

"是什么呀？"

他神秘一笑。

书房里，灯光明亮。

书桌上，有一棵青铜铸造的树木。

初蕾睁大眼睛："这是什么？"

"摇钱树。"

"摇钱树？"初蕾哑然失笑。

那棵青铜树上密密麻麻的叶子，看起来的确像一串串的金叶子。只不过，这摇钱树有一个圆形的底部托盘，看样子是为了便于摆放。

她打了个哈欠："这棵树的确很精美，可为什么叫摇钱树呢？"

他神秘一笑，变戏法一般摊开掌心，掌心里是一枚金叶子。

"初蕾，你知道这是什么吗？"

"金叶子呀。"

他笑起来，然后将金叶子放在摇钱树的旁边，随手在摇钱树的底部摸了摸。

最初，也没什么，但不一会儿，初蕾便睁大了眼睛。

她听得一个奇怪的声音，紧接着，便看到一枚枚的金币从摇钱树上掉下来，慢慢地，竟然堆积得如小山一般。眼前，金灿灿的。那金币，竟然像真的一般。她下意识地伸手拿起一枚，仔细一看，千真万确是金币。再抓起一把细看，居然全部是货真价实的金币。

她惊呆了。好一会儿，她才摊开掌心，一大把金币纷纷坠落在桌上。与此同时，摇钱树上还在不停地掉下金币，书桌上的金币已经堆得很高了，眼看就要掉到地下了。

白衣天尊一伸手，在底盘上又按了一下，摇钱树这才不掉下金币了。

初蕾傻乎乎地看着那一大堆金币，张大嘴巴，简直一句话都说不出来。

白衣天尊悠然道："看到了吧？这就是摇钱树！世人梦寐以求的金币，其实非常简单，只需要抱着这棵树摇一摇，就会掉下无穷无尽的黄金，要多少有多少……"

初蕾还是睁大眼睛，问："这些黄金是真的吗？"

"当然是真的！如假包换！"

"可是，这黄金是怎么来的？"

"你不是看到了吗？拿着摇钱树摇一摇，黄金就掉下来了……要不，你亲自试一试？"

初蕾傻乎乎地抱起摇钱树摇了摇，当然，摇钱树上并未掉下金币。但是，当她学着白衣天尊的样子，翻开摇钱树的底盘，找到一个按钮，刚刚按下去，金币立即又叮叮当当地掉了下来。

因为她是抱着摇钱树，金币正要砸在她的脚背上，她一抬脚，金币便掉在了地上，发出清脆悦耳的声音。她再按那按钮，金币立即停止掉落。如此反复几次，只要开了按钮，金币就掉下来，关了就停止。再看那棵摇钱树，上面的青铜叶子居然一片也没有减少，还是那么枝繁叶茂。

她呵呵大笑："天啦，这玩意儿居然真的是摇钱树！这世界上，怎么会有这样的玩意儿呢？"

白衣天尊也笑起来："这摇钱树，其实非常简单。它里面有一种极其特殊的射线和元素，能自动扫描贵重金属，然后自动复制打印，就像现在，我拿一枚金币放在它面前，它扫描识别之后，就会自动合成黄金……"按钮打开，就开始自动合成；按钮一关闭，便停止工作。

因为这种自动合成的功能，所以被命名为"摇钱树"，当然，也是制造这棵摇钱树的人想法奇特。

"有一段时间，大神们不是对黄金白银以及各种玉石趋之如鹜吗？所以，地球上的浅层黄金几乎很快就被开采殆尽，剩下的都在一些很难开采的地方，要获取必须付出极大的代价。大神们当然不愿意做这种苦力活，全靠落后的地球人也很是费事，所以许多神族便开始在其他星球上寻找黄金。后来，有一个神族在某一个特殊的星球找到了一种很特别的元素和矿物质，他用这种元素和矿物质制造了这棵青铜神树，将其中的关键部分放在了按钮以及内部的中枢上面，如此，便可以自动合成黄金……"

"天啦，有了这摇钱树，岂不是可以得到无穷无尽的黄金？"

"理论上的确如此！可是，因为这棵摇钱树里储存的能量是有限的，合成黄金的数量也就是有限的，也就是说，等到能量耗尽，这棵摇钱树就只剩下青铜摆设的功能，而再也无法合成黄金了。再者，因为设计者的原因，你也看到了，只能合成小片的金叶子，而不是大块的金砖、金块什么的，所以，最后合成黄金的数量也是有限的……"

初蕾简直好奇极了。她当然不是因为这一堆金子，而是如看到了什么神奇的梦境一般。她随手拨弄了一下摇钱树的叶子，兴致勃勃道："这棵摇钱树的能量能维持多久？"

"如果一直使用，大致还可以用三年。三年之后，其中的能量就会全部耗尽，成为一棵纯属摆设的青铜树。"

初蕾哈哈大笑："还能用三年？真是太好了。"

"哈哈，小家伙，莫非你想在这三年之中天天用摇钱树合成黄金？"

"可不是吗？如你所说，现在对黄金的开采速度太慢了，各种成本也很高，有时候急需用钱，根本就找不到。不过，有了这棵摇钱树那就不同了，至少，这三年之内，能为我解决许多问题……"她扬扬自得道，"哈哈，真是太好了，这三年之中，我很可能是全世界当之无愧的首富了。"

他哑然失笑。

她却放下摇钱树，手一软，便搂住了他的脖子。灯光下，她温柔的目光、湿漉漉的眼神就像是黑夜中盛放的一朵花："百里大人，我真不知道该如何感谢你才好……如果没有遇见你，我也不知道自己会变成什么样子……"

如果没有遇见他，是不是在湔山小鱼洞之战时就已经被大费给杀掉了？如果没有遇见他，就算逃出了那场追杀，可现在自己会在哪里呢？是在逃亡的途中还是在茫茫无际的绝望中身首异处了？如果没有遇见他，就算逃亡成功了，那现在是不是躲在鱼凫国或者任何不知名的地方，籍籍无名、庸庸碌碌度过后半生？如果没有遇见他，什么复国，什么理想，是不是都是一场空而已？就算还有委蛇、杜宇，就算还有卷土重来的一天，是不是需要历尽无数的艰辛，等待漫长的岁月？

自己命运的改变，全部都是从遇到他开始改变的。

从鱼凫国的女王到万王之王——如果没有他，这一切真的会实现吗？如果没有他，自己还会见识到诸神的行为、大联盟的盛况、星际行走的奇遇……自己能认识到除整个地球之外浩瀚的银河系以及无穷无尽的宇宙吗？如果没有这个人，自己还能是今天的凫风初蕾吗？如果没有这个人，也许鬼风初蕾坟前的草木都已经很高了。

他凝视她，她也凝视他。她的声音很轻很软："百里大人，你对我一直这样好，我都已经习惯了，我甚至不敢想象，若是以后没有了这好，那该怎么办？"

"这好，既然一直都有，那么，以后就一定会永远存在！"

她笑起来，他也笑起来。

他只是很自然地将她拥在怀里，贴着她的嘴唇："初蕾，你放心吧，我们以后还有很多很多事情要做，毕竟重整地球的重任才刚刚开始呢。"

她悠然神往："如果能够在我这个万王之王的任期之内，让地球重新恢复宇宙大帝的荣光，那才真是好极了。"

"会的。初蕾，你放心，一定会的！"

以前，她是不敢相信这话的，甚至想都不敢想。可现在，她紧紧握住他的手，忽然觉得，这一切理想都可能实现，而且距离实现的日子不会太远了。

第十四章　天后叛乱

某一天，初蕾睁开眼睛的时候，正好看到红火的朝阳从地平线上滚出来。大地、天空忽然成了同样的颜色，她慢慢坐起来。

她看到白衣天尊的神情有些奇怪。

"怎么了？百里大人？"

白衣天尊的神色居然有些紧张："天后叛乱，西帝被囚禁了。"

初蕾惊呆了。

白衣天尊看了看自己的手腕。

半神人的手腕初一看，和别人没有任何不同。可是，初蕾和他相处日久，早已发现了这个秘密。他们手腕上的蓝色血管，其实是一种特殊的信号联络工具。

此时，他的蓝色血管有一丁点红色的火焰在闪烁，十分微弱，不细看是根本看不出来的。

"我刚刚接到西帝设置的求救讯号，他被天后及其反对党抓起来了，轻则被逼退位，重则性命难保。"

初蕾惊得说不出话来。想想看，中央天帝都被人抓起来了。而且，叛乱者还是他的妻子。不知怎的，初蕾忽然想起青元夫人。这事情会跟青元夫人有关吗？如果青元夫人利用中央天帝大做文章，加上她无所不催的D病毒，那可就大大不妙了。

她心里一凛，说道："既然天后能反叛成功，肯定党羽如云，你这一去，岂不危险？要不，懒得管他们，反正谁当中央天帝都没关系……"

白衣天尊苦笑。

谁当中央天帝当然没有关系。可是，若是天后当了中央天帝，或者青元夫人当了中央天帝，那就是大大不妙了。

能支持天后反叛并获得成功，这样的能量，这样的胆量，大联盟中几个人能做到？想来想去，青元夫人都很可疑啊。

初蕾一看他这神色就明白了。

这一趟，他是非去不可。就算前不久西帝才出尔反尔派了银河战舰追杀他，他也非去不可。他做了决定，她反而轻松了。

她只是殷切叮嘱："百里大人，你一定要小心呀。"

"你放心。"

正因为知道他在弱水练就了不死不灭之身，她才让他去。

他只叮嘱:"灵巨等人叛乱,背后都有人指使。你这段时间,必须当心其他叛乱分子,他们不可能就此善罢甘休。"

"你放心,我能对付。"

他轻叹:"初蕾,我可真舍不得你。"

她笑起来,柔声道:"没关系,我一直在九黎等你回来。"

"遇到危险时,最好能避就避,而且,万万要记得元气共享。"

"百里大人,你放心吧,现在的等闲之辈,我基本上能自己对付了。"

二人以前聚少离多,可婚后这两年,几乎天天在一起,再无分离,早已习惯了相濡以沫的生活。也因此,一旦面临别离,更是依依不舍。

直到走出去很远,白衣天尊回头,还看到初蕾站在原地目送自己。清晨的朝阳洒在她的脸上,就像这世界上所有的红花在她脸上开放了。明明已经那么熟悉,他还是怦然心动:"初蕾,你等我回来。"

她的声音,也如红花一般,甜蜜、温暖、充满期待:"当然,我一定等你。"

刚到大联盟的边缘,白衣天尊便感受到了一股不寻常的气息。大联盟进行了严密的封锁。以前,可是没有的。当然,这也难不住他。

当他悄然靠近大联盟的总部时,那股诡异而危险的气息就更加浓郁了。大联盟的大门,落下了铁链。这种早已落伍的铁链,没有任何实质性的用处,可是,如果经过封印,那就很不寻常了。尤其,那铁链若是经过三名以上资深半神人的封印,就基本上是一座牢狱了。所以,当白衣天尊看到这铁链上居然有多达七个资深半神人的封印,一下就震惊了。

这七个人全是当今大联盟的权势人物,其中最重要的两个封印,一个出自天后,一个出自西帝的亲哥哥。

这样的铁链,这样的封印,已经不仅仅是叛乱,而是代表一种强烈的侮辱和蔑视——对西帝的蔑视。

他忽然想起当初的八卦传闻:当年,西帝一怒之下将天后倒吊在这大门口几天几夜,用雷霆击打,严厉处罚。天后对此视为奇耻大辱,发誓有朝一日一定会报复。

天后虽然没有把西帝也这么倒吊起来,可是,那铁链已经足以说明一切。那是在隐晦地表示:我已经把西帝吊在这里了。

很显然,这是一次精心策划的叛乱。西帝这厮,已经凶多吉少。

白衣天尊暗骂一句:这老家伙真是成事不足败事有余,居然败在自己妻子手下,也真是没谁了。

铁链封印的功效,除了侮辱,还有实用性。

封印非常强大,七个第一流的资深半神人的封印,足以阻拦任何企图闯入营救者。西帝的任何下属，包括所有的天兵天将，都无法擅闯。可是，白衣天尊并非一般人，他没有费多大劲便破解了封印。

王殿里有声音传来，他隐匿了自己。大殿正中，一把宽大的金椅子。西帝，像往常一样坐在正中。可是，他不是像往常那样随心所欲想怎么坐就怎么坐，相反，他的双手和双足都被柔软的元气条所捆绑，无力挣扎。他满面怒容，好几次要开口，却欲言又止。

在他的对面，正是天后。天后打扮得非常美艳，非常端庄，她的手里，正拿着他曾经须臾不离身的雷霆，随手一挥，那霹雳之气几乎溅瞎了西帝的眼睛。

西帝怒吼："住手！你这蠢婆娘！"

天后咯咯一笑，索性举起霹雳在他胳臂上一锤，他疼得大叫一声，一蓬又粗又长的金黄色胡须都卷曲起来。"老种马，你也知道疼的滋味？咯咯，我以为你一辈子都不会知道呢……"

天后媚眼如丝，雷霆在手上晃呀晃呀，好几次，都在西帝眼皮底下擦过。西帝眼睁睁地看着，眼皮都不敢合上，生怕那疯娘儿们一不小心就把自己给锤瞎了。

"当年，我也是看不上你这老种马的，可是，你百般使诡计，强行占有了我，我这才被迫嫁给你。可是，你却死性不改，成婚不久，你就到处拈花惹草。你和外面的那些狐狸精鬼混也就罢了，可是，外面的狐狸精生的孩子比我的孩子还多，你让我的脸往哪里搁？小骚货们生了小杂种也就罢了，可你万万不该论功行赏，居然让那些小杂种们的封赏远远在我的儿女们之上！我可是你的正室！我是天后啊！你怎么敢如此藐视我？"

雷霆若有似无。可每一次都摩擦在了西帝的眼皮上面。他只觉眼皮被烈火灼烧一般，却咬紧牙关，一声不吭。

天后巧笑倩兮："疼吗？疼吧？这疼痛的滋味很熟悉吧？当初你将我倒吊在大联盟门口，用雷霆击打，让天下人都看我笑话，你这样侮辱我，你想过有今天吗？""吗"字，伴随着雷霆的重击，西帝终于惨叫一声。"老种马，你居然也知道疼痛是什么滋味？"

西帝恶狠狠地瞪了她一眼："你这个疯婆子！"

"疯婆子？"天后垂下霹雳，忽然弯腰，轻轻摸了摸他的脸。

西帝不得不抬起头，看着她的眼睛。

"疯婆子？你可知道你强占我的那个夜晚，你将我抱在怀里，一再地柔声细语，称我为你的杜鹃花……杜鹃花啊！现在，你居然叫我疯婆子？"

西帝这才注意到，今天，天后的鬓角插了一朵小小的杜鹃花，她的天后的金色袍子上也绣了一朵小小的杜鹃花。恍惚中，回到了过去。好像那个娇媚无比的少女，孤独、清冷，有种令人着迷的欲拒还休之感，他求之不得。为了她，曾经日思夜想，夜不成寐。

可现在!

"呵,就算我这杜鹃花变成了疯婆子,可是,是谁把我逼疯的?是谁?"

他眼中闪过一抹痛苦之色,垂下眼帘再也不作声了。

天后打了一阵又骂了一阵,可能是有点疲倦了,便坐在对面的椅子上,闭上眼睛假寐。

初看,她和杜鹃山上的那个少女几乎一模一样,还是那么年轻,还是那么漂亮,可是,只消得仔细一点点,便立即可以发现:她的脸上已经烙印了岁月和沧桑,以及岁月和沧桑带来的冷酷和漠然。那是权势的痕迹,那是掌握他人命运习惯成自然的痕迹。

此际,雷霆就在她的旁边,就在她的脚下。西帝伸手,便可触摸。但凡雷霆在手,他便足以扭转局面。可是,他拿不到。他无法伸出手去,捆绑他的是元气绳索,和大门口的铁链一样,也是七位大神一起施加了元气的封印。尤其是天后和其他两位顶尖级大神的封印,别说他已经被捆绑,纵然是他完好无损时,也无法对抗。他愤愤地闭上眼睛,无计可施。

就在这时,钟声响起。那是日暮秋笛,联盟晚钟。但是,和往日不同,只响了一声,而且很沉闷,只回荡在大殿而没有传出去。

假寐的天后猛地站起来,看了西帝一眼,转身就走。

西帝嘶吼:"留下霹雳!你把霹雳留给我!"

天后头也不回:"你别做梦了!"

"我是天帝时,你怎么也是天后,尊荣无比!可是,你要是推翻了我,让别的男人做了中央天帝,你能得到什么呢?难道他们会立你为天后吗?"

天后停下脚步,慢慢回头。

西帝以为这番说辞触动了她,更是循循善诱:"你想想看,无论如何我们也是夫妻,你可是我的妻子。我们就算有争执,也是私下里的。我俩之间什么不能和解呢?我向你保证,只要你解开捆绑我的元气绳索,把霹雳还给我,我保证不追究你这次的罪责,我保证跟你和好如初,你必然还是我的天后!"

她饱经风霜的脸上刻满了残酷的痕迹:"我压根儿就没想再做天后。"

"那……你?"

"我自己也能做中央天帝!"

西帝彻底傻眼了。

大门开了,又关闭。

沉闷闷的陨石大门隔绝了外面一切的声音,自然也包括一切的通讯。

四周,漆黑一团,西帝瘫在宝座上,整个人几乎快崩溃了。

失去了雷霆,就像是断了翅膀的鸟。他想,难道自己这一辈子都要在这里待下去吗?一个中央天帝沦为永远的囚徒,而且叛军的首领是自己的妻子,说出去,岂不是贻笑天下？可是，他无暇顾及自己的名声，他只是尽力抬起手，试图对外界发出求救的讯号。讯号发出，立即反弹回来。这间保密性特强的书房，平素是他用来屏蔽一切监控和偷听的，结果，现在自己被困在这里，反而自食其果。

时间慢慢地流逝，没有任何人给他送一点吃的喝的，他已经饥肠辘辘，忽然非常渴望能畅饮一杯美酒。可是，现在别说美酒了，连清水都没有一杯。

求救信号发不出去，而且就算发出去也没用了，天后及其同伙，几乎已经彻底把控了整个大联盟，谁还敢挑战他们呢？他颓然闭上眼睛，整个人已经快绝望了。

黑暗中，他听到一丝奇怪的声音。不是听到，而是感到。他蓦然睁开眼睛。

对面站着一个人，他的白衣如雪，在漆黑的屋子里显得那么分明。

西帝惊喜交加，声音嘶哑："老天！你真的来了？"他刚刚被拖到这间屋子的门口时，发出了最后一道讯号。当时，他也不知道为何会发给他，而不是自己平素亲信的那些下属朝臣。他不知道他有没有接收到，也不知道他到底会不会来，甚至不敢相信他会来。可是，他居然来了，而且来得这么快。

西帝喜出望外："老朋友，快救救我。快把我身上的绳索解开……"

白衣天尊走到他面前，看着捆绑他的绳索。

也许是他看绳索的时间太长了，西帝也不免惴惴："老朋友，这绳索……"

"这道绳索有七道封印，其他人也就罢了，可是，核心部分却是你妻子和你的兄弟以及你的一个儿子的封印，这种元气捆绑法，恕我无法解开！"

"……"

白衣天尊似笑非笑道："陛下，你怎么闹得如此狼狈了？"

西帝恨恨地说："我是中了那娘儿们的计。"

"中计？"

西帝不得不实话实说："那娘儿们知道我嗜酒，所以不知从哪里找来了一坛绝顶好酒，我起初也不以为意，直到全部喝完才发现不对劲了……"直到一坛酒喝完了，他才发现自己已经无法起身了——浑身上下的元气忽然消失了一般，四肢无法动弹。他顿感不妙，本能地要逃走，却已经迟了一步。早已埋伏在门口的几个反叛者出手了。几招之后，他束手就擒。

他眼睁睁地看着天后将自己的雷霆拿走，眼睁睁地看着天后和自己的兄弟以及儿子一拥而上，将自己捆绑。其他四个胁从者也就罢了，可是，妻子、兄弟和儿子的集体背叛，真令他震惊到了极点，一时间，竟然反应不过来，甚至忘了呼叫侍卫。直到被关进这书房之前，他才悄然发动了最后的也是唯一的求救信号。

白衣天尊盯着他："一般的毒酒，根本不可能毒倒你！而且，陛下你并无中毒迹象！"

西帝老脸通红，却还是不得不低声道："这其实是一种烈性春药……药效就是在那一刻而已……时刻一过，病毒自然就消失了……所以，我怀疑是天穆之野那帮娘儿们，毕竟，除了她们之外，天下再也没有人能炼制出这么厉害的媚药了……"堂堂中央天帝，居然中了媚药。中了媚药也就罢了，关键是这媚药还是天后提供的。天后提供媚药也就罢了，可还联合小叔子和天帝的私生子，把天帝给绑起来了。尤其是那个参与叛乱的叫作福柏斯的私生子，正是西帝宠爱的第二号人物，在大联盟中的地位仅次于他和天后所生的小儿子。

福柏斯，也是天后最痛恨的情敌之一所生的儿子，据说，当年福柏斯出生之前，天后把他的生母追杀得团团跑，还是靠着几个老妇人的掩护才逃过一劫，而福柏斯本人在无人接生的情形之下出生，差点死掉。

按理说，福柏斯应该是最恨天后的人物之一！可现在，这个私生子居然和后妈联合反叛，这又是几个意思？

白衣天尊似笑非笑道："陛下，你这家庭关系很复杂啊！"

西帝何尝不知道他语气中满满的揶揄？可是，他只能长叹一声，看了看束缚自己的绳子，颓然道："回首我这一生，我觉得我最大的错误就是结婚！我真不该结婚! 真不该非找个女人把自己困住。"

"陛下认为今天的遭遇是因为你结婚的原因？"

"难道不是吗？我可以给那些女人荣耀、财富，也可以赐予她的子女财富、领地，可是，我万万不该试图把其中之一变成我的妻子。如此，那个叫作妻子的女人渐渐地就滋生了骄矜之心和贪婪之心，误以为妻子的身份就远远高贵于外面的女人，应该享有更多权利和财富，所以，一不如意就大吼大叫、发狂发怒。唉，我也真是自取其辱……"

他看见白衣天尊一副似笑非笑的样子，忽然有些幸灾乐祸："哈哈，你以为你白衣天尊就能例外？以前那么漫长的岁月你都不曾娶妻生子，外界甚至谣传你是宇宙中一位几亿岁的高龄处男，哈哈，当时我还跟他们打赌，现在看来，你也和我一样犯蠢了啊，好端端的，你结什么婚呢？玩玩不就行了吗？看吧，只要结婚了，有你好受的，总有一天那女人会变本加厉，迟早骑到你头上胡作非为，到时候，你真是骂也骂不过，打也打不得，搞不好，比我现在还惨……"

"我永远不会落到你这般地步！"

"你说不会就不会？"

"我说不会就不会！"

"你别以为你的女人就比别的女人好……"

"好不好你不是见过了吗？"

西帝一口血几乎喷了出来。"天后刚刚和我成亲时，不也是小鸟依人、温柔善良？可现在，你也看到了，她冷酷无情、多疑善妒、刚愎自用、狠毒无比……这几乎是女人的通病了。只要结婚多年的女人，十之八九会变成这样……我告诉你，你别以为你自己是例外，你等着瞧吧，总有一天，你那个心肝宝贝凫风初蕾也会变成这样。

而且，按照我的经验，越是漂亮的女人，发起疯来越是可怕……"

他仿佛已经看到了白衣天尊的未来，喜形于色："就算你的那位小宝贝初生花蕾因为时间太短尚未露出母老虎的狰狞原形，可是，你该知道青元夫人发怒时的样子。哈哈，我可听了无数的八卦，全是有关她如何恨你，巴不得将你干掉的场景……你等着瞧吧，迟早有一天，你会和我同病相怜的。"

白衣天尊懒洋洋地说："我可没和你同病相怜，我是来救你的。"

"老朋友，我真的是良心建议……"

"别提什么良心了，我现在站着，你被绑着，有良心也没用。"

"你还是赶紧设法帮我把绳子解开吧，只要我拿到雷霆，保证立即把那些胆敢反叛的家伙都干掉。"

白衣天尊一摊手："没法。"

"连你也没法？你连天穆之野三个十亿岁的老头都能击溃，我不信这小小的元气绳真的能困住你！。"

白衣天尊随手一指，元气绳上其他的四道封印立即消失了，可是，核心部分的三道封印却纹丝不动。那是至亲的血液的融合，那是至亲的血液的毒液，那是西帝家族历代的诅咒。

妻子、兄弟、儿子，血亲中的至亲。他们的元气联手，那是爆炸式的元气捆绑。

纵然是白衣天尊，也束手无策。他只是苦笑道："陛下，你到底干了什么见不得人的事情？竟然能激怒天后到这等的地步？"

"你难道不知道？"

"我没有兄弟，也没有儿子，我当然不知道。"

西帝忽然恶狠狠地说："你迟早会知道的！"

忽然，元气绳闪烁出一个红色的信号。西帝大惊失色道："天啦，他们真的要对我动手了！快，快设法帮我解开绳索……"

白衣天尊又摊手。

西帝急得坐立不安："我不能坐以待毙……"他要挣脱，可又没法，急得面红耳赤，好生狼狈。

白衣天尊善意提醒道："陛下，我要是你，就好好坐着。"

西帝怒道："你不是我！"

"我当然不是你！"

西帝几乎要跳起来打他，可是，他根本没法伸出手去。他只是恶狠狠地说："你以前没结婚可以说这样的大话，嘿嘿，现在你也结婚了，迟早有一天，你会体会到我今日的处境……"

白衣天尊还是悠闲地说："你之所以落到这地步，那是因为天后根本就不爱你……"

"放屁！天后不知多爱我了！天后自始至终就我一个男人，就因为太爱我，所以才争风吃醋……"

"你以为争风吃醋就是爱你？"

"难道不是？"

"陛下，看来你还是不知道症结在哪里呀。就算这次逃过一劫，你下次也不见得还这么幸运啊。"

西帝还是不服气，斜他一眼："你一副高深莫测的样子，你以为自己就真的了解女人了？"

"女人呢，我是不怎么了解，但是，我至少知道女人爱你会是什么样子啊！"

"你你……可别拿你刚刚成亲的女人跟我相比，得过几十万年再说……"

"哪里需要那么久？陛下，你说天后爱你，天后太在乎你，可是，你知道原因吗？"

"她在乎我还需要原因？"

"当然！天后因为从你身上才得到了大量的好处：权势、荣耀、地位等。再者，她早前根本就不喜欢你，也不爱你，是受到你的强迫才嫁给你的。所以，嫁给你之后，自然就分外看重这些东西。她当然很清楚，她是天后，才能一直保住这些荣耀和权势，要不是天后，那就什么都不是了……所以，她就得牢牢地看住你、守着你，把你当成她的私有物品。若有别的女人和你相好，她便会认为自己的利益得到了侵犯，当然会奋起反抗……尤其，你竟然为了别的女人打她、羞辱她，还把别的女人为你生的儿女封赏成上等星球的主人，这岂不是严重侵犯了她的利益？长此以往，你以为她对你还有几分感情？"

"这……"

"她反叛你之心，可能并不始于今日，而是很久很久之前了！只是今日才得到契机而已。"

西帝忽然冷笑一声："你以为你那个凫风初蕾就不把你视为私人产物？"

"当然不！"

西帝连声冷笑："我刚结婚的时候，也是你这样的想法。"

"陛下，你可能真的是糊涂了！凫风初蕾，并不需要靠着我才能享有荣华富贵或者权势荣耀。事实上，在遇到我之前，她已经是一国女王，她有治国的才能，有强大的武力，有自己的朋友和下属。只要没有半神人们去捣乱，地球上根本没有人会是她的对手。也就是说，她有自己的事业和理想，首先她是一个独立的人……"他强调，"你知道独立的人是什么意思吗？有自己的理想和事业是什么意思吗？凫风初蕾先有了这些东西，有自己奋斗的目标！所以，根本不可能整天闲得没事干，只盯着我一个人，把我视为她的全部！"

西帝还是恶狠狠地瞪着他。

"可是，你家天后的理想是什么你知道吗？她有什么事业和目标吗？她除了你，基本上一无所有！身份荣辱，全在你的一念之间！你一句话，她便可以登上高位也可以被打入冷宫，更何况，你还经常威胁要废黜她……"

西帝的脸色变得非常难看。

白衣天尊悠悠然："女人，不在于多，在于精！宇宙说大不大，说小不小，有些人，其实一个就够了；有些事情，其实一次就行了！"

西帝的神色，变得非常奇怪。

白衣天尊却压根儿就不看他，只是坐在他的对面，欣赏着这间富丽堂皇的王殿式"监狱"。

西帝终于开口了："我明白了……我都明白了……"

白衣天尊悠悠道："你明白什么了？"

"我一直在奇怪，为何你能轻易毁掉我的银河战舰！就算你从弱水出来，可是，你在弱水也不过才七十万年时间！比起大神们动辄十亿年以上的级别，这七十万年其实真的不算什么，就算能让你不死不灭，可是，也没道理让你的元气暴增到这么强的程度……"西帝死死盯着他，"你的元气，爆炸式的增长，是不是因为你和鬼风初蕾成亲之后？"

"据我所知，几百万年来，已经没有厉害的男大神是真正的处男了，没想到，你居然一直保持了处男之身！若非如此，你的元气根本无法爆炸式增长！"

白衣天尊还是悠闲地说："就像陛下你，娶妻之后，元气不但没有爆炸式增长，反而呈几何级退化……"

西帝压根儿就不理睬他的嘲笑，相反，他双目放光，兴奋得快跳起来了："老朋友，我有救了，我真有救了，你这么强大的元气……"

白衣天尊瞟了一眼捆绑他的绳索："我的元气再强也解不开这绳索。"

"我哪里需要你解开绳索啊？你赶紧去把那几个反叛的家伙给我抓起来，只要抓住他们，他们自然会跪在我的脚下为我解开绳索。"

"……"

西帝兴奋得手舞足蹈："七个叛贼中，只有两个人的元气强一点，其他人都稀疏平常，尤其是天后，简直不堪一击。老朋友，你一出马，保证可以将他们全部抓住……"

白衣天尊幽幽地说："你的兄弟海洋之神和你那个主管光明的儿子福柏斯的元气，可不是强一点点啊！他们可是目前大联盟中排名前十的绝对高手啊！"

"我的兄弟和儿子我还不了解吗？他们和我一样，太过风流。尤其是福柏斯，他拥有的女人简直不计其数，所以这些年来，他们的战斗力其实一直是在消减，而非增加！"他脸上的笑容消失了，慎重其事地说："老朋友，我都这样自曝其短了，你再不帮我就说不过去了，对吧？"

白衣天尊慢慢站起来："以前外界传说你酒色无度，已经糊涂了，我还不信，现在我才明白，陛下，你是真的糊涂了！"

西帝大怒："白衣天尊，别以为我指望你救命，你就可以肆无忌惮地嘲笑我！好歹，我还是中央天帝……"

白衣天尊毫不客气地打断他："你既然没有糊涂，那么，陛下，你说，天后为何要给你下媚药？"

"这……"

"天后也就罢了，她是怎么扇动你的兄弟海神的？据我所知，她和海神的关系远远没有好到足以联手反叛的地步……"

"……"

"海神也就罢了，可是，你告诉我，为何福柏斯也参与了？天后凭什么说动了福柏斯？又是何时跟福柏斯联手的？"

西帝面如土色。

"天后一人，可以说是醋娘子发疯了，铤而走险。可是，海神和福柏斯又不是蠢货，他们怎会铤而走险？既然他们敢于出手，那么，他们很可能有十足的把握！你以为他们现在会等着我去抓住他们？"

西帝彻底蒙了。

半响，他才颓然道："照你看来，他们幕后的主使者是谁？"

"这得问你！"

西帝勉强道："我还真的想不出他们的幕后主使者到底是谁！按理说，天后是根本无法指使海神和福柏斯的！所以，我才百思不得其解！实不相瞒，当叛乱发生的那一刻，我看到海神和福柏斯冲进来，我整个惊呆了……"

白衣天尊也长叹一声："既然陛下能中媚药，难道你的好兄弟、好儿子们就能例外吗？"

西帝惊呆了。

第十五章　黄雀在后

十二王殿。

那是西帝登基之后才新建的大殿,也是大联盟迄今为止最新、最豪华的大殿。十二王殿更鲜明的特色在于其中安置的十二把金交椅——那是当今西帝登基之后,为了安顿他最亲信的家族成员而设置的。每一把金交椅都代表了一个尊贵的地位。十二把金椅子便代表了当今大联盟最大的权势。

今天,这把金椅子上,破天荒地只坐了十一个人,而且其中的八把椅子上已经更换了人选,正中的王椅空着。

大家都盯着那把空空如也的王椅,心情十分复杂。三大反叛成员的主力你看我、我看你,然后看着其余八个人。其余八个人中,有四个曾经参与叛乱。另外四个被邀请者,相形之下,就很是坐立不安了。

天后环顾四周,然后目光落在了正中那把镶嵌着一红一蓝两颗宝石的金椅子上面。在十二把椅子中,这是唯一一把镶嵌了宝石的,而且比其他的椅子更加高大一些。因为,这是中央天帝的宝座。

她一字一句道:"朱庇特已经被关起来了,我想,你们大家都该知道今天来的目的了!"

福柏斯满不在乎:"不就是为了选出新的中央天帝吗?"

她冷冷地说:"没错!这王椅不能长期空着,所以,我们必须马上确立中央天帝的人选!"

众人你看我,我看你,都不作声。

天后却转向海神:"海神,你德高望重,你是什么看法?"

海神反问:"天后认为谁才是最合适的中央天帝人选?"

天后毫不客气地说:"新的中央天帝人选,非我莫属!"

福柏斯叫起来:"凭什么?"

"不凭什么!我原本就是中央天后!我知道前任天帝的一切秘密,也看过大联盟的许多奏折,我知道该如何统治大联盟!"

她强调:"而且朱庇特和我成婚当夜,发誓要让我分享他一半的权利!我原本就是大联盟第二号实权人物!再说,这次能抓住朱庇特,也是我居功至伟,否则,你们怎能抓住他?"

她的三名支持者立即附和:"中央天帝的宝座,非娘娘莫属了……"

天后昂首挺胸，踌躇满志，脸上写得清清楚楚：这中央天帝的宝座，分明就是我的。我和你们商量一下，无非是给你们面子而已。这之后，我就要向天下人宣布登基了，我甚至已经筹划好如何登基、如何庆祝了。想想看，自己有朝一日竟然能登上中央天帝的宝座，成为古往今来最有权势的女人，这该是多么巨大的荣耀？一想到这里，真是心跳加速，整个人都飘飘然了。

福柏斯笑起来："要做中央天帝，必须满足公认的两个条件，一是武力值，二是道德威望。天后，这两个条件，你满足哪一个？"

天后看看福柏斯手里的武器，心凉了半截，还是反唇相讥："福柏斯你自以为满足这两个条件了？"

福柏斯看向海神。

海神道："福柏斯其实也没说错。身为中央天帝，第一要看武力值，第二要看道德威望！天后你武力值太弱，再者，你早前因为设立黑暗森林星监狱，早已声名狼藉！"

福柏斯吹了一声口哨："这话我都不好意思说，还是叔叔你直言不讳啊。"

天后的脸上红一阵又白一阵，只连连冷笑："这么说来，二位都自认比我更有资格了？"

福柏斯躬身，行了一个礼："不敢！不敢！不过论武力值和口碑，我和叔叔的确都胜过你。"

天后反问道："那是你做中央天帝呢？还是你的叔叔做中央天帝？"

福柏斯一时语塞。

可是，他年轻气盛的脸上分明写满了：当然是该我做中央天帝！毕竟，我是前任天帝的儿子，父传子难道不是天经地义吗？

所有人，都看着海神。

海神一字一句地说："当年我们兄弟几个刚刚出生就被父亲吞到了肚子里，唯有朱庇特一人逃脱。朱庇特长大后，杀了父亲，将我们放出来，于是我们集体拥戴朱庇特做了中央天帝。不过，因为那时候在其他兄弟之中，我出力最多，功劳最大，对朱庇特的支持也最多，所以，朱庇特当时便许诺：他日后若是退位，会将王位传于我……"

福柏斯怪笑一声："历代只有父传子，哪有弟传兄的？"

"可怎么也轮不到你一个私生子吧？你也别忘了，战狂还活着，而且他只是外出游荡，没准哪天就跑回来了……"

战狂，便是天后和西帝所生的嫡子，他天性好斗，无论是谁，他都敢于挑战，所以，大家给他取了个绰号叫作"战狂"！

十二王殿里空气变得很压抑，也很微妙。他们忽然都发现了一个可怕的事情：这三个竞争者之中，竟然没有任何一个人足以彻底服众！

中央天帝，总要有人去做。

天后当然知道自己王牌在握，所以她只是稳稳地坐着，不急不躁地想：你们想要白白捡便宜，也是不那么容易的！老娘可还有一个儿子在外面晃悠着！这中央天帝的宝座，如果老娘坐不上，那你们更是想都别想。

　　终究还是福柏斯年轻，沉不住气。他第一个打破了沉默："这样一直拖着也不是办法。我们总要尽快决出中央天帝的人选，否则，夜长梦多，若是父王脱身了，我们在场的所有人，都逃不过惩罚……"

　　天后也有点紧张了："那你说该怎么决出？"

　　"哈！还能怎么办？直接拼武力值呗。我们公平较量！谁胜了，谁就是中央天帝！"

　　天后大怒："你这不是欺负我女流之辈吗？你明明知道论武力值，我不是你们的对手……"

　　海神再次挥手阻止了福柏斯："既然大家彼此谁都不服气谁，那么，我们不妨冷静一下，改日再议……"

　　福柏斯立即道："这事情可不能拖久了！若是外界知道父王被关起来了，保不准有人前来营救，父王一出来，我们就彻底完蛋了……"

　　天后也有点紧张："夜长梦多！这事情最好尽快定下来！"

　　海神无可奈何道："三日之内吧。"

　　天后道："太长了，明天就该定下来。"

　　海神道："两日！我们就以两日为限！"

　　另外二人都同意了。

　　那是一个非常偏僻的荒凉地，诸神的足迹从不踏入。天空是黑色的，土地是黑色的，就连吹来的风也是黑色的。

　　天后紧了紧自己的金色长袍，不耐烦地再次伸长脖子东张西望。

　　终于，她看到一抹青色的倩影从天而降。她急不可耐地迎上去："妹妹，你怎么才来？"

　　青元夫人柔声道："咦，天后的神色怎么这么难看？莫非是遇到什么事情了？"

　　天后直奔主题："这一次，你无论如何都要帮我一把……"

　　青元夫人笑起来："天后这么无头无尾的，我都不知道是什么事情，我能怎么帮你呢？"

　　天后垂下头，急促道："你一定要帮我登上中央天帝的宝座！"

　　青元夫人大吃一惊："这是从何说起？"

　　"我们已经将西帝囚禁了！现在，我唯有自行登上中央天帝的宝座才能保住自己，否则，后果不堪设想……"

　　青元夫人红唇微张，可是，却说不出话来，只是目瞪口呆地看着天后。

　　天后又道："现在的盟友中，有二人和我争夺天帝宝座，一个是海神，一个是福柏斯，这二人，你应该都认识，他俩可都是以武力值见长的……"天后见青元夫人只是听着，并不发表什么意见，只好自行说下去，"论武力值，我可不是他俩的对手。而且海神掌管了全世界的海洋，福柏斯主宰整个大联盟各大星球的照明，他俩都可谓是实权派人物，真要以武力值决胜，我的胜算实在是很小，甚至根本没有任何胜算……"

青元夫人终于缓缓道："你希望我怎么帮你？"

"我们约定两日之后于王殿决斗。我希望妹妹能让那二人的武力发挥不出来或者干脆中毒身亡……"

"海神和福柏斯都已经是百毒不侵之身，怎么可能中毒身亡？"

天后急了："可妹妹你一定有办法的，不是吗？"

青元夫人摇摇头，轻叹一声："天后，你怎么敢背叛天帝？怎么也是夫妻一场，恕我直言，你真的不应该这么做呀！"

天后也长叹一声："我也不知道怎么了。按理说，平素我虽然痛恨老种马，但也不敢公然反叛，可是，说来凑巧，我居然得到了一件神物……"

"什么神物？"

天后的面上又是兴奋又是不安："我无意之中得到一种强烈的媚药，我试探性地给老种马服下，没想到，他真的发狂了，发狂之后，他便四肢瘫软，失去了一切战斗力，被我毫不费力就拿下了……"

青元夫人面色大变，却还是沉默不语。半晌，她摇头："天后恕罪，别的事情我都可以帮你，可就是这件事情，我万万做不到啊，我真的没有这个本事……"

天后已经完全听出来了。她不是做不到，她是不敢，也不愿意。毕竟，支持反叛者抗衡当今中央天帝，那是要冒很大风险的，搞不好，不但惹祸上身，就连天穆之野也要被牵连进去。

青元夫人的态度十分坚决："对不起，天后！这事，我是真的无能为力！"她转身就走。

天后一把拉住她，脱口而出："若是你支持我，我愿和你共享宝座！"青元夫人愕然。

"我愿意许你一半天下！我二人一起做中央天帝！"天后发了一个重誓。那是半神人们中最厉害、最可怕的誓言。"妹妹，现在你该相信我了吧？"

青元夫人吐出一口气来，苦笑一声，"天后，你以为我不帮你，是想分享你的利力？"

天后想，任何人都不会白白帮我。

"天后，你错了！我对中央天帝的宝座毫无兴趣。"

天后赔着笑脸："那是当然，我知道妹妹没有野心，闲云野鹤一般……"

青元夫人傲然道："历代中央天帝都必须得到天穆之野的许可和支持，才能坐稳宝座。要是西王母真对此有兴趣，自己早就登上中央天帝的宝座了。可是，天穆之野是有自己的规矩的！"

"什么规矩？"

"那就是任何人都不能觊觎中央天帝的宝座！我身为掌门人，当然不敢例外。"

天后大喜过望："你也可以不做中央天帝，但是，我一定要让你变相享受半壁江山，你我姐妹共享权势和富贵……"

青元夫人意味深长："权势和富贵，天穆之野自己有！"

天后拉住她："只要你能给我一点神药，让海神或者福柏斯在比赛的时候使不上力气就行了，我也不要求毒死他们，只要他们输了比赛就行了……"

"天穆之野没有毒药，我也从不杀人！"

"我也不会杀人！我只让他们在比赛的时候失去力气，让我能赢了就行，求你了……"

青元夫人这才叹道："唉，你我姐妹一场，我也实在是不忍心看你遭受厄难。这样吧，你拿着这药去试一试……"

天后大喜过望："这是什么毒药？"

"这不是毒药，这是泻药。你只需要下在他们的酒里或者水里，他们就会不停地腹泻、上厕所，如此，神力衰减，但是，并无任何危害，十二个时辰后，自然痊愈……"

天后听得只是泻药，不由得很是失望。

天后的身影，已经彻底远去。青元夫人的身影，也已经彻底隐匿。这时候，一道淡黄色的身影才飘然而至。

青元夫人看了看远方的天空，笑起来："姐姐，那傻货果然上当了。"

云华夫人长叹一声。

姐妹俩等了七十万年才等来这个机会，朱庇特这小子登基之时没有去拜访天穆之野，登基之后也不曾去朝拜天穆之野。她们虽然一直对他不满，可是，也没想过有朝一日要将他废黜。却不料，反倒是他的妻子等不及下手了。这股东风，可真是来得太及时了。天穆之野的一切，无非是顺势而为。

"哈，那蠢货居然真的把朱庇特囚禁了！而且，她还和福柏斯等人为了中央天帝的宝座争夺得如火如荼，最离谱的是，她居然想自行登上中央天帝宝座。姐姐，你听到了吗？她居然想当中央天帝！这蠢货也太自不量力了吧？她竟然以为自己的反对者不过就是福柏斯和海神而已，完全不知道自己的口碑到底差到什么地步了！我敢打赌，就算她真的登上了中央天帝的宝座，坐不到一天就会被诸神撕成碎片……"

这是一个很客观公正的评价。天后之蠢，并不在于反叛，也不在于对盟友的选择，而是在于她对自己没有一个清醒的认识。她只要稍微出去打探一下别人对自己人品的评价，就不太可能有妄图做中央天帝的打算，更不可能得到天穆之野的支持。

"哈，她居然特意跑来要我支持她！要天穆之野公开支持她！别说我没发疯，就算我疯了也不敢这么干啊。真要公开支持她，那天穆之野也臭名昭著了！"

云华夫人的脸上也露出一丝笑容。她百感交集："我们等这一天，真是等得太久太久了。也罢，他们鹬蚌相争，就看我们能不能渔翁得利了。不过，我们必须慎重行事，无论何时都不能暴露自己的身份。"

"那傻货不知道媚药是你给的吧？"

"当然不知道了！天后自大又愚蠢，要瞒过她并不难！而且，阿环你也知道，我做事向来不会留下任何把柄。"

阿环点点头，对于姐姐自然是万分信任。

"不过，天后虽然不足为惧，但其他几个人却有点棘手，毕竟这么大的乱子，任何一个环节出了差错，都可能一败涂地，我们必须小心行事。"

"我也是这么想的。西帝当了这么多年中央天帝，可不是那么好对付的。再者，我总担心一个人……"

"姐姐的意思是？"

"阿环，你可别忘了白衣天尊！"

青元夫人看了看地球的方向。

"表面看来，白衣天尊和西帝并未有什么过人的交情，而且西帝早前还派了银河舰队追杀他，二人可谓势同水火。可是，白衣天尊此人神秘莫测，行事风格更是翻云覆雨，叫人根本猜不透、看不穿，所以，我才说一定要提防他……"

青元夫人紧紧握住拳头，对着虚空挥舞了一下。

白衣天尊！光听到这几个字就火冒三丈了。

云华夫人看了妹妹一眼，沉声道："阿环，你最近有些失态了！不要让情绪左右了你的理智！"

青元夫人心里一震，她深呼吸，立即道："对不起，姐姐，我最近是真的有些失态了。"

云华夫人叹道："也不完全怪你，毕竟你还年轻，而且从未经受过这样的挫折，所以，难免一时把持不住。"

"姐姐，你放心，我以后一定会更加谨慎。"

西帝现在终于理解人类的一句俗语：度日如年了。明明还不到一日，可他已经觉得这世界停止转动了，时间已经凝固了。他坐在黑暗里，无数次想要冲破捆绑的束缚，可是，每一次都以失败告终。

天色，已近黄昏。一抹白色身影，飘然而至。

西帝如见了大救星，大喊："喂，老朋友，你怎么才来？你想到办法了吗？"

白衣天尊在他对面坐下，悠然地说："陛下，我们今天来谈谈人生和理想吧！"

西帝："……"

他眼神中分明满是失望和怨愤："你什么意思？你是真的想不到办法还是不想为我想办法？"

白衣天尊一摊手："你以为我无所不能？"

"……"

"你是中央天帝，权势熏天，你尚且无法无所不能，你以为我可以？"

"……"

西帝勉强道："你总要设法替我先除掉这该死的束缚！"

白衣天尊盯着遍布他周身的元气绳。

"陛下，你该知道，我要除掉这些绳子简直是易如反掌，可是，我强行除掉了，会怎么样呢？"

西帝作声不得，这元气绳，最难的并不是能不能震碎——而是如果外力强行震碎，那么，自己必然将被诅咒而死。

施咒者，在之前，当然已经考虑到了种种情况。这三道元气绳最厉害之处并不在于它的威力，而在于如果遇到强者，遇到毁坏，被捆绑者就会自行死亡。也就是说，这玩意儿除非是被自动解除，否则，任何外力都可以导致西帝的死亡。三名至亲的元气施加的诅咒，若非亲人动手，任何人都无法强行解除，根本就没有外人能救得了他。

"你总不希望在获得自由的同时就这么死去吧？"

西帝颓然道："可是，我也不能指望那三个叛贼忽然良心发现会主动来搭救我吧？"

"他们当然不会！"

西帝立即紧张起来："他们到底在干什么？"

"他们商定两天内决出新的中央天帝！"

西帝顿时面如土色。

白衣天尊安慰他："据我看来，这一次天后的胜算略大。其次，便是你的兄弟海神。最后无论是他们谁获胜，都不可能是你的儿子。所以，陛下，你该感到庆幸：死在妻子或者兄弟的手下，总比死在儿子的手下好！"

西帝几乎恨不得跳起来咬他一口。

他还是轻描淡写道："陛下，有了心理准备是不是要好受一些？"

西帝怒不可遏："这么说来，他们明天就要决出新的中央天帝了？"

"正是。"

"可你为什么现在才告诉我？为何要白白浪费了一天？"

白衣天尊不以为然："就算我昨天就告诉你了，你又能如何？"

西帝双目喷火，气得一口气几乎上不来了。

白衣天尊却干脆横躺下去，双手交叉抱着作为枕头，悠闲自若。

夕阳的最后一缕余晖，彻底消失了。偌大的殿堂陷入了一片昏暗，可那轻纱似的晚霞还在，朦胧而又缥缈。

"真没想到，从这里欣赏夕阳这么奇怪，看上去居然是蓝白色的！当初我在地球上欣赏夕阳时，却是金红色的……"

西帝哪有心思欣赏夕阳？他整个人已经气蒙了。

"月亮也爬上来了。从这里看去，月亮居然也是蓝白色的……"

西帝冷冷道："月亮能出来也不容易！曾经死去了整整十万年，原本大家都以为再也见不到月亮了！"

"……"

不周山之战，星母月球直接引爆了大半个地球，当然，月球也直接脱离了地球的引力，几乎灰飞烟灭。此后，长达十万年的漫长岁月里，月球是不存在的。每个夜晚，地球上都是一团漆黑。

西帝强调："现在的这个月球，还是大联盟好不容易才修复的！否则，地球上后来不可能重新长出生命！"

"那可不是你修复的，是娲皇修好的！"

"当然这是娲皇的功劳。可是，能重新悬挂在天，还是最近十万年的事情！"

二人互相瞪着对方。

终于，西帝还是偃旗息鼓了。身为阶下囚，他已经心力交瘁了。他连连长叹："我可能是历代中央天帝中最倒霉的了。前两任天帝都是功成身退，就算是颛顼这个倒霉蛋，也好歹是和旗鼓相当的敌手同归于尽，怎么也算是力战而死，无论对天下还是对自己的名声都有个交代，可是我呢？"他叹息道，"唉，我都不知道以后该怎么对后世交代。难道让大联盟的历史记录：西帝，在位七十万年，被自己的妻子、儿子和兄弟联合谋杀？"

白衣天尊哈哈大笑："陛下，你真的总结得太到位了！"

他恶狠狠地说："等我死了，你就笑不出来了！无论他们谁成为新的天帝，你都会成为永远的通缉犯，到时候，有你难受的……"

"你放心吧，我不会难受的。他们谁做了中央天帝都与我无关。只不过，他们谁还要继续禁止半神人和地球人通婚这条混账法律的话，我就将他们灭掉！"

西帝一口气卡在喉头，不上不下，半响，才长叹一声："罢了，罢了，你明明就是不肯帮我而已。"

"我能杀一个，不代表我能同时灭三个！"

"……"

"虽然是三名强敌，可是，陛下你该清楚，等决出新的中央天帝时，就意味着三者只剩下一个，其他二人都被干掉了。如此，我只需要对付一个人，那不就轻松了？"

"难道你要坐等他们决出了人选，渔翁得利？"

"渔翁得利？！说得好像我想当中央天帝似的。"

"可你要是等他们决出了新天帝，那我也早就死了！我找你帮忙还有何意义？"

他还是悠闲地，一副：这我可就管不着了的神情。

西帝一口老血差点喷出来，却还是无可奈何。

十二王殿。今天来的依旧只有七个人。

福柏斯手里把玩着一把太阳形状的金弓，他有一头金黄的头发，蓝色的眼睛，搭配着古铜色的肌肤，浑身上下充满了无限的力量。身为西帝最宠爱的私生子，他在大联盟的地位仅次于战狂，但是，他的口碑却远在战狂之上，而且，许多人都认为，他的战斗力也远在战狂之上。很简单，战狂只一味发疯猛打，谁遇上他固然难逃一死，但是，战狂在战斗中也往往自己身受重伤甚至是一败涂地。

福柏斯就不同了。身为光明之神，他不出手则已一出手，从无败绩。他少年老成，绝非他的外貌一般看起来如一个浪荡子模样。

此时，他稳稳地坐在椅子上，笑容满面，又轻描淡写，好像对这个王位毫不在乎，可是，他手里的金弓却抓得很稳，恰好将他内心狂乱的跳跃彻底遮掩了。这个机会，千载难逢。

海神也坐在椅子上。椅子上就像长了针刺似的，海神坐下，又站起来，站起来，又坐下，显然心情非常紧张。

无论是资历、威望还是本领，他都自忖并不逊色于任何人！更何况，他身为朱庇特的哥哥，若非早年家族的变故，按照长子即位的惯例，江山本该是自己的。

天后率先开口了："海神，福柏斯，按照我们前日的约定，今天是不是该彻底决出王位了？"

海神看了福柏斯一眼。

福柏斯笑嘻嘻的："二位是长辈，我听二位的。无论是文斗还是武斗，只要两位长辈决定了，福柏斯听从就行了。"

她冷笑一声，看着海神："海神，你怎么说？"

海神干咳一声，清了清嗓子："既然是决斗中央天帝之位，那么，就得按照我们家族的规矩——胜者为王！"

天后冷笑："海神这分明欺负我是女流之辈吧？"

福柏斯笑嘻嘻的："在中央天帝的宝座面前，没有男流、女流之分！"

海神也冷冷地："中央天帝宝座可不是凭借扮演弱小者便可以得到的。"

天后长叹一声："好吧，看来二位都是确信武力值远在我之上，所以，我选了一个自己最不擅长的方法了……"

二人也不分辨，一副"如此你能如何"的表情？

争夺中央天帝之位，又不是什么选美大赛，难道不比试武力值还比试琴棋书画不成？

天后见自己孤掌难鸣，倒也不再坚持，只是慢慢地取下自己佩带的一枚权杖，叹道："既然二位选择了武力决斗，我虽然明知技不如人，可怎么也得挣扎一下。不过，在比试之前，各位还是先喝一杯酒吧……"

每个人的面前都摆着一个金杯，金杯里满满的美酒，甜香扑鼻。

"这是我珍藏多年的美酒！也算是感谢各位这次的鼎力相助！毕竟，若不是你们出了大力气，我也没法一个人抓住老种马！"她率先举起了酒杯，"喝了这杯酒之后，我们便开始决斗，不过，我还有一个小小的请求，那就是无论谁最后登上了王位，请答应确保其余众人目前的利益，事后也不要加害他们……"

众人都静静听着，没有任何人举起酒杯。

她笑起来："你们怎么不喝？"还是没有任何人举起酒杯，事实上，碰都没人碰一下酒杯。

"你们以为这酒有毒？"

福柏斯笑嘻嘻的："我们不想喝酒。"

天后冷笑一声，自己举杯，一饮而尽："这酒没毒，你们喝不喝都没关系。"

众人还是没有碰酒杯，只有海神站起来："好了，规则已定，大家就别啰唆了。为了公平起见，我们抽签决定对打的顺序吧……"

抽签的结果，是天后和海神先出招。

福柏斯当即就笑起来。

他稳稳地坐在椅子上，忽然觉得，命运这一次是彻底站在自己这一边了——谁不想渔翁得利呢？等得那两个敌人先打一阵，彼此拼尽了全力，自己再上去，岂不是轻轻松松？

天后却变了脸色，冷笑一声："我乃女流之辈，原本该我最后上场，现在不是摆明了让我吃亏吗？"

海神："当年我们兄弟混战老王时，大伙儿一拥而上，整整打了七天七夜，就算是朱庇特，也是从第一夜打到最后一夜，而他的战斗力还一直在众人之上，所以才是众望所归……"

福柏斯接道："是啊，真正的高手，永远是高手！何况我们才三个人，根本不算什么车轮战，天后，你若是害怕，可以自动退出，在一边旁观我和叔叔决斗就行了……"

天后见这小子说风凉话，当然也不理睬他，只硬着头皮，拿了自己的权杖："好吧，如二位所说，王位面前不分男女，那我就尽人事知天命好了……"

权杖，迎着海神的黄金三叉戟。天后后退一步，权杖几乎坠地。第一个回合，便露出了败绩。

毕竟，天后养尊处优，少女时代也从未专注于修炼元气，在武力值上，简直就是三流角色了。若非海神不想做得太难看，她的权杖当场就断了。

海神沉声道："天后，你还要打下去吗？"

她却大笑一声："打，怎么不打？这不是才刚刚开始吗？"

海神也不客气了，三叉戟正面出击。

天后再也不正面迎战，一味躲闪。

可是，不一会儿，天后忽然越战越勇，相反，海神的动作却慢了下来，三叉戟的挥舞也不那么顺畅了。

旁观者也就罢了，海神却心里一震，因为他发现自己的双手忽然失去了力气，就好像身体开了一道口子，浑身上下的元气迅速从缺口流逝，到后来，竟然连手也无法抬起了。他急于关闭元气的缺口，可是，他根本没法做到，他甚至不知道这缺口在哪里，仓促之中，天后已经一权杖击中了他的心口，他仰头倒下，三叉戟也远远摔了出去。

旁边一直看热闹的福柏斯大叫一声不妙，可是已经迟了。

天后的权杖已经按着了海神的胸口："第一阵我赢了，福柏斯，现在该你了……"

权杖，径直封住了福柏斯的退路。福柏斯本是要冲出王殿的大门，可是现在已经前后无路，大门已经被彻底封闭，而天后的权杖已经到了胸口。和海神一样，他也蓦然感到自己的身上被开了一个缺口，原本充沛无比的元气忽然就汩汩地泄露，整个人就像一只快要泄气的皮球一般，哪里还能剩下多少战斗力？

"天后，你给我们下毒？你好阴险……"一口气已经下不来了，他只剩下自保的力气，完全无法展开进攻了。

天后冷笑一声："你们一口酒都没喝，我能下什么毒？分明是你们技不如人，又何必找那些没用的借口？"

不过三五招，他浑身的元气已经流失殆尽，天后的权杖毫不留情地敲击在他的头顶上，他眼前一黑就晕了过去。

海神嘶声道："你这毒妇……你到底给我们下了什么毒？"

天后笑起来："你们只以为酒里有毒，可是，我告诉你们，酒里根本没毒啊。毒药其实在椅子上面，从你们坐上去的第一刻起，你们就已经中毒了，拖延的时间越久，中毒就越深……"

准确地说，那不是毒气，而是一种元气消除器。椅子上安装了元气消除装置，众人一坐下，元气就开始流逝，等到察觉，已经无可挽回了。否则，凭借那奸似鬼的二人，又怎能不察觉？他们一直提防天后下毒，却从未想到这一点。

海神不敢相信："你竟敢对我们用元气消除器？你从哪里来的？"

她笑靥如花："对付你们这样的高手，我总得想想办法，不是吗？现在，你和福柏斯都已经形同废人了，你们的武力值也几乎为零了，你们这种废人总不好意思再和我争夺中央天帝的宝座了吧?"

她怜悯地看了一眼旁边昏迷不醒的福柏斯:"这废物小子,他出生的那一刻我就想杀死他了,等了这么多年,现在才如愿以偿……"

海神破口大骂:"你这毒妇,竟然用这种阴险的诡计暗害我们,你这样就算得到了宝座也没有人会服你……不,你根本不配登上中央天帝的宝座……"

她还是嫣然一笑:"成王败寇,世人都只看结果,谁在乎过程呢?他们就算今日不服我,可我王位巩固之后,谁还敢不服?不服者,一律处死!"

她一抬手:"将这两个废物拉下去!"她的两名亲随冲上来,一手一个,将海神和福柏斯拉了下去。至于另外两名已经瘫在椅子上的叛乱同伙,天后一挥手,当即就将他们处死了。

第十六章　金色焰火令

当日，大联盟发出了金色焰火令。

当金色的火焰在大联盟上空炸响时，不但整个大联盟、整个银河系、整个宇宙都震惊了——那是新任中央天帝发出的标志。金色，代表权势和王位。天后发出了新的焰火令，通告全联盟：九重星发生了重大变故，有叛乱者囚禁了西帝，她身为西帝的妻子、前任中央天后，九死一生抓住了所有叛乱者，因目前的混乱状态，暂代中央天帝之位。

无论是暂代还是永久，天后总是暂登中央天帝宝座了。至于何时登基，那就是选择一个黄道吉日的问题了。消息传出，天下震恐。诸神们奔走相告：中央天帝换主了。

可是，中央天帝为什么换了主人？西帝为何被囚禁？叛乱者为何要叛乱？又遭遇了何等样的惩罚？天后又是怎么凭借一己之力抓住叛乱者的？西帝现在在什么地方？西帝是生是死？

这些问题，统统没人能够回答。天后的金色焰火令也没有回答这些问题。大家只知道，天后已经成了临时的中央天帝。

天后的秘密使者，第一站便是天穆之野。青元夫人在密室里接见了使者，使者先是表达了天后的问候，迫不及待便进入了主题，他今天来的目的不是为了叙旧也不是为了送礼，而是为了获得青元夫人的支持。天后叛乱成功，已经收拾了同党，接下来，便顺理成章地要登基了。可登基，就必须获得天下人的认可。

其实，天下人认可不认可，天后也不介意，但是，她很清楚：自己必须得到一个人的认可，那个人就是——青元夫人。

如果天穆之野不认可，那就根本无法坐稳中央天帝的宝座。相反，如果天穆之野认可了，就算天下人都集体起来反对，都没用了。

天后为达目的，不但下血本送了青元夫人一批极其珍贵的财宝，更让使者暗中承诺她登基之后将给予天穆之野无限的好处和无限的权利。总归一句话：只要你天穆之野现在辅佐我登基，日后，无论你要做什么我都答应。

使者表达得很清楚，青元夫人也听得很认真，末了，脸上却没什么表情。

使者急了，连说道："为免夜长梦多，天后想尽快登基。天后的意思是，希望夫人能率领天穆之野的玉女团队亲自去大联盟恭贺，请问夫人能答应吗？"

青云夫人缓缓道："天后什么时候登基？"

"三天之后。"

"三天赶制中央天帝的王袍都来不及！"

"夫人也知道，现在大联盟一团糟，海神和福柏斯虽然已经被收拾了，但是，西帝的其他兄弟姐妹和其他的子女正在赶回的路上，如果他们联手反对天后，那么，后果不堪设想。所以，天后的打算是在他们全部回来之前尽快登基……"

天后想得很周全，她想以既成事实打消反对者的反抗行为。只要登基了，那就能调动大联盟大军，纵然反叛者不服气，镇压就行了。

使者低声道："这次天后能获得成功，也是多亏了夫人的暗中相助，天后为此感激不尽，所以，还得请夫人相助到底，待天后彻底登上中央天帝的宝座，一定会大力回报……"

青元夫人不置可否："你先回去吧。该尽力的时候，我会考虑的。"

使者大喜过望："那小人就先替天后谢过夫人了。"

西帝一整天都在数数。

等到一抹雪白身影出现时，他不假思索道："你知道吗？这书房由整整七万八千块金砖组成，以前，我竟然不知道……"

白衣天尊依旧躺在地上，双手环抱，悠闲望天。

"天后已经发出金色焰火令了，陛下你还有心思数金砖的数量？"

西帝脸色大变，跳起来："什么时候的事情？"

"刚刚！"

西帝面如土色，颓然倒在地上，哪里还说得出一句话来！好半响，他才叹道："真没想到，海神和福柏斯这两个怂包如此不堪一击。问题是天后哪来这么强大的武力值？她一直只是一个三流角色呀……"

"可天后就是打败了他们！真可谓是公平合理！哈哈，陛下，你知道吗？天后不但击败了你的儿子和兄弟，她还宣布，真正的叛乱者就是福柏斯和海神，是他们将你囚禁，而她这个天后，只是替天行道，替你消灭了叛乱者而已！"

天后在消灭了所有的同党之后，便会公告天下，她是替西帝出头的，她无非是正义的捍卫者。

西帝面色惨白，喃喃道："那娘儿们可能马上就要对我下手了……"

白衣天尊还是轻描淡写道："这一点，陛下就不用担心了。"

"为何？"

"海神和福柏斯已经被废掉了，你的元气绳索已经不可能被解开了，死不死都无所谓了。"

西帝张大嘴巴，眼中不知道是失望还是恐惧，样子很是可笑。过了很久，他才再次开口，声音也非常微弱："那娘儿们……她什么时候登基？"

"三天之后。"

"按理说，她远不是海神和福柏斯的对手，她到底是怎么得手的？"

"很简单，决斗时，福柏斯和海神的元气忽然消失了，人也废掉了，直接就栽倒了。"

"她居然使用了元气吸收器？元气吸收器是整个大联盟严禁的武器，而且早已被彻底销毁，按理说，她是绝对拿不出来的！"

西帝连声催促："白衣天尊，你快想想办法。"

"办法倒没有，不过，天后登基之前，一定会先来杀掉你。"

西帝："……"

白衣天尊还是悠悠然地说："不过，陛下你也不要绝望，我听说，你的几个战斗力强大的儿女都已经在赶回大联盟的途中，包括战狂。你估计一下，战狂是帮你还是帮他母亲？"

西帝竟然不敢回答。虽然是嫡子，虽然是最宠爱的儿子，可是父子之情真的比得上母子之情吗？更何况，天后对战狂从小百般溺爱、千依百顺，母子亲情远在父子之上，战狂会选择自己吗？

"男人都以为多子多福、多妻多福，现在，知道麻烦了吧？老婆孩子一多，麻烦也多。"

西帝大怒："你一个孩子都没有的人，好意思讥讽我？难道只有一个妻子、一个儿子，就没有这些麻烦了吗？"

"可是，古往今来，我的确从未见过有独生子篡位的！无论是天上还是人间！"

西帝偃旗息鼓，十分沮丧："罢了罢了，也许是命该如此，当初我就不该娶那娘儿们，现在好了，自己替自己找了一个掘墓人，也真是报应了……"

"天后，也没法得偿所愿！她只是一颗棋子而已。"

"你认为终极黑手会是谁？"

"我怎么知道？"

"那娘儿们愚蠢无比，死有余辜，怕只怕幕后黑手会趁机将我的子女一网打尽、斩草除根！"

"陛下，你还是耐心等着吧，急也没用。"

西帝忽然道："老朋友，这次你无论如何要帮我。你一定要帮着我的女儿帕拉斯，别的子女我不敢保证，但是，她对我绝对忠诚，所以，你务必要替我保住她的性命……"

白衣天尊脸上的笑容却不见了，他的眼神闪过一抹忧虑。

西帝察言观色："老朋友，你在担心什么？"

"你的儿女们都是天神，再危险也危险不到哪里去，可是，我的亲人就不同了……"

"你的亲人？"西帝不屑一顾，"你孤家寡人一个，你哪来的亲人？"

"如果终极黑手真如我们所预料，初蕾很可能是她们首先要迫害的对象……"

西帝："……"

"初蕾很危险，我不能再待在这里了！"

西帝一字一句道："你还真以为是青元夫人？"

"不然呢？"

西帝忽然一阵寒意涌现：若是天穆之野出手，自己哪里还有逃生的希望？半响，他忽然道："据说，不周山之战前夕，西王母曾有密令留给你，但是被她半路拦截了，是不是？"

白衣天尊不置可否。

西帝的脸色，慢慢地变得很奇怪。他仿佛在自言自语："她既然那么迷恋你，按理说应该兴高采烈地将这密令交给你。可是，她却擅自藏起来，这是什么原因？"

白衣天尊还是一言不发。

"莫非这女人真的想自己做中央天帝？"此言一出，西帝自己几乎跳起来，"这女人又是私藏密令，又是制造D病毒。前段时间她还和天后一直鬼鬼祟祟，后来我才发现，天后的黑暗森林星监狱很大程度上便是得到了她的帮助，就连早前那几百名失踪的地球少女也很可能出自她的手笔，这女人处心积虑，到底要干什么？天后这个蠢货又怎么可能是她的对手？"

"哈，陛下，你也不算蠢。你终于想通这一点了？"

西帝面色煞白，半响，才叹道："天后这个蠢货，她莫不是上了人家的圈套，成了人家的过河卒子啊！"在青元夫人面前，她简直就像一只跳蚤。

西帝急了："老朋友，既然你早就知道幕后黑手是谁了，那么，我们就不用兜圈子了……"

"不用兜圈子？那你想要怎样？直接拿下青元夫人？"

西帝的面色非常难看。

"其实，很早之前，你就知道D病毒的幕后黑手是谁！可是，这又如何，你能怎样？你没有证据！你无法给天下第一神族定罪。"

那是一个极其明朗的日子，一大早，太阳升空，不冷不热地照在金碧辉煌的大殿上面。

偌大的殿堂，已经有了几千从外地赶来的神族代表。当然，和昔日容纳足足十万大神的盛况相比，这几千代表只能勉强把第一圈层填满。

虽然从西帝登基的那天之后，这个大殿就再也没有使用过了，但今天，有这几千人，整个大殿还是显出了几分热闹。

大家的目光都落在正中的王椅上面——那是一把用纯金打造的高背椅子，中间有一颗巨大的红宝石。当阳光从顶端的屋檐照射下来时，整张椅子都显得光芒四射，璀璨无比。可今天，大家没有心情欣赏这张奢华无比的椅子，都紧张地看着王殿的左上方。

按照规矩，新任的中央天帝，总是从左上方从天而降。今天，自然也不例外。可是，因为太过突然，大家都很茫然。为何天后忽然通告整个大联盟她要登基了？那么，西帝呢？西帝在哪里？再有，传说海神和福柏斯都已经被废了，那么，他们为何被废？种种疑问，没有任何人能够解答，诸神也不知道该去问谁，甚至没法公开进行商讨，因为天后的使者一再下令让大家保持沉默。

就在这沉默的等待中，终于到了约定的时间。那是特意选择的良辰吉时。七下古老的钟声，那是一种特殊的陨石发出的声音，厚重、质朴、威严，从整个大联盟扩散到银河系，然后响彻整个宇宙。这样的钟声，一般人是无法敲响的。唯有新的中央天帝登基方可动用，那是王权的象征。

当第七下钟声结束后，诸神睁大眼睛，但见一抹金色的影子从天而降。天后身穿金色王袍，准时驾到。

和西帝登基时的王袍相比，这一身金色袍子只是多加了一朵红色的杜鹃花，用了从朝霞里提炼的色彩渲染，于通体金色中散发出比红宝石更绚丽的光芒。

小信使高声道："参见陛下。"

诸神先被这绚丽杜鹃花所震慑，好一会儿才反应过来，有一小半半神人立即行礼，大部分半神人依旧站着。他们不明就里，脸上写满了疑问：天后登基，难道不该做出一个合理的解释吗？

天后在王椅上坐了，扫视台下。

旁边的小信使立即拿出一道诏书，念道："海神和福柏斯犯上作乱，重伤陛下，所幸天后及时出手制止了叛乱，救出陛下。不过，因为陛下重伤，所以暂时退位，将中央天帝之位传于天后……"小信使一挥手，半空中忽然出现一道红色光芒。

众人看得清清楚楚，那是西帝的手迹：因天后平叛有功，特将帝位传予天后！

西帝亲自下了退位诏书，通告整个大联盟传位于天后。

尽管大家都觉得这事很突然也很不合常理，但是西帝手谕清清楚楚，不可能造假，于是便纷纷行礼，以拜见天帝的礼仪拜见了天后。

天后肃穆的脸上，这才稍稍有了一点笑意，可是，当她转眼看到西王母的使者团队里竟然不见青元夫人的影子，为首的竟是玉女青瑶时，心里顿时不悦，又生出几分不安。

青元夫人怎么没有来？她明明早已答应，一定会亲自前来。现在，她只派出了一个玉女，虽然是她手下第一玉女，可是这也大为不妥啊。

天后很是不悦，却又没法当场翻脸，只是强忍不快，接受诸神的道贺。

几千神族，已经比预想中好太多了，不至于让自己的登基显得太过寒酸。

几千神族中，有好几个是西帝的兄弟姐妹以及他以前的老情人及其子女们。他们中的一大半也行了礼，可是有几个人一直站着，神情充满了狐疑，分明在说：西帝怎会下这样的诏书？

可是，他们亲眼看见了诏书，就不敢公然提出质疑，只是愤愤地不敢作声。尤其是当他们看到天穆之野的使者团队赫然在场时，就更是惴惴不安——众所周知，天穆之野乃天下第一神族，她们公开支持的人，绝对坐稳中央天帝的宝座，而天后居然取得了天穆之野的支持，也难怪她如此有恃无恐了。

很显然，今天前来的大部分神族，其实是看在天穆之野的份上。

天后一眼扫到他们时，声音也变了："你们几个站着是什么意思？难道是觉得我不配做这个中央天帝吗？"

几人见状，不敢顶撞，立即慌忙行礼，天后神色这才稍缓，她站起来，手里已经多了一件信物。

那是金色焰火令——只有历代中央天帝才有资格使用的信物。

待得金色焰火令一发散，整个宇宙都能看到这信号，届时，今天的登基仪式才算是正式完成了。要发射金色焰火令，必须具备超人的元气。本来，凭借天后的元气，是无法发射的。不过，她已经从藏宝库里吞噬了大把的元气提升丹，以确保今天不至于出丑。

她拿着焰火令，正要发送，可也许是太过紧张，第一下竟然落空了。当然，因为她只是试探性的，其他诸神并未发现这个异常，以为她是在测试而已。

她屏息凝神，准备再次发射。

刚要启动，突然有人大喝一声："叛贼快快住手……"

她一惊，焰火令差点掉在了地上。

随即，一股飓风从天而降，饶是天后退得极快，也差点被飓风的尾巴扫住——那是一抹金蓝色的人影，一把金色斧头几乎将她劈成两半。

天后好不容易站稳脚跟，那个金蓝色的人影已经落在了地上。

诸神惊呼："帕拉斯……"

帕拉斯环顾四周，目光落在天后的脸上，冷笑一声："看这样子，天后是要做中央天帝了？是谁允许的？我父王吗？"

一队侍卫护在了天后两旁，天后稍稍安心，这才疾言厉色道："我登基乃陛下亲自传位！传位诏书在此，帕拉斯你敢犯上作乱？"

帕拉斯看了一眼诏书，冷笑一声："假的！这是伪造的诏书。"

天后大怒："明明乃陛下手谕，怎会是假的？你休要信口胡言！你身为陛下之女，竟然连陛下的手谕都认不出来，我看你才是假冒者……来人，将这个冒牌货打出去……"

一队侍卫，一拥而上。

帕拉斯陷入重围，却大喊大叫："天后谋逆，罪不可赦！你既然说是我父王传位于你，那好，你把父王叫出来，让他亲口告诉我们。只要他当众宣布传位给你，那么我一定心服口服，否则，你便是个不折不扣的谋逆者……"

天后根本不理她，只厉声道："快杀了这该死的丫头……"

帕拉斯却一下跃出重围，身悬半空，厉声道："我帕拉斯从父王头部出生，乃父王之一部分，你们这些叛逆者居然敢杀我？杀我父王……"

侍卫们一愣，不由得纷纷停手。

众所周知，帕拉斯没有母亲。帕拉斯没有母亲的原因也很简单——不是因为她的母亲死了或是什么的，而是因为她没有母亲——她是西帝一人生出来的！所以，西帝对她的宠爱远在其他子女之上——就算战狂也远远不及。

战狂子凭母贵，仗着天后的势力，全不将其他兄弟姐妹放在眼里，谁都要忌他三分，可是，遇到帕拉斯他就不行了，他从来不敢招惹帕拉斯。帕拉斯的封地、赏赐都远远超过他，可是，他屁都不敢放一个。很简单，只要他一多嘴，帕拉斯就会揍他一顿。而他又往往不是帕拉斯的对手。最初，他每次被揍了之后就要去父王面前哭诉，可是，父王总是板着脸训斥他：你连一个女孩子都打不过，还好意思告状？多次下来，他再也不敢告状，只暗暗拼命练习本领，发誓总有一天要胜过帕拉斯。可是，帕拉斯天资聪颖，无论他怎么修炼，总也不是帕拉斯的对手。

直到前不久，他无意中得到了一颗灵药，修为大增。和帕拉斯第一次打得天昏地暗不分胜负，因怕被父王责骂，所以和帕拉斯约定去远方一决胜负。

帕拉斯天性好强，当然不想输给战狂，二人便跑到了天边比试。没想到打着打着就接到父王的求救信号，虽然很弱，她最初也没接收到，而且战狂一直不停手，她没法，直到后来，求救的信号越来越强烈，她才知道大事不妙了。

帕拉斯从父王脑袋里出生，自然和父王心意相通。她很快便从父王的讯号里理清了事件的来龙去脉，于是立即甩开战狂赶了回来。

此时，她举着神弓，也不和侍卫硬拼，只是左躲右闪，大声呐喊："天后为了谋夺帝位，对我父王下毒，囚禁了我父王，她才是不折不扣的叛贼，请诸神一定要尽快制止她这种可怕的行为……"

天后大怒："你这小丫头竟敢信口雌黄……快杀了她……"

"你这是杀人灭口、做贼心虚！我说的全部都是真的！我从父王头部所生，我知道他所有的想法，现在我可怜的父王，正被囚禁在书房里哀叹，绝望无比……各位，你们都曾经是我父王的忠臣，我父王昔日是如此的信任你们，难道你们忍心看着他死去吗？你们忍心看着他就这么被人篡位吗？你们不信的话，可以去书房看看，只要看到我父王，真相不就大白了吗？你们千万别上了天后的当啊，她才是真正的篡位者……"

几名西帝的私生子女纷纷跳起来："帕拉斯说的有道理，父王情形如何，让大家去书房看看不就清楚了吗？"

天后冷笑一声："所有叛逆者，一视同仁，全部杀无赦！"

侍卫们一拥而上，很快，西帝的几名子女便和侍卫厮杀成了一团。

西帝的几名老情人见势不妙，又担心子女的安全，也纷纷加入了战团。于是，整个登基的大殿，变成了西帝的子女、情人和天后之间的一场大战。

战斗很激烈，但并没有如诸神预料中的持续很久。

就在他们举棋不定的时候，地上已经横七竖八倒了十几人——全部是西帝的老情人及其子女们。他们不是被废掉，而是彻底死了！除了在半空中左躲右闪的帕拉斯，其余竟然无一幸免。

诸神惊呆了。

帕拉斯也惊恐万状："天后，你这恶毒的妖妇到底使用了什么妖法？天啦，你们都看到了吗？我的兄弟姐妹们全是被这妖妇给毒死的啊……全部都是！"

毒药，并不在他们的饮料之中；毒药，也不在醒目之处。毒药，甚至不在侍卫的武器上面。毒药，在地上；毒药，在大殿里。

当他们双脚一踏上大殿，就已经不知不觉中毒了。

尤其当他们一动手，这毒性就开始扩散了，仿佛无形中有一个元气吸收器。不知不觉将他们吸干，当他们察觉自己的身子就像被割开了一个口子的袋子时，一切都来不及了——他们已经变成了一具干干的皮囊，直到死，都不明白是怎么死的。

唯有帕拉斯，是从天而降的，而且她一开始就是为了揭露天后的阴谋而出现的，她根本不敢和侍卫硬碰硬，只是左躲右闪，虽然狼狈不堪，但侥幸逃过一劫。

诸神看不到元气吸收器，他们只能看到横尸一地的人——大家做梦都想不到，天后的武力值竟然不知不觉间变得这么强大了。但凡敢于挑战她的人，几乎全部倒下去了。

天后稳稳地坐在宝座上，她冷酷而美艳的脸上，毫不掩饰自己的踌躇满志。她掌心里的金色焰火令也无声无息地表明：但凡敢于阻挡我登基者，杀无赦。

隐隐地，她真有几分中央天帝的气势了。

大殿很安静，只有帕拉斯微弱到了极点的声音："你这个逆贼……父王呢？你快把我父王给放了……"帕拉斯的身影飞了出去。

天后也不追赶，只看着突然安静下来的大殿。

她掌心的金色焰火令已经开始闪烁出要发射的迹象。

站在前排的玉女青瑶忽然上前一步："天后……"天后微微感到意外，但极其客气："青瑶，你有什么话要说？"

青瑶毕恭毕敬："天后登基，原是可喜可贺。但是，青瑶以为，为了堵悠悠之口，天后不妨将西帝请出！反正西帝已经下了退位诏书，天下早已皆知，而且西帝和天后的恩爱更是天下皆知，天后登基，西帝肯定也非常高兴。如此，岂不是让诸神安心？以免引起无数不必要的猜忌和不安？"

诸神立即道："青瑶说得极是。"

青瑶道："我等皆知西帝因为福柏斯等人的叛逆而受了重伤，天后也无须令他亲自现身，让陛下发声讲两句话，可好？"

此言一出，天后大喜过望。她当然不愿意让西帝现身，毕竟一现身，很多事情可能就穿帮了。可是，让西帝不露面，光发声，那就不是什么难事了。

她对小信使使了个眼色，小信使奔了出去。

可顷刻之间，她便接收到小信使的讯号，陛下不见了！

她呆了一下，用脑电波问：什么意思？

小信使焦虑万分道：陛下失踪了。

天后惊呆了，与此同时，她手上的金色焰火令忽然一沉，她分明感觉到了一股极其强大的阻力，竟然再也无法将焰火令发射出去了。要是让诸神发现自己没有能力发射焰火令，这必将是一场灾难。

她当机立断，站起来，满面笑容道："各位远道而来，不妨先休息一下。待我先去请了陛下，然后让他陪伴着我，届时，大家共同见证！"

诸神看着天后匆匆离去，无不面面相觑。唯有青瑶看了看地上那些横七竖八的身影，露出一丝极其古怪的笑容。

书房里，空空如也，西帝曾经坐过的椅子也空空如也。

号称整个银河系第一隐秘的地方，纵然处于全宇宙也是顶尖级的监控防备之下——被元气捆绑，绝无可能逃脱的西帝，居然就这么消失了。

天后的脸色青一阵又白一阵，她甚至来不及发怒，脑海中翻江倒海不停地思索：这老种马到哪里去了？究竟是谁救了老种马？而且，到底是谁有这个本事救下老种马？

小信使战战兢兢道："莫非是帕拉斯？"

天后大怒："那丫头自身难保，有什么本事闯入密室？"

"那……会不会是战狂？"

按理说，帕拉斯已经回来了，战狂也早就到了，可是战狂一直没有露面，当时天后也无法在众人面前追问。

她摇摇头，绝对不会是战狂。对于自己的亲儿子，她非常了解。战狂根本没有这等功力。

可是，西帝毕竟活生生地就这么消失了。

天穆之野。蟠桃树下，一地金黄。

青元夫人一身金色长袍，飘飘欲仙。粉红的花瓣随风飘舞，就像一群蝴蝶在她背后跳舞。

禹京痴痴地看着她的背影。禹京想：她可真美啊。

她回头，看着痴痴的他，嫣然一笑："禹京大人……"

他如梦初醒："阿环……阿环……为什么我每次见到你，呼吸都变得那么困难？"

她面色一红，低下头去。脸上一抹娇羞，就像桃红色的花瓣。

他冲上前，一把握住她的手："阿环……"

她嘤咛一般："我们……我们下个月就要成亲了……禹京大人……你等急了吧？"

"不急……不对，我急不可耐……阿环，我真是一天也不想等了……"

"禹京大人，在这之前，我们必须先铲除一个障碍啊，否则，我们根本无法顺利成亲……"

"障碍？你说那战犯？这有何难！阿环，你放心吧，现在是时候派D病毒上场了。那战犯，就等着去死吧……"

她在他怀里，无声地笑起来。那战犯，你就去死吧。你死之后，万事皆休。

忽然，警铃响起。她立即从禹京怀里站起来，禹京的面色也微微变了。

二人都看到闪烁的屏幕上闹哄哄的场景，那是青瑶发回来的消息：天后登基未遂，西帝忽然失踪。

青元夫人面色大变，西帝怎会失踪了？

禹京也道："西帝不是被天后囚禁了吗？他怎会无故失踪了？按理说，朱庇特家族的高手已经散失殆尽，谁还能将他救出去？"

可是，禹京随即不以为意："管他呢！反正谁做天帝我都不在乎。就看天后怎么收拾这个烂摊子吧。"

青元夫人强笑一声，随口敷衍了几句。

禹京见她心不在焉："阿环，你是不是有什么事情？"她的秘密，禹京当然不可能全部知道，她也不可能告诉他。

她只是摇头："我碍于情面，派出了青瑶，我真怕因此惹来什么麻烦，影响到天穆之野的名声……唉，你也知道我们天穆之野严厉的规矩，要真惹了什么麻烦，就是我这个掌门人失职了……"

"原来如此！可是，阿环，这也不是什么大事，你何必在意？大不了今后再也不要管他们的破烂事就行了。"

"是啊，有了这次教训，我再也不会搭理他们了。就躲在天穆之野准备我俩的婚事，哪里也不去了。"

禹京听罢，这才飘飘然地离去了。

直到他彻底走远，青元夫人才皱了皱眉头，挥了挥袖子，仿佛要挥掉禹京身上那股可怕的死亡的臭气。这不是一般的臭气，这是一种不洁的臭气。

如果说她曾经真的考虑和禹京成亲的话，现在，她已经彻底打消了这个念头。很简单，她前段时间将禹京查了一个底朝天。她居然查到一个不敢相信的事情：禹京根本不是一个处男半神人。

禹京的少年时代，的确不近女色。可是，在高阳帝时代，他迎来了自己职业生涯的黄金时期，他曾经身兼海神、死神以及彼时的京都丞相数职，真正是一人之下万人之上，可谓权倾天下。

这时候的禹京，当然有许多女人巴结。无论是逢场作戏也好，露水情缘也罢，禹京在这时候的确有过许多女人。

虽然从不周山之战后，他隐匿幽都之山，又被迫交出海神的职位，从此消沉不已，再也没有近过任何女色。可是，毕竟纯身不再。

青元夫人的愤怒可想而知。更重要的是，她彻底失望了。自己和禹京成亲，无非是指望两个纯身半神人的结合带来元气爆发式的增长。可要是禹京早已非真正纯身，要他何用？要了他，反而会让自己的元气下降。但她此时又不能挑明，因为她必须牢牢地把禹京绑架在自己的战车上，一切必须等到尘埃落定，自己坐稳中央天帝的宝座再说。

本以为，一切都大局在握。可是偏偏在这时候，西帝失踪了。她忽然很紧张，她想，有一个人，必须马上彻底解决他，一分钟也不能再拖延了。

第十七章　宇宙病毒

白衣天尊一出大联盟便开始飞奔。

这也是他第一次飞奔，这也是他第一次感受到一种强烈的危机。下一刻，他已经出现在了共工号星体上。

共工号星体上平静如昨日，洁白的细沙，火红的天空，甚至远远扇动翅膀的两只仙鹤……一切都和自己离开时没有什么两样。他刚松一口气，下一刻，心便彻底沉了下去。

对面，一个人慢慢走来。这个人的背后，是一群人。

这些人，也没什么好奇怪的，都是寻常人。但是，从第一个人到最后一个人，他们皆一身雪白长袍、火红头发。最主要的是，不用照镜子，他便立即认出——他们和自己长得一模一样。

一群"百里行暮"出现了，一群"百里行暮"居然来到了共工星体号上。他看着这群人大踏步走过来，从四面八方将自己包围了。

他没有采取任何举动，脑子里只响起一个可怕的念头：这一群"百里行暮"出现在共工星体号也就罢了，可要是出现在了凫风初蕾面前，那该是多么可怕的事情！

可是，他来不及细想，为首之人已经一拳袭来。

那一拳，绝非寻常人的一拳，也非普通半神人的一拳——那是拥有七十万年元气的"百里行暮"的一拳。尽管这群百里行暮具有的只是不周山之战后那个衰竭的百里行暮身上残余的七十万年元气，可是，一大群人同时出手，那就相当于几十个百里行暮累积起来。

白衣天尊不躲不避，一拳接住了"自己"砸向自己的这一拳。

"百里行暮"后退几步。他身后一群"百里行暮"的拳头尚未沾到白衣天尊的身上，便一个个如断线的纸鸢般飞了出去。

顷刻间，满地都是雪白的身影——皆是一尘不染的长袍，火红的头发。

但现在，他们的头发全部变成了灰白色，复制人的脸上一片死灰。终究，他们还是不顶用。

没有脑电波的复制人，就是行尸走肉，不可能具有真正的灵气，也因此，就算附加在他们身上的元气也不可能彻底发挥。

白衣天尊松了一口气。

可是，当他看到那个为首的"百里行暮"又大步走过来时，就顿觉不妙了。

那家伙的身子，竟然在膨胀。尽管他的双眼中没有任何灵气，也没有任何元神——单纯就是一具行尸走肉，但是他却是一具非常强大的行尸走肉。

看样子，青元夫人将他单独挑选出来，不是没有道理的。他的拳头和他的身子都开始暴涨。他一步一步，如山岳一般膨胀。每走一步，共工星体号都开始塌陷一个坑；每走一步，那些倒下去的雪白尸体就少一个；每走一步，远处的仙鹤也吓得瑟瑟发抖。

白衣天尊脸色大变，失声道："天啦，是D病毒！这是一个中了D病毒的复制人！"

"咯咯，你不是一直在追踪D病毒吗？你不是一直想要铲除我的D病毒吗？咯咯，我就让你先尝尝D病毒的厉害好了……"那是青元夫人的狞笑。

她得意极了："共工星体号便是D病毒的第一试验场所。我要让你得到一个教训：娶错了一个女人，你将会遭遇无数的厄运！纵然你是白衣天尊也不例外……"

他彻底怒了，一拳就冲着那庞大的复制人砸过去。

复制人庞大的身躯飞起来，但是很快又从天而降，只听得轰隆一声，整个共工星体号仿佛经受了一次剧烈的地震，颤抖起来。

复制人的身影，已经大得如山岳一般了。

"咯咯，中了D病毒的人会漫无边际地膨胀，然后超越你这个共工星体号，超越整个银河系。哈哈哈，白衣天尊，我今天倒要看看你有何本领能将自己的复制人彻底消灭。哈哈哈，自己消灭自己，连我都是第一次看到……"

山岳般的复制人，再次站起来。白衣天尊不打算给他站稳的机会，他飞了起来。直奔复制人的面孔。他的拳头直接砸在复制人的脑门上，"砰"的一声，复制人再次倒了下去。

可是，他并没有像想象中的脑浆迸裂，相反，共工星体号上出现了山崩地裂的响声，随即飞沙走石、日月无光，大半个星体仿佛已经彻底毁于一旦了。

而那疯狂的膨胀体，已经大得根本看不到边际了。这复制体，根本没什么战斗力。可是，你每一次打倒他，他又不会死，只会飞速裂变，然后以强大的自身体重膨胀开去。这样膨胀下去，整个共工星体号岂不很快完蛋？

白衣天尊心急如焚，却停下来，脑子中不停转着各种念头：到底要如何才能彻底消灭这个家伙？

"咯咯，别多费心思了，我以天穆之野的名义向你保证，你根本不可能消灭这个怪物。哈哈，这个叫作'百里行暮'的怪物是不是很好玩？你等着瞧吧，他会以你根本想象不到的速度迅速攻陷共工星体号，然后攻陷大联盟，再是整个银河系……"

他不动声色道："你毁灭了银河系又能如何？你别忘了，天穆之野也在银河系里。"

"咯咯，这就不是你关心的事了。"

"我就不信你会两败俱伤！"

"咯咯，我当然不会两败俱伤，我要伤的只有你们！"

"你以为你能得逞？"

"咯咯，能不能得逞你不是马上就会看到了吗？对了，你知道这个百里行暮是谁吗？"

"……"

"这个怪物可是货真价实的百里行暮，也是我创造的第一个复制人，哈哈，就是首先遇到凫风初蕾，然后和凫风初蕾卿卿我我的那个家伙……现在，你是不是觉得很好玩？"

从某种意义上来说，眼前的这个"百里行暮"便是死在周山的那个百里行暮——因为脑电波彻底消失，他和其他的复制人没有任何区别，彻底沦为了青元夫人的一件武器。

"你以为在我天穆之野上空做了手脚，我就奈何不了你了？呵呵，这些复制人又何必需要你的脑电波呢？只要他们长得跟你一模一样不就行了？"他们甚至可以长得和他截然不同。

复制人是像百里行暮还是任何人都不重要，像一头老虎、一只猴子都不重要，重要的是D病毒能让他们发挥出可怕的威力。

青元夫人之所以特意选择了"百里行暮"这个复制人，无非是为了泄愤。否则，D病毒的对象是一只老虎也无妨，本质上都一样。

白衣天尊从来就没把"百里行暮"当成一个真人——在他眼里，这行尸走肉就只是一只老虎而已。

那得意至极的笑声充满了嘲讽和无限的快意："咯咯，这个百里行暮才是凫风初蕾的爱人呀！你白衣天尊，无非是冒名顶替而已。她爱的根本就不是你，而是这个复制人，你白衣天尊聪明一世也糊涂一时啊，咯咯，不过，你可能根本就不在乎吧？反正你色迷心窍，你贪图的无非也是美色吗，所以，也就不在乎她爱的是不是你本人了……咯咯，那小贱人其实也不是什么好东西，她所贪图的也无非是你强大的力量和你对她的支持罢了，否则她怎么登得上万王之王的宝座？你们这对狗男女，无非是各取所需、狼狈为奸而已……"

无边无际的"百里行暮"再一次倒下去，这时候，整个共工星体号的大半个星体已经被彻底毁灭，就连它旁边的殖民星也遭了殃，地震、海啸之声不绝于耳。

就算是一颗没有生命的死星，这样下去，也会引起连锁反应。很快，其他星球也会陆续遭殃。

但也因为"百里行暮"的体积越来越大，所以他每次倒下去之后站起来的速度也越来越慢。此时，他横在地上，就像一座雪白的大山，但是这大山在不停地蠕动，随时会站起来。

"咯咯，大家都说你从弱水出来，天下无敌！现在我倒要看看，你这个天下第一的战神到底有什么了不起的……"

白衣天尊停下来，他已经不再关心那个自动膨胀的复制人。他只是死死盯着声音来源的方向。但是，他看不到人影，也无法准确分辨青元夫人的位置。

　　"别看了，你看不到我的！我在窥天镜里呢……"窥天镜，是天穆之野的独有神器，躲在里面的人可以看到整个宇宙，而任何人却无法看到她。这神器，必须是历代掌门人才能拥有。

　　西王母的时代，窥天镜从不外泄，而且也有严格的使用规定，但现在，青元夫人已经肆无忌惮。

　　"我元气的确不如你，可是，你要杀我，那是万万不能的，你就死了这条心吧，咯咯……"

　　他一字一句说道："青元夫人，你马上住手还来得及！"

　　"住手？咯咯，我为什么要住手？这么好玩的事情，我不玩够怎么会住手？你放心吧，等你和整个银河系被夷为平地之后，我一定会住手的！现在，游戏才刚刚开始，我怎能住手？又怎么舍得住手？"

　　"你如果现在不住手，我必将你和天穆之野一起夷为平地！"

　　"啧啧啧，你这战犯好大口气？等你能活着走出共工星体号再说吧！"

　　"在天穆之野，我之所以没有对你动手，并不是因为别的，而是我答应了三名老园丁，再者，也感念王母娘娘的故旧之情，但那也是我给你的最后一个机会！今天，你要是再不收手，就休怪我不念旧情了！"

　　"啧啧啧，旧情？什么旧情呢？咯咯，是了，你念的根本不是我的旧情，是西王母的旧情。可是，谁稀罕呢？我不住手，你能怎样？你能杀了我？咯咯，白衣天尊，你去死吧！"

　　"死"字刚一出口，山一般的复制人再次铺天盖地地站立起来。

　　整个共工星体号彻底被一分为二，以不可思议的速度向别的星体砸去。

　　复制人的身体飞了起来，白衣天尊也飞了起来。

　　他彻底愤怒了，一拳砸了出去。

　　这一次，一颗巨大的陨石不偏不倚地往天穆之野的方向飞去。

　　随即，窥天镜里一声尖叫："该死的，你竟敢向我天穆之野下手？"

　　"你都敢毁我共工星体号，我怎么就不敢下手？青元夫人，你再不住手，第一个毁灭的便是你的天穆之野……"

　　"你做梦去吧！你这个该死的家伙……我不但要杀了你，还要马上要杀了你的那个小贱人，你们这对狗男女，都去死吧……咯咯，我忽然改变想法了，我本来要先踏平大联盟，但是，我现在要先踏平地球，咯咯，你们都去死吧……"骂声，戛然而止。

　　白衣天尊也已经无暇他顾，他看到那庞大无比的复制人，已经彻底脱离了共工星体号，以不可思议的速度向地球的方向砸去。那方向，正是九黎的方向。

　　如若砸落，整个地球立即会磁场转换、南北对调，地球的生命也会再一次遭遇大灭绝。

　　白衣天尊不假思索，一只手伸出，生生抓住了一团海洋般的火红头发往相反的方向飞去……

　　……

　　整个大联盟彻底震动了，就连那些两耳不闻外事的老神也被惊动了。

　　短短时间，共工星体号灰飞烟灭，相邻的几个星球也遭遇了重创。而巨大的陨石碎片还在太空中遨游，不知道下一刻哪个星球会遭殃。

　　这到底发生了什么事情？

　　可是，他们还来不及打探，便看到铺天盖地的雪白山岳径直往边境飞去——竟然是银河系的边境……

　　天后还没来得及发射金色焰火令，就发现西帝不翼而飞，紧接着又发生了这样可怕的事情，她整个人都蒙了。看着流水般飞来的紧急报道，全部的报道加起来就一个意思：你现在是临时中央天帝，你快快处理这些可怕的事情吧……她急得团团转，哪里处理得过来？

第十八章　金沙浩劫

九黎上空，忽然乌云罩顶，一团漆黑。

原本熙熙攘攘的闹市忽然安静下来，所有人都抬起头，惊恐地瞪着头顶那团遮天蔽日的乌云。

随即，地下便如裂开了一般。万物摇摇欲坠，接着便是歇斯底里的惨叫："天啦，地震啦……""地震来了……"

破旧的屋子发出轰隆的倒塌之声，惊恐的人群四散奔逃。

地震持续的时间很短，随即头上的黑云也彻底烟消云散了。但是，整个九黎已经陷入了惊慌失措——因为九黎从未有过地震。

凫风初蕾赶到九黎时，街头人山人海，民众们都聚集在广场上、空旷处，每个人的脸上都是劫后余生的表情。但是，因为倒塌的房屋很少，且都是一些土木建筑，所以没什么伤亡，大家无非是虚惊一场，然后便议论纷纷。

她飞掠至广场上空。

民众见女王现身，立即平息下来。

她朗声道："各位不必惊慌，只是一场小地震而已，大家都看到了，九黎没有遭到什么大的破坏，只有一些特别老旧的房子坍塌了而已。不过，这也没关系，我来时已经视察过了，白衣天尊打印的百万套房子统统完好无损。但凡房屋倒塌无家可归者，可以立即举家搬迁到新房，此外，救济也将立即展开……"

众人大声欢呼，所有惊恐一扫而光。

初蕾也不逗留，匆匆返回了九黎碉楼。

文武大臣早已奉命前来，他们也因为这场地震各有惧色。

"九黎以前可从未有过地震呀，这一次到底是怎么了？"

"这地震还有吗？"

"会不会是谁触怒了上天？"

小狼王不以为然："区区小地震而已，根本不算什么。以前我在白狼国时，经常发生地震。"

白志艺也道："昔日我在东南时，也遇到过一次大地震，九黎的这次只算小地震而已，大家不必惧怕。"

初蕾点点头，向众人部署了地震应对事宜，然后又部署了其他事宜，众人纷纷领命离去。小狼王、杜宇、丽丽丝等人留了下来。

大家都看得出来，女王在众人面前的镇定消失了，她的脸色变得非常凝重。因着她才从外地赶回，大家也不知道究竟发生了什么事情。

丽丽丝低声道："大王，这是怎么了？"

初蕾并不隐瞒："青元夫人可能要动手了。"

小狼王有些惴惴地说："白衣天尊呢？他要回来了吗？"

她摇头，面色极其凝重："刚才的地震，很可能就跟他有关。"

小狼王失声道："这是为何？"

"我也不知道详情，可是，我现在感觉到他离我们越来越远了……"她低下头，看了看手上的戒指。

小狼王忽然大叫一声："天啦，你们看……"

众人抬起头，只见一团黑云从九黎上空飞速地往西南方向飞去。

初蕾脸色剧变："不好！他们要向金沙王城动手了！"

杜宇立即道："我马上回金沙王城。"

小狼王也道："我们必须马上去金沙王城增援啊……"委蛇和大熊猫都急了。

初蕾却一挥手，沉声道："丽丽丝，你和白志艺按照原定计划，维护九黎的稳定。今后一切事情，你们直接向小狼王禀报就行了……"

小狼王大叫："你呢？"

"小狼王，你和丽丽丝镇守九黎，无论外地发生了什么事情都不要离开！"

她抬头看了看天空，九黎的上空已经乌云散尽、和风丽日，就像什么事情都不曾发生过一样。

"自从万神大会之后，九黎已经成了诸神关注之地，任何半神人都不敢在众目睽睽之下轻举妄动，青元夫人也不例外！而且，九黎上空被白衣天尊布置了一层结界，一般的半神人也无法突破，所以，九黎暂时还是安全的，你们只管各司其职就行了……"

她一顿，转向杜宇等人："杜宇，你和委蛇、大熊猫，马上随我赶回金沙王城！"

小狼王情知此事非同小可，再也不敢多言，只立即道："大王放心，我和丽丽丝一定好好镇守九黎。"

她一笑，握了握丽丽丝的手："那就辛苦你们了。"她又看向小狼王，"如果我长时间没有返回，你便可以自行宣布登基！"

小狼王呆了一下，忽然大叫："凫风初蕾，你这是什么意思？"

她镇定自若道："我若是长时间没有回来，你便可自行宣布登基！万王之王的玉玺和传位诏书我早已准备好了，届时你可以随时拿出来！"

"这么说来，你们此次回金沙王城是凶多吉少了？"

她没有回答，只是再次看了看西南方向，淡淡地说："只要九黎在！地球的根基就会在！小狼王，你只需牢记你的誓言：理想永存，不忘初心！如果你今后走偏了，荒淫无道，暴虐百姓，那么，丽丽丝便可以取而代之！"

小狼王死死地瞪着她，哪里还发得出声音来？丽丽丝也若有所思，内心不知怎的，竟然无比惶恐。仿佛这一次的离别，便是永久的诀别。

二人一蛇一熊猫，在秦岭边境时，众人停下来。但见万丈悬崖，飞鸟到此绝迹，猿猴也无法继续攀援，周围也没有任何被人为破坏的痕迹。

初蕾却依旧眉头紧锁，脸色非常沉重。她刚从幽都之山赶回时，就发现自己犯了一个极其可怕的错误——那是判断上的错误——青元夫人的目标，也许一直都是金沙王城。

无论是九黎的乌云密布，还是灵巨等人的暂时骚乱，都只是一个障眼法、一个幌子。青元夫人不可能蠢到在天下未定之前，先进攻九黎，然后将自己暴露在众目睽睽之下。

可是，金沙王城就不同了。金沙王城是自己的故乡、自己的出生地、自己的大本营，有历代祖先的神迹：伟大的青阳公子、昌意公子，当然，更包括自己的父王。

此刻，她脑子里忽然出现了红眼珠老头的责问："你自称颛顼之女，竟然不知道当时的京都在哪里？"

当地球还是宇宙大帝的时代，历届中央天帝都定都于地球——那么，当时的京都到底是哪里？许多人都以为一定是九黎！就连凫风初蕾也这么认为。直到现在，她才发现，自己真是蠢到没谱了。

炎帝出华阳！炎帝离开华阳才到了九黎。也就是说，当时的京都一定是以华阳和金沙王城为界限的广大古蜀国的范围。否则，黄帝怎会派出两位嫡子镇守蜀山？也难怪父王死后，不惜化为低等的鱼凫转世，也一定要重回金沙王城。

金沙王城，才是上古时代大联盟的京都！

她茅塞顿开的同时，恐惧上涌。就像手上的扳指所传来的讯息——白衣天尊不是离自己越来越近，而是越来越远。慢慢地，那讯号也已经非常微弱了，那是D病毒彻底爆发了。

当九黎上空的那团乌云彻底被驱散，当地震瞬间结束，她便明白了——白衣天尊很可能遭遇了生平未有的一次重大危机，他必须和世界上最可怕的怪物——D病毒决斗。

青铜神树的封印尚未解除，一般的凡夫俗子当然无法突破。和初蕾预料的一模一样：金沙王城风平浪静，百姓们都按部就班地过日子。她不在的日子，鳖灵和卢相这两位老臣的确是尽忠职守，一切都井井有条。

她很欣慰，脸上露出微笑。杜宇和委蛇松了一口气。反倒是大熊猫一路走，一路嗅着什么，眼神极其警惕，嘴里偶尔会发出一声很低的嗷叫。

委蛇有些焦虑地问："老伙计，你是不是发现了什么？"

初蕾停下来，看了看头顶的那团黑云，沉声道："敌人马上就要来了……"大熊猫嗷了一声，显然是完全同意她的判断。

杜宇和委蛇立即分散开，做出了战斗的准备。初蕾也便装隐匿在人群中，她甚至再次使用了颜华草，彻底遮掩了自己的容貌。

可是，金沙王城实在是太过平静了，就连头上的那团乌云也在午后慢慢地散开了。

她最初判断敌人只能从两个方向而来：一个是没有封印的西海边；一个是从天而降。从西海边来的必定是无法突破封印的地球人；从天而降的，必然就是青元夫人派出的半神人战队。

可是，金沙王城一直很平静，没有任何骚动，直到黄昏时分，夕阳西下，依旧风平浪静。

彼时，初蕾和大熊猫正站在城南门口。

金沙王城一共有四道门，起初这些城门多是装饰的作用，并无什么实际用途，直到东夷联军威震天下之后，才开始将装饰性的城门改为了如今这高大的铜墙铁壁。距离蜀中不远处的夜郎山盛产黄铜，这些黄铜被蜀中遍布的大象或者恐龙托运到金沙王城，经过能工巧匠的打造，终于铸就了这四道巨大无比的青铜门。从柏灌王的时代再到老鱼凫王，青铜门都耸然屹立，乃王城象征，直到现在，被广袤的城墙连接起来，才具有了真正的防御功能!

这道城门的防守范围，便是华阳全境。

金沙王城建立之初，便有很明确的城市布局和分工——中心广场偏西的地方是王殿，城东和城北是居民区，城南则是祭祀之地。

国之大事，在祀与戎。

祭祀乃一国之头等大事，彼时，城南的重要性可想而知，也因此城南的青铜门就显得特别的厚重和高大。但是，随着老鱼凫王湔山遇难之后，整个鱼凫国的祭祀活动曾经中断了好几年，直到凫风初蕾重新登基成为女王。城南，慢慢地冷却下来。

再者，当年湔山大水之后，鱼凫国的百姓迅速减少，当幸存者从岷山、汶山等地赶回来时，便纷纷集中到了城西的金沙一带聚居，然后向城东和城北辐射，昔日曾经繁华无比的城南华阳一带反而慢慢地冷寂了下来。

尽管后来金沙王城已经成了百万人口级别的大城市，几乎聚集了鱼凫国四分之三以上的百姓，但是大量人口还是在城西三处，城南依旧特别冷清。

可是，今天，大熊猫却站在城南，不停地嗅来嗅去。

它的面上分明写满了焦虑、惶恐，甚至再也不似昔日那样做出羞答答的搞笑表情。它的一只熊掌举在空中，凭借它超越一切野生动物的神性探知着什么蛛丝马迹。

委蛇盯着它，有些紧张。因为它很清楚，自己这位服用了无数灵药的老朋友，在元气方面已经远远超越了自己。它低声道："老伙计，到底怎么了？"

大熊猫，看向城南各地。

城南虽然相对偏僻，但是绝非荒芜之地。相反，这里的大街小巷井井有条，店铺里也货源充足，虽远不及其他三地人群多得摩肩接踵，但是这里也有不少行人，此时临近黄昏，各家商铺也还没关门，不时有三三两两的行人出没，不过，没有任何异象。

凫风初蕾悄然走在大街上，不经意地打量着三三两两的行人，男女都有，他们有的背着背篓，有的拿着包袱，有的徒手，有的随意拿着几棵菜或者一包糖果、一些布匹或者拎着一截猪肉……所有人都很正常，全是金沙王城的寻常百姓。

她松一口气，莫非自己多虑了？青元夫人暂时还没空向金沙王城下手？可是，再走几步，她忽然觉得有点奇怪。

她看着一个迎面而来的男子，忽然明白奇怪在哪里了——城南的这条大街上，穿梭而来的男男女女，都非常矮小，而且面目平庸。

须知鱼凫国乃古蜀先民后裔，此地水土丰茂，日照很少，整个王城处于富饶的平原地带，百姓的生活水平极高，所以无论男女，普遍眉清目秀、肤色白皙。尤其是蜀中女子，无论经历了多少风雨，都沿袭了香艳缠绵的传统，人人着蜀锦蜀绣，踩芙蓉木屐，人人都花枝招展，尤其是年轻女子经过的时候，一路简直香风扑鼻。可是，这条大街上行走的人都很粗糙。他们眉目粗糙、服饰粗糙、皮肤黝黑，尤其是女子，虽然不多，但一个个五大三粗，有些人的手腕黑得像要裂开似的。

她颇为意外：为何城南的百姓和其他人差异这么大？为何自己早前没有注意到这一点？难道单单是城南百姓的生活水准一直没有得到改善？

据她掌握的数据来看，城南只生活了大约四万人，这四万多人都是原来的土著。可这也不对啊，就算生活贫寒，但是日照强度整个盆地都一样，没道理他们全部都黑得发亮吧？她忽然又想起一件事情：自己在蜀中时也多次全城巡逻，以前可从未见过这么多肤色黝黑的本地人。

这分明就不像是蜀中土著嘛。

就在这时候，大熊猫忽然从僻静处蹿出来，停在了一个男子的旁边。

男子徒手，很矮小，脸孔也是黑乎乎的，忽然见到一只熊猫蹿出来，不由得尖叫一声。他的声音很奇怪，充满了恐惧之情，而且竟然不似人类所发出的声音。

熊掌一把抓住了他的衣领。

初蕾好生意外，大熊猫根本不可能无缘无故出手伤人，这是怎么了？

委蛇刚叫一声"老伙计"便停下来，它眼睁睁地看着大熊猫抓住的那个男子，忽然变了——人头竟然变成了一颗狼头，而它身上还赫然穿着人的衣服！

这头狼见身份败露，便裂开嘴巴，锋利的狼牙就向大熊猫咬去。路上的其他行人见状，忽然纷纷嗷叫起来，然后围着大熊猫一拥而上——这些行人，全都变样了。

尽管他们都穿着人的衣服，可是头颅却是豺狼虎豹以及各种毒蛇猛兽……

委蛇大叫："天啦，怪物！少主，你看，这条街上全是怪物啊……"

初蕾一愣神，却立即厉声道："快发出警报，通告全城……"

警报随即拉响，一连响了七次，这是最高级别的警报。

这是古蜀国历来的规矩，但是，几万年来，除了凶猛的洪水之外，再也不曾拉响这么高级别的警报。

女王的声音随即响彻了云霄："请大家马上回家，牢牢关闭房门，无论听到任何响动都不要外出……"

警报声，此起彼伏。

杜宇率领的侍卫队也已经奔出了王殿，可是已经迟了一步，整个城南的行人，仿佛一瞬间集体变成了怪物——他们从各家店铺，从各种居民房里冲出来，一出来就彻底变成了怪物。

只见无数的猛虎、豹子、狮子甚至是猿猴、大猩猩以及各种各样的毒蛇和匪夷所思的怪物肆无忌惮地在大街上飞奔，然后肆无忌惮地向城西、城东、城北冲去。他们的身上，全部是正常人的服饰。

委蛇大叫："天啦，难道城南的四万百姓全被怪物附体了？"

不是四万百姓被怪物附体了，而是怪物早就吞噬了四万百姓，潜伏已久，等待这一刻的到来。

城西最繁华的三条夜市，此时，行人如织，各种小吃的香味扑鼻而来。

人们谈笑风生，大快朵颐，享受这一天里最后的欢乐时光。

当女王的警报响彻头顶时，他们已经来不及撤退了。

他们看着一大群人首蛇身或者虎头人身、狼头人身等的怪物冲过来，许多人根本来不及发出任何声音便已经丧生于猛兽口中。

老虎和狮子的长牙最是锋利，它们一抓住人，顷刻间便咬断了人的喉管，双爪一扯，人就成了两截，空气中血雨腥风，浓郁的血腥味几乎将空气都凝结了。

百姓们哪里见过这种阵势？一个个都被吓呆了，竟然不知闪避，都站在原地眼睁睁地看着，连手里的筷子或者碗掉到地上也不知。

怪物们肆无忌惮，他们所到之处，百姓们便如韭菜般一茬一茬地倒下。

大街上很快尸横遍野。

直到女王严厉的声音再次传来："快跑……快……大家分散逃命，躲进房间里紧闭房门，再也不要出来……"呆若木鸡的百姓这才如梦初醒，转身就跑。

可是，人的速度怎么比得上虎豹的速度？几万头怪物简直如狼入羊群，肆无忌惮地吞噬、撕扯。很快，人类便死伤无数，惨叫声此起彼伏。

初蕾挥舞着金杖就俯冲下来，几头怪物顿时身首分家。可是，怪物实在是太多了，而且全部分散，裹挟在百姓之中呼啸而过，根本无法快速清除。

纵然金杖一头头打过去，可是，死在怪物口中的百姓却依然不减。

那四万多头怪物，就像是在进行杀人比赛似的，他们嗷叫、狂欢，从城南跑到城北，从城北跑到城东，很快，整个金沙王城都是怪物的狂啸以及丧生在他们嘴里的百姓所发出的悲惨和恐惧的呼声……

委蛇和大熊猫也早已杀入了战阵，尽管它们力大无比，一拳便能砸死一头怪物，可是，也架不住怪物的数量实在是太多太分散了，它们也只好裹在逃命的人群中，见一头怪物杀一头。

杜宇率领一支精锐军队赶来，他早有准备，军队也是训练有素，可是，军队也无法和分散的怪物们作战，反倒是在怪物的突袭下，一个个倒地身亡，根本就没有战斗力可言。

闻讯而来的卢相和鳖灵以及其他文武大臣都惊呆了，他们哪里见过这样的阵势？只眼睁睁地看着一群怪物向王殿的门口冲来。

杜宇厉声道："快关闭王殿大门，你们统统躲进去不许出来！"

鳖灵和卢相等人连连退后，可守城的老兵分明被吓呆了，等到他一只手终于抓住大门时，一头猛虎一口便咬住了他的手腕。

杜宇眼明手快，长剑一下就击穿了猛虎的头颅，一伸手把老兵扔进大门，"砰"的一声合上了大门，厉声道："快拉门闩……"

卢相等人终于反应过来，只听得轰隆一声，沉重的王殿大门彻底合上了。

几头冲上去的饿狼生生砸在大门上，又被反弹回来，嘴里发出疼痛的怪叫声。它们可能发现这门太高了，于是一起转向，不约而同向杜宇包围，仿佛要将这个敌人先杀死再说。

杜宇身经百战，而且在九黎时已经服用过少主赠予的灵药，他的元气早已今非昔比，对付区区一群毒蛇猛兽原本不在话下。可今日，怪物实在是太多，根本杀之不绝。

他忽然意识到，要凭借自己和少主以及委蛇、大熊猫几人杀死这四万多怪兽，虽不说不可能，但是也绝非容易之事，因为怪兽太过分散，根本无法集中消灭，这才是要命的。等全部诛杀他们时，可能全城大半的百姓都要遭殃了。

他心急如焚，却无计可施，因为一般的军队面对这种阵仗，基本上等于送死。可就算送死，也不能只是眼睁睁地看着。

他正当焦虑时，听得卢相大呼："杜将军……杜将军……杜宇，你快进来，你还安全吗？对了，少主呢？少主在哪里？"

"少主也回来了，你们放心吧……"他不等卢相回答，高声道，"你们躲在里面万万不许出来！无论发生了什么事情都不许出来！"

一头猛虎扑来，他顾不得回答卢相，纵身扑了出去。

虎头人身的怪物忽然发出狞笑："杜宇，你这该死的家伙，你这狗奴才，居然还一直追随那贱人，今天，你的死期总算要到了……"声音很熟悉，可是，他定睛一看，却无法认出那怪物——那是一头会说话的虎头人身怪物。

怪物呼啸而来，其功力远在其他猛虎之上。杜宇的长剑一歪，差点脱手。

怪物哈哈大笑："你快快投降还能留你一个全尸，否则的话，今天不只是你，整个金沙王城马上便会尸横遍野，一个活口也不会留下。哈哈，古蜀国现在马上就要变成一个活生生的地狱了……古蜀国，从此将不复存在，金沙王城也将不复存在……"

杜宇怒吼："你是谁？"

怪物大笑："你连我是谁都不知道？你真是个地地道道的蠢货……"

杜宇不知道这怪物是谁，也无暇分辨。他甚至不敢和怪物搏命，他必须尽快找到少主，他放弃怪物转身就跑。

怪物追着他哈哈大笑："你跑什么呀，胆小鬼，你跑也没用，反正今天怎么都是死路一条……"

一路上，死伤无数。

侥幸躲进家里的百姓固然大门紧闭，大气都不敢出，就连奔在大街上亡命的百姓也大气不敢出，他们只是奔跑，脚下却轻飘飘的，仿佛要飞起来一般。

然后，筋疲力尽，被怪物一把抓住，随手扯为两截，惨不忍睹。

凫风初蕾心急如焚，金杖过去，尽管怪物一片一片倒下，却无济于事。

她忽然大吼一声："大家去天府广场……去天府广场……"

羊群般的百姓没有任何分辨，直奔天府广场。怪物闻言，也纷纷往天府广场追赶。

老远，大家便看到天府广场上一个巨无霸——那是蜀中赫赫有名的蜀龙！自从女王登基之日后，蜀龙便再也不见踪影，直到今天，直到此刻，它又出现了。

半空中，女王高声道："大家快躲到蜀龙身下！"蚂蚁般的百姓，纷纷往蜀龙身前身后拥挤。

几头怪物冲上去，下一刻，他们已经被蜀龙的利爪毫不客气地扔了出来。其他怪物惧于这般声势，竟然再也不敢上前，很快在外面围成了一个圆圈。那是多达上万头的怪物圈，可这只是怪物的四分之一而已，其余更多的怪物还在满城肆虐。

大街小巷已经见不到多少活人，它们开始向居民的屋子发起疯狂地进攻。一般的木门、石门怎么抵挡得了这些怪物的疯狂冲撞？很快，一扇扇木门被撞开，妇孺们充满了死亡之气的哭喊声如雨点般繁密、沉重。

彼时，天还没黑。诡异的夕阳一直悬挂天空，血一般蛊惑着大地。

今天的夕阳，和凫风初蕾第一次踏入有熊山林里所见到的一模一样。

她虚悬半空，迎着那诡异的夕阳，心里只剩下一个念头：绝对不能让金沙王城就这么被毁掉了！

我是金沙王城的主人！你休想再毁掉我所有的一切！

她的身影，从天府广场的上空俯冲。

被庞大的蜀龙隔绝的怪物们原本已经组队正要发出第一轮攻击，可尚未动手，便看见一道金色光圈从天而降。

哀号声里，怪物一大片一大片地倒下。它们见势不妙，仓促逃命，初蕾好不容易将它们集中起来，岂能让它们逃掉？金杖过处，死伤无数，连续几次，上万头怪物竟然已经死伤大半，其余撒腿就跑。

"你们一个都跑不了！敢到金沙王城捣乱者，统统都该死！"

又是一大片怪物倒下去。

整个天府广场，忽然空旷了。

百姓们固然忘了为女王的神威叫好，就连怪物们也惧于这样的阵势，竟然连飞逃都不敢，只夹着尾巴纷纷后退。

杜宇乘坐的马匹的长啸声随即响起。

"杜宇听令，你负责搜捕全城怪物！"

"属下遵命！"

她高声道："迅猛龙出阵！但凡外敌，不论男女，不论老少，不论缘由，一律杀无赦！"

由迅猛龙开道，四支小分队在杜宇的带领下，向怪物冲去。

由于有了迅猛龙的冲击力，怪物们便无法再像之前那么顺利地手刃侍卫队，侍卫队的战斗力大大提高，他们每三人一个小分队，一旦抓住怪物便一通砍杀，一时间，局面大大扭转了过来……

可是，杜宇很快发现，冲击居民区的怪物并没有想象的那么多，战斗力也没有那么强，很显然，全部是老弱病残一类。

真正战斗力超强的怪物，全部在往天府广场集结。

他大急，可是，他又不像少主那样可以声震寰宇，甚至连提醒的声音都传送不出去了。

半空中，仿佛有一股气瘴在慢慢形成。那是一个强大的包围圈，那是对金沙王城下达了绝杀令的歹毒密令。

天府广场，蚂蚁般的群众躲在庞大的蜀龙前后，大气也不敢出。他们看到女王的金杖过去，怪兽一群一群倒下去，很快，一大半的怪兽都被消灭了。但是，他们的欢呼声尚未响起，便听得头顶一声长啸。

那是一团诡异的黑云，仿佛从夕阳深处而来，就像是一个圆形的球体，在空中自动炸裂，一群怪物，便从这炸裂声里铺天盖地地袭来。动作稍微迟一点的百姓立即就被撕成了碎片。纵然躲进了蜀龙身下的百姓也匍匐在地，大气也不敢出。

金杖，转向了这团黑云。只剩下委蛇和大熊猫对付之前的那群怪物。怪物们得了喘息之际，又见来了强援，纷纷怪叫着又冲了上来。

金杖连续不断地击向黑云，黑云却能飞翔一般。

初蕾看得分明，那怪物竟然不是无数——而是一个，一个披黑色大氅、长了两只翅膀一样的怪物。怪物，有一张熟悉的面孔，居然是人脸。

怪物冷笑一声："凫风初蕾，真是人生何处不相逢啊！"居然是大费！已经失踪多时的大费！

金杖遥遥指着他："大费，当年在钧台你侥幸逃命，现在居然又敢来金沙王城捣乱，这一次，我定让你死无葬身之地……"

大费冷笑："今日谁死谁活就不一定了！"

大费的旁边，忽然多了一个同样一身黑纱的怪物，这怪物却是蛇躯，躯干上也长了一双翅膀，而头部竟然是一张妖媚到了极点的面孔。

委蛇大叫："天啦，姬真！你这个蛇蝎毒妇居然真的变成了美女蛇？"

"该死的老毒蛇，明年今日就是你和小贱人的忌日！"

凫风初蕾盯着他二人，缓缓道："你们失踪多时，原来是投靠了青元夫人，被她改造成了怪物，成了她的帮凶！"

姬真媚笑。明明被死亡和恐惧所环绕，可一切雄性生物听得这笑声，竟也筋骨酥软、情难自禁。"咯咯，小贱人，就许你攀白衣天尊的高枝，不许我们得到主人的眷顾？说出来，也好叫你这小贱人害怕，实不相瞒，我们今日便是奉了主人之命，要将你这小贱人五马分尸，让你整个金沙王城鸡犬不留……"

委蛇大怒："你这毒蛇好大的口气，你也不照照镜子看看自己丑陋的妖怪模样，你才是找死……"

姬真扇动翅膀，猛地扑了下来。这一扑，真实是声势惊人，就连委蛇也不敢正面应对，只是立即避其锋芒。

初蕾见这阵势立即明白：今日之战是绝对无法避免了。

青元夫人依旧维持了她一贯的作风：从不亲自动手，从不亲自杀人——反正她有的是各种走狗。她甚至都不需要惊动任何半神人，直接使用这批被改造后的怪物就行了。反正这些人原本都是凫风初蕾的敌人，他们来金沙王城捣乱便是很正常的事情。日后，若有人追究起来，一切都可以轻易蒙混过去。

青元夫人必须永远维持善良的圣母形象——至少，在她登上中央天帝宝座之前。此后，她会不会公然露出獠牙，就很难说了。

初蕾盯着天空，心想，到底青元夫人还改造了多少人？今天，这些被改造者是不是全部都要前来？

一念之间，大费已经俯冲下来。

姬真媚笑："凫风初蕾，你去死吧……"

她的笑声戛然而止，金杖将她整个的蛇躯拦腰斩断。

大费见姬真被一招击毙，兔死狐悲，怒吼一声："你竟敢杀了姬真？"

"接下来，要杀的就是你！"

大费身边的将领，连续倒下去两个。等到他发觉四周忽然空旷起来时，已经太晚了。金杖已经擦着他的脖子，一股冰冷的死亡之气，径直贯穿了他的心口。

一招绝杀！没有任何多余的花招。

他睁大眼睛，不敢相信。因为，他看到插在自己心口上的金杖，却看不到一滴血涌出来。死亡之气，将他浑身的血液都凝固了。

"我早就说过，别的事情都可以饶恕，可是，到金沙王城捣乱者，绝对杀无赦！"

他狠狠地瞪着女王，双眼开始变得茫然。他甚至转向天空那轮一直虚悬不去的夕阳，就像看着一个伟大的幻想和自己渐行渐远——那神秘莫测的主人说："我赐予你力量，你必将成为天下第一的伟大人物！只要你杀了那个女人，你就是当之无愧的万王之王。"可是！就这么一招，一切便成了镜花水月。

他的双眼充满了绝望，慢慢地绝望变成了狐疑、愤怒，就像是受到了莫大的欺骗。他听得女王的声音，轻轻的，缓缓的："她是骗你们的！她知道你并非我的对手，因为她自己都已经不是我的对手了！可是，她还是要你们前来送死，因为在她眼里，你们本来就死不足惜……"

大费轰隆一声倒在地上，他整个人仰卧在地，僵直了，彻彻底底恢复了昔日的模样。他依旧很英俊，恍惚中，就像是当年整个大夏少女疯狂追逐的一代偶像。

大费一死，其他怪物竟然不知该如何是好，一时间，都纷纷站着。它们的脸上都很麻木。老虎、狮子、豹子、豺狼……它们的脸上，统统流露出人类那种麻木的、行尸走肉一般的形态。

初蕾忽然意识到，它们根本不是什么怪物，分明就是城南的百姓，只不过，他们在毫无防备中，被大费等人做了手脚，被迫变成了青元夫人的走狗和帮凶。就像有熊山林上那成千上万的青草蛇，他们明明是受害者，可最后却变成了对于亲人的加害者。

就在这时候，耳边响起咯咯的笑声："小贱人，眼前的这一幕，你是不是很熟悉？你对面的那几万怪物，是不是很像有熊山林的青草蛇？咯咯，你知道他们以前都是什么人吗？"

她心里一震。

"我早就说了，你不要和我作对！否则，总有一天，我要让金沙王城也变成有熊广场那样的人间地狱。可是，你这该死的小贱人，却狂妄自大，企图和神较量。你算什么东西？你无非仗着白衣天尊而已，你以为能仗着他一辈子？咯咯，今天，我要让你亲眼见识整个金沙王城的百姓是如何全部变成怪物的，咯咯咯，你不是一直在找我加害有熊氏的证据吗？那我今天就现场演示给你看好了，如此，你也不必再费心寻找了，咯咯……"

这笑声，妩媚、妖娆、虚幻、魅惑。这笑声，曾经是涯草的笑声；这笑声，曾经是姬真的笑声。实际上，她们都是同一个人的声音——青元夫人。

初蕾紧紧握住了金杖，她下意识看了看那轮诡异的夕阳，笑声便是从夕阳而来。

这时候,她已经彻底明白:夕阳,只是一个障眼法,那其实是青元夫人的一种特殊的武器。可是,她无暇顾及,她只是想:白衣天尊现在在哪里?

笑声,再次咯咯响起:"小贱人,你现在一定在想:白衣天尊去哪里了,对吧?"

"……"

"咯咯,实话告诉你吧,白衣天尊再也不可能回来了,他追逐一个真正的百里行暮去了……百里行暮,货真价实的百里行暮!小贱人,你可还记得在周山之巅你第一次见的百里行暮?你可还记得为了救你心脏化为灰烬的百里行暮?你可还记得你无数次主动投怀送抱卿卿我我的百里行暮?他的尸体已经被我冷冻了起来,然后,我又重新将他复活了……"

初蕾的一颗心恍如沉到了谷底。

"真正的百里行暮已经复活了,可是他已经中了D病毒,咯咯,他必将成为全宇宙最巨大的庞然大物,甚至可以将整个宇宙摧毁。现在,你那亲爱的白衣天尊已经追他而去,被他一同拉着滑出了银河系的边缘,现在已经到了宇宙的边缘……"

她的笑声忽然变得雀跃,欢呼,充满了期待:"宇宙那么大,可是,宇宙之外还有宇宙!只可惜,我却从来无法踏足宇宙之外,甚至连弱水也从未去过!我毕生都在探索宇宙的奥秘,我想知道宇宙之外到底是什么!可是,凭借我的能力却无法达到!现在好了,白衣天尊这个傻瓜追着百里行暮马上就要踏出宇宙了,我已经在百里行暮身上安装了特殊的追踪器,只等他们滚出宇宙,我便可以知道宇宙外面到底是怎样的世界了……"

初蕾握着金杖的手,忽然在战栗。她意识到,青元夫人所言非虚!这一切,竟然是真的!为了验证宇宙之外到底是什么,她不惜让中了D病毒的百里行暮复制人出马,然后设计让白衣天尊殉葬。无论这二人死活,她都能得偿所愿——可以清晰地探测宇宙之外到底是什么样子。

"咯咯,这么多年来,我一直找不到合适的人选,因为,一般的人也没有那个本领。古往今来,唯有少数几位正神和几个第一代半神人才能飞渡弱水,达到宇宙的边缘,可是,他们再未返回,也从未传送回任何宇宙之外的讯息,我怀疑,其实他们都死了……咯咯……"

她的笑声更加得意、更加狂妄:"厉害的老神们早已消失殆尽,活着的人中唯有白衣天尊天下无敌。原本,我也曾想和他共享天下,并驾齐驱,做一对真正的神仙眷侣。可是,他不识好歹,便唯有死路一条……"

初蕾终于开口了:"你待他如此狠毒无情,亏得你早前还好意思在他面前大献殷勤!"

"我呸!你这小贱人懂什么?只要他服从我、依顺我,我早就可以保举他成为中央天帝!可他偏偏不理我,那他就非死不可了……"

尤其,他居然娶了别的女人。为此,她不惜将他拖到宇宙的边缘,彻底滑入另一个世界，然后，永远不复存在。

"白衣天尊已经无法返回，从现在起，整个大联盟已经不再有任何人是我的对手……"青元夫人忽然叹息一声，那声音竟然有点萧瑟，也有点寂寞，"白衣天尊死了，西帝的一干子女又是如此不堪一击，天后更是愚蠢不已，天下竟然就这么唾手可得……唾手可得啊……"

这野心勃勃的女人，果然是冲着中央天帝的宝座去的。

初蕾大吼："你别做梦了！中央天帝的宝座怎么都轮不到你！"

"你这小贱人都可以做万王之王，凭什么我不能做中央天帝？我乃堂堂天穆之野掌门人，要是单论实力，我早该是中央天帝了。"

"你别做梦了！你违背了西王母的命令，她绝对不会放过你！"

"咯咯，西王母早已去了弱水，她怎么管得了我？"

"……"

"咯咯，小贱人，我没空理你了，你现在就好好用你手中的金杖将你整个鱼凫国的百姓杀得干干净净吧，咯咯，你就好好玩吧，你高兴就好……"

金杖忽然飞起来，向着夕阳的方向。夕阳一黯，一切的声音戛然而止。窥天镜，已经关闭。青元夫人距离金沙王城其实很远很远。青元夫人根本不可能在这时候跑来金沙王城——对于她来说，大联盟现在才是关键！对付小小的金沙王城，根本不用她亲自出手。

青元夫人，已经在赶往大联盟的途中。

很快，她便将光明正大地登上中央天帝的宝座。

初蕾意识到这一点时，周围的怪物就像听到了统一的号令，排山倒海般怪叫一阵，便冲了上来。

哭喊之声，不绝于耳。原本麻木如行尸走肉一般的怪物，忽然精神抖擞，如打不死一般猛冲猛撞，很快，蜀龙也已经无法抵挡。

金杖，迎着这一大群怪物。

偏偏初蕾在夕阳下将它们奇怪的面色瞧得清清楚楚：千真万确都是鱼凫国的土著，是城南的百姓。此时，他们便和有熊氏的青草蛇一模一样，为敌人所害，然后，变成了敌人的帮凶，他们自己已经彻底失去了分辨力。

她五内俱焚，就像青元夫人所说：你就把你鱼凫国的土著杀得干干净净吧。

她下不去手，可是，她不能不下手。因为那些麻木的怪物所过之处，真正是鸡犬不留，再无活口。

就在这时候，杜宇率领一只迅猛龙赶到。

她心里一动，厉声道："杜宇，快撤……"

杜宇一怔，可他反应极快，听得这话，随手便将青铜神树摸了出来。他还没拿稳，青铜神树已经飞了出去。

半空中，一道青色的冷光。就连怪物们也纷纷住手，麻木地瞪着那道奇异的冷光。

蜀龙身下的百姓，纷纷往冷光处飞去，不一会儿，四周便只剩下蜀龙庞大的身影，至于蚂蚁般的百姓，已经彻底失去了踪影。怪兽们忽然发现失去了追杀的目标，便一个个瞪着凫风初蕾，仿佛下一刻就要将她撕成碎片。

她浑然不觉，只高声道："杜宇，快进去……"

杜宇情知启动青铜神树要耗费极大的元气，如果怪物们现在向少主动手，少主必定凶多吉少。

"少主，你呢……"

"马上进去……"

杜宇稍一迟疑，却已经迟了一步。他分明看到一道冷光从天而降，然后不偏不倚地笼罩了少主的背心。他不假思索便冲了上去，整个身子护住了少主。

那道冷光，不偏不倚地砸在他的背上。

初蕾手一松，青铜神树正要关闭，可是她却感到背后一股巨大的力道，只听得一声闷哼，她便见到杜宇的身子如一片纸般飞了起来。

她心胆皆裂："杜宇……杜宇……"

杜宇的身子，重重倒在她的脚下。她忽然蒙了，她举着金杖竟然不知该干什么。

她屏住呼吸，甚至不敢再看一眼脚下，直到那冷光再次袭来。

那是一个半神人级别的偷袭，若是这一招击中了初蕾的背心，初蕾当即就被灭了。所以，只一招，就要了凡人杜宇的命。

金杖，终于挥出。冷光几乎反弹回了偷袭者的身上，他急忙翻了个跟斗才停下来。

初蕾看得清清楚楚：那是一名半神人，是一个面上有疤痕、健硕无比的半神人——就像她在T54行星带见过的那些星际逃犯。

青元夫人，终于出动了她的秘密雇佣军。

疤痕脸拿着一把最新款的新式武器——星际武器。令地球人闻风丧胆的顶尖级热兵器！简单粗暴，杀伤力却何止是怪物的十倍百倍？

初蕾一抬手，她的金杖就像一道围墙，将敌人暂时隔开。金杖的光圈，暂时阻止了疤痕脸，可是，这不能长久。

疤痕脸很快便可以突破这道光圈。但是，初蕾已经顾不上了。她急于查看杜宇的情况。她的内心，已经充满了杀气和愤怒。

她发誓，一定要把这个偷袭者碎尸万段，然后再杀向大联盟，将青元夫人碎尸万段……

疤痕脸的旁边还有一个人，一个熟人。他举着劈天斧，满脸茫然之情，好像并不知道这曾经无比香艳旖旎的城市到底为何变成了这样，他很震惊。

可是，凫风初蕾没有看他，她连看都不看他一眼。就像当初在桃花星上一样，她连告别时都不屑看他一眼。自从他对她举起劈天斧的那一刻起，她的内心早就不再把他当成朋友了。

他自言自语:"原来,这就是传说中的天都……只可惜,我已经来过好几次,为何直到现在才知道这是天都?"

失落的京都,失落的金沙王城。大鲧为治水,上天都偷窃天帝息壤,被天帝处死在羽山。结果,天都居然就是金沙王城。

因为时光的流逝,因为和外界的隔绝,这里基本上都是当时的原住民。青阳公子、昌意公子、颛顼化鱼凫的几万年经营,已经让整个金沙王城变成了黄帝后裔的大本营。

青元夫人,志在绝杀。不但要杀掉凫风初蕾,更要杀掉这片土地上全部的民众,她已经不愿意再看到活人中冒出任何特立独行者了。

凫风初蕾,其实刚看到金沙王城的怪物作乱时,就已经明白青元夫人的用心了。在登上中央天帝的宝座时,她要一路扫清所有障碍。第一站,便是金沙王城。

至于九黎,谁去管九黎呢?九黎全是世界各地的新移民,也是不周山之战后才重新从这个地球上生长起来的新人类,被半神人们蔑称为世界上最低贱的种类——人口混杂,种族混杂,根本入不了青元夫人的法眼。

青元夫人所忌惮者,唯有金沙王城,唯有旧时天都。何况金沙王城还有三宝:金杖、神树和金箔。三宝不灭,谁也不得安宁。任何继承人,都有可能在有朝一日获得天启,重获灵力,一飞冲天。比如,她以前原本瞧不上的凫风初蕾。

现在,她已经不愿意再给任何人留下这样的机会了,哪怕是无名的有潜力者都不行。

姒启的双眼,一直看向远方。

四周逃亡的百姓,四周涌动的怪物,那些虎头人身、人首蛇身等怪物们,甚至包括他的死敌大费。直到现在,还能隐隐看到大费那一双坚硬的羽翼——绝非是障眼法或者道具,而是实实在在生长在了他的双肋之下。

也直到现在,姒启才明白,有熊广场上的青草蛇是怎么一回事了。是的,他当时并未亲眼所见,所以无法想象。可现在,他看到这群怪物,一下就心知肚明了。

这是活脱脱的基因生物战。

青元夫人已经率先把几万人变成了怪物,剩下的金沙王城的百姓,要么被怪物咬死,要么感染病毒也变成怪物,很少有人能够幸免……可以想象,当整个金沙王城都变成这样一群狼头人身、虎头人身或者豹头人身的怪物……

他忽然不寒而栗,他忽然彻底想通了。

以彼时大费的能力,想要偷袭鱼凫国是不可能的。真正的背后策划者,其实是云华夫人。唯有云华夫人才会清楚:老鱼凫王每一百年的鱼凫化人死穴在哪里!唯有云华夫人才会发现菱花的秘密:菱花一现,鱼凫王就会被毒死。尤其是大费掌握下毒时的时间点,真是恰到好处,万无一失。

大费区区一个凡夫俗子,他哪有这样的本领?大费。大鲧。云华夫人。

疤痕脸已经要冲破光圈了,他在大吼:"喂,启王子,你快帮我一下……这该死的光圈……"

只要劈天斧一划,疤痕脸立即便可以突破光圈。但是,姒启一直没有帮他。

"启王子,你发什么呆?"

姒启手里的劈天斧,慢慢举了起来。

委蛇忍无可忍,也很紧张:"启王子,难道你也要来和我们为敌了?"

姒启的目光看着很远的地方,仿佛穿越了历史的迷雾和尘埃。"原来,当年我的祖父大鲧,便是从这里偷走了高阳帝的息壤,然后被高阳帝处死在羽山……京都!京都啊!原来,这里便是上天之都……我竟然一直不知道……"

疤痕脸不耐烦了:"启王子,你先别急着感风叹月,先把今天的任务完成了再说吧……"

姒启,提起了劈天斧。

委蛇忽然很紧张,它也蓄势待发。现在,只剩下它和大熊猫有战斗力了。可是,它很清楚,自己根本无法阻止疤痕脸,更别说是启王子了,启王子还在疤痕脸之上。

姒启终于低下头,看向凫风初蕾。

凫风初蕾还是蹲在地上,她一直握着杜宇的一只手,她察觉杜宇在迅速地衰竭,体温也逐渐地变冰冷。杜宇已经昏迷,她觉得应该采取急救措施。

可就在这时候,疤痕脸已经挣脱了光圈。

委蛇顾不得悲哀,急忙提醒她:"少主,小心……"

她一抬手,杜宇的身体"嗖"的一声飞进了青铜神树,下一刻,青铜神树便彻底封闭了。整个天府广场,彻底空荡了下来。

她终于看向姒启。姒启却移开了目光,他很茫然,他仿佛陷入了一场迷雾里。

疤痕脸狂笑:"启王子,这女人是你自己动手还是我动手?"

也不等姒启回答,他怪笑一声:"也罢,这女人还是让你亲手所杀为好!不然也不足以验证你对夫人的忠心,好了,剩下的归我了……"

凫风初蕾顾不得追他,她举起金杖,迎着杀气腾腾的斧头。

"凫风初蕾……"

她的声音比冰还冷:"旧恨新仇,今天就彻底了结吧!"

与此同时,刺耳的火器声响了。疤痕脸一路扫射,他根本不管有无击中任何一个特定之人,也不管任何人的死活,哪怕听得怪物们一片片倒下,一个个灰飞烟灭。他一边扫射,一边疯狂大笑:"好玩,真好玩,哈哈,还是杀人的感觉最好玩……我已经有整整十万年没杀过人了,这次一定要杀过瘾……"

怪物们四散逃命。可是,他们的速度哪里快得过这强大的扫射?很快,他们便一茬接一茬倒下去。他们一倒下,便立即开始自焚、融化,很快,地上只剩下一个小黑点。空气中，也弥散着一股焚烧般的臭味。

初蕾再也顾不得姒启，她转向疤痕脸一路屠杀的方向。她忽然意识到：这家伙不但杀人，还是为了毁尸灭迹。青元夫人，今天不只要血洗金沙王城，还要将整个王城毁尸灭迹，不留下任何痕迹和罪证——她可不愿意在自己登基为中央天帝的时刻，让诸神们抓住什么把柄，更不许在自己的身后留下什么污点。

一开始，青元夫人就是完美无缺的圣母形象。到后来，她必须一直维护这形象，直到永远。

青元夫人只救人，从不杀人！就算她屠杀了一座城市的所有居民，她也要让外界毫不知情。她要故技重施，让金沙王城和有熊广场一样变成一片雪地，白茫茫一片，什么痕迹都不曾留下。青草蛇也好，怪物也罢，统统都不会留下任何痕迹。从此，金沙王城就会变成一座彻彻底底的空城。

姒启，显然也发现了这一点，他也狐疑地盯着远去的疤痕脸。他眼中的迷茫之色更深更浓了——这座美丽无比的城市，怎么变成了这样？而自己昔日还曾经多次梦想能成为这城市的一员。

疤痕脸一路扫射，一路狂笑："好过瘾……哈哈，好过瘾……这世界上再也没有比大开杀戒更过瘾的事情了……爽！真是太爽了！"

青元夫人选择了一个最好的杀人狂——他对杀人这件事情，已经彻底上瘾了，他一个人便足以将整个王城的百姓彻底屠杀。

初蕾追了上去，疤痕脸飞得更快。

青元夫人深知鬼风初蕾现在的本领，她没有轻视她。疤痕脸绝非一般的雇佣兵，他自身也是资深的半神人，只因为流亡多年，才被青元夫人暗中收买。他远远胜过当初桃花星上吃喝玩乐的那些半神人。毕竟，这些出身显耀的半神人无不养尊处优，谁能真正比得上如疤痕脸这样一个从死亡阵营中逃脱的屠夫？

鬼风初蕾遇到了真正的对手，真正的凶手！

也许一对一单挑，他还是比不上她，可是他不傻，他不单挑，只是逃窜，并且一路杀人！杀手，见谁杀谁。杀手，志在毁灭整座城市。他甚至一边奔杀，一边狂笑，声音在整个金沙王城上空回荡："去死吧，你们统统都去死吧……今日之后，金沙王城必将再也不剩任何一个活口……"

疤痕脸的扫射，渐渐地从狂奔的怪物和人群，转向了沿途的房屋、店铺……他兴之所至，随意扫射，所过之处，熊熊烈火，哭爹喊娘，躲在屋子里本以为安全的百姓，现在也遭了殃，他们在火海里挣扎、号哭，却哪里逃得出来？

全城都变成了人间地狱。

委蛇和大熊猫，沿途追击。好几次，大熊猫已经差点咬住了疤痕脸的腿脚。疤痕脸好几次被拉得趔趄，这也阻止了他屠杀的速度。甚至有一次，他手中的武器都差点被大熊猫一下撞飞了。

"该死的畜生,你可知道我已经是活了三千万年的半神人?你竟敢对我如此不敬?"

大熊猫识得厉害,就地一滚,侥幸躲过第一劫,可是,扫射再次如影随形。大熊猫发出一声闷哼,那是中弹后死亡之前的最后一下呼声。这一扫射,直接击中了它的腹部。

委蛇惨叫:"老伙计……喂……老伙计……"疯狂的扫射,已经冲它而来。蛇躯上顿时千疮百孔。

所幸它的蛇躯乃全宇宙最坚韧的合金,一般的热兵器根本无法奈何它。它的双头忽然暴涨,一下缠住了疤痕脸,再一用力,便要将疤痕脸活活勒死。

疤痕脸的身躯也变了,他急速缩小。他手里又多了一把武器,径直向委蛇的眼睛扫射。

就在这时候,枭风初蕾已经赶到。

金杖投掷而出,光圈彻底隔离了委蛇。疤痕脸手一抖,正好避过金杖,可是,他的武器也歪斜了一下,几乎脱手飞出去。

枭风初蕾没有再给他任何机会,神鸟金箔直接帖在了他的脸上。

疤痕脸飞了起来,他的身子变成了薄纸一般。

初蕾捡起地上的武器,就学着他的样子扫射出去。

疤痕脸极速升空,以不可思议的速度消失了。

枭风初蕾没有忙着追赶他,她开始灭火。

金杖过处,火光一片一片的湮灭。很快,全城只剩下冒青烟的屋顶。

因为大熊猫追得快,阻挡得及时,大火只蔓延了三条街便被制止了。

疤痕脸没有能够一直纵火下去。可是,这代价,却是大熊猫的死亡。

至于那些怪物的尸体、百姓的尸体,统统被焚化了,地上只剩下一片片黑点,也许,只需要一阵风、一场雨,这黑点很快便会烟消云散,大屠杀的痕迹也将被彻底抹灭。

满城腥风血雨,满城落花流水,只有幸存百姓惨痛的哀号。

初蕾看了看大熊猫,她的手轻轻按在它的腹部上。

它已经彻底没救了,它看着少主,还是懒洋洋的,好像在说:少主,别白费力气了,没用了。

她心如刀割,她忽然挥手,天空,一道霹雳。神鸟金箔,光芒四射。整个金沙王城的封印彻底被解除。现在,已经彻彻底底进入了大联盟的视线。

初蕾的身影也已经站在金箔的光圈上面。她的呐喊,声震寰宇。

"青元夫人,你不就是想篡夺中央天帝的宝座吗?你不就是想彻底灭绝我金沙王城吗?可是,我告诉你,你做梦!我发誓要杀了你这个野心勃勃的恶毒女人……"

金沙王城的尸横遍野,金沙王城的血雨腥风,全部在神鸟金箔上闪烁不停,就像是一幅流淌的画卷。

"青元夫人,你看看你干的好事!你以为你可以只手遮天,隐瞒一切?别做梦了!你永远遮不了天!你永远也灭不了我金沙王城!"

……

她的呐喊声里,有鲜血滴落。那是她战斗的血液,那是她被疤痕脸击中一次之后涌出的鲜血。这鲜血,滴落在了金箔正中。金箔,瞬间扩散膨胀。

神鸟金箔,已经蔓延成了一道无边无际的光环,彻彻底底笼罩在了鱼凫国的上空。

全城百姓惊呆了,他们忘记了哭泣呐喊,纷纷看着这一奇景。

第十九章　以身殉爱

王殿的门，也訇然中开。卢相和鳖灵率众冲了出来，在他们身后，是所有最精锐的王家护卫队。他们躲过了一场劫难，只看到满地的伤残。

"大王……"

她有条不紊："卢相，鳖灵，你俩负责清点全城伤残，及时救助，安抚民众！"

二人领命。

她随手一抛，将那把疤痕脸留下的武器丢给委蛇，厉声道："委蛇，这里交给你了……"

委蛇急了："少主，你呢？"

"我要杀了青元夫人！"一瞬间，金杖和少主的人影彻底消失了。

卢相和鳖灵也已经分别奔赴四方，清点伤亡，救助伤残。

委蛇握着那不知名的武器，环顾四周，但见偌大的天府广场已经空空荡荡，只有孤独的蜀龙站在原地，忠心耿耿等待主人的命令。

四周，死一样的寂静。唯有奴启站在原地，他就站在委蛇身边。他提着劈天斧，一直茫然地看着四周。

委蛇顾不得奴启。它急忙蹲下身查看大熊猫，大熊猫还睁着眼睛，就像活着时那样有懒洋洋的笑意，只是，它的一只熊掌不再是羞答答地捂在自己的脸上，而是捂住了自己的腹部。腹部，鲜血滚滚而出，又快彻底凝结了。它的血，已经快彻底干涸了。它之所以没有如那些怪物或者普通人一样被彻底焚化，是因为它根本不是一只普通的熊猫——在九黎服下的大量神药，早已将它变成了一个货真价实的半神人体质。可是，现在这半神人体质的熊猫也不行了。

委蛇凝视着它，一条机械蛇的心脏，竟然也感觉到了悲哀和绝望。

"老伙计……你顶住……你可不是一般的熊猫，你是半神熊猫啊……你顶住，少主会替你复仇的，一定会……"

大熊猫看了一眼天空，它的眼神里竟然满是惆怅和悲伤，一如故土难离。它和别人不同，它是地道的鱼凫国土著。

当年湔山小鱼洞大水，几乎湮没了汶山的半山腰，它便从这里逃到了有熊山林，然后成为一方霸主。随后，又随着凫风初蕾返回。它曾经伴随少主在九黎流亡，也曾在周山之巅见到十万岁的云阳。

它和委蛇一样，都曾经是少主不可或缺的左右手。它也曾经以为，自己必将老死于金沙王城，然后和这个城市一起共呼吸同命运。这些年，它亲眼见证了金沙王城的复兴，今天又再次目睹它遭遇劫难。腹部的血液已经彻底流干了，它却很高兴，身为一头熊猫，居然维护了一个城市的安危。这世界上，再也没有比这有更大的价值了。

"老伙计，亲爱的老伙计，你一定要顶住啊……"

熊掌伸出，摊开，湿漉漉的鲜血已经彻底凝固。在它的掌心里，有一粒尚未完全消融的灵药——那是少主身上最后一粒灵药，甚至还包涵了她的一部分元气。

少主，希望出现奇迹。

可是，它很清楚，这奇迹再也不会出现了。

天穆之野要出手杀一个人，很少可以出现奇迹的。它现在已经不再是单纯的熊猫，而是一个半神人，它已经很清楚这一点了。可是，它看了看头顶。头顶的天空，神鸟金箔依旧光芒四射。

少主临走时，把金箔留在了金沙王城上空。那是他们最后的庇护，任何人再要卷土重来，必将彻底被大联盟诸神所围观。金箔，竟然还有这样的功效。

它竟然笑起来，它的目光，最后看了一眼委蛇。

"老伙计……亲爱的老伙计……"委蛇和它一样，本质上也是一个半神人。委蛇，是它唯一的朋友。它笑了笑，缓缓闭上了眼睛。

"老伙计，喂，老伙计……"一条机械蛇，竟然也流下了眼泪。它眼睁睁地看着老伙计逐渐冰冷的躯体，又抬头看看天空，内心愤怒得发狂，该死的！我一定要杀了你们！一定！

转眼，它只看到姒启一人。他一直站在对面，静静地看着这一幕。

委蛇举起武器，对准他，声音也和少主一般冷得像冰："启王子，你不是要来杀我们的吗？你动手吧！"

他摇摇头，伫立在原地，就像一截木桩。

原来如此！原来如此！！原来如此！！！

疤痕脸逃亡的速度很快，也很熟练。初蕾最初的速度很慢，毕竟是第一次独立行走，很快，她的速度就快起来了，到了后来，她干脆不管不顾，驭风而行。她无法采用空间位移准确定位，因为她不知道疤痕脸会跑到哪里去，她只能沿途追逐。

终于，黄沙满地，就像一片死亡已久的盐碱地。那是T54的边缘，她极其熟悉的地方。

疤痕脸只要度过了T54，她便已经无法追踪，因为，她支付不了时间币，她必须在这之前杀掉疤痕脸。

疤痕脸加速逃窜，她穷追不舍。

疤痕脸刚刚要越过边缘地带，她便把手里的金杖全力投掷出去。

疤痕脸应声倒地，就像被钉在土里的一只老鼠，他毕生再也不能站起来。他逃亡了几百万年，终于迎来了自己的死亡。

初蕾再次一抬手，金杖慢慢地飞回来。
无论你是谁，胆敢侵犯金沙王城者，杀无赦。下一个，便是青元夫人了。
一张罗网，从地上升起。
她眼睁睁地看着这罗网，眼看就要成为罗网中的一条鱼，她却飞了起来。
气急败坏的声音响起："怎么又让这小丫头给跑了？喂，启王子，你到底是什么意思？为什么她没有死在金沙王城反而跑到了这里？"
那是清一色的星际杀手。
姒启慢慢地跑到了最前面。和这些星际杀手相比，他的元气要远远超越他们——他已经不再是自己在奔跑，是几亿年之前的大鲧在奔跑，他的劈天斧在风中发出呼呼的声音。
这声音传得很远很远，鬼风初蕾听得清清楚楚。她只是拼命飞奔，不想搭理姒启，她必须留着力气赶去大联盟杀掉青元夫人。
可是，她无论怎么跑，也甩不掉身后的追兵。她不知狂奔了多久，忽然发现自己迷失了方向，大联盟已经不在坐标之内。等到她停下脚步时，只见眼前白茫茫的一片，仿佛连地上的黄沙都消失了，整个人已经陷入了虚空的边缘。
她掉头往另一个方向，另一个方向也是虚空。
她听得身后时断时续的呐喊："站住……鬼风初蕾……你站住……"她腿一软，差点踏空，却本能后退一步。
前面，万丈深渊——这样形容其实并不恰当——前面，就好像一条茫茫无际的天河，仿佛整个脚踏实地的部分已经到此结束。
她伸出手，分明触摸到一层极其薄弱的结界。结界，已经破败不堪。只怕一只苍蝇都拦不住了。
左右，竟然已经全部是这样薄弱的结界。星系和星系之间的鸿沟天堑。要活命，唯有原路返回。
就在这时候，她看到前面的茫茫白雾里，逐渐清晰起来，无数具浮尸一样的东西横在虚无的空中——他们已经彻底脱水干涸，千年万年地漂浮在了这片茫无尽头的死亡地带。
这里，是银河系的边缘。穿越这个边缘，便是另一个星系。
别说地球人，就算是一般半神人，也没有能力在星系之间行走，所以，这些不慎跌出银河系边缘的半神人，就全部成了悬浮空中的干尸，鬼风初蕾只能后退。
追上来的姒启，也停下脚步。他举着劈天斧，一直狐疑地看着那片银河系的边缘地带。
他俩都不知道，这里本是T54的深度边缘，大联盟的追捕司追捕犯人时，有些穷凶极恶、不愿束手就擒者，于是慌不择路就往这里跑，他们不知道，这里其实是个死胡同，而且很隐蔽，往往跑着跑着，那些星际罪犯便直接坠入了另一个星系，在毫无防备的情况下，顷刻间就成了一具尸体。追捕司要的便是这个效果。久而久之，这里已经成了赫赫有名的死亡地带。

姒启举着劈天斧，骇然道："这是什么地方？"

她不答，她的眼神冷得像冰，她只是举着金杖。

他也看了看手中的劈天斧。她一步一步走过来。他只是死死盯着她，二人之间，已经只有几步之遥。

金杖，已经指着他："让开！"

他下意识地后退一步。

她跟他，擦身而过。

他还是一动不动。

她忽然狂奔，迎面而来的是七名杀手，他们早有准备。他们没有冲上来，只是疯狂地扫射。

凫风初蕾挥舞金杖，企图突围。可是，杀手火力太猛，一时间，哪里冲得出去？她只能步步后退。她发现姒启忽然消失了，可是，她已经顾不得姒启了。

杀手们肆无忌惮地逼过来，星系之间的结界就在身后。杀手们毫不在乎，要是她掉入星系鸿沟成为一具浮尸，他们就可以交差了。青元夫人只要尸体，不要活人。这就简单多了，他们步步紧逼。

金杖已经左支右绌，好几次，初蕾都差点坠入结界的深渊。

劈天斧的光芒，击退了两名杀手。随即，又是快得不可思议的两下。另有二人猝不及防，也倒地身亡。

有怒吼声传来："姒启，你竟敢偷袭我们……"

金杖封堵了那人的怒吼，嗖地飞出去，也变成了一具外星系悬浮的干尸。

另外二人见势不妙，立即要逃窜，可是，他们已经没有逃窜的机会，劈天斧和金杖第一次联手，威力无穷。二人齐刷刷地跌出去，顷刻间也成了两具悬浮干尸。

与此同时，地上一声巨响，那是一名杀手扔下的反重力炸弹。一股大力，迎面而来。

与此同时，地上忽然像裂开了似的，星系的薄弱处就像有一股强大的引力，径直将二人往一个巨大的沼泽地里拉扯。姒启大叫："快跑……"话音未落，他的身子已经飘了起来，凫风初蕾也飘了起来。只一瞬间，她忽然觉得自己变成了一片叶子，浑身上下完全不再具有任何的分量。她深感不妙，本能要后退，或者抓住什么，可是，她的视线里除了姒启，不再有任何人，也不再有任何物质，她也来不及抓住他。

"凫风初蕾……"

飓风般的拉扯，整个人便跌落了出去。她忽然觉得彻底陷入了沼泽地，随即便是灭顶的感觉。真没想到，自己竟然死在了这个星际逃犯的丧生之地，而青元夫人竟然还好好地活着，而且以后还可能成为中央天帝。她愤愤不平，她要蹿起来。可是，她仅剩的一点元气已经没有任何翻盘的机会。

"初蕾……初蕾……"

全身上下完全失去了重力，她根本没有任何自救的余地，只觉胸口像要裂开一般，整个人就飞了出去。那是死亡的前一刻，那么清晰明了。

一只手，疯狂地将她拉住。

她已经顾不得是谁的手，一拉住，便紧紧地拉住了。但觉一股巨大的力气，生生将自己扯了上去。

眼前，白光一闪。她分明看到劈天斧失控一般，慢慢地悬浮到了对面——

劈天斧，跌出了银河系。和那些杀手的尸体一样，从此成了外星系的悬浮尘埃。

她无限震惊，也无法开口，因为胸口的压力让她根本不可能开口，她只觉得泰山压顶一般，轰隆一声，自己便栽倒在地。

然后是更重的响声，另一个人也重重弹落在了地上。如一道飓风一般，他倒下去的时候，整个沙地几乎裂开了一般。

四周，烟雾弥漫。

她勉强睁开眼睛，却连方向都已经分不清楚了。

好一会儿，眼前的沙尘终于散开。她看到一个人，她看到一张熟悉的面孔。她听到咯吱咯吱的声音，微弱、清脆，在这令人快窒息的空间里，显得那么清晰。那是一个人，骨骼碎裂的声音；那是一个人，五脏六腑被一股重力粉碎的声音。

当劈天斧坠落的最后一刻，他用了全部的元气生生拉住了她的手，也让他自身的全部元气在反重力的对抗中，彻底灰飞烟灭。

他已经成了一个废人，他嘴里鲜血汨汨地涌出来。鲜血，在这可怕的边缘里，是紫色的——并非中毒，而是心脉粉碎时的可怕的紫色。

她惊呆了，挣扎着站起来。她跑过去几步，她举着金杖，死死盯着他。

他躺在地上，已经面如金纸。他的劈天斧，已经在银河系的对面——这一辈子，他永远也不可能再拿到它了。

就像这一场追逐，他一直奉命将她追捕。其实，他也不知道为何会一直追着她跑——无论是金沙王城还是九黎广场，甚至这茫无边际的银河系边缘……他只是一直追着，也不知道究竟要干什么。他想，那可能是因为命令。他想，那可能不是命令。其实，他就想一直追着她的背影，一直看到那个人——哪怕是在彼此已经敌对的状态下。

褐色的沙子，雪一般一片一片悬浮空中，又不落下。四周，好像没有空气。这里的一切，仿佛都是失重状态。那是反重力炸弹遗留下的后果，就像她即将要破裂的心口。

她的嘴唇张了张，无法发出任何的声音。

他看着她，声音很弱："初蕾……我是奉命来杀你的……看来，这次是完不成任务了……"

她的声音，颤抖得连不起来。

"初蕾……你走吧……快离开这里……"

"涂山侯人……"

他的双眼忽然亮起来："呵……你终于叫我涂山侯人了……初蕾……你很久没有叫过我的名字了……"真的，很久没有这么叫过了。

桃花星上时，她就一直叫他姒启。姒启。姒启。听着可真疏远呀。

一个名称的区别，其实是一种心态的区别。

"涂山侯人……"

那一瞬间，他忽然有了生气一般，整个人都意气风发起来，就像汶山上初相识的少年，就像万国大会上那个挺身而出的英雄。

"我叫涂山侯人，但是一般人，我不告诉他……"

其实，在这世界上，只有她一个人叫他涂山侯人——其余人不是叫他姒启，就是叫他启王子。

涂山侯人，是为了纪念他的母亲。涂山侯人，是她一个人的专称。

她蹲下身去，蹲在他的旁边。

她忽然忘记了悲伤。她眼前只是金星乱冒，她忽然想起青元夫人的狞笑：我要让你在这个世界上的朋友、亲人，一个个在你面前死去。直到他们全部死光、死绝，最后，才轮到你!

杜宇、大熊猫，然后，到了涂山侯人！可是，怎么会有涂山侯人？怎么会？

初蕾，甚至都不敢去想白衣天尊了。她的脑子里甚至成了一片空白，她连逃亡都忘记了，也不记得还有什么危险，甚至一点也没有感受到被四周那种要粉碎人的五脏六腑的反重力所压迫的痛苦。她只是盯着他，一眨不眨地盯着他。

这时候，她才好像慢慢地认出了他到底是谁。涂山侯人，是涂山侯人，是自己少年时代唯一的朋友，是曾经救过自己性命的朋友。自己甚至差点答应了他的求婚。可是，到后来，为何忽然变成了路人？

此时，她忽然很希望涂山侯人真的不是自己的朋友——希望他只是敌人——只是敌人，他就不会死了。

想那青元夫人，是多么狠毒之人。她岂能真正信任姒启？每一次绝杀，她都派出姒启——这是赤裸裸的考验。考验不过关，你就去死吧。不为我用之人，全都去死吧；不忠于我之人，全都去死吧。反正她又不在乎，无论谁死掉，她都不在乎。因为，姒启一直没有完成她想要的投名状。

初蕾，一直在颤抖。她胸口的愤怒和余勇忽然都烟消云散了，她面色如纸。

他凝视她，笑嘻嘻的："……呵……初蕾，我其实是被云华夫人掳去音乐林的，她一直希望我远离你，她怕我成为你的助手或者文臣武将，就像小狼王那样……其实……其实……"

他的声音居然有点羞涩："其实，我一直想留在九黎或者金沙王城……"他曾经无数次渴望过留在金沙王城，成为那个城市的普通一员。看看花重叶影，看看秋色满园。就像所有的百姓一样，香软而旖旎地生活。

当然，还有她。她，一度便是他所有的理想。

她的双腿一软，跌坐在了他的面前。她想说点什么，可是，她的嘴唇只是颤抖，她什么都说不出来。

他的嘴角，紫色的血已经彻底凝结。

在这个空气稀薄的地带，别说外伤，纵然一个健康人内部的血液都会慢慢被凝结。

她死死盯着那片可怕的血迹，分明看到生气正一点一点从他身上急速流逝——他的元气，比她预估的厉害多了。

也许，那是大鯀的元气。他竟然生生将她从星系的空隙拉出来，然后远远扔到这里。鼻风初蕾就算在元气最鼎盛的时候，在没有经过任何恶战的情况下，也做不到这一点。可是，他却做到了。尽管，他也因此彻底成了一个废人。

云华夫人用了无穷的手段，耗费了无数的心血，让他具有了如此可怕的元气，但是，他只用了一次——仅此一次，便永无机会了。

"……云华夫人一直希望我恨你，我也试着恨你，毕竟你是高阳帝的女儿，而且你又嫁给了别人……可是，不知怎的，我总是无法恨你……就算我服用了蟠桃精、桃花元气丹……我依旧无法恨你……我只要一开始恨你……"他的右手抬起来，轻轻按在自己的心口，"我只要一恨你……我就非常难受……初蕾……我恨不起来……我不知怎的，总是恨不起来……"

其实，他从来不是想要恨她。一直，一直，他都是想要爱她。他唯一犯的一次错，便是九黎广场的那一次错过。这一次，便注定了二人彻底分道扬镳。可现在，他忽然觉得什么都不重要了，他心中所有的怨愤已经一扫而空。

他看到她坐在自己面前，满脸惊惶，头发上全是黄沙。可是，她还是那么美。就像万国大会上，她从天而降时那令人永生难忘的惊艳；就像钧台之战，她从天而降时他的激动和热切；就像自己在褒斜道的军营，鼓起勇气，端起酒杯，说出压抑许久的心里话："初蕾，嫁给我吧……"

这些，其实才是他的理想。他的理想，从来不是为谁复仇。无论是为了大夏的江山还是大鯀的死亡……他从来志不在复仇。江山一代一代，昔日的帝王都是一抔黄土。从来没有任何已经覆灭帝王的后裔可以卷土重来，再登龙椅。他的理想，少年时代是《九韶》；他的理想，青年时代就是她，就这么简单。

如果云华夫人曾经真正了解过他，就绝对不会做出错误的判断了。他根本就不是云华夫人所期待的理想的培养对象。他的野心，比她所预估的小很多很多。

就算他答应了她们，成为天穆之野的继承人，可是，也是因为她。他想，无论是和她为敌也好，和她为友也罢，反正自己又有理由可以经常见到她了——纵然是在追捕的路上，见面的机会也比以前多了，不是吗？不然，还能以什么理由靠近她呢？

"初蕾……呵……初蕾……你知道吗？我一直很后悔……那次在九黎广场，我为何面对面都没认出你来呢？为何就认不出来呢？唉……是我自己没慧根吧……都怪我自己……"

她想阻止他说下去，可是她一句话也说不出来。她的内心，也如要爆炸一般，好像自己的五脏六腑也碎成了一片一片的。就像一个人，尽管外表完好无损，可是内部却已经彻底被震碎了。从此，再也无法完好了。

"初蕾……"

她忽然泪如雨下。

空气中没有温度，也没有湿度，置身其间，没有任何冷热或饥渴之感，甚至连痛感都已经变得非常稀薄。只有偶尔吹来的风，裹挟着遍宇宙飘洒的生命尘埃，每每要落到肩头，却又转眼不知去向。

尽管扶着一个人前行，却丝毫感觉不到重量，可行走并不容易，每一步都有随时失重、要随风而去之感。

鬼风初蕾停下脚步，看看四周，她发现自己迷路了。无论往什么方向走，最终都回到了原点。

"初蕾……"涂山侯人气若游丝，脸上却一直挂着淡淡的笑容。

她的目光落在他的脸上。

"初蕾……没用了……你不必白费力气了……"

她手一软，他整个人就像一片叶子般滑落地上。

他干脆躺在茫茫的沙地上，只觉一身筋骨已经彻底散架了，再挪动分毫，整个人就要彻底被扯成碎片，她也就地坐下。

他的声音低得就像是宇宙尘埃划过的瞬间："真的……现在这样，我觉得特别轻松……"尤其，她的目光就在眼前——虽然充满了焦虑、不安、担忧，可是那么温柔、明亮，就像无数个夜晚在梦境里才会出现的那样。

"涂山侯人……"她的声音也很缥缈，"我一定要救活你！我带你去大联盟……"纵然是需要求助青元夫人，她也顾不得了——她分明看到他的生命力正在一点一点飞速流逝。甚至他此刻的微笑，也形如回光返照。

可是，她找不到大联盟的方向，甚至已经无法走出这片茫茫的罪犯流放地带了。尤其，当她低头看见自己手上的蓝色扳指已经彻底熄灭，再也没有丝毫的光华时，就更加绝望了。

如果白衣天尊出手，一切总还有办法。

可现在，他自己都生死未卜。而且这么长的时间，都不再传来任何的消息。

他把她的心思看得一清二楚，也把自己的伤势瞧得一清二楚，他的目光也落在她无名指上的蓝色扳指上面。这是他第一次如此近距离的把那枚扳指瞧得清清楚楚——那是她的婚戒！她和白衣天尊的定情之物。

"初蕾，我们回金沙王城吧……"她一怔，"我从少年时代起就想留在金沙王城，却一直没法得偿所愿，这一次，我不想再错过了……"

去了大联盟，就永远无法返回金沙王城了。他只有一个选择："走吧。金沙王城才是我们的世界，而大联盟是他们的世界。"

她看着地球的方向，准确地定位了金沙王城。这是唯一不会迷路的地方，无论何时，无论何地。

当凫风初蕾停留在空荡荡的天府广场时，才分外领略到了这句话的真谛：金沙王城才是我们的世界，而大联盟是他们的世界。

时节已然是冬天，方圆三百里的金沙王城依旧草木森森、郁郁葱葱。这里的草木，无论冬夏都不会死亡。这里，直到现在依旧四季如春。

膏菽、膏稻、膏黎，百谷自生，冬夏播琴。鸾鸟自歌，凤鸟自舞，灵寿实华，草木所聚。爰有百兽，相群爰处。

彼时，她旁边的涂山侯人也稳稳站在了地上。天府广场上，全是大片大片的汉白玉。四周，全是开满了红花的芙蓉花树。风吹花落，人如在花海之中徜徉。他极目远眺，精神抖擞，满脸笑容，似在自言自语："金沙王城，才是这世界上最美丽的地方啊。"

从小，大夏王便说：这世界上，有一片最美丽的土地，等你长大了，我们一定要回到那片土地。从小，他便向往着长大后能来到这片神奇的土地。遇到她之后，这种向往就更加强烈。

就像此刻，风吹来淡红色的花瓣，纷纷扬扬地从头顶洒落。拳头大小的芙蓉花，好像一年四季都无怨无尤地装点着这个神奇的城市。

他摊开掌心，一片花瓣徐徐飘落在了手心。他笑起来，多美。

他大步往前走，那一瞬间，他竟然仿佛神奇地不药而愈。

凫风初蕾心里一喜，正要跟上去，却见他步履踉跄，不过几步，就倒了下去。她冲上去，已经来不及将他搀扶，他整个人倒在了地上。

"涂山侯人……"

他一张嘴，一口鲜血喷涌而出，仿佛五脏六腑都一齐吐了出来。

星系边缘的反重力已经彻底将他的五脏六腑粉碎，他能挣扎着回到这里，已经是一个奇迹。

"涂山侯人……涂山侯人……"凫风初蕾声音颤抖，除了反复叫他的名字，已经说不出任何别的话来。

"初蕾……初蕾……"

他的呼喊闷在喉头,已经无法再发出声音来。他用了最后一点力气,轻轻拉住了她的手:"初蕾……我一直想要留在金沙王城,现在,总算是如愿以偿了……"

他很平静。钧台大战之前,他便想留在这里。九黎大战之后,他也想留在这里。可每次都是错过,直到现在。

此后千年万年,他当留在这里,永不离开。就算风,也无法再将他的灵魂吹远。

风只能将纷纷扬扬的红色花瓣吹得他满头满脸都是,一片花瓣恰好遮住了他的眼皮。

他很惬意地笑起来:"初蕾……就把我葬在这里吧……就在这里吧……"这里热闹。这里是女王巡逻时的必经之地,以后每年的春社、秋社,他都必将在这里和她重逢,看着她从这里路过。"初蕾,就这里吧,这里很好。"

她没有回答,因为她看到他脸上如释重负的笑容,还有他无声无息从她手中滑落的手,他握惯了劈天斧的手彻底垂下去了。

一阵风吹来,他就像睡着了一般安详,满面还残余着笑意。只是,他的体温已经渐渐冰凉了。

初蕾坐在他身边一动不动,没有眼泪,也没有号啕,甚至没有流露出半点的悲伤。她只是紧紧握住他那只早已冰凉的手,看到他摊开的掌心上一道淡淡的疤痕——九黎河之战后,她侥幸不死逃回褒斜道,他向她求婚未遂,最后一次吹奏玉笛向她告别,一曲终了,玉笛断为两截,在他掌心刺下深深的痕迹,从此他再也没有吹过玉笛。

就像他从来没有问出口,她却一清二楚地问:如果当年在九黎广场我认出了你,结果是不是就变得不相同了?

她不知道,她也无法回答。因为没有发生的事情,总是无法准确地去推测一个虚无的结果。她只是觉得自己的心脉也被彻底震碎了,碎得连眼泪都没有了。

她见惯了无数的死亡,却还是无法接受他的死亡。她知道他的灵魂会去一个遥远的星球,却还是无法接受从此再也见不到他的恐惧,这才是人世间最大的悲剧。

她只是很紧很紧地抓住他冰凉的手,这也是她第一次如此主动地抓住他的手。她只是想起他的那句:金沙王城才是我们的,而大联盟是他们的。

是啊,大联盟是他们的。

大联盟是西帝的,是青元夫人的,甚至是白衣天尊的……只是,真的不属于任何凡夫俗子。

她和他,本质上都是凡夫俗子。

第二十章　王的职责

鳖灵和卢相都很称职，处理灾难的速度很快，也很得当，他们甚至不等下令，便自动开启了金沙王城的救济粮仓，安抚家园被焚毁的幸存者。乍一看，金沙王城的一切都恢复得井井有条，可是，鬼风初蕾很清楚，一切已经无法回到过去了。

鬼风初蕾悄然看了看自己的双手，她不知道自己残余的力气到底还能阻挡多久。可是，她并未露出怯意，大步走向排队领取米饭和面饼的民众。

大家看到她，立即欢呼起来："我王……我王……"女王，已经成了他们唯一的精神支柱。女王还在，希望就还在。

她微笑着向他们挥手，然后亲自拿起了筐子里的面饼，温声道："大家放心，金沙王城库存充足，任何人都不至于忍饥挨饿。至于家园被焚毁，暂时没有落脚之地的民众，可以全部搬到王城的空屋子里……"

鳖灵很有点不安，他在外地多年才辗转到了鱼凫国，从未见过有任何国家的王，会把灾民全部安顿到王殿之中。他悄然看了一眼窗外熙熙攘攘奔跑的孩童，这才转向女王，低声道："我王宅心仁厚，可是，这么多灾民会聚在王殿里，只怕时间久了，他们不会那么守规矩啊。要是几万年的王殿被破坏，那就罪过大了……"

初蕾和颜悦色道："重建家园总要有个过程，等这段最危险的时期过去就好了。"

"孩童们总是调皮捣乱，蹿来蹿去也不像话。"

"他们使用的绝大多数是空屋子，再说，和民众的性命相比，小童们偶尔有些小小的破坏也不必在意。"

女王都这么说了，鳖灵还能说什么呢？他只希望那些调皮鬼在这段时间里尽量规矩一点。

卢相也问："我王，危险什么时候才会过去？"

"你们放心吧，王殿能持续几万年时间，自然有它独特的地方。只要不踏出这里，大家都是安全的。"

二人这才明白女王的心思——让民众躲进王殿，不光是表明自己和民众同生共死的决心，更是因为王殿有其特殊之处。

卢相身为蜀国土著，自然听过很多古老的传说，比如，老鱼凫王是高阳帝的重生，单单这个理由，就已经够了。

老鱼凫王，不可能不为金沙王城设置一些屏障。至少王殿是受到某些特殊保护的。

女王只是心平气和地说："这半个月之内，金沙王城应该是风平浪静。但是，半个月之后，就不好说了。鳖灵、卢相，你们二人这段时间全力安抚灾民，充分调动国库里的救灾物资，但是，你们记住，绝对不能浪费。因为，我也不知道半月之后到底会发生什么事情，如果灾难持续下去，救灾物资就要非常慎重地使用，甚至要节约使用了……"

二人齐声道："我王放心！"

王殿是前所未有的热闹。

从蚕丛大帝开始到柏灌王再到老鱼凫王，都是低调之人，很少大兴土木，劳民伤财。可是，毕竟是几万年的王朝，方圆三百里的大城市，王殿总不至于太过寒酸。

事实上，王殿很大，一排排的青砖碧瓦，一栋栋的小楼屋檐，只不过，老鱼凫王的时代，没有多少妃嫔，王宫里闲杂人等很少；到女王的时代，更没有任何眷属，而且女王绝大多数时间并不待在王殿，所以绝大多数的房间都空着。

现在，涌现出一大群无家可归的逃难者，正好将这些屋子利用起来，他们先是赞叹这些古老屋子的雅致，又惊叹于王殿的沧桑之美，小孩子们更是跑来跑去，对这王城产生了极大的好奇之心。

尤其，王殿的屋宇不但高大气派，而且还有充足的食物供应，王殿的厨师们已经一字排开，在地上支了十口大锅，锅里满是热气腾腾的米饭、面饼以及各种各样的猪、牛、羊肉。

金沙王城连年丰收，国库充裕，这一次，国库正好派上了用场。

但是，问题也很多，灾民们都麻木地坐着，王宫的人手又紧张，饭菜好了，也没人及时分发，大家都巴巴地等着。再看地上，到处都是各种瓜果碎屑，垃圾遍布。王宫的杂役根本没空收拾，这样下去，整个王宫可能都要变成垃圾场了。

就在这时候，一名杂役端上来一大筐烤好的面饼。一大群小孩子立即冲上来，眼巴巴地看着。

负责分发面饼的老御厨根本忙不过来，大声吆喝："孩子们，排好队，排好队，别挤，别挤……别着急，大家都有，大家都有……等这一筐分完，后面还有，后面还有……"孩子们推推搡搡，一个个急不可耐。

一转眼，看到女王走来，老御厨立即道："参见我王……"

初蕾点点头，示意他无须多礼。

再看其他地方，也都是一团糟。灾民太多，工作人员太少，每个人都忙得满头大汗。

初蕾示意老御厨退下，老御厨不解其意，但是，女王一声令下，他当然不敢抗命，而且，他以为女王为了显示亲民，要亲自分发面饼，所以立即退在一边。

女王随手拿起一个面饼，却没有递给站在最前面的孩子，笑起来："孩子们，有谁愿意主动上来替大家分发面饼吗？如果有愿意的，我先奖励他一个大饼……"

有一个大一点的孩子大着胆子走出来，怯怯道："我王，我可以吗？"

初蕾微笑："当然！你叫什么名字？"

"回我王，我叫小明。"

"很好，小明，你先负责为大家分发大饼吧。"

小明立即拿起旁边的大饼为大家分发起来，当一筐大饼分发完毕时，初蕾从另一个筐里拿出很大一份热气腾腾的新鲜点心装在一只小篮子里递过去："小明，这是奖励你的。你先去休息一会儿，吃完再接着来帮忙。"

小明高兴极了，大叫："这么多点心，我都吃不完。"

"你也可以分给你的家人一起吃。"

小明欢呼："真好，真好……我可以跟姆妈一起吃了……"

点心，当然比面饼美味多了。这几天，顿顿都是面饼，孩子们已经很馋点心了，只见小明美滋滋地提着小篮子跑向他的妈妈，旁边的孩子都露出羡慕的神情。不只孩子，就连一些大人都露出羡慕的神情。

初蕾高声道："孩子们，你们愿意帮着分发面饼和米饭的，都可以上来帮忙。做完这些事情之后，你们每个人都有奖励。至于奖品吗……"她指了指刚刚给小明拿点心的筐子，孩子们伸长脖子一看，只见筐里全是各种各样的糕点，原是王宫御厨为女王和一些重臣准备的，但是，她令人全部拿到了这里。点心在保温性能良好的厚重木箱里，香气四溢。

"孩子们，你们看到了吗？只要帮着完成了分发任务，人人都有奖品……"

她交代了几点注意事项，待孩子们听得明白无误之后，才道："现在，你们可以行动了。"

孩子们欢呼雀跃，呼啦一声散开，立即按照吩咐开始分发饭菜。两个最大的孩子为首，一人掌勺，一人递碗，然后传给下一个人，孩子们接到之后，立即开始分发。半大的孩子们做别的事情可能不行，但是分发食物这些小事，完全是如鱼得水，很快，所有的饭菜便全部分发下去了。

初蕾注意到，整个过程有条有理，孩子们几乎没有出什么差错。孩子们做完这些事情，都围上来，拿着糕点无不欢喜。一筐糕点，全部分完。

这时候，一个小孩儿才气喘吁吁地跑过来，她是一个瘦弱的小女孩，眼巴巴地看着周围小伙伴手里的糕点，又看向女王，怯生生地说："我王，能给我一份糕点吗？"

初蕾笑起来："呵，小家伙，刚才你并没有参加分发饭菜啊。要付出了劳动之人，才有享受糕点的资格。不过，你现在可以做一件事情，我也可以给你一份糕点……"

"可是……可是我什么都不会呀……而且，饭菜也分完了……我下一顿再帮着大家分好不好？"

"没关系，你想想你会什么呢？会唱歌吗？"

"会。"

"那就给大家唱一首吧。"

小女孩想了想，张开嘴巴唱起歌来。她唱的是蜀中一首童谣，声音清脆，十分优美。天府之国，物产丰盛，人民安居乐业的时间远远大于灾祸横行的时间，所以，蜀中有许多欢快无比的童谣童曲。

小女孩唱的，便是人人皆知的一支诙谐曲。少儿不识愁滋味，孩子边唱边笑，模样十分滑稽。自从金沙王城遭遇妖怪的袭击之后，全城死伤惨重，所有人都陷入悲伤恐惧之中，忽然听得小孩这么清脆活泼的歌声，脸上都露出了久违的笑容。这时候，真的太需要这样欢乐的曲调了。

短短几句唱完，初蕾立即鼓掌，笑道："孩子，你唱得很好。"

大人们也纷纷鼓掌。

这时候，初蕾拿起自己面前的那份糕点，亲手递过去："孩子，你的歌声让我们都感到了欢乐和欣慰，所以，这糕点是你应得的。"

小女孩兴高采烈，拿了糕点便大口大口地吃起来。

初蕾这才对所有围观的孩子们道："从今天起，由小明担任小队长，你们负责分发一日三餐。孩子们，你们记住，你们暂时住在王宫里，并不是朝廷一味在救济你们、供养你们，而是你们付出了自己的劳动，你们既帮助了他人，又帮助了自己，你们所得到的食物，全部是劳动所得！希望今后，你们都能做一些力所能及的事情，你们要相信，无论什么时候，自己都是有用之人……"

孩子们齐声道："我王放心！"

孩子们吃饱喝足，纷纷散去，嬉戏追逐，不亦乐乎。

一旁围观已久的其他灾民见此情形，纷纷道："我王，我们今天开始也帮着做饭吧……"

"我可以帮着做烤肉，我很擅长做烤肉……"

"我是烤面饼的好手，我本来就是卖面饼的，我烤的面饼比御厨做的好吃多了……"

"我最善于蒸米饭，我开的小酒肆卖得最多的就是米饭，我看到王宫里的甑子不好用，我这就回去把我家的拿来，我和我的几个小二一起来负责蒸米饭……"

"我可以洗菜……"

"我可以烧火……"

"我可以洒扫，垃圾太多了，必须清理一下……"

"我可以组织一队健壮的男子负责巡逻全城，有什么需要出力气的活儿也都可以交给我们……"

……

一时间，众人都踊跃起来，无论男女，都争相要出一番力气。

待到众人的声音稍稍平息，女王才微笑道、"各位都各尽所能，各展所长吧。只要齐心协力，我们很快就会渡过难关。"

众人纷纷散去，各忙各的去了。

之前忙得脚不沾地的王宫总管和一干杂役，终于松了一口气。

总管喜滋滋的："这么多人吃饭，每天从库存里搬运粮食就是一项繁重的工作，而且还要安排一日三餐，安排住宿，随时巡逻，怕灾民中有人滋事，怕孩子们到处乱窜，王宫里的现有人手根本就不够！实不相瞒，我和大家一样，已经三四天没有休息过了，每天直到深夜才能躺下去，可是，黎明又要起来，整天担心出乱子，焦虑不安，现在好了，现在就轻松了……"

要知道，从国库搬运足够的粮食，不但有一段距离，而且需要很多劳动力，光靠侍卫们根本搞不定。现在好了，只需要有可靠之人值守仓库，完全可以将搬运粮草的工作交给壮汉们组建的运输队。

至于御厨人手不足也不用担心了，这个城市里，无数的男子都善于烹饪，有些开饭馆的厨师手艺甚至在御厨之上，有他们帮忙，就再好不过了。

洗菜切菜，打扫卫生，妇女们闲着也是闲着，帮忙做这点活计完全是手到擒来。

每一项工作，只需要交给指定的那个人，然后，他便带领他的小分队去执行。如此，原本艰巨无比、烦琐无比的工作，很快就变得轻而易举了。

一千人等全部退下，陪同女王视察的鳌灵若有所思，叹道："我之前也一直在担心人手不足的问题，可是，我根本没想到要让百姓和孩子们自己动手，我想的是从商队抽调人手，可商队现在主要担负了巡逻守卫的责任，根本就无法大规模抽调人手，没想到，我王如此轻易就解决了这个难题……最重要的是，让他们做这些事情，会让他们非常高兴，让他们觉得，自己不是坐在王宫里等待救济，不是像乞丐一样被人施舍……"他们争先恐后的态度已经说明了一切。

这世界上，没有人是无可救药的懒汉，也没有人是天生的窝囊无赖——事实上，每个人都有自己的自尊，每个人最初都有骨气。曾经初心不改，曾经自傲无比。只不过，往往面临困难、困境无力自救的时候，自尊总会被大大摧折，尤其是当困境已经习惯成自然时，自尊就彻底被压抑，人们便会破罐子破摔，甚至变成彻彻底底的厚脸皮。绝大多数的好吃懒做，都是大环境造成的。如果生活在一个人人自力更生的环境里，就算你想要偷懒耍诈，都不好意思。

初蕾叹道："孩子们最善于模仿，如果大人怨天尤人混日子，他们基本上也是同样的表现。现在，他们暂时寄居在王宫里，所有人都一副灾民的姿态，三两天也就罢了，可要是时间一长，过上十天半月，甚至更长的时间，他们可能就彻底习以为常了，每天坐在原地，静等救援，稍不如意便骂爹骂娘。如此，不等怪物再来偷袭，金沙王城也会很快乱成一锅粥……"

人心被摧毁很容易，但是要重建却难上加难。尤其在灾难面前，更要让孩子们学会自力更生，要让他们知道，他们并非一直是在被人救济，而是在付出劳动。只要每个人都争着抢着付出自己的劳动，那么，金沙王城就不会惧怕任何的灾难。

鳌灵恭敬地听着，他纵然亲眼见识过女王超凡脱俗的武艺、百战百胜的策略，以及治国的文韬武略……可是，他都不曾百分百信服，甚至在她关闭赌场、妓馆的时候还曾心存疑虑，不以为然。可现在，他彻底拜服了。

有些人，具有大智慧、大慈悲、大本领。

这些品质但凡有一种，已经是万里挑一。而鱼凫国的女王，三者合一。这天下，可能女王是唯一一个将三者合一之人了。

从此，鳌灵对鱼凫国尽忠职守，直到生命的最后一刻，也从未再起过任何不臣之心。

第二十一章　真假爱人

太阳升起，又慢慢落下。一轮圆月慢悠悠地从半空移动到了头顶。

夜风里，整个金沙王城都静悄悄的。民众们都早早地关门闭户，再也不敢单独外出了。昔日热闹无比的天府广场和漫长的三十里芙蓉花道，变得冷清无比。

一阵风吹来，花瓣纷纷扬扬飘落。

枭风初蕾还是静静地坐在风里，手上的蓝色扳指再也无法发出半点的光芒。她没有试图再去联络他，因为她知道没有这个必要。只是，内心深处却总抱着一丝微弱的希望——也许，就在下一个转眼，那白衣如雪的人影就会出现在自己面前。就像在桃花星，就像在每一个快要绝望的时刻一样。

"初蕾……"

她抬起头。月色下，一人独立，白衣如雪。微风里，他满头火红的头发就像是在月色下跳舞的精灵。他纤尘不染，声音温柔，这是何等样的惊喜啊。真是求仁得仁，就像心中的梦境，一下就实现了。她甚至揉揉眼睛，想要看看自己是不是在梦境。

可是，月明星稀，一人独立，竟然是真的。白衣是真的，声音是真的，眼神也是真的。久违的温柔、细腻，就像一曲久违的歌。

"初蕾……初蕾……我回来了……"

她慢慢地试图站起来，可是，久坐后的双腿已经麻木，竟然歪歪斜斜地又倒了下去。

一只大手，稳稳将她扶住，下一刻，她已经被他双手环抱。

"初蕾……初蕾……"他声音激动，炽热的呼吸散落在她的耳畔，拥抱的双手几乎要深入她的骨髓。

"初蕾……我回来了……我终于回来了……"

她只是埋在他的怀里，不言不动。他也死死搂住她，仿佛这一抱住，就永远不会松手了。

月色慢慢偏移，微风吹动了火红的马尾，也吹来周山之巅落叶和尘土的味道，就像是当年亲手埋葬他时的死亡和眼泪的味道。这味道，刻骨铭心，永志不忘。

初蕾却从他怀里抬起头，悄然看了看星空。

星空里，一双诡异又充满了嘲讽的笑脸："枭风初蕾，你不是对他永志不忘的吗？现在，他终于回来了，你总不至于已经变心了吧？"

她无名指上的蓝色扳指，黯淡得已经彻底死亡，就像是一个人的死亡。可现在这人，他是谁？他的红色马尾，为何火焰一般闪耀？而白衣天尊，他是蓝色头发。他飞渡弱水，成了蓝色头发。

这一点细微的区别，便泄露了青元夫人一个极大的漏洞。

否则，直到现在，都不可能有人发现复制人这么可怕的阴谋。

可现在，这个红发白衣的男子，凝视自己。月色下，他的眼神一往情深。那是西北大漠倒下去时，心脏燃尽的百里行暮的眼神；那是周山之巅，死亡之前的百里行暮的眼神。纵然我能忘记所有的过去，可是我怎能忘记这熟悉的眼神？甚至那拥抱的温度，熟悉的气息。

云阳说：我们识人从不看面貌，只记住他的气息。一个人的面貌可以经过无限伪装，但是，他的气息永生不变。

气息，由内分泌决定，从生到死，永不改变。而这气息，初蕾记得清清楚楚，是百里行暮的气息。当然，也是白衣天尊的气息。

她恍恍惚惚，竟然分不清楚真假，也不想再去分辨什么真假。谁管呢？闭着眼睛，不就是同一个人了吗？可是，她不能一直闭着眼睛，也无法一直闭着眼睛，她不能假装自己区分不出红色和蓝色。

心底，一个悲惨的声音在咆哮：为什么会这样？为什么？为什么这气息，这拥抱，这体温，这感觉……都一模一样？

她悄然从他怀里抬起头，看着星空。

星空里，有诡异的眼。那眼充满了得意，阴谋得逞之后的得意。

"哈哈，别看了，白衣天尊早就死去了，他不但死了，他的尸体、魂魄永远无法回到这个宇宙了。可是，这不正好吗？我把真正的百里行暮还给了你，你看，我对你多好，都不让你产生选择的困难，死了一个才送回另一个，哈哈，你也算是如愿以偿了吧……"死了一个白衣天尊，回来了一个百里行暮。

"百里行暮，他才是你最初的爱人……你该不会真的忘记了这一点吧？咯咯，就算你自己忘记了，可是他却没有忘记啊，他依旧对你一往情深……这么痴情的男人，真是天下罕有……"

很长时间，他身上的半神人属性远远大于男人的属性，直到不周山之战，直到重伤沉睡，直到他遇到她……一如他此刻炽热到了极点的呼吸，那温度仿佛要活活将她彻底融化。

初蕾本能地要推开他，也应该推开他。可是，她伸出的手竟然无能为力。那手抵在他的胸口，却已经不再有任何的力气，反而像是一种半推半就的默许。

软弱。多可怕的软弱。

她筋疲力尽，心想：就这么着吧。明知道是阴谋，也就这么着吧。

他的眼神，更加温柔。他的声音，从心底发出："初蕾……初蕾……真是想死我了……"

语调都是熟悉的，恍如昨日。他从周山之巅走来，他从三桑树下的坟墓里而来，他从月色和晓雾之间的分界里穿行而来，就像是一直游荡在金沙王城的一缕游魂。他的所有记忆，全部停留在死亡之前的最后一刻。

他迫不及待地热烈拥抱她："初蕾……初蕾……真没想到我还能回到你的身边……我一直不愿意死去……我一直期待重生……"他重生唯一的信念便是因为她。他一直不甘心就那么死去。他清楚地记得最后一夜她的话："百里行暮，我以鱼凫王的身份命令你！你不许死！永远也不许死！你要是死了，我会害怕的！"

当你习惯了一个人一直在身边，便再也无法忍受他永久的离别。我们惧怕死亡，便是惧怕永久不再相见。

而现在，他回来了。他就像一个魂魄，就像一个精灵，就像月色下的一场梦，翩然而至，不期而遇。

初蕾不知道这是不是梦，她宁愿这是一场梦。

一阵风吹来，他的白衣上甚至无声无息地飘落一片金色三桑的叶子，好像他刚刚才从坟墓里走出来，然后直接走到了她的面前。他浑身的伤痕早已远去，他溃烂的心脏早已被修复，他整个人已经完好如初，壮健得就像不周山之战前夕那无坚不摧的战神。

此刻的他，已经具有百里行暮七十万年全部的元气。他的半神人气息已经彻底褪去，只剩下人类与生俱来的强烈的荷尔蒙……

他抱着她倒下去，就像他生前无数次曾经渴望过的一样。直到死也不曾得偿所愿，所以这一次他一定要美梦成真。

白色袍子，在洁净的石板上铺成一张天然的喜床。有徐徐花瓣飘落，有淡淡清香弥漫，鸾凤的翅膀无声地划过天际留下喜乐的语音。

初蕾倒在地上，茫然地看着头顶的月色。红色的马尾就像是眼里燃烧的一滴血。可是，她却下意识地再次看了看无名指上黯淡无光的蓝色扳指。扳指，彻底死亡了。再也不像桃花星上那样偶尔还会接收到一丝半点的信号。

青元夫人准备的杀招，D病毒无坚不摧，白衣天尊真的能熬过这一场劫难吗？

"初蕾……小初蕾……我的小初蕾……"他浓烈的情感令人战栗，就像是随风吹来的死亡气息。

那一刻，凫风初蕾忽然彻底放弃了——罢了罢了，既然他们都已经全部死去了，就剩下我一个人，又有什么意义呢？就让青元夫人去做中央天帝好了，就看着那个女人得意好了。

毕竟，凡人怎么斗得过大神？毕竟，就连白衣天尊都不是她的对手。

"初蕾……我的初蕾……"

她躺着，不言不动。任凭他的炽热抚慰，就像是一块尚有余温的木头。她没有任何回应，也没有任何久别重逢的喜悦。慢慢地，这余温都在消散，如冰块一般。

可是，他毫无察觉，依旧激动得就像是久别重逢之后那样满是麻木与疏忽："小初蕾……别怕……别怕，以后我会保护你的……我会永远保护你的……以后，一直都有我了……"

半空中的鬼眼，更加分明。

"听到了吗？枭风初蕾，你听到了吗？此刻起，你就老老实实待在这男人身边，待在金沙王城哪里也别去了，如此，你还有一丝活路，否则，你便是自取灭亡……"

初蕾几次要站起来，可是，她做不到。两个保持了贞身的半神人相结合，彼此的元气会爆发式地成倍增长。这种结合的时间越长，彼此的元气就会越大。可是，若是中途一方出轨了，贞身被污染了，身上的元气就会慢慢减弱，污染越多，元气消耗越多，到最后彻底沦为庸俗之辈……

这种元气的减弱，纵然贵为西帝也不能例外，所以，西帝才会在盛年时期被天后暗算，沦为囚徒。

她跳起来，就像一条漏网之鱼，忽然站在他对面三丈开外。

他不敢置信，语无伦次道："初蕾……初蕾……"

她双手蒙住面孔，痛哭失声。她是个警惕性很高之人，岂肯上这样的大当？就算意乱情迷，就算骤然相逢，也绝对不行。

枭风初蕾，你没资格软弱，你甚至没有资格犯错，或者愚蠢。一人之下，是千万人的命运。如果你完蛋了，整个金沙王城也就完蛋了。

就连哭泣都是多余，她迅速擦掉了眼泪。

风已经把她的迷茫和悲哀远远吹走，她紧紧握住金杖，就像面临一场战役。

他诧异地看着她，他的眼里有失落、痛苦以及求之不得的小小尴尬。

可是，她已经顾不得解释。她只是警惕地看着他，似乎想要判断出这个复制人到底有没有中了D病毒或者携带了比D病毒更加可怕的毒气。要不然，青元夫人怎会将他送到这里？

百里行暮的眼神，更加黯淡了。"初蕾……初蕾……"就连声音，也渗出了迷惘和痛苦之情。就好像一个人慢慢地看清楚了一个事实：原来，自己并非想象中那么被她所热爱。

初蕾，不敢直视他的眼神。内心，一阵阵战栗。她干脆闭上了眼睛，不让任何人看出自己的脆弱。

"背弃！这是可耻的背弃！"空气中又响起斥责的声音，"咯咯……这个才是货真价实的百里行暮！是最初你爱上的那个男人！小贱人，你现在总不会见异思迁、喜新厌旧吧……你不能因为厚颜无耻嫁给了白衣天尊，就忘记了你真正的爱人吧？"

夕阳之光，已经彻底黯淡。天空中，只剩下晚霞的最后余晖。

百里行暮呆呆地站在原地，一动不动。他白衣如雪，火红的马尾在微风中飘扬，就像是一群激烈跳舞的精灵。粉红花瓣纷纷扬扬地撒落在他的白色袍子上面，这一幕就像是一幅动荡的画卷。他精雕细琢一般的面孔，比芙蓉花瓣更加俊秀。他和白衣天尊，没有一丝一毫的差别。

初蕾凝视他，并非是怦然心动，而是战栗不已。

多可怕！多可怕的青元夫人！

就在这时候，一股大力袭来。她想要躲避，已经来不及了。

百里行暮跳起来，就像发疯的野兽，一把将她抱住了。他只是死命抓住初蕾，不再有任何犹豫，完全凭借体内忽然涌出的一股暴力和热切，恨不得当场将她碾成碎片。

初蕾跳起来，可是，他的动作更快，力道很大，也很粗野。初蕾眼前一黑，金杖终于出手了。

他山岳般的身子忽然震动，随即便像一头受伤的大象一般重重地倒了下去。

初蕾泪如雨下："百里大人……百里大人……"

他没有死亡，他只是被自己内心深处剧烈震荡的媚毒和反击震碎了心脏。

初蕾松了一口气，急忙摸出一粒药丸塞入他的口中，明明知道无济于事，可是，她还是喃喃自语："百里大人，我要替你拿到解药，一定会……一定会的……"

第二十二章 女帝梦碎

大联盟。中央大殿。

金色的王椅正中，七颗红宝石璀璨夺目。一身金色王袍的天后端坐上面，目不转睛地盯着台下的朝臣。

台下，只有寥寥几百名半神人。这些半神人，全是天后的心腹、故旧。此时，他们的脸上都写满了不安，好像在无声询问：天后，你真的要在这个血雨腥风的时候宣布登基吗？就连小信使也满脸惴惴。而站在最前面的青春女神墨柏斯更是一直低着头，生怕接触到母后的目光。

在这个时候，身为天后之女，她居然觉得很荒诞——父王生不见人死不见尸，同胞哥哥在外星系下落不明，而同父异母的帕拉斯正在外面四处寻求盟友企图反攻回大联盟……在这样的纷乱之下，母后真有心思宣布登基吗？

天后干咳了一声，徐徐道："今日乃黄道吉日，也是朕登基之日……"

朕——天后已经自称朕了，那就是再也没有任何回旋的余地了。

天后一挥手："发布消息吧。"

小信使立即道："是。"

金色焰火令，冲天而起，整个大联盟都看得清清楚楚。

天后终于松了一口气，紧绷着的脸上露出了一丝笑意。毕竟是多年天后，而且出自最古老的神族之一，她好不容易重新凝聚了发射金色焰火令的元气，而且她很清楚，这样的机会，唯有这一次。

自己必须登基，必须趁着能发射焰火令的时候登基。否则，必将永无机会。就算现在根本不是什么好时候，但是她已经别无选择了。她必须先下手为强。她认为，一旦登基，形成了既定事实，那么以后再大的风波都可以被慢慢平息下来。

此时，她欣赏着那金色焰火令的美丽余光，听得耳畔如山般的呼喊："陛下万岁……陛下万岁……"

小信使带头，几百名半神人呼应，再加上王宫外面成千上万的宫女、侍卫……他们一起发出呐喊，气势也是相当惊人的。

当然，她忽略了西帝登基时，整整十万名德高望重的半神人一起呼喊道贺，那阵容才是真正的浩瀚雄伟。相比之下，自己这几百朝臣简直就是在自娱自乐，可她已经顾不得了。

她听得这些小臣、宫女、侍卫们的朝贺，已经飘飘然了——毕竟，已经忍耐了整整七十万年，这才从天后变成了天帝，中央天帝比中央天后好多了。

她站起来，中气十足道："各位便是新时代的开国功臣。从现在起，你们便是朕最重要的左膀右臂！朕向你们承诺，一旦平定天下，将赐予你们无尽的荣华富贵，还会赐予你们每人一个独立的星座……"天后忽然提高了声音："外面还有许多反对朕的余孽，尤其是帕拉斯等不怀好意之徒。希望你等和朕勠力同心，一起平定叛党。朕在此承诺：但凡今日在场者，每人赏赐一颗不死药……"星座和富贵也就罢了，听得一人一颗不死药，诸神的眼神立即亮了。

和平时代，没有建功立业者，要想得到不死药，简直难如登天。

小信使带头欢呼："陛下万岁，万岁，万万岁……"众神也欢呼："陛下万岁，万岁，万万岁……"

天后笑起来，一挥手，气定神闲道："诸爱卿平身。"可是，她的额头上却有一层淡淡的毛汗，可见早前心情的紧张程度。这些天来，她一直心神不宁，总怕出什么意外，至于现在也不例外，巴不得马上尽快结束这场登基大典，早早赶回寝宫好好躺一会儿，好在一切顺利结束了。

接下来的几天，便是顺理成章地普天同庆，大赦天下。

她决定趁此机会好好走访一下整个大联盟，包括地球，好好笼络一下人心，毕竟总不能让外界误以为自己是个野心勃勃的篡位者——她要让外界都看到，自己也有治国的能力，也有统领整个大联盟的力量。

一切就绪，她正要宣布退朝，却听得一个嗤嗤的笑声："一人一颗不死药！天后你真是好大的面子！"她面色大变。

"啧啧啧，在场的虽然一共只有九百八十七名半神人，可是，天后，你到哪里去一口气变出九百八十七颗不死药来？你难道不知道每一颗不死药都是有编号的吗？领取不死药者，必须是有极大的功劳或者有极大的威望才行，否则任何人包括中央天帝本人都无权私下动用。天后，你是哪里来的底气可以一口气拿出九百八十七颗不死药？你是认为凡参加了你的登基大典的半神人都属于有杰出贡献者，还是你本人会变戏法，能变出九百八十七颗不死药？"

天后，满面怒容。

诸神，也惴惴不安。因为来人说了这么大一通话之后，居然没有任何人看见她的影子，只听得声音很熟悉，这人居然是帕拉斯。

"我记得很清楚，父王登基时有整整十万名半神人参加，而在外道贺的半神人当在百万以上。可是，天后，你呢？你都宣布登基了，才来了九百八十七名半神人，而且其中绝大部分是你的故旧亲友以及你的信臣属下。哈哈，就这么一点微不足道的场面，你好意思登基吗？"

几名侍卫一起扑向声音的来源，可他们很快就纷纷倒地。

天后亲自出手了。

一个金色战袍的人影，飘然降落。帕拉斯躲着权杖，却哈哈大笑："你这个逆贼，拿着我父王的权杖沐猴而冠，你真是罪该万死……"

权杖再次追向帕拉斯。那不是一般的权杖，那是历代中央天帝的权杖，具有强大的元气和法力，原本就是一件极其厉害的武器。眼看权杖就要击中帕拉斯的天灵盖，诸神都为她捏了一把汗，可下一刻，权杖已经飞起来，然后重重地落在了地上。

天后抬手，那权杖竟然再也起不来，就像被牢牢固定在了地上似的。

众人顺着来人的方向，惊呼："禹京！居然是死神禹京大人！"

禹京出手，天后自知再也无力捡起权杖，只能站在台上狠狠瞪着禹京，气得满脸通红。

开口的是天穆之野的玉女青瑶："帕拉斯好歹是西帝之女，天后你怎么也算是人家的继母，怎么能下这样的毒手？"

天后厉声道："青瑶，你想怎样？"

"我当然不能怎样。可是，公道自在人心，我天穆之野自然不能眼睁睁地看着天后无理杀人……"

青瑶身后，一大群人鱼贯而入。他们都不是天穆之野的人，他们全是从各地赶来的半神人。顷刻之间，整个大殿忽然济济一堂，从各地赶来的半神人竟然有几千之多，生生把天后登基的排场都压了下去。

天后面色剧变，情知今日已经无法善了，唯一之计便是立即脱身离去，另施别法，可是，她只看一眼四周，几乎陷入绝望。中央大殿的四面八方，全被一股浓郁的死亡之气笼罩，就连大殿上空也被彻底封锁。

天后哪肯束手就缚？她色厉内荏道："禹京，青瑶，你们这是要干什么？朕令你们速速退下……"

"朕？你居然好意思称朕？谁承认的？你可真是不要脸的篡位者……"

天后气得浑身发抖："朕手持你父王的亲笔退位书！也发布了金色焰火令！已经是大联盟法定的中央天帝，何来篡位一说？你休要血口喷人！"

青瑶一挥手，阻止了天后的怒骂，冷冷地说："天后，你和一个小辈当众对骂，不觉得有失身份吗？"

天后脸上红一阵又白一阵，却哪里说得出话来？

禹京终于开口了："天后自行宣布登基，原本于理不合，帕拉斯说得有理，既然天后执意宣称是得到了西帝的授权，那么，请你将西帝请出来，只要西帝当众承认自愿传位于你，我们立即对你俯首称臣……"

天后一挥手，西帝的传位诏书凌空虚悬，白纸黑字，玉玺加封，的确一清二楚，绝非伪造。小信使怯怯道："你们都看清楚了，这分明是西帝亲笔！陛下登基乃合理合法！你等还不快快跪拜新任中央天帝？"

诸神全部稳稳站着，一动不动。

青瑶却意味深长道:"西帝亲笔没错,可是,我们要的是西帝露面!天后,你不可回避这个问题。"

天后忍无可忍:"传位诏书在此,你们还要什么证据?你们这分明是胡搅蛮缠!"

"我们可不是胡搅蛮缠。毕竟外界流传,西帝被天后囚禁,现在生死不明。如果真如天后所说,西帝是自愿退位,那么,他一定会当众承认这一点。可现在,天后你不敢让西帝露面,不免让外界怀疑西帝已经遭遇了毒手!我们总不能眼睁睁地看着前一任中央天帝蒙受毒害却坐视不理吧?就算其他人可以坐视不理,可是,天穆之野历来都是各届中央天帝最强有力的后盾,如果我们玩忽职守,就属于渎职。那样就破坏了西王母留下的规矩,我们也会遭到严厉的惩罚……"

青瑶有理有据,天后哪里反驳得了?

天后心急如焚,拼命转动脑子,却总是无法找出一个合情合理的理由,毕竟,她根本不知道西帝的下落,更无法凭空变出一个西帝来。

帕拉斯大叫:"天后,就是你杀了父王!不然,你怎么不敢让父王露面?"

诸神都死死盯着天后,很显然,如果坐实了她毒杀西帝的罪名,那么,他们将一拥而上,将她拿下。

天后很可能成为有史以来第一位刚刚登基就被推翻的中央天帝,她甚至无法顺利度过她登基的第一天。

她终于缓缓开口了:"你们要见西帝,那也很简单。陛下早前不过是因为重病缠身,需要静修,为了不被打扰,所以才不见外客而已……"

就在这时候,人群中传来一个沉沉的声音:"陛下从未有任何生病的迹象!医学部也从未接到任何陛下病重的消息!"说话的,正是医学部的现任负责人。

天后下意识地看了一眼高台下面的金色权杖,那是属于中央天帝的武器。可是,她只一眼,就看到那金色权杖飞了起来,下一刻,已经到了帕拉斯的手里。

青瑶公正而温和的声音缓缓而出:"在西帝的消息尚未被证实之前,任何人都不能擅自拥有这权杖!帕拉斯,还是你先替你父王保管着吧。"

帕拉斯感激涕零:"多谢青瑶姑娘,帕拉斯真是感激不尽。"

"匡扶王室,这乃天穆之野的分内职责。"

帕拉斯转向台上,厉声道:"天后,你既然无法自圆其说,怎么还好意思厚颜无耻地坐在王椅上?你下台吧,滚下去吧……"

诸神立即齐声道:"下台!下台!"

天后耳畔听得齐刷刷的下台之声,但觉金星乱冒、头昏脑涨,却还是死死坐在王椅上面,仿佛一站起来,自己的美梦就会彻底烟消云散了。她忽然站起来,嘶声道:"我根本没有杀陛下!绝对没有!"

"那你马上把我父王交出来……"

"阴谋!这是一个阴谋……我根本没杀陛下……我没有!绝对没有……"

天后的嘶声，已经被诸神的谴责声所彻底遮掩。

帕拉斯趁机冲过去，金色的弓弩瞄准了台上的天后。

"嗖"的一声，女战神的利箭刺破了大殿的虚幻，也刺破了天后的美梦，天后仓皇站起来，转身就跑。

"别让这逆贼跑了，抓住她，快抓住她……"

"哈哈，帕拉斯，你居然敢跑到这里撒野，我看你是活腻了……"天后闻言，简直如死里逃生。她嘶声道："儿子……儿子，快救我……快救我……"她的儿子战狂，终于在最后关头赶到。

原来混乱中，她发出了一个信号，战狂一看信号，立即虚晃一招，转身就跑，很快就消失得无影无踪。

诸神看着那把倒塌的王椅，每个人都是同样的想法：既然天后已经逃跑了，那接下来该怎么办？

禹京一抬手，零乱的杂物瞬间归位，那把倒塌的王椅也完好无损地回到了原位。

所有人都看着他。他还是板着一张脸，声音非常冷漠："陛下下落不明，生死未知，现在的大联盟乱成一团，总要有人出来暂时处理这一众事务……"

每个人都在想，莫非是禹京要自己出面代理？

可是，禹京话锋一转："各位都很清楚，现在的大联盟真是多事之秋，所以必须得有一位德高望重之人站出来统领天下……"

帕拉斯忽然道："依禹京大人的意思，谁才是全联盟公认的大公无私者？"

禹京看了看诸神，冷冷地说："我只是提出这个建议而已，至于到底怎么做，你可以和现场诸位自行商议。"

众人交头接耳半天，竟然想不出一个合适的人选。

僵持不下之时，莆系星大神笑起来："各位，你们真的找不到真正德高望重、智勇双全者吗？"

禹京缓缓地说："这么说来，你心目中有合适的人选了？"

"你们难道忘记了青元夫人？"

"青元夫人？"

"她身为天穆之野的掌门人，不但能力超群、修为出众，品德修为更是全联盟顶尖级别，她宅心仁厚、大公无私，除了她之外，你们还能想到更好的人选吗？"

四周忽然一片寂静。随即，人群中便爆发出一阵震耳欲聋的喝彩声："没错！青元夫人是最好的人选。"

"是啊，我怎么就忘了青元夫人？也真怪她平素实在是太低调了，从不显山露水，所以，我们竟然都忘记了她。"

"对对对，就青元夫人好了！我们大家都推举青元夫人……"

众口一词，几乎没有任何反对之声。

帕拉斯死死捏着金杖，绝望得出奇，也不敢发出任何反对之声。她焦虑不安地看向青瑶，却见青瑶沉着脸，似乎并未理会众人的意思。帕拉斯抱着最后一点希望，低声道："青瑶姑娘，你怎么看……"

青瑶却缓缓道："帕拉斯，你怎么看？"

帕拉斯勉强道："我……我也觉得青元夫人德高望重，可是，中央天帝这事非同小可……"

莆系星大神立即打断她："正因为中央天帝之位非同小可，我们才必须推举德高望重之人！"

帕拉斯一句话都说不出来。

禹京一挥手，冷冷道："既然大家都推举青元夫人，那就这么决定了。青瑶，你回去禀报你家掌门人，大联盟邀请她出任中央天帝一职。"

青瑶却苦笑一声，摇摇头。

禹京冷然，"青瑶，你这是什么意思？"

青瑶叹道："我先代表我家夫人感谢各位的厚意和信任。可是，各位该知道，我家夫人生性淡泊，从无追名逐利之心。这么多年来，她一直隐匿在天穆之野，极少外出，真正如闲云野鹤，只恐她无意于做什么中央天帝啊……"

莆系星大神道："这一次，你家夫人可不能袖手旁观啊，现在的大联盟稍有不慎就会分崩离析，所以必须劳驾她了。"

"没错，放眼当今天下，唯有青元夫人才有能力把大家团结在一起，让整个大联盟重新归于平静。若是换了其他人选，别说其他人不服气，我第一个就不服气……"

"天穆之野真可谓是天下最古老、最伟大的神族，天穆之野的贡献大家也有目共睹，青元夫人出任新的中央天帝，那是众望所归啊……"

待到众人稍稍平息，青瑶才叹道："各位的厚爱和信任让青瑶好生感激。可是，我家夫人是否同意出任中央天帝，青瑶也说不准，还请各位给青瑶一点时间……"

禹京冷冷道："危急关头，青元夫人身为天穆之野的掌门人，更应该以天下为己任。虽然现在的大联盟已经一团糟，搞不好就要四分五裂，现在担任中央天帝也没什么好处，一旦处理不慎，很可能让自己身败名裂。我也清楚你家夫人的顾虑和难处，原本她好好地待在天穆之野，悠闲自在地做掌门人，云淡风轻，潇洒无比。她不愿意接手这个烂摊子，大家也可以理解。毕竟，要是她能力挽狂澜，那一切都好说；可要是她无法力挽狂澜，很可能就成了替罪羊……"

在禹京的口中，做中央天帝，已经成了天下最没意思的事情。青元夫人要是不出任中央天帝，那就是自私自利；相反，她要是出任中央天帝，那才是真的大公无私，把天下苍生的利益放在眼里。

"青瑶，你回去禀报你家掌门人，就说我死神禹京和大家都推举她做中央天帝。要是她拒绝，就是不把我们这些人放在眼里，也是不把大联盟的安危放在眼里，如此，她这个天穆之野的掌门人也彻底失职了，我禹京也算没她这个朋友……"

逼宫到这个份上，再要拒绝简直就是撕破脸了。

青瑶肃然道："禹京大人放心，我家夫人绝对不会不分轻重。"

禹京冷冷地道："既然如此，就算是议定好了，我们就静候你家夫人尽快来大联盟共襄盛举。"

诸神欢呼。

帕拉斯看了看自己手中的权杖，当她发现青瑶的目光看过来时，她慌忙道："这金杖……我暂时代管？要不……我现在就交给你吧……"

"我家夫人要不要出任中央天帝我都不知道，我岂敢擅自接你的金杖？"

帕拉斯松了一口气，连声道："谢谢你，青瑶。"

当轻纱一般的晚霞彻底笼罩在大联盟的上空时，整个王殿四周已经彻底安静下来。闹哄哄的半神人们已经散去，御林军们也已经隐匿，天后和阿瑞斯的武装力量也不知去向，整个王殿仿佛一夜之间就变得空旷无比。唯有半空中金色的焰火令不间断闪耀，就像天空中遍布了无数的黄金。

那是禹京对大联盟发出的第一次通告，这是他代表所有半神人邀请青元夫人出任新一任的中央天帝。

金色，是天穆之野的吉祥色；金色，是对青元夫人的极度尊重。金色焰火令发出之后，所有大神都可以发表意见，就算那些没有现身的大神也可以提出反对意见。

这是给大家考虑的公示期。

公示期间，欢迎大家畅所欲言。如果第三次焰火令通告其间，大家还没有异议，青元夫人便是下一任的中央天帝，在此之后，任何人都不许再提出任何异议。但公示期内，任何人都可以提出反对意见。如果这些反对意见证据确凿，这个天帝人选就会被撤换。

天后自行登基之所以成了一场闹剧，还没登基就被赶跑，原因就在于此。

天后根本不敢给自己留公示期。因为她知道，一旦公示，可能有上万人会起来反驳自己，反驳自己的理由可能也有上万条。天后的谋算，很快就被证明是一个愚蠢而又拙劣的笑话。

青元夫人，当然和天后不同。青元夫人每一件事情都深思熟虑。她很清楚，中央天帝的宝座非同小可，一旦处理不善，真的会身败名裂。

也正因此，就算禹京发出了金色焰火令，她也没有任何回应，她的态度表明：自己对中央天帝之位毫无兴趣。

诸神对她的节操非常钦佩，也找不到任何反对她的理由。

只不过，因为前段时间闹得沸沸扬扬的白衣天尊和凫风初蕾事件，以及和白衣天尊的订婚退婚，多多少少影响了一些青元夫人的形象。有人私下里暗忖：如果凫风初蕾被毒害的传闻是真的，那么青元夫人真的是合适的中央天帝人选吗？再者，不死药的执掌权力和大联盟的军政大权，一起交到同一个人手里，这妥当吗？纵然是西王母的时期，也没有如此高度集中过吧。有见识的老神们固然忧心忡忡，可还是没有任何人站出来公开反对。

没有人愿意当出头鸟。至少，在青元夫人没表态的情况下，就迫不及待地跳出来，这不是得罪人吗？可是，要是公示期过去也无人反对的话，就算跳出来也没意义了。这是规则，必须接受。

金色焰火令连续发了两天，竟然没有接收到任何反对的声音。按照大联盟的法律，第三次之后，如果再无任何反对的声音，就表明整个大联盟一致通过了由青元夫人出任新的中央天帝的提议。

天已经彻底黑尽。

王殿，没有开灯。只有一颗蓝白色的宝石将偌大的殿堂照得通体透亮，其光芒却不会消散。

青元夫人端坐王椅之上，环顾四周，隐隐地，她有一种如愿以偿的快感。可是，她很清楚，这一切才刚刚开始。

虽然获得了诸神的推举，但是自己还不能马上答应——甚至不能表现出对此有丝毫兴趣的样子。青元夫人演技再好，也无法压抑自己的兴奋，所以索性闭门不出。不但如此，就算公示期满之后，还需要等诸神们上门三请四请——要迫于无奈自己才答应，然后正式宣布登基，坐上这把宝座，成为新一代的中央天帝。

在强大的天穆之野来看，这些程序都很简单，手到擒来。青元夫人静坐不动，便会有人妥善处理好一切。

这天晚上，青元夫人悄然来到了大联盟的正殿。象征天帝权威的宝座高高在上。青元夫人端坐上面，立即感受到一股前所未有的威严肃穆。

身为天穆之野的掌门人，她也无数次端坐高位，可每每一转眼，面对的便是十万清纯玉女，这总让人有点沮丧，毕竟，统领一群侍女，久而久之根本没有什么高高在上的权威感，可坐在这把宝座上就不同了。

你可以想象十万、百万大神站在下面一起向你仰望的场景。

从此以后，不只银河系的四千五百亿颗星球归自己全权分派，甚至全宇宙的星系都归自己全权掌控了。

这些年来，她觉得天穆之野已经很拥挤了，而且相比其他星球，天穆之野简直小得可怜。蟠桃花早已欣赏不出什么新意，她急于拥有更多更宽广的领域。可是，身为天穆之野的掌门人，总不好随便跑出去占据几个最好的星球，而且西帝表面上对天穆之野客客气气，实则一直用各种限制手段，无声无息压抑着天穆之野的扩张。

也因此，青元夫人只好整天躲在深闺里莺歌燕舞，索性营造出一种"此间欢乐，我无心于外界"的形象。可谁知道自己待在这小小的天穆之野，小小的殖民星——桃花星，已经压抑得快要疯了。偏偏西帝这人又很自私，封赏起他的子女或者私生子女来简直毫不手软，整个银河系中，大多数上等的好星球，几乎全被指派给了他众多的子女。

青元夫人等人眼红不已，却又不能公然指责。不但不能指责，还要装出一副满不在乎的样子。久而久之，几乎憋得内伤了。

因此，她才更加清楚：必须得有权力！只有权力才能带来无穷的利益。

权力是个好东西。

可天下最大权力者，唯有中央天帝。自己，便一心要奔向这个位置。只要大权在握，无论什么都是手到擒来。甚至那些反对自己的力量，都可以公开一手摧毁。

中央天帝。中央女帝。

尽管程序尚未走完，可一想到即将成为有史以来的第一位女中央天帝了，自己已经十拿九稳，她还是按捺不住欣喜和得意，以至于一张脸孔发红、双眼明亮，竟兴奋得像一个小女孩似的。她坐在王椅上，笑得花枝乱颤。

在她对面，云华夫人叹道："阿环，我已经很多年没有见你这么开心过了……"

她略咯大笑："姐姐，我们这是要如愿以偿了吗？"

"对！我们终于如愿以偿了。"

她从王椅上跳起来："真好，真好！姐姐，这可是我从小到大的梦想啊……我记得我第一次见到高阳帝时，完全被王室气派所震撼，从那时候起，我就想，若是有朝一日我能做中央天帝就好了……"

从小女孩时代起，她就渴望成为中央天帝。可是，天穆之野规矩严厉，西王母赏罚分明、原则性强，从不允许任何异心者，再加上历史原因，掌握不死药的天穆之野是默认不许问鼎中央天帝宝座的，如此，也是为了避免权力太过集中而无法互相制衡。

也正因此，在西王母的时代，西王母反复告诫她们姐妹，绝对不许多管闲事，不许到处出风头，更不许任性妄为把掌握生死药的权力作为谋取私利的手段……西王母在的时候，她们不敢往中央天帝的宝座方面想，可是，西王母毕竟离去了。

当年的小女孩，成了天穆之野的掌门人。权势熏天，便招致了更大的野心。

所以，当她意识到如果共工赢得了胜利成为中央天帝，那么自己可能此生再无机会了，因为共工的能力众所皆知，而且共工并不是一个容易被控制的男人。

可是，高阳帝就不同了。彼时的高阳帝已经行将就木，因为京都的那场大屠杀以及他的几个白痴儿子，他已经天怒人怨，成为全民嘲讽的对象。

换而言之，当时的青元夫人推断高阳帝已经无法坐稳中央天帝的宝座，只要他一下台，自己的机会就到了。因此，自然不能扶持一个强势的共工上去，就算他是自己喜欢的男人也不行。

所有人都在担心D病毒，可是，只有她自己才清楚，D病毒是为白衣天尊量身定做的，而不是为了摧毁西帝——毕竟，她不可能蠢得没事干，去疯狂地毁灭大联盟，她只需要毁灭他一个人就行了。所以，她当然不会将西王母的密令交给他。

只是，千算万算，她没想到有不周山之战，更没料到不周山之战的结局会如此惨烈。一时间，天崩地裂，好几个星球遭遇了毁灭，整个大联盟分崩离析，从此乱成一锅粥。

　　就算她身为天穆之野的掌门人，可是，彼时她根基并不牢固，名气也没这么大，支持者丝也没这么多，最关键的是，她担心自己在那时候争夺中央天帝之位，会暴露私藏王母密令的秘密，而且她也没信心收拾当时的那个烂摊子。更何况，她担心西王母回归。

　　她一直担心那群老大神忽然返回，别的老大神神格如何，她不那么清楚，可是，西王母的神格，她一清二楚。纵然是一万个青元夫人加起来，也不及西王母一根小指头。

　　她从小对西王母敬畏有加。要是他们返回，发现自己违背了神族的规矩，那惩罚则是她不能承受的。就是这一念之差，成就了朱庇特。

　　漫长的七十万年过去，她终于忍无可忍。自己所做的一切，根本不是为了成全朱庇特。那风流无度的老种马，竟然一直待在王位上不肯退位。好几次，她想要动手，却总是没有合适的机会。并非是她没有必赢的把握——事实上，她有足够的信心和实力驱逐朱庇特。只是，她不能公开出手。毕竟，天穆之野的形象摆在那里。

　　在西帝没犯原则性的错误之前，贸然出手，必将把天穆之野置身于全体大神们的质疑和反对声之中。

　　青元夫人，还是一直忍着不出手。直到白衣天尊复出，直到天后迫不及待亲自下手。

　　她得感谢那个愚蠢又狠毒的妇人，是这个毒妇将历史上最好的契机推到了自己面前。她更确定了一件事情：既然白衣天尊从弱水被赶出，就证明西王母等超级大神是真的不会再返回了，至少不会再返回大联盟了，一切禁锢就此解除。

　　她欣喜若狂，就像看到登基的大路上，所有的障碍被一扫而空。无论武力、修为，还是实力，这天下，还有谁会是天穆之野的对手？

　　中央天帝的宝座，已经非自己莫属了，纵然是白衣天尊也无法阻拦了。所以，她才断然利用了D病毒将白衣天尊彻底拖走。

　　一念至此，她高兴得大笑："姐姐，我们谋划了这么多年，总算要成功了。"

　　"禹京的通告令已经连发两次，到目前为止还没有任何反对之声，阿环，你就放心吧，你这个中央天帝已经是稳稳的了。"

　　青元夫人脸上的笑容却慢慢消失了，她低声道："我总有些不安。西帝一直下落不明，万一他又跑回来，那该怎么办？"

　　这些天来，禹京已经搜索了整个大殿，包括那个曾经囚禁西帝的大书房，所有证据显示：西帝确实是无故消失了。可是，西帝究竟去了哪里？是如何消失的？没有人知道。

　　"我一直担心西帝是被白衣天尊带走了，若果真如此，我们的一切筹谋很可能就会竹篮打水一场空啊。"

　　"阿环，你这是多虑了。就算西帝没死，就算他被白衣天尊带走，可是一旦他离开了王殿，便什么都不是了。"

青元夫人还是眉头轻皱："我怕的是万一白衣天尊没死，又跑回来捣乱，那就不好收拾了。"

云华夫人还是冷静无比："阿环，你就不要杞人忧天了。我已经密令三位天穆之野的老园丁，无论如何要阻挡白衣天尊！他们纵然杀不了他，可阻拦他是绝对没有问题的！而且，只要你顺利登基，他就算跑来也没法兴风作浪了。"

青元夫人轻叹一声："但愿如此啊！那家伙说真的，一直就是个祸胎，只要想起他，我就不愉快。"

云华夫人也苦笑："但愿D病毒能彻底奏效吧。不过，就算不奏效也没关系，只要第三次焰火令通过之后，你便马上登基，如此，他一旦现身，便可以马上以全联盟通缉犯的身份通缉他。"

青元夫人终于又笑起来。

大联盟的通缉犯，真该感谢西帝做的这个决定。新帝登基，完成上一任帝王没有完成的任务，这是对上一任的尊敬。不但通缉他，还有鬼风初蕾。陆西星的尸体摆在那里，借力都不用找。彼时，一切都可以借着公正的理由，多好。她看了看这宝座，心想，权力可真是个好东西。

第三道金色焰火令发布之前，禹京一直特别忙碌。他忙碌的目的，当然是为了给心目中的女神铺路，让女神如愿以偿登上中央天帝的宝座。为此，他不惜派出杀手，将几名不识好歹乱发杂音的小神悄然毒死了——很简单，这几名小神因为去过九黎，参加过万神大会，也认识鬼风初蕾，所以难免私下里说了一些闲话。

任何有损青元夫人名誉的谣传，都必须被消灭在萌芽状态。那几名小神悄无声息地死了，而且死因没有引起任何人的怀疑。从那以后，质疑的声音便彻底消失了。

青元夫人姐妹之所以从诸神中特意选择了禹京作为头号合作对象，当然不仅仅是因为禹京暗恋青元夫人多年。事实上，身为高阳帝时期的第一权臣，禹京是一位经验丰富、运筹帷幄的老牌政治家。

比如，他私下里处理这些令人讨厌的苍蝇蚊子那天衣无缝的手段；比如，他无须青元夫人下令，自己就能解决一切问题。比如这次的金色焰火令，他在连续发了两次之后，中间停顿了一天，又发布了最后一次焰火令。时间，不长不短，不早不晚。长了，怕夜长梦多；短了，怕诸神以为新帝迫不及待，禹京把控得恰到好处。就连青元夫人也不由得在内心深处反复思虑——禹京除了长得丑之外，真的没有任何缺陷了。

从早上到晚上，大联盟依旧静悄悄的，只等这个夜晚过去，明日一早便可以正式宣布新的中央天帝人选。

禹京甚至连黄道吉日都已经看好了，那就是三天之后。虽然太过仓促，可是他有令诸神信服的理由——那是一个绝妙的黄道吉日，错过了就无法再有。

一切，都井井有条；一切，都水到渠成。

第二十三章　女禄反对

尽管已经确信没有任何人会站出来反对，可是，青元夫人和一干亲信、下属还是严阵以待。不知为何，明明有了这么强大的保障，青元夫人还是惴惴不安。她死死盯着蓝黑色的天空，生平第一次在心里焦虑催促：时间快点快点过去吧，只要天亮，一切就不是问题了。

公示截止日期，就在朝阳刚升起的时候。

她甚至无数次站起来，面对镜子，想象王冠戴在自己头上的情形。一整夜，她都悄无声息地坐在宝座上，算是提前过了一把中央天帝的瘾。

慢慢的，天亮了。黑暗已经过去，大联盟的上空升起一轮红日，天空也成了晶莹剔透的蓝色，就像是一大片蓝色水晶托着一颗红色宝石，美丽得令人无法眨眼。

青元夫人松了一口气，慢慢站起来，只觉双腿几乎麻木了。

云华夫人笑起来："阿环，你可真是紧张过度了。你看，这不根本没什么意外吗？"

她如释重负，也满脸笑容。

离三道金色焰火令结束只剩下最后一炷香的时间，自己这个中央天帝人选，马上就要正式通过了。

她死死盯着半空中唯一的一点金色，眼看那金色就要彻底消失。

"阿环，你看，时间马上到了……"

青元夫人哈哈大笑："姐姐，美梦成真了吗？"话音未落，她的脸色就变了。

云华夫人的脸色也变了。

因为半空中，光焰一闪。那是漆黑的火焰，是代表反对和驳斥的火焰。

也是大联盟的标志性火焰——公示期间，但凡有人反对，必须先出示黑色焰火令。

一般的中小神，是没有资格和本事出示黑色焰火令的。也就是说，在重大的抉择面前，一般人连反对的资格也没有——除非他有足够大的本事。这便是全宇宙通行的法则：强者恒强！强者才有发言权。

可现在，这道黑色焰火令不但升空，而且强度很大、很猛，几乎整个大联盟都看得清清楚楚。能发出这样的焰火令，本质上是一种示威，那是一种武力值的显示。

我反对你！我有资格反对你。

非顶级高手，根本无法发出这样的焰火令。

黑色焰火令，时间卡得刚刚好。

很显然，此人不但深谙大联盟的法律准则，也深谙人心——她等的便是这一刻，在青元夫人等人认为万无一失的最后一刻，才突然出手。早一点出手，就容易被驳斥、被围攻。可现在，她彻底打乱了青元夫人的节奏，姐妹俩还来不及做出任何应对，就听得半空一个高亢的声音说道：“我反对青元夫人出任中央天帝！”

声音不大，语气平静，可全联盟都听得清清楚楚。这样的元气，绝非普通半神人。

现身的，是一个黑衣人。她并未藏头露尾，她并未佩戴任何面具，她以真面目示人。她从头到脚一身素黑，唯有满头长发雪一般苍白。她屹立于天地之间，就像是远古穿行而来的一抹亡灵，却又气势非凡，声震寰宇。

"我，女禄，反对青元夫人出任中央天帝！"

女禄。女禄。传说中的女禄，终于现身了。

正因为是女禄，正因为根本没人想到她还会现身，所以整个大联盟才陷入了一片死寂。

很长一段时间内，女禄的名字曾经等同于女魔头——虽然，在京都大屠杀之前，女禄从无劣迹，而且名声口碑在诸神中都是第一流的。她曾经是贤惠、仁慈、宽容、大度的代名词，她曾经是母仪天下的光辉典范；她也曾经是整个大联盟人人景仰的第一女神——公认的第一美人。只是，京都大屠杀之后，这一切美誉荡然无存。

此时，每个人看着她，都有些狐疑不安。他们甚至下意识地悄然打量云华夫人的表情，想看看她们姐妹对这个忽然杀出来的搅局者的反应。

女禄的出现，固然令整个天穆之野震动不已，西帝派系的子女、情人等亲友也不动声色，悄然围观。

青元夫人第一次感到了惊惧："天啦，这疯婆子来了，姐姐，我们该怎么办？"

云华夫人虽然也面色剧变，但是，她毕竟长年漂泊在外，见多识广，也经历了无数大大小小的意外，反而镇定许多。只轻轻将一只手按在青元夫人的肩上，示意妹妹镇定下来。"兵来将挡，水来土掩。区区一个女禄，也翻不了身。"

青元夫人面色惨白，内心里一个不祥的声音一直在疯狂呐喊：若是被这疯婆子搅局，那我半生心血就彻底白费了。唯一的办法是立即杀了女禄，可是，她根本无法在这时候动手。

耳畔只有女禄掷地有声的声音在大联盟上空嗡嗡作响：我，女禄，反对青元夫人出任中央天帝。

诸神，也被震惊了。

他们被震惊的不光是有人在最后关头提出异议，而是出现的这个人。很长时间以来，女禄已经成了一个传说。

若她真的青面獠牙，形如妖怪也就罢了，可是并非如此。她发如雪，一张脸却像雪地上开出的红玫瑰，热烈明艳得令人惊心动魄。她的眼中有一股淡淡的萧瑟之情，凄清而寂寥，就像是一抹在孤独之中行走了很久很久已经对生命彻底失去了留恋之情的幽灵，就像是一朵早已凋零却被人翻出来的枯花标本。

这样的一个女子，令人难以把她和当年京都那场惨绝人寰的大屠杀联系起来。

但是，也有不少去过万神大会或者桃花星的半神人发现一个问题：女禄娘娘那玫瑰般浓烈而鲜艳的面孔，和另一个人几乎一模一样。只不过，另一张面孔更年轻更活泼，而且没有她那般死沉的沧桑之气。

"我反对青元夫人出任中央天帝！"她再次开口，掷地有声。

青元夫人猛地冲出去，可是一只脚刚到王殿门口，又生生停下。她不能露面。她不能让人知道自己已经迫不及待地在王殿里待了三四个夜晚。不但如此，她甚至被云华夫人一把拉住。

那是最迅捷的空间位移，下一刻，她们姐妹已经身在天穆之野。

此时，她站在天穆之野的云端，终于把女禄看得清清楚楚。

她脑子里嗡嗡作响，失声道："果然……那小贱人果然是她的女儿……"

无须再找任何佐证，那么酷似的相貌已经证明了一切。这是基因的力量，这是遗传的力量。女禄是凫风初蕾的生母，这一点，确凿无疑。因着是生母，女禄这闲事，就算是管定了。

"我反对青元夫人出任中央天帝。"

金色焰火令发布了三次，她的反对声也重复了三遍。这是礼节，女禄对大联盟的一切成文或者不成文的礼仪都一清二楚。

女禄的声音清晰、明了，就像一把锋利无比的钢刀。

"我反对青元夫人出任中央天帝，理由有三。第一，天穆之野乃掌握不死药的神族，按照大联盟的法律，在交出不死药的掌控权之前，天穆之野任何人无权出任中央天帝。迄今为止，我没得到任何天穆之野交出不死药掌控权的消息，我想，你们也没有得到！"

要出任中央天帝，必须交出不死药掌控权，这是铁律。迄今为止，青元夫人的确没有交出不死药掌控权。而且，她也没打算要交出来。青元夫人雪白的面孔终于变成了铁青一般的颜色。纵然是云华夫人，也慌了神。

"我反对青元夫人出任中央天帝的第二个原因，便是她才德不足……"

才德不足！整个大联盟上空都回荡着这句话。如果是别人说出来，诸神一定以为这是一个笑话。可是，女禄既然选择按照大联盟的规矩进行程序上的质疑，那么诸神也得按照程序应对。就算要反驳，也得在她陈述完所有的理由之后。

"……经过我严密调查，青元夫人居然在不周山之战前夕，私自隐藏了西王母令她交给共工大人的密令，这才导致了不周山之战毁天灭地。从某种意义上来说，青元夫人不但违背了西王母大人之令，而且是不周山之战的祸首之一！这充分说明，她对中央天帝之位觊觎已久！"遮羞布，就这么被撕碎。

全联盟静悄悄的，没有人发出任何声音。

青元夫人好几次要冲出去，却深呼吸，强忍住最后一口怒气。她发誓，一定要将女禄以及和女禄有关的人彻底撕为碎片。

半空中，一道红色光芒，那是一道红色的手谕。手谕上，有三个人的印章。大神们的印章和凡夫俗子的玉玺大大不同，并不是红泥图案，而是他们的元气标志，任何人都无法仿制。

"这是天穆之野三位十亿年以上的老园丁给我的证据，他们可以证明，青元夫人当年的确隐瞒了西王母的密令，这是对西王母的极大背叛，也极大败坏了天穆之野的名声……"

青元夫人牙齿打战，颤声道："我要杀了这疯婆子……我要杀了她……"她待要冲出去，却被云华夫人一把拉住。抗辩和陈述是诸神的权利，当众灭口，不啻自认罪行。

"第三，青元夫人身为不死药的掌控者，居然背地里另起炉灶，制造了一大批超级基因病毒，并和禹京勾结，制造出了骇人听闻的D病毒……"

四周，一片死寂。诸神，茫然无措。

"……大家都知道，天后利用基因病毒毒害了几百名地球少女，可是，你们知道天后是从哪里得到的基因病毒吗？那就是青元夫人私下里为她提供的！不但如此，青元夫人还多次在世界各地秘密试验各种基因病毒，大家该记得当年名动一时的七大玉女被杀案，真实情况是，玉女们在那个小神族的地盘上下毒，让这个神族所有的人都变成了怪物，只剩下一个人逃走。玉女们为了杀人灭口，将此人追赶到了T54罪犯集中地，让此人再也不敢踏足T54半步……后来，玉女们怕试验败露，就转移了试验场地。可是，我也万万没想到，青元夫人居然胆大包天，在有熊氏的聚集地投放了青草蛇病毒，将整个有熊氏一族全部变成了青草蛇……"

此言一出便如石破天惊一般。

"凫风初蕾，我想，大联盟的许多人已经听过她的名字了！许多人在万神大会上也曾见过她受伤时的模样，当时的她，正是被青元夫人下了青草蛇病毒，不过，因为她及时自救，而且得到了白衣天尊的援手，才侥幸逃过一劫……"她一改语调，高声道，"这样的一个人，你们还能推举她担任中央天帝吗？你们就不怕自己变成下一个被屠灭的神族吗？"

青瑶终于跳起来，冲上去："你这个疯婆子，纯属血口喷人……"

清霜宝剑中途坠落，连靠近女禄都不可能。当年名动天下的天后，根本不是一个小小的侍女能够撼动的。

"小丫头，你退下吧。我所陈述的反对理由，每一条都有根有据，你家主人要是认为我诬陷，尽管提出反驳的证据，我就在这里，原地奉陪！可是，你们要是企图杀人灭口，那我得提醒你们，你们还没这个本事！"

玉女虽多，可是，谁也无法靠近女禄方圆半寸。她飘然半空之中，就像是一缕虚空的意识。无形，有体，却无法攻击。

一股死亡之气，当众炸裂，死神禹京的马脸在半空中显得有些扭曲。

飘忽的黑色身影，彻底变成了一个实体。一个活生生的、有血有肉的人。

她抬起头，慢慢地看了看天空。她的动作很慢，举止很沉，好像举手投足都充满着一种劫后余生的沉重与哀悼。死灰的白发，玫瑰一样鲜艳的脸庞。

衰竭和热烈，死亡和生机。如此奇怪而复杂的对立，却在她身上统一得完美无缺。

禹京，满脸愤怒。

"滚回你的黑暗之地吧！"一身黑衣的女禄静静而立，她的声音也平静无波，"当年若不是我自感罪孽深重，主动进入黑暗王国赎罪，谁也无法将我封印！纵然是高阳帝本人复生，也没有这个本事。待在黑暗王国七十万年，只是我的自我惩戒。其实，我想来就来、想走就走，根本无须任何人解除封印。"

这才是事实，诸神恍然大悟，原来如此。

禹京的马脸更长、更冷、更丑了，他身上的死亡之气，也更加浓烈了。

女禄，上前一步。禹京，却后退一步。他的眼里闪过一丝惊惶，竟不敢正面迎战一般。

"禹京，你身为死神，却沦为青元夫人的帮凶，就因为她承诺你，登基之后，会嫁给你吗？"

禹京的脸上红一阵又白一阵，一张马脸，完全拉成了一条长长的直线。

女禄忽然看着天空，那是新任中央天帝即将登基的方向。

天空中，仿佛忽然开了一个天洞。模模糊糊，却又清晰无比。诸神都看得分明。

禹京惊呼："熊洞！你居然开启了熊洞？你这个疯子……"

女禄却对着天空哈哈大笑："你们既然敢拿有熊氏开刀，就该明白，这场战争终究不可避免！"

熊洞开启意味着战争的降临，那是高阳帝时代有熊氏对外宣战的标志。

高阳帝的原配、鬼风初蕾的生母，终于开启熊洞，发出了战争的讯号。"禹京，你如果不参战，就给我滚远点！"

禹京气得浑身发抖，可是他居然再也不敢动手。这天下，他可以对任何人动手，可是不知为何，他一直不敢对女禄动手。他只要见到女禄就害怕，就只能躲避或者逃之夭夭。

女禄根本不再搭理禹京，中气十足地说："我反对青元夫人做中央天帝的理由已经陈述完毕！如果青元夫人要自证清白，请同样拿出证据。"

沉默。可怕的沉默。

女禄也不着急，她一个人站在原地，悠闲地看着天空，就像浑然不觉四周越来越紧密的杀气。

那是天穆之野派出的杀手，是真正实力的体现，而非一般的玉女所能比。可是，这股杀气根本没有急于动手，而是四面缩小了范围，很显然，他们要的是一举格杀，而不是磨磨蹭蹭。在确保能一击即中之前，他们会一直耐心等待。

女禄身陷死亡的包围圈，毫不在乎。早在七十万年之前，自己就罪该万死了，今天，就算死在大联盟，也根本没有什么遗憾和畏惧。她甚至连金沙王城的方向都没有看一眼，只在内心掠过一丝最后的萧瑟：初蕾，但愿我能为你扫除一切的障碍，至少能让你获得永久的平安。

淡淡云雾中，云华夫人终于露面了。她的月白色长袍、淡雅的桃色花枝和女禄的一身漆黑形成了鲜明的对比。

"云华夫人，你终于露面了！"

"彼此彼此！女禄娘娘能出来，我当然也能出来。"她满脸云淡风轻，好像丝毫也不受女禄早前那番指证的影响，她的声音依旧温和、淡雅，就像和风细雨般。

"在场的诸神应该都知道这位女禄娘娘的大名！就算你们中的一些人还年轻，出生在七十万年之后，可是，你们至少听说过京都那场可怕的浩劫。甚至你们的祖辈、父辈都有可能惨死在她的屠刀之下……"云华夫人顿了顿，"这样一个可怕的罪犯所说的话，你们能相信吗？"这话，直击要害。这样一个女罪犯所说的话，真的可信吗？

云华夫人也抬头看了看天空，并不急于先开口，而是和风细雨一般先向四下里行礼："在陈述之前，我得先代表天穆之野和阿环感谢所有的朋友们！承蒙你们的厚爱和信任，一直抬举天穆之野，阿环出不出任中央天帝真的一点儿也不重要，重要的是朋友们的这份诚挚心意。此后，无论发生了什么，天穆之野都对这份情谊永志不忘……"

云华夫人行礼完毕，这才叹道："女禄娘娘对阿环做出的第一项指证，我原本是不想辩驳的，因为这根本就不值得辩驳。众所周知，西帝被天后囚禁，大联盟陷入危机，局势混乱。局势被控制之后，承蒙诸神厚爱，推举阿环，阿环身为天穆之野的掌门人，当然不敢违背西王母留下的种种命令！所以，一直没有答应出任中央天帝。既然阿环尚未答应，怎么谈得上马上交出不死药的掌控权？"

女禄笑起来："你的意思是，你妹妹出任中央天帝之后，就会交出掌门人位置。可是，这个新的掌门人会是谁呢？难道不是云华夫人你自己吗？哈哈哈，从此以后，青元夫人是中央天帝，你云华夫人是天穆之野掌门人，你们姐妹俩一人掌握政治权力，一人掌握不死药？"

诸神忽然觉得女禄说得蛮有道理。

云华夫人还是不慌不忙："女禄娘娘先别急着冷嘲热讽，你是忘记了阿环根本没答应出任中央天帝，也还没有出任中央天帝！"

女禄哈哈大笑："好吧，第一条算你过关。"

云华夫人道："至于第二条就更不值一驳了，无非是你串通那三个老园丁做了一份伪证。"

"你认为我可以用武力胁迫那三个具有十亿年元气修为的老园丁吗？"

云华夫人不动声色道："女禄娘娘，你很可能不知道一件事情，早在几个月之前，天穆之野便因不便公开的理由开除了那三个老园丁，他们这是挟私报复。"

也不等女禄回答，她又立即道："至于你的第三项指控，那就纯属胡说八道了。当年天穆之野几名玉女被横霸所杀，皆因横霸见色起意。大联盟的法律司早有定论，我就无须多言了。至于你说阿环在有熊山林投放青草蛇病毒，就更是无稽之谈。你说她谋害凫风初蕾，可是，在场的所有朋友都可以做证，当年如果不是阿环在九黎积极施以援手，凫风初蕾早就死了。"

女禄笑起来。这时候，她终于明白为何初蕾会一直败在这对姐妹的手中了——论指鹿为马、颠倒黑白、巧舌如簧，云华夫人姐妹真正是天下罕有。

那么明显的漏洞，那么确凿的证据，都可以被她讲成这样。可是，她如何撒谎并不重要，谎言中有多大的漏洞也不重要——重要的是，她背后忽然多了三名老园丁，那是天穆之野的青春玉女们加起来也比不上的元气修为。当你实力加身的时候，你无论说什么都是对的，你无论说什么都无人敢辩驳。

诸神明知云华夫人的这番辩词漏洞百出，可是没有人敢站出来戳破。

云华夫人随手一指远方的死神："禹京大人，你说句公道话，阿环毒害过你们有熊氏吗？"

所有目光都落在了禹京的脸上。禹京的脸上，没有任何的表情，就像是被刀子反复砍过的冰块。半晌，他才一字一句："没有。"

云华夫人笑容满面："各位，无须我再多言了吧？"言毕，她要离去了。可是，她离去的脚步却被阻止。

女禄还是不动声色："云华夫人，且慢。"

她一扬眉："女禄娘娘还有何指教？"

她笑起来："指教谈不上，我只是有一件东西要让云华夫人过目。"她手一挥，一样东西飞了出去。不是飞向云华夫人，而是飞向禹京。禹京一伸手，下意识地接住了，面色也随即变了。他手里捧着一把白骨。

"我反复三次出入有熊山林寻找证据，最初两次的确一无所获。但是，我不死心，因为我断定初蕾不会撒谎，直到我第三次深入有熊山林时，在当地整整待了半个月。正是这半个月里，我翻遍了每一寸土地，终于找到了被深埋地下的白骨。我找到了整整三万八千九百九十九具尸骸，骨骼检测显示，他们生前全部中过青草蛇病毒！"

普天之下，忽然彻底安静了下来。

"如果他们不是中了青草蛇病毒被人毁尸灭迹，那么，禹京，你告诉我，他们死后的亡灵去了哪里？"

那是近十万年以来，最大的惨案。可是，禹京从未对外界宣布过这件事情，甚至处心积虑隐瞒，这又是为何？

禹京的马脸彻底变成了冰块，他的嘴唇哆嗦，双手也在哆嗦，一伸手，一大包白骨从他手里跌落，悬浮在半空，就像一个个死而不甘的怨灵。他们四面八方缠绕着他，起伏上下，就像他才是真正的罪魁祸首。

整个大联盟都眼睁睁地看着那一堆白骨在跳舞，所有人的震惊都写在脸上。

如果说，他们早前对女禄不以为然，现在，已经是半信半疑了。

四周的气氛非常凝重，直到一个豪迈的笑声打破了死寂。

这一次出场的是莆系星大神。他盯着女禄，客客气气："女禄娘娘，可真是久违了啊……"

女禄看了他一眼，淡淡地说："原来是莆系星家族成员。"

"多谢娘娘还记得莆系星家族。不过，晚辈可要僭越了……"

女禄不置可否。

"你指证青元夫人是毒害有熊氏一族的凶手，证据何在？"

"证据？你不是已经看到了吗？"

"你说那一堆白骨？"莆系星大神不慌不忙道，"没错，我们都看到了。这堆白骨的确是有熊氏家族的，也的确意味着他们遭遇了谋害，可是，你怎么证明这是青元夫人干的？"

女禄盯着禹京："既然莆系星小子说不是青元夫人所为。那么，禹京，你告诉我们，这是谁人所为？"

禹京一言不发，脸上就更是惊惶。

女禄只是平静地看着他："禹京，只要你用你亡母的名义当众发誓，你真的不知道凶手是谁，你就可以走了！"

禹京的马脸上是无法形容的表情。

云华夫人很不安。

禹京，忽然转身就跑。他一言不发，一瞬间就消失了。

莆系星大神忽然道："娘娘自称在黑暗中赎罪七十万年，可事实上却不守清规戒律，连女儿都生下来了。恕我直言，你今天没有资格站在这里啊。"

女禄若无其事道："我就站在这里，你待如何？"

"莫非娘娘今天要仗着武力，在大联盟撒野了？只可惜，现在的大联盟并非当年的京都……"他话音未落，整个人便飞了出去。根本没有人看到女禄是怎么出手的，她站在原地纹丝不动，就像从来就没出过手一般。

诸神心里，都一股寒意。直到这时候，仿佛大家才清清楚楚地意识到：原来这个女人果真是当年京都大屠杀的第一高手，也难怪禹京会慌不迭地逃跑了。

女禄的声音不高不低再次回荡在众人耳边："我在黑暗王国赎罪的七十万年，从未离开过半步！虽然高阳帝没有封印我的力量！"

若是在这之前她说这话,大家可能以为是一个笑话。可现在,每个人忽然都意识到,她说的是真话。

云华夫人再次现身了,说道:"既然你从未离开黑暗王国半步,那凫风初蕾从何而来?娘娘服刑期间又跑去和高阳帝私通,敢问这就是你所谓的认罪?"

"凫风初蕾是不是我的女儿并不重要!重要的是,并非要有了我,她才能出生!"

云华夫人愣了一下。

"别人不知道也就罢了,可你云华夫人身为天穆之野的第二号人物,你怎会不知道一件事情?这世界上,并不是只有女人才能生孩子!"

"哈?"

"初蕾乃颛顼化为凫凫王之后,他自己所生!"

男人生孩子,在诸神看来,真的不足为奇。远的不说,现在的大联盟里,一代天骄帕拉斯也是从西帝的脑袋里生出来的。男人不但能生孩子,且男孩、女孩都能生。

诸神目瞪口呆,但是没有人对此提出疑问。因为凭借高阳帝的神力,要做到这一点,简直易如反掌——更何况,他和女禄原本就是多年夫妻,纵然是采用了基因合成的方法也不足为奇。

早年,高阳帝和女禄生了好几个儿子,全都是白痴,没想到他自己生了一个女儿,居然是个完美无缺的健康人。要说高阳帝没有进行基因筛选,大家都不会相信。

女禄忽然抬起头,诸神将她看得清清楚楚。她的头发,她的脸,她伸出的双手。头发,不是一般的雪白——而是一种很特殊的白,绝对是要七十万年不见光明才能被生生熬成的那种可怕的白。时光流逝,光阴如水,惨烈绝望的那种白——白得让人心惊胆战。还有她的脸、她的手。都是一种被光阴长期阻隔的惨烈之白。

七十万年的黑暗囚禁,绝非虚言。

众人这时候也才明白,为何她刚刚出现时,艳丽无比的脸上全是那种萧瑟、绝望和憔悴了。任何人在七十万年的漫长黑暗生涯里,都会变成这样——可以说,绝大部分人会发疯了。

女禄能活成这样,已经是一个奇迹了。

七十万年的惩罚,不可谓不重。许多半神人的一生都没有如此漫长。

可是,既然高阳帝和女禄当年真的恩断义绝,互成死敌,为何高阳帝在独自用基因制造了一个女儿时,让这女孩和女禄一模一样?这分明是利用了女禄的基因啊。高阳帝与女禄此番恩怨情仇,谁也说不清楚,自然也不是今天的议题。

云华夫人愣了一下,脸上的神情非常奇怪:"好吧,就算凫风初蕾是高阳帝一人所生,就算有熊氏真的中了基因病毒,可是我不知道这和天穆之野有什么关系?"

女禄并不和她斗嘴,只是一挥手,所有飞舞的白骨忽然都消失得无影无踪了。

"你要看证据是吧?"

云华在天穆之野长大,从小随着西王母呼风唤雨,位高权重,无论何时都从不曾有过紧张恐惧的滋味,可现在却非常紧张。真是百密一疏,早知道有女禄这号人物,就该不惜一切代价提前将她灭口。

就在这时候,一个声音打破了僵局,是比鲁星大神A。他死死盯着女禄:"敢问女禄娘娘,你知道白衣天尊此人吗?"

女禄冷冷地看他一眼。

"相信你不可能一无所知。毕竟,前段时间白衣天尊曾嚣张地向整个大联盟投放蓝色焰火令,宣告和你的女儿成亲了。"

女禄徐徐道:"这又如何?"

"白衣天尊成了你的女婿,难道你真的无动于衷吗?"

B大神随即接口:"女禄娘娘,你不赶紧去清理你家的门风,却跑来这里兴风作浪、胡言乱语,难道不觉得是在浪费时间吗?"

二人一唱一和,十分热闹。

可是,下一刻,四周忽然安静了下来,比鲁星兄弟二人一齐飞了出去。他们兄弟和莆系星大神倒下去的姿势一模一样,都是四仰八叉悬浮在半空中,四肢伸展,如三只巨大的螃蟹。这三只大螃蟹组成三角形,遥遥相对,令人哭笑不得。

这是女禄第二次出手,依旧没有人看到她到底是如何出手的。一个人嚣张,总要有嚣张的本钱。

诸神的惊骇,更上一个档次,包括云华夫人。她心底有一个声音在反复念道:这可怎么办啊,这个疯婆子如此厉害!

"初蕾要和谁成亲,这是她的自由!我管不着,任何人也都管不着!"

云华夫人连声冷笑。除了冷笑,她根本无法掩饰心中极大的震惊和愤怒之情。

女禄盯着她,淡淡地说:"你笑什么?"

"哈……哈……"

"白衣天尊再不好,青元这小丫头不也曾经抢着喊着想要嫁给他?莫非以前你们姐妹当他是个宝贝,被他拒绝之后,就当他是个废物了?"

云华夫人气得浑身发抖,厉声道:"娘娘不要胡言乱语了,既然你自称有什么证据,为何不都拿出来?一直装神弄鬼有意思吗?我倒要看看,你到底有什么证据……"

大联盟的上空,忽然暗了一下。

诸神,都紧张地看着天空。

半空中,出现了一副清晰的剪影。

那是一片山林,虽然依山傍水,但谈不上有多好的风景,只因为地势宜人,所以被一支商队选择作为临时夜宿的地方。

商队有足足一千人,携带了大量的货物,无非是一些香料、象牙、丝绸、布帛之类的。长期在外行走,难免寂寞困乏,所以商队人员一般都随身携带了酒水,只见他们一个个端着酒碗大口大口畅饮，吃饱喝足，很快就东倒西歪睡去了。

一切都没有任何异常，只是一支很平凡的商队的日常而已。

诸神不明白女禄到底为何要出示这一段毫无意义的画面，可是云华夫人的手心，居然慢慢渗出汗来，她面色不变，一颗心却忽然突突狂跳。

画风忽然一转。

只见那山林中，忽然下起了一阵毛毛细雨，若是一般的人类，绝对无法用肉眼看到这一幕，可是，诸神却看得清清楚楚：那不是一般的毛毛雨，那是一种极其特殊的药物，无影无形，却无孔不入。

不一会儿，熟睡的商队成员忽然开始号叫、扭曲，他们的声音也完全不是人类所能发出的声音。下一刻，地上已经空无一人。一千多号人竟然凭空消失了，所有的号叫、惨呼，也统统不见了。可是，再看一眼，就一清二楚了——原地多了一簇一簇的青草，它们三三两两会聚在一起，随风摇曳，就好像在风中微微起伏一般。

看仔细了，慢慢就会发现这些青草居然都吐出了红色信子，有嘶嘶的声音，有清晰的蛇足……居然全部都是青草蛇！

诸神骇然。

可紧接着，更骇人的事情发生了。半空中，有一个清晰的笑声传来，似有人在拍手欢呼："成功了！我们终于成功了！"

声音清脆、娇嫩，充满了高贵的素养——纵然再是白痴之人也泛起一股奇异的恐惧之感：这声音分明是天穆之野的玉女啊！唯有玉女们才能发出这样动人又高雅的声音。

云华夫人只觉脑子里嗡嗡作响，好几次想要开口，可口干舌燥、瞠目结舌。她做梦也没想到，就因为那些该死的小玉女一点小小的失误便出现了这么巨大的漏洞。

没错，从声音来判断，顶多只能证明是天穆之野的玉女所为，而不是青元夫人本人！可是身为天穆之野的掌门人，难道说，手下的玉女做出了这样的事情，自己却一无所知吗？即便如此，掌教不严的罪名，先已经坐实了。

云华夫人勉强道："天穆之野十万玉女，偶尔有不肖之徒也不足为奇……而且，还不能断定是否真的是玉女所为，毕竟外界偶尔也有人打着玉女的旗号为非作歹……"云华夫人提高了声音，"各位请放心！无论如何，天穆之野会马上就此事展开调查，一旦查明此事和玉女有关，我们一定从重处罚！"

女禄道："既然如此，你们姐妹还要继续争夺中央天帝的宝座吗？"

"既然女禄娘娘质疑此事，那天穆之野就按照大联盟的法则，先对此展开调查！至于中央天帝之职，阿环原本就无心此事。可天穆之野要是被人陷害栽赃，那么，就算我天穆之野武力值很一般，也一定要让造谣者血溅当场！"

女禄淡淡道："我随时恭候你来将我血溅当场！"女禄转向众人，"其实，我今天还有一个疑问，西帝居然无缘无故失踪了，各位不觉得奇怪吗？"

诸神当然奇怪，不奇怪也不至于急匆匆地推举新的中央天帝了。

"要是西帝一个人失踪了也就罢了，可是，据我所知，白衣天尊也忽然消失了……"

有人笑嘻嘻地接口："女禄娘娘的意思是，白衣天尊和西帝一起消失了？"

女禄看了那人一眼："维维奇？"

"荣幸啊！娘娘居然还知道小神的名字。"

"你具有维维奇家族的所有特征，一眼便能看出来。"

"多谢娘娘。可是，娘娘怎么会知道白衣天尊和西帝一起消失了？"

"我不知道他们是不是一起消失，可白衣天尊的确消失了。而且，白衣天尊消失的方向我也略知一二……"

维维奇好奇道："白衣天尊去哪里了？"

"我虽然不知道白衣天尊究竟为何消失，可是，我发现他已经被一股极大的力量席卷，很可能已经跌出了现在的这个宇宙……"

维维奇一声惊呼，一直沉默的诸神也发出惊呼声。好一会儿维维奇才定定神："莫非白衣天尊又重返弱水了？"

女禄摇摇头。

维维奇不再嬉皮笑脸，他看了看西边，沉声道："如果西帝和白衣天尊同时消失，这可不是什么好事啊……"

这当然不是好事，因为这意味着一桩极大的阴谋，以及背后一只巨大的黑手。这只深不见底的黑手，如果对付白衣天尊和西帝都如此轻而易举，那么诸神还有谁能是对手？

一直旁观的帕拉斯忽然现身了："我父王肯定还活着。"

女禄心里一动，道："为什么？"

帕拉斯稍一犹豫，还是指了指自己的脑袋，大声道："我的智慧和我父王的智慧是相通的！如果我父王真的死了，我会感受到，至少我会感知道一部分脑细胞的死亡，可现在为止，我没接到任何讯号……"

女禄看着诸神："帕拉斯的话，你们也都听到了吧？西帝还活着，你等何必匆匆另立新君？"

一位年迈的白金神回答："西帝死没死帕拉斯说了不算，得问天后！"

躲在暗处的天后终于忍不住嘶声道："我绝对没有毒死陛下，绝对没有……"

女禄淡淡地说："天后，你不妨说说当时的情形。"

天后嘶声道："我当时的确鬼迷心窍，犯下大错，可是，我真的只是迷晕了陛下，和海神等人一起给他施加了朱庇特家族的元气封印，以确保他无法逃走……可是，就在我要宣布登基的前夕，他却无故失踪了……我发誓，他是失踪了，但他一定还活着……"

帕拉斯厉声道："既然你知道父王还活着，为何不早说？"

天后见事已至此，已经无可回头，干脆现身："我以朱庇特家族、以我母族的名义发誓，陛下一定还活着！"
　　女禄一挥手："既然西帝还活着，另立新帝的事宜是不是先缓一缓？"
　　诸神沉默，沉默便是默认。
　　"女禄，你这个疯婆子，你终于露面了……"
　　三四条人影从西边蹿出，紧接着，东边也窜出三四条身影。
　　清一色的女半神人，她们中的绝大多数已经老态龙钟，虽然不似女禄那般满头白发，可是一眼看去，就知道她们都早就老了。
　　她们全是当年京都的旧人。当年惨案发生之时，她们有的出门在外，有的远离京都……也因此没有加入那个疯狂的娘子军团队。这丧心病狂的女人杀了她们的丈夫、儿子甚至父亲……这仇恨不共戴天。
　　"你这个疯婆子，你杀了我儿子，又杀了我的孙子，现在你居然还有脸跑到大联盟来横行霸道？"
　　"我的丈夫和父亲都死在你的手下，今天，到了让你血债血偿的时候了……"
　　"我的两名兄弟也都死在你的手上，当年我们寻你不着，现在你终于自己露面了，也罢，我们总算可以找你报仇雪恨了……"
　　一群疯狂的女人扑向了女禄。这群疯狂的妇人，绝非泛泛之辈，其中竟然有好几名绝世高手。
　　女禄内心明镜似的，这一定是天穆之野私下安插的杀手，伪装在里面，为的便是杀人灭口。
　　诸神见这群杀手窜出，情知事情绝非表面上那么简单，可是，谁愿意在这时候强行出头呢？诸神都悄然退去了。大联盟的天空，暗黑下来。诸神，再也无法看到大联盟发生的事情。
　　这也是规矩，公示期一结束，大联盟的保密措施启动，任何人都无法再偷窥。
　　一群搏命的女人也被彻底屏蔽，喊杀声完全被局限在了一个很小的范围之内。
　　女禄长叹一声，出手了。一群女人就像被定住一般，可也绝不像早前的莆系星大神等人那么狼狈，相反，她们稳稳地站着，只是一动不能动了。
　　女禄随手一指，高声道："你们只是天穆之野借刀杀人的棋子，我也不和你们计较！"
　　天空就像张开了一道口子，那几名老妇人，竟然顷刻之间统统都消失了。
　　她们消失的地方，正是天穆之野。很显然，是女禄运用了极其强大的空间转移法将她们送去了天穆之野。她哈哈大笑："青元小丫头，你既然处心积虑把这些人找来，那我也不客气，又给你原样送回去，你好好收着。你可要看清楚了，我送去的时候全是完好无损的，如果忽然死了，那就是天穆之野杀人灭口了……"
　　女禄就要离开大联盟的范围了。
　　前方，一道银色光芒遮天蔽日，就像是一堵冉冉升起的墙。女禄一看这阵势，面容终于变了。

一队旗帜鲜明的战将已经摆开了阵势，为首的正是法律司张灏。张灏背后，是清一色的手持大联盟最尖端武器的追捕司成员。

张灏一挥手："杀！将这潜逃了七十万年的凶手就地正法！"

是"杀"，而不是抓捕。一干神将，一拥而上，所有大联盟最尖端的武器都对准了女禄。

天穆之野上空，青元夫人满脸铁青。一阵风来，她身上的金红色纱衣就像一朵云彩一般高高飘扬。可是，她忽然觉得这一身金色的纱衣很碍眼、很讽刺。她一抬手，纱衣碎裂成片，像蝴蝶一般在半空中纷纷扬扬。

云华夫人远远地看着这一幕，并未立即走过来。

她的脸上有淡淡的悲哀，眼神里也充满了失望、愤怒以及懊悔。

百密一疏，真的是百密一疏。

千算万算，就是没想到女禄会找到那支商队的踪迹，还还原了玉女出现时候的声音。在女禄面前，暴露这小小的缺陷，便是致命的失误。

到手的中央天帝宝座，虽不算是就这么生生地飞走了，可是，也差不多了。

青元夫人忽然恨恨道："我要杀了女禄！一定要杀了这个疯婆子！不但她得死，凫风初蕾也必须死！但凡和她有关系的人都得死！"

青元夫人咬牙切齿道："既然你们敢坏我好事，那我就让你们没命再享受任何好事。"

云华夫人叹道："阿环，你现在切勿冲动，诸神可都盯着我们，稍有差池，所有质疑的声音就会被放大十倍、百倍。再说，现在我们所有的漏洞，就一个玉女而已，待这阵风头过去，一切总有转机……"

"哈哈，姐姐，你错了，我们根本没有必要忍耐，也无须忍耐了……"

云华夫人尚未回答，就见两名侍女押着一个人匆匆而来。此人，正是惹事的玉女。

她见了青元夫人，扑通一声就跪了下去："夫人……夫人……"

云华夫人一听这声音，就暗叹一声。和女禄出示的证据完全一模一样，没有任何差异。

青元夫人死死盯着那玉女，一言不发。

"夫人饶命……夫人饶命……"

青元夫人忽然笑起来。

玉女见她微笑，松了一口气，可下一刻，她整个人就呆住了——准确地说，是整个人彻底萎缩了，慢慢地，她竟然无影无踪了。

两名侍女的脸色也变了，她们呆在原地瑟瑟发抖，可是，下一刻，她们也消失得无影无踪。

青元夫人竟然对她们使用了化骨水。这化骨水下去，别说一个活人了，她们在世界上存留过的一切证据都将不复存在，就算魂魄也永远烟消云散了。

云华夫人缓缓道："这几个小丫头办事不牢，受到惩罚也是应该的。可是，阿环，你也别太着急，事情总会有转机，凭借天穆之野的声望，一切都还有可能……"

"不，我一天也不想等了！"

云华夫人小心翼翼地说："现在诸神都盯着我们，他们表面上不吭声，可是也不排除一些别有用心之人……"

"诸神！诸神算什么东西？谁还看他们的脸色？姐姐，实话告诉你吧，我已经忍够了，再也不想装模作样了。这么多年了，我们一直把自己伪装起来，无论何时无论何地，都必须是一副圣母的样子，笑都不敢大声笑，更不要说快意恩仇了。可是，结果如何呢？你今天不是已经看到了吗？当女禄这疯婆子出来指证我们的时候，有几个人替我们说话？有几个人公开站在我们这一边？"青元夫人一掌下去，她旁边的蟠桃树忽然树枝断裂，枝叶漫天飞舞如遭遇了五马分尸。"那些该死的半神人！也不想想这些年来到底得过我们多少好处！光是这蟠桃，各种仙丹妙药，各种桃花佳酿，他们都不知道享受了多少！俗话说得好，吃人嘴软，可是，他们呢？他们有一个人站出来维护我们吗？没有！根本没有！"

云华夫人叹道："人情冷暖，自古都是锦上添花易、雪中送炭难。诸神这个态度也并不稀奇，毕竟，谁甘愿站出来为别人的事情冒风险承担指责呢？"

"哈，他们不敢冒风险？可他们也不想想，他们享受了我们多少好处？桃子随便吃，酒酿随便喝，难道就不该付出一些代价吗？"青元夫人又是一掌，漫天的桃叶彻底碎成了粉末，在地上铺了厚厚一层，就像是一棵桃树的骨灰铺就而成的。

她接连冷笑道："前些年我们是怎么熬过来的，姐姐你该很清楚！无论多大的事情，无论多感兴趣，可你表面上得端着、忍着，要温柔大度，要宽容善良，要有风度有气质，什么好处你都不能主动去争取，什么场合你都要淡定从容、不争不抢！可是，就算我们这样一直忍着、端着换来了什么？中央天帝的宝座不照样不翼而飞了？难道我们一直忍着、让着，就得到中央天帝的宝座了吗？哈哈，姐姐，我实话告诉你吧，我再也不装了！我决定随心所欲了！"

云华夫人面色发白，叹道："阿环……"

青元夫人的脸上忽然变了，她的满头青丝成了蓬乱坚硬的钢丝，根根竖立。她的身后出现了一条长长的豹尾幻影。她低低咆哮一声，满嘴尖锐的牙齿就像一把把锋利无比的钢刀。

豹尾、虎齿、善啸、蓬发戴胜——这原是天穆之野掌门人的真实形象。历代具有这种形象的掌门人，无不战斗力爆棚。

她哈哈大笑："姐姐，这才是我的原形，不是吗？可是，你不知道我伪装得多么辛苦！以至于当时在桃花星的时候，那小贱人打我三拳我都不敢露出原形！三拳啊！"

我被那小贱人白白打了三拳，颜面尽失……我真是后悔死了，当时就该显出原形咬死她……"

如果自己当时显出原形，凫风初蕾非死不可。可是，因为常年的习惯，因为保持美貌和风度的天性，无论何时都必须维持那该死的形象——以至于她在最危急的关头，竟然忘记了自己最大的武器！

"想我天穆之野，自古以来便是病毒学的顶级大行家，曾经掌握了全宇宙最尖端的病毒和瘟疫！纵然现在，我们的研究也是最顶尖的！病毒在许多时候往往胜过一支强大的军队……此外，我们还拥有最先进的武器库！我们还有最庞大的作战队伍！哈哈哈，单单凭借实力，我们就算硬拼也早拿下中央天帝宝座了，何必还要委曲求全忍耐呢？谁要质疑就质疑好了！谁敢出头，就杀掉谁……"

云华夫人自从她看到妹妹幻化成"豹尾虎齿"，就知道自己什么都不用说了。她并没有这样幻变的本领，因为她没这个资格。

青元夫人死死盯着云华夫人："姐姐，你要是不同意我的做法，你可以选择离开！我也不怪你！"

云华夫人死死盯着她，半响，一字一句道："阿环，无论你做什么，我都全力以赴支持你！"

第二十四章 母女并肩

金沙王城，已经连续多日风平浪静。

可是，凫风初蕾很清楚，这平静的外表之下，一场更大的风暴正在酝酿。

她当然不知道大联盟发生的事情，也不知道女禄娘娘已经被彻底包围，但是她很清楚一件事情：白衣天尊的讯息是真的彻底中断了。

而更大的麻烦还在于百里行暮，百里行暮媚毒爆发之后，全凭她用了最后一粒灵药才将他克住。可是，他清醒之后，便跟变了个人似的，整天呆坐在地上，一言不发。

有时候，凫风初蕾走到他面前，他偶尔抬头看她一眼，可眼神分明是散乱的，没有任何焦点，就像那些脑部受损的白痴。

散逸的脑电波让他本质上就和躺在天穆之野实验室里其他大量的复制人一样——只是一个备用体，而没有实际的意义。

因为，除了周山之巅的最后一夜，他不再有其他的记忆，甚至就连这最后一夜的记忆也在他心底慢慢模糊。随着病毒的爆发，他几乎已经什么都想不起来了。渐渐地，他好像连凫风初蕾也想不起来了。

明明知道这是个复制人，初蕾却没法直接放弃他，因为他的眼神那么熟悉、那么纯粹，就像他的无名指上那一枚须臾不离的蓝色丝草戒指。

自从醒来，他就一直盯着这戒指发呆，反复把玩，此外，再也没有任何别的举动。他很少吃东西，连喝水都很少，只是静静坐在那里，就像是一截木桩。

委蛇给他送了几次食物之后，悄声道："少主，百里大人的情形真的很不对啊……这样下去，可能他会死在金沙王城……"

初蕾心如刀割，却无言可对。她甚至不知道，这时候起，复制人百里行暮的最后一点脑电波也在慢慢散逸——青元夫人逆天而行，利用极其高明的医学手段强行为他恢复了周山之巅最后一夜的记忆，以便让他能以百里行暮的身份混到凫风初蕾身边。这强行安插的脑电波是根本无法长久维持的，它只能短暂维持，很快便会烟消云散。

毕竟，白衣天尊自行封锁了自己的脑电波，青元夫人根本无法盗取。这一点强行复制来的脑电波，只能如幻象一般保持极其短暂的时间。

就在这时候，初蕾忽然听得一阵奇怪的声音，她本能地跳起来，冲了出去。

广场上空，一片五彩祥云。祥云深处，有一队旗帜鲜明的玉女战队。一面红色的旗帜在空中自动闪烁，旗帜上巨大的标志，让整个金沙王城都看得清清楚楚，上面写着"天穆之野"。

追出来的委蛇惊呼:"天啦,天穆之野公然出动了?"

初蕾死死盯着那团五彩祥云。

祥云里的玉女全副武装,她们手里拿的很可能是当今天下最尖端的超级杀伤性武器。天穆之野终于公然出手了,没有藏头露尾,没有任何掩饰,而是旗帜鲜明、锣鼓喧天,好像生怕别人不知道似的。

初蕾脑子里嗡嗡作响,并非是怕了这群玉女,而是意识到一个可怕的事实:白衣天尊一定是凶多吉少了!青元夫人绝非蠢货,如果她不是笃定白衣天尊再也不会出现了,她岂敢如此招摇?

一名玉女飘然下来,初蕾当然认识这个人——青瑶。

青瑶盯着她,脸上的笑容又是得意又是嚣张:"凫风初蕾跪下听令……"

初蕾稳稳地站着,淡淡地说:"你有什么资格向本王下令?"

"我当然没有资格向你下令,但是,当今的中央天帝呢?"

"中央天帝?"

青瑶笑了:"好叫你知道,我家夫人已经被诸神推举成了新一代的中央天帝,即将正式登基了。"

"即将登基?这不还没有登基吗?一天不登基,就一天作不得数。"

青瑶面色大变:"死丫头,你少逞口舌之利了!快快听令……"她不等凫风初蕾回答,便高声宣读,"凫风初蕾听令,你罪行有二。第一罪,私自屠杀半神人陆西星,按照大联盟的法律,杀人偿命;第二罪,私自囚禁我天穆之野弟子如启,现在,令你先将如启交出来!然后,赶紧俯首认罪,随我们回大联盟接受惩罚……"

初蕾看了看天空,又低下头看了看金沙王城。

"凫风初蕾,我劝你不要再抱有任何幻想,也不要再企图用什么缓兵之计了,没用的。白衣天尊已经彻底跌出了宇宙边缘,再也无法回到这个宇宙了;再者,你的母亲女禄,因为强行替你出头,已经被追捕司大卸八块……"

初蕾死死盯着她,忽然笑起来:"就凭你等小人,也能杀了女禄娘娘?"

"我等也许不能,可是,追捕司能!"

委蛇破口大骂:"好一群装模作样的贱人。你们天穆之野从青元夫人开始,全是一群两面三刀、表里不一、虚伪到了极点的毒妇。我就不信,漫天诸神都看不透青元夫人那虚伪的面孔,她还想做什么中央天帝?我看是在做梦吧?"

青瑶大怒:"你这该死的老毒蛇……"她举起武器,向委蛇扫射。

金杖,横扫王殿上空。神鸟金箔,当空罩下。

初蕾没有留任何余地,第一招就是绝杀,八名玉女的扫射全部落在了金箔的光圈之上。

八个人,无一例外飞了出去。

青瑶怒吼:"凫风初蕾,你居然敢杀我天穆之野的玉女?"

委蛇哈哈大笑："你们都敢在金沙王城杀人，我们为何不敢杀你们？"

青瑶一转身，又有几十名玉女蹿出来迎战委蛇，她则从容不迫地退到旁边，哈哈大笑："但凡敢得罪我家夫人者，没有一个有好下场……"

青瑶的笑声忽然停止，下一刻，她便听得一个冷厉到了极点的声音："若不想死，你就乖乖住手……"

青瑶立即住手了，她就像一只倒地的妖孽被扫入了金杖的光圈之中。

"青瑶，你要是想活命，就马上带我去大联盟！"金杖一指满地死伤的惨况，冷然道，"你该知道，这世界上并非你天穆之野才能杀人如麻！你要是不带我去大联盟，我会让你死得比你想象的更惨！"

青瑶嘴唇发抖，哪里能发出声音来？

"走！"

青瑶不敢抗命，她在光圈里，就像是一条极度萎缩的鱼。

忽然，一声长啸。王殿不远处，一人快步而来。他白衣如雪，红色马尾，动作迅疾得就像是一阵暴风骤雨。

初蕾，面色剧变。

青瑶却面色一喜，她企图发出指挥复制人百里行暮的命令。可是，她立即感觉到一股强大的压力，只一瞬间，她便从光圈中重重地摔落地上，再也无法翻身起来了。

初蕾看也不看她一眼，径直往天府广场方向跑去。

百里行暮也不看他人，只追逐那熟悉的声音，他也转身，疯狂地追向天府广场。他的脑电波虽然已经彻底散逸了，可是满脑子只有那个熟悉的背影、熟悉的念头。指挥他整个身心的，只剩下那一份疯狂的媚毒。

天府广场空荡荡的，只有那棵守护杜宇等人的青铜树孤零零地待在原地，就像是生根了一般。

百里行暮已经追到初蕾身后，连续几拳落空，百里行暮更加暴怒。初蕾只觉自己陷入了一股强大的气流圈里，无论如何腾挪躲闪，总是冲不出去。

委蛇也出手了，可是，它的蛇尾尚未靠近，便被一股巨大的元气反弹，重重地摔倒在远处。

但也正因这个间隙，初蕾立即跳出了包围圈，转身就跑。

小山似的百里行暮忽然变得很灵活，他迅速幻变，眨眼之间，已经拦在了凫风初蕾面前。

初蕾已经退无可退，因为她的背后便是那棵两米多高的通天神树。她靠在神树上，紧紧握着金杖，眼睁睁地看着他走过来。

他每一步，都如泰山压顶。

金杖已经贴在他的心口，初蕾很清楚，自己除了杀他，已经别无选择。

百里行暮却不知道死亡的到来，他继续往前。

初蕾惨然，却无能为力，只能死死捏着金杖——明明他也是受害者，可是却要将他残酷绝杀。

此时，正午的阳光刚好照射在青铜树上，也正好照射在百里行暮的身上。他的头脸、手臂……但凡裸在外面的肌肤，已经血红一片，仿佛他浑身上下的血管已经彻底爆裂了。

初蕾下意识地背靠着通天神树，仿佛那是自己最后的屏障。

他距离她，已经只有几步之遥。他伸出的手，已经如猛兽一般抓向她的面门。

青铜的枝丫，划破了她冰冷的肌肤。她能清晰地感觉到身上的血液迅速流逝的痛苦，但是这痛苦也比不上那麻木到了极点的恐惧。

因为他的拳头已经到了她的面前，她头一歪，他的这一拳便重重地落在了她背后的青铜神树上面。

血滴，雨点一般纷纷洒落。

初蕾满头满脸都是鲜血。

他的，她的。这股血泉，就像一阵大雨，彻底浇在了青铜神树上面。

初蕾，死死闭着眼睛。理智提醒自己快跑，可双腿已经无能为力。

忽然，她眼前的压力消失了。她本能地感觉到百里行暮后退了。她立即睁开眼睛，顿时惊呆了。

阳光下的青铜树，忽然变了样子。

那些古老的青绿色，忽然变成了红色——血一般的枝干、血一般的果子。而背负青铜神树的巨龙，瞬间膨胀。于是，整棵树砰砰砰地一下就无边无际伸展开去。

不是褒斜道边境封印的那样向四面八方伸展，而是直冲天空，竟然高得无边无际。

"天啦……通天神树复活了……通天神树复活了……"是百里行暮的声音，居然清晰、理智，宛如常人。

初蕾脑子里迅速浮现一个传说：在颛顼大帝的时代，有一条直通天庭的道路，凡人可以从这里直达天庭，四处游玩。只不过，后来大神们觉得凡人这样走来走去，令他们失去了威严和隐私，所以联合起来让颛顼大帝取消了这条通道。

天路，登天之路。

就如此时笔直通天的神树，每层树枝便是攀爬的阶梯，层层分明，不正是通天之路？通天神树，本质上是通向天庭的一条秘径，初蕾不知是喜是悲。

就在这时，百里行暮忽然冲了过来。

走投无路的初蕾本能地跳上神树。她本意是跳上去躲避一下，可是，当她正要设法跳下去的时候，整个人忽然飞了起来，她大骇，本能地伸出手："百里大人……百里大人……"

"初蕾……凫风初蕾……"

风呼呼的，就连百里行暮的惨呼也彻底消失。

她伸出的手，已经彻底失去了反抗的力道。整个人就像被卷入了一个巨大的旋涡，顷刻之间就失去了意识……

当双足终于踏在细软的土地上时，凫风初蕾终于睁开了眼睛。目光所及处，是鳞次栉比的高楼大厦、王殿园林，金碧辉煌，美轮美奂。

大联盟！通天神树竟然将自己径直带到了这里。

也许是通天神树传送时产生的眩晕感，令她现在还有些头晕眼花，可是，当她环顾四周，却看不到丝毫通天神树的影子，也看不到百里行暮的影子。他没有追上来！这总算是不幸之中的大幸。

可是，大联盟空空如也，触目所及，没有任何人影。

初蕾并非第一次到大联盟，她记得很清楚，上一次来时，这里熙熙攘攘，热闹非凡，当然还有威严无比的西帝。彼时，必须要出动西帝亲自降下遮天的帘幕，她才敢在里面自由行走。

可现在，她看不到任何人。

置身在这茫茫的异地他乡，心情未免很紧张，于是，她便加快了速度。

只一会儿，她便停下了脚步，听到西北方向震天动地的厮杀声。

她奔过去，很远便看到一个熟悉到了极点的身影——她满头银丝般的白发，在天空中飞舞得就像是一道铜墙铁壁，而外围，追捕司的一大群人，团团将她包围。

初蕾并不知道，这已经是追捕司派出的第五支人马了。车轮战中，女禄纵是武力超群，也已经左支右绌，败象横生。

初蕾大叫一声："娘娘，我来了……"

人，已经飞了过去。迎着她的，是张灏。

张灏一直躲在一边指挥，不动手。他自从上次在T54边境吃了白衣天尊的大亏之后，便学精了。女禄神力非凡，他也不亲自动手，反正追捕司有的是人手，他打算以逸待劳。他甚至满是憧憬：只要杀了女禄，自己便是大联盟有史以来最伟大的追捕司司长了。

女禄已经伤痕累累，好几次，她差点倒下去，却还在苦苦支撑。因为，她很清楚：张灏只是一只走狗，是青元夫人非要自己的命不可。

在白衣天尊已经失踪的情况下，自己一死，青元夫人就彻底失去制衡了。可以想象，她登上中央天帝宝座之后，第一件事情便是对初蕾下手。

女禄在黑暗王国邂逅初蕾，得知她的身份的那一刻起，就知道她和自己的关系了。所以，当她得知她曾经的悲惨遭遇之后，立即意识到，这不是初蕾一个人能对付的局面。为此，她仔细思虑，仔细调查，无论是有熊山林还是大联盟，她不动声色，苦苦寻找证据，目的便是在紧要关头出其不意，彻底扳倒青元夫人。为了不打草惊蛇，她一直不敢现身，哪怕是初蕾的登基典礼和婚礼。

白衣天尊发出的蓝色焰火令，她当然也看到了，她其实并不喜欢白衣天尊，也对二人成婚这件事感到些许尴尬。可是，她却并不怎么在乎：毕竟，这是初蕾自己的选择。只要初蕾自己觉得可以，那就这么做好了。

女禄从未想过要去干涉她，甚至因此放心地远远离开了九黎。因为她很清楚，只要白衣天尊在，再坏的结果都能控制。可现在，白衣天尊已经消失了，只剩下自己一个人。自己一死，初蕾真的一点依靠都没有了，女禄不敢死。

可是，当第五支小分队奔出来时，她已经彻底衰竭了。就在这时候，她居然听得一个熟悉到了极点的声音传来："娘娘……我来了……"

这是何等的欣喜啊，简直就像是出现幻觉一般。

她却根本无法开口，也无法回答，因为张灏见来了援手，生怕到手的鸭子飞了，于是亲自出手了。

这无声无息地偷袭，就像是一把暗器，直刺女禄喉头。女禄眼前一黑，本以为必死无疑，可下一刻，她忽然睁开眼睛，看到那把利刃像长了眼睛一般后退，死死地定在了张灏的喉头。

张灏瞪大眼睛，不敢相信。他做梦也想不到，自己竟然会有这么一天。身为堂堂追捕司的司长，竟然被自己的暗器一剑封喉。

"凫风初蕾……"这话在喉头，再也没有机会说完。

初蕾点点头："没错，是我！凫风初蕾！"

张灏的身子定在原地，睁着眼睛，气绝身亡。

众人惊呆了，纷纷停了手，久战女禄不下，已经焦头烂额，现在又亲眼看见张灏暴毙，哪里还敢作声？只纷纷后退。

"滚！"

众人转身就跑。很快，四周便安静下来。

初蕾转头，看着女禄，刚叫一声"娘娘"，女禄已经一把抱住了她，泣不成声："孩子……孩子……我真怕自己连你最后一面也见不到了……"

初蕾也泪如雨下。不知怎的，这一刻，忽然觉得很安全、很踏实，仿佛天塌下来都不无所谓了。

"呵，真是好一幅母女情深的感人画面啊……"笑声很轻很柔、很高雅很大方，彻彻底底一派母仪天下的架势。

女禄立即放开了初蕾。

四面八方全是玉女，再也不是五彩祥云、流云水袖这种花拳绣腿——所有玉女都一身劲装，她们手里并不是大联盟的尖端武器，而是天穆之野的顶尖级武器。

青元夫人也一改昔日奢靡高雅的金丝银袍，她一身金色虎皮劲装，看起来就像是一只精悍无比的猛虎。她遥遥地看着二人，嫣然一笑道："好一个母女情深，就连我都被感动了。唉，只可惜，我一直都没有母亲。"她指了指自己的心口，"我是被王母复制出来的，因为是她亲手复制的第一个人，所以她对我特别偏爱，并将我选定为继承人。"

天穆之野的所有玉女，全部都是复制人。初蕾第一次得知这个秘密，很是愕然。可是女禄一脸平静，分明对此事毫不诧异。

女禄只是淡淡地说："青元，你终于还是忍不住亲自出手了！我还以为，在登上中央天帝宝座之前，你怎么都要再装一下……"

"你们母女苦苦相逼，我这不是没有办法了吗？迫不得已，只能亲自出手替大联盟除掉两个祸害了。"

"我看你分明是要杀人灭口啊。"

青元夫人一本正经道："女禄，你乃京都大屠杀的通缉犯；鬼风初蕾，你乃屠杀陆西星和姒启的杀人犯。你们母女的双手都沾满了半神人的鲜血，身为天穆之野的掌门人，我必须维护天下苍生，纵然会为此付出巨大代价，也在所不辞。"

青元夫人忽然住口，看着前方。只见大联盟的正中，一棵红色的神树冲天而起，因沐浴在阳光下，更是金光灿烂。神树上面，火红的飞鸟展翅飞翔，一颗颗红色的果子璀璨夺目。

有人惊呼："天啦，谁把通天神树给复活了？"

初蕾在天府广场和百里行暮厮杀，绝境之中启动了通天神树，可究竟是怎么启动的，她也是一知半解，待醒来也无暇细看，现在才清楚看到，这神树居然是活的。树干、树枝以及树上的飞鸟、果实，竟然都是活的。树上红灿灿的果实，一眼望去，简直就像是晶莹夺目的宝石。

青元夫人回头，死死盯着鬼风初蕾："我就在奇怪，凭借你的修为，根本无法单独来大联盟！原来，你竟然复活了青铜神树！"

女禄却欣喜若狂："孩子，你居然启动了青铜神树！纵然你父王在九泉之下，也会为你感到骄傲……"

初蕾不知道女禄娘娘为何对通天神树的复活如此激动，但是，她想，这神树既然能带自己到大联盟，也真算是太神奇了。

女禄喜不自胜道："初蕾，你可知道？四面神一族挑选继承人的时候，有一个不成文的规矩？"

"什么规矩？"

"就是谁能启动通天神树，谁就是理所当然的继承人。"

初蕾很意外："传说难道不是天帝携带了他最信任、最喜欢的家眷回到了太阳星，只有我父王没走成，所以才勉强继承了王位吗？"

"哈哈，勉强继承了王位？这可是中央天帝的宝座！当时，不知多少人明里暗里竞争，只有你父王启动了神树，力挫群雄，这才顺理成章继承王位。"

一旁的青元夫人冷冷地说："女禄娘娘该不会认为你的女儿才是中央天帝的最合适人选吧？"

女禄冷然道："我只说我族规矩！跟你无关！"

"我就奇怪，你们母女为何这么急不可耐地跳出来生事，又是杀陆西星，又是杀张灏，原来是冲着中央天帝的宝座来的啊……"

"于才于德，你根本不配担任中央天帝，所以，我无论如何都会阻止你！"

"大联盟曾几何时轮到你这小丫头发言了？你这卑贱的地球人也不看看自己的身份……"

"哈哈，我乃高阳帝之女，我身份再卑贱总高过你这区区复制人……"

青元夫人出手了，玉女们也都出手了，青元夫人的目标是凫风初蕾，玉女们则团团围住了女禄。

这一批玉女，不再是到金沙王城捣乱的那种普通神将了，全是中年人模样。

经过几次交手，初蕾已经对天穆之野的底细略知一二，也就是说，玉女们的战斗力是按照相貌的级别来划分的，越是外表年轻娇艳的，战斗力就越差；反之，那些面目模糊的中年人或者看起来像老妪的，战斗力就越强。天穆之野虽然长年无战事，却保持了固有的战队。这批中老年女神，便享有战队中的特殊编制。

青元夫人虚晃一招，退在了一边。她好整以暇，笑声温柔："你们这对罪孽滔天的母女，今天，我天穆之野必须替天行道了……"

初蕾顾不得跟她斗嘴，因为她已经被一股巨大的力道所裹挟，两名玉女竟然比生平所见的对手更加强大。

女禄的情况，也差不了太多。在这之前，她已经和整个追捕司苦苦争战，几乎筋疲力尽，完全是因为看到初蕾现身，才精气神一震。如今，又来了三名比追捕司的小分队更加厉害的高手，很快就有些力不从心了。

女禄不再和她们硬拼，只是一再闪避，凫风初蕾也差不多。母女二人心意相通，只想寻找机会离开这里。

忽然，女禄虚晃一招，凌空飞起，初蕾也虚晃一招，母女已经背靠背一起了。

"哈哈，想逃？没那么容易……"

女禄低声道："初蕾……"她的本意是掩护初蕾逃走，自己力战到底，可初蕾一听这话就笑起来，高声道："娘娘，你不用担心，我倒要看看这群天穆之野的玉女究竟有多厉害……"

女禄听得这话，胆气一豪，也高声道："想我女禄身经百战，从来没有失败的经历，这一次，当然也不会例外！"

话音刚落，母女二人同时出手了。这一次，凫风初蕾力挫三玉女，女禄的压力就大大减轻了。

青元夫人忽然发出一声哨音，又从天而降两名老玉女，女禄骤感压力倍增。

初蕾见母亲左支右绌，也暗暗焦虑，忽然道："娘娘，让我来……"

女禄哈哈大笑："好孩子，真没想到你青出于蓝而胜于蓝，完全超过我了……"

"我呸！什么青出于蓝？是一个女屠夫又生了一个女屠夫。"

女禄哈哈大笑："论到信口雌黄，你青元称第二，真的没有任何人敢称第一啊……"下一刻，她忽然低声道，"走……"初蕾早已明白她的用意，母女二人窥准机会，虚晃一招，转身就跑，玉女们竟然追之不及。

眼看母女二人就要冲出包围圈，一道金光扑面而来。母女知道厉害，仓促后退。

云华夫人现身了，云华夫人站在通天神树旁边，一挥手，一众神将便团团围住了神树。

女禄脸色大变："你敢毁掉通天神树？青元丫头，你疯了……"

"哈哈，我连你都敢杀，何况是神树？"

云华夫人厉声道："彻底销毁这棵妖树。"

为首的神将猛地冲了过去，他的斧头砍在了金色光圈里。他的身子，同时被远远弹了出去。

几个神将跟着冲上去，但是他们砍伐的力道有多大，被弹出去的力道就有多大。

地上全是哀号惨叫的神将，他们全都伤在自己的手下。

云华夫人看看满地哀号的神将，再看看神树顶端一圈飞翔的金鸟，很快就明白了：这些神鸟组成了一道强大的封印，外界攻击的力道有多么凶猛，反弹回攻击者身上的力道就有多么凶猛，甚至会翻倍。

云华夫人亲自下手了。她窥准机会，抓向一颗果子。可是，她的手尚未碰触到果子，金色的爪子已经按在她的手上。饶是云华夫人退得极快，浑身也被雷霆击中一般，纵是面不改色，内心实在是震撼不已。

青元夫人厉声道："直接烧了它……"一声令下，神将们便投放了焚烧弹。

随即便是震耳欲聋的哀号。众人根本没看到焚烧弹是如何反弹回来的，只见那火焰就像长了眼睛一般迅速将投放者彻底包围。

青元夫人大怒："这棵树真是邪门了，我还就不信真的拿它没办法了……"

云华夫人却大叫："快抓住那两个叛贼……"

原来，趁着这间隙，女禄拉着初蕾就跑。

"哈哈，没想到你女禄娘娘，居然也有不战而逃的一天，说起来，会不会让天下人耻笑呢……"云华夫人彻底阻止了女禄的去路。

初蕾回头看到了青元夫人，可是她已经顾不得多想，因为她很快发现自己的身边忽然多了一堵无影无形的墙壁——那是青元夫人散发出来的巨大元气。

她更感到意外了，桃花星上交手是前不久的事情，彼时，青元夫人完全还没有达到这样的境界，可为何短短时间之内，她便有了如此飞速的提升？

初蕾识得厉害，很是焦虑，暗道：要是今天自己在这里丧生也就罢了，可要是女禄娘娘也遇难了，就真的是自己的罪孽了。

青元夫人一挥手，唱歌一般："我要这天下怎样，就怎样；我要杀人，我就杀人……来来来，凫风初蕾，今天也让你见识见识我天穆之野真正的本领……"她的身形原本是优美袅娜，但现在一边唱一边旋转，简直就像是一只金黄色的老虎在跳舞。

初蕾只看女禄，女禄眼眶湿润，声音温和："初蕾……初蕾……"

初蕾却胆气一壮，哈哈大笑："娘娘，今天我们就一起来见识见识天穆之野的厉害吧。哈哈哈，当年我一个人在有熊山林孤身奋战，她们也没能杀得了我，今天，有娘娘你在，我就更不怕她们了。"

女禄也笑起来："是啊！想我女禄，纵横半生，曾杀绝了一城之人，又何必惧怕这区区几名老妪？"

"女禄你竟敢讥讽我为老妪？"

"你们姐妹不是老妪难道还是少女不成？青元，你内心腐朽老迈，却口口声声以少女自居，你不觉得臊得慌吗？如果我没有记错的话，你们姐妹俩就只比我小了一百万岁而已……"

青元夫人也不动怒，笑声跟猛虎一模一样："老妪也好，少女也罢，只要今天能让你们母女死无葬身之地，结果都一样。"

"我们死了，你也做不成中央天帝。"

青元夫人哈哈大笑："女禄，睁大你的狗眼看看！"

女禄放眼四周，忽然蒙了。小小一方的天空外面，竟然旌旗猎猎，一方巨大无比的旗帜在整个大联盟上空盘旋，那是天穆之野的大旗。

女禄失声道："你们竟敢公然反叛？"

青元夫人笑道："大联盟有史以来，每一位中央天帝都是凭借武力登上去的。我们能帮助别人成为中央天帝，难道自己就做不得吗？"

"你们公然篡权夺位，我就不信天下诸神会坐视不理……"

云华夫人淡淡地说："我们只是启动了临时应急法案，而非篡权夺位。"

女禄一听"临时应急法案"几个字，心里就凉了半截。临时应急法案，是大联盟的重要法律之一，当中央天帝遇到威胁、危险甚至下落不明的时候，便可以启动这条法律，由诸神指派的人选临时摄政，以便让整个大联盟平安过渡。

"你也看到了，诸神一致推举阿环为下一届的中央天帝，虽然公示期之内，你横生枝节，导致此事暂时搁浅。可是因为候选人只有阿环一人，所以我们便可以按照大联盟的法律启动了应急程序……"

云华夫人就是云华夫人，她见妹妹疯狂之下的冲动已经无法劝阻，可是，她还是不动声色地在私下里安排一切，试图将妹妹冲动的危险化为最低。

诸神明知不对，可也不好公然反驳，终于还是有人按捺不住了。

那是一支金色的小分队，为首的正是帕拉斯。她和她的小分队一起看着王殿上空盘旋的天穆之野的大旗——整个大联盟就像已经改朝换代，彻底成了天穆之野的天下。

通往大殿的门口，有一棵金光闪闪的通天神树。

帕拉斯手持弓箭，目光越过神树，径直看向王殿的门口，但王殿的大门紧紧关闭，而且所有和朱庇特家族有关的标志、神族的徽记等，已经被彻底清除。

帕拉斯满脸狐疑和不安："你们这是什么意思？"

侍卫队长傲慢至极："帕拉斯，这和你无关！速速退下！"

帕拉斯几乎要哭起来了："你们怎能这样占领了王殿？按照大联盟的法律，青元夫人根本没有通过公示期……"

侍卫队长也不回答，一刀就砍过来："快滚……"

帕拉斯和战狂立刻还击，姐弟二人立即发现，这些神将出手之凌厉，每一招都是绝杀，而绝非一般的追捕或者决斗。很显然，神将们早已接到了命令：胆敢反抗者，杀无赦，尤其是西帝的子女，只要敢于出头，统统杀无赦。青元夫人所忌惮的，除了凫风初蕾母女，便是西帝的子女。毕竟，她也不想在以后的中央天帝岁月里，不时遭到这些余孽的偷袭，就算她不怕他们，可是也很麻烦。帕拉斯姐弟一出来，朱庇特的其他家族成员自然也不会闲着，如此，一网打尽，以后就很麻烦了。

很快，帕拉斯姐弟便招架不住了。

帕拉斯得了一点空隙，忽然跳出来，对着天空厉声道："你们还躲着干什么？父王都已经遇害了，你们以为躲起来苟且偷生就能安然无恙了？"十几个身影，纷纷涌了出来，全部是西帝的私生子女。

女禄暗叹一声，想道：朱庇特家族这一次可能真要全军覆没了。

初蕾却好奇地看着西帝那一干阵容浩大的子女，他们大多数都金发碧眼、高鼻深目，相貌都是第一流的。这些帝子、帝女在大联盟中都赫赫有名，只是不知道他们昔日的名声是因为西帝的面子还是他们自己打出来的，初蕾但愿是后者。

青元夫人仿佛在自言自语："以前，我一直以为诸神也要生儿育女简直是愚蠢之极，没想到，子女众多，原来还是有一些用处吗……"

子女众多当然有好处。

比如西帝失踪，诸神都觉得很是蹊跷，必须查明此事，可是，谁去查呢？谁愿意在这时候跳出来得罪人呢？别说诸神了，就算西帝的兄弟姐妹也没有任何人跳出来，毕竟对抗的是强大的天穆之野。而且，无论如何，这中央天帝宝座怎么也轮不到他们，犯不着为此白白送死。

要不是帕拉斯和战狂这两个愣头青，就真的不会有人为西帝说话了。可是，他俩毕竟跳出来了。他俩带了头，事情就好办了。他俩一出来，西帝的子女们便都出来了。

初蕾忽然道："娘娘，你说他们能坚持多久？"

女禄叹道："这得看他们平素的名声究竟是怎么来的。毕竟是西帝的子女，昔日在排位赛上，他们都有一定的优待，比如战狂，简直名不副实，分明是外界看西帝的面子给他一个美称罢了……"

青元夫人一本正经地接过话:"什么外界给他的美称?分明是那自不量力的小子自恋而已。只因为他是西帝之子,诸神看破不说破,否则,凭借他那几下三脚猫功夫,他凭什么称'战狂'?他其实连像样的大战都没有参加过!"

女禄苦笑一声,初蕾也无言可对。因为,青元夫人这是实话。

"今天我破例陪你们先看看西帝的子女是怎么死,等一下再杀你们。"

母女没有回应她。

青元夫人并非虚言恫吓,任何人只要看一眼大联盟广场上的阵势就知道了。整整十万玉女神将,把守着大联盟的四面通道,每个方向都已经集结成阵,包围圈里的人再也别想冲出去。天空中,更有飞马驾驶的飞车,隆隆地在天空中来去,毫不犹豫地将任何胆敢不识趣跑到大联盟的人绝杀。

青元夫人扬扬自得:"本来,我也不想如此大动干戈,可是,偏偏跳梁小丑们不识趣。"

初蕾冷冷道:"你是想炫耀武力很久了吧?"

"还是老对手你了解我啊。你不觉得我必须炫耀这武力吗?"她随手一指女禄,"原本我能平平静静地登上中央天帝宝座,可是,被你给破坏了。也因此,诸神的质疑就纷纷出来了。我也懒得一个个给他们解释,弄什么自证清白,不如直接亮出武力值,只要杀绝了一切反对者,就再也没人敢发出杂音!"

初蕾尚未回答,又是一群人冲出来。那些全是西帝的情人以及她们背后的一个个神族,甚至连天后都畏畏缩缩地出动了。

天后一反常态,不再是昔日的金丝长袍、雍容华贵,反而很是憔悴。不过,她还是坐在她那辆举世闻名用纯金打造的马车上面,手里紧紧握住象征天后威仪的权杖。

青元夫人哈哈大笑:"天后,你怎么还好意思露面呢?"

天后破口大骂:"都怪你这个妖女,你给我元气吸收器和媚药,原来只是想拿我当马前卒。其实,你早就想做中央天帝了,只是一直苦无机会,而我愚蠢地上了你的当……"

青元夫人不笑了,她一字一句道:"天后谋杀西帝,今日,我得替天行道!"

"你这个巧言令色的妖妇……"天后的声音哽住,再也没有能够发出任何的声音。她的黄金马车当空炸裂,炸裂的时候,没有任何声音,只看到那些金箔、银箔,就像是被撕裂的碎纸,纷纷扬扬地撒向天空,一时间,天空就像开满了金色的、银色的花朵。

然后是金马。金马,同样寸寸碎裂。它们甚至没有发出任何一声嘶鸣,悄无声息地,就在空中成了血肉模糊的尘埃。

然后,才是天后。她高大健美的身躯,忽然倒下去。紧接着,四肢萎缩,竟然幻变成了一朵红色的杜鹃花。整个过程,没有发出任何令人震撼的声音。就好像这一切，都是悄然完成。就好像天后之死，是一场精美无比的艺术表演。可是，天后千真万确是死了。

诸神惊呆了。

天后旁边的小信使等两名忠臣扑上去，大哭道："娘娘……娘娘……"他们跪在杜鹃花的旁边，眼睁睁地看着那鲜血一般的花朵在风中舒展。一个人没忍住，伸出手，抚摸杜鹃花，大哭："娘娘……娘娘……娘娘，这是你吗？真的是你吗？"他们的哭声也戛然而止。他们倒在天后身边哀号、恸哭，片刻之后，就变成了一簇绿色的树叶，俨然一簇绿叶点缀着一朵红花。

有人惊呼："好厉害的基因病毒……"天穆之野，终于当众使用了基因病毒。

帕拉斯嘶声道："你竟敢用基因病毒毒杀天后？"

"对付罪人，只看结果，不问手段！"

每个人都心寒入骨，可是没有人能再发出声音了。

"咯咯，你们不是一直在质疑天穆之野吗？现在，就让你们见识见识，好让你们知道，天穆之野其实从来都是病毒学的顶尖级高手。相比之下，幽都之山简直不值一提……"

半空中，飞马驾驶的战车冲着西帝的家族成员疯狂扫射。

哀号声很短，下一刻便是此起彼伏的咆哮声，只见西帝的几十名情人竟然全部倒地，变成了一条条绿色的毒蛇。它们全部看着青元夫人，神色非常恭敬。可是，当它们转向其他人时，就像真正的毒蛇一般充满了杀机，嘴里发出嘶嘶的声音，仿佛一声令下，就要冲出去杀个痛快。

青元夫人一抬手，咯咯大笑："去吧，我忠实的奴仆们，去把你们所看到的敌人全部杀光吧。"一群毒蛇，猛地冲向东南方向。

那里全是她们家族背后的援手。

每一个女神背后都有一个神族，为了家族利益也好，为了家族的子女利益也罢，他们和西帝其实已经是一个利益共同体，所以，不得不硬着头皮跳出来。

每一个家族，都出动了不少人手。几十个家族加起来，战斗力其实也非常可观了。

没想到，战斗刚刚开始，敌人就变成了自己的亲人。他们亲眼看到自己的亲人变成一群毒蛇，震惊之下，竟然忘了还手，一个个站在原地眼睁睁地看着这群毒蛇猛扑过来，他们的惨呼声消失得非常迅速。很快，他们便倒在地上，彻底咽下了最后一口气。

可是，这还不是结局，他们的尸体很快便开始异化。顷刻之间，竟然也变成了大大小小的绿色毒蛇，纷纷昂起头，吐着信子，毒牙也纷纷裂开，好像饥饿到了极点的猛兽，必须马上找到食物。它们环顾四周，看到前面厮杀的人群，便立即嘶叫着冲了过去。它们奔向的是西帝的子女，它们就像能主动识别敌人一般——沿途并不攻击玉女神将，只朝设定的目标跑去。

玉女们很可能早就服用了解药。毒蛇，只奔向没有解药之人。西帝的子女，当然没有任何解药。

诸神震恐。

与此同时，飞马战车再次启动了。那些全联盟最顶尖、最高速的战车，隆隆飞跃上空，下一刻，天幕之上，便出现了一个又一个神族被覆灭的场景。

那里是今天所有参战神族的聚居地——十几个神族，十几个星球，无一例外遭到了致命的打击。

那些留在家里的妇孺、孩童，根本想不到会有如此大的祸端从天而降。他们根本没有任何准备，只能眼睁睁地看着无数道光子、质子武器铺天盖地扫射到自己的星球，哀号声、惨呼声四处都是，这一切结束得很快。

西帝的姻亲们，遭遇了致命的打击。但凡今天露面的神族，无一例外，都化成了一片灰烬。

尽管天幕上没有声音，可是能看到留在原地的族人，一个个如何哀号、挣扎、拼命逃亡。可是，他们拼尽了力气，也拼不过屠杀的脚步。飞马战车，将他们的所有逃生通道彻底封死。他们一茬一茬地倒下去，就像是被收割的韭菜。

随即，他们的宫殿、他们的武器、他们的文明、他们的一切……就像被一只无形的大手轻轻一挥，就这么彻底被磨灭，再也寻不到一丝一毫的踪迹了，就连他们的星球也彻底被摧毁了。

青元夫人肆无忌惮地说："我一直很想试试这些武器的威力，可一直没有机会。现在，你们终于看到了，我也看到了，哈哈哈，简直太爽了、太牛了……原来，我才是真正的宇宙第一人啊……哈哈哈……"

云华夫人躲在暗处，本要提醒妹妹一声，可是，当她看到十几个神族被瞬间灭绝时，也被深深震撼了。要知道，姐妹二人韬光养晦，几百万年来一直本本分分，从来不敢公然亮出天穆之野的实力，甚至连她也不知道天穆之野居然有如此强大的实力。她心里忽然也疯狂了，罢了罢了，事已至此，也只能一条道走到黑了。

虎豹般的金色外衣，彻底发出嘶嘶剧烈的杀气。"女禄，我现在不想让你死，也不急于让你死，就因为我要留着你，让你亲眼看看我如何杀绝一切的敌人，然后再在你面前将你的女儿变成一条青草蛇，最后再杀了你……哈哈哈，我这个计划是不是绝妙？"

"你做梦！"

"是不是做梦，很快便见分晓。"

初蕾却战栗着，一个字也说不出来。

青元夫人忽然提高了声音："但凡有任何人敢援助这群通缉犯，全部杀无赦！一人出头，杀光全族！"

没有人想被灭族，就算有按捺不住的大神蠢蠢欲动，可听得这话，也纷纷停下了脚步，他们第一次如此震慑于暴力之下。

一群变异的朱庇特家族成员，呼啸着冲上去。所过之处，神将、玉女纷纷让开。他们直奔自己的族人，直奔西帝的子女，他们原是赶来助一臂之力的，现在，他们成了屠杀族人最厉害的武器。他们龇牙咧嘴，口中的毒液散发出腥臭无比的味道，一起向西帝的子女扑去。

女禄忽然厉声道："帕拉斯，你们快躲到神树下面，快……"

帕拉斯等人立即冲向神树，可是，半途中，她们却停下来。因为她们根本无法冲破神树巨大的元气阻碍。那元气挥发出锋利如刀刃般的杀气，但凡靠近者，必将被彻底削成粉末碎片。

青元夫人哈哈大笑："看来，这神树是特意来帮助我的啊。"

不知是谁发出一声凄厉之极的吼声："快跑……快……能跑多远跑多远……"抗争下去，唯一的结局便是全军覆没。西帝的子女，开始逃窜。只可惜，他们的速度快不过半空中传来的隆隆响声。他们从四面八方逃窜，如无头苍蝇一般，可最后，他们都纷纷停下来，呆呆地看着巨大的天幕。

天幕上，是他们每个人所在的星球。一颗接着一颗，就像是一场盛世燃放的烟火。所有王子、公主们最后的栖居之地，已经彻底被消灭。从此，整个大联盟已经不再有他们的容身之地。他们呆若木鸡，胆寒心裂，一时间，竟然再也没有人发出半点声音。

直到帕拉斯一声怒吼："大家快上月亮战车……"

月亮战车，飞了起来。月亮战车是彼时大联盟速度最快的武器之一，西帝幸存的子女，纷纷躲进月亮战车。

青元夫人不以为意地一笑："追上去，杀无赦！"

月亮战车飞了出去，追逐的飞船也飞了出去。漫天的火焰、毒药，甚至遍地的毒蛇猛兽，忽然都烟消云散了。微风过处，有淡淡的桃色花瓣，就像是一层淡淡的桃花春雨，沁人心脾。

花瓣所过之处，地上的血迹、污痕、死伤、尸体……全部不见了。就连那些恶臭的令人作呕的毒蛇也纷纷不见了。它们脚下仿佛裂开了深深的地洞，将它们吞噬、掩埋，从此再也没有露出半点的痕迹，就好像这一场炫耀武力的旷世大屠杀从来没有发生过一般。

大联盟，安静得出奇。唯有女禄母女抬起头，静静地看着这片血雨腥风的土地，以及对面那个一身虎皮劲装的女人。

她的微笑就像是一头刚刚嗜血之后心满意足的豹子。

四周的空地上，只剩下初蕾母女。

诸神已经被震骇得再也不敢出头，现在，他们都隐匿在暗中，看着接下来的最后绝杀。

暗中围观的维维奇大神手心里一阵一阵冷汗渗出。他极度爱慕初蕾容貌，惊艳于她举世无匹的娇美，内心深处反复哀叹：可惜！真是太可惜了！这么美貌的人儿，就这么快没了。可是，他不敢开口，不敢露面，更不敢英雄救美。若是在朱庇特家族覆灭之前，他还藏着一丝路见不平的幻想的话，此刻，所有的英雄情节已经彻底被敲打得烟消云散。就算自己的性命不重要，可是也要想想身后的神族——维维奇神族是个大族，他只是眼睁睁地看着陷阱里的那对母女。

此刻起，她们已经不再有任何盟友，也等不到任何盟友。

作为青元夫人屠杀的头号对象，她们母女没有自己独立的星球，甚至没什么亲友、族人，她们只剩下彼此。

青元夫人觉得就这么杀了她们未免太可惜了，她决定为她们换一种死法。

一队白色身影，从天而降。他们雪白袍子，红火马尾，每个人都一模一样，那是整整一支一百人的队伍。他们排列得整整齐齐，就像是一个人，那是一百个百里行暮。

众人都呆呆地看着那一百名复制人。

只有青元夫人的笑声肆无忌惮地回响在二人的耳畔："咯咯，凫风初蕾，你这半生奔走，不过是致力于找出我的罪证。在你眼中，投放基因病毒是罪证，大批量复制人也是罪证。可是，你不知道，复制也罢，基因病毒也罢，统统都是伟大的贡献！是整个宇宙的进步！是病毒学的伟大的发展！你们区区小人，见识短浅，总以为自己不懂的事情就是很可怕的，其实，基因病毒能解决很多问题！包括人口的过度繁殖，包括物种的重新改造，包括许多你们根本想象不到的重要贡献……"

初蕾面不改色道："也包括你所制造出来的D病毒？"

青元夫人扬扬自得："众所周知，西帝用了无数的手段，耗费了无数的人力和物力都抓不住白衣天尊，而我，只出动了一个D病毒，就将他彻底消灭了。这难道不佐证了病毒学的伟大吗？"

借此机会，她干脆将病毒学公开化、合法化了。

"你以为你真的消灭得了白衣天尊？"

她一挥手："杀！"笑声中，一百个复制人径直奔向了凫风初蕾。他们跟第一个复制人百里行暮完全不同，他们没有任何意识，只是一群纯粹的行尸走肉。他们原本一直静静躺在天穆之野最神秘的武器库里，原本是被当作备胎使用，直到现在，青元夫人才将他们全部投放出来。因为没有意识，他们的战斗力并不强大。而且，他们也没有任何自主的能力，只凭借被输入的指令，一径厮杀凫风初蕾。

凫风初蕾顾不得多想，拼命挥舞金杖，每一次挥舞出去，就倒下一个"百里行暮"。

"凫风初蕾，你亲自一手一个杀掉百里行暮的感觉如何？是不是特别爽？哈哈哈，有一段时间，我真恨不得把白衣天尊一刀一刀地切碎，可是我没有办法，于是就随便抓住一个复制人，一刀一刀地切碎，如此，真是过瘾到了极点……"

这是一场毫无意义的厮杀，这是一场无法停下来的厮杀。不只初蕾，就连女禄也已经无计可施，已经没有任何力量能阻止青元夫人的疯狂了。

"咯咯,历史向来是由胜利者书写的。每个人一旦掌握了权势,便掌握了书写历史的权力。就像古往今来每一位天帝,他们登基之后,所有的历史都变成了对他们的歌功颂德。可是,他们为了登基,有过多少血腥屠戮,谁在乎呢?"

女禄已经身陷绝境,她经历了太久的围殴,又被一大堆复制人所包围,再也支撑不住了。她情知今日已经无法幸免,只用了最后一点力气,喊道:"初蕾……快跑……"

"跑?往哪里跑?天上地下,莫非王土,整个大联盟,整个宇宙都是我的,你的女儿能跑到哪里去?"

第二十五章　我爱灰飞烟灭

初蕾彻底暴怒了，四道红色的身影冲天而起。

女禄身边的复制人，纸鸢一般倒下去。

女禄冲出重围。

对面，玉女们拦截过来，前后左右都是追兵。

鬼风初蕾毫不犹豫，一挥手，金杖光芒猛炽，女禄的身影猛地飞起来，径直奔向了通天神树。

半空中，金色的飞鸟层层盘旋。无论外界发生了多么重大的变故，战争或者死亡，它们都不在乎，仿佛它们唯一的职责便是为了守候那些生命果的安全。

初蕾亲眼见识过其反弹力度的强大，她怕女禄也被反弹出去，可是，现在已经别无选择。初蕾厉声道："神树听令，我以高阳帝之女的身份命令你，好好保护女禄娘娘的安全……"说也奇怪，那原本刀锋一般的杀气忽然裂开，金色的飞鸟蓦然让出一条通道。

青元夫人待要阻止，哪里来得及？她厉声道："快喷射毒汁，彻底摧毁这该死的神树……这棵该死的鬼树……"

飞马战车，冲向神树。可是，它们根本无法靠近神树，一靠近就被那股巨大的元气所剿杀，反推着旋转，如此僵持不下，它们别说投放病毒武器了，根本就无法接近。他们立即改变了方法，远远地投射，可是，那神树的顶端就像有一层无形的天网，病毒还没达到上空，就被反弹回来。

如此反复几次，飞马战车遍体沾满了病毒，待到他们醒悟过来，已经迟了。只听得轰隆隆的脆响，七八辆飞马战车已经土崩瓦解，他们全被自己投射的病毒彻底瓦解。

而地上的神将玉女们也遭了殃，病毒随着战车的碎片纷纷扬扬，很快他们都被感染了，络绎不绝地倒在地上惨呼、哀鸣，只是他们并未被异化为青草蛇之类的，只是显得更加痛苦。

满地伤残，惨不忍睹。

鬼风初蕾却哈哈大笑："这可真是多行不义必自毙。青元夫人，你的下场也会同样如此……"不用担心女禄之后，她的精气神就更足了，战斗力也更强了。很快，一百名百里行暮只剩下七八人，他们可能是见地上死伤太多，纵然是没什么意识的傀儡，也纷纷住手，呆呆地看着半空中那个四面幻变的女孩。

可怜的傀儡们仿佛也慢慢地意识到了什么是死亡，他们站在原地，一动不动。他们的雪白衫子上，满是鲜血，同伴的鲜血。

初蕾本要再出一招，彻底将他们全部终结，可是，看到他们茫然的脸，心里一寒，金杖竟然挥不出去了。毕竟，那是百里行暮的脸啊。

她提着金杖，下意识地后退一步，她希望这些傀儡自行逃命。

可是，傀儡们一动不动，她却听得一个熟悉到了极点的声音。气喘吁吁，满含绝望，竟不知经历了多么痛苦的追赶。"初蕾……初蕾……"

青元夫人大笑："好极了，真是好极了……正主儿，终于来了……"

那是第一个复制人百里行暮，中了媚毒的百里行暮，也是保持着周山之巅最后一夜记忆的百里行暮。

初蕾在天府广场无意中开启了通天神树，得以赶到大联盟，可是，她却无暇回头看通天神树那头的情况，并不知道百里行暮也追了上来。他本是追着凫风初蕾，可忽然看到遍地死尸，人间地狱一般，也吓了一跳，眼神忽然变得非常奇怪，好像在问：这到底是干什么？

初蕾无暇解释，也顾不得解释。

在场那么多人，他只死死盯着她，好像其他一切闲杂人等根本没有进入他的眼帘。可是，他连她的名字都想不起来了。只看到她那么面熟，只记得自己追逐的目的，然后本能地说："站住……你给我站住……"

她站在原地一动不动。

他忽然道："你是谁？"

初蕾心底还抱着最后的一点幻想，说道："百里大人，求你清醒过来吧……"

他的神情更奇怪了："清醒？"

"青元夫人，她要杀绝我们，杀绝天下人……"

"青元夫人？"他的眼神说明了一切，他根本不知道青元夫人到底是何许人也。他只是顺着初蕾的目光，也转向那个一身金色虎皮劲装的女人，分明像是看到一个彻彻底底的陌生人。

青元夫人一看他的眼神就完全明白了：这家伙真的连自己强加给他的最后一点幻象记忆也彻底消失了——她用尽了全部的本领，也只能制造那一点点幻象。她原本还担忧这幻象若是没有彻底消失，这复制人也许没法彻底展开绝杀。可现在，她一点也不担心这个问题了。这个复制人，本领比那一百个加起来还强大得多。

"杀了她！"

复制人百里行暮听到她的口令，目中忽然露出了凶光。

青元夫人真是心花怒放，连声道："凫风初蕾，死在百里行暮的手上，你是真的一点也不冤枉啊，这可是为了偿还他对你的救命之恩啊……"她吹了一声口哨。百里行暮的眼神忽然变了，就像是那些彻底被异化的青草蛇听到青元夫人的命令一样。

"杀了这个妖女……"

百里行暮，扑向了凫风初蕾。可是，他尚未到她面前，却生生停下。因为，一群白痴拦住了他的去路。

　　他们不是故意阻拦他，他们是原本就站在这里。只是因为凫风初蕾在发动攻击之前，本能地后退，悄然站到了这几个白痴的身后。

　　他死死盯着旁边的几个白痴——居然有一群人，和自己长得一模一样。

　　他呆呆地问："这……这是怎么回事？"

　　初蕾高声道："这是青元夫人的阴谋……她复制了一大群百里行暮，目的便是为了让你们替她杀了我……"

　　"百里行暮……谁是百里行暮……"他脑中忽然闪过一鳞半爪，可是怎么都连缀不起来。他抱着自己的头，转向了青元夫人。可是，只一眼，他又移开目光，还是盯着凫风初蕾。好像认出了什么，又什么都不知道。

　　青元夫人嘴里忽然发出一个很奇怪的声音，短促、激烈，就像是风中一个声音破碎了。

　　满脸茫然的百里行暮立即变了脸色，就像一头猛虎，一下扑向了凫风初蕾。这一扑，早前的一百个复制人加起来也远远不如，他简直就像是不周山之战前的共工复活了一样。

　　初蕾无法和百里行暮搏命，可是，遇到这样的高手，输一招之后，后面招招都是输。她尚未喘息过来，百里行暮又是一招攻来。初蕾，狼狈闪避。

　　围观诸神都为她捏了一把冷汗，这样下去，纵然是四面幻变的女王，也经不起暴揍啊。

　　百里行暮却不管不顾，又是一拳砸出去。

　　他的进攻其实很单一，每一次都直接出重拳。他的力气大、拳头大，正是奉行宇宙之间最通行的法则：唯大不破！也正是一切修炼轻巧元气之人的克星。

　　虽然凫风初蕾并不主修轻巧元气，也不是普通女子的那种花拳绣腿，她主修的其实是至猛一路的元气，遇到百里行暮这样单一却武力无穷的进攻，就乱了方寸。

　　凫风初蕾越是狼狈，青元夫人就越是兴奋。百里行暮，凫风初蕾。自己终于等到了他们自相残杀的一天。相爱有多深，残杀就有多惨。

　　青元夫人浑然忘却了主角本是白衣天尊，却把眼前这张和白衣天尊一模一样的面孔等同于他的本人——她退在一边，意态悠闲，就像是欣赏一场戏。

　　玉女们也悄然撤退，只远远包围了那棵神树。只等凫风初蕾一死，她们再去消灭女禄。反正她躲在神树里面，无非是瓮中捉鳖而已。

　　百里行暮也没有辜负青元夫人的期望，虽然没有幻变成巨人的体型，可是，全部催发了巨人的力道。

　　青元夫人也许是觉得初蕾死得慢了一点，不耐烦了，当百里行暮一拳砸向初蕾的心口时，她也出手了。

初蕾飞起来，侥幸躲过了青元夫人的玉佩，却没有躲过这威力无穷的一拳，一时间，五脏六腑瞬间移位，好像彻底被粉碎成了一堆肉泥。

她喉头一股甜腥味，一张嘴，一大口鲜血喷了出来。她只是本能地再次看向女禄的方向，内心一阵悲叹：别了，娘娘……为人子女，最后连母亲的安危也无法保护。

"你该不会以为女禄躲在神树里就安然无恙了吧？等你死了，我立即瓮中捉鳖。"青元夫人随手一指金沙王城的方向，"还有金沙王城和九黎，我慢慢再收拾……"

青元夫人，从未如此快意。只是，一转眼，她忽然发现百里行暮正在发呆。

"咯咯，百里行暮，你还愣着干什么？快杀了这贱人……"她毫不犹豫地催发了他的病毒，将他体内的媚毒引爆到最大化——完全不在乎他下一刻是否就要全身爆裂而死。越是痛苦，爆发力越强。她要的就是他最后的一次绝杀，然后和那丫头同归于尽。

"杀了你面前的女人！"

狰狞的笑声里，百里行暮的拳头再一次山一般砸下来。这一拳并未砸在她的头上，可是，她躲避的时候，已经避不开元气带来的巨大杀气，只觉心脉已经彻底碎了。

百里行暮又是一拳，这一次，她已经无法躲避了。她索性一动不动，眼睁睁地看着他虎虎生风的拳头向自己而来，无名指上还赫然戴着那一枚蓝丝草的戒指。

多么讽刺。拳头，抵达她的心口。一拳下去，再无生机。比有熊山林一战的最后时刻更加清晰地感觉到死亡的降临。

她却奇异地没有觉得害怕，反而很释然。

就这样了吧。就这样了吧。毕竟，我也无能为力了，这是一个地球人能做到的最大极限了。

他的拳头顿住，死死盯着她。

她歪着头，也不闪避，忽然笑起来，气若游丝："百里大人，真没想到，我还是死在你的手上……"

百里大人。第一个复制人百里行暮。他，其实才是她在周山遇到的那个人。他，其实才是被她葬在周山之巅的那个人。就算他的脑电波全部回归了本体，可本质上，她最初遇到的、相爱的、生离死别的，都是这个人。他曾经因她而死，最后，他还是亲手杀了她。

但是，她不怪他。因为，她知道，这不是他的错。她只是眼神黯淡地说："呵……百里大人……我们最后还是无法逃脱被摆布的命运……她们这些该死的半神人……"她死之后，接着便是他。最终，他们都是砧板上的鱼肉而已。

他还是死死盯着她。一滴血从她嘴里滴落到他的拳头，吧嗒一声落在蓝色丝草的戒指上。他的目光从她的脸上移开，落在自己手上的戒指上面。

历经多年，蓝色丝草的戒指闪亮如新。

周山之巅的灵草一直保持了它的生命力，闪烁着蓝莹莹的光芒，就像当初周山之巅的誓言：无论过去、现在还是未来，我百里行暮必将永远只爱凫风初蕾；无论千年万年，无论岁月轮回，只要有这蓝丝草的戒指，我就不会忘了你。

青元夫人声嘶力竭："百里行暮，杀了她……"

他终于再次扬起了拳头，他浑身的力道仿佛都凝聚在了这只拳头上面。

初蕾微微闭着眼睛。这一刻，她居然很平静。当你一直畏惧一个结果，无数次提心吊胆，可它真的到来的那一刻，你反而如释重负。

百里行暮的拳头，再一次重重地砸了下去。青元夫人哈哈大笑："好……真是好极了……"她的声音戛然而止，她忽然睁大了眼睛，她因为疼痛，整个人差点委顿在地。

"夫人……"是身边侍女的惊呼。

那一拳头，不偏不倚地砸在她的肩头，若非她提前穿上了护体的虎皮神衣，很可能她的肩胛骨当场就被砸碎了。巨人的这一拳，饱含了无比的愤怒、无比的痛恨，就像他双目中忽然炽热起来的熊熊怒火。

她不敢相信，嘶声道："百里行暮……你这个叛徒……你这个白痴，我让你杀了她……是杀了你对面的那个女人……"

百里行暮冲过去，不是冲向凫风初蕾，而是冲向青元夫人。他巨人一般幻变，他的拳头像小山一般。

迎上来的玉女，根本无法出手，便纷纷倒下去。他不管不顾，径直踏过她们的身子，他每一拳都砸向青元夫人的方向，好像认出这女人才是罪魁祸首。青元夫人唯有逃避，她根本不敢接招，只是拼命地逃窜。

这么长时间以来，一直是她主宰一切、控制一切，是她围着初蕾母女打，围着西帝的子女、情人打，想怎么打就怎么打。可这时候，变成了她被追打。她被复制人百里行暮追着，狼狈不堪，拼命逃窜。

众人都被这一变故惊呆了，玉女神将们都反应不过来。

初蕾傻傻地站在原地，嘴角、脸上全是鲜血，只呆呆地看着那山岳一般幻变的身影。他高大却不笨拙，追着青元夫人，目标明确，心无旁骛。一心要杀了她。就好像他内心慢慢复苏或者是新生的一副影像：是这女人害我！都是这女人害我。从开始，到现在。

可是，他追不上青元夫人，她要逃命还是很容易的，她只需要耗费百里行暮的元气，这复制人就会自行死亡。

初蕾，完全看透了这一点。她摇摇晃晃地站直了："百里大人……百里大人……你停下吧……停下吧……"

他停下会死得慢一点，越是用力，死得越快。百里行暮果真停下来，他转向她。他的目光，认认真真地落在她的脸上。百里行暮的四肢、面孔，鲜血横流。可这一刻，他的眼睛却清醒得出奇。他就像第一次见到凫风初蕾，无比欣喜，眼神热切得几乎要熊熊燃烧起来:"初蕾……你是初蕾?"

她不敢相信。

尽管他的眼眶里已经全是血滴,可是他的眼神已经说明了一切——他竟然彻底清醒了,完全清醒了一般。

"初蕾……居然是初蕾……"这一刻,他千真万确就是百里行暮了。他的眼中,又闪过一抹茫然之色,"初蕾……我们怎会在这里?这是哪里?"

她竟然无法回答。

两个地球人和一群半神人,在人人向往的"天宫"展开了生死绝杀。这个传说,千年万年之后,会有人相信吗?

她忽然笑起来。伸出手,想要拉住他的手。

可是,她已经无力伸出手去。而他,眼睁睁地看着自己已经变得赤红的拳头,也没有伸出手。

青元夫人歇斯底里的声音又响起来了:"快杀了这个白痴……你们还愣着干什么?快把他和那个小贱人一起杀掉……将他们一起剁成肉酱……"疯狂的喊声,响彻云霄。整个大联盟,杀气冲天。

百里行暮却蓦然转身,他的目光终于落在青元夫人的脸上:"阿环……"

阿环!阿环!脑电波彻底散逸的第一个复制人,竟然叫出了一声"阿环"!

青元夫人浑身战栗,竟然再也不敢开口。

他竟然认出她来,他分明认出了她来。可是,令她恐惧的根本不是"阿环"二字,而是他的眼神——他竟然清醒一般环顾四周,好像想起了无数的往事。

怎么可能?这怎么可能?她惶惶不安地盯着百里行暮,但见他仰起头,看着天空,满头火红的头发简直就像是要发光一般。

就连周围的玉女们也发现了,之前的那一百复制人,红色头发都很黯淡,没什么光泽。毕竟,复制人的元气不足,可现在这个,满头红发几乎要闪闪发亮,璀璨夺目。他非常俊秀,非常帅气。他的容貌,胜过任何一位男半神人。他不言不动,却有一股山岳临渊般的气派。这一刻,他们忽然将他和白衣天尊彻底混淆了。

青元夫人也有这种可怕的感觉:根本不是复制人复活,而是白衣天尊活生生地站在了自己面前。

青元夫人口干舌燥,下意识地说:"百里行暮……"然后,顿住。她再也无法说下去。

他从她身上移开了目光,那神情,简直就像是看到了一条令人厌恶到了极点的毒蛇猛兽,根本不愿意再多看一眼。这眼神,分明是他赶到天穆之野,当面向她退婚。他说:退婚还需要理由吗?我不想成亲了不行吗?

他转身面对凫风初蕾,看到她孤零零地站在原地。

她一个人站在金杖的光圈里,浑身都是鲜血,四周都是敌人。

她那个样子,令人想起对面那棵通天神树上旋转的飞鸟。她用尽全部的力气维持了最后一点战斗力,好不让自己马上成为青元夫人的祭品。

任何时候,她都站得笔直,纵然是面临死亡。但凡还有一口气在,她从来没有软弱过。有一种人,生命不止,战斗不止。有一种人,气息不停,精气神不断。她,就是这种人。纵然是躲在暗处围观的诸神,也无不茫然自问:如是我到了这样的地步,还能这样笔直地站立吗?若是我到了这样的绝境,还能坚持下去吗?

天地之间,一片死寂,杀气腾腾的战场忽然萧瑟无比。明明四季恒温,可这一刻,每个人都觉得凉飕飕的。大联盟的王殿前,竟然也有寒冬的感觉。

唯有百里行暮清晰的声音划破天幕的死寂:"初蕾……"

她的声音很干涩很微弱:"百里大人?"

他往前一大步,就站在了她的面前:"呵,初蕾……我不是死在周山之巅了吗?我怎会在这里……我是怎么来到这里的?"

遥远的过去,就像一个个零碎的片段在他脑子里闪烁游离:周山之巅的第一次相逢、湔山小鱼洞的真相揭露、万国大会上的再次相逢、西北大漠的不离不弃……然后,才是周山之巅的生死离别。

片段很破碎,他记不真切。许多镜头都是一鳞半爪,就像是一场破碎的梦境,无论如何都无法串联起来。可是,他认识这个人,千真万确是认出来了。

凫风初蕾。凫风初蕾。周山之巅第一次相见的女孩。是她将他从万年沉睡中唤醒,是她将他从剧毒无比的金棺里释放。

"初蕾!"

他忽然伸出手。他仔细看清楚了手上的蓝色丝草戒指,他忽然笑起来:"初蕾……呵……初蕾……这是你送我的啊……"

她泪如雨下,双手发抖。她整个人都在发抖,她的心都在发抖,之前积蓄的所有勇气一扫而光。直到这时候,才知道什么是心碎的感觉。

无论沧海桑田,无论日月转换,无论斗转星移,无论天地绝灭……破碎的心,再也无法还原了,永远也不可能了。

她泪如雨下,泪水,滴滴都是鲜血。她没有中毒,也没有感染病毒,却比他还衰竭而痛苦。

百里行暮。百里行暮。他居然是真的百里行暮。

"初蕾……初蕾……"

他凝视她,目不转睛。零散的记忆片段在迅速消散,他终究再也无法恢复失去的脑电波。可是,她的身影,千年万年,已经烙印在灵魂最深处。纵然他只是一个基于仇恨和疯狂而诞生的复制人,就像他无名指上永不腐烂的蓝色丝草戒指。

"咯咯……多么感人的场面啊……我的复制人,竟然自行有了意识和过去的记忆……天啦……天啦……这是怎么办到的?这是为什么?"青元夫人的笑声响起了,

"脑电波被彻底剥夺的百里行暮,你竟然到现在还能回忆起那个女人?你居然自行记住了她?怎么会?怎会这样?"

她疯了。

以前无数的医学实验从未出现这样诡异的变异啊?为何这个复制人居然自行突破了天穆之野和白衣天尊如此强大的封锁,自行复原了最初的记忆?而且,他根本无法复原其他的记忆,只能回忆起她一个人的往事——有关一个叫作凫风初蕾的女孩的一切往事。这得是在心底多深的烙印?居然能突破医学和病毒的极限,自行生长。

多可怕。多可怕。青元夫人彻底认输了。她觉得自己遭遇了平生最大的惨败,而且是败给了自己曾经最引以为傲的医学领域。

"情圣!情圣百里行暮啊!咯咯,你真可谓古往今来最痴情的一个人!绝对是第一也是唯一了。咯咯,我真是感动死了……我太感动了……"她居然泪流满面,没有人知道,这是她平生第一次流泪。

身为西王母麾下的第一个复制人,她从小无忧无虑,尊贵如公主一般长大。身为复制人,也是半神人,她本身就缺乏软弱、胆怯、敏感等原本属于人类弱点的部分……她几乎是一个完美无缺的样本。她的生活中、生命中,都不存在任何眼泪状的东西,甚至连痛苦都没有。

直到遇到百里行暮,直到复活百里行暮。

本质上,她爱的也是百里行暮,而不是白衣天尊。

她曾经希望双剑合璧、元气共享、纵横天下的,也是百里行暮。她曾经无数次的想象,自己身为中央天帝之后,旁边的位置上坐着的人,也是百里行暮。她甚至压根儿就不希望白衣天尊再从弱水里出来,她甚至到后来也分不清楚白衣天尊和百里行暮的区别了。

直到现在,她看着这个复制人,泪流满面。

她眼泪横飞,却哈哈大笑:"百里行暮,该死的百里行暮……"

他不但想起了凫风初蕾,甚至想起了她。当他叫出那一声"阿环"的时候,她也心碎了。

"可是,你知不知道?在你死后,你对面的这个女人已经嫁给了别人?哈哈,她已经嫁给了你的本体,飞渡弱水之后出来的白衣天尊,哈哈哈……你为了她而死,你为了她付出了一切,可是,到最后,她却毫不犹豫地背弃了你……她背弃了你啊!"

多么可怕的背弃,多么无法忍受的背弃。她比百里行暮更加愤怒:"你看看你爱的都是什么样的女人啊,根本不值得啊。你再爱她也没用,她早已背弃了你……"而她青元夫人,一直没有背弃他啊。直到现在她也没有嫁给任何人,甚至禹京。而他,居然还是爱那个女人,而不是自己。

多么愤怒,多么妒忌。

"白衣天尊比你厉害,各方面条件都在你之上,所以,这女人毫不犹豫就选择了白衣天尊。百里行暮，你这个傻瓜……你但凡还有一丝骨气，就杀了这女人，马上杀了她……"

他根本没搭理她，看也没看她一眼，只是凝视着对面那个满脸血迹的女孩。她一直孤零零地站在天地之间，她凭一己之力已经无法对抗那可怕的魔手。

翻云覆雨的魔手，玩弄人于股掌之间的魔手。

她必须倚靠着金杖，以最后一丝元气的支撑，才不至于让自己倒下去。敌人不倒，我就不倒，她甚至不在乎自己的心已经彻底碎裂。

他分明看透了这麻木，他的双眼满是怜悯。

我不知道原因，也不必追究。但是，我知道，错不在你，错不在你啊!

正是他这无言的神情，令初蕾忽然彻底崩溃了，就连金杖都已经无法再支撑她站立了。

他忽然笑起来，一字一句道："无论过去、现在还是未来，初蕾，我发誓都只爱你一个人！"

这句话是他临死之前，初蕾把戒指套在他的无名指上时说的：百里行暮，我警告你，不许死，也不许离开我，你死后，我会害怕的。

"初蕾……不用怕……我死后你也不用害怕……我会保护你的……一定会……"

他看着她的内心，她的内心已鲜血淋漓。

可是，那血液已经被彻底凝结了，再也无法扩散了，它们在她的四肢百骸凝固成了一段永远的痛苦。

百里行暮柔声道："初蕾，走吧……"

初蕾尚未回答，便听得青元夫人歇斯底里的狂叫："你们还想走？"

神将们，一窝蜂地扑上去。

青元夫人狞笑着连续吹了三声口哨。这三声口哨，一声比一声更尖锐。每一声下去，百里行暮的面色就大变。他山岳一般的身子彻底停止了幻变，他甚至已经无法再恢复到正常形体的状态。他不在乎，他高声道："初蕾，走吧，我为你开路！"

你走。你离开。你去逃命。剩下的，交给我。那是他留在这个世界上的最后一句话。

空气里，他最后的一点声音很快就烟消云散了。

他扬起拳头，径直杀出一条路。他根本不管自己胸口的鲜血如大山崩裂一般寸寸碎裂。

鲜血随着他的步履前行，染红了大联盟的土地。可是，他毫不畏缩，一往无前。

只不过，他的行动已经不再敏捷，他的山一般的身子已经成了一种负累。但是，已经没有任何人能阻挡他。

无论是玉女还是神将，她们望风披靡，根本不堪一击。

青元夫人也没料到，这个脑电波早已彻底散逸的复制人居然还能爆发出如此巨大的能量，简直不敢相信。

初蕾要冲过去，可是她的脚步却被定住了一般，一步也挪不动了。

因为，百里行暮的身子忽然爆炸了。

他整个人彻底爆炸了，成了一堆碎末，一堆血肉。

可是，片刻之后，这堆碎末和血肉，彻彻底底变成了一摊水，然后在空气中蒸发，无影无踪。

"哈哈，该死的百里行暮，现在好了，你的灵魂都彻底破碎了，再也无法重生了，哈哈哈，就算我用不死药也无法将你复活了，哈哈哈……"

第二十六章　唯大不破

　　气障越来越强，温度也越来越高，纵然是身体密度大于凡人千倍万倍以上的西帝，也觉得浑身的肌肤马上要被无形的刀锋寸寸割裂了。
　　白衣天尊却忽然站在原地一动不动了。
　　西帝气急败坏，大喊："喂，老朋友，你站着干吗？"
　　白衣天尊的脚步忽然踉跄了一下，他山一般的身影竟似马上就要轰然倒塌一般。
　　"天啦，青元好狠，竟然让百里行暮魂飞魄散了？"西帝只看得一眼，脸色就变了。
　　只见白衣天尊凌空站在云端里，就像一座一望无垠的山峰，脚底不知延伸到多深，手臂也不知道延伸到多高！
　　当年的不周山战舰与之相比，简直就像是一片树叶了。
　　可现在，这座巨山忽然在急剧萎缩。
　　西帝情知不妙，可是，他的幻变能力远远比不上白衣天尊，眼睁睁地看着这座山坍塌，却没有任何援助能力。
　　轰隆一声，地上多了一道白色的身影。
　　西帝几乎是绝望地瘫在地上，气息奄奄："我早说了，你的脑电波根本拯救不了那个复制人，无非白费力气而已，你看现在，我们根本无法对抗那个怪物了……"
　　白衣天尊一声不吭。
　　这里已经是宇宙的边缘，距离九重星大联盟的距离实在是太远了，远得都没法和凫风初蕾共享元气了。可他还是凭借强大的脑电波控制力，一下捕捉到了复制人脑海中最后的一丝脑电波。可遥控了这么久，还是无济于事，复制人彻底灰飞烟灭了。
　　"那个该死的女人，竟然直接用病毒灭杀了复制人的灵魂，犯罪！这是严重的犯罪，这是该彻彻底底被销毁载体的犯罪……"西帝大声的咆哮却纸老虎一般虚弱。用剧毒销毁半神人的灵魂，这是史无前例的。哪怕历代的中央天帝，也从来没有用过这种惩罚方式，整个天穆之野都应该受到重罚。青元夫人，绝对是犯了滔天罪孽。可现在，别说回去行使他中央天帝的权力了，就连冲破对面的屏障都无能为力了。
　　"唉，真不知道那女人登基后，大联盟会变成什么样子……也许，不听话的半神人会被她彻底赶尽杀绝……天啦……"
　　西帝倏地闭嘴了，他凝聚的最后一点力气，在忽然看到子女妻妾的惨死时，锐气尽散，五脏俱焚。

白衣天尊站在原地，一动不动。他的眼睛似要穿透亿万颗星球，直达那充满死亡和绝望的战场。可是，现在，他只是微微闭上了眼睛。脑子如要撕裂一般，就像一缕风一般离开了躯体，身体的一部分，不知不觉已经死了。

惨死的不是复制人，是他分裂出去的脑电波。天穆之野的强大和疯狂，远远超出了他的想象。

西帝忽然跳起来："快……老朋友，你别再去管那个大怪物了，我必须回去，我不能看着我的孩子们全部惨死……帕拉斯和战狂还活着，我一定要保住她们姐弟……"

白衣天尊还是一动不动，死死盯着虚无缥缈的天空。隐隐地，他看到一团金色的光芒。那是女王的金杖所发出的强烈波光，穿透了大联盟的上空，却穿不透死亡的封锁。

西帝顺着他的目光，哀叹道："唉，真没想到，我的儿女们居然还没有这个地球少女能打……唉……"

帝子、帝女们一个个名气巨大，可因为养尊处优，被奉承的时候居多，就算偶尔争战，诸神们也都留有余地，不敢真的下死手。可现在，一到生死存亡的关头就原形毕露，绣花枕头现身说法。反倒是血战经年的鬼风初蕾，一个人支撑到了现在。

现在，她也支撑不下去了。她呆呆地看着魂飞魄散的百里行暮消散的方向，整个人已经蒙了。

西帝心急如焚，如果鬼风初蕾倒下去了，基本上，就无可挽回了。哪怕自己二人马上回去，都无济于事了。

"喂……那个女娃子……鬼风初蕾……死去的不是百里行暮，不是……真正的百里行暮在这里……你顶住，你顶住啊……你再不顶住，大家就彻底完蛋了……"

那个复制人之所以能"清醒"，能"倒戈"，当然是因为白衣天尊。可是，鬼风初蕾当然不知道这一点。

白衣天尊死死盯着自己的手腕，手腕上的元气共享指示灯一片漆黑。他已经根本联系不上初蕾。甚至随着复制人一起灰飞烟灭，他的脑电波也没法遥控出去了。他只是站在原地，饶是从弱水出来后无坚不摧的一颗心，也如被人扯碎了一般。

西帝正要说什么，一转眼，失声道："那怪物又来了……我明明好不容易才将他定住……"

他们被这怪物一路追赶，当然，他们也想引开怪物，一步步退到了宇宙边缘，那怪物好不容易被二人合力定住，没想到这么快就卷土重来了。

白衣天尊也抬起头看着那怪物。

"天啦，那怪物不是追来，是膨胀到这么大……"

怪物一直被定在原地，但是，他膨胀的速度极其惊人，一动不动，直接延伸到了宇宙的边缘。他的内核就像一团熊熊燃烧的火焰，那是青元夫人参考了百里行暮燃烧的心脏，直接炼成了"巨人膨胀剂"启动病毒时，这怪物就疯狂膨胀。

一路上，白衣天尊所遇到的星球，全被他吞噬。他成了一个熊熊燃烧、张开了血盆大口的黑洞，所向披靡，无可阻遏。他甚至无须移动半步，站在原地，就追到了宇宙的边缘。现在，他的质量和能量，已经比几百亿个太阳还巨大了。他散发出的灼热火焰，已经让西帝觉得自己快被融化了。

　　西帝的一个儿子被封为太阳神，每天可以驾着马车溜着太阳玩儿，防御高温的能力可想而知。可现在，能溜太阳的人，也只能启动防护面罩，否则，那剧烈升高的温度会将他彻底融化了。

　　多可怕的D病毒。它极大、极耐高温，无限制地膨胀。

　　青元夫人对百里行暮特别了解，也特别痛恨，所以索性以他最大的特点炼就最大的病毒，将他的本体逼到了走投无路。

　　白衣天尊还是站在原地一动不动，只是，他的雪白衣衫隐隐地开始闪烁出红色的光芒。

　　西帝好生震骇，暗忖：难道他从弱水出来后，真的已经无坚不摧了？

　　庞大的血盆大口已经从淡红色变成了朱红，温度也达到了上亿度。

　　躲在防护罩里的西帝只觉防护罩已经快被融化了，浑身上下的每一寸肌肤都快被烤熟了。他嘶声道："白衣天尊，快想想办法，要不然，我们得先成烤乳猪了……"

　　白衣天尊还是伫立原地，也没有启动任何防护措施。但是，他的白色衣服，已经从隐隐的红变成了快透明的金红色了，甚至他满头的蓝色长发也开始隐隐地泛起红色光芒。

　　"快幻变，用你的巨人幻变术对抗这个怪物呀……你难道忘了，这些复制人其实全部出自你的基因？"

　　他淡淡地说："一个黑洞让你已经成这样了，两个的话，你想直接被撕碎啊？"

　　西帝："……"

　　怪物的心脏越来越庞大，也越来越清晰，就像太阳的内核里滋生出了一个新的光芒四射的太阳。可是，还是隐隐地透露出白衣天尊的本体形象。

　　这一下，全宇宙都看得清清楚楚。

　　西帝已经连眼睛都睁不开了，他歇斯底里道："喂，白衣天尊，你既然能遥控百里行暮的脑电波，那你现在能不能遥控这个怪物的脑电波？你直接下令让他停止幻变行不行？"

　　"不行！"

　　"为什么？"

　　"因为这个怪物根本没有任何脑电波！"

　　西帝："……"

　　他气急败坏道："我不管了，你总要设法让这怪物停止膨胀，否则，你要全宇宙都看到你自己成了宇宙毁灭的大罪人？"

当年还只是毁灭了不周山战舰和半个地球。现在，是要直接消灭全宇宙了。

青元夫人这一招借刀杀人，简直毒辣到了极点。

面罩已经快被融化了，西帝的微弱呼吸变成了破口大骂："该死的白衣天尊……你真是该死……当初我要是不听你的，还不至于死在这里，现在好了……"

当初白衣天尊告诉他："陛下，你想得救吗？你想重掌大权吗？你想彻底消灭你的敌人吗？那么，你就答应我一个条件，先和我一起去把D病毒消灭吧。"

西帝无可奈何，只好说："好吧。"

于是，西帝就这么消失在了大联盟的皇宫。

可现在，他后悔得要命。

就算留在大联盟被关着，也比现在这样活活被烤死好啊。

留在大联盟，也许还能说动天后，有一些转机。现在好了，除了死，别无选择。而且死后还得被青元夫人彻底销毁脑电波，永不复生。

"该死的白衣天尊……要不是你骗我，我根本不会来这里……"

"得了吧，我不带你出来，你早就被青元夫人销毁脑电波了！"

西帝恼羞成怒道："凫风初蕾尚能支撑到现在，你以为我会那么弱？"

"你的元气远不如凫风初蕾！"

西帝来不及反唇相讥了，因为他看到白衣天尊忽然不见了——对面，忽然成了一座无边无际的雪白巨山，上不见峰顶，下不见峰底。

甚至连白衣天尊蓝色的头发都看不见了。

整个世界茫茫一片雪白，灼热的高温忽然变成了无可形容的极限低温。

西帝就像从火炉里一下跌到了冰窖，防护罩无声无息化为灰烬，他却没有意识到，只是看到自己的头发和胡须一下被冻住了。

那是冰雪和烈火的较量。

果然，熊熊燃烧的巨大火球忽然急速后退并缩小，就像是被一盆水浇灭了一大半的火焰。

西帝目瞪口呆，好一会儿才喃喃道："我竟然不知道巨人一族还可以幻变这么极限的低温？"可是，话未说完，他的嘴唇就被冻结了，他整个人成了天地之间的一块化石。

"该死……"

该死的白衣天尊竟然在没有任何警告的情况下，直接启动了极限低温。他仿佛听到白衣天尊满是嘲讽的话："怎么？你不是自诩天帝吗？连这一点也抵挡不住，你还算什么天帝？"

西帝已经发不出任何声音，甚至连眼珠子都没法转动了。他勉强启动最后一点神力护住了心脉，免得一颗心也被彻底冻结。可是，浑身战栗尚未平息，一股巨大的热浪又扑面而来，细看，那个好不容易被压制的巨大火球又啸聚而来。

西帝勉强睁开眼睛，果然，白色山脉又迅速被染红，就像是满山的冰雕在急速融化。但随即雪山又重新凝聚，排山倒海地浇向火球。

可怜的西帝就像是一个夹心卷，前一刻刚被放到火炉，顷刻间又被丢入冰窖，如此反复。他在奄奄一息中破口大骂："如果我能出去，第一件事情就是先干掉青元夫人，不不不，我第一个要干掉白衣天尊……"

可随即，他连咒骂都发不出来了。他忽然发现，巨大的火球和巨大的雪山忽然往同一个方向撞击，那是宇宙的边缘。

在这双重撞击之下，膨胀的边缘根本来不及愈合，这里的所有一切都会跌出这个宇宙，包括西帝本人。

此时，所有的炽热和冰冷都大大得到了缓解，可是，他却没有丝毫的庆幸，反而绝望到了极点：如果跌出宇宙，基本上就和死亡一样了。

人类之所以那么惧怕死亡，就是因为他们的本体消失，和这个世界再无联系了。半神人，同样如此。

跌出了宇宙，你就得和过去的一切告别。而且，你不知道另一个宇宙到底是什么样子，会不会直接被撕成碎片？

巨大的天幕，就像被撕裂了一道口子。

你看不见，只能感觉到无限膨胀的星云忽然变成了一团旋涡，以可怕的力道席卷一切能够席卷的东西，像一把刀锋似的往边缘冲刺，好几次即将把边缘撕裂，又被生生推回来。

西帝站在原地眼睁睁地看着，已经没有丝毫力气。

不知怎的，耳边忽然传来声音，是第一个死去女儿的哭喊："父王……父王……救我……"还有他的儿子们："父王……父王，救救我们啊……"好像有一把把刀在寸寸割裂他们的肌肤，他们的哭声凄惨无比。他听到子女们的恸哭，脚步却挪不动分毫。

"陛下……陛下……再见了……再见了……"是杜鹃山上少女的哭声。她浑身是血，倒在花丛里，麋鹿般清澈的眼睛里满是哀求和绝望：救救我吧陛下，救救我……

那是他第一次见到那个少女的眼睛，第一次，就此迷失。曾经疯狂地爱过，也疯狂地翻脸，互相憎恨。现在，只剩下满腔的恋爱和怜悯。

他看到少女的眼睛里汩汩地涌出了鲜血。"陛下，求您了，救救我吧……"他不由自主地奔了过去。他嘶吼："天后……天后……别怕，我来救你……"

"停下，你这个蠢货！"一声怒吼响在耳边，他要停下脚步时已经来不及了。

一股巨大的力道瞬间将他席卷，随即变成一股又细又长的旋涡，就像一把尖刀，笔直地往边缘的星云刺去……

西帝忽然觉得自己变成了一张纸，比纸还稀薄千万倍。比一个细胞，比一纳米还微小无数倍……西帝觉得自己的灵魂也被彻底粉碎了。

……

与此同时，雪白的巨山也迅速萎缩。铺天盖地都是飘舞的白色尘埃，就像是一场突如其来的大雪。

而那个巨大的火球，正远离这皑皑白雪，裹挟着西帝撞破了宇宙最后的边缘。

奄奄一息的白衣天尊，看到自己满头的蓝色长发忽然变成了火一般的红色，浑身的元气也迅速流泻，就像那张开了血盆大口的边缘把另一个世界的烈焰岩浆全部吐了出来。

可是，他没有感到任何的痛苦，只是绝望地抬起头，看着远方。那是他的最后一眼，却穿不透亿万颗星球之外的大联盟所在地。

有一个人尚在血战，我却即将离她而去！比不周山之战的最后一刻更加绝望。那是平生第一次无能为力的绝望。"初蕾……"他忽然用尽全身力气，手臂上早已熄灭的指示灯，一瞬间发出了微弱的光芒。纵然是灰飞烟灭，也得在跌出宇宙之前，把最后的这点元气全部给她。

轰隆一声，白色的山脉归于了虚无。巨大的红色，主宰了一切。整个宇宙，只剩下了一张没有任何表情的巨大的俊脸，然后，他伸出巨大的手臂，就像撕裂一张纸一般撕裂了宇宙的边缘……

西帝觉得自己已经死了，他躺在地上一动不动。他忽然觉得，跌出另一个宇宙也就跟人类的死亡一样——不就是黑漆漆的一片茫然吗——就像禹京这个舔狗所掌管的幽冥世界，他曾经好奇地亲自去查看过好几次。

直到一只脚重重踢在他的身上："起来吧，别装死了！"西帝猛地跳起来。他甚至一连跳了好几次，就像是一只忽然失控的大马猴。"天啦……怎么会这样？怎么会这样？"

漫天虚空，一片平静，就像什么也没有发生过一样。巨大的火球，已经悄无踪影。

远处，一个人影，摊开一只手。巨大的火球在其掌心，就像是一个玻璃弹珠。

西帝转向白衣天尊。

白衣天尊却背对着他，目光投射在浩瀚无垠的星空。他的头发已经彻底变成了红色，雪白的衣裳还是一尘不染，甚至连一丝裂痕都没有，就像这场死亡之战从来没有发生过一样。他只是背着双手，一直眺望星空。

很早的时候，他就知道了。站在地球上的时候，你会觉得太阳系浩大无边。站在银河系，你会发现太阳系只是一个小点。当你站在宇宙中央的时候，整个银河系也成了芝麻粒一般。

大和小，其实都是相对的。亦如病菌，它们盘踞在人类的五脏六腑，又何尝不以为人体本身就是一个浩瀚无涯永远看不到边际的宇宙？在某些大神眼里，再大的火球都只是一个小珠子，随手就抄起来，捏碎或者放到一边即可。

天空，前所未有的晴朗，对面的影子也越来越清晰。

饶是白衣天尊和西帝，也无法穿透这个影子把一切看得清清楚楚。他们只能看到一个极美的人影，那种美，无法描述。但一眼望去，就让人安全，充满了生命的张力。

西帝统御几十万年，一度认为天上地下唯我独尊，可现在，他看着那个人影，忽然觉得自己特别渺小，就像是微不足道的一粒尘埃。他张嘴，却说不出话来，只是瞠目结舌站在原地。

还是白衣天尊先开口："感谢阁下！"他的话语很简短，因为说多了怕冒犯。

西帝自认识他以来，从未见他对任何人如此恭敬，内心就更是震惊。想想看，能让这捅破天的家伙如此恭敬，对面的大神会是谁？

"D病毒只是大了一点，但就像一只蠢笨的毛驴，大而无用，吹一口气则灰飞烟灭。而人类身上最严重的病毒，比D病毒早多了，也严重多了……"

那声音也是柔软的，就像三月的春风拂过开满蔷薇的花枝，每一缕都会带来盛开与绵延的生命力。是的，就是生命力，再也没有比这个更准确的词语了。他的出现，好像就是为了这宇宙的生命而来。

第二十七章　血战大联盟

青元夫人索性一挥手，她旁边几名呆若木鸡的复制人都转向她。他们看着她，就像是一群忠心耿耿的臣民看着自己的主人。可是，青元夫人看着他们，简直就像看着一群敌人。

该死的雪白长袍，该死的红色马尾。她一挥手，复制人们，一个个魂飞魄散。紧接着，便是地上那群复制人的尸体。

她一个也没放过。

挥手之间，所有的复制人化成了一丝毒气，随即蹿入了脚下的土地，从此永生永世不复重生。

青元夫人彻底摧毁了他们的魂魄，她甚至彻底摧毁了数据库里的全部基因。她让百里行暮的基因再也无法存在这个世界，那是真正的绝杀。

她哈哈大笑，得意到了极点："现在好了，我既然得不到你，那么，这天下任何人也休想得到你了……"

她随手一指凫风初蕾，表明自己连一个复制人都没留给她。

凫风初蕾扑过去，她脑子里只剩下最后一个念头：我跟你拼了！她的全部血液都集中到了脑门上，她甚至完全不在乎自己是以卵击石了。

金杖威力无穷，毕竟是她全部的元气凝聚。

青元夫人的笑声戛然而止，她迅速后退，尖声嘶吼道："愣着干什么？你们干什么？快杀了她……快……"

基因炸弹，突破了金色光芒。

可是，初蕾的速度远在基因炸弹之上，她以不可思议的速度冲到了神树边缘。

神将们，彻底拦截了通天神树。

但是，他们无法阻拦头顶的飞鸟。

那一圈金色的飞鸟首尾连成一个巨大的金色圆圈，将初蕾母女遮掩，他们固然一时冲不出来，神将们也休想冲进去。

暗处的诸神都暗暗松了一口气，没有任何人愿意在此时看到初蕾覆灭。他们都希望她活着，活下去。她是他们所见过的最有勇气的人。

青元夫人，一直歇斯底里。自从复制人百里行暮灰飞烟灭之后，她就彻底疯狂了。

"凫风初蕾，滚出来吧……你在里面躲不了一辈子……你不出来，我会彻底毁掉这棵神树……"别说一辈子，一刻都很难坚持了。

余勇已尽，初蕾的最后一丝锐气也彻底散去，只紧紧抱住女禄。

女禄只是死死攥着她的右手，竭力将自己浑身上下残余的最后一点元气给她，"孩子……孩子……是我对不起你……是我一直没有照顾好你……"

她不知道，她一直不知道。若是她知道自己曾经有过这么一个孩子，那么她就会不顾万万年的惩罚，早已走出黑暗王国，亲自见证她的成长。

从京都大屠杀到不周山之战，中间相隔了五千年。从不周山之战到离开黑暗王国的封印，又是整整七十万零五千年。她的罪孽，按照法律该囚禁七十万年，她整整多服了一万年刑。

万年光阴，流水一般。七十万年的光阴，也如流水一般。

她早已在无尽的悔恨、痛苦、绝望之中，彻底失去了重新面对光明的勇气。那根本不是大联盟法律的惩罚，是她自我的惩罚，对自我的流放。若非初蕾路过，开启光明，她可能根本不会考虑出来，她宁愿在黑暗之地永生永世待下去。

其实，她原本可以早点出来的。只是，一次的错过便是永生的错过。

"孩子……你躲在这里，万万不要出去……只要你不出去，她们就奈何不了你。"

初蕾沉默。我躲进神树又能如何？就算我能勉强逃得一命又能如何？我的亲人、朋友、爱人，全都死光死绝了，难道我就一辈子躲在神树里面吗？

可是，初蕾没有违逆，她对女禄点头，很镇定地说："你放心……娘娘……"

女禄终于松了一口气，与此同时，她死死攥着她的手，也松开了。

"娘娘！娘娘……"初蕾心如刀割，可一滴泪也流不出来。

女禄，也死了。她最后的一份希冀彻底没了。

青元夫人咯咯大笑："还记得当初我是怎么告诉你的？我要杀绝你所有的亲人和朋友！你当初以为这是吹牛？咯咯，现在你相信了吧？"

从杜宇、大熊猫、涂山侯人，再到现在的百里行暮以及女禄……青元夫人，的确做到了她想做的一切，甚至包括失踪的白衣天尊也是她所为。

这天下，再也没有力量可以阻止这个疯子了。

从此以后，整个大联盟万万年都会笼罩在暴力和恐怖的阴影里，任何人胆敢质疑和反抗，便是今天诸位惨死的下场。

"凫风初蕾，你乖乖地走出来，只要你走出来，我还可以考虑留女禄一个全尸，否则的话，女禄也必将魂飞魄散，永无翻身之日……"

初蕾其实很清楚，无论自己走不走出去，女禄娘娘都必将魂飞魄散。青元夫人，不会再给女禄娘娘任何复生的机会。就连女禄娘娘的基因，青元夫人也要当面彻底摧毁。

可是，她还是走了出去。她从飞鸟笼罩的光圈里走了出去，她手握金杖走了出去。

这时候，交战双方的人数已经很少了，神将和玉女的大批伤亡之后，其他人识得厉害，根本不敢靠近。

她一个人走在大联盟空荡荡的土地上，走向青元夫人。

"哈……你居然真的有胆量走出来！"

"青元夫人，你躲那么远干什么？有种就和我一较高下！"

"咯咯，跟我斗？你有那个资格吗？"

凫风初蕾出手了，与此同时，定点攻击的基因炸弹也启动了。

可是，下一刻，诸神忽然发现凫风初蕾失踪了。轰隆隆的爆炸声中，那红色的身影忽然消失了，金杖的光芒也彻底消失了。

莫非凫风初蕾就这么死了？莫非她一下就被炸死了？

维维奇终究还是没忍住，低声道："可惜，真是太可惜了。"

维维奇彻底闭嘴，并且缩回了身子。诸神，都缩回了身子。

可他们还是忍不住好奇，毕竟一件事情已经到了结局，却依然看不到尾声，岂不是心里痒痒的？

凫风初蕾，真的已经灰飞烟灭了吗？

就在这时，一声惊呼。金色光芒，从地上腾起。

凫风初蕾在金鸟的掩护之下，从地上扑了过来，金杖横扫青元夫人的双腿，就像当年在西北大漠，绝杀躲藏在地底的小狼王的"地杀"大军。

每一杖扫过去，都是一阵哀号。

可倒下去的全是玉女、神将，青元夫人逃之夭夭。

青元夫人在几名绝顶高手的掩护下，凌空而起。她的金色虎皮劲装让她看起来就像是半空中舞蹈的猛虎。她哈哈大笑："死丫头，你可真是不错啊。我倒要看看你究竟还能坚持多久……哈哈哈，我就不信，你还真就打不死了？"

金杖过去，又倒下了一大片。

已经缩身的诸神，又忍不住出来围观。每个人都想不到，凫风初蕾竟然还能战斗到这时候。要知道，西帝的子女都是交手片刻就彻底溃败，可她们母女从一开始战斗到现在，所有人都死光死绝了，凫风初蕾还能爆发出如此巨大的威力。

初蕾举着金杖，浑然不顾基因炸弹的威力，追着玉女们跑。炸弹掉落处，玉女们大片大片地死去。而她却在飞鸟的掩护下拼命追逐，就像一只狼杀入了羊群。

青元夫人气极，却哈哈大笑："你这个该死的疯丫头，到这时候居然还敢逞能，你还真的以为你的亲友已经死尽死绝，我就无法威胁你了，是不是？那你等着瞧，我先把地球毁灭……哈哈，我马上就彻彻底底把地球毁灭，我让你在整个宇宙再也没有容身之处，哈哈哈……"天穆之野的打击目标忽然调整，整个对准了地球。

沉默的诸神，一起现身。他们不敢开口，可每个人都惶惶不安。

全宇宙最大、最好的生物基因培养器——创世最初的宇宙大帝所创立的地球！几十亿年以来，从来没有人敢对地球进行摧毁性的打击，纵然是不周山之战，共工也只敢引爆月球，否则，别说是生物大半死亡，整个地球也会彻底灭绝了。饶是如此，两名主犯的结局，大家都一清二楚。误伤地球，尚且活罪难逃，现在，青元夫人可是直接要把地球毁灭。

维维奇喉头那一句"万万不可……快停手……绝不能这样打击地球……"没有喊出来。他站在原地，一动不动，可内心整个已经瘫了。他只能和诸神一样，眼睁睁地看着天穆之野的目标锁定了地球——每一次打击，每一次毁灭，全是现场直播。也正因此，才吓破了诸神的胆。

谁出声，谁就是下一个受害者。没人敢出声，诸神静默。

诸神眼睁睁地等着地球被摧毁的最后一刻。

不周山之战都不曾被摧毁的地球，现在终于要被摧毁了。青元夫人很是得意，她纵横半空，就像一只敏捷的猛虎。她的声音温柔、动听，唱歌一般："呵……大家要不要最后看一眼地球啊？咯咯，那可是昔日的宇宙大帝住的地方啊，是大家曾经最向往的乐土啊……虽然现在早就变得一文不值了，可再落魄的贵族也曾经是贵族呢……虽然现在的地球人已经彻底变成了一批蝼蚁般的贱民，可是一想到她马上就要彻底消失，咯咯，我还真的有点难过啊……"

和诸神的星体不同，再兴盛的神族，一个星球上也不过几千几万人，可地球就不同了。地球有上亿活人，还有比人类还多得多的猪、羊、狗、马等家畜，以及根本无法准确计算的飞禽走兽和树木青草等，对地球的屠杀，是全宇宙最大的屠杀。

灭绝地球，便是灭绝宇宙中最大的物种群。可片刻之后，地球万物和地球本身，就要彻底毁于一旦了。

甚至连打击之前的倒计时都开始启动了。

青元夫人哈哈大笑道："三……二……"

凫风初蕾停下来，她举着金杖，死死看着地球的方向。她脑子里一片空白，竟然无法去想象下一刻地球变成一片树叶会是什么样子，甚至忘记了攻击的目标。

这一刻，单打独斗已经彻底失去了意义。多死一个人，少死一个人，也都失去了意义。

玉女、神将们也纷纷住手，每个人都紧张地看着那毁灭性一刻的到来。

地球！地球！曾经雄踞天下的宇宙大帝的居所。当然，还有九黎。当然，还有金沙王城。一切温柔旖旎，一切金戈铁马，一切风云岁月，统统都将不复存在。

地球，已经彻底被定格。只等青元夫人的那一声"一"字出口，就彻底化为碎片。

到此时，其实，大家都看到了。操纵发射按钮的，是云华夫人。青元夫人唯一信任的，也只有云华夫人。她端坐在椅子上，手按在发射器上，已经不在乎诸神看到镜头前的自己了。

她无所畏惧，也无所忌惮。但凡能掌握这样毁灭性武器按钮的人，已经没有什么是值得她畏惧的了。整个宇宙的生死，都掌握在了她的手中。

青元夫人的疯狂笑声终于变了："唉……地球终将不复存在……咯咯，不过我喜欢……"

初蕾忽然暴怒，她的怒吼声震寰宇："你怎么敢？青元夫人，你怎么敢摧毁造物主亲手创造的地球？"

不过，咯咯的笑声中，云华夫人的手已经定格在了按钮上面。

青元夫人的声音也已经定格在了"一"这个数字上。可是，她已经没有机会发出这个数字了。她的声音，永远定格了。众人先是看到云华夫人的身子飞出去，然后是青元夫人。

屏幕，彻底黑了。关闭的时候，只看到一团模糊摇晃的身影。

青元夫人的身子从顶尖级的玉女包围圈里，忽然被扔上了半空之中。那是一股巨大的无形的力量，只瞄准了她一个人。她翻腾挪移，连声惊呼："谁……是谁……"

大家都想知道这个人是谁，每个人都在想，莫非是哪一位大神忍不住出手了？可是，他们根本看不到人影。大家都惊疑不定地看着四周，忽见铺天盖地的黑影碎片纷纷扬扬降落下来。

那是鲲鹏的翅膀，那是鲲鹏零散的羽毛。鲲鹏，鸟中之王，一飞九千里，翅膀扇动，能为天空大地撒下无数的病菌、瘟疫，人人见之闻风丧胆。可现在，它就像被抓住的小鸡，没有任何反抗之力，它的翅膀在风中七零八落，嘴里的哀鸣响彻云霄。

有人惊呼："禹京……死神禹京……"

青元夫人也厉声道："禹京大人，你怎么了……"

禹京已经没法回答她了，他的声音根本传导不出去了，他甚至无法开口，无法向心中女神做出半点的回应。可是，他还是竭尽全力，想要再看她一眼。

"禹京大人……禹京……"青元夫人待要冲过去，可是她也被那股巨大的力气所阻挠。

死神禹京正在鲲鹏的背上做最后的翻滚、挣扎。他曾引以为傲的一切病毒、死亡之气，都被封锁在他的周围，就像一个巨大的圆圈，将他彻底覆盖。

渐渐地，这圆圈越来越小、越来越小，鲲鹏的翅膀也越来越小、越来越小。最后，那圆圈忽然变成一个点，竟然就这么从众人眼前消失了。

诸神惊呆了。

只有青元夫人歇斯底里道："无论你是谁，我都要彻底将你摧毁……是谁……到底是谁……"可是，没有人站出来。

诸神双目茫然，每个人都在想：能一招绝杀禹京，这会是谁？这天下，又有谁才会有这样的本事？而且，在绝杀禹京之前，居然能一招阻止青元夫人对地球实施打击。

然后，所有人的目光都转向同一个地方——那是地球的方向。准确地说，是地球和月球交汇的地方。

他们死死盯着那个冉冉升起的庞然大物，不敢相信，那是一座天空母舰。已经非常古老、非常破旧，就像是古董店里挖掘出来的一件文物。可是，它的旗帜依旧高高飘扬，它的斑斑锈迹在诉说昔日的辉煌和彪炳。

不周山战舰！传说中的不周山战舰！已经被废弃了整整七十万年的不周山战舰。已经在诸神心目中变成了一块巨大废铁的不周山战舰。

不周山不是一座山，而是一座天空母舰。

昔者，共工与颛顼争为帝，怒而触不周之山，天柱折，地维绝。天倾西北，故日月星辰移焉；地不满东南，故水潦尘埃归焉。

但凡地球人都知道的伟大传说。

古往今来最可怕的一场战争，曾经让整个地球差点覆灭，也从此让诸神格局改变。本以为早已成为过去，可现在，这艘布满了传奇色彩的战舰，居然重出江湖，冉冉升起在大联盟的上空。

大家震惊的当然不是这艘战舰，而是高高站在战舰上的人。

有史以来最著名的战神。真正的共工。真正的白衣天尊。

当上百个复制人露面时，诸神曾经惊疑不定，无法分辨真假。可现在，他们一看这个人，立即就知道，真正的本体来了。

再真实的复制人，也只是复制人。复制人，根本无法具有本体的气派。

就算他们的基因和他一模一样，可是他们绝对无法继承那种后天养成的气派——那是无数场战役、无数次生死、千锤百炼之后才具有的伟大气场，不是与生俱来便有的。复制人，又怎会具有？别说他们根本没有他的脑电波，就算偷窃一二，也根本不可能具有这样的气派。

共工。伟大的战神共工。他亲自驾驶这艘废弃的战舰，刚一露面，便击溃了通往地球的毁灭性打击。第一招，便绝杀了死神禹京。

无数的玉女、无数的神将要扑向他，可是，他们被一股巨大的力量定住了，动不了。

他主宰了整个大联盟，就连嚣张至极的青元夫人也死死盯着他，不敢相信。她没法相信这一切是真的，她彻底蒙了。

怎么可能？

他怎么可能活着回来了？

不但活着回来，而且还亲自驾驶了不周山战舰，只一露面，便彻底主宰了整个大联盟。

这战场，变成了他的主场。

她好几次张嘴，可是，她连尖叫都发不出来了。她忽然意识到，完了，完了，一切都完了。只要这个人出现，一切就全都完了。

所有的理想、所有的野心、所有的夙愿、所有的努力……很可能都完蛋了。可是，她不肯罢休，她也绝不会死心，她只是悄然看着天穆之野的方向，想起那举世无双的武器库。

这武器库，便是她所有信心和力量的来源，包括让共工星体号变成一片树叶。

可现在，她胆战心惊，因为她看到飞出去的云华夫人——白衣天尊出现的一瞬间，云华夫人就跑了，一溜烟地跑了。喉头的那一声"姐姐"，生生咽了下去，她忽然茫然失措地盯着那个冉冉现身之人。

凫风初蕾也死死盯着那个忽然现身的人影，他白衣如雪，一头蓝色精灵般的头发。他目光如炬，扫视四周。然后，落在她的脸上。初蕾嘴唇微微嚅动，但说不出话来。千回百折，一句也说不出来了。

她只是站在原地，呆呆地看着他。

他微微一笑，凝视的眼神无声无息，似乎在说："初蕾，你还好吗？"

她无法回答，只是下意识地看了看无名指上的蓝色扳指——直到此时，直到此刻，她才发现，这戒指重新亮了。也许，不知何时起就已经亮了，只是她在厮杀之中没有发现而已（否则，根本坚持不到现在）。

他点点头，目光转向别处。

半空中，金色虎皮的青元夫人失声尖叫："白衣天尊……怎会是你……怎会是你……"

他看也不看她一眼，他一直没看过她，在他眼里，她就像是一只苍蝇的叫嚣，不值一提。

维维奇大叫："真是白衣天尊吗？你没死？"

他淡淡地说："我不是早已告诉你们了吗？从弱水出来之后，我便不死不灭了……"

青元夫人尖叫道："这不可能……这不是真的，你早就被D病毒拉出宇宙边缘了，你怎么能返回？这根本不可能……你不可能返回……"

"D病毒的确已经被拖出了宇宙边缘……从此，整个大联盟都不会有D病毒存在了……"

"你撒谎，你撒谎……D病毒根本没有解药……D病毒永远也不会有解药，大联盟的数据库根本不可能升级超过我们……"即使当众承认罪行也在所不惜了。

他笑笑。

他只是看着忽然全部现身的漫天诸神（他出现之后，他们一起涌了出来），然后他一字一句道："不但整个D病毒不复存在，就连天穆之野也从此不复存在！"

所有人好像不明白这话是什么意思。

青元夫人也不明白这话是什么意思，她只是下意识地转向天穆之野的方向。

诸神也转向天穆之野的方向。

就连呆若木鸡的凫风初蕾忽然也很紧张，她也本能地看向天穆之野的方向。

天穆之野，风平浪静，什么都没有发生。

天穆之野，是当今全宇宙最神秘莫测的地方：不死药、武器库、病毒库……每一样都是顶尖级别。他们同时掌握了永生和死亡，他们可以让你永远活着，但一言不合，下一刻便让你魂飞魄散。尤其是刚刚过去的现场直播、定点打击、脑电波数据库的销毁、一个个星球的毁灭、化为树叶的共工星体号……都让诸神记忆犹新，如在眼前。

可是，白衣天尊却说天穆之野，从此也不复存在……这是什么意思？

青元夫人原本一直在狂笑，可是她忽然笑不出来。她下意识地看着天穆之野的方向，厉声道："姐姐……姐姐……我姐姐呢？天啦……你们快去救云华夫人……你们还愣着干什么？快去啊……快……"

众神如梦初醒，敢情天穆之野的武器库是极其保密的，除了青元夫人姐妹，其他人根本无法进入。

今天，操控整个武器库的并非别人，正是云华夫人。

所以，她才没有在大联盟露面。她只是打了个照面就离开了，她是回天穆之野启动了最大的大杀器。每一次绝杀，都是在她的全盘操控之下发出的。

青元夫人嘶声咆哮："快呀，你们愣着干什么？快回去，快去救我姐姐……"玉女们速速转身，可是，她们只走了几步就停下来。已经太迟了，已经根本没机会了。

她们和诸神一样，眼睁睁地看着天空忽然变了颜色，通往天穆之野的方向，亮光一闪，紧接着，天穆之野忽然萎缩，片刻之间，就变成了一片树叶。

天穆之野彻彻底底变成了一片树叶，只见这片树叶慢悠悠地飞跃银河系，飞跃大联盟上空，然后轻飘飘地向无边无际的宇宙深处飞去。

天穆之野，终于消失了。

不死药和着D病毒，桃花佳酿和着毁灭性武器库。漫天桃红，花开花谢。

所有的一切，恰好在这时候被终结。

明明云淡风轻，比鸟儿的翅膀划过天空更加平淡，可不知怎的，每个人的耳朵里都嗡嗡作响。

每个人都觉得耳膜快破裂一般。

同时破裂的，还有诸神的自信、勇气、正义以及面对暴力的态度……许多人当即就瘫软了下去，恍如劫后余生。

唯有青元夫人歇斯底里地呼叫："姐姐……快跑……姐姐……快跑啊……"

没有人回答她，因为大家都知道，云华夫人绝对跑不了，当天穆之野变成一片树叶的时候，上面的一草一木就注定无法逃跑了。别说她，就连那些传说中的蟠桃，就连地上的一粒尘埃，都无法幸免了。它们和天穆之野连成一个整体，直接变成了一片树叶，就像当初被青元夫人所摧毁的十几个星球一样。

众人都惊呆了。

鸢风初蕾忽然觉得全身疲软，好几次要站起来，却只能靠着金杖才能勉强站立。

唯有青元夫人的连声怒吼响彻云霄："该死的共工，我跟你拼了……"

青元夫人忽然变了，她整个人彻底变了。戴胜，虎齿，豹尾。她乱蓬蓬的头发上戴着一只玉佩发箍，她变成了一只豹尾虎齿的怪兽。

她嗷叫着，猛地扑向了白衣天尊。这一声嗷叫，真可谓响彻大联盟，阴风惨惨，充满了怨毒杀气和死亡的暴戾之气。

"我要杀了你……"那是诸神第一次见到青元夫人的真容。

她终于幻变成了她本来的模样。她这一扑，不啻雷霆之力。纵然是白衣天尊也不敢硬拼，迅速侧身。

幻变之后的青元夫人，灵活得出奇，一招落空，她迅速使出了第二招。每一招都伴随着一声咆哮，那咆哮是极其厉害的声波武器，围观诸神无不耳鸣头晕，有力弱者当即昏迷不醒。

白衣天尊高声道："退后……全体退后……速速隐藏起来……"

诸神固然马上隐匿逃避，玉女、神将们也纷纷躲避。

可是，空荡荡的大联盟根本不足以容身，而通往神殿的大门又被彻底锁死，慌乱中，他们像无头苍蝇一般奔向通天神树。

鸢风初蕾抱起女禄，也本能地冲向通天神树。

青元夫人再次长啸一声，半空中一个腾跃，就向初蕾背心抓扯，她这一抓，若是碰着分毫，初蕾就得浑身碎裂。

初蕾没有回头，只听得一个熟悉到了极点的声音："好你个青元夫人，竟然到这时候还敢逞凶……"她不管不顾，只一径奔逃。因为，青元夫人的咆哮更长更尖锐了，就算她被阻挡，抓不住自己，可这样下去，自己和神将们一样，非被震碎心脉而死不可。

玉女们团团围在通天神树旁边，可是，她们冲不破杀气。直到初蕾奔过来，她径直冲向凌厉无比的刀锋杀气。她的身后，跟着一群飞鸟。她的鲜血就像漫天的雨点，迅速洒在了层层叠叠的枝干、叶片上面。通天神树的杀气，无声无息收敛。

无数人蜂拥而入。

初蕾仓促把女禄放在里面，转身就冲了出来。她刚刚冲出来，神树便合上了。但是，她只站在神树旁边，再也没有挪动脚步。

整个大联盟，只剩下两个人。两个生死搏杀的老对头，金色豹尾的青元夫人，白衣如雪的白衣天尊，他们第一次亲自对垒。

他们已经认识了几亿年，他们终于生死搏杀。

青元夫人的每一招都虎虎生风。

白衣天尊，连续闪避。纵然是他，也不敢直接面对幻变之后的青元夫人，只觉得她每次发出长啸，自己的心脉就会瞬间紊乱。

青元夫人见久攻不下，急了，咆哮忽然变成了怒吼，她从嘴里喷出一团一团的火焰。那不是一般的火焰，那是死亡之火。

很快，大联盟的一切，便如被烧焦的木炭。

纵然初蕾远远躲在一边，也感觉到了被炙烤般的痛苦。

白衣天尊一直闪躲，直到青元夫人喷出第三团巨大的火焰。他整个的长袍忽然被烧焦了一般，空气中一股焦的臭味。

初蕾失声道："天啦……"

青元夫人却哈哈大笑："我要杀了你这个家伙……是你！都是你，是你毁掉了我的一切……"

笑声，满是怨毒。笑声，戛然而止。她头上的玉佩，忽然炸裂。她的虎齿，忽然断裂。一只拳头，不偏不倚地砸在她的心口。

他一直躲闪，一直都在寻找机会，直到她从咆哮变成喷火。她最擅长的，便是用毒。而他，百毒不侵。

从咆哮到喷火，中间有一个换气的过程，这个过程，便是她的死穴。像他这样的人，一旦把握住了机会，又岂能放弃？

一击即中。

豹子般的身形，瞬间瘫倒在地。那是一只死去的豹子，浑身有彩色的花纹，生前，不知多么灵活敏捷。唯有她的脸上还挂着无比的绝望和怨毒，两只眼睛也睁得大大的，似是死不瞑目。

身为基因病毒的一代高手，竟然没有人知道，她早就把自己变成了一具很特殊、很有战斗力的形体。这强大无比的形体，甚至一路保举她差点登上中央天帝的宝座。

只不过，现在一切都定格了。

第二十八章　大战结局

　　白衣天尊看了凫风初蕾一眼，脸上的神情很复杂。
　　凫风初蕾远远地看看青元夫人的尸体，又看看他，满脸茫然。她并未走过去，只是远远地看着。她想，这是胜利了吗？终于还是胜利了吗？可是，却没有一丝一毫的喜悦之情。
　　这是胜利，也是惨胜，可谓两败俱伤。
　　诸神，静默无比。短短的时间，大联盟翻天覆地的变化，他们从极度的暴力恐吓之中，又看到暴力施加者迅速死亡，从极度的窒息走向另一个窒息。
　　他们想到一个问题：天穆之野固然没了，武器库也没了，就连不死药也彻底没了，他们也全部静默无语。唯有白衣天尊的声音回荡在大联盟的上空，淡淡的，轻轻的，每个人却都听得清清楚楚。
　　"……不死药的存在，本就存在一个极大的不公平。原本，诸神可以凭借自行修炼，增加元气，慢慢地提升神格，可是，因为有了不死药，每个人便开始走捷径，把希望寄托在不死药上面，私下里或者公开，极力讨好不死药的掌控者，就算拿不到不死药，也能得到一些灵丹、神药，以达到速成元气的目的……可正因此，诸神的元气实则是在极大退步，修炼也从此废弃，反而让炼丹术、各种所谓的仙丹大肆流传。可是，正道呢？正途呢？又有多少人从此沦为了天穆之野的走狗？从此陷入对天穆之野的阿谀逢迎中而不可自拔？"
　　诸神，依旧一言不发。
　　"当一个人、一个神族，长时间生活在被极度的吹捧之中后，难免飘飘然、野心膨胀。天穆之野还是西王母执掌大统的时候，何等的戒律严明！何等的公正无私！可是，西王母一去七十万年，整个天穆之野便彻底退化。在诸神无限度地吹捧和阿谀逢迎之中，她们的野心迅速膨胀，以至于不可遏制。青元夫人之所以敢用这么暴力的方式公开谋夺中央天帝的宝座，你们扪心自问，难道都是她一个人的错误？都是她们姐妹的野心膨胀？"
　　诸神，根本无法回答。每个人都屏息凝神，每个人都劫后余生。
　　"权力的集中比猛虎更加恐怖。天穆之野同时掌握了不死药、武器库以及病毒库，其实，这早已是公开的秘密。只因为大家对天穆之野有所冀望、有所企图，所以七十万年来，居然没有任何人提出半点反对意见。每个人都在和稀泥，每个人都在想，这事其实跟我没关系，我也懒得出头得罪人，以免枪打出头鸟，可是，你们以为，这样下去，你们就没事了？你们就真的安全了？你们以为自己永远也不会成不了受害者？"

诸神依旧冷汗涔涔，他们还是一声不吭。

其实，从鬼风初蕾在万神大会上痛骂诸神开始，再到白衣天尊悔婚、万王之王登基、桃花星厮杀、金沙王城大屠杀、九黎大屠杀……甚至早在当年蛮霸被诬陷见色起意谋杀玉女开始，许多人早已对天穆之野的行迹有所腹诽、有所了解。至少，大家知道，许多事情绝非空穴来风。

可是，还是没有任何人站出来，甚至没有人提出任何的质疑。原因还是一样——何必得罪天穆之野呢？得罪青元夫人有什么好处呢？反正这又不关我的事！反正我又不是受害者！相反，巴结天穆之野，对我却有好处，而且是大大的好处。至少，我可以多多品尝蟠桃、美酒，多多获得快速提升元气的灵药，这些理由难道还不够吗？

抱着这样态度的，何止诸神？甚至包括西帝和他的庞大家族，都不愿意轻易招惹天穆之野。

所以，纵然当年蛮霸和他的神族被彻底灭绝的现场很是可疑，只稍稍调查一下，很可能就会发现真相。可是，追捕司不想去调查，西帝也没坚持去调查，其他诸神更不可能伸张正义，大家和稀泥，反而把真正的受害者赶到T54。

甚至到天后暗中使用天穆之野提供的基因病毒谋害大量的地球少女，大家还是和稀泥。反正受害者是低等的地球人，就像现实中有些人看着一些熊孩子屠杀蚂蚁、虐杀一只鸟……他们顶多只是嘀咕一句太残忍了，然后就不了了之了。毕竟，谁愿意去招惹熊孩子而被他们的熊家长报复呢？

有些事情，睁一只眼闭一只眼，无论恰当不恰当都睁一只眼闭一只眼。闭眼很容易，可要睁眼，就不见得那么容易了。直到他们发现，自己再也睁不开眼睛了。

西帝家族，便是最典型的例子。十几个大大小小的家族毁于一旦，自己的子女也死伤大半，包括天后，以及早前内讧时死去的兄弟——福柏斯。他们家族的脑电波甚至都被集中销毁得差不多了，那是血一般的惨重代价。他们的亡灵在九泉之下，回首往事，是否后悔得吐血？

如果早点出手、早点制止，是不是就不会走到这一步？

"最初的时候，每个人各怀私心，每个人都在想，反正和我没什么关系，犯不着我来多事。多一事不如少一事，沉默是金。可是，沉默真的是金吗？沉默，从某种意义上来说，难道不是一种帮凶吗？"

诸神的沉默，才是他彻底摧毁天穆之野的原因。只要不死药存在一天，他们便会一天不断绝巴结讨好的念头；只要武器库存在一天，他们便会一天不断绝恐惧服软的念头。而现在，什么都没了，整个天穆之野都不存在了，无论蟠桃、灵丹还是举世无双的武器、毒药，统统都没有了……他们还能走什么捷径呢？

诸神，还是沉默。他们唯有沉默，也不知是最终的反思还是无言可对。

甚至站在大联盟的这个人——曾经，他是不周山之战的主犯；曾经，他是整个大联盟的通缉犯，虽然，通缉他的理由其实很荒诞、很经不起推敲。但是，现在，这一刻，他成了拯救整个大联盟的英雄。他凭借一己之力，将摇摇欲坠的地球生生从死亡的阴影里拉了回来。

他想，这是赎罪。

他们也想，这是赎罪，或者是功劳。

白衣天尊只是问了他们最后一个问题。

"诸位，你们想过，若是青元夫人真的登上了中央天帝的宝座，整个大联盟会变成什么样子，你们会变成什么样子吗？"

他没有再开口，也没有期待他们能够回答。

每个人都在扪心自问：是啊，如果青元夫人今天真的凭借武力登上了中央天帝的宝座，那会如何？

既然她敢武力夺取天下，那么又如何不能武力治理天下？昔日巴结她、讨好她，她的忠诚嫡系也就罢了。可是，其他一直保持中立的诸神呢？可是，其他私下里对她有所不满的诸神呢？这两部分人的结局会如何？

是不是今后但凡她一声令下，他们就必须大唱赞歌、歌功颂德、随声附和？否则，她一翻脸，等待违抗者的便是自己的星球变成一片树叶？

又有什么人能保证这一辈子，在以后的几万年、几十万年甚至几百万年漫长时光里，一次都不得罪她呢？伴君如伴虎啊。

如果得罪了她，后果会如何呢？甚至仅仅是不巴结她，后果又会如何呢？

哪怕你清高孤傲，不问世事，就真的可以置身事外了吗？

激烈的批评被消灭了，他们再来消灭温和的批评，等到温和的批评都没有的时候，他们就消灭那些保持独立不赞美的人了，到最后，如果鼓掌不起劲，都会被消灭。并不是保持中立或者沉默，就安全了。到时候，鼓掌不卖力，都成了死罪。

诸神，无不冷汗涔涔。

白衣天尊，却终止了这一场非正式的临时演讲。他在大联盟的演讲，总共只有两场。第一次，发生在不周山之战前夕，准确地说，那只是一个通告；这一次，也只是有感而发，必须把心底的话说出来。

如果他不开口，如果他也沉默，那么，这天下就再也没有人会大声说话了。

可是，造物主赋予我们灵巧的舌头、美妙的声音、流利的语言，并不是为了让我们沉默，而是让我们说话——但是，不包括撒谎！

很长时间的沉默。

大联盟，从未如此长时间的沉默。每个人，都在想着自己的心事。

白衣天尊，也彻底沉默。他只是静静地看着远处，通天神树下面，那个把金杖当成了拐杖的女孩。

诸神，也随着他的目光看向通天神树。

她浑身血迹模糊，头发凌乱，可是，她依旧倔强地站立着。在他出现之前，是她凭借一己之力抵抗到了现在。一个地球人，居然有意无意挽救了大联盟最大的一次危机。

可是，她也沉默，她根本无法开口了。她甚至没有接触那熟悉的目光，而是慢慢地转向闪闪发光的通天神树，满怀凄然：呵，我的朋友、亲人，他们也全都成了这次阴谋的殉葬者吗？

她想，自己该离开这里了，马上离开这里。通天神树，既是上天之路，也是回家之路。她想，委蛇还在金沙王城呢？她转身。

他本想叫住她，可是，他迟疑了一下。不知怎的，他忽然也失去了勇气。

随即听得一个气喘吁吁的声音："哈啰……老朋友，你这是彻底清场了吗？"她本能地回头。

居然是西帝，是失踪已久的西帝。

诸神，也无比惊愕。

唯有白衣天尊面不改色，淡淡地说："别的都清场了，但是，你留下的烂摊子还得你自己收场。"

"喂，老朋友，你别忙着走啊……"

他没回答，径直走向通天神树。

她眼睁睁地看着他。直到他走到自己的面前。

"初蕾。"

她很长时间发不出声音，甚至低着头避开了他的眼神。

"初蕾……"

她指了指通天神树，声音干涩道："他们……全部都在里面……"

他点点头，却看着树上的果子。果子只有十二颗，每一颗都拇指般大小，晶莹剔透，像一颗颗毫无瑕疵的红色宝石。

初蕾也看着那些果实，这是她第一次把这些果子看得清清楚楚，也是她第一次知道这些果实居然是真的——早前，她一直以为只是神树上的装饰品而已。

说也奇怪，那些飞翔的金鸟也瞬间归位，按照原样盘旋在神树的各层枝丫之间，可是，仔细一看，就会发现，每一只金鸟都对应一个果子，它们背负风刀，职责便是为了保护这些果子。可见这些果子一定很珍贵，不然不会动用这么大的阵仗守护。

可是，初蕾并不知道这是什么果子，她也没问。

她只听得追上来的西帝连声惊叹："真没想到，这些生命果居然还活着！竟然一直活着！伟大的青阳公子，真是太了不起了……"

生命果？她想，什么是生命果呢？可是，她还是没有问。她一言不发，只是悄然开启了神树的通道。

如梦初醒的玉女、神将们络绎不绝地走出来。他们看着空荡荡的大联盟，再看看已经消失得无影无踪的青元夫人，两眼茫然。他们看到西帝，就更觉得恍如梦中了。

直到西帝厉声道："你等跟随青元夫人为非作歹、滥杀无辜，原本罪大恶极。可是，念在你等都是胁从，听命行事，所以，今天将你等特赦，但是，死罪可免，活罪却无法饶恕。就将你们集体发配到B34星球，永世不得离开……"

B34星球在银河系之外的偏僻处，虽谈不上是苦寒之地，但是距离大联盟很遥远，基本上处于宇宙的边缘地带了，正是理想的发配之地。

一众玉女无言可对，除了听命行事，也无计可施了。

很快，众人再次走得一干二净。唯有初蕾站在原地，看着浑身伤痕累累的女禄。女禄紧紧闭着眼睛，已经不再有生命的迹象。

西帝上前一步，微微皱眉："女禄娘娘这是怎么了？"

白衣天尊淡淡地说："你还是先去看看天后和你的子女们都怎样了吧……"

西帝蓦然回头。

他噔噔地后退了好几步，然后嘴里才发出了一声哀号。他在天穆之野亲自启动了消灭天穆之野的发射按钮，才不慌不忙地赶回来，在这之前，他根本没看到大联盟发生的一切事情……直到此刻，他看到前面微微闪烁的一朵杜鹃花。

那已经是不再具有实体的花朵，只是最后的幻象，就像一个不甘死去的灵魂，强行挣扎着，想要和他最后道一声永别。只因为当时人太多，她连幻象都无法闪现。

现在，她急不可耐地冲出来，因为再不出来，她就永远无法闪现了。

他的脚步定在原地，竟然再也不敢走过去。他听得那花朵微弱得几乎无法辨认的声音："陛下……陛下……我可终于等到你了……"

他颤声道："天后……天后……"

"陛下……我囚禁你的时候，没想到后果会这么可怕……我没想到……"那是她留给他的最后一句话。

然后，她的声音彻底消失，杜鹃的花影也慢慢地要彻底消散了。

他想冲过去，一把抱住她，可是，他的双腿像灌铅一般，竟然无法挪动分毫。
"天后……天后……"

杜鹃花影，烟消云散。他猛地扑了过去，可是，伸出的双手，只抓住了一团虚无的缥缈。

他双眼发黑，就跪了下去："天后……天后……"

凄然之声，闻者无不动容。

就算她曾经背弃他、囚禁他，可是，大家都知道，她是他唯一最爱、最长情的女人——当年，他曾苦苦追求她，如愿以偿娶了她，也曾经很长一段安分守己，以为可以守着一个人到天荒地老。不过，心性总是难以改变，再美的人也经不起天长日久的消耗，然后，他开始喜新厌旧的轮回……总是他出轨，她追逐；他奔逃，她妒忌；他得新欢，她愤怒。到后来，爱情在种种不堪手段中已经不复存在。饶是如此，在他心目中，她还是最稳固的存在，否则，就不会对她的种种恶行睁一只眼闭一只眼了。

利益共同体也好，勉强敷衍也罢，总算是七十万年的漫长时间一起度过了。而她，终于还是先他一步死去，且死得如此之惨。纵然是咎由自取，他也痛彻心扉。

西帝号啕，因为他很快发现，不只是天后，还有自己的子女、情人以及他们背后的神族都惨死了。可以说，朱庇特家族和其利益攸关的绝大部分神族，差点被一网打尽。他甚至不知道自己的子女逃亡到了什么地方，或者是否还有幸存者。

白衣天尊，没兴趣听他的哀号。

凫风初蕾，也没兴趣听他的哀号。她对天后之死，一点也不觉得动容，就像她此刻也没有丝毫胜利的喜悦。

她只是茫然地盯着女禄的身体，然后缓缓地将女禄抱起来，低声道："娘娘，我们还是回去吧。"

涂山侯人说：地球才是我们的，而大联盟是他们的。凫风初蕾其实想说，金沙王城才是我的，就算九黎，也是他们的。

白衣天尊站在她身边，很仔细地看了几眼女禄。女禄闭着眼睛，就像睡着了一般。她身上也许早已遍体鳞伤，可这一刻，一切的伤痕已经被彻底抚平。

他抬起手，摇摇头，沉默。

初蕾并未追问，她一直没有再开口，她甚至没有接触他的目光。

他也只是盯着那棵依旧通体红艳艳的通天神树，在这一场惊世骇俗的战争中，它是现场唯一完好无损的。不但完好无损，它甚至维护了一群人的安危。首尾相连成一圈飞翔的金鸟早已各自归位，无论四周如何翻天覆地，它们只是岿然不动地守候着树上的一颗颗红色果子。他凝视那些果子，目中也充满了惊奇，甚至是敬畏。

初蕾也看着那些果子，她忽然想起当时女禄娘娘的惊呼：生命果。生命果，什么是生命果呢？

她心底浮现了一丝幻想，不由得伸出手，轻轻放在那红色的果子上面。

金鸟警惕地看着她，看样子原本是要啄下去，可刚要碰触到她的手，又缩了回去。

"青阳公子为了保护生命果的安全，做了精妙设计。你和他有一部分血脉相通，所以，金鸟也视你为主人……"

生命果在她的手上一动不动，竟然就像焊接在上面一样。可是，那果子温润美丽，分明是活生生的。

她抬起头，茫然地看着他。

他沉吟了一下，道："摘取生命果，必须有与之匹配的元气值，否则毫无用处。"他试着伸出手，可是尚未接触到生命果，金鸟的利爪就像转动的风刀，毫不留情地向他的手腕斩去，他立即缩回手，苦笑着摇摇头。

除了凫风初蕾，没有任何人能够重启生命树，当然也包括生命果。

初蕾没有再犹豫，抱着女禄就走到了树上——是真的走到树上，然后再沿着神树往下面走。现在，她已经明白，通天神树原本就是凡人上天的通道。通过这棵树，凡人可以上达天庭，去任何想要去的地方，也无须任何元气的修炼。只是因为后来的人类彻底沦落，被彻底抛弃，从最高贵的宇宙大帝的居民变成了诸神口中蝼蚁一般的贱民，所以才被取消了登上通天神树的资格。

只是，神树一直存在。神树一直在金沙王城，并未离去，更未消亡。但凡合适的机会、合适的时刻，它便会被重新启动，成为地球人登天的希望和捷径。

初蕾的身影很快消失在了神树上，她没有和任何人告别。

白衣天尊遥望她的背影，也跟了上去。

到达底部，也只是一瞬间。当双足重新踏在黄色的土地上时，凫风初蕾的心情前所未有的平静和踏实。

她看到四周还是红色的土地——就像红色丝绒一般的柔软的叶子铺满了整个地面。

然后，她看到杜宇、涂山侯人、大熊猫以及无数的凫凫国百姓。他们都静静地躺在地上，神色安然，仿佛只是睡着了一般。

她的脚步，也没有将他们惊醒。她只是默默地将女禄也放在旁边，和他们一起。

然后，她才一脚踏出了通天神树的底部。她的身形一离开，原本通体红艳艳的神树一瞬间就变成了青绿色。

金鸟、红果，全都彻底黯淡。

参天挺拔的青铜村也迅速恢复了两米多高的原状。

外表看来，它只是一棵青铜打造的装饰品，没有任何奇特的地方。当然，更无法看出它有任何足以藏匿一群人的空间所在。

初蕾没有多看，也没有多停留，她甚至没有通知委蛇，直奔九黎。

九黎，她必须要直面的城市，她必须要直面的一群人。还有，小狼王、丽丽丝。

第二十九章　九黎之殇

九黎。血洗之后的九黎，带着一股肃杀之气。

当秋风吹起的时候，众人但觉寒意袭人，仿佛久违的冬天马上就要降临了。

季季一行人，早已闻讯逃窜。可是，他们并未走出多远，就被就地正法。

消息尚未传到九黎，百姓们还不知道，他们都闭门闭户，再也不肯外出，也怕招惹了是非，尽可能地躲在家里，希望能避过这场巨大的浩劫。

唯有九黎上空，小狼王的头发做成的旗帜被风吹成簌簌发抖的刷子。小狼王的身子，也早已被冷风吹得支离破碎。

他死得很惨，是受尽折磨而死。他死前，曾经很长时间生不如死，连自杀都不行。直到现在，他还是被悬挂高处，迎风招展。

没有任何百姓敢站出来祭奠他，安葬他。他们也彻底忘了：这个异乡人，曾经拿出自己全部的家产来改善他们的生活；这个异乡人，也曾派出全部的军队，企图保护他们的安全。

这个人，曾经是九黎的储君、下一任万王之王。可现在，他什么都不是了。

他就算闭着眼睛，也死不瞑目。因为，在他死前死后，他亲眼看见了民众的疯狂。最初，是受到了胁迫，迫不得已的人站起来揭发他、丑化他；紧接着，是跟风的人也跳出来诬陷他，历数他的罪行，到后来，素不相识的人也纷纷起哄，绘声绘色编造他的各种谣言、罪行、污言秽语，令他这个见多识广的小狼王也匪夷所思……

在他们的种种编排之下，他完全成了一个十恶不赦，一个集中了人类有史以来最多罪孽，最丑恶、最暴虐、最卑鄙、最下作的小人……他的罪恶，罄竹难书！他的罪孽，天下第一。

听到最后，小狼王已经彻底麻木了。他只看到季季的狂笑，群众的麻木附和。他们也笑，大家都在笑，可每个人脸上的笑容都很假，因为他们这样大笑，一来是掩饰内心巨大的恐惧，二来是贪婪地望着那一大堆黄金。

季季说："你们快揭露小狼王的罪行吧，只要说得好，人人都有奖赏。"于是，大家争先恐后。

当然，小狼王之外，便是女王。女王的罪行，比小狼王更加难堪、更加丑恶。毕竟，女人吗，大家都知道的，要丑化她，就那么三五招，尤其是男女关系上面。

小狼王听得这些厚颜无耻的诬陷，气得笑起来，然后在万般的痛苦之中，气绝身亡——他死后，一直被高高悬挂在广场上，作为示众和威慑的活教材。

直到季季等人闻风逃遁，直到丽丽丝终于赶来。丽丽丝，也已经不成人样了。她凭借白衣天尊布置在九黎上空的封印，勉强躲过了季季和杀手们一次又一次的搜捕，好几次，她快要被抓住了，却总是侥幸逃生。

可是，躲在王殿的一批人却没那么幸运了，他们在一次次疯狂的大扫射中，几乎全部丧生。

天穆之野如果真的要绝杀，别说一般地球人，就连诸神都唯有引颈就戮。

更何况，一千多人在无数次地被追杀之中慌了手脚，到后来，已经不顾丽丽丝的命令而四处逃窜。正因为他们踏出了封印之地，所以片甲不留。

直到季季忍无可忍，杀了拉美西斯。她非常清楚，拉美西斯是因自己而死。当她看到拉美西斯死亡的那一刻，彻底失去了理智，也冲了出来。她本以为，自己已经必死无疑。可与此同时，季季等人却亡命逃窜。

季季跑得比一条狗还快。

季季拼死奔逃。

季季和神将们很快消失在九黎。

丽丽丝不知道原因，也无法前去追赶，她直奔九黎广场。

小狼王的尸体已经成了被风干的骷髅，就像是被腌制的一条鱼干。

她跪在地上，竟然失去了前去将他放下来的勇气。她跪地不起，只是恸哭。在广场四周，还悬挂着许多尸体：赤焰兰亭、名医杜仲、白志艺以及所有不肯当场投降的反抗者们。

暴力降临的第一时刻，他们的第一反应就是抗争，然后就这么倒地不起，他们是季季显示暴力的第一批牺牲者。

当然，还有曾经分布在大街小巷的尸体，现在，他们已经被集中起来，尚未焚化。季季本想把他们当成典型，可是还没来得及处理，就逃之夭夭了。

丽丽丝的哭声，被风吹得很远很远。

渐渐地，有人从门缝里张望；渐渐地，有人悄悄地开了一道门；渐渐地，有人一只脚踏出门口，又缩回去。

每一个人，其实良知未泯，只是他们太惧怕暴力了。因为没有反抗的勇气，所以昧着良心信口雌黄。

就如现在，就如此时，他们很想冲出去，至少帮着丽丽丝把小狼王放下来，把那些被倒吊着的人放下来，甚至帮着把那堆积如山的尸体处理掉……可是，他们不敢。他们实在是被杀怕了，他们担心自己成为下一具尸体。

他们有人踏上一步，却又被亲人生生拉回来，亲人的眼神无声，却满是哀求：求你了，别去送死了。

凡人，不是魔鬼的对手。这一次，扫射九黎的是魔鬼。

九黎的百姓，绝大多数是世界各地来的移民，他们语言各异，肤色不同，生活习俗也不同，所以他们很难在短短几年时间里就形成强大的凝聚力。他们本质上是一盘散沙，远远比不上金沙王城里的居民。

他们都在观望，他们都在等其他人先出头。他们甚至暗暗祈祷：总有人会先站出来的吧？要是有人先站出来就好了。可是，每个人都这么想，就更加没有人站出来了。

气氛令人窒息，沉默。

只有丽丽丝的恸哭在空气中回荡。

直到一个小孩跳出来，直到传来一个小孩怯生生的声音："丽丽丝女王……"无数的小孩都站了出来，然后才是他们的父母。

丽丽丝没有回头，也没有站起来。

她已经失去了站起来的勇气，甚至失去了亲自去把小狼王放下来的勇气。再也没有人开口，每个人都默默地盯着小狼王的尸体。

空气，还是令人窒息的沉默。

直到一个红色身影，从天而降。直到她一挥手，半空中的小狼王，轻飘飘的就像一片树叶一般落在她的怀里。这是她第一次拥抱他，也是唯一的一次。只可惜，他已经没有任何分量了。

她并没有流泪，也没有恸哭，她只是慢慢伸出手，慢慢将他皱巴巴的眼皮抚平，轻轻道："小狼王，你的仇人已经死了！青元夫人，云华夫人，她们都死了！整个天穆之野都不复存在了！你安息吧……"

小狼王静静地闭着眼睛，终于安详得就像是一片树叶。

这时候，围观诸人才一起跪了下去，发出了撕心裂肺的呐喊："我王……我王……"他们满是战栗的声音里，终于释放出了长久压抑的愤懑和恐惧。

这一刻，初蕾忽然彻底原谅了他们。

他们就是她在天幕上看到的那一群尽情编造谎言和各种丑闻来诋毁自己，诋毁小狼王的那一群人。他们，只是受害者。他们，只是被胁迫者。他们，因为没有自保的能力，在暴力面前，唯有选择顺从。

此时，他们全部跪在她的面前。还有陆陆续续赶来的百姓，他们都跪在地上。

可是，鬼风初蕾记得很清楚：以前，她是从不让他们下跪的，包括登基的时候。他们之所以现在跪得如此整齐划一，如此习惯成自然，完全是这几天才养成的——因为，季季一声令下、一个眼神，他们就必须跪着。他们很快便习惯了，别人一大声，立即就跪下去。他们甚至习惯了，内心一颤抖，立即就跪下去。

她只是将目光从他们脸上移开，先轻轻扶起了丽丽丝。

丽丽丝整个人已经衰竭了，根本无法站直。她干脆瘫坐地上，在她的旁边，便是拉美西斯的尸体。

初蕾轻轻将小狼王和拉美西斯并排放在一起，然后才再拉了她一把。

这一次，丽丽丝稳稳地站了起来。可是，她并未开口，因为她一看女王的神情，就知道什么也不用说了。

女王的目光，终于落在黑压压跪了一片的民众身上。

过了很长时间，她终于轻轻地说："你们起来！你们记住，以后无论何时、无论何地，都不许跪下了！"

"我命令你们，再也不许跪下了！无论是君君臣臣还是父父子子！你们先要站着。你们先要站直了。你们先要学会了站立，然后才能学会自保和反抗。沉默，顺从，很多时候并不是自保。勇气，能力，才是自保的根基。"

"我传你们以力量，教你们以本领，让你们丰衣足食，让你们精神自由，便是为了有朝一日，你们可以一直站立，永不下跪！"

一夜之间，所有的血腥全部消失，所有的杀戮也全部消失。仿佛有一只神奇的大手，挥手之间，便抚平了一切的创伤。可是，死者的血可以抚平，尸体可以掩埋，废弃的房屋可以被复原——但是，死了就是死了。

饶是如此，九黎还是迅速恢复了繁华，很快，商旅正常营业，早点照常开卖，大街上，立即又熙熙攘攘、人山人海。

尤其是被放在柱子上的透骨镜又被取了出来。它在杜仲儿子的手上，开始救治无数的重伤者。

只可惜，透骨镜只能救活人，至少是还有一口气之人，而不能救死人。

名医杜仲，医者不能自救。他为了医者的最后节操，不惜献出了自己的性命。

女王下令，这把透骨镜永远留在杜氏家族手中，由他们家族长期保管。

这世界，总有无数的人不会苟且，甚至是你曾经以为的蝇营狗苟之辈，比如白志艺，还有拉美西斯、赤焰兰亭……他们都没有苟且，女王不能把他们的名字写在风里，但是可以定格在广场、文字以及无数的传说之中。

只要"九黎"二字不灭，他们的名字就当不毁灭。

无数人围着透骨镜，庆幸着生还。

初蕾一个人静静地站在九黎广场，她的脚下就是小狼王当时被拷打的地方。鼻端还能隐隐地嗅到他的胃部做成的箭垛子散发出来的那种淡淡的血腥味。

她忽然想起过去，很久远的过去。

她记得第一次见到小狼王的情景，那无赖少年嬉皮笑脸道："哇，你这么丑居然还这么嚣张？"

她还记得那无赖少年振振有词：我怎么就是偷你的王袍了？你长得么丑怎么好意思穿这么美丽的衣服？姬真穿不是更好吗？

甚至，那无赖少年偷偷给自己下毒，在西北的大漠里振振有词："你以为你是女王你就了不起吗？总有一天我会玩你、睡你，让你跪在我的脚下。"甚至，那无赖在有熊山林一狼牙棒就钉在自己的手臂上面，还大言不惭："这具僵尸真是太丑了……"

当然，自己也曾无数次想要杀了那无赖，甚至在那无赖少年的肚子里装满了沙子。掠过心头的回忆，全是他的不堪和无赖。可是，她却泪如雨下。

最无赖者，何尝不是最高尚者？最无赖的少年，却用了最后的生命和这个城市共存亡。他，竟然是九黎的历史上，第一位和九黎生死与共之人。

昔日蚩尤、共工都没做到的事情，反而是他做到了。

丽丽丝默然站在她的旁边，曾经浓烈如一朵金色向日葵的鬼方女王，一夜之间就凋零了。

经过反复检查，小狼王已经彻底无法救助、无法复生，就算白衣天尊出手，也无可奈何，实在是因为他的尸体被毁坏得太彻底。

季季等人对他恨之入骨，对他采取了惨无人道的折磨，将他的最后一丝元气和生命力都彻底破坏了。

小狼王，无法挽救。

任何神药其实都一样，本质上只能救活还有一口气之人，而无法让死者复生。纵然是青元夫人这样的绝顶医学和病毒学高手出手，也不能让人恢复原状，而是另外制造一个复制品作为替代。就算她在周山之巅偷走了百里行暮的复制人，可是，她也无法让这个复制人恢复脑电波，纵然活下来，也只是一具行尸走肉、一个傀儡。甚至于，可怜的百里行暮要在临死的最后一刻，才回忆起生前的一鳞半爪，可是也只得这些，无法更多了。

复制品虽然和本体在外表上一模一样，可是，鸢风初蕾已经很清楚，那根本不是同一个人。一个人的存在，是脑电波的存在，而不是肉体的存在。

换而言之，如果脑电波死亡，就算肉体完好无损，也算彻底死掉了。

可现在，鸢风初蕾忽然很希望出现奇迹：比如，找大联盟的医学部帮忙，至少复制一个新的小狼王。毕竟，他的肉体虽然死了，但是脑电波还在空气中飘荡，不是吗？

季季等人可没有能力消除他的脑电波。

可是，她随即想到，这难度恐怕较大。

因为大联盟的所有人才目睹了青元夫人擅自制造复制人，酿成了天大的灾难，所以谁还敢轻易制造复制人？就算医学部，也不会接手这么棘手的事情。

此次变故之后，只怕复制人的制造会成为一项禁令，任何人概莫能外。甚至，连不死药都没有了。

天穆之野已然灰飞烟灭，其他人也无法再渴望奇迹出现了。

小狼王，已经无法复生了。

她只是想起当初自己找禹京的麻烦时，曾经看到过的那个洗紫河车的小鬼。小鬼说，每个人都有自己的胎衣，胎衣被洗涮的次数越多，那个亡灵出生之后就越是尊贵，而且相貌也越是俊秀。相反，那些直接被扔在一边无人问津的胎衣，投生后就只能是碌碌无为的庸俗之人，面目庸俗，生活中庸。

因为亡灵太多、胎衣太多，只有一个洗涮的小鬼，所以小鬼根本忙不过来，只能看心情，随意而为。于是，我们可以看到身边人：漂亮的是极少数，富贵的也是极少数，而绝大多数是普通的大众角色，从投胎之前的那一刻起，已经注定了只能是蝇营狗苟过一生。

初蕾想，至少自己可以让小鬼把小狼王的胎衣好生洗涮，再不济，也得让小狼王重生之后成为人上之人。

耳旁传来的是丽丽丝轻轻的声音："我以前一直觉得小狼王这人窝囊，见风使舵，可是，最后，我发现他才是个顶天立地的男子。"

是的，是这样的。你曾以为最怯弱之人，可事实证明，他远远胜过你的想象。"他经历了极其严酷的拷打，极其残忍的折磨……我真不敢回想那一幕，连想象都不敢……他当时是怎么熬下去的呢……"

初蕾也不敢想象，每每只要有这个念头掠过，就心如刀割。

可怜的小狼王，他留在九黎，替她承受了青元夫人最恶毒的怒火，他成了替罪羊。

耳畔还是丽丽丝的叹息："人人都说，死后自然有灵魂。鱼凫王，你说，小狼王死后，他的灵魂能看见我们吗？能和我们对话吗？"

初蕾无法回答，人死后自然有灵魂。可是，她们不是死神。要死神禹京这样的级别才可以和鬼神对话。而一般的凡夫俗子，没有这个本领。

"我总觉得小狼王没死，他就在天空，就在四周，或者就在我的头顶，随时看着我，想要说话，但是我听不到他说了些什么……他很着急……我也很着急……"

若非真真切切的惨痛，如何能有这么深挚的哀悼？丽丽丝，整个人几乎垮掉了。

初蕾其实一直知道她的心思，从当年阳城之战到多次重逢，再到九黎共事，她其实早已察觉。她甚至慢慢地发现，小狼王对丽丽丝也与众不同。小狼王凡事找丽丽丝商量，小狼王什么好处都先考虑丽丽丝。

小狼王原本最爱到处追逐美貌女子，可是到九黎之后，他长时间和丽丽丝共事，就再也没有犯过老毛病了。

当然，丽丽丝的表现就更明显了。赫赫有名的鬼方女王，再也不曾找任何别的男人。否则，以她的容貌和地位，随便一个眼神，不知多少男人会争着抢着扑上来。她原本很乐见其成，她想，这事儿迟早会成。

只可惜。只可惜。她心中，只能道声可惜。

初蕾只是慢慢地伸出一只手，按在莉莉丝的肩头，静默，无声，给她以勇气。

丽丽丝还活着，已经是不幸之中的万幸。丽丽丝，已经是她心目中的下一代储君，下一任的万王之王。

直到夕阳西下，直到月上中天。

凫风初蕾已经悄无声息地落在了天府广场上空。

金沙王城，就比九黎幸运多了。因着王殿上空的神鸟金箔，因着他们多次面临灾难时听命行事以及卢相、鳖灵等人的高效组织安排，所有人无论如何不许踏出王殿半步。

还有委蛇，尽职尽责，及时化解了各种险情和偷袭。

杀手们根本无法进攻，他们只能期待里面的百姓沉不住气跑出来。

可是，训练有素的百姓怎么会跑出来？就连小孩子也安分守己。他们不但不跑出来，还严密分工，定时巡逻，警惕得比职业军人更加合格。而且，他们团结。他们全是本地居民，身边全是亲人、朋友、熟人、邻居。他们不能容忍任何人被敌人杀死。他们的协作团结，令人深感诧异，这就让杀手们无计可施。

最关键的是，通天神树忽然复活。当一众杀手看到那神奇的大树居然漫天生长、无边无际、不知尽头，竟然再也不敢靠近。这棵神树，有一种神奇的魔力。

而且背负树基的那条神龙，忽然复活了。它金光闪闪，昂首挺胸，矫健如云中飞龙。它杀气腾腾，周围是刀锋一般的结界，纵然是出自T54的职业杀手、职业流浪汉，也根本无法靠近。普通的半神人，完全无法将它破解。

天穆之野那时候忙着斩杀凫风初蕾母女以及西帝的子女们，无暇再派出更多的高手到这里来。因为，那时候她们认为，只要凫风初蕾一死，其他的都不是问题。更何况，到后来，青元夫人已经决定对地球展开毁灭性打击。

若是地球变成了一片树叶，谁又还管区区一个金沙王城？也正因此，一个古老的城市，竟然逃过了一场劫难。也正因此，金沙王城相比九黎的死伤惨重，可谓一方净土。

可是，初蕾心中依旧没有任何的庆幸和喜悦，她只是慢慢地看着那棵已经恢复原状的神树，它又变成了只有两米高的青铜神树，一眼看去，陈旧、古色古香。此外，别无任何奇特之处。

她慢慢地在树边坐下，伸出一只手轻轻抚摸了一下那背负整棵神树的黑龙。

这时候，她已经对神树充满了感激：正是这棵树，让自己多次死里逃生！无论是有熊山林时的滔滔劫难，还是大联盟的惊人庇护，这神树挽救了自己，也挽救了无数人。

就连此时，它的内部还安顿着杜宇、大熊猫、涂山侯人以及女禄。她不知道他们究竟怎样了：是早已化为枯骨还是别的？她不敢看，完全没有去探查真相的勇气，她甚至不愿意去探查真相。

她宁愿坐在这里，抱着最后一丝幻想：也许，她们在里面都还活着，都还没死呢！可是，她不敢幻想下去，也不敢幻想太多。

还有灰飞烟灭的百里行暮，那个复制人百里行暮。他甚至连进入神树的资格都没有，他已经彻彻底底魂飞魄散。

她只是疲倦。

笛声响起，夜不成寐的失眠者也许是想起了死亡的亲人，也许是想起了不久之前的灾难，他们的笛声如泣如诉，如漆黑的夜里有人一直无声无息流泪不止。

这笛子，熟悉得就像是在汶山之巅时涂山侯人的吹奏。可是，她知道，这不是涂山侯人。涂山侯人，已经永远无法再拿起笛子了。

过了很久，笛声才慢慢消失。整个广场，也彻底一片死寂。

饱经沧桑的鱼凫国百姓，终于放心地迎来了一个沉睡的夜晚。

初蕾也早已疲惫不堪，她干脆就地躺下。被风吹得干干净净的石板，经历了白日里太阳的照射，夜里已经变得一片冰凉。

露从今夜白，秋天也慢慢地降临了。可是，她没有任何感觉。

她睡得很熟，可睡不踏实，翻身的时候，忽然嘶声大喊："杀……杀……"

梦里杀声震天，梦里都瑟瑟发抖，直到一只温暖的大手轻轻放在她的背上。她慢慢地平静下来，慢慢地睁开了眼睛。

月色下，他的目光温柔如水。那是她熟悉到了极点的目光，第一次相见、第一次离别、第一次重逢、第一次决裂……可是，她避开了他的目光。

她已经分不清楚，究竟这一切到底是梦是真。

从九黎到金沙王城，他一直忙于收拾残局。尤其是九黎的伤亡，耗费了他不少精力。他也是直到现在，直到此刻，才能静静地坐在她的对面。

她无名指上的扳指，闪闪发光。

蓝色的扳指，彻底亮了起来。

她突然伸手，好像要把那扳指取下来。

他忽然屏住呼吸，心里竟然一阵萧瑟。

所幸，她的手轻轻停留在上面许久许久，但是一直没有把它取下来。

其实，这蓝色扳指很早就亮起来了，早在她抱着女禄冲进神树又冲出来之时，就亮起来了。

要不然，她根本不可能在最后一刻还能横扫千军。

要不然，那一刻，她已经和在神树里的女禄一样，只剩下最后一口气了。

她的手轻轻按在上面，很久很久。

他松了一口气。

当初，他潜入大联盟的王殿书房，悄然带走了西帝，目的是让西帝亲眼看看青元夫人的罪行。当然，也是为了让西帝和自己一起对抗D病毒。

西帝被元气绳捆绑，这一点，其实根本难不倒他。他解除了西帝身上的束缚，将他缩小藏在自己身边。毕竟，这厮是现任中央天帝，他总不能闲着看热闹。

没想到，一出大联盟就遇到了D病毒携带者——那个复制人百里行暮。

他和隐匿的西帝随即被D病毒拖出了一个又一个的星系，直到被拖到了宇宙的边缘。

飞渡弱水之后，他已经不死不灭，哪怕是在宇宙边缘。西帝，作为现任的中央天帝，自然也有他的过人之处。为了彻底消灭D病毒，他们索性将计就计，在隐匿宇宙边缘的时刻，斩断了和外界的一切联系。

二人趁机潜到天穆之野，二人都知道，青元夫人敢公开变脸，原因就在于天穆之野拥有强大的武器库和病毒库。

可是，天穆之野竟然比宇宙边缘更加危险。纵然是当今最强大的二人联手，也耗费了巨大的力气才艰难摸到门道。

他们几乎翻遍了每一寸土地，竟然也无法找到武器库的下落。直到云华夫人匆匆返回。云华夫人在这时候返回，必然有她的原因。

云华夫人正是回来亲自坐镇武器库的。武器库事关重大，除了她，青元夫人也不敢找其他人。

云华夫人开启了绝密的武器库，他们尾随云华夫人才能进入。换而言之，若非青元夫人刻意炫耀武力，他们可能再摸一年都摸不到要领。

当西帝亲眼看到武器库、病毒库的规模时，完全惊呆了。他根本不敢相信。原来，一切传说全是真的。天穆之野掌握的武器，连他这个天帝都没有见过。本以为大联盟的武器库一定是全宇宙最先进的了，可比起这里的，西帝忽然觉得那些都是破铜烂铁。

就连白衣天尊也很震惊。这些尖端武器，许多连他也不曾见识过，甚至听都没听过。这里的任何一件武器若是出现在不周山之战前夕，整个历史可能就会被重新改写。也难怪西王母能成为历代中央天帝的实际委派者，让什么人上位，让什么人下来，其实一直都是她一手操控。西王母，实际上才是无冕之帝。

青元夫人当初不肯交出西王母的密令，也就可以理解了。她可能当时就明白了：只要自己交出了这密令，很可能一辈子都无法登上中央天帝宝座了，而她一直觊觎着这宝座。

在亲眼看见云华夫人启动大杀器时，他俩呆若木鸡了。也因为太震惊，二人甚至忘了立即阻止她，眼睁睁地看着一个个星球灰飞烟灭，直到共工星体号也被变成了一片树叶。

白衣天尊眼睁睁地看着自己的星球变成了一片树叶，也没反应过来。多么惊人的武器，多么惊人的毁灭。哪里还需要什么D病毒啊，单单是这武器便足以毁灭整个宇宙了。

D病毒，无非是青元夫人兴之所至，拿到大联盟捣乱或者掩人耳目而已——因为，他二人以为D病毒已经是最可怕的了，全力以赴追踪D病毒去了，却不知道，武器库其实才是最可怕的。

若是二人赶回来慢一点，若是不曾尾随云华夫人进入武器库，结果会如何？二人完全无法想象，事后很久回想起来二人也是一身涔涔的冷汗。

直到云华夫人忽然凭直觉感到了危险。

居然是云华夫人先出手，只可惜，她技不如人。武器过人，但是她自身技不如人。她甚至用不上武器库里严密到极点的防御武器，因为那二人也在防御的范围之内，她根本别无选择。

白衣天尊出手，率先结果了云华夫人。

那时候，西帝还在发愣。直到白衣天尊亲自将他推上了操纵大杀器的座位面前。纵然是堂堂西帝，也胆战心惊，如云里雾里。

明明只是一个按钮的问题，其他都是自动设置，他差点没能完成。他由于太过震惊，连启动按钮的力气都差点失去了。

直到白衣天尊亲自出手，自动设定了攻击天穆之野的按钮，然后令他在时间到来之前启动按钮。他倒是知道厉害，总算是完成了这任务。一按下按钮，他便仓促逃离，远远地看着天穆之野变成一片树叶。

从此，世界上再无天穆之野。

他俩的冒险，说起来简单，可是惊心动魄，并非一般人能够想象。

白衣天尊还提到了天穆之野的病毒库。他猜测，当初失踪的有熊氏一族的魂魄应该全部被关在了病毒库里，但是真相如何，已经永远无法得知了。天穆之野被毁灭后，这也成了一桩无头冤案，永远无法重见天日了。

若在平素，初蕾当追根问底，打探每一个不可思议的细节，以增加见闻、满足好奇心。可现在，她一声也没有追问。并非对此不感兴趣，而是太多死者的血压在心口，让她无法再对别的事情产生太大的兴趣。她只是静静地听着，脸上有一种劫后余生的麻木。

然后，她看到圆月慢慢开始下落，白衣天尊慢慢地站起来，走向通天神树。他站在神树面前，仿佛是在欣赏这神奇树木的风姿。

月色之下，神树看起来平平无奇，就好像从来没有复活过一般。神树上的金鸟也变成了黯淡雕琢，毫无生气，甚至于底座那条盘踞蜿蜒的黑龙，也同样如此。

天穆之野之所以没能率先摧毁地球，很大原因便是对这神树的忌惮。因为这一忌惮，她们便永远失去了机会。

此时，白衣天尊站在神树边，凝神静寂，谁也不知道他到底在想些什么。

她睁大了眼睛，看到地上已经多了几个熟悉的人影：涂山侯人，杜宇，女禄……她们就像睡着了一般，脸上的神色非常宁静。当然，还有大熊猫。

她狐疑地看着他们，不明白白衣天尊这是要干什么。

白衣天尊伸出手，他的掌心一一贴着他们的心口。

她眼睁睁地看着，不敢打扰，直到他停下来。

她慢吞吞地问："他们……还能活过来吗？"

他点点头，又摇摇头。

她不解其意，低声问道："就连生命果也无法将他们复活吗？"

他缓缓地说："任何神药都一样，生命果只对活着的人有效，对于死者就没太大用处了……"

有一句话，他没有说出口：因为这些人都没有资格使用生命果——必须是自己摘下生命果的人才有资格享用，而不能假手他人。任何人都概莫能外。

她眼中的一丝期待立即变成了深深的失望。

"他们虽然不能马上复活，但是我已经护住了他们的生机，假以时日，便会重新复活……"他能护住他们生机的原因也只有一个：因为他们在进入通天神树之前，并未彻底气绝身亡，还保持着最后一口气。重新复活的条件也很简单，便是等待时机，更换载体。

初蕾还是失望，自言自语道："这么说来，生命果其实没什么意义了？"

"哦，不！生命果当然有重大意义。"

她想，都不能救命，怎么谈得上意义重大呢。难道那些飞鸟整天守候的宝贝，真的只适合欣赏？

他解释得清清楚楚："生命果其实并非是用来救命的，而是用来续命的。一个正常人只要服用了生命果，他就会一直活着。生命果甚至和不死药不同，服用了不死药之后依旧会受伤，若是遇到超强度的打击，也可能死亡。但是，服用了生命果就不同了。从此，不但永远地活着，而且再也不会中毒，即使受再重的伤也不会导致死亡，而且能自行复原，自行疗伤。更重要的是，不死药不会自动提升元气，而生命果是可以让元气一直不断地进行自我提升的……"

也就是说，服用了生命果之人，可以无限制地让元气提升，到后来就不死不灭了。

她呆了一下，竟不知生命果这么强大。可是，古往今来，哪些人服用过生命果？

"这么说吧，天穆之野负责掌管不死药，虽然不死药很稀罕，必须是有极其突出贡献的大神才能获得。从古至今，有准确数据记载的不死药有九万多颗。但是，整个生命树上的果子，只有十二颗……"

宇宙有史以来，总共只有十二颗生命果！

她更是震惊，轻轻地说："我反复数了好多次，树上只有九颗果子。"

"因为有三个已经被摘掉了。至于是被谁摘掉的，我也不知道。"

"是青阳公子摘掉的吗？"

他苦笑道："不！不是他。他也没有资格摘掉生命果，他只是负责守护生命果。能摘掉三个生命果的，一定是更早之前伟大无比的大神。"

初蕾睁大眼睛，她还一直以为这棵树是青阳公子炼制的。原来，青阳公子只是一个守护者。

"青阳公子当然没有资格也没有能力炼制生命树，他所炼制的只是守护生命树的基座，也就是那条背负大刀的黑龙，还有树上的那一圈飞鸟……"

黑龙和飞鸟组成了威力无穷的守护队伍，也是宇宙中顶尖级别的防御武器。初蕾亲眼所见，就连青元夫人的病毒也无法将之攻破。

青阳公子毕生的职责，便在于对生命树的守候。

黄帝担任中央天帝末期，他已经预感到家族的衰竭不可避免，所以他深居简出，潜心研究如何才能永远保住生命树。

当年，许多人都在背后狐疑：既然青阳公子和昌意公子都是黄帝的嫡子，他们的生母嫘祖曾经权势熏天，可为何两位公子却都没有成为中央天帝，反而被分封到了古蜀之地？

现在，初蕾终于明白了：那是因为在黄帝和两位公子眼中，这棵神树的价值远远大于中央天帝的宝座。或者，青阳公子从小醉心于对生命树的研究和守候，对天帝宝座根本就毫无兴趣。他用他一生的心血和天才性的创举，赋予了这棵神树牢不可摧的守备能力，也因此完成了对一个城市的守候。

古蜀国能多次绝处逢生，屹立不倒，很大程度上都是因为有这棵神树的保护。

初蕾眼睛一眨也不眨地盯着神树，多么神奇的神树。它已经无数次挽救自己的性命，无数次维护了自己和一个城市的尊严。从有熊山林的绝境之地到大联盟的生死瞬间，都是这棵神树扭转了局面。她想，自己这一生，都受到了这棵神树的庇护，简直算得上是第一受益人了。

相比之下，能不能服用生命果反而不那么重要了，她甚至压根儿就没想过为自己摘生命果。

不只是因为它美丽的果子能带给人无穷无尽的生命，更因为它神秘莫测的无穷力量：无论是天穆之野的病毒还是各种尖端武器，都拿它没办法。她们即使可以把共工星体化为一片树叶，也奈何不了这神树分毫。而且，生命果还和不死药有本质上的区别：不死药终究是为人所掌管，那么就有作弊的可能，没法做到绝对的公平公正。可生命果就不同了，它根本无法被人掌控。如果自身的元气值达不到，自己都无法使用，就别说作弊送人情了。亦如现在，如果能将之摘下来救活自己的亲人、朋友，那她会毫不犹豫地采摘下来。

可是，她办不到，她根本无能为力。这就从本质上杜绝了所有作弊的可能。这才是真正的公平公正——有德有能者才能拥有。

她的眼中写满了疑问：青阳公子穷尽一生心血，也只能研究出如何保住这棵树的办法。那么，能制造出这棵树的人该是多么伟大！要什么样的人才能创造这样的树？这伟大中之最伟大的人，又为何要把这棵神树留在古蜀国？

他仿佛看到了她的疑问，并未急于解答，只是抬起头，看着浩渺无边的星空。

这世界上，最浩瀚的是海洋，比海洋更浩瀚的是天空，比天空更浩瀚的是人的心灵。准确地说，心灵其实是人的大脑。人的大脑，无穷无尽，精妙无比。脑电波更是神秘莫测的灵力所在。大脑的精密程度，就像是一个微缩的宇宙。而造就这一切的，当然是伟大之中的最伟大之人,是创造了这个宇宙的至高无上者。

他的声音充满了敬畏:"有伟大的造物主,才有这神奇的生命树,生命树最初便是安放在金沙王城的!"

金沙王城,其实是最早的京都。金沙王城,其实是人类最早的乐园。

造物主用了最大的心血,将亲手创造的最早的人类安置在里面,让生命树陪伴他们,让他们享受永生的光辉。只可惜,人类最终还是因为种种原因而病变,走火入魔,从此背弃了造物主的正道,走上了邪途。生命树,也从此弃他们而去。

"就算人类走上了自我毁灭的邪途,可是,他们还是没有被彻底放弃,还有仁慈的余光照射着他们,这以后,也必将永远如此……"

初蕾也仰起头,看着天空。那一刻,她的心中也充满了敬畏之情。是的,无论多少艰难,无论多少绝境,无论多少鲜血,无论多少困苦,到现在,我依旧还活着,好好地活着,这难道不正证明了冥冥之中有神奇的力量对我极度关照并施以仁慈吗?

无数次,我行过死亡的幽谷;无数次,我经过死亡的废墟;无数次,我踏过骷髅的地界。可是,我安然无恙。只因为,你与我同在。她的手放在心口,无比感恩。

月色,慢慢地西斜,整个金沙王城已经彻底沉睡了。

警报早已解除,百姓各自回家,历经沧桑的古蜀国,虽然一次次元气大伤,但又一次次被无形的大手抚平创伤。

这以后,天长地久,国运绵长。

初蕾背负双手,走在天府广场的中央,任凭寂寞的月色雪一般洒遍了她的全身。

良久,她停下来。

她静静地坐在那几个人——母亲、朋友的身边,他们皆是至亲。

对面的白衣天尊一直凝视她。好一会儿,他才继续道:"女禄娘娘的伤势最轻,而且她当时并未死亡,还保留了最后一口气,所以她应该是最先恢复的,顶多几个月她便能够站起来……"准确地说,女禄并不是复生,而是因为她根本就没有死。

没有死,总有救活的办法。毕竟她是资深半神人,出自古老的神族后裔,而且在生命的最后一刻已经躲进了通天神树,侥幸逃过了一劫。加上当年颛顼大帝一怒之下清除了她所有的基因数据,让她幸运地躲过了基因炸弹。

就连白衣天尊也暗叹:也可能是高阳帝冥冥之中觉得对不起发妻,所以伸出了援助之手?他的语气很肯定:"女禄一定可以复原!"

"哇,那可真是太好了!太好了!"她笑容满脸。

那是他这么久以来,第一次见到她欢笑。他想,能笑,果然比恸哭好多了。

可是,她随即又不笑了。她忐忑不安道:"涂山侯人、杜宇他们真的要沉睡很久很久吗?"

"涂山侯人不好说,杜宇却一定需要很长时间。"

"为什么？"

"杜宇是纯粹的地球人，体内早已没有任何神性，他之所以保留一线机体不死，是因为这神树的庇佑。可是，要复活他，只能等待他脑部的复活，这就需要很长一段时间……很长的一段时间，当以千年计算……"

也就是说，千年以后，杜宇才能复活。她想起复制人百里行暮，无论是第一个百里行暮还是后来的一百个百里行暮——他们都是没有脑电波的可怜者。没有脑电波，即使肉体复活了也没用。他们只是别人手里的武器，没有自我思考能力的傀儡。

她不希望杜宇成为行尸走肉，因此她没有催促，也不再急于求成。

涂山侯人就不同了。

涂山侯人是大禹之子、大鲧的孙子，本就自带半神人体质，再加上云华夫人曾经给他服用过续命药，所以他虽然在T54的边缘被重创，也并未当场死亡，他生生忍着回到了金沙王城。

若是云华夫人当场补一刀，他可能就死透了；但是，云华夫人不救他，却也没有杀他，也算是变相地放了他一马。

"涂山侯人要活过来也不是多难的事情，他的生机比女禄还强，只不过他的修为不及女禄，所以可能要稍稍延迟一点……"

初蕾松了一口气。

能活过来，总比死去好。生命，才是世间最宝贵。

她再次看了看那棵通天神树，不胜唏嘘："我本以为生命果可以让人起死回生，原来，并不。"

"呵，这世界上，最令人艳羡的并不是起死回生，而是生者永生！"是有勇气者、坚韧不拔者、百折不挠者……他们坚持到了最后，他们才有永生的资格。

他看了看那通天神树："这世界上，唯有你才能摘下生命果。"就算她现在元气不足，但假以时日，一定可以。

此外，任何不能亲手摘下者，也绝无享用的可能。如他所说，生命果，其实是奖励生者永生。不匹配者，求之则永远不得。

她盯着神树良久，摇头："不，我不想摘下生命果！"太过珍贵，不敢匹配。其实，某个时候，她是想过生命果的，不是因为自己，而是另一个人，一个已经灰飞烟灭的人。

只是，他已经永远没有享用生命果的机会了，永远没有！

而且，她也不必考虑这个问题。如白衣天尊所说，能摘下者方可享用，万万没有摘下赠予他人的道理——这是无法赠送或者转让的。

她不敢开口，也不敢提这个人，她甚至只要稍稍有想起他的念头，心口就要滴血。破碎的一颗心，永远也没有复原的可能了。一阵风来，她瑟缩了一下。明明秋高气爽，却如寒风入骨。

有啪啦的声音传来，滴答，滴答，如小雨一般。那真的是血，是破碎的心滴下的鲜血。是大联盟一战，永远留下的后遗症。她一直隐忍不发，也自知永无痊愈的希望。

　　他却变了脸色，一把拉住了她的手："初蕾……"

　　她微微一笑，若无其事："不碍事，不碍事，一点小伤而已！"

　　他凝视着她，他那万万年平静的眼眸也一阵萧瑟，甚至是后怕。

　　那一刻，他眼前浮现的是复制人百里行暮死后的最后一声"初蕾"，以及他无名指上蓝色丝草的戒指……他忽然觉得，自己其实是个盗窃者。

　　明明是自己的脑电波，自己才是本体，怎么偏偏就成了盗窃者？

第三十章 新中央天帝

大联盟,王殿上。

那是七十万年以来最大的一次会议,大大小小的半神人,甚至是一些阔别已久的资深半神人、隐士……能来的都来了。他们把十万人的王殿议事大厅挤得满满当当,甚至过道、走廊上都站满了人,当初西帝登基的时候都没来这么多人。

实在是因为这次战乱太过惊人,十几个星球被摧毁,共工星体号和天穆之野都被化为了一片树叶——惨烈后果,比起当年的不周山之战也毫不逊色。

唯一值得庆幸的是,大联盟和地球都安然无恙。其实那十几个神族的总数加起来并不多,但是朱庇特家族几乎已经全军覆没。

再无心外事的老神也闻风而出。

西帝以代理天帝的身份主持了这次会议,之所以是代理天帝,是因为这次会议本质上是他的退位大会。

经历了天后叛乱、联盟大乱、家族成员差点死光的巨大变故,西帝已经无意于中央天帝的宝座。一夜之间,他就老了。

但他比自己的前一任高阳帝幸运多了——当年京都大惨案爆发之后,高阳帝想退位也没辙,因为不周山之战马上临近,各路藩王云集,他只好硬着头皮上,最后一败涂地。

好在西帝面临的是一个平和稳定的环境,当天穆之野变成一片树叶,他们高精尖的武器库、病毒库一起消失之后,其实并没有什么人出来挑战他的宝座了。

中央天帝并不好当,西帝自己也这么认为。于是,他决定退位。

诸神都来参与了这场退位大会,当然,目的也是为了选出下一任的中央天帝。

西帝没有再摆任何天帝的排场,甚至没有动用任何侍卫,只有他唯一的孩子——帕拉斯站在他的旁边。

在死神禹京追击之下,艾瑞斯和其他兄弟姐妹无一幸存,只剩下帕拉斯。

此时,她背着金色弓箭站在父王旁边,一脸肃穆,再也没有昔日娇蛮少女的骄娇之气。

西帝发表了自己的退位演说,然后当场宣布启动新中央天帝的竞选,诸神可以自荐,也可以推举他人。但是,必须在这场大会结束之后,确定新的中央天帝人选。

诸神来之前就知道这次会议的主要目的,也并不觉得意外。

西帝讲完之后,就静静地看着台下。诸神,立即议论纷纷。他们开始推举别人,当然也有人自荐。

有人高声道："我看，大家也别再争论了，白衣天尊便是现任中央天帝最好的人选。至于理由，就不用我多说了，他最早发现了D病毒，解救了西帝，并彻底铲除了天穆之野，也解除了整个大联盟有史以来最大的一场危机，他不做中央天帝谁做？"

旁边立即有人附和："没错。单单凭借白衣天尊这次的贡献，他已经是不二人选了。"

"若非白衣天尊出手，地球很可能被彻底覆灭了。地球可是全宇宙的生物培养基地，地球一覆灭，难免引起连锁反应。整个大联盟会走向何方，实在难以预料……"

"若非白衣天尊出手，估计在场诸位就没有机会坐在这里了，而且也不知会有多少神族的星球毁于一旦……"

"没错！跟天穆之野关系好的神族也就不必说了，可是，广大保持中立的神族呢？有些原本就和天穆之野少有来往的呢？如果当时没有能阻止天穆之野的疯狂举动，各位想象一下会有什么后果吗？"

正是这话，击中了所有人的内心。

纵然是对白衣天尊不以为然，自知身为不周山之战的战犯，他根本没有资格担任中央天帝，就算是他做出了巨大贡献，替自己赎清了罪孽，他也没有资格……可是，他们没有作声。

他们不反对，并非因为惧怕，而是因为他们提不出反对的理由——至少，白衣天尊已经功过相抵，而在座诸神，再也找不出威望比他更高者。

青元夫人的说翻脸就翻脸，诸神在心寒胆裂之余，也都想到了一个问题：新的中央天帝是谁并不重要，重要的是，今后，武器库、病毒库、权力，这三者一定要分离开来，各自为政，互相制衡，绝对不能集中到同一个人的手里。

否则，当权力集中者发狂的时候，这天下就不会再有任何能阻止她的力量。

基于此，诸神对于白衣天尊被推举，基本上采取了默认的态度。

就连西帝也没有多话，因为这本是他自己心目中预测的结果。如果非要叫他推选一个人，哪怕他再不情愿，也只能推举白衣天尊。

除此之外，他没有别的更好人选了。

于是，他便静静地坐着，只等众神议定结果，自己便宣布下去。然后，完成自己的使命，顺利交接，从此摆脱中央天帝的重任，择一地方隐居。

他看向白衣天尊，所有人都看向白衣天尊。

白衣天尊一直坐在固定位置一动不动，仿佛对诸神的议论，以及自己被推举的事情，都不太感兴趣。

直到西帝缓缓开口道："白衣天尊，你也听到了，大家都推举你做中央天帝，你意下如何？"

白衣天尊笑起来，不慌不忙道："我很感谢各位对我的推举，但我觉得，有一个人比我更适合做中央天帝……"

诸神都很意外，西帝也很意外。这天下还有比白衣天尊更合适的人选？要知道，中央天帝的宝座不光是要凭借威望、人品，还得有过硬的本领和随时处理危机的能力，也就是有强大的武力值才能胜任。否则，西帝和高阳帝都是前车之鉴。

而白衣天尊居然认为有人比他更加合适？

西帝缓缓地问："谁？"

"枭风初蕾！"

诸神听得清清楚楚，却面面相觑。枭风初蕾？怎么会是枭风初蕾？

当然，经历了大联盟之战后，枭风初蕾这个名字已经在整个大联盟流传，无人不知无人不晓，她真可谓全天下最具风头的年轻人。可是，再怎么着，她也只是地球人，怎么能担任中央天帝呢？

"我推举枭风初蕾，当然并非心血来潮或者信口雌黄，而是有我自己的理由。枭风初蕾是第一个发现青元夫人的青草蛇病毒之人，她发现之后随即向我和死神禹京报告了，只不过因为我的愚蠢和禹京的私心，我们都没能及时发现。当然，光凭借这一点，她还没资格出任中央天帝。我之所以推举她，是因为她在大联盟之战的表现。当时，我和西帝被D病毒拉出了宇宙边缘，朱庇特家族遭到毁灭性打击，她几乎是凭借一己之力，独自迎战整个天穆之野，正是她拖住了青元夫人的进攻速度，并启动通天神树保护了一大批人的安全，甚至阻止了地球的被毁灭，而为我们赢得了时间，这才有后来彻底铲除天穆之野的机会。否则，别说我们今天坐在这里讨论新中央天帝的人选了，我们各自的星球可能都早已遭到毁灭性打击，届时，我们还不敢再有半点反抗的声音，只能强忍心中的恐惧和愤怒，匍匐在地，高呼万岁……"

诸神静默。这是事实，无法反驳事实。如果枭风初蕾不凭借一己之力力挽狂澜，诸神根本不可能有平静地坐在这里讨论新天帝人选的机会。

维维奇出声了，他一扫昔日的嬉皮笑脸，一本正经道："我也推举枭风初蕾出任中央天帝。她在大联盟之战的表现大家有目共睹，她也赢得了所有人的尊重。可以说，她是我所见过最勇敢、最公正、最无私的人！实不相瞒，当青元夫人肆虐大联盟的时候，我无数次想跳出来，我希望能发出自己的声音，因为我知道，如果谁都不敢发声，那么以后很可能就再也没有发声的机会了。可是，当我看到十几个星球被摧毁，当我看到共工星体号变成一片树叶的时候，我就再也没有发声的勇气了……"直到现在，他的声音还微微颤抖。

那毁灭性的打击，彻底击毁了无数人的勇气，包括他，也包括在座的诸神。

他们不是没有发现青元夫人的野心，也不是不想阻止，而是在那一刻，彻彻底底失去了勇气。

高度的恐惧，总是让集体失声。

"后来，我曾反复问自己：我如果是枭风初蕾，如果我处于那样的绝境，我能坚持下去吗？我想，我是绝对坚持不下去的！我们平素自诩半神人，高出地球人何止百倍千倍？可在关键时刻，一个普通人的表现竟强过我们一个半神人这么多……"

整个会场一片沉寂，只有维维奇的声音清晰无比。

"从万神大会，她就开始对抗青元夫人，为此，她的所有亲人和朋友，都被青元夫人杀光，甚至连周山之巅的云阳树精都不能幸免。而云阳之所以死，仅仅是因为曾经救过她一命！就连昔日她的反对者——白志艺等人间大将，也为了九黎流尽了最后一滴血！"

"而且她从来不曾作恶，人品也无懈可击，纵然青元夫人口口声声称她杀了陆西星和张灏，可是，了解事实真相的人都知道，陆西星和张灏无论按照哪一条法律都该死。这一点，根本不是她的污点。"

"更主要的是，她无论出任鱼凫王还是万王之王，都有极其优异的表现，任用贤能、兴办教育、革除行政弊端，短短的时间，就让天下平定、百姓安宁，开创了历代人间帝王所达不到的盛世景象。"

"我相信，在场很多人都听过她在万王之王登基仪式上的演讲，她承诺的，她基本上全部做到了，甚至远远超出了当初承诺的……"

"有能力、有勇气、有贡献、无私心，她满足了中央天帝所需要的四个条件，这才是真正的王者之道！我认为，她的确是最合适的人选！"

诸神你看我，我看你，无法反驳。他们看到天幕上平静无比的金沙王城，训练有素的百姓在一次次劫难之中安然度过；他们看到天幕上人声鼎沸的九黎，尽管死者的鲜血才刚刚被风吹干，但活着的人已经开始劳作、耕种、欢笑、歌舞……九黎，不但有世界上最繁华的城市，还有百姓们闻所未闻的透骨镜，神奇的神迹打印高楼大厦，人人丰衣足食，人人都能享受教育和医疗的安乐场景……

一个好的环境才能熏陶出好的人性，就连小狼王这样昔日谁也看不起的无赖少年，也为这个城市献出了自己的一切，包括自己的生命。还有四方王赤焰兰亭、拉美西斯以及白志艺、名医杜仲等无数的普通人……

相比大联盟惨烈厮杀时的集体沉默，这些普通人的表现就更加珍贵，更加令人动容了。就算反抗的是少数人，可是他们还是站出来了。一个人站出来，便有无数的人站出来。可大家都不站出来，那就永远没有站出来的机会了。

维维奇长叹："以前，我曾经想帮助凫风初蕾，但无非是因为惊艳于她举世无双的美貌。可现在，我是心服口服，真心推举她为中央天帝！"

诸神看向白衣天尊，只见他脸上挂着淡淡的笑容，好像对维维奇的这番话非常满意，觉得那是对他所陈述理由的完美的补充。本来，这个建议就是他提出来的。

弱水飞渡之后，他已经看淡风云，再也无心权势名利。可是，这并不代表他对大联盟就失去了关切之心。他提出新的中央天帝人选，便是基于这种关切之心。

白衣天尊的目光落在西帝脸上，似笑非笑，好像在说：陛下，你怎么看？诸神也都看着西帝。

西帝清了清嗓子，再次开口了："在这之前，我的确是从未考虑过凫风初蕾的，可是，既然白衣天尊和维维奇都提出来了，那我也说说自己的看法。身为中央天帝，必须最大可能做到公正无私，而且，大联盟因为存在了很久很久，许多陈规陋习都没有得到及时的改正。我也好，白衣天尊也罢，我们身上都有污点，我们都老了，我们都有自己的罪孽，可是，凫风初蕾就不同了，她没有污点，她没有罪孽，她是一股清流。她有能力、有勇气、有贡献、无私心，却没有污点，就凭借这一条，她就比其他人更有资格出任中央天帝……更何况，她还有理想！"

西帝顿住了，他强调："她还有理想！各位，理想是什么？你们的理想是什么？"

没人回答。没人能够回答。

西帝苦笑道："是啊，我们都已经失去理想了，我们甚至很长时间都忘记了什么是理想了。我们千秋万载不死不灭，今天能坐在这个会议室里的人，最少有十万年以上的寿命，许多人有百万年、千万年、上亿年，甚至不死不灭……在浩如烟海的时间长河之中，我们早就失去了理想。我们已经是地球人梦寐以求的终极目标，大联盟便是地球人口中的天堂，我们哪里还需要什么理想呢？可是，身为中央天帝，要担当整个联盟未来的重任，又怎能失去理想呢？"

大联盟根本不需要什么老家伙，大联盟也根本不需要什么面面俱到的所谓老成持重者，大联盟甚至不需要西帝或者是白衣天尊这样有过污点的老牌大神——纵然他们曾经神功盖世。大联盟，需要新鲜的血液、新鲜的空气。大联盟，需要重塑人心。人心莫测，神心同样莫测。

经过这次惨烈之战后，每个人心底都有了挥之不去的阴影：倒下去一个青元夫人，会不会有下一个青元夫人？下一个青元夫人出来之后，大家是不是依旧像这次一样也一言不发，眼睁睁地看着她挥手之间杀戮天下？

不敢发声的原因便是实力不足。

当你不足以对抗施加在你身上的危害时，你便只能保持沉默。

经过这次惨烈之战后，大家都恍然醒悟：指望一个人永远维持初心或者保持公正，都是可笑的、愚蠢的。所以，必须要有法律的约束。大联盟，需要更完整的制度。

这些，白衣天尊原本都可以做到，可是他有污点。他背负着沉重的过去，就算他已经赎罪，可是他的仇敌太多，他们总有攻击他的借口，总有诸多的不满。

凫风初蕾就不同了。纵然是再挑剔之人也找不出她的漏洞。没有污点之人，就没有漏洞。

大联盟，需要一张新鲜的面孔。更何况她是白衣天尊亲自推举的，这就意味着，他自然会鼎力支持。有他鼎力支持，还有什么做不到的呢？

这时候，大家忽然才想起，原来，她其实是他的妻子，他们原本是夫妻。但是，他推举她的理由，并非因为她是他的妻子。这一点，诸神无法诟病。他们只要回忆起她手持金杖独自迎战整个天穆之野时的场景，就无人可诟病了。

西帝站起来，他的声音很是沧桑："我和白衣天尊、维维奇的看法一样，我也推举鬼风初蕾。现在进行表决，如果你们同意，请按下你们的同意按钮；如果你们反对，请按反对按钮……"言毕，他率先按下了自己面前象征"同意"的绿色按钮。

天幕上，同时亮起了一片绿色的按钮，整齐划一，连弃权的人都没有。

第三十一章　东林苑

女禄是最先醒过来的。当她睁开眼睛的时候，看到窗外的芙蓉树满树繁花，灿烂若锦。她看到一张比芙蓉更绚丽的面孔，她听到初蕾惊喜大叫："娘娘，娘娘……"她笑起来，伸出手，轻轻将她拥抱。这是她第一次，公然以母亲的身份将她拥抱。

初蕾依偎在她怀里，只觉这一刻，勇气倍增，心灵静谧。母亲之爱永远是世界上最无可替代的无私之爱。她甚至没有问一句：我既然是父王生出来的，那你怎会是我的母亲？这问题，根本不重要，而且她从没想过问。

一直到母女二人站在了"乐林苑"。

这是凫风初蕾第一次听到"乐林苑"这个名称，也是她第一次见到这个神奇的地方。

"最初的时候，娲皇在此造人，历经反复试验，无数次基因重组，这才让人类有了严密的身体机能和繁杂无比的脑部系统。最初，一天她只能创造七十个人，而且还需要众多大神一起协助。据说，当时由黄帝负责区分性别，一个叫作上骈的大神负责制造耳目，而大神桑林则负责四肢和手足的生产，到最后，才把这些交给娲皇，由她集中组装，输入灵气，如此，一个完整的人才算是被生产出来了。因为造人的程序很麻烦，所以即使这么多大神一起协作，一天最多也只能造出七十个人来……"

现在大家早已知道，人类是通过母体繁殖而来，乃父精母血是也。可是，在男女交合之前，第一个人是怎么来的？最初的人类，既不是猴子变化而来，也不是从天而降，而是诸神辛苦创造而来。

大名鼎鼎的娲皇，便在东方世界创造了最早的人类。

娲皇先是总体设计了人类的外表、基因，以及内部各种生理机能的复杂运算……解决这些问题之后，她亲手创造出了第一个人——炎帝，炎帝也就是地球上的第一代原住民。这也是当初天穆之野的三个老园丁为何会说白衣天尊才是地道的地球人的根本原因。

一个人也就罢了，要大规模制造就不容易了。正因为造人工程太过浩大、太麻烦，所以在后来的大规模造人工作中便需要诸神协助，于是才有了分工行为。当手足、耳目、性别等确定好之后，再由娲皇集中组装，这便是一条完整的造人流水线。即便如此，一天也只能制造出七十个人。七十，已经是极限。

到很久之后，造人小分队才研制出了让人类互相交合的办法，让人类自行繁殖，如此，才彻底废黜了麻烦的造人流水线。

从此，人类走向了自我繁殖之途。生育后代的过程很辛苦，养育后代的过程更辛苦，甚至要付出极大的人力、物力以及财力。

为了鼓励人类的自我繁殖，诸神在千百次的研究中发现了一个秘密：在人类交合时赋予他们无比欢乐，他们就肯主动交合，否则便把自我繁殖当成一件苦差事。于是，诸神索性让他们把这种行为当成娱乐或者游戏。至于后来的复制人，那简直是很低级的行为了，只是在前人基础上投机取巧而已，根本不是什么伟大的创新之举。

女禄指着"乐林苑"的大门，叹道："说起来很简单，但是从造人成功到造人流水线被彻底废黜，人类全面走向自我繁殖，实际上耗费了长达几亿年的漫长时光。人类能大规模自我繁殖，其实不过就是最近几亿年的事情。不周山之战，他们绝大部分被覆灭，七十万年之后，又才慢慢地自行生长，一直到今天……"

初蕾听得很认真。她虽然早就听百里行暮提起过娲皇造人，却不知道真正的程序原来是这样。

"初蕾，你知道黄帝统御时期的东方诸族为何被称为华族吗？"

华族，花族。华者，花也。

黄帝并不是造人团队的主要功臣，但他却是人类自行繁衍的首功之臣。

"炎帝虽是娲皇所造的第一个人，尊贵无比。可是因为属性所限，炎帝的领地范围内，人口很难繁衍增长。而黄帝就不同了，他亲自参与过人类的制造，熟谙人类自我繁衍的关键环节。当娲皇等伟人隐匿弱水之后，黄帝的时代便来临了……"

黄帝经过观察植物生殖的原理，发现花朵其实是植物的生殖器官，多次检测花朵授粉交合时发现，花朵很乐意进行这样的行为，因为这会让它们得到一种不可思议的快感。这快感，极大地引起了黄帝的注意。他敏锐地意识到：若是把这种快感注入人类交合的过程中，那么自我繁殖的难题就会迎刃而解。

于是，他开始潜心研究这个秘密，很快便破译了这个生殖秘密，研制出了人类最初的自行交合系统，在其中注入了欢乐的元素，然后让人类大规模自行交合、繁衍。他的领地上，人口便以不可思议的速度暴增。人口暴增，族群的力量自然暴增。

但与此同时，炎帝的领地上还是人烟稀少，原因就在于他没有掌握人口暴增的技巧和方法。

"黄帝长期致力于人类繁衍的研究，因为他很清楚，交合和生殖对于人口增长的重要意义，更知道众多人口对于一个民族的意义：人口多了，劳动力、生产力、战斗力才会增强……"

华族，花族，以花命名，实则是希望本民族如花朵一般迅速繁衍，繁荣昌盛。

可是，人类的繁衍有一个致命伤：女性在负责生产的时候会面临巨大的痛苦和风险，于是早期的女性，也就是所谓的"阴性人"，是大力抵制自行繁衍的。

迫不得已的情况下，往往会看到许多阳性人干脆自行生产，以免在阴性人不配合的情况下断绝后代。可这样下去也不是办法。阳性人因为自身的生理结构，注定了无法大规模自我繁衍，这事儿还必须得依靠阴性人的配合与协作。

于是，无数的记载里才会出现黄帝多次和诸位神女探讨房中秘术，寻找其中的关键环节，然后不厌其烦地记载在《黄帝内经》里传给后人。房中术，本质上是提高阴阳交合率的快乐技巧。

对于黄帝这样的大神来说，研究房中术当然不是为了自己要得到什么新奇的快感，而是为了使之迅速在人类之中普及，让两性之间的交合因为极度的欢愉，从被动行为变成主动行为。如此，人口才能迅速增长。

人口的增长，是族群壮大的根基。人口的增长，才是国力的根基。

华族，是世界上第一个以生殖器命名的民族。

直到现在，世界第一大族——华族，依旧是这种东方"人口增长"理论的受益者，也正因为其人口的数量，保证了任何时候都不至于亡国灭种。

正是基于黄帝的教诲，中国人实现下列三个重大目标：欢愉、长生和繁衍后代，这种由黄帝开创的性国学，超越了低级趣味的狂欢层级，转而成为国家政治的核心策略。毫无疑问，人口是帝国最重要的资源，它将维系帝国的强大性，而黄帝，是这种信念的开拓者。没有黄帝，就没有全世界最大的人口基数以及最丰厚的人口红利。

乐林苑的存在，证明了黄帝的伟大。

这时候，初蕾也完全明白女禄带自己来这里参观的目的了：身为黄帝的孙子，颛顼当然对如何制造人类毫不陌生。他经历京都大屠杀之后可能已经对女人有了阴影，也可能是他对几个白痴儿子心存愧疚，于是他决定自行繁衍，而且选择自行繁衍一个女儿。

只是，不知道他当时出于什么样的心态和目的，居然在自行繁衍中，使用了一半女禄的基因，如此，凫风初蕾便有了完整的父亲和母亲。

她想，也许父王一直爱着女禄娘娘，毕竟很长时间里，他们夫妻恩爱，相得益彰。只是在后来的漫长岁月里，像每一段庸俗的故事一样，父王变心了，喜新厌旧了。可是，当繁华褪去，尘埃落定，他孑然一身隐匿在时光的长河里时，心底是否永远保持着最初爱人那个美好的样子？所以，在决定自行繁衍一个健康后代的时候，还是情不自禁使用了她的基因？

这就不难理解为何大联盟的基因数据库里没有女禄的任何资料了，分明是高阳帝早有准备。

"你父王……唉……你父王……"

女禄没有说下去，可是初蕾知道，她内心深处永远也无法摆脱当年京都大屠杀的阴影了。她站在乐林苑的门口，微微一笑：" 初蕾，你回去吧。"

初蕾愣了一下，恍然大悟。

原来，女禄带自己来这里，只是为了解开自己心中的最后一个疑惑。

她急了："娘娘……"

女禄很平静:"我自知罪孽深重,再也无法回到人群之中,所以我决定留在乐林苑……"

经历了几亿年的时光,乐林苑早已成为一座遗址,远离人群,被人忘记,可女禄选择了留在这里。

"初蕾,你回去吧。你的路还很长,而我已经走到了尽头。"女禄声音平静,态度坚决。初蕾知道,自己已经无法劝阻。

"回去吧,孩子,回去吧。"

女禄一挥手,初蕾忽然双眼迷离,等她睁开眼睛的时候,发现哪里还有什么乐林苑?自己面前,繁花似锦,三十里芙蓉花道,连绵不绝。

华族,花族。

金沙王城,最多的便是鲜花,它们四季盛开,长盛不衰,就像金沙王城连绵不绝的人口,永不衰竭。黄帝的人口繁衍理论,到现在还行之有效。

她往前走了几步,然后停下来。

对面,一人翩然行来,他白衣如雪,一头蓝色的头发精灵般在微风中招展。

他看着三十里芙蓉花道,笑容满面道:"呵,七十万年了,又到了芙蓉花开的繁盛期……"

她站定,看着他。

他的目光缓缓从芙蓉花朵上转到她的面孔,某一刻,屏住呼吸,听得心底惊奇的赞叹:多美!多美!比这三十里芙蓉花道更美的景致。这,才是大自然的伟大奇迹。

"初蕾……""百里大人……"

他们同时开口,又同时停下,二人都笑起来。

还是他先开口:"初蕾,我这次是奉命前来,迎你去大联盟做中央天帝!"

初蕾惊呆了。

他还是笑容满面:"初蕾,你已经被推举为新一届的中央天帝了。当然,这不是我一个人推举的,是整个大联盟一起推举的。所以,你不能拒绝。"

闻讯而来的委蛇哈哈大笑:"少主,你这是要做中央天帝了吗?真是好极了,好极了,哈哈,真是好极了……"

第三十二章　尾声

当年，丽丽丝在九黎广场正式接任女王之位，成为地球上新一代的万王之王。

丽丽丝去世后，大夏王之子、大鲧之孙姒启，成为新一代万王之王，并沿袭"华夏"传统，史称"大夏"。

千年之后，杜宇复活。

有一男子，名曰杜宇，从天堕，止朱提，乃自立为蜀王，号曰望帝。

全文完结